母の日に死んだ

ネレ・ノイハウス

JN095620

かつて孤児院から子どもを引き取り、里子として育てていたライフェンラート家の邸《やしき》から、死後10日ほど経過した遺体が発見された。死んでいたのは邸の主人であるテオだったが、ピアが現場に赴いて邸内を捜索したところ、事件は一変する。主人の飼い犬のケージ付近の床下から、ラップフィルムにくるまれ死蠟化した３人の遺体が出てきたのだ。30人もの里子の世話に心血を注いでいた男は、恐るべき連続殺人犯だったのか？　刑事オリヴァーとピアが挑む想像を絶する難事件。大人気警察小説シリーズ最新作！

登場人物

オリヴァー・
　フォン・ボーデンシュタイン……ホーフハイム刑事警察署
　　　　　　　　　　　　　　　　第一首席警部
ピア・ザンダー（旧姓キルヒホフ）……同、首席警部
ニコラ・エンゲル……同、署長、警視
ケム・アルトゥナイ……同、首席警部
カイ・オスターマン……同、上級警部
カトリーン・ファヒンガー……同、上級警部
ターリク・オマリ……同、上級警部
コルト……同、上級警部
クリスティアン・クレーガー……同、鑑識課課長、首席警部
シュミカラ……同、広報官
メルレ・グルンバッハ……同、被害者支援要員
ヘニング・キルヒホフ……法医学研究所所長。ピアの元夫

フレデリック・レマー……………………法医学者
ロニー・ベーメ…………………………解剖助手
カタリーナ（キム）・フライターク……司法精神科医。ピアの妹
ローゼンタール…………………………上級検事
デーヴィッド・ハーディング……………プロファイラー
クリストフ・ザンダー…………………オペル動物園園長。ピアの夫
カロリーネ・フォン・ボーデンシュタイン……オリヴァーの妻
フィオーナ・フィッシャー………………スイス人
マルティーナ・ジーベルト………………産婦人科医
テーオドール（テオ）・ライフェンラート……ライフェンラート社の元経営者
リタ・ライフェンラート…………………テオの妻。故人
マルタ・クニックフース…………………ライフェンラート社の元会計係
フリチョフ（フリッツ）・ライフェンラート……ドイツ証券商業銀行《DEHAG》CEO。テオの孫
ヨランダ・シャイトハウアー……………ライフェンラート家の隣家の娘
ベッティーナ・シャイトハウアー………ヨランダの母親
カール＝ハインツ・カッツェンマイアー……年金生活者

ノーラ・バルテル……村の少女。故人

ライク・ゲールマン……獣医

クラース・レーカー……ライフェンラート家の里子。
空港運営会社従業員

ザンドラ・レーカー……クラースの元妻

ラモーナ・リンデマン……ライフェンラート家の里子

ザーシャ・リンデマン……ライフェンラート家の里子。
ラモーナの夫

ヨアヒム（ヨッヘン）・フォークト……ライフェンラート家の里子。
空港のＩＴ部門営業責任者

アンドレ・ドル……ライフェンラート家の里子。
クラシックカー整備工場の経営者

ブリッタ・オガルチュニク……ライフェンラート家の里子

アーニャ・マンタイ……フリチョフたちの元クラスメイト

イェンス・ハッセルバッハ……クラースの上司

母の日に死んだ

ネレ・ノイハウス
酒寄進一訳

創元推理文庫

MUTTERTAG

by

Nele Neuhaus

Copyright© Ullstein Buchverlage GmbH, Berlin 2018

Published in 2018 by Ullstein Verlag

This book is published in Japan by TOKYO SOGENSHA Co., Ltd.

Published by arrangement through Meike Marx Literary Agency, Japan

日本版翻訳権所有

東京創元社

母の日に死んだ

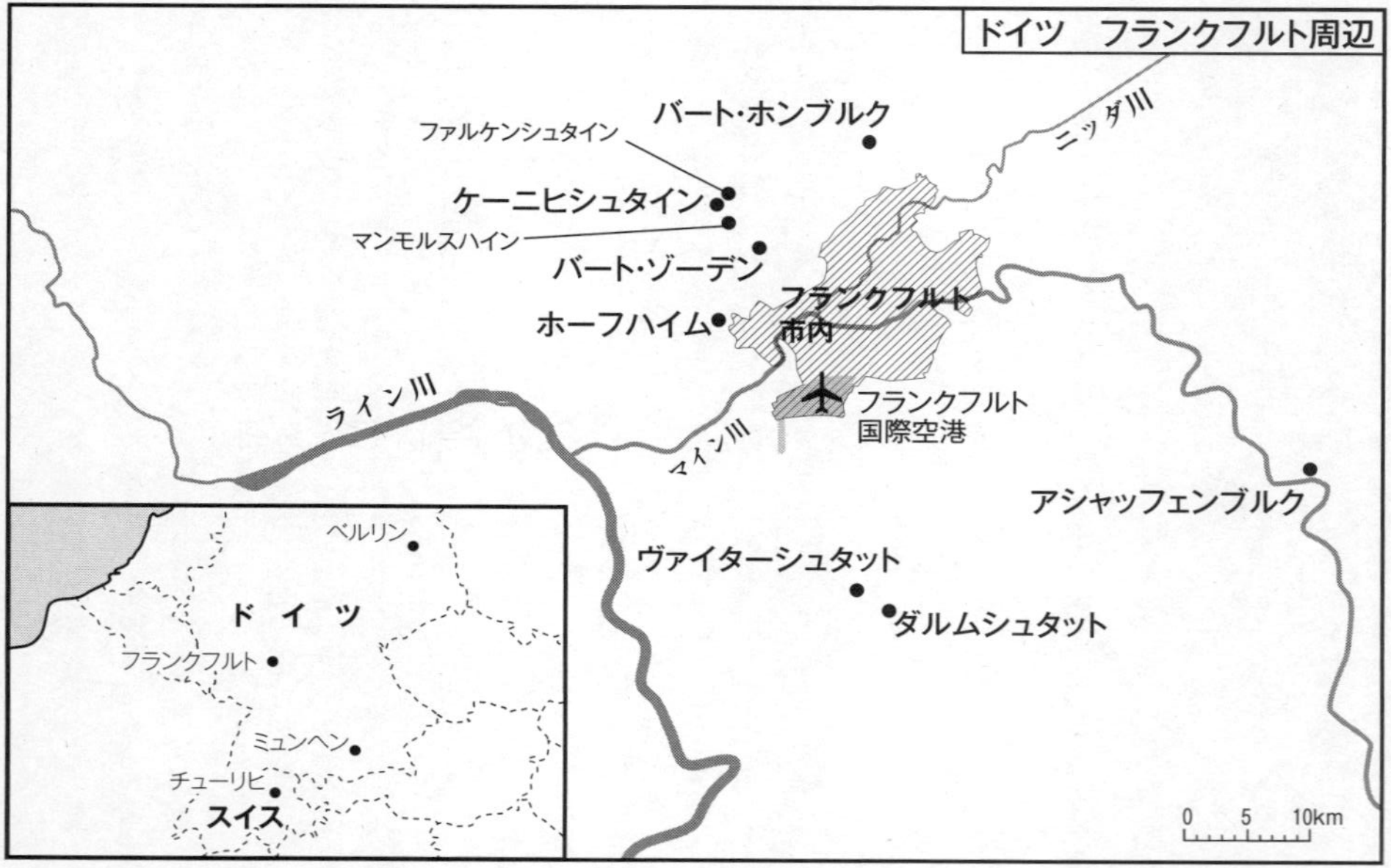
ドイツ　フランクフルト周辺
バート・ホンブルク
ファルケンシュタイン
ケーニヒシュタイン
マンモルスハイン
バート・ゾーデン
ホーフハイム
フランクフルト
市内
フランクフルト
国際空港
ニッダ川
ライン川
マイン川
アシャッフェンブルク
ヴァイターシュタット
ダルムシュタット
0
5
10km
ベルリン
ドイツ
フランクフルト
ミュンヘン
チューリヒ
スイス

友人でもある出版エージェントのアンドレアに捧ぐ
あなたの友情と支援に感謝

悪はつねに平凡で人間的なものだ。
わたしたちと寝床を分かち、わたしたちといっしょに食卓につく。

W・H・オーデン

プロローグ

一九八一年五月十日（日曜日）

池に枝を垂らす大きなヤナギ。そのごつごつした幹にもたれて、少年はひとりっきりになるという、めったに味わえない幸福感に浸っていた。そこは少年のお気に入りの場所だ。ここならだれにも邪魔されず物思いに耽《ふけ》ることができる。木の葉のカーテンに隠れると安堵感が得られる。だれもここまで追ってこないからだ。

年下の子は、こんな遠くまでやってこない。見つかれば折檻《せっかん》される。それが怖いのだ。年上の子はこんな遠くまで歩くのを億劫《おっくう》がる。今日のようなぽかぽかした日和ならなおさらだ。お邸《やしき》の近くでだらだらし、隠れてタバコを吸ったり、音楽を聴いたりして過ごす。たまに下の子をつかまえて、泣くまで互いに喧嘩をさせたりすることもある。泣かされるのはたいてい女の子だ。少年は女が嫌いだ。いや、だれも彼も嫌いだ。なかでもとびきり嫌いなのはあいつだ。遅く帰ると、あいつに折檻される。あいつの機嫌がよければ、殴られるだけですむが、機嫌が悪いと、もっとひどいことをされる。あれは本当にきつい。考えただけで怖くなって口の中が乾く。

少年は他のことを考えるようにつとめた。ママのことを思った。遠くに住む美しいママ。いいにおいがする。抱きしめて、「わたしの小さな王子様」と呼んでくれる。動物園やフランクフルトの高級カフェにも連れていってくれる。ママといると、幸せになれた。

ママは訪ねてくるたび、もうすぐ、本当にもうすぐ迎えにくると約束した。本当の家族になれるというその言葉を以前は信じた。ひどい目にあったときは、ママといっしょに暮らすところを思い描いてしのいだ。なぜここにいなければならないのか、どうしてもわからなかったが、これは一時《いっとき》のことで、いずれママが迎えにくるはず。そう考えて心を慰《なぐさ》め、どんなことでも耐え忍んだ。ママに忘れられているとたまに思うこともあったが、そうするとママが来てくれて、すべてが楽になった。少なくとも数時間は。

もっと小さかった頃、少年は別れぎわに泣いて、ママにすがりついたものだ。ママに行かれたくなかった。自分だけ置き去りにされるのがいやだったからだ。だが今はもうそういうことをしない。もう十三歳だ。赤ん坊のように泣くことはなくなった。

心のどこかで、少年はいまだにママがいつか約束を守ると期待していた。少年には母親がいる。他の子たちとは、そこが違う。自分だけの秘密にしておけばよかった！　迎えにくるという約束のことをよりによってあいつにいってしまうなんて！　あいつがなにかというと少年を小馬鹿にし、ひどいことをいうようになったのはあれからだ。

「おまえなんか、みにくい捨て子さ」あるいは「おまえ、とんまだね。母親はおまえがいらないから、ここに置いていったんじゃないか。迎えにくるはずないさ。頭、悪いぜ。いつになったらわかるんだ?」

少年は泣きそうになって、目をぎゅっとつむった。ああいうことをいわれると、心がかきむしられる。

最後にママが訪ねてきたとき、意を決してたずねてみた。

「ぼくがみにくいから、本当は欲しくないんでしょ」

ママは笑みが凍りついて、変な目で少年を見つめた。

「そんなことはないわ。絶対そんなふうに思わないで、わたしの小さな王子様」そうささやくと、ママはぎゅっと抱きしめてくれた。二年前の母の日のことだ。でも去年、ママは来なかった。そして今日も、ママは迎えにこないだろう。

少年は涙をこらえて深呼吸した。森の地面から立ちのぼる土のにおいがする。

はるか頭上の、雲ひとつない青空で、ノスリが弧を描いて舞っている。ときどき鳴き声をあげる。猫の鳴き声に似ている。顔のまわりに羽虫がまとわりついている。近くの下草で小動物がかさかさ音をたてた。たぶん野ネズミだろう。ノスリがいつ飛びかかってくるかわからない。野ネズミの心臓はばくばくいっているにちがいない。ノスリが音もなく舞い下りてきて、影がよぎったときはもう手遅れだ。逃げることなんて……。自分と同じ境遇だ、と少年は思った。運命に翻弄《ほんろう》され、次になにが起こるか知るよしもない身なのだ。

少年はまた目を開け、池に視線を泳がせた。池は静かで、ガラス面のようになめらかだ。トンボが二四、羽音をたてながら葦《あし》の上を飛んでいる。水面をミズスマシが走っている。少年は首を伸ばして耳をすました。遠くで声がする。水がはねる音とオールを漕ぐ音もする。池の反対側の葦のしげみにつないであった古い手漕ぎボートだ。舟底が腐りかけていたので、使うことを禁じられている。

少年は四つん這いになって岸ににじり寄り、葦をかきわけてすすんだ。胸の鼓動が速くなった。勝利の歓喜に武者ぶるいした。ふたりはミサのあとに交わした短い会話を盗み聞きされたことに気づいていなかった。

「二時にカエル池？」あいつはノーラ・バルテルを見ずにささやいた。

「三時がいいわ」ノーラが小声で答えた。「親が出かけるから」

少年はふたりの手が出口へ向かう人混みの中で偶然を装って触れあうのを目撃した。存在感がないことにもいい点はある。ふだんは悔しい思いをするが、こういうときは都合がいい。

またノーラの声が聞こえた。鈴が鳴るような笑い声が静かな午後の水面にたゆたう。ノーラはボートの後部に腰かけて肘《ひじ》を突き、日焼けした足を無造作に投げだしていた。波打つブロンドの長い髪が肩にかかっている。片方の手を水につけている。なにを話しているのかわからないが、あいつがひと漕ぎすると、櫂《かい》をボートと垂直の位置で止めて、ぐらぐら揺らした。

「やだ、やめてよ！」ノーラが体を起こした。

「キスしてくれたらやめる」あいつが答えた。

「お断りよ！」ノーラはつんつんしている。「早く漕いで！　そんな馬鹿なことをするなら、今度は他の子を誘うからいい」

口喧嘩を聞くのは最高だ。ノーラが尖《とが》った言い方であいつをいらつかせている。心に針が刺さるような口の利き方。それを聞かされるとどんな気分になるか、少年は先刻承知だ。ノーラ。少年は彼女が嫌いだ。それでいて憧れていた。彼女はだれよりも美しい。そして最悪の娘だ。

あいつがさっきよりも激しくボートを揺らし、とうとうボートが転覆してしまった。ノーラは悲鳴と共に池に落ち、悪口雑言《あっこうぞうごん》を雨あられと降らせた。あいつは彼女を見向きもせず、クロールで岸に泳ぎつくと、そのまま林の中に姿を消した。

これで少年はノーラとふたりだけになった。それがどういうことか気づいて一瞬、頭がくらくらした。ノーラ。あの子は水の中で動けず、転覆した古いボートは沈みかけている。

「助けて!」ノーラが悲鳴をあげた。「助けて! 足になにか引っかかってる!」

彼女の必死な声を聞くのははじめてだ。少年はサンダルとTシャツと半ズボンを脱ぎ、葦をかきわけてすすんだ。水底は冷たく、どろどろしている。気をつけないと、葦の鋭い茎で足を切りそうだ。ノーラはまだ助けを呼んでいる。葦の群生から出ると、少年は彼女の方へ泳いでいった。彼女は激しく腕を振りまわし、目を血走らせている。少年は数回水をかいて、ノーラのそばまで行った。こんなに近づいたのははじめてだ。

「足になにか引っかかってるのよ」ノーラはあえぎながら少年の腕をつかもうとした。

少年は立ち泳ぎをした。びしょぬれで、怯えきっていても、ノーラは美しい。彼の心の奥底で目覚めを待っていたなにかがうごめいた。両手でノーラの首をつかんだ。彼女が悲鳴をあげようとしたので、水に沈めた。押さえつけるのは簡単ではなかった。彼女の足が水草に引っかかっていなかったら、うまくいかなかっただろう。彼女が手足をばたばたさせればさせるほど、力でねじふせる感覚に酔いしれた。頭に血が上った。彼女の体に腕と足をまわしたとき、ノーラはじたばたしたが、少年の方が力があった。膝《ひざ》を使って彼女をあっさり水面下に沈めた。死にゆくノーラを見るのは快感だった。ノーラは死の恐怖に目をむいている。その目が信じられないという表情に変わり、やがて目から生気が失われ、人形の目のように虚《うつ》ろになった。彼女が事切れるのを感じた。彼女の体から力が抜けると、少年は放した。

ノーラの髪が水中に広がり、黄金の扇子のように揺れている。口と鼻から最後の気泡が上った。ノーラの妖精のような美しさは永遠に失われたのだ。少年がそう望んだからだ。ノーラが水底に沈むのを見ながら、力と支配のすばらしい感覚をもうしばらく味わい、恍惚《こうこつ》となった。それから泳いで岸にもどり、服を着て駆けだした。胸が苦しくなるまで疾走し、だれにも会うことなく、お邸に帰りついた。

午後遅く、カエル池で子どもが溺《おぼ》れ死んだという知らせが届き、みんな、びしょぬれの子を見かけたことを思いだした。もちろん少年ではない。存在感がないというのは、やはり便利だ。

その夜ベッドの中で、少年はこの日、重要な学習をしたと自覚した。命の灯火《ともしび》が消える瞬間がこれほど甘美なものだったとは。このとき感じた全能感を一生忘れないだろう。

ベッドの下の秘密の隠し場所から、ノーラがもがいたときに抜けた髪をそっとだして、においをかぎ、頰に押し当てた。もう狩られる側じゃない。少年は今日から狩人だ。

チューリヒ、二〇一七年三月十九日

濃霧が綿のように湖を覆っている。この季節には珍しいことではない。三月の天気は雨模様になったり、日が射したり、嵐や雪になったり、刻一刻変化する。しかし霧が出ると、風が吹かなければまる一日ずっとそのままだ。

フィオーナ・フィッシャーはトラムの6番に乗ってチューリヒ山を下った。生まれてこの方、いったい何回乗ったことだろう。けれども、こんなにわくわくしたことはない。フィオーナはひと晩じゅう一睡もしなかった。なにを着ていこう、なにを話そう、とそんなことばかり考えた。正午に、まったく記憶にない父親と会うことになっている。母親を埋葬してから二週間が経っていた。見つけた父親のバーゼルの住所に母親が死んだことをしたためた手紙を送ったが、受取人不明で戻ってきた。そこでフィオーナは、母の書き物机を漁《あさ》り、スマートフォンの住所録を調べて、フェルディナント・フィッシャーの電話番号を見つけた。直接電話をかける勇気はなかった。どう名乗ったらいいだろう。「こんにちは、わたし、あなたの娘です！」なんていうのか。だめだ。ありえない。妻と娘を捨て、二十年以上も音信不通の男だ。クリスマスどころか、誕生日にさえ連絡なし。そんな口の利き方はできない。

フィオーナはこれまでにも幾度となく父親に思いを馳せ、顔立ちや声を思いだそうとしたが、うまくいったためしがなかった。笑い声を聞いたことがあるような気がするし、父親と結びついたにおいも知っているつもりだが、年を経るごとにその記憶も薄れていた。そのうえ父親の写真が一枚もない。フィオーナはそれが悲しくて仕方がなかった。というのも、人並みにパパが欲しかったからだ。友だちの中には、親が離婚した子もいたが、それでも父親と接点があった。

フィオーナは女ばかりに囲まれて育った。まるで女子修道院にいるようだった。チューリヒ山の斜面に建つホイベーリ通りの家ではずっと母親と祖母のふたりと暮らしていた。夏は三人でイタリアのトスカーナへ行き、冬はヴァリス州でスキーを楽しんだ。フィオーナはバレエ教室へ行き、テニスをした。少し大きくなると、夏は仲間と湖岸のミューテンクヴァイ屋外プールで過ごすようになった。悪い暮らしではなかった。しかし父親が欠けていた。

父親が話題になると、母親はきまってよくいわなかった。母親とフィオーナを捨てた奴。フィオーナはそういう理解しかしていなかった。幼い頃は、自分のせいで父親は出ていったのだと思い込んでいた。その後、父親がフィオーナの養育費すら払っていないことを知った。「ひどい人よ！ お母さんはお金を受けとらなかったくらいだもの」と祖母が吐き捨てるようにいったこともある。そういう話の中で、フィオーナの父が元はドイツ国籍だったことを知った。

トラムがフルンテルン教会の停留所に止まった。フィオーナはそこで降りて、日本人ツーリストの団体といっしょにベルヴュー行きのトラムの5番を待った。フィオーナはトラムの真ん中の車両に乗って、窓際の席についた。日曜日だったのでトラムはすいていた。

父親の名がフェルディナント・フィッシャーだと知ったとき、フィオーナはその名をグーグルで検索した。ヒットした件数は数十万に達した。住んでいるところも、顔も職業も知らない。早々に捜すのをあきらめた。ついに父親の電話番号がわかって、長い時間かけて推敲《すいこう》したショートメールを送った。驚いたことに、二十年前に音信不通になった父親から一時間後には返事があり、会うことになった。リンマートクヴァイ通りの〈カフェ・オデオン〉で十二時にと提案された。フィオーナとしては、もっと静かなところのほうがよかった。会えるのなら、いろいろ質問したい。この世で血のつながりがあるのはもう父親しかいないからだ。

青と白に塗られたトラムが大学病院の前を通った。五つ目のベルヴューで降りると、フィオーナは小さな青いリュックサックを背負って、通りを横切った。カフェに入るとき、興奮しすぎて胃が痙攣《けいれん》した。むっとする空気に包まれ、濡れたウールといれたてのコーヒーとニンニクのにおいがした。カウンターはすべて埋まっている。テーブル席もあまり空いていない。

フィオーナは客のあいだを縫って、空いている席を探した。一番奥の新聞をかけるフックのそばにある小さなテーブルが空いていた。観光客らしいカップルもそこに目をつけたが、フィオーナは席の取り合いに勝った。正午まであと十分。フィオーナはなんとしても早めに席についていたかった。そうすれば、店に入ってくる男性をすべてゆっくり観察できる。父親はフィオーナがわかるだろうか。といっても彼女は母親とちっとも似ていない。癌《がん》にかかり、化学療法でがりがりにやせるまで、母親は太り気味で、髪は褐色だった。

フィオーナは正面の鏡張りの壁を見た。青白い顔の若い娘が映っている。長い髪はダークブロンドで、大きな青い目をしている。顎が張っていなければ、美人といえるのだが。疲れているように見える。実際、疲労感があった。心は空っぽになり、気力を失っていた。母親の長い闘病生活はフィオーナにも暗い影を落としていた。身長が一メートル七十六センチもあるのに、体重はわずか五十一キロ。既製品には体に合うものがない。母親がホスピスに入るのを拒否したため、フィオーナは母親が息を引き取るまで世話をした。スーパーや薬局にちょっと出かけると、解放感を味わったが、すぐに罪悪感に苦しめられ、ラテマキアートを飲むときも、アイスを食べるときもゆったりできなかった。

「いらっしゃいませ！」褐色の髪の若いウェイターが彼女の席で立ち止まった。「なにになさいますか？」

フィオーナはウェイターをきょとんと見つめた。

「えーと……あの、わたし……待ち合わせているんです」彼女は口ごもった。

フィオーナは自分のスマートフォンに視線を向けた。正午ちょうど。カフェは人でごったがえしていて、喧噪がひどい。人が多くて、うるさいところはひさしぶりだ。このまま立って、外の新鮮な空気を吸いにでたくなり、父親が来なければいいのにとさえ思った。ところがその瞬間、フィオーナの席のそばに立つ者がいた。フィオーナはその男性を見るなり、少し失望した。別にジョージ・クルーニー並みの人を期待していたわけではないが、五十代半ばの贅肉《ぜいにく》のついた男とは思っていなかった。褐色の髪は薄く、こめかみのあたりの髪は白くなっていた。どこにでもいるような平凡な顔立ちで、金縁メガネ越しに見える目も褐色だった。服装と腕時計はいかにも高級そうだ。

「フェルディナント・フィッシャーだ。フィオーナさん？」男性の距離を置いた言い方に、フィオーナはがっかりした。

「はい」フィオーナはむりに笑みを作って立ちあがった。男性の手は死んだ魚のような感触がして、フィオーナは握手のあと、思わずジーンズで掌《てのひら》をふいた。それから腰を下ろしていった。「来てくれてありがとう」

ぎこちないはじまり方だ。

「どういたしまして」父親にじろじろ見られて、フィオーナはいたたまれなくなった。「ええと……美しくなったね。若い頃のユマ・サーマンのようだ」

フィオーナは顔に血が上るのを感じて、伏し目がちになった。うまい具合にウェイターが来てくれたので、父親に返事をしないですんだ。父親はメニューを見ずに、牛肉のタルタルステーキと生ビールを注文した。フィオーナは一番安いハムとチーズをのせたトーストとリンゴジュースのサイダー割りの小を頼んだ。飲みものと料理が来るまで、ふたりは世間話をした。フィオーナは、三年前にレミビュール州立学校を卒業して、フリブール大学で数学を専攻することになっていたが、母親が病気になり、人生設計は凍結してしまったと話した。だがそのせいで付き合っていたジルヴァンと喧嘩になったことまではいわなかった。フィオーナははじめのうち、母親がまた元気になると思ったのだが、予想に反して、この三年間は重病人の看病が日課となった。

父親はじっと話を聞いてから、お悔やみをいったが、本心とは思えなかった。そのあと父親は、祖母は健勝か、あいかわらず郊外のフルンテルンに住んでいるのかとたずねた。注文したものが意外に早く運ばれてきた。父親は白いナプキンをシャツの襟元《えりもと》にはさんで、召し上がれといった。フィオーナはナイフとフォークを手に取って、トーストの角をそっと切った。さっきまで空腹だったのに、食欲が失せてしまった。

「ここには……よく来るの？」フィオーナはたずねた。はじめて会う人間に親しげに話すのは変な気がする。

「週に二、三回」父親は口をもぐもぐさせながらいった。「リンマートクヴァイ通りの反対側で働いている。公認会計士をしている」

「そうなんですか？」フィオーナは驚きを隠せなかった。もっと若い頃に味わった心の痛みが思いがけずぶり返した。父親がチューリヒで働いていたとは！ もしかしたら、いや、絶対にどこかですれ違っている。チューリヒは小さな町だ！ それならなんでずっと連絡を寄こさず、訪ねてもこなかったのだろう。父なし子というレッテルを貼られて育ったのはなぜだろう。会いたくなかったとしても、公認会計士なら養育費を払う余裕くらいあるはずだ。母親は知っていたのだろうか。

「住んでいるのは湖の対岸、ヴェーデンスヴィルだ」父親はそういいながら、タルタルステーキをフォークですくった。「伴侶である男性とわたしは数年前、そこに家を買った」

フィオーナは鳩尾《みぞおち》を殴られたかのような衝撃を受けて、父親を見つめた。伴侶である男性……目の前のフェルディナント・フィッシャーが本当に父親なのか、一瞬疑いを覚えた。人違いだったらどうする。いや、父親のはずだ。祖母のことやフィオーナが住んでいる家のことを知っているのだから。フィオーナが啞然としていることに気づいて、父親の顔から笑みが消えた。

「ちょっと待った……」困った顔をすると、父親は首を横に振り、ナイフとフォークを置いてフィオーナを見つめた。「なんてことだ。知らなかったのか」父親もあっけに取られていた。

「てっきりお母さんがそのことを」父親は口をつぐんだ。明らかに途方に暮れている。

「なんのことですか？　母からなにを聞かされているはずだったんですか？」フィオーナは泣きそうになるのを堪《こら》えた。自制心を失った自分が憎らしかった。家族を捨てた父親は同性愛者で、五キロも離れていないところでずっと暮らしていながら、一度も会おうとしなかったとは。フィオーナは声がふるえた。「だから養育費を払わず、訪ねてもこなかったのね。わたしが生まれたことが……許せなかったの？　あなたのパートナーの手前、子どもがいることが恥ずかしかったわけ？」

最後の言葉はほとんど叫び声になっていた。隣の席の客がちらちら見たが、フィオーナは気づきもしなかった。

「フィオーナ、落ち着いてくれ！」父親だと思っていた男は弱り果てていた。そっと手を伸ばしたが、フィオーナはさっと身を引いた。「事情があったんだ！」

「聞きたくない！　連絡なんてしてごめんなさい！」涙で目が曇ったが、フィオーナはスマートフォンをリュックサックにしまい、ジャケットをつかんだ。もう一秒たりとも耐えられない！　ここから出て、新鮮な空気を吸わなくては。

「待ってくれ、フィオーナ！」そういって、フェルディナント・フィッシャーは少し腰を上げた。ナプキンはまだ襟元にはさんでいた。「きみのお母さんが話さなかった真実を教える！　わたしはきみの父親ではない！　クリスティーネもきみの母親ではないんだ！」

一日目

二〇一七年四月十八日（火曜日）

　ピア・ザンダー首席警部は階段の一番下のステップに腰かけて、スニーカーのひもを結んだ。立とうとしたとき、第四、第五腰椎《ようつい》のあいだに刺すような痛みが走り、うっとひと声うめいてすわり込んだ。最近そこによく痛みが走る。キッチンから聞こえる物音に耳をすましてから階段の手すりをつかんで立ちあがった。クリストフにみじめなところを見せることはない。それにしても、これではもうお婆さんだ。ピアはそっと腰を伸ばす。痛みが引いた。

　あと数ヶ月で五十歳になる。気持ちの上では歳を取ったと思っていないが、酷使している体にはガタがきていた。一月に白樺農場《ビルケンホーフ》を売却する決心をした理由のひとつでもある。といっても、本当の理由は農場暮らしが快適に思えなくなったからだ。これまでに二度も空き巣に入られた。去年の十一月に入られたとき、ピアはひとりで家にいた。うまい具合に、かつてクリストフが住んでいたバート・ゾーデンの家を買って、年金で分割返済していた夫婦が、ライン＝マイン地域に移り住むので契約を解除したいといってきた。クリストフには渡りに船だった。白樺農場《ビルケンホーフ》を売り払うことに、ピアも思ったほどつらい思いをしなかった。飼っていた馬や犬が次々と死んで、残っているのは猫だけだった。猫なら引っ越し先に連れていける。

　農場の買い手を見つけるのは難しくなかった。引く手あまたで、一番高い金額を提示したトルコ人の庭師に売ることにした。先週の木曜日、購入金額が全額振り込まれたと公証人からメールで連絡をもらった。鍵の引き渡しは予定どおり明日の午後六時におこなわれる。

　ピアがキッチンに入ると、クリストフはアイランドキッチンのそばでコーヒーカップを手にして、新聞を読んでいた。黒白の猫はコーナーベンチに居心地よさそうに寝そべり、緑色の目で主人の動きをじっと観察していた。

「昨日は箱をいっぱい運んだけど、腰は大丈夫かい？」クリストフはメガネの縁《ふち》ごしにピアに視線を向けた。

「平気よ」ピアはそういって、クリストフにキスをした。「ぴんぴんしてる」

「本当に？　夜中にずいぶん寝返りを打っていたぞ」

「二十五の若い盛りとは違うもの」ピアは吊り戸棚からコーヒーカップをだして、コーヒーメーカーに置き、カフェ・クレマのボタンを押した。「だけど、ぐっすり眠れたわ」

　それは本当だ。ドイツでも一番交通量が多い高速道路のすぐそばに住むようになってから十二年ぶりに、絶え間ない喧噪を聞かずに快適な夜を過ごした。クリストフは二十年間住んだ家に帰ってこられて幸せそうだ。一番下の娘アントニアは夫のルーカスとふたりの小さな子どもといっしょに数軒先の家に住んでいる。リフォームは三ヶ月かかった。復活祭前の一週間、休暇を取って、荷物を梱包し、農場の片付けをした。新しい所有者はトラクター、肥料散布機、馬用トレーラーはおろか、ピアのオンボロ四輪駆動車までひっくるめて購入してくれたので、処分する手間が省けた。聖木曜日（キリスト教の祭日で復活祭前の木曜日）の朝八時に、引越し業者のトラックが来て、二時間かけずに家具をすべて積み込んだ。白樺農場《ビルケンホーフ》の門を閉じるとき、ピアは切なくなると思っていたが、ほっとしたというのが本音だった。十二年前にヘニングと別れて白樺農場《ビルケンホーフ》を買い、仕事に没頭してきたが、これからまた新しい人生の一章がはじまる。

ピアは熱いコーヒーをひと口飲んで、ヘーヒスト郡新聞の地方面をめくった。そこに載っている記事と最終面の死亡告知に目を通すのが日課だ。

「あのねえ」ピアはクリストフにいった。「さっき浴室でしみじみ思った。街灯、隣人、教会の鐘の音、そして歩いていけるところに商店やレストランがあるっていうのはやっぱりいい。白樺農場《ビルケンホーフ》に未練がないなんて、ひどいと思う？」

「そんなことはない。あそこの暮らしもすてきだった。これからここでの生活がはじまる。〝旅立つ覚悟がある者だけが、慣れに麻痺《まひ》することから免《まぬが》れられる〟ヘルマン・ヘッセも知っていたことさ」

ピアは笑みを浮かべた。クリストフはいつも的確だ。ピアはコーヒーを飲み干すと、食洗機にカップを入れた。

「じゃあ、また今晩」そういって、ジャケットとショルダーバッグをつかむと、ピアは猫に別れのウィンクをして、はじめて新しい我が家から出勤した。

*

捜査十一課はのんびりしたものだ。勤務プランによれば、カトリーン・ファヒンガーとケム・アルトゥナイはバカンス中だ。課長のオリヴァー・フォン・ボーデンシュタインもあと三日休みが残っている。といっても旅行はしていない。一応待機扱いだ。出勤しているのは、ターリク・オマリとカイ・オスターマンの両上級警部だけだった。ピアがカイといっしょに使っている部屋に入ると、ちょうどシナモンパンを頬張っていたカイが手を上げてあいさつした。

「復活祭はどうだった？」カイは口をもぐもぐさせながらいった。

これだけよく食べるのに太らない人も珍しい。脚に障害があって、スポーツをしていない。普通の人なら、彼のようなカロリー補給をしていてスポーツをしなかったら、太ってしまうだろう。

「楽しかったわよ」ピアはイースターエッグ形チョコレートのパックを三個とウサギ形のチョコレートを一個ショルダーバッグからだして、カイのデスクに置いた。「遅まきながら復活祭おめでとう」

「ああ、ありがとう！」

「これ、あなたに食べてもらったほうがいいから」ピアは彼に目配せした。「わたしが食べると、余さず腰の贅肉になる」

以前はその部屋をフランク・ベーンケとも共有していた。その頃は、カイもデスク一台で我慢していたが、ベーンケがいなくなり、ピアもオリヴァーが長期休暇《サバティカル》で不在のあいだ課長室に移ったのをいいことにデスク三台をU字形に配置して、四台のモニターを置き、複数のキーボードを使い分けている。どことなく大手銀行のディーリングルームを連想させる。ピアは、どうやってエンゲル署長にかけあって、これだけの機材の資金をださせたのか、カイに訊いていなかった。たぶん教えてはくれないだろう。

「休暇は楽しめた？」カイはつまみをため込んでいる引き出しにおすそわけのチョコレートを押し込んだ。

カイのトレードマークといえば、昔はよれよれのズボンと着古したTシャツと後ろで結んだ脂《あぶら》ぎった髪だったが、その時代は終わりを告げていた。恋人ができてから、カイは外見を気にするようになった。今日も短く切った髪にジェルをつけ、オールバックにしている。そして体にフィットしたブルージーンズをはき、雪のように白いシャツとベストを着ている。

カイのイメージチェンジがきっかけで、ピアはエンゲル署長とふたりだけのときに服装についていわれたことがある。暫定的とはいえ課長なのだから、それにふさわしい服装をしなさい。ジーンズ、フード付きジャケット、スニーカーというのはいかにも時代遅れだ、と。ピアは注意を受けたと感じて、むっとしながらこの服装が自分には合っていると答え、事実その服装で通した。しかしそのときからピアは毎朝、服を身につけるたびにこのときの会話が脳裏をかすめるようになり、気軽に服を選ぶことができなくなってしまった。去年、課長職を古くて新しいボスのオリヴァーに返したというのに。エンゲル署長がただの上司だったら、この件でこれほど苦々しい思いをせずにすんだだろう。だが五年前から署長は妹のキムのパートナーだ。つまり身内のような存在でもあった。そして署長は恥知らずにも、この件にキムを巻き込み、味方につけた。おかげで姉妹のあいだにいらぬ軋轢《あつれき》が生まれた。

「休暇中に引っ越すといってあったでしょう」ピアはそのことをカイに思いださせた。デスクに向かってすわると、引き出しを開けて、鎮痛剤のイブプロフェンを探した。「のんびりできるはずがないでしょ。こっちはどうだった？」

「先週は平穏なものだった」カイは答えた。「ターリクは今、フランクフルトの捜査判事のところだ。昨晩、フレールスハイムの難民施設で刃傷沙汰《にんじょうざた》があって、死者が出た」

「犯人は捕まえたの？」

「ああ。難民申請を却下されたモロッコ人だ。犯行の一時間後、駅で身柄を確保した。犯行を認めている」

三年前から捜査十一課の一員になっているターリク・オマリ上級警部はアラビア語が堪能で、難民施設内で犯罪行為が起きても、通訳を介さず対処できるので役立っていた。最近、難民施設内で事件が頻発しているので本当に助かる。

「それは上出来」ピアはイブプロフェンを見つけ、ブリスターパックから一錠押しだした。

「エンゲル署長は署にいる？」

「いると思うけど。さっき駐車場で署長の車を見かけた」

ピアはコンピュータを起動して、この一週間でたまったメールをチェックした。外部からの問い合わせが数件、異動する同僚の送別会の日取りについてのアンケート、そして〝職務上のコミュニケーションは部局から配布されるブラックベリー（ビジネス用途で人気のある携帯情報端末）を使用し、安全性に問題のあるメッセンジャーを使わないこと〟という警視総監の通達。急ぎの案件はなかった。つづいてピアは、積みあげたファイルの上に置かれた郵便物に手を伸ばした。そのときデスクの電話が鳴った。

「やあ、ピア」通報受付係からだった。「仕事ができた。マンモルスハインの家の中に男性の死体があるという通報が入った。パトカーが一台向かっている」

「発見者は？」ピアはたずねた。

「新聞配達人だ。郵便受けがあふれていたので、不思議に思って窓から中を覗いたそうだ。死んでからかなり時間が経っているようだ」

「わかった」ピアは郵便物を戻した。「わたしが行く。住所は？」

通りの名前と番地をメモすると、ピアは礼をいって立ちあがった。

「これからマンモルスハインに行ってくる」ピアはカイにいった。「家の中で死体が発見されたらしい」

「ターリクに電話をして、そっちにまわらせようか？」

「いいえ、いいわ」ピアはショルダーバッグをつかんだ。「様子を見てから連絡する」

＊

明日、フランクフルト地方裁判所の参審裁判で証言することになっているオリヴァー・フォン・ボーデンシュタイン首席警部は午前中、その準備にかかりきりになっていた。裁判では、五十六歳の男と四十九歳のその恋人が二十二年前に共謀して男の妻を殺害した罪に問われている。起訴状によれば、物欲およびもっと低次元の動機から殺人がおこなわれたとされている。まず、殺された妻は裕福だった。そして現在四十九歳の恋人は当時すでに夫と恋愛関係にあった。二十二年間、ふたりの犯行を証明することはできなかった。恋人が夫のアリバイを証明し、それが崩せなかったのだ。殺した妻の金で、ふたりは悠々自適な暮らしを営んできた。当時二歳の娘が寝ている部屋の隣の浴室で妻を殺しておきながら、警察に煩《わずら》わされることもなく、そのままその家に住みつづけた。

ドイツでは殺人に時効がない。事件は半年前、ルーティンワークとして再捜査され、当時採取された手がかりが洗い直された。一九九五年から犯罪捜査技術、とくにDNA型鑑定の分野が大幅に進展し、鑑識チームが死体から採取しておいた試料を検査したところ、死者の腕部《わんぶ》から当時家にいなかったはずの恋人のDNAが検出されたのだ。これで恋人は浴室にいて、殺された妻と身体的接触があったことが証明され、恋人によるアリバイも崩れた。オリヴァーは四ヶ月前、ふたりを逮捕した。捜査判事はふたりをそのまま未決勾留する決定を下し、いよいよ公判手続きが開始される。ふたりに無期懲役が言い渡されるのは間違いない。

古い未解決事件が解決して、遅まきながらも被害者の遺族が慰められると、溜飲がさがる。オリヴァーが刑事に戻った理由がそれだ。組織再編で、ホーフハイム刑事警察署捜査十一課は古い未解決事件も扱うようになった。これは州刑事局の捜査官と密接に連携することを意味すると同時に、州刑事局や連邦刑事局の情報を無条件で閲覧できるという利点もあった。

三年前、オリヴァーは本気で警察を辞めようと悩んだ。そのとき関わった事件で精神的に限界に達し、バーンアウトの縁まで行ってしまい、サバティカルを取って警察から少し距離を置くことにした。たっぷり一年あったので、今後どうしたらいいかゆっくり考えることができた。元義母ガブリエラ・フォン・ロートキルヒの管財人になるという件には、正直いってあまり食指が動かなかった。結局、警察に戻る気にさせてくれたのは、長年の相棒で、暫定的に課長を務めていたピア・ザンダーだった。オリヴァーは娘と妻のためにもっと時間が欲しかった。ピア、エンゲル署長、警察本部の担当者と協議して、勤務時間を通常の八十パーセントにする条件で捜査十一課課長に復帰し、あわせて管理業務をおこなうことで合意した。

オリヴァーはアタッシェケースに書類を入れて、デスクから立ち、テレビ室の方へ歩いていった。テレビ室では、早朝から妻のカロリーネがブラインドを下ろして、お気に入りのドラマシリーズをNetflixで観ている。オリヴァーはドア口で足を止め、ノーメイクでジョギングパンツをはいたままだらっとカウチに横たわった妻を見て、笑みをこぼした。カロリーネの娘グレータは二週間、父親の家族とフロリダに行き、ゾフィアは休日を母親のところで過ごしていて、金曜日まで帰らない。おかげで今年の復活祭はのんびりできた。復活祭の夜はオリヴァーの両親を伴ってフィッシュバッハの教会を訪れた。それ以外は、ゾフィアの言葉でいえば「楽ちん」していた。

オリヴァーがサバティカルのあいだ、カロリーネも生き方を見直し、前々から飽き飽きしていた経営コンサルタント会社の職を辞して、オリヴァーの代わりにガブリエラ・フォン・ロートキルヒの財産管理を一手に引き受けた。カロリーネはその手のことにじつに詳しかったので、適材適所といえる。オリヴァーの元義母はすぐカロリーネと意気投合した。ふたりは数百万ユーロに及ぶロートキルヒ家の財産を再配置して、さまざまな財団に振り分けた。コージマも、前夫の新しい妻に私腹を肥やす気がないと知ると、敵意を見せなくなった。コージマはあいかわらず世界を股《また》にかけ、ドキュメンタリーを製作していた。オリヴァーの一家と適度な距離を置いたが、ゾフィアに関する取り決めはまあまあ守っていた。

「第二シーズンの七話まで観たところ」オリヴァーがテレビ室に入ってくると、カロリーネはあくびをこぼして伸びをした。「まだ六話も残っているから大変」

「きっと次のシーズンも放送されるんだろう」オリヴァーはニヤッとした。

「平日にわたしがドラマ三昧《ざんまい》していたらいや？」カロリーネはたずねた。

「ちっとも。フリーランスの特権だ」オリヴァーは身をかがめて、彼女にキスをした。このまま

いっしょにカウチに寝転んで、一日ぐだぐだしていたい衝動に駆られたが、ぐっと我慢した。

「雨になる前に外の空気を吸ってこようと思う」

「どうぞ、楽しんできて！」

去年、ふたりは結婚した。オリヴァーは一族の城で家族全員と祝ってから、ポルトガルのアルガルヴェにある友人の別荘でハネムーンを過ごした。帰宅したとき、ガレージでサプライズが待っていた。ガブリエラからの思いがけない贈り物だ。もし事前に聞いていたら断っていただろう。だがオリヴァーのことがよくわかっているガブリエラは、秘密にしていた。オリヴァーは目を丸くした。彼が夢にまで見た車だ。黒いポルシェカレラ4GTSカブリオレ。ベージ

ュのレザーシートにデュアルクラッチ・トランスミッション。息をのむほど美しい車だ。

もっとも二年前から極端なビーガンを実践し、環境問題にシビアになっていたグレータの寸評は辛口だった。オリヴァーの二酸化炭素排出量はアフリカ全域に匹敵する、こんな人を義父に持って、友だちの手前、恥ずかしくてならない、と。オリヴァーも黙っていなかった。それをいうなら、ジャンボ機の機長である実の父親がエコロジーの観点で環境にどんな負荷をかけているか先に算出したほうがいい、と。これにはグレータもぎゃふんとなった。最近ではオリヴァーを赦《ゆる》したのか、たまにはポルシェに乗せてもらうのをよしとするようになった。ただし友だちの信頼を失いたくなかったので、いつも目的地の手前で下車した。

オリヴァーはワードローブからジャケットをだし、廊下にあるサイドボードの引き出しから車のキーを取った。キッチンからガレージに通じるドアを開けると、子どもの頃から憧れていた車を見てにやついた。ガレージの中でオート機構のついているルーフを開け、ウインドディフレクターを上げた。少ししてオリヴァーはヒンタータウヌスに向けて春風の中を走った。

＊

ピアは警察車両を貸しだしてもらうのをやめ、自分の車でマンモルスハインへ向かった。十三年乗った、燃費が悪く扱いづらかった四輪駆動車とおさらばして、乗り心地のいいミニコンバーチブルの中古を手頃な価格で手に入れた。カラーはボルカニックオレンジで、前のオーナーは数ヶ月乗って早々にこの派手な色に飽き、手放したものだ。ピアは何度も速度計を確認した。いまだにミニの加速に慣れていなくて、先週は二回もスピード違反で写真を撮られてしまった。国道五一九号線をケーニヒシュタイン方面に向けて走り、環状交差点の手前で右折。そこは森を縫うカーブの多い下り坂で、ケーニヒシュタイン市のマンモルスハイン地区に通じている。

いったいなにが待ち受けているだろう。閉め切った屋内に放置された死体は見られたものではないし、ひどく気分を滅入らせる。そこまで腐敗するがままになっていたということは、だれも気にかける人がなく、社会の目も行き届いていなかったことになるからだ。屋内で発見される腐乱死体のほとんどはその腐臭よりも、玄関ドアから這いだすウジ虫で気づかれる。前夫でフランクフルト大学付属法医学研究所所長のヘニング・キルヒホフが最近、信じがたいケースに遭遇した。高層アパートの隣の玄関からウジ虫が這いだしているのを見て、住人が毛布や新聞でドアの隙間を埋めていたのだ。六十年以上そのアパートに住んでいた老婦人が六週間前に孤独死していた。家賃は銀行口座から自動的に引き落とされ、年金が毎月その口座に振り込まれるため、管理会社は婦人の死に気づかなかったのだ。こういう悲劇は残念ながらよく起きる。有機体の腐敗と分解は生物学的に見れば自然なことだというが、だれにも責任を感じさせないようにそういう物言いをすることが、ピアには死者への冒瀆《ぼうとく》に思えてならなかった。

「二百メートル先で左折してください！」ナビの音声に指示され、ピアは小さな集落の真ん中でスイッチバックした。「注意してください！　目的地は車の乗り入れが制限された通りにあります！」

ピアは速度を落とした。集落の出口のおよそ百メートル手前で穴だらけの狭い道に曲がり、林を抜ける坂道をすすんだ。

「目的地に着きました。目的地は左にあります」

木の間に古びたレンガ造りの大きな建物が数棟見えてきた。栗石舗装された庭に囲まれているが、しばらく前から雑草がはびこっている。錆《さ》びついた門は閉じてからずいぶん日数が経っているようだ。建物の正面壁には、色褪せた古風な書体で、「E・ライフェンラート社――クローンタール鉱泉――創業一八五八年」とあった。

「可能であれば方向転換してください！」ナビにそういわれたが、ピアは無視して走りつづけた。カーブを抜けると、パトカーが見えた。フェンダーに寄りかかっていた巡査が手を上げて道をふさいだ。ピアは窓を開けた。

「ああ、あなたでしたか！」若い警官がピアに気づいていった。「車を新しくしたんですか？あのおんぼろのタンクはとうとう廃車にしましたか？」

「売り払ったのよ。これでガソリン代の節約になる」ピアは微笑《ほほえ》んだ。「どこへ行けばいい？」

「門を抜けて、進入路をすすんでください」

ピアは礼をいって、ブレーキペダルから足を引いた。大きな鍛鉄の門は開け放ってあった。アスファルトの進入路はくねくねと蛇行しながら薄暗いモミとクロベの木立を縫っていた。そこには高さが数メートルはあるシャクナゲも生えている。この数週間、晴れの日と雨の日が交互につづいたので、自然が一気に芽吹いていた。草がはびこっていて、いたるところでスイセンが花を咲かせている。ちょうど新芽が萌えだした大きなヨーロッパグリの木の下にはヤブイチゲの白い絨毯《じゅうたん》ができている。カーブの向こうに邸宅があらわれた。小ぶりの塔と外階段があり、表玄関には四本の円柱が立っていて、遠くから見ると豪壮な印象を受けるが、近づいてみると、壁面が時間に蝕《むしば》まれているのは見逃しようがなかった。化粧壁は大きくはがれ落ち、屋根はコケに覆われ、年老いた馬の背のようにあちこちへこんでいる。ところどころ屋根瓦のないところもあり、最上階の窓のいくつかには釘で板が打ちつけてあった。

ピアは砂利が敷かれた正面広場で車を止めて降り立った。コルト上級警部の横に女性がひとり立っていた。年齢はピアと同じくらいだ。ショートカットにしたグレーの髪に黄色い髪がまじっている。あまり髪の手入れをしていないようだ。女性のやせこけた顔には笑みがなく、興奮しているのか目がらんらんと光っていた。

「通報した方です」コルト上級警部がいった。「毎朝新聞配達をしていて、郵便受けがあふれていることに気づいて家をまわりこみ、キッチンの窓から亡くなっている人の姿を見たというわけです。えーと、お名前は……」

上級警部が口にするひと言ひと言に、女性はいちいちうなずいた。自分が見たことを早くしゃべって、自分が話題の中心になりたくて仕方がないようだった。

「ヴァール、モニカ・ヴァールです」女性は息せき切って話した。「七年前からここで新聞配達をしてます。ライフェンラートさんの家はいつも最後なんです。そのあとこのそばの源泉公園で愛犬のペッピと散歩をするものですから。この二週間、休暇を取っていまして、そうでなければもっと早く気づいたでしょう……」

「待って。ゆっくり話してください！」ピアは掌を向けて、立て板に水のごとくしゃべる新聞配達の女性を制した。「どうやって敷地に入ったんですか？　門は開いていたのですか？」

「ええ、変だなと思ったんです」ヴァールが答えた。「ふだん門は開いていないんです！　わたしはいつも道端に車を止めてから、ペッピを降ろし、新聞を郵便受けに入れたあと散歩するんです。ところが今日のペッピはすぐに駆けだして、開いている門から中に入ってしまったんです！　心配になって追いかけました。ライフェンラートさんも犬を飼っているんです。シェパードです。ベルジアン・シェパード・ドッグ……マローニだったか……ミラーノ……」

「マリノアですか？」ピアが助け船をだした。

「ええ、そのマリノアという犬種です」ヴァールがいった。

ヴァールは長い進入路に沿って走り、邸の裏口で愛犬を見つけたという。ヴァールはキッチンのドアをノックしたが、中から反応がなかったので、キッチンの窓から中を覗いて死体を見つけたのだ。

「家には入らなかったのですね？」ピアは念を押した。

「ええ、ドアは鍵がかかっていました。携帯電話ですぐ警察に電話しました！」ヴァールは少し不安そうにいった。「それでよかったんですよね？」

「もちろんです。死体がだれかご存じですか？」

「ライフェンラートさんだと思います。八十歳を超えていました」ヴァールはそういって、身ぶるいした。「でも、ちゃんと見たわけではないので」

「ライフェンラートさんはひとり暮らしですか？」

「ええ、そうだと思います。他にだれも見かけたことはありません」

「あなたが辿《たど》った道と死体を見た場所を教えてください」

新聞配達の女性はピアと上級警部を連れてまっすぐ邸の裏手にまわり、割れた洗い出しコンクリートプレートの小道の先に見える裏口を指差した。

「あそこの窓から見えました」ヴァールは二枚ある窓の一枚を指したが、安全な距離を取った。

「正直いって二度と見たくありません。これでもういいでしょうか？　新聞配達の他にも仕事があるので」

「ええ、帰ってくださってけっこうです」ピアはやさしく微笑んだ。「通報してくださり感謝します」

モニカ・ヴァールは誇らしく感じたのか、頰を赤らめた。

「ここにこんな豪邸があるとは知らなかったわ」ヴァールの姿が見えなくなると、ピアは上級警部にそういって邸宅を見上げた。「ちょっとしたお城じゃない」

キッチンのドアは施錠されていたので、ふたりは正面玄関に戻った。正面玄関は鍵が開いていて、ドアストッパーがかかっていた。おかしなことではない。日中に出入りするときは、ピアも白樺農場《ビルケンホーフ》でよくそうした。ピアは敷居に立ってにおいをかいだ。アンモニアと腐ったチーズのにおいが鼻をついた。典型的な死臭だ。ダウンジャケットのポケットからラテックスの手袋をだしてはめた。

「いっしょに入りましょうか？」コルト上級警部がたずねた。そうはいったが、屋内で発見された腐乱死体に尻込みしているのが見てわかった。

「その必要はないわ」ピアがそういうと、上級警部はほっとした様子でうなずいた。

ピアはエントランスホールを見まわした。ピューリタンのような質素さだ。壁には腰の高さまで暗色系の板が張られ、その上には木製の大きな十字架がある他はなにも飾られていない。唯一目にとまるのは、ホールの右側にある白と青で配色された巨大なタイル仕上げのストーブだけだった。ほこりをかぶったシャンデリアがはるか上の天井からぶら下がっている。ホールの中央には白い砂岩の幅広い階段があって上階に通じ、広間の左右に廊下が延びている。教会を思わせる縦長の窓にはステンドグラスがはめてあり、色違いの大理石が床に敷かれていた。ピアは手前にある右側の廊下に足を向けた。奥から冷気が流れてきて、廊下の一番奥の扉に近づくにつれ、死臭がきつくなった。ピアは古い暖房機に軽く手を触れた。冷えきっている。

キッチンの前で立ち止まると、ピアは口で息をするようにした。数分でにおいに慣れることは、長年の経験で知っているが、意識しないに越したことはない。邸の中は教会のように静かで、聞こえるのは、しつこく窓にぶつかるハエの羽音だけだ。

キッチンは広くて四角形だった。左側の窓のない壁面には、いかにも一九六〇年代の製品という感じのジーマティックのシステムキッチンがあった。カラーはマスカットグリーンで、取っ手はアルミ製だ。ピアの若い頃に両親の家にあったキッチンと同型だ。そっちはもっと地味な色だったが。ピアの視線がキッチンの奥のコーナーベンチに向いた。テーブルは縞《しま》模様の入った合板で、汚れた朝食用の皿の横に新聞がひらいてあった。コーヒーカップにはカビが浮いていて、食べかけのパンにもカビが生え、耳が乾燥して上にそりあがっていた。中身が空《から》の餌皿とヤナギの枝で編んだ大きな籠《かご》が、新聞配達人のいっていたマリノアがいることを示唆《しさ》したが、肝心の犬の姿はなかった。

長椅子に横たわっている男性の死体は腐敗がかなりすすんでいた。腐敗ガスで死体は異様にふくれあがり、緑がかった皮膚に気疱ができている。口からは黒ずんだ舌が出ている。白い髪は赤茶色になった顔と奇妙なコントラストをなしていた。キッチンの室温がもう少し高かったら、死体はウジにたかられていただろう。たくさんの死体を見てきたピアにとっても、ぞっとする光景だった。法医学者でなくても、死亡したのが昨日今日でないことは明らかだ。だがどうしてだれも気づかなかったのだろう。

勝手口の横のフックに、犬のリードといっしょに数着のジャケットがかかっていて、その下のマットに緑色のゴム長靴が一足そろえてあった。一見したところ、自然死のようだ。朝食をとっていて具合が悪くなったのかもしれない。長椅子に少し横になったところで、そのまま心臓が止まったに違いない。八十歳を超えていれば、そういうこともある。ピアは死体を仔細に見て、はっとした。死体の顔に血がついていないか。ピアは長椅子の横にしゃがんだ。間違いない！　左眉の上を怪我しているように見える。転んで怪我をしたのか、殴られたのかは専門家の判断を待つほかない。いずれにせよ、自然死かどうか判断保留だ。ピアは立ちあがり、ダウンジャケットからスマートフォンをだして、前夫に電話をかけた。

「もしもし？」二度鳴ったところで、ヘニング・キルヒホフが出た。

「研究所？」ピアはあいさつもせず、いきなりたずねた。

「もちろんだ。他のどこにいるというんだ？」ヘニングの声はいらついていた。「急ぎか？それともただのおしゃべりか？」

「あなたとおしゃべりするために電話をかけたことがある？」ピアもつっけんどんに答えた。

「法医学者が必要なのよ」

ヘニングは年々、偏屈になっている。一年半前、ピアの旧友ミリアム・ホロヴィッツとの結婚がとうとう破綻《はたん》した。ヘニングには幸せになってほしかったが、ピアに無理だったこと、つまりヘニングに就業時間を守らせることなど楽勝だと言い放ったミリアムに対しては、それ見たことかと思っていた。それにしてもヘニングのワーカホリックは筋金入りだ。仕事が命と考えている人間で、自分の使命だと思っている。結婚生活は無理だと思い知って、ピアは別居したが、ミリアムは限界が来るたびに大騒ぎしたため、ヘニングの方が研究所の官舎に逃げだした。ヘニングは今、三十五平方メートルの部屋に住んでいる。

「ほう」ヘニングが急に関心を寄せた。「死体かい？」

「他に法医学者の使い道がある？」

「きみがわたしにどうしても会いたくなったということもありうる」ヘニングは軽口を叩いたが、状況の説明を聞いてすぐ真面目になった。

「わたしが行こう。行くまで触るなよ！　窓も開けるな！」

「わたしはビギナーじゃないわ」ピアは住所を教え、ちらっと腕時計を見た。十一時を少し過ぎている。キッチンを出て、他の部屋を見てまわることにした。

キッチンの横は寝室だった。クルミ材のどっしりした家具、大きなワードローブ、ヘッドボードとフットボードが高いベッド。ナイトテーブルに目覚まし時計が載っていて、午後十時二十分を指していた。天板に大理石が使われている洗面台の上には、ローズウッドの枠にはめられた鏡があった。だがその鏡は曇っていた。ワゴンにはきれいにたたんだズボンとチェック柄のシャツと緑色のセーターが載っていた。家具はどれも、部屋の広さに比して大きすぎる。住人は年老いてからこの大きな邸の一階だけを使っていたのではないか、とピアは推測した。洋服ダンスの引き出しを開けてみて、ピアは奇妙な感覚に襲われた。なにかおかしい。下着とソックスが引っかきまわされている。ワードローブを開けてみた。スーツがハンガーから無造作に落とされていて、シャツは丸めて棚に放り込まれていた。

通路をはさんだ向かいの部屋は浴室だった。ピアはミラーキャビネットを開けてみた。ここも、だれかがあわてて戻したように見える。髭剃《ひげそ》り、歯磨き粉、ヘアブラシ、入れ歯安定剤、入れ歯洗浄剤、綿棒、シェイビングウォーター、アスピリン、咳止めシロップ、トローチの他に、オメプラゾールやβブロッカーやアンジオテンシン変換酵素阻害薬があった。どうやらこの家の主《ぬし》は、胃病と高血圧症に加えて心臓にも問題を抱えていたようだ。

寝室の隣は比較的広い部屋だった。書斎兼テレビ室らしい。テレビ視聴用の肘掛け椅子はお気に入りだったらしく、肘掛けとヘッドレスト部分のカバーがすり切れている。すり減ったぺルシャ絨毯には犬の毛がびっしりついていた。壁には油絵の風景画が何枚もかかっているが、たいして価値はなさそうだ。色あせた壁紙に四角形の明るい部分が残っている。どうやらそこにも絵がかけてあったようだ。ピアは視線を泳がせた。黒っぽいマホガニー材に真鍮《しんちゅう》をあしらったデスク、へこみのある金属製の書類棚。金庫は頑丈そうで、どんな泥棒が入っても歯が立たないだろう。ピアは金庫の扉を前後に揺らしたが、ひらかなかった。書類棚はかなり高い台座に置かれていた。ピアはデスクの引き出しを開けて、中を見た。

それからキッチンに戻って、戸棚やドアの横にかけてあったジャケットのポケットを探った。財布がどこにもない！　だれかがここでなにかを探したようだ。だがかなり目立たないようにやっている。これが麻薬依存症のだれかだったら、装飾品や電子機器や現金を探してマットレスを切り裂き、家具を倒し、引き出しの中身を床にぶちまけるくらいのことはしている。空き巣が老人に見咎《みとが》められて殺したのだろうか。あるいはライフェンラートが絶命したあと、招かれざる客が訪ねてきたのだろうか。

チューリヒ、二〇一七年三月十九日

息の詰まるカフェを出て、ふたりは湖岸のプロムナードを散歩した。ゼックスロイテン広場とレンタルボート乗り場を通りすぎた。今日のような日にはどこも客がまばらだ。葉のないプラタナスの枝が濡れて光っている。湖面では数羽のマガモと白鳥がまったりと浮かんでいる。

「クリスティーネとは同僚を介して知りあった」フェルディナント・フィッシャーが話しはじめた。「一九九四年の夏だ。当時、わたしは困った状況にあった。スイスでの労働許可が期限切れになって、ドイツに戻らなくてはならなかったんだ。しかしどうしても戻りたくなかった。ドイツの税務署とは距離を取りたかったし、若いラファエルと恋仲になったばかりだったんでね」

フィッシャーは咳払いして、コートの襟を立てた。

「クリスティーネは養子縁組するのに、結婚相手を探していた。彼女は不妊治療をいろいろ試してもだめで、最初の夫はそれにうんざりして離婚していた。しかし夫がいなくては、養子縁組はできない。しかも欲しい子のタイプが決まっていた。女の子で、アジア系、アフリカ系でないこと。ベストなのは知的な親の血を受けついでいることだった。わかると思うが、難しいことだった」

母親らしい、とフィオーナは思った。カフェで受けたショックからは立ち直っていた。新鮮な空気を吸って、気分がよくなった。

「そこで、彼女はある計画を立て、そのために夫を必要としていた。彼女はスイス人で、わたしはドイツ人。わたしたちは契約を結んだ。養子縁組ができるまで、わたしは彼女と結婚して、偽装結婚を疑われないように五年間はいっしょに暮らす。そして期限が過ぎたら無条件で離婚する。彼女は子どもが持てて、わたしはスイス国籍を取得できる」

「でも、養子縁組の記録がどこにもないんですけど」フィオーナはいった。

「当然だ」フィッシャーは立ち止まって暗い顔をした。「クリスティーネは希望している赤ん坊を一日千秋の思いで待ち、どこかの知的な女性が白い肌の女の赤ん坊を捨てますようにと毎晩祈っていた。そして運命が微笑んだ」

フィオーナは信じがたい話を聞いて、頭がくらくらした。フィッシャーが口にするひと言ひと言がフィオーナの世界を壊していった。

「ある日、チューリヒ大学病院の産婦人科病棟の医師からクリスティーネに電話があった。氏名はあいにく覚えていない。その医師はクリスティーネが子どもを欲しがっていることをよく知っていた。医師は電話で話せないことなので、夜、家を訪ねるといった。わたしも家で夫を演じた。医師の知人が望まない妊娠をして、しかも中絶できる時期を過ぎていることが判明したという話だった。その人と医師は、クリスティーネにとって都合のいい計画を立てていた。子どもを密かに出産し、生まれたらすぐ新しい母親に渡すという計画さ。理由はわからないが、妊娠した人は養子縁組をして、公式に記録が残ることを望まなかったんだ。医師はクリスティーネに、マタニティサポートパンツで妊婦に偽装し、母子手帳をもらい、生まれてきた赤ん坊を自分の子として申告してはどうかと提案した」

「なんですって？」フィオーナは啞然とした。

「さすがに無茶な提案だと思ったが、クリスティーネがどういう方法で子どもを手にしようとわたしにはどうでもいいことだった。肝心なのは、この偽装で契約期間が予定どおりに終わるということだった。わたしたちは医師の提案をのんだ。クリスティーネはホルモン注射を受け、マタニティサポートパンツを夜もはずさず、うまく妊婦を演じきった。控えめにいっても、あれはグロテスクだった」

フィオーナはなにもいわなかった。言葉を失っていた。

「計画はうまくいった。一九九五年五月四日に医師から電話があって、赤ん坊が生まれたと伝えられた。健康な女の子。夜の九時半頃、医師はきみをスポーツバッグに入れて運んできた。一年半して、クリスティーネとわたしは別居し、一九九九年に約束どおり離婚届をだした。クリスティーネは当時、幸福の絶頂だった。ずっと欲しかった自分の子どもを手に入れられたのだからね」

＊

「ザンダー刑事？」

「なに？」ピアは廊下に出て、エントランスホールへ向かった。

玄関でコルト上級警部が待っていた。隣に十一歳くらいの黒髪の少女が立っていて、興味津々でピアを見ていた。

「この子が家に侵入しようとしていたので、止めたところです」上級警部はいった。

「侵入したわけじゃないわ！」少女が異議を唱えた。「さっきバカンスから戻ったところで、テオおじいちゃんとベックスにただいまっていおうと思っただけよ！」

「いい子ね」ピアは微笑み、手袋を脱いで少女に右手を差しだした。「わたしはピア・ザンダー。あなたは？」

「ヨランダ・シャイトハウアー」そう答えると、少女はピアの手を握った。「あそこの家に住んでるの」少女は軽く後ろを指してから、鼻をひくひくさせて顔をしかめた。「なにこのにおい？　ベックスはどこ？」

「ベックスってだれ？」ピアは少女をやさしく玄関の外に連れていった。

「テオおじいちゃんの愛犬だよ。おじいちゃんはベックスビールが大好きだから、ベックスって名前なの。おかしいでしょ？」

「そうね」

「おばさんは警官？」ヨランダはピアを探るように見た。

「ええ。刑事」

「うわあ！」なぜ刑事がいるのか、少女は考えているようだった。「おじいちゃんがなにかいけないことをしたの？」

「いいえ、そんなことはないわ」ピアは首を横に振った。「いくつか質問したいんだけど、ご両親がいっしょにいた方がいいわね。お母さんの電話番号を教えてくれる？」

「もちろん」ヨランダは電話番号をいった。ピアは母親とゆっくり話したいので、そのあいだ少女にパトカーを見せるよう、コルト上級警部に頼んだ。

十分後、褐色の髪の華奢《きゃしゃ》な女性が庭を横切ってきた。名はベッティーナ・シャイトハウアー。隣人が死んで、しばらくだれにも知られず家の中に横たわっていたと知って、ひどく衝撃を受けた。

シャイトハウアー一家は六年前、マンモルスハインに移り住んできた。ヨランダは幼い頃から、まわりに住んでいる人のところに遊びにいき、気に入ったところがあると、足繁く通った。傍目《はため》には人とまじわらず、愛想がないライフェンラートのところにもそうやって顔をだしていた。小さな娘が無愛想な老人のところに行くことを、両親はよく思わなかったが、老人はヨランダが気に入って、いつでも歓迎するといっていたという。

「うちの庭がライフェンラートさんの敷地に接しているんです」シャイトハウアー夫人はいった。生け垣に隙間があることをヨランダは知っていて、そこを通ってなんなく隣人の敷地にもぐり込んでいた。ヨランダは老人を「テオおじいちゃん」と呼ぶことも許され、定期的に通ってライフェンラート自作のレモネードをごちそうになり、庭仕事を手伝い、犬と遊んだ。

「ライフェンラートさんは数年前からひとり暮らしでした」シャイトハウアー夫人はいった。

「あのお邸で、犬とふたりきりでした」

「それにしても大きな邸宅ですね」ピアはいった。

「以前は女子修道院だったそうです」夫人がいった。「第一次世界大戦後、身体障害や発達障害に苦しむ子どもを引き取っていたそうです。でも一九三〇年代半ばにナチが子どもたちを全員、ハーダマー（ナチ時代に安楽死施設として使われた療養所がこの町にあった）に輸送し、その女子修道院を解散させました。いい話じゃないです。その後、ここを買ったのがライフェンラートさんのお父さんでした。一族は代々クローンタール鉱泉を所有していました」

ヨランダは、ライフェンラート老人が死んだことをピアと母親から聞いても、気丈に振る舞った。

「みんな喜ぶわね」ヨランダが悲しそうにいった。

「どういうこと？」ピアはたずねた。「だれが喜ぶというの？」

「あのハゲタカたちよ」ヨランダが肩をすくめて答えた。「おじいちゃんがいつもいってた。〝わしが死んだら、みんな喜ぶだろう、ハゲタカどもめ〟」

「なるほど。それで、だれのことを指しているの？」

「よくは知らない。イヴァンカでしょ。遺産目当てのラモーナでしょ。ドクター・ライクとヨッヘンは違うと思うけど。でももしかしたらあの刺青《いれずみ》をした尻軽女のイッツィが……」

「ヨランダ！」シャイトハウアー夫人が娘をたしなめた。

「だって、テオおじいちゃんはいつもそう呼んでたよ！」ヨランダがそう弁解した。「そういう名前じゃないの？」

シャイトハウアー夫人は歯が痛くなったかのように顔をしかめた。ピアは笑いをかみ殺した。

「娘がいっているのは、マンモルスハインで訪問フットケアをしている若い人のことです」

「そうですか。それで、イヴァンカというのは？」ピアはたずねた。

「テオおじいちゃんは〝わしの真珠〟って呼んでた」ヨランダが無邪気に答えた。

「イヴァンカは家政婦みたいな存在です」夫人が言い直した。「ライフェンラートさんのために買い物や洗濯など家事全般を担っていました。たしか週に三回通ってきていました。ドクター・ライクは獣医のライク・ゲールマンさんのことです」

「それから、遺産目当てのラモーナ」ヨランダがいった。

「ラモーナで充分でしょ」母親が口をはさんだ。

「わかったわよ。ラモーナとヨッヘンはおじいちゃんの子どもだったの。でも、今はもうあたしみたいな子どもじゃなくて、大人だよ。ママよりも年上かな。ええと……刑事さんよりもね。少しだけ」

「テオおじいちゃんを定期的に訪ねていた人は他にもいるかしら?」ピアは話を合わせるのが大変だった。

「ラモーナのご主人かな」ヨランダは眉間《みけん》にしわを寄せた。「他にもおじさんが何人か顔を見せてた。でもテオおじいちゃんを訪ねてくる人は多くなかったよ。あいつらに会うのはまっぴらだっていつもいってた。昔はその馬鹿どもに犬をけしかけてたんだって。でもベックスはおとなしすぎて、脅《おど》しにならなかったんだよ。フリッツがテオおじいちゃんにひどいことをいっても、ベックスはフリッツの手をなめるしまつだったんだって」

「そうなの」ピアは聞き耳を立てた。「フリッツというのはだれ?」

「知らない。でもおじいちゃんはその人のことを口汚くののしってた」ヨランダは母親をちらっとうかがった。「電話で話しているとき、偶然聞いたんだ。ひどい言い方をしてた」

「たとえば?」

「顔をださなくていい。おまえはわしの人生の汚点だ。自分勝手な糞野郎《くそ》」

ピアはまた笑いをかみ殺した。

「テオおじいちゃんと最後に会ったのがいつか覚えている？」

「そうねえ」ヨランダは一生懸命考えた。「テーゲルン湖に住んでるおじいちゃん、おばあちゃんのところで十日間過ごしたでしょ。出かける前に、テオおじいちゃんとちらっと顔を合わせた。乗用芝刈機に乗ってた。芝を刈らないときでも、おじいちゃんはよく乗ってた。うまく歩けなかったからだと思う」

「テオおじいちゃんは車を持ってた？」ピアはたずねた。

「うん。シルバーのメルセデス・ベンツ」ヨランダは振り返って、前庭の向こうに建っているガレージと増築部分を指差した。「いつもガレージの前に止めてるんだけど、ないね」

車は盗まれたのだろうか。それとも車が消えたことにもっと当たり障りのない説明がつくのだろうか。テーオドール・ライフェンラートは車を売り払ったか、貸している可能性がある。修理にだしていることも考えられる。ピアは、車はあとで調べればいいと思った。

ボルボの黒いSUVが前庭に入ってきて、パトカーのすぐ横に止まった。

「ひとまずいいわ。ありがとう」ピアはまだ話したりない様子のヨランダにいった。「またあとでお話ししましょうね」

「ねえ、ベックスはどこ？」犬がいないことに気づいて、ヨランダが心配そうに目を大きく見ひらいた。「死んじゃったわけじゃないよね？」

「今のところ見つかっていないの」ピアはいった。「でも部下にいって、敷地と邸宅を捜させるわね」

「じゃあ、あたしも手伝う！」ヨランダがきっぱりといった。「お邸のことならよく知ってるから！」

シャイトハウアー夫人は反対せず、自分も捜す手伝いをするといった。ふたりはコルト上級警部に伴われて立ち去った。

そのあいだにヘニングが車から降り、あたりを見まわした。

「みんな、どこにいるんだ？」

「だれのこと？」ヘニングと会うのはしばらくぶりだ。この数年、私生活がすっかり破綻しているのに、身だしなみが整っていることに、ピアは驚きを禁じえなかった。髪に白髪が目立つようになった。きれいに切りそろえた髭にも白いところがちらほら見える。それ以外は、別居した十二年前からとりたてて変わったところはない。

「鑑識チーム、遺体搬送業者、刑事……」

「今のところあなたしか呼んでない。あなたの判断を仰ぎたかったの」

「そういうことか」ヘニングは荷室を開けて、仕事道具を入れたアルミのトランクを二個下ろした。

「引っ越しはすんだのか？」ヘニングはつなぎを着て、ラテックスの手袋をはめながらたずねた。

「ええ、全部片付いた。明日の晩、農場を新しい所有者に引き渡す」

「それはよかった！　ようやくあんなものとおさらばするんだな」ヘニングは身をかがめて、青いシューズカバーをつけた。「高速道路の近くに建つあんなボロ家によく住んでいられるなと思っていたんだ。絶えず騒音がして、気が変になりそうだ」

ピアは返事を控えた。白樺農場《ビルケンホーフ》をこよなく愛していたこと、そして立地上の欠点に悩まされるようになったのはずっとあとだったことをいっても、ヘニングは絶対に理解しないだろう。

「で、どんな状況だ？」ピアの案内でエントランスホールからキッチンへ向かいながら、ヘニングがたずねた。

「新聞配達人が死体を発見したの。邸の主人だと思う。八十歳を過ぎた男性。犬とふたりだけで暮らしていた」

ヘニングは廊下にトランクを置いて、蓋《ふた》を開けると、キッチンに入って見まわした。

「推定死亡日時が知りたいか？」

「見ただけでわかるの？」ピアは馬鹿にしたようにたずねた。

「見ただけではわからないさ。だがそこの新聞の日付は四月七日」ヘニングはニヤッとして、キッチンテーブルに置いてあるタウヌス新聞を指差した。「きみも以前はもっと鋭かったのにな」

「これは一本取られたわね」ピアは少しむっとして答えた。「わたしはあなたの指示に従って、まだ部屋をよく見ていなかったのよ！」

ヘニングはキッチンのあちこちで室温と湿度を測りはじめた。機嫌がいいらしく口笛を吹いている。ピアはヘニングを見ていた。

「ずいぶん調子がいいみたいね？」

「この数ヶ月、寸暇を惜しんで本を書いていたんだ。昨晩、脱稿したのさ」

「それがどうしたの？　本ならもう二十冊以上書いているじゃない。素人《しろうと》にはわけがわからない論文も千本近く法医学の専門雑誌に寄稿しているでしょう」

「それはちょっと大げさだ」ヘニングは計測した数値を表に書き込んだ。「ところで、今回書いたのは専門書じゃない。小説さ。推理小説」

「なんですって？」ピアは啞然とした。「あなたにそんなものが書けるとは知らなかった」

「わたしだってそうさ」ヘニングは愉快そうに答えた。「しかし書いたら四百ページになってね、担当編集者も感激している」

「編集者？　だしてくれる出版社があるってこと？」ピアはドア枠にもたれかかり、ヘニングがピンセットでウジ虫を死体からつまみとって、小瓶に入れるところを見ていた。結婚していたときの状況に少し似ている。あの頃のピアは、自宅よりも法医学研究所の地下にいることの方が多かった。

「ああ、この秋、フランクフルト・ブックフェアに合わせてヴィンターシャイト出版から出る。目玉としてね。ヴィンターシャイト出版は文学専門の出版社だというのに」

「すごいわね。おめでとう！」

「あのだね、ピア」ヘニングが急に動きを止めた。ウジがピンセットの先端でもがいていた。

「わたしは人付き合いが苦手だとわかったんだ。自分のしたいことを邪魔されずにできるときが一番幸せを感じるのさ。時間を気にせず、他人も気にせず、弁解する必要もないときがね。わたしには豪邸も、ペントハウスも必要ない。必要なのは自由と本とノートパソコンと仕事だ。ミリアムと結婚したのは大きな過《あやま》ちだった。彼女と別れるのに五年を要した。よくできた結婚契約書を交わしておいてよかったよ」

機嫌がいいのと同様にいい方がいつものヘニングらしくない。

「それはよかったじゃない。ミリアムは本当に……」ピアが人を見損なったのは、後にも先にもかつてのクラスメイト、ミリアム・ホロヴィッツくらいのものだ。「それはそうと、あなたの推理小説ってどんな話なの」

「原稿を読むかい？」ヘニングはウジ虫を小瓶に入れた。「PDFで送るけど」

「ぜひ！」ピアは喜んでうなずいた。多くの警官と同じで、ピアもミステリが好きだった。架空の同僚たちの事件解決の方法や彼らがとんでもない偶然に助けられていることには首を傾げるが。

「主人公は法医学者と刑事をしている元妻さ」ヘニングはピアに目配せをして、ウジ虫を入れた小瓶をプラスチック容器に詰めた。「舞台はもちろんフランクフルト」

「実在の人物に似た人がいるのは偶然で、意図したものではないってわけね？」ピアは愉快に笑った。

「それは読んでのお楽しみだ」ヘニングがにんまりした。

「窓を開けてもいい？」ピアはたずねた。

「ああ。室温は測り終えた」ヘニングは死体のそばにしゃがんで、外貌チェックをはじめた。

ピアは二枚あるキッチンの窓を開け放って、新鮮な春の空気を胸いっぱいに吸うと、少し邸宅の中を見てまわることにした。ひょっとしたら、どこかに犬が閉じ込められているかもしれない。

「腐敗が進行している……。部分的にミイラ化しているところもある」勝手口から出るとき、ヘニングの言葉がピアの耳に入った。「腹壁と四肢の樽状膨張、口と鼻から液状化した腐敗物が流出……」

＊

ピアは幅広い階段を伝って二階に上がるとき、階段にたまったほこりに靴跡を見つけた。ここにはもう長いあいだ、だれも上がっていなかったに違いない。階段を一歩一歩上るにつれて、この邸宅に足を踏み入れたときに感じたいやな気分が強くなった。ピアは立ち止まった。あくまで勘でしかない。漠然とした、ただの胸騒ぎ。犯行現場に立ったときに感じるものだ。どこかでなにかが均衡を失ったとき、ピアにはそれを感じる力があった。ここでなにかが起きたはずだ。この邸宅の過去と関係があるのだろうか。

階段を上がると、広い廊下が左右に延びていた。二階は一階よりも冷え冷えとしている。ピアは寒気を覚えながら右の廊下をすすんだ。桟《さん》の入った大窓のガラスは曇っていて、すり減った石の廊下に淡い光を落としていた。犬を捜して、ドアを片っ端から開けてみた。どの部屋も狭く殺風景で、兵舎や厳しい寄宿学校を連想させる。小さな木のベッドとナイトテーブルがふたつずつ。安物のクローゼットもふたつ、明らかに一九七〇年代のものとおぼしき勉強机とデスクライトも二セットで、ドアの上の壁に木製の十字架がかけてあった。長いあいだ換気されていないらしく、空気がこもっていて、家具や床にはほこりが積もっていた。

　ピアは勉強机のひとつに向かってすわり、インクのシミや傷跡が残っている天板を上げてみた。天板の裏側にはいろいろな言葉やハートマークや名前が彫られていた。中は物入れになっていて、物差しや壊れた三角定規、色鉛筆、ゴムボール、透明のフィルムがはられた数学の教科書、ターコイズブルーのミニカーがあった。きっとだれかが大事にしていたものだろう。奥を探ってみると、紙に手が触れた。雑誌だった。表紙にはヴィネトウ（同名のドイツ・ウェスタン映画の主人公）に扮したピエール・ブリスが載っていて、こっちを見ていた。「ブラヴォー」（ドイツで人気のある若者向け雑誌）だ！　発行日は一九八二年二月十八日。ピアはにんまりした。友だちといっしょになってこの雑誌を夢中で読んだ覚えがある。クラスメイトのだれかがこっそり買ってきて、クラスでまわし読みしたのだ。頬を赤らめ、くすくす笑いながら、みんな、むさぼるように読んだ。ドクター・ゾマーの相談コーナーと友だち探しの欄はとくに。

　雑誌を戻すと、ピアは数学の教科書をひらいてみた。「アンドレ・ドル、R6bクラス」とていねいな字で書かれていた。教科書を元に戻そうとしたとき、くしゃくしゃになった青いインクの吸い取り紙が落ちた。ピアはその吸い取り紙を拾いあげて見てから、たたんで上着のポケットに入れた。

「アンドレ・ドル」そうつぶやいて、ピアは三十年以上前にこの部屋で寝起きし、この勉強机で宿題をしていた少年を思い描いてみた。それからピアは窓辺に立った。庭園と呼んでもいいような庭の向こうにクローンベルク城が見える。その左の斜面はケーニヒシュタインまで深い森に覆われ、オペル動物園も遠くない。ピアは体の向きを変えて、部屋のもう一方の壁際にある勉強机を見た。だが中は空っぽで、最後に使ったのがだれか知る手がかりはなかった。

廊下の一番奥の部屋は浴室だった。壁には高い天井まで白いタイルが貼られている。広い浴室はなんの趣《おもむき》もなく冷え冷えとしていた。洗面台がいくつも並んでいて、シャワーコーナーが二個所と、自立型の古いタイプのバスタブがひと据えあった。それを見て、最前から感じていたいやな気分が息苦しさに変わった。

急いで階段まで戻ると、みしみしいう木の階段を踏みながら屋根裏に上がった。屋根裏にはふたつの部屋が並んでいた。どちらの部屋にもドーマー（部屋に小さな空間を設けてつける窓）があって、天井の高さを確保していた。二階の殺風景な部屋と比べたら、ここの方がはるかに住んだ人の個性が感じられた。どちらの部屋にもベッドと勉強机とワードローブに加えて、カウチと本棚と肘掛け椅子があった。天井と壁は板張りで、床には灰白色の絨毯が張ってあった。もっとも、絨毯はもう古くて、シミだらけだ。最初はシックだったに違いない。階段をはさんだ反対側はチェリーレッドのタイルが貼られた浴室で、シャワーと洗面台があり、ドーマーの下に大きなバスタブが設置してあった。ピアは蛇口をまわした。赤錆のまじった水道水が出てきた。ベッドの数を考えると、本当にたくさんの子が暮らしていたようだ。それとも、女子修道会の伝統を継承して、孤児院を営み、この屋根裏に舎監でも住まわせていたのだろうか。

急な木の階段を上って、ピアは物置部屋に辿り着いた。屋根の尖った部分のすぐ下の暗がりに、古い家具や丸めた絨毯や大量の段ボール箱が押し込まれていた。案の定、ここにも犬はいなかった。ピアはエントランスホールに戻った。大きなタイル張りのストーブの横に小さなドアを見つけて、開けてみた。石の階段が、入り組んだ間取りの地下に通じていた。すえたにおいが鼻をついた。木箱の中にカビの生えたジャガイモが入っていた。ピアは犬の名を呼びながらすべての部屋を覗き、スマートフォンの懐中電灯アプリで暗がりを照らした。どこにもいない。

ピアは急な階段を上がって一階に戻った。ヘニングはまだ外貌チェックの最中だった。テーオドール・ライフェンラートの死を子どもか親類に伝える必要がある。なにか情報があるかもしれないと思って、ピアは書斎に入ってみた。死んだ人のプライベートな空間に土足で入り込むのはいつも気が引けるが、必要なことだった。デスクにはライトと革製のデスクマットと留守番電話機能付き固定電話以外なにも載っていなかった。電話機のパイロットランプが赤く点滅している。コンピュータは持っていないようだ。手袋をはめた人差し指で、ピアは留守番電話の再生ボタンを押した。

「新しいメッセージが十四件」機械の声が告げた。「メッセージ一。四月九日十一時二十六分」

「クローンタール通りのドクター・カッツェンマイアーだ」男性の声だ。教養がありそうな声だが、明らかに立腹している。「おたくの犬が三十六時間吠えっぱなしだ！　こんな無茶苦茶なことはない！ どうして犬に散歩をさせないんだね？ わざとやっているとしか思えない！ これはあからさまなテロだ。すぐ鳴きやませなければ、警察に通報する！ ごきげんよう！」

「そういうなら通報しなさいよ」ピアはささやいた。

「ザンダー首席警部？」廊下から呼ぶ声がしたので、ピアはメッセージの再生をやめた。

「なに？ 書斎よ！」

ドア口にコルト上級警部があらわれた。顔を紅潮させている。興奮しているようだ。死臭を気にしないふりをするのにひと苦労している。

「犬を見つけました。死んでいるようです」

＊

「犬はあそこかもしれないって少女がいったんです」コルト上級警部がピアにいった。ピアは邸宅をまわり込んで、広い敷地の裏側に立ったところだった。「雑草が生えほうだいだったので、ケージがまったく見えなかったんです」

邸宅の裏手は上の森へとつづく斜面になっていて、草地が広がっていた。背の低いツゲに縁取られた砂利道が荒れ果てた菜園と温室へと延びていた。温室はほとんどのガラスが曇っているか、割れていて、みじめな姿をさらしていた。

「あっちに見える小屋のようなものはなに？」そうたずねると、ピアは自生のブドウのツルが絡《から》まったままになっている赤い小屋を指差した。

「あの裏に水を張っていない、落ち葉や泥でいっぱいのプールがあります」上級警部が答えた。

「あの小屋は着替え用じゃないですかね」

　犬のケージは密生したシャクナゲの裏にあった。錆びついた金網にはツタやキイチゴのつるが絡みついている。ケージは緑色の金網で囲われた軽く傾斜した運動スペースの中にあった。雑に流し込んだコンクリートの上に木造の大きな犬小屋があった。それもケージと同じですっかり朽《く》ちかけていた。

「あたしたちが見つけたの！　ベックスよ！」ヨランダがピアにとびつき、興奮して袖を引っ張った。「犬小屋にいるわ！　ぜんぜん動かないの！　まだ生きてるかな？」

「すぐにわかるでしょう」ケージのドアの錠が錆びついていて、ピアは開けるのに苦労し、爪を割ってしまった。ケージの床には犬の糞やしゃぶりつくした骨が散乱し、その中にべこべこにへこんだ金属の餌皿が二個転がっていた。ピアがケージに入っても、犬は身じろぎひとつしなかった。犬小屋に敷かれた薄汚い毛布の上に横たわり、見るも無惨な姿だった。薄茶色の被毛はくるくる丸まっていて、その被毛を通して、あばら骨や腰骨がはっきり見てとれた。

「くたばってますね」上級警部が外からいった。

「いいえ、まだ生きてる」かすかだが、犬の胸が上下している。「だれか獣医を呼んで。それから水。急いで！」

「あたしに任せて！」そう叫ぶと、ヨランダは母親が止める間もなく駆けだした。上級警部は携帯電話でグーグルをひらいて、獣医を検索しようとした。

「さっきヨランダさんが獣医の話をしていませんでしたか？」ピアはそのことを思いだしてい

った。

「ええ。ドクター・ゲールマンです」シャイトハウアー夫人が答えた。「クリニックはクローンベルクですが、マンモルスハインに住んでいます」

「電話で呼んでください。大至急来てほしいと」ピアは犬の肩にそっと手を置いて、小声で話しかけた。こんな状態に置かれた動物を見ると、胸が痛む。人間の死体よりも、苦しんでいる動物を見る方が心を揺さぶられる。犬が目を開けて、尻尾を少し動かした。尻尾を振りたいのだろう。

「いい子ね、ベックス」ピアは犬の耳の後ろをやさしくかいた。「がんばるのよ！　また元気になれるから」

犬は頭を上げようとしたが、そんな力は残っていなかった。ため息をついて、あきらめた。目やにがたまり、鼻も乾いて熱を帯びている。前脚には乾いた血と土がこびりつき、爪がいくつかなくなっていた。ケージから出ようと必死でもがいたに違いない。ピアは、だれかと話しているコルト上級警部の声を耳にした。ヨランダが息せき切ってケージに入ってくると、水が入っている緑色のラベルのペットボトルをピアに渡した。

「黒い車に乗ってきたマスクの人がくれたんだけど」ヨランダがあえぎながらいった。「いいよね？」

ヨランダは犬のそばに膝をついた。犬も気づいたらしく、弱々しく尻尾を振った。

「もちろん」ピアはペットボトルの蓋を開けると、ヘニングがわざわざアイルランドから取り寄せている高価なバリーガワンのミネラルウォーターを犬の口に少しこぼしてみた。ベックスは目を開け、水をなめだした。はじめはためらいがちに、それからむさぼるように。水を口に入れるたびに、犬の目がはっきりしてきた。脱水症で死にかけていたのは間違いない。

「ライフェンラートさんの留守番電話に、ドクター・カッツェンマイアーという方の犬の吠え声への苦情が録音されていました」ピアはシャイトハウアー夫人の方を向いた。「ご存じの方ですか？」

「隣の人」ヨランダが母親の代わりに答え、目をくりくりさせた。「あたしたちが庭で遊ぶと、いつも文句をいうの。奥さんのことを怒鳴ってばかり。仕事がなくて、暇なのよ」

「仕事がないのではなくて、年金生活者なのよ」シャイトハウアー夫人が娘の言葉を修正した。

「カッツェンマイアー夫妻は復活祭の前の週は旅行に出ていました。かわいそうに、ベックスは相当前から閉じ込められていたようですね」

「十日くらいでしょうね」ピアはいった。

「獣医に連絡が取れました」コルト上級警部が勢い込んでいった。「すぐ来るそうです」

「ありがとう」ピアは上級警部に向かってうなずいた。そのときピアのスマートフォンが鳴った。外貌チェックをすませたヘニングからだった。ピアは犬の世話をヨランダと母親に任せて、前庭に向かった。ヘニングは装備をボルボの荷室に積んでいるところだった。

「どう？」ピアはヘニングにたずねた。

「髪の生え際に鈍器で殴られたような痕を確認した」ヘニングは体を起こした。「左右の外耳《がいじ》道《どう》に血液と髄液《ずいえき》の流出が見られる。頭蓋底骨折を示唆している。鼻骨も折れている。おそらく左右の頬骨も。これが転倒によるものか、殴打によるものかは死体の腐敗が著しく進行しているので、現時点では断言できない。転倒したときに頭をどこかに強打した可能性はある、だが何者かによって殴打された可能性も否定できない。解剖しないとなんともいえない」

ヘニングは「死因不明」の欄にチェックを入れた死体検案書をピアに渡した。

「わかった」ピアはうなずいた。「いずれにせよ、窃盗犯が入った形跡がある。空き巣と鉢合わせして、争ったのかもしれない」

「防御創は確認できなかった」ヘニングは車の後部ハッチを閉めた。

「検察局に連絡して、鑑識にも出動してもらう」ピアはいった。「すぐに来てくれてありがとう」

「どういたしまして」ヘニングはうなずいた。「じゃあ、いい日であることを祈る。小説は今晩送るよ」

「楽しみにしてる」ピアは親指を立てた。

いい日にならないことだけは確定していた。死因不明の場合、暴力犯罪の可能性を前提にして動かなければならない。ピアは署の当直に連絡して、待機中の検察官に連絡するよう頼んだ。検察官からやはり待機中の裁判官に家宅捜索令状の発付を要請してもらうためだ。

「現場指揮は任せていいですか？」当直がたずねた。「それとも死体処理担当を行かせますか？」

「いいわ、わたしがやる」ピアは答えた。「捜査官の応援とすでにシフトを終えている警官の交替要員をお願い」

「了解です」

「遺体搬送業者はどうしようかしら？　法医学研究所に搬送しなければならないんだけど」

「フランクフルトの業者を行かせます」

ピアが通話を終えたとき、シャイトハウアー夫人がやってきた。これまで落ち着いていて分別がある印象だったが、今はおどおどしている。

「すみません、ザンダー刑事」夫人がいった。「少しいいでしょうか？」

「ええ、もちろん。なんですか？」

「犬のケージに転がっている骨ですけど、ちょっと気になって」

「どういうことですか？」

「あれって、人骨だと思うんです」

「人骨？」ピアはスマートフォンを下ろし、信じられないというように夫人を見つめた。「犬のケージに？　たしかですか？」

「わたしは考古学者です。骨については詳しいんです。間違いありません。肩甲骨、骨盤、肋骨、胸骨……」

＊

勤務時間は午後二時に終わった。本当は監視を数日休むつもりだった。だがタバコや酒と同じだ。タバコや酒を一日断つと決めると、かえって欲しくなって、堪えきれずに欲求に従ってしまうものだ。今の彼がまさにそうだった。この十二時間、彼女のことが頭から離れなかった。幸いシフト時間を消化したおかげで追加賃金がもらえるが、仕事自体はやりがいなどなく、同僚と話をする必要にも迫られない。同僚といっても、どうせドイツ語を解さない連中ばかりだ。

フランクフルト中心街の西側に新しく開発された街区を車で走りながら、男はくすくす笑った。俳優のウーヴェ・オクセンクネヒトが出演していた古い映画が脳裏をかすめたからだ。オクセンクネヒトはその中でこんな台詞を口にした。

「〝俺はどんなことだって耐えられるさ。この誘惑を除けばな〟」

男もまさにそんな感じだった。どうせ俺を待っている女はいない。十年間も夫婦だったあのふざけた女が住んでいるところは先刻承知だ。新しい携帯の番号だって知っている。俺から逃げられるものか。楽しみを待つのが、一番楽しいものだ。

しかし楽しみを待てるようになるまでがとんでもなく大変だった。まず住所と職場を突き止めるのが容易ではなかった。そしてあいつの立ちまわる先を調べ抜くまで数週間かかった。相手に知られずに詳細に調べるのは、わくわくする作業だった。あいつは尾行に気づいていない。さもなければ行動の仕方を変えるはずだ。いつどこで襲うか計画を練るだけで興奮してくる。

あいつは新しい集合住宅に住んでいる。モントゴルフィア・アレー通りに建つ八階建ての集合住宅の最上階だ。クーヴァルト団地とレープシュトック室内プールとヨーロッパ地区に囲まれた街区には、空の先駆者の名前がつけられた通りが並んでいる。レオナルド・ダ・ヴィン

チ・アレー通り、ライト兄弟通り、ケートヒェン・パウルス通り（十九世紀末に気球から落下傘降下をおこなったドイツ人女性）
といったふうに。男自身はこういうレトルトパックされたような街区を好きになれなかったが、
この街区の集合住宅はほぼ完売し、計画中の集合住宅も予約が殺到していると、最近ラジオで
いっていた。フランクフルトは住宅事情が厳しい。それにレープシュトック地区周辺はなにか
と便利だ。高速道路六四八号線にすぐ乗れるし、空港も中心街もタウヌスも十五分でアクセス
できる。
　男の立場で最大の利点といえば、この街区にはいまだに工事現場があることだ。長く住んでいる人間が少なく、よそ者に目を光らせているばあさんもいないはずだし、いたるところに職人がいて、貨物運搬車が止まっている。ここなら人目につかない。だから心置きなくあいつを尾行することができる。

　あいつは週に三回ジョギングをする。アップルウォッチを手首にはめ、白いヘッドホンを耳に当てる。あいつは元気で、たいていはレープシュトック公園内を走る。たまにヨーロッパ地区まで走ることもある。あいつが買い物をする商店、髪をブロンドに染めるために通うヘアサロン、歯科医、ミネラルウォーターやコカ・コーラゼロ、ビオナーデを配達してもらう飲料品店もチェックずみだ。あいつはときどき中華料理のテイクアウトをする。ヨーロッパ・アレー通りのスカイライン・プラザの向かいにあるイタリアンレストランで、子牛肉のソテーや魚料理を食べるところを見たこともある。あいつはそこの常連らしく、いつも窓際の小さなテーブルに案内される。あいつはそこで食事をしながらスマートフォンを見たり、メッセージをタッ

プしたりする。あいつの車も知っている。たいていあいつが住む集合住宅の地下駐車場に止めている。だが路上の駐車スペースに止めることもある。あいつを尾行していて、二度だけ他の女と会っているのを見た。あいつよりも年配だが、母親というほど歳は離れていない。それ以外、あいつはいつもひとりで行動している。もちろん男の計画には好都合だ。

いつ計画を実行に移すか、時刻までは決めていないが、あいつにどういう仕打ちをするかは決まっている。そしてそのあと残りの女にも同じことをしてやる。すぐには死なせない。死なすものか！　死ぬまでゆっくり拷問する。分別をなくして、死なせてくれと懇願《こんがん》するまで苦しめる。そして死んでいくところを観察する。三年前からそのことばかり夢に見てきた。

＊

「ありがとう、シャイトハウアーさん」ピアはいった。「なにも触っていないでしょうね」

「ええ、もちろん触っていません」

冷たい風が吹いてきた。タウヌス山地にどす黒い雨雲がかかっている。もうじき雨になりそうだ。

ピアはヘニングの番号に電話をかけた。ヘニングは運よくすぐに出た。

「ごめんなさい。わたしだけど。今どこ？」

「エッシュボルン南で高速道路に乗るところだ。どうした？」

「悪いんだけど戻ってくれる？　犬のケージの中に骨がいくつも転がっていて、人骨らしいの」

「わかった」ヘニングは質問もしなければ、文句もいわなかった。「引き返す」

つづいてピアは鑑識課のクリスティアン・クレーガー課長に電話をかけた。勤務表ではまだ休暇中だが、待機要員に名を連ねていた。電話をかけなければ、逆にへそを曲げるだろう。

「やっとお呼びがかかったか！」クレーガーが電話口でささやいた。「だれかが早く解放してくれるのを首を長くして待っていたんだ！」

「なんですって？」ピアは、クレーガーが自分をだれかと勘違いしたのかと思ったが、そうではなかった。

「俺が必要なんだろう、ピア？　そういってくれ！　すぐに行く！　もう四日間も親戚を相手にしてうんざりしていたんだ！　復活祭に家族サービスをしなかったら離婚する、と家内から脅された。だけど復活祭は終わった。そうだよな？」

ピアはニヤッとした。

「もちろん終わったわ。今日はいつもの平日。そしてあなたは待機中」

「よくいってくれた！」休みの日に電話で呼びだされたら、普通は喜ぶはずがないのだが、クレーガーは大喜びだった。「なにがあった？」

「孤独死による腐乱死体、犬のケージに人骨、家はおよそ二十室。ひとつの敷地でそれだけのことがあったのよ。ただし敷地は数千平方メートルはあるけど」

「それは大事だ。すごいな！　人が死んだのはなんだが、祈りが届いたようだ」

「でも、死んだのはしばらく前のようだけどね。住所を送るわ」

「部下を招集して、すぐに行く」クレーガーはすぐに電話を切った。ピアはニヤニヤしながら首を横に振った。クレーガーは前夫と同じで、仕事に取り憑《つ》かれている。多くの同僚はクレーガーのくどさと移り気なところに閉口しているが、ピアは彼と組んで仕事をするのが好きだった。それに彼がくどいおかげで、過去に何度、事件を解決できたかしれない。

車が二台、敷地に入ってきた。一台はきれいに洗車した遺体搬送業者の黒いワゴン車。次は泥はねがひどいシルバーのステーションワゴンだ。少ししてステーションワゴンから熊のような図体の男性が降りてきた。ドクター・ゲールマンだ。金髪だが、こめかみはすでに白くなっていて、年齢は五十代半ばに見える。心配そうな表情をして、ピアのところへ歩いてきた。

「ホーフハイム刑事警察署捜査十一課のピア・ザンダー首席警部です」ピアは身分を名乗った。「すぐに駆けつけてくださってありがとうございます」

「お安いご用です。すぐそばに住んでいますので」心地よい低い声だ。握手も心がこもっていて、力強かった。「遺体搬送車ですね。ライフェンラートさんになにかあったんですか？」

「ええ、あいにく。十日ほど前に亡くなっていたようなのです」ピアは答えた。

「なんてことだ！　それはひどい！」獣医は本当にショックを受けていた。「なにがあったのですか？　どうしてすぐに発見されなかったのですか？」

「今のところ死因は不明です。それより犬を診《み》てやってください。しばらく前からケージに入れられていて、ひどい状態なんです」

「ベックスがケージに？」獣医は驚いた。「それは変ですね。あそこに入れられることはほとんどなかったのに。いつもテオといっしょで、ベッドのそばで寝ていましたから」

「なにか事情があって、犬をケージに入れた可能性はないですかね?」

「もちろん可能性はあります」獣医はそう答えると、助手席からドクターバッグを取った。

「なんにでも例外はつきものです。そうでしょう?」

「ライフェンラートさんとの付き合いはもう長いのですか?」ピアはたずねた。

「小さい頃からずっと。父はテオの親友でした。ふたりは以前、熱心な小動物愛好家仲間だったんです。十八年前にクローンベルクの動物病院を引き継いでから、テオが飼っていたペットをずいぶん治療しました。数年前までウサギ、ニワトリ、クジャクを飼っていて、よく品評会にだしていました。それに犬もよく飼っていました、一度に二、三匹飼っていたこともあります。でもあの人のことはよく知りません。友人だったとはいえませんね。そもそもあの人の友人と呼べる人はひとりもいませんでした」

「なぜですか?」

「それはまあ、なんといいますか」獣医はためらった。「テオは……かなり自分勝手だったのです。気まぐれで、まわりを気にしない人でした。知り合いと出会っても、知らんぷりすることもありましたし、人を訪ねるということがまったくありませんでした。かというと、機嫌がよくて、よくしゃべる日もありました。どっちの彼なのかまったくわからなくて、振りまわされたものです」

ふたりはキッチンの前を通りすぎた。死臭をかいでも、獣医はなにもいわなかった。獣医なので、そのくらい苦にならないのだろう。

ヨランダがケージの中でベックスに付き添っていた。犬の頭を膝に乗せ、しきりにさすって、静かに声をかけていた。犬はさっきよりも意識がはっきりしてきているようだった。

「こんにちは、先生」ヨランダが獣医にあいさつした。「テオおじいちゃんが死んじゃったの！ そしてベックスの具合が悪いの。絶対助けて！ 引き取り手がなかったら、うちで飼ってもいいって、ママがいってる」

「やあ、ヨランダ」ドクター・ゲールマンが答えた。獣医の低い声を聞いて、犬がやっとの思いで頭を上げ、かすかに尻尾を振った。

「先生がわかったようですね」ピアはいった。

「昔からの付き合いですから。こいつが子犬のときから知っています。年に一度、予防接種のために来ますし、爪切なんかをすることもあります」ドクター・ゲールマンはしゃがむと、大きな手でゆっくりと犬をなでた。犬は獣医の手をなめようとした。「さて、それじゃ、ベックス、診察させてもらうぞ」

ヨランダは獣医の助手を買ってでたので、母親がこっそり骨を指差したことに気づかなかった。たしかによく見れば、夫人のいうとおりだ。犬の糞《ふん》にまじって、人骨が転がっている。どうしてさっきは気づかなかったのだろう。

ピアはケージから出ると、柵にそって少し歩いてみた。ケージは縦六メートル、横四メートルほどのコンクリートの上にあった。犬はケージの扉から脚をだして、運動スペースの地面を掘っていた。地表が春の大雨で流れ、斜面が一部分、地滑りを起こしていた。ベックスが地面を掘ったのは、そこから外に抜けだすためではなく、ただ穴を掘るためだったのだ。ピアは気分が悪くなった。犬は腹を空かして、コンクリート床の下に肉があることをかぎつけたのだろう。

ピアはシャイトハウアー夫人に名刺を渡して、夫人の電話番号をスマートフォンに登録した。

「鑑識が到着する前に娘さんを家に連れ帰った方がいいでしょう」ピアはいった。「それから骨の件はここだけの話にしていただけるとありがたいです」

「もちろんです」

「気づいてくださってありがとう。見落とすところでした」

「気が散っていたのでしょうね」夫人の口元に笑みが浮かんだ。「考古学者ですので、ひと目見ればわかります。なにかあったら電話をください」

「あとで、あるいは明日の朝にもう一度ご連絡します。ヨランダさんはライフェンラート氏のことをよく知っているようですね。重要な情報源になりそうです」

夫人はうなずいただけで、他の人ならしそうな質問を一切しなかった。

「助かりそうですか？」ピアは獣医の方を向いた。

「助かると思います」ドクター・ゲールマンは両手をジーンズでふいた。「ひどい脱水症状を起こしていて、栄養補給もできずにいたようです。脚の傷は少し心配です。化膿《かのう》していますから。クリニックに連れ帰って、治療した方がいいでしょう」

「クローンベルクですね」ピアはうなずいた。「なにか手伝いが必要ですか？」

「ひとりで大丈夫です」

「あとで電話をかけてもいいですか？」

「どうぞ」獣医はドクターバッグから折れ曲がった名刺をだして、裏側にさっと自分の携帯の番号を書いてから、ピアに差しだした。それから犬を汚れた毛布にくるんで、軽々と持ちあげ、降りだした雨の中、車に運んだ。ヨランダと母親も犬に付き添った。

＊

遺体搬送業者はテオ・ライフェンラートの遺体を黒い死体袋に収めた。といっても、遺体の状態がひどかったので簡単なことではなかった。それでも遺体搬送業者はその道のプロだ。不平を漏らすことはなかった。窓とドアを開け放ったので、死臭はもうそれほどきつくなかったが、遺体から流れだした流動物が床のタイルの目地からその下のコンクリートまで染み込んでいて、完全に除去することはできないだろう。

ピアは留守番電話に録音されたメッセージの残り十三件を聞いて、氏名と電話番号をメモした。六件はすぐに切られていたが、ヨアヒムと名乗る人物が三回かけていた。四月十二日の昼前のメッセージでは、交通事故にあい、サンクト・ペテルブルクの病院に入院していて、退院はおそらく復活祭の頃だろうといっていた。つづく二回は、テオ・ライフェンラートが一向に電話に出ないので、心配しているようだった。女性からの電話も二回あった。名乗らなかったが、ライフェンラートの様子を確認するようヨアヒムに頼まれたようだ。だがその女性もバカンス中らしかった。電話番号に〇〇という国際電話識別番号と三四というスペインの国番号がついていた。女性は、そろそろイヴァンカが戻っているはずだけど、といってから、「ねえ、電話に出てよ。そうやって我を張られると、せっかくのバカンスが楽しめないでしょ！　わたしたち、心配してるのよ！　でもここからではどうしようもない。復活祭のあいだは飛行機も取れないし！　ごめんなさい。復活祭のあとの火曜日に戻るわね」

ピアはデスクの引き出しを開けてみた。膨大な数の新聞の切り抜きが入っていた。なかには大昔の新聞記事もある。内容は小動物飼育協会の活動についてだ。それから生真面目にカメラの方を見ている少女の額入り写真とすり切れた住所録。ピアは今のところ、死んだライフェンラートについてなにも知らない。シャイトハウアー母娘や獣医がいったような偏屈だが人畜無害なひとり者ではなく、被害者を犬のケージの下に埋めるような殺人者だとしたらどうだろう。

ピアが住所録をめくっていると、鑑識のワーゲンバスが二台到着した。ピアは鑑識官たちを出迎えて指示をだすために、椅子から腰を上げ、キッチンの勝手口から外に出た。

「死体いじりの医者はもうここに来てるのか？」そうたずねると、クレーガーはヘニングの黒いボルボの方を顎でしゃくった。

「もう何時間も前から来ているさ、クレーガーの旦那」ヘニングがクレーガーたちの背後から声をかけた。「七対三でわたしのリードだ。まだ四月だというのに！」

「ずっと前に連絡を受けていたということだろう！」クレーガーがうなった。「ずるいぞ」

ヘニングは眉を吊りあげ、応答しようとして口を開けた。

「あの骨はどう？」子どもっぽい喧嘩がはじまる前に、ピアがたずねた。

「人骨だ。間違いない」ヘニングが認めた。

激しさを増す雨の中、クレーガーの部下たちが仕事道具をワーゲンバスから下ろし、つなぎを着はじめた。ピアはボスに電話をかけたが、彼は電話に出なかった。ピアはつづいて警視総監からの通達を無視して、緑色の受話器マークのアプリをタップした。署で配布されたブラックベリーを使ってもいいが、実際にはスマートフォンを二台も携行するのは億劫だ。ピアはまずオリヴァーにメールを送ってから、ワッツアップ（メッセンジャー・アプリ）内に設定した、課のグループにもメッセージを送った。グループ名はターリク・オマリの好みでアメリカのテレビドラマからとった「凶悪犯罪課」というものだ。

〝全員へ、事件発生。出動可能な者は応答求む。返上された休暇の日数はあとで調整する！

☺〟

ピアはダウンジャケットのフードをかぶって、スマートフォンをジーンズの尻ポケットに押し込んだ。

「段取りはどうする？」ピアはクレーガーとヘニングにたずねた。

雨は土砂降りになっていて、当分止みそうになかった。

「これはまずいな」クレーガーは眉間にしわを寄せていった。「ケージとその周辺に天幕を張る。作業は明日の朝だ。それまでに地面が少しは乾くだろう」

「それが妥当だろう」珍しいことだが、ヘニングがクレーガーに同意した。「土をふるいにかける必要があるが、ここは粘土質で不可能だ。しかも水浸しときている」

「よし、みんな、はじめるぞ！　急げ」クレーガーが部下たちに号令をかけた。「そのあと邸宅を捜査する」

＊

ザンドラ・レーカーは浴室の床にしゃがみ、バスタブに背中を押しつけて膝を抱えていた。全身がぶるぶるふるえ、吐き気がする。涙を流すまいと懸命に堪えていた。不安が鋼《はがね》のリングのように胸を締めつけ、以前は毎日のように起きた横腹の差し込みをまた感じていた。数週間前、弁護士から別れた夫が退院したという連絡を受けた。あいつがあらわれるのは時間の問題だった。だから娘たちと両親にもいって、覚悟していた。この数年は何人ものセラピストを渡り歩いて、ようやく心をひらけるようになった。あいつに心をずたずたにされた日々のことを冷静に考えられるようになったところだった。はじめはただ生き延びることを考え、それから心の癒《いや》しと新しい人生をはじめることに腐心する。だがそれは理論上で、実際にはそううまくいかない。母親が飼っている小さな白いマルチーズと源泉公園をひとまわりしてきたときに、現実が彼女に手痛いしっぺ返しをした。いきなりあいつが目の前にあらわれたのだ。ソデニア像がかざられた四阿《あずまや》の陰から出てきて、黙ってこっちを見つめた。三年前のあの恐ろしい夜からずっと会わないでいたのに。

「おまえ、親のところにいるんだな」あいつは悪意のこもった言い方をした。「俺から奪った金でいい暮らしをしてるじゃねえか」

ザンドラは怖くてなにもいえなかった。もちろん悲鳴をあげられるものならあげたかった。

十年にわたる結婚生活に終止符を打ったとき、彼女は無一文になっていた。家には高額のローンの残金があって、売り払ったときはほとんどなにも残らなかった。両親のところに同居できなかったら、娘たちともども路頭に迷っていただろう！

「俺と縁《えん》が切れると思ってないよな」あいつがいった。「俺の人生はおまえに壊された！　落とし前はつけてもらう。覚悟しろよ！　おまえと、鑑定人の女と、女裁判官。おまえらにはもう安らかな時間はない」

あんな憎しみのこもった目を、ザンドラは今までに見たことがない。足がすくみ、耳の中で血がどくどく流れ、頭が破裂するかと思った。ザンドラが怯えていることに気づいたのか、マルチーズがリードを引っぱって、きゃんきゃん吠えた。

「警察を、呼ぶわよ！」ザンドラは口ごもりながらいった。

「いいぜ、そうしろよ」あいつは肩をすくませて、せせら笑った。「来たときはもう手遅れだろうがな」

ザンドラはどうやって家に帰りついたか覚えていなかった。ショック状態だった。娘たちに、父親と会ったことを話すべきだろうか。娘たちはどういう反応をするだろう。あいつはザンドラにひどい仕打ちをしたが、娘たちにはいい父親で、娘たちは父親を愛していた。ザンドラは弁護士に連絡したが、弁護士は電話に出なかった。それから警察にも電話をかけたが、あいつのいったとおりになった。〝申し訳ないが、なにか起きてからでないと動けない、家から出ないように〟といわれた。

「どうしたらいいのよ」ザンドラは拳を目に押しつけた。

〝どんな接触があっても無視することです〟というのがセラピストの決まり文句だ。セラピストをいくら替えても、そういわれた。ザンドラが逃げて、あいつからひどいストーカー行為を受けたときは、弁護士が動いて、二十四時間以内に警察の保護を受けられた。裁判官が「きわめて危険」と判断したが、あいつを刑務所ではなく、精神科病院の隔離病棟に送り込んだ。あれから三年が経つ。犯罪者が精神障害を負っている場合、きわめて危険な行為に及んでも、責任能力がなく、そういう命令がだせると刑法六十三条に規定されている。ザンドラはそのことを知らなかった。

〝よかったじゃないですか〟弁護士はそのときザンドラにいった。〝ご主人は長期間、精神科病院から出られません。たぶん一生〟

実際、あいつはたしかにエルトヴィレの精神科病院に送致された。しかし利口な弁護士や経験豊富なセラピストがなんといおうと、あいつがいつか出てくることはわかっていた。クラースのことをザンドラほどよく知っている者はいない。あいつが他人を味方につけて、人心操作するのがうまい人間だということを、だれも知らない。クラースはどんな恐ろしいことでもやってのける。社会常識など通用しない人間だ。ザンドラは泣くまいとして拳をかんだ。セラピストからは当時、娘たちを連れて、国から、一番いいのはヨーロッパから出ていくよう助言された。あの助言に従っておくべきだった。だがもう遅い。それでもここを離れなければ。娘たちと両親を危険にさらすわけにはいかない。

二日目

二〇一七年四月十九日（水曜日）

ピアとオリヴァーは八時になる前に刑事警察署をあとにした。どのみち打ち合わせに集まったのは少人数だった。ターリクは刃傷沙汰《にんじょうざた》になった事件にまだかかりきりだったし、カトリーンとケムは週末にならないとバカンス先から戻ってこない。カイはすでにテオ・ライフェンラートについての情報収集に取りかかっていた。オリヴァーは九時半に、報道機関が「セーターの毛玉事件」と呼んでいる事件の公判で証言台に立たなければならない。ピアは車庫の担当からキーと自動車証を受けとった。捜査では自分の車をあまり使いたくなかった。一々走行記録をつけて、公務で走った距離を申告するのは面倒だ。入口の手荷物検査所を通ったとき、スマートフォンを部屋に置き忘れたことを思いだした。

「しまった！」ピアは立ち止まった。「もう一度、部屋に戻らないと」

「じゃあ、あとで会おう！」オリヴァーは手を上げて、別れのあいさつをした。「法廷での用事がすんだら、マンモルスハインに向かう！」

「わかりました！」

ピアがそういって、体の向きを変えたとき、ミントグリーンのフィアット500が表の通りから署の一般駐車場に入ってきて、開け放ってある門の横の一番手近な駐車スペースに止まった。キムの車じゃないだろうか。間違いない！　運転席のドアがあいて、妹が車から降りた。ところがキムは門を抜けて、署の表玄関には向かわず、職員専用の駐車場の一角に向かってまっすぐ歩いていった。

キムが自分に会いにきたわけではないとわかると、ピアは胸がちくっと痛んだ。ピアは外階段を下りて、警察車両が駐車してある左手のガレージに向かった。キムと最後に会ったのはちょうど四ヶ月前で、クリスマスに両親のところで昼食に集まったときだ。その後、キムはピアのメールにまったく反応しない。新年のあいさつにも返事がなかったほどだ。二年前に一度ひどい喧嘩をしたとき、キムはピアに詫びを入れた。それでもふたりには距離ができ、そこに橋をかけることができずにいた。喧嘩のきっかけはエンゲル署長からしつこく注意されていた服装問題だった。妹がエンゲルをなだめてくれると期待していたのに、パートナーの肩を持って、ピアの足をすくった。キムにいわれたことは本質的には正しかった。しかし尊大な態度が気にくわなかったのだ。

それ以来、ふたりはよそよそしくなっていたが、ピアは縁《えん》を切りたいとまでは思わなかった。キムとは十年以上会っていなかったが、五年前に唐突に電話をかけてきて、クリスマスを家族と過ごしたいといってきた。キムはそのときハンブルクに職場があり、住まいもそこに構えていたが、ライン＝マイン地域に戻りたいといった。新居が見つかるまで、白樺農場《ビルケンホーフ》でピアたちといっしょに暮らした時期もあった。そのとき、妹との関係がピアにとって以前に増して喜ばしいものになった。ところがキムは、ニコラ・エンゲル署長といっしょになり、ぴたっと連絡をしてこなくなった。電話もメールもなかなか返事をせず、放っておかれることもあったし、ピアが家に招待しても体よく断ってくる始末だった。

エンゲル署長はもう五年ほどキムのパートナーだが、ピアたちとプライベートな付き合いはしなかった。あるとき酒の勢いで、クリストフがファーストネームで呼びあう仲になろうといったら、エンゲルにきっぱり断られたほどだ。ピアの上司でなくなれば、場合によってはありだが、いまはだめだというのだ。キムの態度が変わったのはエンゲルのせいだと思って、ピアは面白くなかったが、クリストフはエンゲルに拒否されたことを根に持たず、ピアとは違う意見だった。

ピアはガレージで車のナンバーが記されたキーホルダーを見た。そのとき妹のいきり立った声が聞こえた。キムとニコラ・エンゲルがエンゲルのBMWの前で口論しているようだ。ピアは職員用駐車場との境にある人の背丈ほどのイチイの垣根のそばで立ち止まって、枝のあいだから盗み見た。キムがひどく興奮している。エンゲル署長はいつものように涼しい顔をしている。なにを話しているのかわからなかったが、ピアは喧嘩の目撃者になってしまったことが不快だった。エンゲル署長はキムを放ったらかしにして、まっすぐピアの方へやってきた。ピアは垣根の陰から出ると、なにも気づかなかったふりをして、ガレージの方へ歩いていった。

「おはようございます」ピアは署長にあいさつした。

「おはよう、ザンダー」そう答えると、署長はすれちがった。署長はあいかわらず沈着冷静だ。プライベートでひと悶着《もんちゃく》あったことなどおくびにもださない。署長をテフロン加工のサイボーグと呼んだ者がいるが、たしかにぴったりのネーミングだ。

ピアは警察車両を解錠して運転席にすべり込み、出発した。キムのフィアットが通りに出て、高速道路へ向かうのが見えた。どういう態度を取ればいいだろう。知らんぷりすべきだろうか。それとも、キムに電話をかけて、事情を訊くべきだろうか。いいや、だめだ、とピアは思った。どんなにささいなことと、好意からしたことでも、プライバシーに関わる質問をすると、妹はすぐ干渉されたと受け止める。ピアは右のウィンカーをだしてため息をついた。ピアは心配事を人に話し、SNSで他人と議論するタイプではないが、問題があると夫や同僚、そして家族に相談する。キムにはそれができなかった。いつも完璧であろうとして、自分で定めた高い目標に少しでも届かないと、敗北とみなすところがある。

チューリヒ、二〇一七年三月十九日

フィオーナは根無し草になったような気分で帰宅した。ショックだった。フェルディナント・フィッシャーと別れたことも、トラムの停留所までどうやって歩いたかもまったく記憶にない。混乱していて、うっかりひとつ手前の停留所で降りてしまったほどだ。

自分の出生証明書の父親の欄に氏名が書かれていた男性から聞いた話に、フィオーナは足を引っ張られた気分だった。そのことについて相談できる人間はいない。昔の女友だちとはすっかり疎遠になっている。ジルヴァンはどうだろう。フィオーナは立ち止まった。今さら興味などもたないだろう。母親と俺とどっちを取るんだ、とはっきり訊かれた。それも母親を見捨てられない時期に。母親との関係は不健全だと彼にいわれたとき、フィオーナは深く傷ついた。

「母親ときみは依存しあっている！」まだ少しは笑ってすませられた頃にも、ジルヴァンは一度ならずそういっていた。だがそのうち彼は笑わなくなった。

「きみは母親の唯一の生き甲斐なんだよ。だからきみを隔離して、自分の人生を歩めないように邪魔をしている！」彼の言葉は辛辣《しんらつ》だった。「母親がすることじゃないぞ、フィオーナ。病気だよ！　二十一歳にもなって、まだわからないのか？」

ジルヴァンのいうとおりなのは、フィオーナにもわかっていた。しかし母親への思いがそれを認めることを許さなかった。

三ヶ月前、フィオーナはジルヴァンの最後通牒を無視してしまった。そのあとジルヴァンはなんの予告もなくワッツアップを着信拒否し、メールにも一切返事をよこさなくなった。これ以上に明確なメッセージはない。

フィオーナは混乱した頭を整理しようとしたが、無理だった。あまりに馬鹿げたとんでもない話で、自分でも信じられないほどだ。子どもを産んで、知らない人間にあっさり譲ってしまうなんて、実の母親ながら、どういう女だろう。それはともかく、これはフィオーナにとってどんな意味を持つのだろう。なんだか自分のアイデンティティを奪われたような気がする。すべてが嘘といつわりにすぎなかったとは。涙を必死に堪《こら》えているうちに喉が痛くなった。

「母さん、ああ、母さん！」フィオーナはささくれだった声でささやいた。「どうしてなにも話してくれなかったの？　なんてひどい仕打ちをしたの？」

フィオーナはむせび泣いて、手で口を押さえた。なにもかも、ジルヴァンのいうとおりだった。そのことは自覚していた！　わたしを独り占めしようとするなんて、母さんは本当にひどい。フィオーナは何度、自分が囚人のようだと思ったことだろう。腹が立ち、絶望の淵《ふち》に立たされた。ようやく勇気を振りしぼってフリブール大学に進学する決心をしたのに、その矢先、母さんが癌《がん》を発症した。しかも全身に転移していた、脊髄《せきずい》、骨、脳、肺。母親を見捨てられるわけがなかった。

考えてみれば、この残酷な病気が親しい人を次々と奪っていった。大好きだった祖母、母の姉のハイジ、そして母親も苦しみもだえて死んでいった。まるでダモクレスの剣（一触即発の危険な状態のこと。ギリシャの説話より）が自分の上に吊されているような気がしてくる。フィオーナの一族は何世代にもわたって遺伝上の突然変異を受けつぎ、そのせいで進行の速い乳癌と卵巣癌を発病する確率が高いという。八年前に祖母が死んだとき、ホームドクターから、チューリヒ大学のヒトゲノム研究所で検査を受けるようすすめられたが、結果を知るのが怖くて受診しなかった。その不安がいつも自分の人生に暗い影を落としてきた。癌で三人も看取り、この病気の残酷さを間近に見てきた。母さんは、フィオーナが癌を恐れていることを十二分に知っていたはずだ！

フィオーナはいきなり立ち止まった。突然、さっきの信じがたい話がなにを意味するか気づいた！　ずっと堪えていた涙が堰《せき》を切ったようにあふれでた。あまりの心の痛みにかがみ込む。母親に利用されてきたのだ。これを虐待といわずしてなんというのだ。そのことを認めなくてはならないことが苦しかった。母さんは、フィオーナがこの遺伝体質を受けついでいないことを承知していたのに、恐怖を取り除こうとしなかった！

「母さん、母さん！」フィオーナはすすり泣いた。「わたしを愛していたのなら、本当のことをいったはず！　こんなのひどすぎる」

＊

「コンクリートを完全に撤去するほかない」犬の運動スペースに入って犬が掘った穴を確かめてから、クレーガーがいった。「まだ骨が埋まっている」

「そうじゃないかと思った」ピアはうなずいた。「ヘニングに電話して、時間を作っておくようにいって」

ホーフハイムからマンモルスハインへの移動中、キムとニコラ・エンゲルの口論がなんだったのかずっと気になっていた。だが今はそれどころではない。それがうれしかった。よくある孤独死だと昨日は思ったが、どうやらもっと大きな事件に発展しそうだ。

「このコンクリートは普通の基礎とは作りが違う」クレーガーの声で、ピアは我に返った。天幕を片付け、鑑識官が犬の糞《ふん》を踏まずに作業できるように犬のケージの中も清掃してあった。運動スペースの柵は撤去され、犬小屋も取り除かれていた。天幕を張ったおかげで、地面は雨水でぬかるみにはなっていなかったが、それでもどこもかしこもどろどろしていた。

「どこかのとんまがコンクリートをただ流し込んだんだ！」クレーガーがいった。「コンクリートプレートが壊れやすかったのはそのせいだ」

「この家の主が金をかけたくなくて、自分でやったんじゃないかな」ピアは考えた。

「そうかもな。もしかしたら、だれかに頼んで土を掘り返されたらまずいと思ったのかもしれないな」クレーガーが長靴についた泥を草でふいた。「コンクリートの破片を入れるコンテナーが必要だ。それから削岩機とそれが扱える作業員。それまで着手できない」

「わたしが手配する」ピアは約束した。「それまで家を捜査していて」

昨日のうちから鑑識は、邸宅内部を調べ、さまざまな痕跡を採取していた。テオ・ライフェンラートの死因が不確定であるかぎり、殺人事件とみなされる。だから邸宅は事件現場扱いになっていた。

一時間で、ピアは建設会社にかけあって作業員を寄こしてもらった。クレーガー監視の下、作業員はコンクリートを壊した。ケージのそばまで軽トラックを近づけることができなかったので、作業員は押し車で破片を運びだした。

午後四時、コンクリート床がすべて撤去された。ヘニングが、作業を手伝わせるために、博士課程の大学院生をふたり連れてきていた。

太陽が厚い雲の向こうに隠れたため、にわか雨から発掘現場を守るためにふたたび天幕が張られた。作業が夜半までつづく見込みだったので、さらに照明器具が追加された。鑑識官のひとりが、ベックスが掘った穴をシャベルでそっと広げた。ヘニングはつなぎとゴム長靴が泥だらけになるのもかまわず、その鑑識官のそばに膝《ひざ》をついて、上半身を穴に突っ込んだ。ヘニングたちの向かい側では鑑識官がふたりして慎重に土を取り除いていた。スコップで掘りあげた土はその都度ふるいにかけ、残ったものをあとで検査するためにビニール袋に入れた。別の鑑識官が現場を事細かく写真に撮った。キッチンのドアの前の洗い出しコンクリート平板の上に別の天幕を張り、折りたたみ式のテーブルを設置して、骨の分類をおこなった。

見つかった人骨が大昔のものではないことをヘニングが確認したので、ピアは検察官にも来てもらった。オリヴァーとピアとローゼンタール上級検事の三人はおぞましい発掘作業を黙って見守った。日が翳《かげ》った頃、ヘニングが穴から出てきて、短い休憩を取った。

「ルーカス、大至急コーヒーが欲しい」ヘニングがいうと、大学院生のひとりがうなずいて駆けだした。ヘニングは手袋を脱ぐと、メガネをはずし、メガネふきでレンズをみがいた。「少なくとも死体は二体ある。一体は犬に食い散らかされたが、もう一体は保存状態がよさそうだ」

「二体?」ピアはボスと顔を見合わせた。ふたりとも同じことを考えた。三年前、シュヴァルバッハで死んだ男の娘がぞっとする発見をした。父親の死後、借りていたガレージを片付けたところ、死体の詰まった樽を見つけたのだ。事件はドイツじゅうを震撼させ、四十年以上も完璧な二重生活をしていたマンフレート・ゼールが、少なくとも五人を虐殺したことが判明した。未解決だった他の四件の行方不明事件も、証明はできなかったが、この男の犯行とみなされた。

「これがタウヌスリッパー事件（一九七一年から二〇〇四年にかけてタウヌス地方で起きたマンフレート・ゼールによる連続殺人事件）の再来にならなければいいが」オリヴァーはいった。

「それは願い下げね」そう答えたものの、ピアは死体の身元もわからないのではないかと危惧《きぐ》した。そのうえ犯人がすでに死んでいて、秘密は闇に葬られ、責任を問うことができない恐れもある。捜査官にとっては悪夢だ。

「もしかしたらここは家族墓地だったのかも」ピアは期待薄だとわかりつつ、そういった。何世代にもわたってこれだけの邸《やしき》を構えてきたのだから、家族墓地があっても不思議はない。邸宅のそばに墓地があるとは思えないが、土木作業中に、忘れ去られていた墓地を掘り返してしまうのはよくあることだ。

「それはないな」ヘニングは湯気を立てるコーヒーを持ってきた大学院生にうなずいてからいった。「棺《ひつぎ》の代わりにラップフィルムにくるむはずはないからな」

「ラップフィルム？」ローゼンタール上級検事がたずねた。

「ルーカス！」ヘニングは指を鳴らした。「例の切れ端を持ってきてくれ」

大学院生はいわれたとおり穴にもぐると、泥だらけになったラップフィルムの切れ端を持ってでてきて、ヘニングに渡した。クレーガーがヘニングの手からその切れ端を奪って、しげしげと見た。

「接着剤がなくてもくっつく接着フィルムだ」ヘニングが説明した。「接着力があるポリマーか、高粘度で流動性があるポリイソブチレンを……」

「面白い話をどうも」クレーガーが不躾《ぶしつけ》に口をはさんだ。「ようはどんなスーパーでも売っているラップフィルムだ」

「電話です！」そのとき、だれかがキッチンの勝手口から叫んだ。「家の中で鳴っています！」

「わたしが出ます！」ピアはオリヴァーにコーヒーカップを渡すと、駆けだした。そのとき、昨日デスクで見つけた住所録を思いだした。ピアは充電スタンドから電話を取り、息せき切って「もしもし？」といった。

「イヴァンカか？」居丈高《いたけだか》な男の声だ。いらついている。「テオはどうしてる？　なんで何日もだれも電話に出なかった？　十回は電話をかけたぞ！」

「ホーフハイム刑事警察署のザンダーです」ピアは答えた。「どなたでしょうか？」

数秒のあいだ沈黙がつづいた。

「フリチョフ・ライフェンラートだ。わたしの祖父の家でなにをしているんだ？」

「電話では話せません。遅い時間なのは承知していますが、こちらにおいで願えませんか」

「無理だ。今ロサンゼルスにいる。祖父になにかあったのか？」

「あいにくここで昨日遺体が発見されました。テーオドール・ライフェンラートさんだと思われます」

「昨日？　どうして今まで連絡がなかったんだ？　あんたはどうやって家に入った？　それに、わたしの祖父かもしれないというのはどういうことだ？　なにがいいたいんだ？」

ピアはこれまで何度も、家族の死を伝えるつらい役目を果たしてきた。いろいろな反応を見てきたが、これほど不遜《ふそん》で尊大な人間ははじめてだ。ピアは相手をいたわるのをやめることにした。

「これまでライフェンラート氏の親族を見つけることができなかったからです」ピアは冷ややかに答えた。「法医学者によると、死後およそ十日が経過しています。遺体は腐敗が進行していました」

「どうしてそんなことに？」フリチョフ・ライフェンラートがいきり立った。「家政婦を雇って、祖父の面倒を見させていたんだぞ」

そのときピアは、この家の主人が自分勝手な糞《くそ》野郎と口汚くののしっていたというフリッツだなと気づいた。

「検死の際、頭部損傷が確認されました」ピアは話をつづけた。「したがって、あなたのおじいさんは暴力犯罪の犠牲になった可能性があるのです」

「なんだって？　とんでもない話だ！」死んだ祖父を悼《いた》む気持ちはほとんどないようだ。むしろ面倒なことになったと思っているらしい。「いいかね、フランクフルトに戻れるのは早くて明後日だ。こっちで大事な用事がある。あなたとコンタクトを取るようだれかに頼んでみる」

ピアは自分の氏名と電話番号を伝えて、電話を切った。書斎を出るとき、ピアは住所録を手に取ってひらいてみた。最初のページに氏名と電話番号が記されていた。この家の主人が頻繁《ひんぱん》に連絡をとっていた人々だろう。ただし数人に線が引いてあった。

セヴィチ、イヴァンカ
ドル、アンドレ
フレーリヒ、イザベル
ゲールマン　獣医
~~ゲールマン、ヴィリ~~
リンデマン、ラモーナ（＋ザーシャ）
~~レーカー、クラーネ~~
ライフェンラート、フリチョフ――緊急時のみ！
ドクター・リヒター　ホームドクター
フォークト、ヨアヒム

「それで？　だれだったんだ？」ケージのところに戻ってきたピアに、オリヴァーがたずねた。

「死んだ人物の孫でした」ピアは答えた。「フリチョフという虫唾《むしず》が走るような馬鹿野郎です。今、ロサンゼルスにいるので帰ってこられないそうです」聞き慣れない名前になんとなく覚えがあったが、はっきり思いだすことができなかった。

「フリチョフ・ライフェンラート？」オリヴァーが驚いてたずねた。

「ええ」ピアは住所録をめくった。「フリチョフって、どこかで聞いた名ですけど」

「わたしが知っているフリチョフ・ライフェンラートなら」オリヴァーが眉間《みけん》にしわを寄せて

いった。「当然だ。この数ヶ月、新聞を賑わせている」

「どうしてですか？」ピアはびっくりして顔を上げた。

「DAX銘柄のひとつであるドイツ証券商業銀行《DEHAG》のCEOだ。先月、イギリスの大手投資銀行を吸収合併して、本社をフランクフルトからロンドンに移そうとした。株主の猛反対で計画は頓挫し、ブレクジット（イギリスの欧州連合からの脱退）がそれに追い打ちをかけた」

「それによって、ライフェンラートがインサイダー取引をしていることまで判明した」ローゼンタール上級検事が付け加えた。「今はかなり困った立場に追い込まれている。彼は在職がもっとも長いDEHAGのCEOだ」

「知りませんでした」ピアがささやいた。

「新聞を読まないのか？」オリヴァーがたずねた。

「読みはしますけど。郡新聞を毎日。ただ地方面と最終面の死亡告知だけです」

「世も末だ」オリヴァーは首を横に振った。

「よしてください！　ボスが経済面を読むようになったのは義母の管財人になってからでしょ！」

「そんなことはない」オリヴァーがいいかえした。「まあたしかに、以前よりも新聞を読むようになったがな」

「それはともかく」ピアは住所録を閉じた。「別の関連でわたしはその名を知っています。ただどこで知ったか思いだせなくて」

車で仮眠していた遺体搬送《はんそう》業者が呼ばれて、発掘した二体の死体を運ぶことになった。ヘニングが遺体搬送業者の仕事ぶりに目を光らせた。

「なんですか、これ？」応援に来ていた若い女性巡査が、マダム・タッソーの蠟人形館にありそうな汚れた女性の遺体を見ていった。「まるでゾンビですね！」

「それをいうなら死蠟《しろう》だ」ヘニングが訂正した。

「うわっ！　どうやったらこんなふうになるんです？」女性巡査は吐き気を覚えながら、遺体に魅了されていた。

「死蠟はあいにくドイツの墓地でよく見られる現象だ」オリヴァーが話に加わった。「死体を発掘した際によく遭遇する。水分を含んだ泥土は、死体を腐敗させない」

「死体はラップフィルムにくるまれていたから、腐敗の進行が緩慢だった。あるいは進行を止めた」ヘニングがいった。「死体は地中で虫やミミズによって分解されるというが、あれは空想の産物だ。腐敗は腸内細菌が発生させる酵素によって起きる。理想的な条件は地温が三十度あることだ。遅くとも五年で骨だけになる。ここのような泥土では水分が冷却剤の代わりをする。酵素が不活性化して、脂肪分子が流失し、死体の皮下脂肪が白くてもろい固体になって、鎧《よろい》のように死体を包む。それがいわゆる死蠟だ」ヘニングは指の関節で死体をぽんぽんと叩いた。「中は空洞だ。聞こえるかね？」

「ヘニング、いい加減にして！」ピアはいった。

ローゼンタール上級検事がヘニングのブラックユーモアに、ふっと笑みをこぼした。

「うわ、今夜、夢に見そうです」女性巡査が気持ちを抑えながらいった。顔面蒼白だった。

「こんな死に方はしたくないです！」

「避ける方法はひとつしかないです」そういって、遺体搬送業者のひとりが黒い死体袋のファスナーを一気にしめた。「千度の熱で火葬にすることです」

その瞬間、穴の中が騒がしくなった。全員が作業の手を止めて、穴の方を見た。

「どうした？」オリヴァーがたずねた。

「死体がもう一体あるようだ！」クレーガーがいった。「これはもう集団墓地だぞ！」

「そういう言葉を軽率にいえるということは、本当の集団墓地を知らない証拠だ」さっきまでクレーガーと仲よく作業していたヘニングがいった。

「うるさい！」クレーガーがかっとして答えた。「俺が軽率なものか」

クレーガーの部下は目を白黒させたが、触らぬ神に祟りなしとばかりに、ふたりの口論から距離を置いた。

「わたしは一九九五年のスレブレニツァと一九九八年の……」ヘニングがそういいだすと、クレーガーがいった。

「おいおい、二十年も前の英雄行為でまた俺たちを退屈させる気かい！　もちろんわからなければ教えるが、英雄行為というのは隠喩《いんゆ》だ。あんたはどんな言葉も文字どおりに捉えるからな！」

「ねえ、二体目の死体のだいたいの年齢はわかる？」口論が悪化の一途を辿《たど》ったので、ピアはあわててあいだに入った。

「いいや」ヘニングは真新しいラテックスの手袋を脱いだ。「脂肪酸が飽和状態になるには数ヶ月から数年かかる。二、三年はここに埋まっていたと思う。もっと長い期間かもしれない」

「ここにあと何体埋まっているか、わかったものじゃないわね」ピアはため息をついた。「敷地は広大だから、地中レーダー探査と死体捜索犬で捜索したほうがよさそう」

「ああ、それがいい」オリヴァーはコーヒーを口に入れ、冷めていることに気づいて顔をしかめた。

「敷地の所有者についてなにかわかったか？」ローゼンタール上級検事がたずねた。「キッチンで発見された死体は所有者なのだろう？」

ピアのスマートフォンが鳴った。クリストフからだ！　クリストフは呼出音を二回鳴らして切った。ピアに時間があれば、電話してくるとわかっていた。

「そう考えています」ピアは答えた。「氏名はテーオドール・ライフェンラート。八十歳を超える寡夫です。一族はかつてクローンタール鉱泉の所有者でした。犬とふたり暮らしでした」

ピアは邸に出入りして、庭仕事を手伝ったり、犬の世話をしたりしていた近所の少女がいることをローゼンタールに報告しながら、だれかが犬をケージに閉じ込めなければ、死体は決して見つからなかっただろうと思った。ライフェンラートの腐乱死体は社会コントロールの欠如を示す事例として警察報告書に記され、司法解剖されずに片付けられるところだった。

「もしライフェンラートが殺害されていたら」ピアは暗い面持ちでいった。「連続殺人犯を他に捜すことになりますね」

「不吉なことをいわないでくれ、ザンダー！」ローゼンタール上級検事がたしなめた。「もちろん必要なことはすべて裁判所に申請する。逐一報告を頼む」

「もちろんです」

ピアと別れの握手をすると、上級検事は暗闇に姿を消した。そのあとピアはクリストフに電話をかけた。農場の引き渡しは滞《とどこお》りなく終わり、新しい所有者は満足していたという。

「歩いていけるところにレストランがあるから、なにか食べて、シャンパンで白樺農場《ビルケンホーフ》に乾杯しないか？」クリストフがたずねた。

「今日は真夜中まで戻れそうにないのよ」ピアは残念な思いでいった。「大事件が起きちゃったの」

「わかった」クリストフはピアの予定が立たないことを知っていた。「じゃあ、ピザを買っておこう。電子レンジでチンすればいい」

白いつなぎを着た男たちは寒さと雨をものともせず、いつものように集中して作業に当たっている。そばでは照明に電気を供給している発電機が耳をつんざく音をたてていた。

「だれかが犬をケージに閉じ込めなければ、死体は絶対見つからなかったでしょうね」ピアはボスにいった。「これ以上出てこなければいいんですけど！」

「だがその可能性を排除できないだろう」オリヴァーはコーヒーの残りをしげみに捨てて、あくびをかみ殺した。「カイが地中レーダー探査業者と死体捜索犬を手配している」

ふたりは邸宅をまわり込んで、前庭に出た。ピアは明日の早朝まで邸宅のふたつの出入口を閉鎖するために、自分の車から立入禁止のシールを取ってくることにした。

「家に帰ってもいいですよ。ふたりして遅くまで働くこともないでしょう。三体目の死体は、わたしが確かめます」

「ありがとう。では明日の早朝、署で会おう」オリヴァーは車のキーをだし、少し離れたところに止めていた黒いポルシェをリモコンで解錠した。「おやすみ！」

「ええ、おやすみなさい」ピアは立ち止まって、シックなスポーツカーのルーフがひらくところを見た。エンジンがうなりをあげると、オリヴァーは少年のような笑みを浮かべた。他の人間がいるところではクールな顔をしているが、ピアの前では本音を見せる。公務員の給料では手が届かないこういう車を持つことが長年、ボスのひそかな夢だったことを、ピアは知っていた。世間では貴族の称号を持つ者は裕福だといまだに思われているが、多くの場合、勘違いだ。オリヴァーの前妻コージマなら、こういう車に平気で金がだせた。しかしオリヴァーの自尊心がそれをさせなかった。ピアはオリヴァーが車の向きを変えるところを見ていた。太いタイヤが砂利をきしませ、車はエンジン音を轟《とどろ》かせて闇に消えた。

「男とスポーツカー」ピアは首を横に振った。「わたしにはわからない」

三日目

二〇一七年四月二十日（木曜日）

ピアが家に帰りついたのは深夜を過ぎてからだった。リュックサックをワードローブにかけて靴を脱ぐ。背中が死ぬほど痛い。だが昼に食べただけで、なにも口にしていなかったので、冷たくなったツナのピザをふた切れがつがつ食べて、イブプロフェンを二錠服用した。それから二階に上がってシャワーを浴び、体の毛穴や髪に染みついた死臭を洗い流すと、臭気を放つ衣服を洗濯機に放り込んだ。

クリストフはベッドで寝ていて、ヘアドライヤーの音にも目を覚まさなかった。ピアは彼の寝顔を見て笑みがこぼれた。ナイトテーブルのランプがともっていて、読書用メガネをかけたまま、ひらいた本を胸に載せている。本のタイトルは『干潟に死の静寂』。クリストフもすっかりミステリファンになっていた！　ヘニングがミステリを書いたという話を明日すぐにしなければ。

ピアはクリストフのメガネと本を取って、頬にキスをし、ナイトテーブルのランプを消した。

「ああ、帰ったのか？」クリストフが寝ぼけながらささやいた。「何時だい？」

「一時二十分」ピアはあくびをしながら答え、クリストフに抱きついた。「農場の受け渡しをひとりでさせてしまって、ごめんなさい」

「気にしないでいい。平気だから」そう答えると、クリストフは目をつむり、深いため息をついて左を向いた。

ピアは疲労困憊《こんぱい》していたが、すぐには眠れなかった。クリストフの規則正しい寝息に耳をすましながら、何十年も完璧な二重生活を営み、だれにも気づかれずに犯罪をおこなう人間のことを考えた。グローバル化とソーシャルネットワークによって世界が小さく透明になると信じるのは危険だ。実際はその逆だ。インターネットの無名性が倒錯と無関心をかつてないほど助長している。近親者や友人が犯罪者だったら、気づいてもいいはずじゃないか。夫やパートナー、兄弟や義兄弟を本当はどこまで知っているのだろう。祖父がラップフィルムにくるんだ女性死体を敷地に埋めていたと報道されたら、フリチョフ・ライフェンラートのような地位にいる男はどうするだろう。

ピアは背中に痛みを感じない体勢を見つけるまで何度も寝返りを打った。

死体で見つかった三人の女性はだれだろう。出身地はどこだ。どういう因縁があって、命を奪われ、犬のケージの下に埋められなければならなかったのだろう。十一歳の近所の女の子に自作のレモネードをごちそうし、庭仕事にいそしんでいた「テオおじいちゃん」ことテーオドール・ライフェンラートはいったいどういう人物だったのだろう。連続殺人犯は小説や映画やアメリカのテレビドラマで人気だが、実際には珍しい存在だ。それでいて、タウヌスリッパー事件は、連続殺人犯が社会の底辺にいる、知性の低いアウトサイダーだというイメージを払拭した。

深夜二時頃、ピアはようやく眠りについたが、その四時間後、腰までコンクリートに埋まっている夢にうなされて目を覚ました。猫がピアの足にのんびり寝そべっていたせいだ。窓から最初の鳥のさえずりが聞こえた。着陸態勢に入った旅客機のエンジン音が遠くに聞こえた。ライン＝マイン地域では日常の音だ。

三十分後、クリストフとピアはキッチンで新聞を読み、コーヒーを飲みながら、昨日の事件のことを話した。

「三人もの人を殺して、キッチンの近くに埋めるなんて、よくだれにも気づかれなかったものだわ」そういうと、ピアはヌッテラ（チョコレート風味のヘーゼルナッツペースト）を塗ったトーストをがぶりとかじった。

「積極的無視というやつだな」クリストフが答えた。「トイレにしばらく前からバーデン＝ヴュルテンベルク州の大量殺人者の妻の手記が置いてあるじゃないか。夫が逮捕されたのは青天の霹靂《へきれき》だったと書いている」

「そうね、いかれてない？」ピアはカイから借りたその本を思いだした。「だけど、どうしてそんなことができるの？　パートナーの異常に気づかないなんて、本当は関心がないとしかいえないわ」

「真実を直視するのが怖くて、目をそむけているから、そういうことが起きるんだ。外面だけはなんとしてもつくろう。もちろん謝罪と弁明をすればすむと思っている」

「あなたが人殺しをしまくれば、気づくはずだ、とわたしは思っているけど、それも幻想かもしれないということね」

「ああ、幻想さ！」クリストフは歯をむいてみせ、悪魔のように笑った。「きみはわたしを信頼しているから、わたしが会議に出席しているといえば、そのまま信じるだろう」それから真顔になってつづけた。「自分の敷地に死体を埋める気には絶対ならないけどな」

「それが快感になれば別よね」ピアは考え込んだ。「三人の女性を殺して埋めた者が普通の人間と同じはずがない」

ピアはキッチンの時計を見た。

「そろそろ行かないと」ピアは立ちあがって、コーヒーカップと皿を食洗機に入れた。「七時半に最初の捜査会議があるのよ」

「犯人はつらい子ども時代を過ごしたんだろうな」クリストフもコーヒーを飲み干して、腰を上げた。「そして心を病んだ凶悪犯罪者は刑務所ではなく、精神科病院に入れられるんだよな」

「実際、そういうケースが多いのよ」ピアはジャケットに手を通した。「責任能力のない精神病者なら、刑務所よりも精神科病院の方がいいでしょう。刑務所だと、いつか刑期を終えて、出所する」

クリストフは肩をすくめた。顔を見れば、ピアの意見に賛同していないことがわかる。ピアを待ち受けているものがわかっていたので、クリストフは「いい一日を」というのはやめて、ただ腕に抱いてキスをした。

「じゃあまた今晩。気をつけて」

「あなたもね」ピアは彼のキスに応えると、車のキーとバッグをつかんで家を出た。そのとき、キムとニコラ・エンゲルのことをクリストフに話すのを忘れたことを思いだした。

＊

七時半きっかりに署の二階にある捜査十一課の会議室で会議がはじまった。ピアは三十分前に自分の部屋に着いて、カイにテオ・ライフェンラートの住所録を渡し、いっしょにこれまで判明している事実をホワイトボードに列記した。カイはU字形に並べたテーブルの右側の末端にすわって、ノートパソコンをひらいていた。オリヴァーから正式にいわれてはいないが、いつも補佐役を買ってでる。その役につきたいといいだす者がいないとわかっていたからだ。カイは脚に障害があり、内勤をしているし、長年の経験と几帳面さとコンピュータ並みの記憶力は補佐役に最適だ。すべての報告と記録はカイのところに集められ、調書の作成と管理もカイが一手に引き受ける。カイの左側にはターリク・オマリ上級警部がすわった。クリスティアン・クレーガーはU字形の左側の席につき、オリヴァーはクレーガーと向かい合わせにすわった。

ピアが会議の口火を切ろうとすると、廊下からコツコツとハイヒールの音が響いてきた。ピアはとっさに窓ガラスに映る自分の姿を確認した。このあとは一日、事件現場で過ごすことになる。服装は妥当だった。

「おはよう！」ニコラ・エンゲル署長がみんなに向かってそういうと、オリヴァーの横の席についた。

ピアは端的な言葉で状況を説明し、司法解剖で反証されないかぎり、テオ・ライフェンラートの死が暴力行為の結果であることを前提にするといった。

「昨夜、死亡したライフェンラートの敷地内で三人の女性死体を発見しました」ピアは報告をつづけた。「今のところ、所有者であるテオ・ライフェンラートがこの三体と関係があると考えざるをえません」

「三体の古い女性死体はAUAに委《ゆだ》ねたらいいでしょう」署長がスマートフォンを見ながら発言した。

「AUA？」珍しくピンとこなかったらしく、ターリクがたずねた。「それはいったいなんですか？」

「古い未解決事件担当課のことよ」ピアが説明した。こうした暗号めいた略号が警察全般では好んで使われ、とくに署長にはその傾向が強い。

「そのとおり」署長はうなずいた。

「委ねることはできますが、そのつもりはありません。これはうちのヤマです。州刑事局を介入させるつもりはありません」

「課長の考えは？」署長はたずねた。

「同意見だ」オリヴァーが簡潔に答えた。

署長はスマートフォンから顔を上げて、じっとピアを見た。ピアも同じように見返した。署長はアドバイスに見せかけた指示をだし、受け入れられないと怒る。もちろん過去に何度も拒絶されていたので、それ以上こだわらなかった。署長はなによりも面子《メンツ》が大事なのだ。

「死んだのはだれ？」署長は代わりにそうたずねた。

「テーオドール・エルンスト・ライフェンラート」カイは咳払いして、報告を買ってでた。「一九三〇年七月十二日生まれ。ケーニヒシュタインでミネラルウォーター会社を経営していたコンラート・ライフェンラートとその妻エーディトの息子です。一九五一年にリタ・ライフェンラート、旧姓クライドラーと結婚……」

「隣人の話ですと、彼は寡夫でした」ピアが割って入った。

「まあ、そういうことです」そういうと、カイは椅子の背にもたれた。「犬のケージの下から発見された三体の女性死体については興味深い点があります。リタ・ライフェンラートが一九九五年五月に行方不明になっているからです。リタ・ライフェンラートの車は当時、エルトヴィレのライン河岸に作られた駐車場で発見されました。鬱病《うつ》を患《わずら》っていたので、自殺と見られています。大がかりな捜索活動が展開されました。ライン川に潜水夫がもぐったようです。警察の捜査もおこなわれましたが、なにもわかりませんでした。公式にはいまだに死亡とは認定されず、行方不明者扱いです」

「行方不明になったときの年齢は？」クレーガーがたずねた。

「待ってください」カイがノートパソコンのキーボードを叩いた。「一九二七年生まれ、六十八歳」

「じゃあ、三体の死体のどれでもないな。はるかに若い死体だった」

「テオ・ライフェンラートと妻のリタは児童の世話に心血を注ぎました」カイは話をつづけた。「三十年近くマイン＝タウヌス郡やフランクフルトの孤児院からおおぜいの児童を引き取って育てています」

「邸宅は一九二〇、三〇年代、ナチに解散させられるまで女子修道会が運営する孤児院でした」ピアがそう付け加えた。「その後、テオ・ライフェンラートの父親が修道会から買い取りました。ミネラルウォーターの源泉と瓶詰め工場を所有し、マンモルスハイン周辺ではもっとも重要な雇用主のひとりでした」

「死体についての情報は？」そういいながら、署長はスマートフォンをいじって、眉間《みけん》にしわを寄せた。

「まだなにもわかっていません」ピアは答えた。「キルヒホフ教授ができるだけ早く司法解剖するでしょう。ひとまず邸《やしき》の捜査をつづけます。ライフェンラートが死んでからなぜ十日間も気づかれずにいたのか、だれが犬をケージに閉じ込めたのか、そして……」

署長のスマートフォンが鳴った。それを待っていたかのように、署長は椅子を引いて立ちあがった。キムだろうか。仲直りしたのかもしれない！

「ありがとう、ザンダー」署長はいった。「夕方、進捗状況を報告して。成功を祈っている」

捜査十一課の課長はオリヴァーなのに、署長は彼を無視した。しかしオリヴァーが気にとめないことは、ピアにもわかっていた。

署長がスマートフォンを耳に当てながら会議室から出ていくと、ピアはフリチョフ・ライフェンラートと電話で話したときの内容を報告した。著名人の名が出れば署長が口をだし、捜査に支障をきたすのは目に見えていたので、ピアは署長がいなくなるのを待っていた。

「地中レーダー探査の業者は十時頃来る」カイがいった。「死体捜索犬もその頃には到着する」

「わかった」ピアはうなずいた。「クリスティアン、家宅捜索をつづけて。ボスとわたしはもう一度、ヨランダ・シャイトハウアーや他の隣人と話してみる。ターリク、あなたはマンモルスハインで聞き込みをして」

「しかしそうしたらエッシュボルンの件はだれがやるんですか？」ターリクがたずねた。

「ああ、そうだった。そっちもあったわね」ピアは考えた。エッシュボルンのホテルから死体発見の通報があったのだ。「冷たい旅立ち」、客室での自殺をそう呼ぶ。クリスマスや復活祭といった人が集まって祝う時期、人は孤独に耐えかねてそういう行動を取ることが多い。「わかった、エッシュボルンの件はあなたに任せる。できるだけ早くすませてきて」

「敷地には空き家同然の建物もあったが」クレーガーが確認した。「あそこも捜査するのか？」

「母屋を優先して」ピアは答えた。「死体捜索犬と指導員が到着したら、敷地全体を調べてもらう。他に質問は？」

ピアはみんなの真剣なまなざしを見た。

「では、仕事にかかって」ピアはいった。「夕方またここに集合して」

多くの凶悪犯罪は人間関係を背景に持つ。被害者と犯人は知り合いであることが多く、したがって事件は速やかに解決する。謀殺であれ、故殺であれ、死んだ者あるいはその遺族の人生に暴力行為の痕跡が残ることをピアは知っていた。だから負担は大きくなるが、通り一遍の捜査をしないようにしている。今回の事件も、そういうケースに発展しそうだ。

アシャッフェンブルク、一九八八年五月七日

酔っ払った女ほど醜悪なものはない。女はビールとテキーラをがぶ飲みし、数人のアメリカ兵の首にかじりついた。安っぽい尻軽女だ。ただしライバルはたくさんいる。このパブにはドイツ人の娘がぞろぞろやってくる。みんな、アメリカ兵が目当てだ。その多くが目標の女よりも若くてかわいい。目標の女がアメリカ兵をひとりも引っかけられないまま、真夜中になろうとしている。憲兵があらわれて、面倒なことになる前にアメリカ兵は席を立つ。俺にとっては願ったり叶ったりだ。夜もまだ早い時間に、あの馬鹿女は女友だちと口喧嘩をした。女友だちはうんざりしたのか、帰っていった。アメリカ兵の大半も姿を消したので、俺も店から出た。目立ちたくないからだ。十五分ほどで、目標の女もよろめきながら出てきた。女はタバコに火をつけ、あたりを見まわしたが、通りに人影はない。この時間にはバスはないし、女にはタクシー代の持ち合わせもないようだ。千鳥足《ちどりあし》で歩道を歩きだした。俺は興奮しながら車のエンジ

ンをかけた。長いこと計画を練ってきた。可能なかぎり完璧に準備をし、さまざまな不測の事態を想定した。もう待ちきれない。

「やあ！」俺は助手席側のサイドウィンドウを下ろし、女の歩く速度に合わせて車を走らせた。女は足を止めると、車に手をついて、虚《うつ》ろな目で俺を見た。化粧が落ちている。

「さっきまでパブにいなかった？」

「ああ、いたさ。送っていこうか？」

「ヴァイターシュタットだけど」

「どうせダルムシュタットまで行く」

女は酔っ払いすぎて、警戒心をなくしていた。

「頼むわ」女はドアを開けると、シートにどさっとすわった。酒と汗とタバコのにおいが車の中に充満した。俺はルームミラーを見た。だれも見ていない。俺は車を発進させた。

「まさか、襲ったりしないよね？」女がぼそぼそいった。たいした女だ。にきび顔のアメリカ兵ならいいが、俺じゃ不満というわけか！　女への憎悪が湧きあがったが、俺は平静を装った。本当はこの女が憎いわけじゃない。女はただの抜け殻だ。だれでもいい。計画を実行したら、名前などすぐに忘れるだろう。

「馬鹿をいうな！」そういって、俺は微笑《ほほえ》んだ。女も微笑んだ。酔っ払い特有のにたっという笑みだ。こんな女に興味はない。俺はアメリカ兵じゃない。俺が何者か、女にはわかっていない。まあ、数時間もすれば、わかるだろう。

＊

マンモルスハインのような小さな集落では、新しい出来事はまたたくまに噂になる。オリヴァーとピアが八時半頃到着してみると、ライフェンラート邸に通じる細いアスファルトの道にすでに数人の野次馬が群がっていた。緑色の古いトラクターがガタガタとエンジン音をたてながら路上に止まっていて、青い作業服を着た男性が手を振りまわしながら大声で巡査に食ってかかっていた。ブルドッグ顔で、白髪のその男性は、パトカーが道を塞いでいるのを怒っている。年金生活者らしき男たちは上の集落から下りてきたようだ。犬を連れ、ウォーキング用ストックを手にした女性たちが男性たちにまじって、警察が規制線を張った理由をたしかめようとしきりに敷地を覗いていた。だがマスコミはまだ死体発見の報に接していないようだ。

「いつもどおりだ」そううなるようにいうと、オリヴァーはトラクターの後ろでブレーキを踏んだ。「規制線を張ると、野次馬を磁石のように吸い寄せる」

「ちょっと待っていてください」ピアはいった。「わたしが処理します」

ピアは車から降りると、ダウンジャケットのファスナーを上げ、巡査たちのところへ行った。農夫は「あっち」にあるという果樹園を見にいくといって聞かなかった。女性たちも毎朝ここを犬と散歩していて、公道を歩く権利を奪うとはなにごとかとお冠《かんむり》だ。ピアは、対応に当たっている巡査が気の毒になった。

「この人たちを通して。あなたたちは門のところに立てばいいわ」ピアは巡査たちにいった。「それで不必要な押し問答をしないですむでしょう」

さっそくそれを実行に移すと、野次馬が消えた。ピアがふたたび警察車両に乗り込もうとすると、派手な青色のジャケットを着た小柄でやせた男性が源泉公園へ下る歩道を曲がってきた。男性は一瞬、足を止めると、さっとまわりを見て、まるで巡航ミサイルのように顎を突きだし、飛ぶような速度でまっすぐピアのところへやってきた。一メートル手前で、男性は立ち止まった。禿《は》げ頭で、白い髭《ひげ》をぼさぼさに生やしている。縁《ふち》なしの丸メガネをかけ、そのエネルギッシュな行動に似ず、かなり歳を取っていた。

「おはよう」

男性の声を聞いて、ピアは留守番電話に録音されていたあの声だと直感した。

「おはようございます、ドクター・カッツェンマイアー」

ピアに名前をいわれて、男は一瞬面食《めんく》らったが、すぐ気を取り直した。

「どうやら知られているようだな」

「あなたの声は知っています。ライフェンラートさんの留守番電話にメッセージを残していましたね。犬の吠え声の件で」

「そのとおりだ」カッツェンマイアーはゴアテックスのジャケットからハンカチをだして、額《ひたい》と頭の汗をぬぐった。「犬は何時間も吠えつづけていた。警察に通報しようと思ったほどだ。妻に頼まれて思いとどまった」

「通報してくださった方がよかったです」そういうと、ピアはこの男性の口調から連邦軍にいたかどうか考えた。博士号を持つ将校などいるだろうか。

「たしかにそのとおりだ」カッツェンマイアーは眉ひとつ動かさずに、暗黙の非難を受け入れた。オリヴァーがエンジンを止めて車から降りると、興味を引かれたらしく近くにやってきた。

「ホーフハイム刑事警察署のボーデンシュタイン首席警部、わたしの上司です」ピアはオリヴァーを紹介した。

「カール＝ハインツ・カッツェンマイアー。化学者で、医者ではない。隣人がみまかったと小耳にはさんだ。警察、それも刑事警察がいるということは、だれかが自然の摂理に助っ人したということかな？」

「ライフェンラートさんの死因はまだ不明です。昨日、ライフェンラートさんの遺体を発見しました」ピアはいった。「その残滓《ざんし》といったほうがいいかもしれませんが」

ドクターは眉を吊りあげた。

「自宅のキッチンで何日も発見されずにいました。問題は、なぜだれも様子を見ようとしなかったかということです」

「たしかに妙だ」カッツェンマイアーは腕組みをして、右腕の肘《ひじ》を左腕に乗せて、人差し指を顎の下に当てた。ピアはこのポーズをコミックかなにかで見たことがある。「たしかクロアチア人の家政婦が週に三回来ていたはずだ。昔の里子も何人か、ときどき様子を見に立ち寄っていた」

「昨晩、別のライフェンラートさんと電話で話をしました」ピアはいった。「フリチョフ・ライフェンラートさんです。ご存じですか？」

「もちろん！」カッツェンマイアーはうなずいた。「ライフェンラートの孫だ。ひとり娘の母親がどうなったのかはよく知らんが」

しつこいくらい正確さにこだわるカッツェンマイアーは貴重な情報源となった。一九七六年にライフェンラートからクローンタール通りの土地を買って家を建て、以来、妻といっしょにそこで暮らしているという。

「テオ・ライフェンラートさんとはどんな間柄でしたか？」オリヴァーがたずねた。

「あいさつする程度だった。わたしは毎日ジョギングするが、あの人は何週間も顔を見ないことがあった。以前から人付き合いはよくなかったが、奥さんが死んだあと家から出ることがほとんどなかった。ここ数年の関係は、当たり障りのない共存といったところだろう」

「ライフェンラートさんはひとり暮らしだったのですか？」

「ああ。厄介な隣人だった。人間と交わるより動物といっしょにいる方がいいという人物でね」

「ミネラルウォーター会社はどうしたんですか？」ピアはたずねた。「廃業したのはいつですか？」

「もう何年も前になる。一九九〇年代のはじめに倒産した。いつ倒産してもおかしくない状態だった。ライフェンラートはいくつかある工場を貸している。瓶詰め工場は二〇〇五年まで稼働していたが、それも廃業した。里子がふたり、そこで自動車整備工場をはじめたが、なにか問題が起きたらしくて、その後どうなったか」

「問題といいましたが」ピアの関心が呼びさまされた。

「どんな類《たぐ》いのものでしたか？」

「詳しくは知らない。当時流れた噂では、女を巡ってもめごとがあったらしい」カッツェンマイアーは手首にはめたフィットネストラッカーを見た。「さて、もう少し走らなければ」そういうと、その場で腕を振り、ジョギングをはじめた。「マルタ・クニックフースと話してみるといい。地元ではいまだに『お嫁さん』と呼ばれている人だ。ライフェンラートのところの、戦争末期に戦死した長男のフィアンセだった。ミネラルウォーター会社でずっと働いていた」カッツェンマイアーはくすくす笑った。「もちろん社長じゃない。会計係としてさ。本当は社長夫人になるはずだったのにな。ライフェンラート家のことを一番よく知っているのは彼女だ」

カッツェンマイアーの声にはあざけるような響きがあった。

「アドバイスをありがとう」オリヴァーがいった。「そのクニックフースさんがどこに住んでいるかご存じですか？」

「ボルン小路の黄色い木組みの家だよ。集落の上手だ」カッツェンマイアーは手を上げてあいさつすると、駆け去った。

「いけすかない人物ですね」ピアは首を横に振りながらカッツェンマイアーの後ろ姿を見送った。「正真正銘のいじわるじいさんです」

「たしかに」オリヴァーが答えた。「だが、ああいうタイプは、すべてを見聞きしている」

「高等中学校《ギムナジウム》で数学を担当している最悪の女教師がいました。名前がカッツェンマイアー」車に戻るとき、ピアは思いだしながらいった。「今でもぞっとするほどです！　親戚だったとしても驚かないです」

オリヴァーに助手席を開けてもらい、ピアはシートにすべり込んだ。

「九時ちょっと前」ピアはいった。「地中レーダー探査の業者はまだ来ていないようですね。勝手に歩きまわらないほうがいいでしょう。クニックフースを訪ねてみましょうか。お年寄りは朝が早いでしょうから」

＊

彼女がクラースを見つけたのは偶然だった。コーヒーの粉をコーヒーメーカーのフィルターにすくい入れながら、キッチンの窓から源泉公園を見おろしたときだった。クラースは公園のベンチにすわって、彼女の住居を見上げていた。彼女はぎょっとしてコーヒーの缶を落としそうになり、あわてて後ずさった。クラースの目に宿った憎悪を思いだしてぞっとした。かつては彼女を愛してくれたのに。女性弁護士から折り返しの電話はない。ワッツアップのメッセージも読んでいないようだ。警察は頼りにならない。そもそもどういえばいいだろう。別れた夫が公園のベンチにすわっていて、あたしの住まいを見上げているといえばいいのだろうか。

クラースと知りあったのは十九のときで、彼は三十八だった。バート・ゾーデンの旧温泉公園でひらかれたワイン祭りで知りあった。目が合ったときに、心臓がひっくり返るほど胸が高鳴った。エンジニアで、新しい空港ターミナルの工事現場で働いているという話だった。年齢は自分の倍あったが、彼女はなんとも思わなかった。ひと目惚れだった。彼の別れた妻から忠告されたが、嫉妬しているだけだと思って取りあわなかった。八ヶ月もしないうちにふたりは結婚した。クラースは彼女を大事にし、目を見ただけで彼女の望みを察した。

だがクラースが自動車整備工場をはじめると、彼女は大学をやめて手伝わされた。クラースのいいなりになっている彼女を、親も姉妹も女友だちも心配した。しかし彼女は逆に、家族や友だちと疎遠になった。クラースは愛情に恵まれない、難しい子ども時代を過ごし、孤児院や里親家族の下で大きくなった。彼女は自分ならクラースを変えて、幸せにする自信があった。

クラースとの関係が悪化しても、彼女はそれを認めようとせず、いつかまたよくなると信じた。子どもができればきっとはじめて会ったときのように愛嬌があり、懐《ふところ》が深い、愛すべき人になるかもしれない。ちょっと難題を抱えたからといってあっさり投げだすのはよくない、と両親が口癖《くちぐせ》のようにいっていた。だからいくら怒りの発作のはけ口にされても耐え抜いた。彼女は嘘をつかれ、屈辱を受け、家族や友だちと縁《えん》を切らされ、侮蔑《ぶべつ》されても、歯を食いしばった。

クラースの扱いが悪化すればするほど、彼女も必死になった。自分の欲求を後まわしにするうちに、とうとう病気になった。彼女はそのとき、ヨガをはじめた。はじめのうち、クラースは小馬鹿にし、なにかとケチをつけたが、一向に効き目がないと知ると、嫉妬に目覚め、はじめて暴力をふるった。一発頬を張っただけだったが、それでタガがはずれた。クラースの振る舞いはひどくなる一方だった。そんな矢先インターネットで偶然、ナルシシズムに起因する虐待の被害者に関する記事に出合い、命が惜しければクラースと別れなければならないと悟った。

そんなことを思いだして、突然、目に涙があふれた。かつて愛した男から一生逃げつづけなければならないのだろうか。ずっとついて離れないこの不安を忘れて生きられる日がいつかくるのだろうか。

＊

マルタ・クニックフースは早起きどころか、バスでケーニヒシュタインに行ってスーパーでこの日の買い物をすませていた。マンモルスハインにはパン屋も商店もないからだ。オリヴァーとピアがボルン小路の黄色い木組みの家でベルを鳴らしたとき、クニックフースはショッピングカートを引いて角を曲がってきた。身だしなみの整った老婦人だった。髪はふさふさだが、まっ白で、流行のボブカットにしていた。その髪型のおかげで実際よりも若く見える。ジーンズとスニーカーに黒いダウンジャケットという出で立ちも手伝っていた。

「わたしにご用ですか？」クニックフースは興味を引かれてたずねた。声は少しふるえているが、オオタカのような鋭い目をしている。「警察の方ですね？」

「そうです」オリヴァーはやさしく微笑んだ。「オリヴァー・フォン・ボーデンシュタインといいます。こっちは同僚のピア・ザンダー。ホーフハイム刑事警察署の者です」

「なるほど」マルタ・クニックフースはまずオリヴァーを見て、それからピアに視線を向けた。「テオが亡くなったそうですね。そのうち警察の方が来るだろうと思っていました。それでも身分証を見せてもらえますか？」

オリヴァーとピアは身分証を呈示した。クニックフースは目の前のふたりと身分証の写真を見比べた。

「ありがとう」クニックフースは上着のポケットから鍵束をつまみだすと、玄関の鍵を開けた。

「年寄りは用心しませんとね。悪い人は他人の金を奪うためにあの手この手を使います。そのやり口には目を疑います」

「おっしゃるとおりです」オリヴァーがうなずいた。「荷物を家に運びましょうか?」

「それはどうも」クニックフースが微笑んだ。「わたしのような年寄りになると、どんな援助もありがたいものです」

オリヴァーはショッピングカートを持って、三段ある外階段を上がり、クニックフースの指示でキッチンに運んだ。玄関のドアは身長一メートル八十センチがまだ珍しかった時代のものらしく、オリヴァーはかがまなければならなかった。ピアはあたりを見まわした。よく片付いていて清潔だ。家具にはほこりひとつなく、ぴかぴかだった。

「おひとりで暮らしているんですか?」ピアがたずねた。

「そうです。母が一九六九年に亡くなってからずっと」クニックフースは買ってきた食料を冷蔵庫にしまった。「家事は全部自分でしています。九十一ですけどね! おかげで元気です。コーヒーはいかがですか? シェリーを飲むにはちょっと早すぎますものね」

クニックフースはキッチンの隣の居間にオリヴァーとピアを案内した。そこはビーダーマイアー(一八一五年から四八年までのドイツとオーストリアの家具調度、美術、文学などの様式)時代の瀟洒《しょうしゃ》な家具で埋まっていた。椅子の肘掛けにはレースのカバーがかかっていて、小さなクッションにはしゃれた飾りひだがついている。

アンティーク家具に合わせるには少し陳腐な印象を受けた。暖炉の上の棚にはさまざまな小物がひしめいていた。クニックフースはふたりにソファーをすすめ、自分はその正面にある肘掛け椅子に腰かけた。目は好奇心できらきら光っていた。

「ライフェンラート家のことを知りたいのでしょうね？」

「そのとおりです」オリヴァーはうなずいた。「あなたが詳しいと聞きまして」

「それはそうですよ！　一家の一員になるところだったんですから！」クニックフースは笑い声をあげた。「運命のいたずらで、四十年間、ライフェンラート社の会計係をしていました。わたしは会社のためにあらゆる手を尽くしましたけど、テオが会社を潰してしまったのです」

クニックフースは振り返って、黒いマホガニーのどっしりしたチェストの一番目立つところに飾ってある額入りのモノクロ写真を指差し、物憂い様子で微笑んだ。

「わたしのエードゥアルトです」写真には軍服姿の若い美男子が写っていた。その若者は七十歳若いマルタ・クニックフースに腕をまわしていた。ふたりはカメラに向かって楽しそうに微笑んでいる。

「ロシア兵に撃ち殺されました。終戦の二日前です」クニックフースはため息をついた。七十二年経っても、悲しみは少しも癒《い》えていないのだ。「彼が死んだという知らせを受けてからずっと、わたしがなにに腹を立てているかわかりますか？」

「いいえ、わかりません」ていねいにいうと、ピアはコーヒーをひと口飲んだ。

「わたしが彼と一度も寝なかった愚《おろ》か者だったことにです」クニックフースはそっけなくいっ

た。

ピアは息をのんで咳き込み、顔を赤くした。オリヴァーはニヤニヤした。

「おかげで生涯、処女で通しました。寝ていれば、子どもができていたかもしれないのにです」クニックフースは愛しそうに写真を見つめた。オリヴァーは同情した。

「でも、あなたは美人じゃありませんか。引く手あまただったと思いますが」

「刑事さんはお上手ですね！」クニックフースはくすくす笑って、手を横に振った。歳をとって色が薄くなったのか、空色の瞳がいたずらっぽく光った。「エードゥアルト以上の人なんてひとりもいませんでしたからね！　わたしは夫を持って、養ってもらうためだけに次点を選ぶ気になれなかったのです。それに正直いうと、年老いた男に虫唾《むしず》が走るのです。求めてもいなかった男がいつの日か年老いることを想像しただけで、ぞっとしたのです」クニックフースはあっけらかんとして笑った。「でも、おふたりはわたしの人生について聞きたくて来たのではありませんよね。なにが知りたいのですか？」

「テオ・ライフェンラートさんについて知りたいのです。どういう人間だったのですか？」

「テオ！」クニックフースは椅子の背にもたれかかって、首を横に振った。「彼の兄とは正反対の人物でしたよ。エードゥアルトは上品で礼儀正しかったですが、テオは無能で粗野でした」クニックフースは眉間にしわを寄せた。「ずる賢くはありましたが、知性に乏《とぼ》しかったですね。だから自分よりも愚かな人間を取り巻きにしていました。父親の跡を継ぐ気などさらさらなく、鉄工職人のところで徒弟になりましたが、早々に辞めてしまいました。テオは若いうちから喧嘩っ早く、酒飲みの、絵に描いたようなろくでなしになったので、母親のエーディトは心労が絶えませんでした。残念ながら彼女がテオの嫁に選んだのがまた不似合いな人だったのです。リタはルール地方の生まれで、戦時中にフランクフルトに移ってきて、乳児ホームで働いていました。そして一九五〇年代のはじめに、看護師としてマンモルスヘーエの児童向けサナトリウムに勤務しました。リタは怠《なま》け者のテオに活を入れたのです！　テオはお得意の拳骨でリタに殴りかかりましたが、リタに返り討ちにあったのです！」クニックフースはそのときのことを思いだしたのか、愉快そうにふっふっふっと笑った。「リタは体が大きくて、力もありました。正真正銘の大女で、手なんてフライパンくらいの大きさでした。そしてかっとなると手がつけられなかったのです！　テオはこてんぱんに殴られて、病院送りになりました。あやうく頭をかち割られるところだったんです。表向きはゴミ焼却施設で事故にあったことになっていましたけど、もちろん地元では噂になってしまいました。その後、テオはリタに歯向かわなくなりました。酒場のカウンターでくだを巻き、ウサギの飼育仲間のところで大口を叩きましたが、家ではだれも彼のいうことを聞きませんでした」

「リタさんとのあいだには娘さんがいたのですよね？」

「ええ、ブルンヒルデ（ゲルマンの英雄譚で語られる女性。戦士ジークフリードに死をもたらす）といいました。すごい名前でしょ。かわいそうに！」クニックフースはさげすむようにいった。「テオは娘を溺愛《できあい》しました。あのふたりの子なのに、かわいい子でしたから。テオは娘をいたるところに連れまわしました。ペットの檻《おり》、そして会社にまで。リタは病的なほど嫉妬しました。里子を受け入れはじめたのは、それが理由だと今でも確信しています。リタは、気ままにいじめられる相手が欲しかったのです。一九六二年に、最初の子が来ました。たしか七、八歳でした」

「ブルンヒルデさんはどうなったんですか？」ピアはたずねた。

「あの子は繊細な心の持ち主で、がみがみいう母親に苦しみ、父親を恥じたのです。十四歳のときはじめて家出して、十六歳のときに家を出ていきました。それから数年、音沙汰がなかったのですが、ある日、子どもを産んでいたことがわかったのです。男の子でした。リタとテオが引き取ったときは二歳くらいでした」

「フリチョフさんですね」オリヴァーはいった。

「そのとおり。ゴミ溜めのような住居でベルリンの青少年局が発見し、孤児院に入れていたのです。テオとリタが連絡を受け、ふたりがその子を引き取りました。その子が今ではドイツ経済界の重鎮だと謳《うた》われているのですからね。出自を知っている者からしたら信じられません」

「母親はどうなったんですか？」

「ヘロインの過剰摂取で、ベルリンの駅のトイレで亡くなっていました。フリチョフにとっては、神に感謝です。あのままだったら、ろくな人生を歩まなかったでしょう」

「リタ・ライフェンラートさんは自殺したとみなされていますが、理由はわかりますか？」ピアはたずねた。

クニックフースはピアを見つめて、首を傾げた。

「リタについてテオはなにもいいことはいいませんでしたね」クニックフースは弁解めいた言

い方をした。「わたしたちは仲がよくなかったのです。リタはわたしが手にしたかったものをすべて我がものにしながら、それを食い潰しました。だからテオはあの人が気に入らなかったのかもしれません。でもリタには悲しい過去があったのです。彼女のためにも、そのことはいっておかなければなりません。彼女の家族は全員、空襲で瓦礫《がれき》の下に生き埋めになりました。最初の婚約者は東部戦線で戦死。二人目もフランスで戦死。テオと知り合ったときは二十四歳でした。当時の感覚では中年増でした。おそらくなりふりかまわず結婚したのでしょうね」クニックフースは深いため息をついた。「いいですか、人生には会わない方がよかった人間がけっこういるものです。リタはテオよりもはるかに知性がありました。だからテオを露骨にさげすんだのです。テオはテオで、ブルンヒルデが家出した原因をリタに押しつけました。的はずれではありませんでしたけど。わたしは、リタが自死したとは思っていません。リタのことが耐えられなくなってテオが殺したに決まっています」

＊

シャイトハウアー一家はもともと隣人のカッツェンマイアーの家とそっくりの平屋に住んでいたが、のちに二階を増築していた。自然石の塀があって、前庭ではレンギョウが黄色い花を咲かせていた。アプローチの横のプランターはまだ空だったが、家の壁際に菜園用の土が何袋か積んであった。玄関の横に塩生地（塩と小麦粉、水で作り、乾燥させると固くなる）で作った表札がかかっていた。ピアがベルを鳴らすと、少ししてシャイトハウアー夫人が出てきた。

「朝早くからありがとうございます」ピアはいった。

「ヨランダには電話しました」ピアからオリヴァーを紹介されたあと、夫人がいった。「あの子は夜が明けると、ベックスに会うといって、ドクター・ゲールマンのところへ行ってしまったものですから。お入りになりますか？」

ふたりは夫人について、物であふれたワードローブのそばを通った。十足以上の靴とゴム長靴とクロックスがところ狭しと並んでいた。ゆったりしていて開放的なリビングキッチンからは広い庭が一望できた。食卓には本や書類やノートが山積みで、その横にノートパソコンがひらいてあった。

「おすわりください。コーヒーはいかがですか？」

「わたしはけっこうです、ありがとう」ピアは微笑んだ。「今日はもう三杯も飲んでいて、これ以上は過剰摂取になります」

「わたしはいただきます。ブラックでお願いします」オリヴァーはそういって、食卓に向かってすわった。

「本をどかしてくださってけっこうです」夫人はコーヒーメーカーのスイッチを押して、吊り戸棚からカップを一客だした。豆をひく音がして、ひきたてのコーヒーのいいにおいが漂ってきた。

「犬が元気になったら、本当に引き取るのですか？」ピアはたずねた。

「ええ、そのつもりです」夫人は軽く手を振って、庭の方を指した。「場所はあります。夫が出張したとき、犬がいてくれれば、わたしも娘も安心ですし」

「ここにはどのくらい住んでいるんですか?」オリヴァーがたずねた。

「六年になります」

「ライフェンラートさんとは仲がよかったんですか?」

「そのことですが、ひと晩じゅう考えていました」夫人はオリヴァーにコーヒーをだした。「付き合いがあったとはいえません。電話で話すことはありました。でも、約束の時間に戻らないヨランダを迎えにいくときに電話をかけるくらいでした。本当のところ、あの人のことはなにも知りません」

「お嬢さんが昨日、話題にした人たちはいかがですか?」ピアはたずねた。「フリッツ、ラモーナ、ヨッヘン、イヴァンカ。その人たちをご存じですか?」

「イヴァンカは家政婦みたいなものでした」夫人は答えた。「たしか二十年前からライフェンラートさんのところに来ていて、クローンベルクに住んでいます」夫人は眉間にしわを寄せた。「ラモーナは娘さんです。でも、他の人と同じで、あの人たちは正確には兄弟姉妹ではありません。ライフェンラート夫妻に里子として引き取られた人たちです。村での噂を信じるなら、長いあいだに引き取られた里子は三十人に達していたそうです」

「三十人?」コーヒーをひと口飲もうとしたオリヴァーが驚いて手を下げた。

「もちろん同時にじゃありません」夫人は微笑んだが、すぐにまた真剣な表情になった。「二十年かそれ以上かかっています。マンモルスハインでは、ライフェンラート夫人は今でも一目置かれています、とっくにこの世にいない人ではありますが。道にあの人の名を付けようという話もあるほどです」

ピアとオリヴァーはちらっと視線を交わした。

「リタ・ライフェンラートさんが本当に亡くなったかどうか、いまだにわかっていないのですよ」ピアはいった。「一九九五年から行方不明扱いです」

夫人はすぐに理解した。目を丸くし、顔から血の気が引いた。「ケージの下の人骨！　なんて恐ろしいんでしょう！　ヨランダがあそこで遊んでいたかと思うと、とんでもないことです！」

玄関のベルが鳴った。夫人が「ちょっと失礼」といって、玄関に歩いていった。少しして息を切らしたヨランダを連れて戻ってきた。ベックスは点滴と栄養注射で元気を取りもどし、ヨランダは獣医の家の庭でベックスと軽い散歩をしたという。映像も撮ったといって、ピアと母親にその映像を見せた。

ピアは映像を見ながら、ついでのようにラモーナ、ヨッヘン、イヴァンカ、フリッツについてたずねた。ラモーナとその夫のザーシャがなにかと口うるさいので、テオおじいちゃんは嫌っていたという。フリッツは訪ねてくることがめったになく、たいてい電話ですませていたので、ヨランダ自身は会ったことがなかった。ヨッヘンの本名はヨアヒムで、キャンディーというルーマニア産の雑種の雌《めす》イヌを飼っていて、ベックスととても仲がいいという。ヨッヘンはテオおじいちゃんがしたくないことや、込み入ったことをすべて引き受けていた。

「テオおじいちゃんがいってたけど、ヨッヘンが背を向けていると安心できるんだって。なんでかわからなかった。だって、前から見てもやさしそうに見えるんだもの」

ピアは笑みをかみ殺した。

「きっと好きじゃなかったのね。あなたはヨッヘンが嫌いではなかったのね？」

「まあまあ」ヨランダは肩をすくめた。「ヨッヘンが来ると、大事な話があるからといつも家に帰された」

ヨランダは他にも何人か元里子の名前をいったが、顔見知りだったからではなく、邸宅の屋根裏に木箱があって、そこに書かれた名前を見ていたからだ。

「テオおじいちゃんは携帯電話を持っていた？」ピアはたずねた。

「ううん」ヨランダが答えた。「ラモーナがいつも持たせようとしていたけど、おじいちゃんはいらないっていってた。一度勝手に買ってきたことがある。すごくかっこいいiPhone 6sだよ！　でもテオおじいちゃんがイヴァンカにあげちゃったんで、ラモーナは怒ってた。ユーゴの女がわたしよりいいスマートフォンを持ってる。そのうち邸を創造するんじゃないかって、ラモーナがザーシャにいっているのを聞いたことがある！」

「それ、創造じゃなくて相続じゃなかった？」ピアはたずねた。

「ああ、そうかも」

オリヴァーはニヤッとした。しかしシャイトハウアー夫人は笑える状況になかった。おそらく想像力が働いて、恐ろしいシナリオが脳裏に浮かんでいるのだろう。知らなかったとはいえ、連続殺人犯に娘を預けていたことに罪悪感を感じているのだ。

オリヴァーとピアは立ちあがった。夫人にともなわれて、玄関で別れを告げようとしたとき、ヨランダが駆けてきて、興奮しながら叫んだ。

「思いだしたことがある！　何週間か前、変なおじさんがテオおじいちゃんを訪ねてきた。テオおじいちゃんの家に住みたいといって、おじいちゃんに断られた。はじめはふたりでビールを飲んでたけど、ひどい喧嘩になって、怒鳴りあった」

「そうなの？　いつのこと？」

「よく覚えてない。まだ外に雪があった」

「どんな感じの人？」ピアはたずねた。「名前を思いだせる？」

「けっこう歳だったよ。五十歳くらいか、もっと上かも。テオおじいちゃんはクラウスって呼んでた。はじめはいい人かなって思ったんだけど、めちゃくちゃひどい人だった！」

あわれなシャイトハウアー夫人は目を丸くした。昨日から見聞きしたことを考えると、これからはもう娘を勝手に出歩かせなくなるだろう。

「そのおじさんはなにをしたの？」ピアはたずねた。

「テオおじいちゃんを押し倒して、ベックスをけとばしたの！」ヨランダはそのときのことを思いだして、腹を立てた。

「理由は？」

「お金だと思う。そのおじさんが金庫から取りだしたから、テオおじいちゃんは止めようとしたの」

「その人はどうやって金庫を開けたの？」ピアはたずねた。

「ハンドルをつかんでだよ」

「それはわかってる。でも、普通は扉を開けるのに、ダイヤルをまわすとかするはずでしょう？」

「その必要はないよ。強盗が入ったとき、大事な金庫を壊されるのがいやだから、いつも扉を開けてるって、おじいちゃんはいってたもの」ヨランダはニヤッとした。「扉が少し固いんだよ。ハンドルを左にまわして、がたがた揺すれば、簡単に開いちゃう」

チューリヒ、二〇一七年三月二十四日

葬儀屋が母親の棺《ひつぎ》を玄関から運びだしてから、フィオーナは悪夢と地獄のはざまで生きていた。体のすみずみまで感覚がなくなり、力が入らなかった。

しかしその無気力もようやく消え、放ったらかしにしていたことに手をつけることにした。必要な手続きはすでにすませてあった。母親の職場に報告し、疾病金庫《しっぺい》（ドイツの医療保険制度のひとつ）にも連絡を入れた。母親が生命保険と傷害保険をかけていた保険会社にも、死亡診断書のコピーを送ってある。今日は家財道具と自動車の保険契約者の名義変更をする。それと一番大事なのは銀行だ。母親の口座から現金を引きだせなければ、すぐ文無しになってしまう。

フィオーナは家じゅうを漁《あさ》って、フェルディナント・フィッシャーから聞いた話の裏付けを探した。しかしなにも見つからなかった。フィオーナが生まれた頃の疾病金庫からの支払い調書もなかった。それが見つかれば、母親が何度も不妊治療を試みたことが確かめられるのだが。フェルディナント・フィッシャーがいっていた医師と手紙のやりとりをしていた形跡もないし、母親とフィッシャーが交わしたという結婚契約書も見つけられなかった。あれが全部嘘だったらどうする。だけど離婚した人間が今さらあんな荒唐無稽な作り話をする必要があるだろうか。

フィオーナは夢中で探しものをした。時間がどのくらい経ったかも気づかないほどだ。窓の外を見ると、すっかり夜が更けていた。フィオーナは立ちあがって伸びをした。背中が痛い。目もずきずきした。もうやめて眠ることにした。だがその前に急いで汚れものを洗濯機にかける必要があった。

あくびをしながら急な階段を伝って地下に降りた。洗濯室の床には、洗濯物が山と積まれていた。しわのばしローラーの上の壁にある蛍光灯はとっくの昔に切れていて、交換が必要だ。天井の白熱灯が淡い光を投げかけていた。フィオーナは熱湯洗濯用と色ものを分けて、洗濯機に突っ込んだ。だが今度は洗濯洗剤を切らしていることに気づいた。ぶつぶついいながら吊り戸棚を覗いた。洗濯ばさみ、柔軟剤、洗濯用糊剤、染み抜き剤、固形石けんのパック、古いタオルや雑巾の束。その奥に四角いブリキ缶があった。以前、祖母がクリスマスのクッキーを入れていたブリキ缶だ。

どうしてこんなところにあるのだろう。そう思いながら、フィオーナはブリキ缶を取りだした。かなり重い。蓋《ふた》を開けようとしたとき、爪が割れそうになった。蓋がぱかっと開くと、革装の薄い手帳が出てきた。表紙に「家族簿」（家族単位の身分登録簿）と印刷されている。ついに見つけた！

フィオーナはその重いブリキ缶を両手で抱えて急いで階段を上り、キッチンに飛び込むなり、中身をキッチンテーブルに広げた。興奮して胸が高鳴った。家族簿の他にも母親の日記や、二本の輪ゴムでとめられた書類ばさみが出てきた。フィオーナの名が書かれた封筒には毛髪と数本の乳歯がセロハンにくるまれて入っていた。別の封筒には、二〇二一年まで有効な母親名義のキャッシュカードとクレジットカードの他、オンラインバンキングのアクセスコードと暗証番号の通知書が出てきた。一番古い日付は二〇一一年六月だった。キャッシュカードはUBS銀行のものだ。母親は祖父母と同じで長年チューリヒ商業銀行の顧客のはずなのに、どうしてUBS銀行に口座をひらいていたのだろう。そんなこと、ひと言もいっていなかった。

フィオーナは書類ばさみの輪ゴムをはずしてひらいてみた。探していたものがそろっていた！　フィオーナの出生証明書、母子手帳、裁判所による離婚調停書。だが医師の名前だけは判然としなかった。偽りの母子手帳にチューリヒ大学病院の印が押され、その下に署名があったが、うまく読み取れなかった。赤ん坊のやりとりが発覚すれば、医師免許を失うだろう。だから氏名を判読しづらくしたかったのかもしれない。

母親はどうして隠していたのだろう。真実が明るみに出たら、フィオーナが背を向けるとでも思ったのだろうか。死を前にしたときでさえ、母親はそのことを明かさなかった。フィオーナはそのことがとにかく悔しかった。裏切られた気がした。

＊

だれかが門のところにある郵便受けを開け、新聞と郵便物を天幕の下のテーブルに広げていた。ピアはダイレクトメールをよけた。残ったのは二通の封筒と、銀行の利用通知書と電話料金の請求書だった。テオ・ライフェンラートはほとんど電話をかけていなかったので、相手の電話番号を調べるのは苦労しないですみそうだ。電話料金の請求書よりも興味を引かれたのは銀行の利用通知書だ。ライフェンラートはタウヌス貯蓄銀行に口座を持ち、定期預金と普通預金があった。四月はじめ、口座の残金はちょうど五万ユーロだったが、四月十日からほぼ毎日四桁の金額が引きだされ、総額は二万五千ユーロに達していた。

「ライフェンラートが死んだあと、何者かがECカードを使ってますね」ピアはいった。「暗証番号を知っているに違いありません」

「毎回ちがうATMで下ろしている」オリヴァーも確認した。「ノイエンハイン、オーバーウルゼル、ヴァラウ、ハッタースハイム、シュタインバッハ、エッシュボルン、フランクフルト、ヘーヒスト。引出額は八百ユーロ、二千ユーロ、二千五百ユーロ、三千ユーロ。比較的小さな額なら、だれも疑いを抱かない」

ピアは銀行の利用通知書をテーブルに広げて撮影し、カイに送ってタウヌス貯蓄銀行に連絡を取るよう頼んだ。運がよければ、防犯カメラの映像が入手できて、泥棒の身元を割りだせるかもしれない。

ピアとオリヴァーは玄関の前でつなぎを着て、靴にシューズカバーをかぶせてからエントランスホールに入った。一階にはいまだに甘い腐敗臭がこもっていた。鑑識官はまだ一階の捜査をしている。ライフェンラートの遺体が横たわっていた長椅子の下の床は茶色に変色していた。

「ライフェンラートが読んだ最後の新聞は四月七日金曜日のものです」ピアは声にだして考えた。「その三日後の四月十日から引きだしははじまっています。なぜ月曜日まで待ったのでしょう。ATMなら週末も使えるはずですよね」

「機会が泥棒を作るというじゃないか」オリヴァーがいった。「たぶんだれかが邸に忍び込んで、死体を見つけ、そのチャンスを利用したんだ。ゆっくり家捜しするために犬をケージに閉じ込め、そのあと車に乗って逃走したんだろう」

「ここに忍び込んだのは偶然だったというんですか？」ピアは懐疑的なまなざしをボスに向けた。

「その可能性はある。ちょっと見てまわろう。どうせまだここしか見られないだろうから」

「ちょうどよかった！」階段を下りてきたクレーガーがいった。「自動指紋識別データベースがヒットしたぞ！　しかもあいつがヒットするとは！」クレーガーはキッチンに入ってきて手袋を脱ぐと、キッチンテーブルに置いてあったタブレットを手に取った。「これだ！　見てくれ！」

ピアとオリヴァーは五十代の男性の写真を見た。ダークブロンドの髪の男だ。

「だれ？」ピアはたずねた。

「名前はクラース・レーカー」クレーガーが答えた。「二〇一四年、妻に対する監禁と暴力およびストーカー行為で有罪判決を受けた。しかし裁判所は刑務所には入れず、精神科病院へ送致した」

「覚えがある」オリヴァーはうなずいた。

「精神科病院に入ったのなら、どうしてここにそいつの指紋があるわけ？」ピアは首を傾げた。

「ありえないでしょう」

「奴はここにいた！」クレーガーは最新技術にミスはないと固く信じていた。「スキャニングに間違いはない」

「そのことだが、レーカーは今年、精神科病院から退院している」オリヴァーが口をはさんだ。

「弁護士が訴訟手続きの不備を主張して、再審理させることに成功したんだ」

「ああ、それ！　耳にしてます！」ピアはうなずいた。「ちなみにレーカーの名はライフェンラートの住所録にありました！　線を引いて消していましたけど」

「奴の指紋がいたるところにあった」クレーガーがいった。「寝室、書斎、キッチン。一階の他の部屋にも。二階はまだはじめたところだ。あいにくうちのソフトウェアでは指紋の古さまでは分析できない。だが指紋は薄れていないから、最近のものだと思う」

「まだ雪が残っている頃、奴はここに来ている」オリヴァーがいった。

「どうしてわかるんですか？」ピアは驚いてオリヴァーを見た。

「ヨランダがさっきいっていたじゃないか」オリヴァーが答えた。「ライフェンラートと喧嘩をした男がいた。あの子はクラウスといっていたが、クラウスとクラース、響きが似ている」

「それですね！」ピアはオリヴァーの勘のよさに舌を巻いた。「すごいことになりましたね。経済界のボスと訴訟手続き不備の被害者。これを知ったら、エンゲル署長に赤信号がともりますよ！」

「そうだ、金庫はどうする？」クレーガーがたずねた。「簡単には開けられないし、運搬するのもことだぞ」

「鍵は開いているはずよ」ピアはいった。「近所の女の子の話では、ライフェンラートは鍵をかけたことがないらしいんだけど」

三人は書斎に移動した。

「扉が固いだけらしい」オリヴァーがいった。

クレーガーはハンドルをつかむと、力任せに引っぱったが、コンクリート製の分厚い扉はびくともしなかった。

「自動ロックなんじゃないか？」

「貸してみろ」オリヴァーはいった。

「俺より力があるというなら、やってみろ！」

クレーガーは一歩さがって、腰に手を当てた。ボスがヨランダにいわれたとおりにハンドルを左にまわして揺するのを見て、ピアはニヤリとした。扉がギギッときしみながらひらいた。

「こうやるんだ」クレーガーにそういうと、オリヴァーはニヤッとした。「こういうのは力任せじゃだめなのさ」

オリヴァーとクレーガーが金庫の中身をあらためた。そのときピアのスマートフォンが鳴った。門のところで待機している巡査からだった。死体捜索犬と地中レーダー探査の業者が到着したという。そのとき別の電話がかかってきたため、巡査の言葉が断片的にしか聞こえなかった。

「……で、いいですか？」

「もちろん。さっそく作業に入るようにいってちょうだい」そういうと、ピアは通話を切って次の電話に出た。

「なんですぐに出ないんだ？」ヘニングが開口一番に文句をいった。「きみに連絡を取るために電話をかけつづけ、くだらないメロディを聞く暇がわたしにあると思うのか？」

「おはよう！」そう答えると、ピアは廊下に出た。「急にどうしたの？」

「身元がわかった！」ヘニングは興奮していた。「ピア！　死蠟《しろう》の一体の身元がわかったんだ！」

「なんですって？」ピアは肩に力が入った。「解剖は明日のはずでしょ？　たしか……」

「ああ、そうだ。まだ解剖はしていない」ヘニングがじれったそうに口をはさんだ。「こっちでなにがあったと思う？　レマーが三体の死体を見て、わたしにいったんだ。〝信じられない。十二番の死体がだれかわかりますか？〟ってな。わたしはもちろんびっくりしていった。〝わかるわけがないだろう〟そうしたら、レマーがいったんだ。〝通勤途中のバス停にあるポスターでこの顔を何年も見てきました〞とな。それでわたしは……」

「ヘニング、要点をまとめてくれない？」

「いいだろう。女性の氏名はアネグレート・ミュンヒ。職業は客室乗務員、メルフェルデン＝ヴァルドルフ在住、一九九三年五月に行方不明になった」

一瞬、ピアは絶句してからいった。

「嘘でしょう？」

「嘘じゃない！　とんでもないだろう？　待ってくれ！　電話を切るな！」ヘニングはだれかに声をかけた。少ししてレマー医師が電話口に出た。いつも沈着冷静なのに、声がうわずっている。

「あの事件には心を揺さぶられた」ヘニングが要約したことを繰り返してから、レマー医師はいった。「わたしはメルフェルデン＝ヴァルドルフで育って、あの行方不明者の子どもたちと同じ学校に通っていたんだ！　うちの母親はあの人と親しくはなかったが、うちの姉とわたしがあちらのふたりの息子と同年代だったので、顔見知りだった。もちろんあの人が行方不明になったとき、地元は騒然となった。結婚はうまくいってなかったらしくて、駆け落ちをしたんじゃないかと噂になった。それから夫が殺人を疑われて、勾留までされた。家族にとっては最悪だ。その後、あの人の車が発見された。バッグなどの貴重品が残されていた。これで、なんらかの事件に巻き込まれたことが明らかになった。大々的な捜索がおこなわれ、『事件簿番号XY』（ドイツで放送されている、未解決事件を扱うテレビ番組）でも何度も放送されたが、手がかりはつかめなかった。さっき死体袋を開けて顔を見たときは、雷に打たれたようなショックを受けたよ！　法医学者になって長いが、知り合いを解剖したことは一度もない。それがこれだからね！」

「信じられない」ピアは、口数の少ないレマー医師が滔々《とうとう》としゃべるのをはじめて聞いた。

「たしか行方不明者の夫は数年前に死んだはずだ。だが、わたしとほぼ同い年のふたりの息子がいる。真相がわからないままずっと生きてきたんだ！」

「身元についてはどのくらい確実？」

ピアがそうたずねると、レマー医師は息を吸った。

「間違いない！」レマー医師は自信をもって答えた。「もちろん念のため、DNA型鑑定と指紋の照合をおこなう」

「わかった。ありがとう」ピアは興奮していた。早くこの最新情報をボスに伝えなくては。レマー医師のいうとおり、問題の死蠟が長年行方不明だった女性なら、大変な成果だ。身元不明の死体の捜査では多くの場合、身元が特定できない恐れが大きい。四十八時間以内に氏名が判明するだけでも喜ばしいことだ。今回の事件は思いのほか早く解決するかもしれない。ピアは忘れないうちにカイに電話をかけ、テオ・ライフェンラートのメルセデス・ベンツを捜索するよう指示した。

「そうだ、家政婦と連絡がついた」カイがいった。「イヴァンカ・セヴィチ。娘の結婚式に出るため四月四日からクロアチアに帰っていた」

「どんな反応だった？」ピアはたずねた。

「ショックを受けて、すすり泣いていた。ライフェンラートはかなり元気だったので、数日ひとりにしても平気だろうし、息子のだれかが、ええと、待ってくれ、ヨアヒム・フォークトが四月七日には出張から帰るので、ライフェンラートの様子を見にいくと思っていたらしい」

「わかった」それからピアはレマー医師の発見を伝えた。

「アネグレート・ミュンヒか」キーボードを叩く音が電話を通して聞こえた。「覚えている。一九九〇年代の事件だ……。待ってくれ、あったぞ！　当時の年齢三十二歳、客室乗務員、上海発の国際便に乗務して、朝帰宅し、夕方、女友だちとなにかする計画だったが、約束の場所にあらわれなかった。最後に目撃されたのは、一九九三年五月九日午後五時半頃、メルフェルデン＝ヴァルドルフのガソリンスタンドでガソリンを満タンにしたときだ。車はシルバーのホンダ・シビックで、ナンバーはＯＦ－ＡＭ１１２。一九九三年五月二十三日、車はラインガウ地方のエーバーバッハ修道院の近くで鍵がかかった状態で発見された。トランクにハンドバッグが残されていて、身分証と現金三百八十ドイツマルクが財布に入っていた」

「リタ・ライフェンラートの車もラインガウ地方で発見されたのではなかった？」ピアが思いだしていった。

「そうだ。エルトヴィレだ」

「ふむ」

「こっちでわかったことをすべてそちらのスマートフォンに送る」カイはいった。

ピアはオリヴァーが天幕の下にいるのを見つけた。ヘニングが昨日、骨の分類をおこなったテーブルに邸宅で見つかったさまざまな物品が載っていた。このあとクレーガーたち鑑識がラボに運ぶ予定のものだ。

ピアがアネグレート・ミュンヒのことをオリヴァーに伝えようとしたとき、五十歳くらいの小太りの女性が邸宅の角をまわり込んできた。女性は一瞬、足を止めると、ふたりの鑑識官を押しのけてやってきて、腰に手を当てた。

「ザンダーって人は?」まるで軍曹のような言い方だった。ピア、オリヴァー、クレーガーの三人が振り返った。

「わたしですけど」ピアはスマートフォンを下ろした。「どなたですか?」

「ラモーナ・リンデマンよ。ここでなにをしてるの? 父はどこ?」

「遺産目当てのラモーナ」という言葉がピアの脳裏をかすめた。門で見張りについている巡査が通したのだろう。

「お気の毒ですが、あなたのお父さんは亡くなりました」

「なに、それ! どうして連絡がないわけ?」リンデマン夫人は丸顔で、頬がふっくらふくれ、二重顎になりかけていた。厚化粧で、後ろでしばった金髪はまるでヘルメットのようだ。光沢のある青い着圧レギンスをはき、白いロングブラウスの上に野生動物の毛皮に似せたコートを着て、靴はライトブラウンのハーフブーツだ。その出で立ちをするには、身長が二十センチ低すぎる。まるでヤーコプ・シスターズ(ドイツの女性ボーカルグループ)のメンバーみたいだ。

「昨日、ライフェンラートさんのお孫さんと話しまして、そちらから関係者に連絡をすると聞いていたのですが」

「フリチョフね！　わたしに電話をかけてこないなんて、あいつらしいわ！」リンデマン夫人は腹立たしげに息巻いた。

「ライフェンラートさんは二週間近く前に亡くなっています。遺体が発見されたのはおとといですが」

「なんですって？」夫人が信じられないというようにいった。「ありえないわ！　あなた？　あなたったら！」

　背後に男性があらわれた。「あなた」はピアより少しだけ背が低く、体はぶよぶよで、筋肉が脂肪に変わり、体形がくずれたプロレスラーのようだった。髪は灰色だったが、年齢はせいぜい四十代前半だ。顔がふっくらしていて、まつ毛が長くてふさふさだったので、頬に髭の剃《そ》り跡がなかったら女に見えそうだ。

「なにをしてたの？」夫人が不機嫌そうにいった。「ねえ、父さんが死んだんだってさ！　この警官の話だと、二週間近く前にね！　こんなことありうる？　ああ、うちの旦那です」

「ザーシャ・リンデマンです。こんちは」夫がピアを見た。両手をぎこちなくジーンズのポケットに突っ込み、体全体から不快感を発散させて、天幕で見え隠れする犬のケージにちらちらと視線を向けていた。

「こちらとしても、どうしてだれもライフェンラートさんのことを気にかけなかったのか不思議に思っているところです」ピアはそういいだしたが、リンデマン夫人が口をはさんだ。

「わたしたちは一週間、スペインにいたのよ。バカンス先から何度も電話をかけたんだけど、父親は出なかったの。ヨアヒムも出ない始末！　交通事故で入院してるとかいって！」夫人は不平たらたらだった。死者を悼《いた》む気持ちやショックとは無縁だった。「イヴァンカがいるはずだったのに、復活祭のあいだ故郷に帰りたいっていいだして！　家族がみんないないときに、故郷に帰る家政婦なんて、雇うだけ無駄じゃない。故郷になんて数日いれば充分でしょうに。違うかしら？」

夫人は挑むようにまわりを見たが、だれも、それこそ「あなた」まで、相づちを打たなかった。

「状況的に見て、お父さんはすでに四月七日に亡くなっていたようです」ピアはそういったが、この二週間、テオ・ライフェンラートの口座から二万五千ユーロが引きだされていることは黙っていた。「死体の腐敗が進行しているため、今のところ自然死か他殺かわかっていません。ですので明日実施される司法解剖の結果を待っています。それまでこの邸は事件現場として扱われます」

「他殺？　殺されたってこと？」リンデマン夫人が目を白黒させた。「ところで犬はどこ？　あれ、けっこう高いのよ！　ベルギーのトップブリーダーから買った血統書つき！　父はあの犬におよそ三千ユーロ支払ったんだから！」

「犬は獣医のゲールマンさんのところです」ピアは答えた。「お父さんは犬をいつもそばに連れていたと聞きましたが、わたしたちはケージで見つけました。だれかがあそこに閉じ込めたのでしょう」

「ソーセージが一本あれば、だれにだってできます」夫の方がいった。「ベックスは見かけこそ怖そうですが、いたっておとなしい犬でして」

「父はわたしたちよりも犬の方を愛してた！」夫人が吐き捨てるようにいった。

「すみません」巡査が夫妻の背後にあらわれた。「業者の準備が整いました。地中レーダー探査をどこからはじめるか訊いています。捜索犬もスタンバイしています」

「ケージからはじめてくれ」オリヴァーはいった。「すぐに行く」

「地中レーダー？　捜索犬？」夫人がけわしい目つきになった。「どういうこと？」

「昨日、ケージの下で問題のある発見をしたんです」ピアは答えた。「ベックスが穴を掘っていなかったら、骨には気づけなかったでしょう」

リンデマン夫妻は驚いてピアを見つめた。

「骨？」夫が二、三度咳払いした。

「骨なんてそこいらじゅうに転がってるわ」夫人は手で払う仕草をした。「父は死んだペットを敷地に埋めていたから」

この言葉で、夫が青い顔になった。

「動物の骨ではありません。人骨です」ピアはいった。

「えっ？」夫人が身をこわばらせた。

「犬のケージの下から三体の死体が見つかったのです。今のところ、あなたのお父さんが関係しているとにらんでいます」

「まさか！」

ラモーナははじめてショックで顔をこわばらせた。

「死体はコンクリートの下にありました」ピアは話をつづけた。「コンクリートを流し込んだのがいつで、だれがやったか知りたいのですが」

数秒のあいだ静寂に包まれた。ピアの言葉の持つ意味がしだいに夫婦にも伝わった。

「たぶんヨアヒムです」夫がいった。

「いつ頃のことか覚えていますか？」オリヴァーがたずねた。

「ずいぶん昔です。はっきりとは覚えていません」夫は死刑執行人を前にした死刑囚のようにおどおどとオリヴァーを見た。ピアは妙だなと思った。夫は妻のほうを向いた。「たしかテオが二匹の子犬を手に入れる前だったと思う」

「そうそう。ミロとジョニー」夫人がいった。「二十年は経っているわね。もっとかも。ベックスはあの二匹の後釜だもの！」満足そうにつづけた。「このことを聞いたら、ヨアヒムはショックでしょうね！　フリチョフもね！」

「あなたのお父さんが死体と関係があるかどうか、まだはっきりしてはいません」オリヴァーはいった。

「でも、他のだれが死体をケージの下に埋めたっていうの？　わたしはテオがやったと思うわね！　昔、子猫を溺死《できし》させたことがあるわ。わたしたちがやめてくれと必死に頼んだのに！」

憎しみがこもった言葉だ。古傷が今でも痛むようだ。「ペットのニワトリやウサギの首を平然と折れる人なら、人間だって殺せるでしょう」

原則的には間違っていない。連続殺人犯の過去を洗うと、犯罪歴のはじめに動物虐待などのサディスティックな行動が見られるものだ。しかしライフェンラートが快楽で動物を殺したとは思えなかった。

「クラース・レーカーという人を知りませんか？」オリヴァーがリンデマン夫妻にたずねた。

「もちろん知ってるわ」夫人が答えた。さげすむような口調でつづけた。「クラースもわたしたちと同じ境遇だった。同じようにあの恐ろしい孤児院から救いだされたひとりよ。でも、どうして？　あいつがどうかしたの？」

オリヴァーは質問に答える義務があったが、代わりにこうたずねた。

「あなたはなぜ養父の世話をしていたんですか？　あまりいい関係ではなかったようにお見受けしますが」

「どうして？」夫人が目を吊りあげた。痛いところを突かれたようだ。

「ライフェンラートさんのことをあまりよくいいませんから」ピアはいった。「それにライフェンラートさんはあなたにあまりいいとはいえないあだ名をつけていたようじゃないですか。他人の前でまで遺産目当てのラモーナといっていたそうです」

挑発が期待どおりの効果を及ぼした。夫人が顔を紅潮させ、唇を引き結んだ。夫までじろっとピアをにらんだ。夫は慰《なぐさ》めるように夫人の方に腕をまわしたが、すぐ夫人に払いのけられた。

どうやらライフェンラートに認められようとしてずっと頑張ってきたことが報われなかったことに気づいたようだ。夫人の無条件の忠誠をライフェンラートは評価せず、さげすんでいたのだ。

「あのおいぼれに体《てい》よく利用されてただけなんて、馬鹿よね！」夫人は愉快さの欠片《かけら》もない笑いをもらした。「まんまと騙《だま》された！　頑張って、他の連中がしないことをすれば、いつかこっちを向いてくれると思ったのに」

夫人の目がうるんだ。ピアはあわれに感じて、言い方が悪かったと詫びようとしたが、夫人は手を横に振った。

「ライフェンラート家に来たのはいくつのときですか？」オリヴァーがたずねた。

「四つ。両親は薬物依存症のティーンエイジャーで、だれもわたしを養子にしようとしなかった！」夫人は吐き捨てるようにいった。「引き取ってくれたのはテオとリタだけだった。ふたりは他の子も引き取っていたけど、ふたりのことがそれなりに好きだった。小さい頃から愛されたい、認められたいと思ってきた。ふたりがわたしをうっとうしいと思っていることに気づいていたけど、それでもどうしようもなかった」

「里子は何人くらいいたんですか？　受け入れていたのはどのくらいの期間でしたか？」オリヴァーがたずねた。

「一九六〇年代のはじめから一九八〇年代の終わりまで。里子はたくさんいた。正確な数は知らない」夫人は答えた。少し気を取り直していた。「たいていは数ヶ月から一年くらい。でも、成人するまでずっと暮らしていた子もいる」

「クラース・レーカーは？」

「クラースはそんなに長くいなかった。たしか四、五年。事件があって出ていかなくちゃならなくなったのよ。リタが顔も見たくないといって」

「どういう事件ですか？」ピアはたずねた。

「一九八一年の初夏、村の娘があっちの森にあるカエル池で溺死したの。ノーラ・バルテルという子。その子と最後にいっしょだったのがクラースだった。わたしたちは敷地から出ることを禁じられていた。ひとりで出るのは厳禁。そしてカエル池はわたしたち子どもにとっては完全にタブーだった。あのときなにがあったのか知っている者はいなかった。とにかくノーラが死んで、転覆したボートが池に浮いていて、クラースはぬれネズミのままベッドに隠れていた。ただなにも証拠がなかったので、あいつが罪に問われることはなかった。でもリタは、あいつを追いだす口実ができて喜んでいた」

「そのとき、あなたは何歳でしたか？」ピアがたずねた。

「十三」

「つまり、よく覚えているわけですね？」

「昨日のことのようにね」リンデマン夫人はうなずいた。「あれはショッキングだった。わたしたちはノーラのことをよく知っていた。わたしたちのクラスメイトで、近くに住んでいたからよく遊びにきてたし。あれからなにもかも一変してしまった。リタはもともと厳しかったけど、あれから邸は牢獄になった。当時は里子が十人いた。最年長のクラースとブリッタが十五、ティモが十四、ヨッヘン、フリチョフ、わたしが十三、それからもっと下の子がいた。警察はわたしたち全員に事情聴取した。ノーラの父親が警官だったから、捜査官たちはわたしたちにかなり厳しい質問をした」

「他に被疑者はいなかったのですか？」ピアは数学の教科書にはさまっていた吸い取り紙を思いだしていた。〝N&A〟と書いてあった。

「それがひどかったの」夫人はいった。「クラースは自分にかけられた嫌疑をすべて否定して、他の子に濡れ衣を着せようとした。下の子にまで。でも、状況証拠は明白だった。濡れた服、腕と顔にはノーラが爪で引っかいた傷があった」

「それで、どうなりましたか？」

「次の日に去っていった。どこへ連れていかれたか知らないけど、前にいた施設ではなかったのはたしかだった。どこもあいつにはうんざりしてたから」

「なぜですか？」

「だって、聞き分けが悪かったんだもの。四六時中キレて暴れた。わたしたちはみんな、あいつが怖くてふるえていた。みんな、あとが怖いから、あいつのやることに目をつむっていた」

「たとえば？」オリヴァーは子ども時代の友人ペーター・レッシングを思いだしているに違いない。みじめな気持ちで、夜も眠れず、登校するときには腹が痛くなる。オリヴァーがいやというほど体験したことだ。

「わたしたちには、自分の持ちものなんてろくになかった。クラースは他の子が大事にしているものをよく壊して楽しんでいた。ものを盗んで、他の子のせいにして、罰を受けるのを面白がってもいた。とくによくやっていたのが、浴室に入ってきて、窒息《ちっそく》しそうになるまでだれかをバスタブに沈める遊び。夜中にわたしたちの部屋に忍び込んで、ビニール袋を頭にかぶせることもあった」夫人は思いだして怖気をふるった。「小さい子を冷凍ストッカーに閉じ込めるのも好きだった。一度なんか閉じ込めたまま忘れたこともあった。やられたのはヨッヘンかアンドレだったと思う。あいつが一目置いていたのはリタだけだった。ちなみにリタがあいつのお仕置きにそういうことをして、あいつはそれを真似たのよ」

「里親のリタさんも子どもたちを冷凍ストッカーに閉じ込めたんですか？」ピアは信じられなかった。

「ええ。それも子どもをびしょぬれにしてからね。気に入らない子を、溺《おぼ》れ死にそうになるか、漏らしてしまうかするまで水を張ったバスタブに沈めたわ。そしてそのあとバスタブのふき掃除をさせて、ぬれた寝間着のまま夜通し廊下に立たせる。ときどき水をひと瓶与えただけで穴に閉じ込めることもあった。たまらないのは、なにがいけなくてそうされるのかわからなかったことよ。リタは陽気でやさしいかと思うと、突然理由もなく荒れた。わたしたち子どもにはなす術《すべ》がなかった。わたしはよく思ったものよ。本当のところ、リタはわたしたちを憎んでいて、わたしたちを支配して楽しんでいたんだってね」

ピアとオリヴァーはちらっと顔を見合わせた。リタ・ライフェンラートを通りの名にしようとしているマンモルスハインの住人は、このことを知っているのだろうか。

「リタは母性愛いっぱいのやさしい人で、テオはもうひとりのヘルマン・グマイナー（一九四九年にオーストリアで「SOS子どもの村」を創設した人物）だなんて、間違っても思わないことね！」そういうと、リンデマン夫人はさらにこう息巻いた。「あのふたりはエゴイストだった。お互いに相手が気に入らなくて、人生を地獄同然にしていた。わたしたち子どもを引き取ったのは、社会事務所から大金がもらえたからよ。関心があったのは孫だけで、わたしたちのことなんてなんとも思っていなかった。孫のことは甘やかし放題だった！」

「リタ・ライフェンラートさんは今のところ行方不明ですね」オリヴァーがいった。「遺体は発見されていませんので」

「ええ、ひどい話」夫人は急に言葉少なになった。

黙って後ろに控えていた夫が首を横に振っていった。

「おい、ラモーナ、当時のことを話してやったらどうだ？　テオは死んだんだから、もういいだろう」

夫人はためらった。

「わたしは、テオがリタを殺したと思ってる。そしてクラースが、死体を始末する手伝いをした」

*

リンデマン夫妻が去ると、懐疑的だったピアがたずねた。

「さっきの話、どう思います？」

クラース・レーカーが今どこに住んでいるか、夫妻は知らなかった。もう何年も音信不通だという。

「マルタ・クニックフースも、リタ・ライフェンラートは自殺していないと確信をもっていってたっけ」オリヴァーは答えた。「今まで聞いたかぎりでは、たしかに自殺するタイプではなさそうだ」

「テオ・ライフェンラートは妻の尻に敷かれていた」ピアはいった。「その前は兄のせいで日陰者だった。母親が妻を選んだというクニックフースのあの話だけでも、意味深長です」

人間関係が原因の犯罪は、自尊心を繰り返し傷つけられることに起因すると、ピアはよく知っていた。長いあいだ押さえ込まれていた攻撃性が爆発して、暴力行為に発展することは珍しくない。そこに酒がひと役買うこともよくある。ラモーナ・リンデマンによれば、一九九五年五月の母の日に数人の元里子が家族を連れて訪ねてきていたという。コーヒーとケーキが出て、和《なご》やかな雰囲気だった。だが午前中にちょっと酒場に行ってくるといって出かけたテオが午後遅く戻ってきて、雰囲気を台無しにした。クラース・レーカーに車を運転してもらって帰ってきたテオはへべれけに酔っ払っていたからだ。テオとリタのあいだでひどい口論になった。ラモーナ・リンデマンは翌日、キッチンで血痕を見たといった。何年も妻にさげすまれてきたライフェンラートは堪忍袋の緒が切れて、里子たちが帰ったあと妻を殺したのだというが。

「そうだ、母の日といえば！」ピアはいきなり立ち止まった。電話でカイから聞いたアネグレート・ミュンヒのことを思いだしたのだ。「忘れるところでした！　死蠟の身元が一体判明したんです！」

ピアは急いでレマー医師と話したことを伝えた。オリヴァーもショックを受けた。当然、アネグレート・ミュンヒの事件を知っていた。二十年以上前に彼女は忽然《こつぜん》と消えた。担当した捜査官にとって悪夢といえる謎の多い未解決事件だった。捜査十一課が未解決事件も扱うようになってから、オリヴァーは定期的に引退した捜査官に連絡を取り、お蔵入りした殺人事件や行方不明事件に当時解明できなかった新たな手がかりが見つからないかと話を聞いていた。オリヴァーが人間の暗部と直面しても耐えていられるのは、正義を求めているからにほかならない。殺された身元不明者にアイデンティティを取り返し、何十年も前の暴力行為を解明して、遺族に真相を伝えることに、オリヴァーは達成感を覚えていた。だから今は刑事以外の仕事は考えられないようだ。長期休暇中《サバティカル》、刑事を辞めることも考えたが、暴力犯罪の捜査以上に意味のある活動を見いだすことができなかった。だれも歯が立たず、迷宮入りした古い事件こそ、挑戦のしがいがある。未解決事件に解決の糸口を見つけることほど胸躍ることはない。

「どのくらいたしかなんだ？」オリヴァーがたずねた。

「百パーセント」ピアは答えた。「カイは古い事件簿を読んでいて、覚えていました。ちなみにアネグレート・ミュンヒが行方不明になったのは母の日です！　リタ・ライフェンラートが行方不明になる二年前！」

「偶然かもしれない」オリヴァーはいった。

「あるいは、それがライフェンラートの動機だったかもしれませんよ！　ラモーナ・リンデマンがいったことが本当なら、リタ・ライフェンラートにとって母の日はクリスマスや誕生日よりも重要だったはずです。そして夫はそれを憎んでいた。何年経っても、リタ・ライフェンラートは母の日に里子を全員招いていた。子どもたちにどんな仕打ちをしていたか考えると、異常ですね」

「すべて本当ならな。だが素人《しろうと》考えで人間の心理を読むのは危険だ。プロに協力してもらった方がいい。きみの妹はどうだ？　電話してみてくれないか？」

ピアはまさにそれを避けたいと思っていた。しかしそのためには、オリヴァーに理由をいわなければならない。ピアにはそれができなかった。ボスと気心が知れていても、やはり話せないことはある。妹との軋轢《あつれき》はそのひとつだ。

とはいえ、オリヴァーが州刑事局の事件分析課ではなく、最初にキムを念頭に置いたのは無理もない。事件分析課にはいい思い出がないのだ。一方、キムはアドバイザーとしてすでにふたつの事件（既刊『生者と死者に告ぐ』『森の中に埋めた』）に関わっている。キムは経験豊富な司法精神科医であるだけでなく、アメリカ合衆国にいるあいだ期限付きでＦＢＩに採用され、行動分析の分野で貴重な経験を積んでもいた。いまやドイツ有数の女性プロファイラーのひとりだ。

「電話をしてみます」ピアはいった。「それより、ラモーナ・リンデマンがいろいろいいふらす前に、大至急ライフェンラートの住所録に載っている人たちにコンタクトした方がいいですね」

ヘンことヨアヒムからはじめよう。ライフェンラートとくに親しかったようだし」

「そうだな」オリヴァーは時計を見た。「犬のケージにコンクリートを流し込んだというヨッ

＊

ヨアヒム・フォークトはホーフハイム市ヴィルトザクセン地区にある森のそばの袋小路に住んでいた。オリヴァーが急な坂道を上がり、最後の家の前で車を止めたとき、背の高い男がシルバーのSUVからしんどそうに降りて、小ぶりのキャリーケースを荷室からだそうとしていた。男性はオリヴァーとピアに気づいた。こめかみのあたりが白くなった褐色の髪を軍隊風に短く刈っていて、顔の左側にはこめかみから頬まで届く傷があり、そこだけが赤く目立っていた。最近ついた傷のようだ。

「わたしに用ですか？」男性がたずねた。

「ヨアヒム・フォークトさんですか？」

「そうですが」警戒しているようだ。「あなたたちは？」

「ホーフハイム刑事警察署の者です」オリヴァーは身分証を呈示したが、男性は目もくれなかった。「ボーデンシュタインといいます、こっちは同僚のザンダーです」

「父の件ですね？」フォークトの顔から警戒心が消えた。「昨日、フリチョフから電話があって聞きました。わたしはサンクト・ペテルブルクにいました」

「バカンスではなかったようですね」ピアはいった。

「仕事です」フォークトは伸ばしたキャリーバーに手を乗せた。「到着早々、ホテルへ向かう

途中で事故にあったんです。タクシーがトラックにぶつけられて、斜面に転落したんです。わたしは後部座席に乗っていて、シートベルトをしめていたので、脳震盪《のうしんとう》と打撲と裂傷だけですみました。不幸中の幸いでした」

それほど暖かくないのに、フォークトは汗ばんでいて、目が熱を帯びていた。具合がよくないようだ。

「では、あなたのお父さんが少なくとも死後十日間、発見されずにいたこともご存じですね。どうしてだれも気にかけなかったのか不思議に思っていまして」

「本当は枝の主日（復活祭直前の日曜日）前の金曜日には戻る予定だったのです」フォークトは答えた。

「家政婦のイヴァンカはクロアチアに帰国していました。わたしは事故にあったため、戻るのが遅れることを伝えられなかったのです」そこまでいってから、ここで話すのはよくないと思ったようだ。隣家のガレージのそばに女性が立って、こっちを気にしていた。「立ち話もなんですから、家に入りましょう」

フォークトは門を開けた。ピアとオリヴァーは彼について、苔《こけ》の生えた洗い出しコンクリートプレートのアプローチを歩いた。アプローチの左右には背の高いトウヒとモミが生えていた。ガレージの横には馬用トレーラーが止めてあるが、しばらく使われていないようだ。ルーフにモミの落ち葉がびっしり積もっている。ピアは少し先の庭にガラスの建物があることに気づいた。温室のように見える。

「あれは？」ピアがたずねた。

「鯉《こい》を飼っている池です。冬は太陽光発電で暖房しています」

フォークトは微笑んだが、傷が痛むのか、苦笑いのようになってしまった。

「妻と娘たちがどんどんペットを増やしていまして。猫が四匹、オウムが一羽、鯉に犬が一匹、馬が一頭」

フォークトは玄関の鍵を開けた。

「お仕事はなにをなさっているんですか？」オリヴァーがたずねた。

「空港のIT部門で働いています。営業責任者なので出張が多いんです」フォークトがドアを開けると、黒猫が鳴きながら近寄ってきた。だが主人がひとりではないと気づくと、さっと向きを変え、広いエントランスに立ててある二本のキャットタワーの一本に跳び乗った。フォークトはキャリーケースをそこに置いて、キッチンに入った。

「出張中、犬はどうしているのですか？」

「犬は、長女が独立するときに連れていきました。少々寂しいですが、犬にとってはその方がいいでしょう。なにか飲みますか？」

オリヴァーは断ったが、ピアはうなずいた。

「水を一杯いただけるとありがたいです」

ピアは興味津々に見まわしながらいった。フォークトは吊り戸棚からグラスを二客取ると、冷蔵庫から水のボトルをだした。フォークトの一家は明らかに地中海風が好みらしい。床はテラコッタのタイル敷きで、天井はわざと梁《はり》を露出させている。キッチンにはオリーブ材が使われ、壁にはレモンやオレンジが描き込まれたトスカーナを思わせる風景画がかけてあった。そしてキャンバス地のボードに毛並みの見事なアンダルシア馬の写真が貼られていた。居間で目を引くのは黒いグランドピアノだ。その上に額入りの写真がたくさん飾ってあった。

「テオが電話に出ないので気になっていたんです」フォークトは水をぐいっと飲んでからいった。「数日、電話に出ないことがありましたが、折り返し電話をかけてこないことは滅多になかったので。ですから、ラモーナに電話をかけたんですが、彼女も旅行中でした。アンドレもそうでした」

「お父さんの邸宅をだれかが物色した形跡があります」ピアはいった。「車もなくなっています」

「遺体の状態が状態ですので、法医学者もまだはっきりしたことはいえずにいますが、他殺の可能性があります」オリヴァーが付け加えた。「犬もケージに入れられていました」

「なんですって?」フォークトは明らかに衝撃を受けていた。「テオを発見したのはだれですか?」

「新聞配達人です」ピアは答えた。

「それで、ベックスは今どこに? 生きているんですか?」

「ケージの中で死にかけていたところを発見しました」ピアが答えた。「獣医のドクター・ゲールマンのおかげで元気を取りもどしました」

「よかった」フォークトはため息をついて、キッチンテーブルに向かってすわった。「父が発見されたのはどこですか？」

「キッチンにある長椅子の上です」ピアは答えた。

「かわいそうに。すぐに息を引き取ったのならいいんですが。父は死を怖がってはいませんでしたが、苦しんで死ぬのはいやだといっていたんです」フォークトの目がうるんだ。さっと目をそらして、気を取り直そうとした。ラモーナ・リンデマンやフリチョフ・ライフェンラートと違って、養父の死が堪《こた》えているようだ。

「どうしてライフェンラートさんの世話をしていたのですか？」オリヴァーがたずねた。「実の息子ではなかったのでしょう？」

「ええ。ライフェンラート夫妻には若くして死んだ娘しかいませんでした。わたしは以前、仕事でほうぼう飛びまわっていて、何年もろくに連絡もしていませんでした。誕生日とクリスマスに電話をかけるくらいでした。テオと付き合うのは難しいのです。頑固で、だれも信用しませんでしたから」

「あなたのことは信用していたんですね？」

「ここ数年のことです。致し方なかったんでしょう。歳をとって、いろいろと助けが必要になりましたから。たとえば税金の確定申告とか、銀行や役所とのやりとりとか。そういうことが苦手だったんです」

「ライフェンラート家の里子になったのは何歳のときですか？」

「五歳です。乳児のときにすぐ養子縁組できなければ、引き取ってもらえるチャンスは年々小さくなります。テオとリタがいなかったら、わたしは成人するまで孤児院で暮らすことになっていたでしょう。あそこは孤児院よりはるかにましでした。大学入学資格試験を受けて、大学にも進学できましたし、家族と両親のようなものが持てましたから、テオとリタに感謝しています」

「他の里子とも連絡を取っていますか？」

「ほとんど取っていません。テオのことを気にかけていたのはラモーナ、ザーシャ、アンドレ、そしてわたしくらいのものです」

「フリチョフ・ライフェンラートさんは？」

「フリチョフは必要経費を負担しています。イヴァンカの給金も彼が払っています」

「仲はいいのですか？」

「もちろん。ずっと親友です。同い年で、基礎学校から大学入学資格試験を受けるまでずっと同じクラスでした。今でも友人ですが、もちろん以前のようによく顔を合わすことはなくなりました」

「金庫の暗証番号はご存じですか？」

「知っている必要はありませんよ」フォークトは口元にふっと笑みを浮かべた。「扉はいつも開いています。気にはなっていたのですが、どうせ大事なものなど入れていないし、犬が強盗を追い払う、とテオはいっていました」

「では、ライフェンラートさんは貴重品をどこに保管していたのでしょうか？」

「そもそも貴重品なんて持っていたかどうか」フォークトは肩をすくめた。「土地を売って得た金は銀行に預けていますし」

「それはもうあまり残っていないようです。この数日で二万五千ユーロほどが引きだされています。ECカードの暗証番号を知っている人はいますか？」

「イヴァンカです。テオの代わりに金を下ろしていました。それからテオは財布に暗証番号を書いたメモ用紙を入れていました」

そういう軽率な人がなんと多いことか。ピアは、暗証番号を油性ペンでカードに書いている人に出会ったこともある。

「犬のケージにはコンクリートの床がありました」オリヴァーがいった。「リンデマンさんの話では、あなたがコンクリートを流し込んだそうですね」

「犬のケージ？」急に話題が変わったことに驚いて、フォークトはオリヴァーとピアを交互に見た。「ええ、たしかに。でも、ずいぶん前のことです」

「いつのことか覚えていますか？」

「夏でした。バカンスから戻ったときです」フォークトは思いだしながらいった。「どうしてですか？」

「コンクリート床の下から三体の死体が見つかったのです」オリヴァーが答えた。

「なんですって？」フォークトはオリヴァーを見つめた。数秒のあいだ、その場が静寂に包まれた。フォークトは口に手を当てた。ようやく事態をのみ込み、彼の感情は驚愕に変わった。

「つまり、それって、わたしが……なんてことだ！」

「ご心配なく。今のところ、あなたのお父さんが関係しているとみています」

フォークトは気持ちを落ち着けようとした。

「はじめてイタリアを旅したんです。トスカーナです。たしか一九九八年でした。一九九七年だったかもしれません。テオにオリーブオイルと赤ワインをひと箱おみやげに買って帰ったので、荷物を下ろしてから届けにいきました」フォークトは押し黙って懸命に考えた。振り返ってみて、どうでもいいような出来事が新たな意味を持ったようだ。ふたたび口をひらいたとき、声がかすれていた。「テオがよそよそしかったので、わたしはすぐに帰ろうとしました。そうしたら急にテオが、大きな運動スペースがついた新しい犬のケージをこしらえたいといいだしたんです。それまで飼い犬はいつも会社の空き地で飼っていたんですが、会社の敷地を賃貸にだしたから犬を身近に置くことにしたといっていました。わたしはケージを置くならガレージの横がいいと提案しました。そこは地面がコンクリート敷きになっていたので、囲いを作るだけですんだからです。ところが、テオは犬をキッチンから見たいといったんです。ザーシャとアンドレがすでにシャクナゲを植え替えて、コンクリート床とケージをこしらえるために地面を掘り返してある。でもそれっきりふたりがあらわれないので、どうにもならずにいる。コンクリートと囲いのための木材と金網も用意してあるといわれました。わたしは、いきなりいわれても、コンクリートを地面に流すことなどできないといったのですが、口論になるところでした。急いでいるなら、どうして業者に頼まないのか不思議でした。しかしテオは、いいだしたら聞きません」フォークトはそこで口をつぐみ、呆然として両手を上げた。「しかし信じられません！　わたしが穴にコンクリートを流し込んでいるのを見ながら、テオはなにを考えていたんでしょう？」

殺人犯の家族が、よく知っていると思っていた人物に裏があることを知ってつらい思いをするのははじめてではない。だが世間の同情は犠牲者の遺族にしか向けられない。殺人犯の家族は放っておかれ、途方に暮れ、恥じ入ることになる。

「今のところ、あなたのお父さんが本当に死体と関係しているかどうかはっきりしていません」オリヴァーがいった。

「しかし……他のだれに時間と機会があったというんですか？」フォークトの両手がふるえた。

「フォークトさん、水をひと口飲まれたらいかがですか？」ピアが声をかけた。「あるいは気付け薬になるものはありませんか？　コニャックが効くと思うのですが」

「コニャック？」フォークトは麻酔から覚めたかのようにピアを見つめた。「ああ、居間のキャビネットに入っています」

ピアは立ちあがって居間へ行き、キャビネットを開けた。酒瓶がずらっと並んでいた。ピアはコニャックをつかんでキッチンに戻った。

「ええと、死体を埋めるのにどのくらい時間がかかるか知りませんが……そんなにはかからないでしょうね」フォークトがそんな話をしていた。「テオは当時、車で遠出することが多かったのです。不在を狙って、だれかがやったということもあるでしょう」オリヴァーとピアをというより、自分を説得しているようだった。養父の嫌疑を晴らすための説明を探していた。近しい人にとんでもない嫌疑がかけられたときに見られる典型的な反応だ。ピアは吊り戸棚からグラスをだして、コニャックを指二本分注いで、フォークトの前に置いた。

「どうぞ。効くはずです」

「ありがとう」フォークトは一気に飲み干し、ぎゅっと目をつむった。「すみません」

「どういたしまして」ピアはまたオリヴァーの隣に腰を下ろした。「まだ二、三質問があるのですが」

「ええ、どうぞ」コニャックが効いたのか、フォークトの血色がよくなった。「フリチョフは知っているんですか？」

「まだ伝えていません。明日ロサンゼルスから戻るという話なので、そのとき伝えるつもりです」

ピアたちはフォークトの気持ちが落ち着くまでもう少し時間を置いた。

「邸宅の鍵を持っていて、ライフェンラートさんを定期的に訪問していたのはどなたでしょうか？」ピアがたずねた。

「わたしです」フォークトがいった。「もちろんイヴァンカも。ヴィリ・ゲールマンも持っていると思います」

「ゲールマン？　獣医の？」ピアはたずねた。

「ええ。ヴィリはライクの父親で、テオの親友です」

「敷地に出入りを許されていたのはどなたですか？　最近ではなく、過去二十五年間を知りたいのです」

「二十五年間ですか？」それがなにを意味するかに気づいて、フォークトはまた愕然とした。「わ……わたしにはわかりません。小動物飼育協会の仲間が出入りしていました。それから瓶詰め工場だった建物をしばらく賃貸していましたし」

「リタ・ライフェンラートさんは今まで行方不明とされていました」オリヴァーが口をはさんだ。「遺体が見つかっていません」

「まさか、それって……ケージの下から出たのは……？」フォークトは最後までいえなかった。

精神的にまいっている人を質問攻めにするのはひどいことだ。だが頭が働いて、合理的に考えられるときよりも、そういう瞬間の方が信憑性のある情報を引きだせるというのも事実だ。

ピアはたずねた。

「リタ・ライフェンラートさんが行方不明になった日のことを覚えていますか？」

「いいえ、あの日はマンモルスハインにいませんでした。あの頃はシュトゥットガルトに住んでいて、欠席することを電話でリタに伝えました。リタはがっかりしていました。母の日に里子がみんな集まることが、リタにはとても重要だったのです。元里子が母の日に家族を連れてコーヒーを飲みに集まるというのが伝統になっていました。わたしはフリチョフから来ないかと誘われましたが、そのためだけにシュトゥットガルトからタウヌスまで来るのが億劫《おっくう》だったんです。あのときはテオとリタがものすごい喧嘩をしたと聞いています。もっともあのふたりは日頃からいがみあっていましたが。テオは酒場に出かけてしまい、リタは相当お冠だったようです。数日後、フリチョフが電話で教えてくれました。リタがその晩、自殺したという話もそのとき聞きましたが、にわかには信じられませんでした」

「実際ほとんどの人が信じていませんね」ピアは当時の調書を取り寄せて、だれが捜査を指揮したか確認することにした。「リンデマン夫人によると、翌日、キッチンで血痕を見たということですが」

「そのことはみんなに話しています」フォークトは手を横に振った。「しかしリタの車がなぜ発見された場所にあったかの説明にはなりません」

「テオ・ライフェンラートさんに協力者がいたのかもしれません」オリヴァーがいった。「たとえばあなたと同じ里子のクラース・レーカー」

「クラース？」フォークトは驚いてオリヴァーを見た。「たしかに彼もその場にいました。追いだされていたのに」

「溺死した少女の件ですね？」

「よく調べていますね」フォークトはうなずいた。「ええ。リタは、クラースがあの子の死に関わっていると確信していました」

「テオ・ライフェンラートさんは？」

「わかりません」フォークトは肩をすくめた。「クラースはテオにうまく取り入っていました。あいつは、人におもねるのがうまいんです。長いあいだ空港のエンジニアで、テオにとても感心されていました。リタが自殺した後、彼はテオのところに入り浸っていました。あとで知ったことですが、邸を追いだされたあとも、テオとずっと会っていたのです」

「でもそれほど長くライフェンラート家の世話になっていなかったのでしょう？」

「いたのは数年ですね。ラモーナやわたしほど長くはありませんでした。しかしわたしたちと同じで、クラースにも生みの親がいなかったのです。テオはわたしたちの唯一の父親でした。テオはクラースのことが気に入っていました。だからその後、彼とアンドレが自動車整備工場をはじめられるように瓶詰め工場を貸したんです」

「レーカーはエンジニアだったのでは？」

「関わっていたプロジェクトが終わって、解雇されたんです。アンドレと彼は昔から古い車をいじるのが好きで、それをメシの種にしていました。クラシックカーを専門に扱っていました。ちなみにアンドレは今でも工場を経営していて、かなり成功しています」

スマートフォンが振動し、ピアは画面に視線を向けた。捜索班がさらに遺骨を発見したというカイからの知らせだった。「現場に行くか？」とカイはたずねていた。ピアは背筋が寒くなった。いったい死体が何体出てくるのだろう。

〝こちらはもうすぐ終わるから、掘り返さず待機するように伝えて〟とメールを返し、それからオリヴァーにスマートフォンを見せた。オリヴァーは表情を変えず、カイのメールを読んだ。「なにかご存じですか？」

「ふたりのあいだでなにか問題があったようですね」オリヴァーがフォークトにいった。「なにかご存じですか？」

「いいえ。しかしクラースは問題ばかり起こしていました」

「どういうことでしょうか？」

「あいつは向こう見ずで、決まりごとをことごとく無視したんです。あいつには自分しかなく、他の人間を顧みることがありませんでした」

「他の里子をよくいじめたと聞きました」ピアはいった。「みんな、彼より年下だったということですが、あなたも被害にあいましたか？」

フォークトはためらってから肩をすくめた。

「大型冷凍ストッカーに閉じ込められたことがあります」

「どうして？」

「知りません」フォークトは顔をしかめた。「クラースに理由など必要ありませんでした。なにか思いつくと、後先考えず行動するのです。あいつは自分が完全無欠だと思ってるんです。そういう考え方をするから逮捕されたりしたんですよ」

「あなたと彼は今どういう関係ですか？」

「とくに好きでもありません。あいつも同じでしょう」フォークトは唇をなめながら考えた。「しかし病院を退院して、行くあてがなく、泊めてくれと電話をかけてきましたので、数日うちに泊めました」

「あなたにひどい仕打ちをした人間をですか？」ピアは驚いた。

「三十年以上前の話ですからね」

「人間の性格は基本的に変わらないものです」オリヴァーがいった。「とくによくない性癖は歳と共にひどくなるものです。あなたが彼の頼みを聞いたのは、今でも彼が怖いからではないですか？」ピアは三年ほど前にルッペルツハインで起きた事件（既刊『森の中に埋めた』）を念頭に置いていた。あのときは、オリヴァーが過去と向き合わなければならなかった。オリヴァーも子どものとき、同じような境遇にあった。フォークトの褐色の目がオリヴァーの顔をじっと見つめた。フォークトがどういう反応を示すか、ピアは興味津々だった。

「フリチョフにもそういわれました」フォークトがいった。「あなたのいうとおりかもしれません。クラースのような人間とはことをかまえたくありません。あいつがなにをするか、わたしにはよくわかるので」

＊

遺骨は草地にぽっかりあいた古い穴の中にあった。穴の上には鍛鉄《たんてつ》製の格子垣《トレリス》が設置されていて、ツルバラが生い茂っていた。穴にかぶせた分厚い鉄板には二十センチくらい土がかけてあり、草が生えていたが、クレーガーの部下が慎重に取り除いた。

「これはなんだ？」オリヴァーがたずねた。

「涸《か》れ井戸ですね。よく見つかります」二十代終わりの地中レーダー探査業者がガムをくちゃくちゃかみながらいった。メガネをかけたひげ面で、長い髪を後ろで結び、チェック柄のフランネルのシャツを着て、頑丈なブーツをはいている。

井戸の中の遺骨に、業者はまったく動じなかった。もうひとりもモニターに映っているものをターリク・オマリ上級警部に見せて、地中レーダーの機能を説明した。これを使えば、大戦期の不発弾、水道管、埋設した電線、遺棄死体などありとあらゆる地中の異状を地下四十メートルまで精査することができると自慢した。どういうものを発見したら、この連中は動揺するのだろう。ピアは、同僚が彼らみたいに無神経でなくてよかったと思った。ピアはスマートフォンを耳に当てて、法医学研究所でだれかが電話に出るのを待った。

「井戸が涸れたのがいつ頃かわかるか？」オリヴァーがたずねた。

「さあ」地中レーダー探査業者が答えた。「ずいぶん前からだと思いますが。下は完全に乾きっています」

「それじゃ、ここはいいからそのおもちゃで他のところを探査してくれ」クレーガーは業者を追い払った。「雨が降る前に穴の上に天幕を張ろう」

「おもちゃ？　これはGPR TX……」地中レーダー探査業者はむっとしてそういいかけたが、クレーガーがさっさと立ち去ったので、最後までいえなかった。ピアは業者がぶつぶついうのを聞きながら、自分の仕事を馬鹿にされ、自尊心を傷つけられれば感情を露《あら》わにするのかと呆れつつも納得した。最近の若者は我慢ということを知らず、すぐにへそを曲げる。タフガイのような地中レーダー探査業者も、神経は細いようだ。

「よし、みんな、かかれ！」クレーガーが部下に号令した。「もうドローンが飛んでるぞ」

「ドローン？」ピアはスマートフォンを耳に当てて、ヘニングの電話にかけた。

「最近の野次馬は携帯で遠くから写真を撮るだけでは飽き足らないらしい。交通事故や火災現場でどういうことが起きているか消防団に訊いてみろ!」クレーガーが息巻いて、上を指差した。「あれを見てみろ! ほら、あっちにも飛んでる!」

たしかに小型の飛行物体がかすかに音をたてながら高い木の上を飛んでいる。

「ターリク!」ピアは同僚の方を向いた。「ドローンを引きあげさせて!」

ピアは天幕が張られるのを待ってから、つなぎを着て、涸れ井戸に下りた。錆《さ》びた鉄のステップが井戸の内壁に打ち込まれていて、ピアは一段一段、自分の体重を支えられるか確かめながら下りていった。コンクリート敷きの床は三メートル×一・五メートルの広さがあった。ピアは身をかがめて、ざらざらの床に触れた。

「乾燥してほこりがたまっている」ピアは、つづいて下りてきて、懐中電灯で床と内壁を照らしたクレーガーにいった。

ピアは遺骨のそばにしゃがんだ。

「ここを照らして!」

白骨死体の横にほこりをかぶったガラス瓶があった。ピアはラテックスの手袋をはめてからそっと瓶に触れ、ラベルを確かめた。

「こんなところにもぐるなんて、骨があるな」クレーガーが軽口を叩いたが、ピアは笑えなかった。白骨死体に身をかがめると、指のあたりを確かめ、捜しているものを見つけた。

「だれかが彼女にシャンパンをたむけたようね」ピアは立ちあがって、ジーンズについたほこりを払った。「言語道断だわ!」

「彼女?」クレーガーがたずねた。

「どうやらリタ・ライフェンラートを発見したようね」ピアはクレーガーの掌《てのひら》に金の指輪をのせた。「これは結婚指輪よ」

チューリヒ、二〇一七年四月六日

フィオーナは抵抗を感じたが、母親が遺した日記に目を通すことにした。猛烈に滅入る読書となった。母親はなにがなんでも赤ん坊が欲しくて、妊娠するためにありとあらゆる試みをしていた。チューリヒ大学病院で母親は通常ではありえない方法で願いをかなえてくれる医者と出会った。

「信じられない!」フィオーナはがっかりして、ため息をついた。一九九四年十一月十一日の日記に新生児を仲介した産婦人科医の名前があった。マルティーナ・シュミット! ありきたりの名前だ! この名前をサーチエンジンで検索したら、四百万件がヒットした! 名前に「ドクター」を追加すると、百万件減った。もしかしたら、これは医師の本名ではないかもしれない。違法行為がばれないように偽名を使ったかもしれない。フィオーナはどうしたらいいかわからず、モニターを見つめた。指はキーボードの上に浮いていた。少し考えてから、「チューリヒ大学病院」と「産婦人科」を追加して検索した。数秒で三万件に減ったが、期待した情報はなかった。「ドクター・マルティーナ・シュミット」「産婦人科医」「生殖医療」で試してみたが、やはりはずれだった！　インターネットは役に立たない。ハッキングができるなら別だろうが。一九九四年にはまだチューリヒ大学病院のウェブページがなかった。医師の名が本当にマルティーナ・シュミットかどうかわからなければ、検索するだけ時間の無駄だ。フィオーナはしばらくキッチンテーブルに向かってすわっていたが、大学病院に問い合わせることにした。運がよければ、二十三年前から働いている人が見つかるかもしれない。それでもだめなら、生みの親捜しはあきらめて、自分の人生を歩むことにした。チューリヒで暮らすフィオーナ・フィッシャーとして。

三十分後、フィオーナは産婦人科病棟のロビーに立った。産婦人科病棟は大学のキャンパス内に建つチューリヒでも数少ない高層ビルの中にあった。キャンパスはチューリヒ山の斜面にあったので、よく目立った。チューリヒ山を下りながら、フィオーナはドクター・シュミットの所在を突き止めるために作り話を考えた。受付には六十代の包容力のありそうな女性がいた。胸の名札にはコリンナ・メンドゥリとあった。母親が四週間前に亡くなって、ドクター・シュミットに手紙を残していたので渡しにきた、とフィオーナはいった。

「母は不妊症だったので、当時こちらの病院でお世話になったんです。そしてドクター・シュミットのおかげで見事に妊娠しました。わたしはその結果です」フィオーナは悲しげに微笑んでため息をついた。「インターネットで調べればわかると思ったのですが、うまくいかなかったので」

「そうですね。よくある名前ですから」受付の女性はうなずいた。「その先生がここに勤務していたのはいつ頃ですか？」

「わたしは一九九五年生まれですから、一九九四年です」フィオーナは答えた。「それ以前から勤務されていたかもしれません」

「それなら知っているはずです。わたしは一九九三年三月にここに就職しましたので。しかしその名前に記憶がないです」受付の女性は少し考えてから内線電話のリストを見て受話器を取り、短い番号にかけた。別の電話が鳴ってもかまわず、いろいろな部署に電話をかけた。フィオーナの作り話をさらに二度語ったところで、受付の女性は明るい顔をしてフィオーナに目配せをし、親指を立てた。

「そうか」受付の女性は電話の相手に向かっていった。「それはたしか？　なるほど……。それなら覚えてる。いつのことかわかる？　はは あ……わかった。ありがとう」

期待が持てそうだ。フィオーナはにやけそうになるのを堪《こら》え、なに食わぬ顔をして微笑むように努めた。

「少しわかりました」そういうと、受付の女性は満足そうに笑みを浮かべた。「ドクター・シュミットはこの病院で専門医研修を受けて、一九九五年夏、バーゼル＝ラント準州にある生殖医療および生殖内分泌専門の私立病院に転職しています。今でもそこにいるかどうかはわかりません」

「それは自分で調べます！　助かりました。ありがとうございました！」

「どういたしまして。それからお母さんのことお悔やみ申しあげます」

受付の女性が病院の住所を調べてくれたので、フィオーナにとっては大きな前進だった。家に帰る途中、生みの母親を思い描いてみた。やはり似ているだろうか。赤ん坊を見ず知らずの人に渡すなんて、なにがあったのだろう。自分は母親の人生に居場所がなかったのだろうか。自分のことを知らない家族がいたらどうだろう。兄弟姉妹がいるかもしれないと思うと、胸が高鳴った。兄弟姉妹がいたらいいなとずっと思っていた。本当にいるかもしれない！

＊

「今いるところは接続が悪いのよ」

キムは「ひさしぶり」とか「元気？」とかいう前置きもなく、いきなりそういった。ピアの電話番号を削除してはいなかったようだ。

「中継基地がこの近くにないみたいね」

「かまわない」ピアは妹が電話に出るとは思わなかった。「元気？」

「ええ」キムは答えた。「どうかしたの？」

その声はコールセンターの人間みたいに没個性的だった。世間話をする気はないようなので、ピアは本題に入った。

「また事件が起きたのよ。それであなたに相談したいわけ」

「どういう事件？」

ピアは妹と事件について意見交換するのが好きだった。白熱した議論になるほどだった。とくに問題にどう肉薄したらいいかわからないときはなおさらだ。ピアはキムの専門家としての意見を評価していた。冷静な分析力と犯罪心理学の分野での豊富な経験もすばらしい。妹の指摘が決定打となって、捜査が正しい方向にすすめたことも少なくない。「連続殺人犯らしいの。この二十五年間で少なくとも女性を三人殺害している」

「なるほど」キムはそれしかいわなかった。

「火曜日に老人の死体を発見した。死後十日近く経っていた」ピアは話をつづけた。「その敷地で死体が三体、犬のケージの下から掘りだされた。死体は死蠟化していた。ラップフィルムにくるまれていたからよ。そしてついさっき古井戸でまた死体を発見した」

「へえ」

妹が話に乗ってくる気配はなかった。だれかがそばにいるため、話しづらいのかもしれない。

「今日か明日、一時間くらい時間を取れないかしら？」ピアはたずねた。

「都合がつかないわ。ごめんなさい」キムは素っ気なくいった。「デスクに仕事が山積みなの。ちょっと電話がかかってきちゃった。いったん切るわね。あとで電話をする。それでいい？」

「わかった。時間があったら、ぜひクリストフとわたしの……」ピアは声が届いていないと気づいて口をつぐんだ。キムはとっくに通話を終了させていた。キムにいいようにあしらわれたことが腹立たしくてならなかった。この数年、キムはピアたちのアドバイザーになることにやたらと熱心だった。難事件だったタウヌス・スナイパー事件（既刊『生者と死者に告ぐ』）に深く関わって、州刑事局の事件分析官アンドレアス・ネフを貶《けな》すことに快感を覚えていた。小さい頃から、キムは知識をひけらかす癖《くせ》があって、ひとりよがりな性格だった。ピア自身、キムの性格に神経が逆なでされたが、学校で妹の肩を持ち、友だちから守ってやったことは一度や二度ではなかった。電話をするためいったん署の外に出ていたピアは裏口から建物に入って、階段に向かった。保安警察の巡査が数人、地下の更衣室で私服に着替えて階段を上がってきた。ピアは会釈をしてすれ違った。キムがけんもほろろに断った原因は、もしかしたらピアではなく、ニコラ・エンゲルにあるのかもしれない！　それならもう少し礼儀をわきまえるべきだ。

ピアは会議室に入った。

「それで？」オリヴァーは読んでいたファイルから目を上げた。「キムには連絡が取れたか？」

「ええ」ピアはジャケットを脱いで椅子の背にかけた。「でも時間がないそうです。あまり話せませんでした。接続が悪くて」

オリヴァーが探るような目つきをしたが、ピアは気づかないふりをした。オリヴァーは、ピアがなにか黙っていると直感したようだ。キムと軋轢があることはクリストフにしか話していないが、オリヴァーは勘がいい。聞きたださないのは、単に礼儀正しいからだ。

「州刑事局から事件分析官を呼ぶようにエンゲル署長に頼んでみます」ピアはオリヴァーと目を合わさないようにした。「キムがわたしたちと働くことを、署長はあまりよく思っていませんし」

「署長は出かけているよ」カイがいった。「そのことは俺からいっておく」

「カイ、テオ・ライフェンラートの住所録はある？」ピアはたずねた。

「ああ。あっちの机に載せてある」

「それで？」

「フォークトによると、アンドレ、たぶんアンドレ・ドルとザーシャが犬のケージのコンクリート床を作るために地面を掘ったそうよ」そう説明すると、ピアはスマートフォンをだして、住所録に載っていたヨアヒム・フォークトの電話番号にかけた。何度も呼出音が鳴ってからフォークトが出て、さっき話題にしたザーシャがラモーナの夫のザーシャであることを認めた。

「ライフェンラートとはどういう関わりがあったんですか？」ピアはたずねた。

「彼もあそこで育ったんです」フォークトが答えた。

ピアは礼をいって、電話を切った。そういえば、ザーシャ・リンデマンは犬のケージを妙に気にしていた。

「もう一度ザーシャ・リンデマンと話す必要がありますね」ピアはオリヴァーとカイにいった。

「それからアンドレ・ドルとも。ふたりともあそこの里子だったから、敷地に出入りしてもあやしまれなかったでしょう」

クレーガーとターリク・オマリが部屋に入ってきて、椅子にすわった。貯蓄銀行の支店から防犯カメラの映像が提出されたのだ。テオ・ライフェンラートのECカードで現金を引きだした男は野球帽をかぶっている上に目出し帽をつけていたので、残念ながら人相を確認することができなかった。男は夜遅くやってきた。ATMにだれもいないタイミングを見計らったのだろう。服装は黒ずくめで、靴にはメーカーのロゴが入っていなかった。映像は州刑事局の専門家にまわし、さまざまなパラメーターを使って身長を割りだしてもらうことになった。

「検察局にかけあってアネグレート・ミュンヒのファイルと保管されている証拠品を取り寄せました」カイが話をつづけた。「事件が未解決だったので、重要な証拠品は遺族に返還されていません。ちなみにハンドバッグとその中身です。鍵束、ルフトハンザの身分証明書、身分証、自動車証、女性がよく持ち歩くもろもろ。あとは当時としては珍しく携帯電話がありました。ノキア製のModell 1011。初期のGSM方式の携帯電話です」

「GSM？　それはなんだ？」テクノロジーが苦手なオリヴァーがたずねた。

「Global System for Mobile Communicationsの略です」ターリクがいった。「第二世代移動通信システムの規格で、UMTS、GPRS、LTEといった現行の移動通信テクノロジーはこれを基本にしています。GSMによって……」

「わかった。もういい」詳しく説明しようとするターリクを、オリヴァーが制した。「当時すでに通話記録を確認できたかどうか知りたかっただけだ」

「できました」ターリクはうなずいた。「通信データの問い合わせは昔もできましたから。無名性が担保されるプリペイドカードが市場に出たのは一九九五年です。初期のプリペイドカードにはジーベル社のものがあり、今はヴォーダフォンの傘下に入っているマンネスマンがその一年後、CallYaカードをだしました」

「よく知ってるわね」ピアは首を横に振った。「あなたは本当に歩くデータバンクだわ！」

ターリクはクールに肩をすくめたが、誉められてうれしそうだ。

「遺族は二〇〇四年にアネグレート・ミュンヒへの死亡宣告を申請しています」カイはいった。

「失踪法によれば、行方不明になってから十年が経過すると遺族によって死亡申請が可能で、生命保険の支払いを受けられることになっています。ミュンヒは行方不明になる数ヶ月前に、息子を受取人にした百万マルクの生命保険に加入していたため、再捜査が実施されました。保険会社も独自の調査に乗りだしましたが、不正は確認されず、二〇〇五年十月に支払われています。夫のベルント・ミュンヒは一九九三年に逮捕され、勾留されています。ふたりの結婚は危機的状況にあり、アネグレート・ミュンヒは別居して、ランゲンに自分の住まいを構えていました。彼女には恋人がいて、弁護士に依頼して離婚手続きをすすめていました。当時の捜査班は、共有名義の家を失うことを恐れた夫が殺して、遺体を隠したとみました。証拠が見つからず、起訴は見送られましたが、嫌疑が晴れることはありませんでした。アネグレート・ミュンヒが行方不明になってから十一年後、母親が死亡宣告の申請をすると、夫は首を吊りました。遺書には、〝これ以上疑われるのは耐えられない〟と書いてありました」

「子どもたちの当時の年齢は？」

「ちょっと待ってください」カイはファイルをめくった。「四歳と七歳。父親と暮らすことになっていましたが、父親が未決勾留されたため、祖父母と暮らしました」

「悲惨だな」オリヴァーは同情を禁じえなかった。無実の人間が殺人の嫌疑をかけられるのは最悪だ。とはいえ、たいていの殺人事件は人間関係から起きる。犯人は被害者の家族であることが多い。

「ミュンヒ事件は四度にわたって検証されています」カイはいった。「最後は二〇一三年です」

「家宅捜索はどこまですすんだ？」ピアはクレーガーにたずねた。

「明日、納屋と地下室に取りかかる」クレーガーが答えた。「地中レーダー探査の業者はあれからなにも発見していないが、明日もう一度、死体捜索犬に古い工場を調べさせるつもりだ。納屋には家畜を解体する設備があって、ありとあらゆる道具がしまってあった。それから大型の冷凍ストッカーが三台あって、三十センチ×三百メートルのラップフィルムの未開封のパックが七箱見つかっている」

「なんてこと」ピアはささやいた。老人が被害者を殺す前にラップフィルムでくるむところを想像して、ぞっとした。人間にこれほど残酷なことができるものかとよく思うが、かならずそれを超える行為がある。

「冷凍ストッカーはラボに輸送中だ」クレーガーがいった。「他にも興味深い発見があった。井戸で見つかった白骨死体の腰椎《ようつい》に銃弾が食い込んでいた。二二口径だ」

「つまり、リタ・ライフェンラートは射殺されたってこと？」ピアは叫んだ。

「少なくとも撃たれている」クレーガーは答えた。

「金庫の中身は？」オリヴァーがたずねた。

「家族簿、保険会社の約款《やっかん》、公文書、宝石箱、腕時計三個、懐中時計一個、登記簿謄本《とうほん》、さまざまな動物の血統書、終末期医療事前指示書と手書きの遺言書。遺言書の日付は二〇一六年八月十七日だった」クレーガーは空《そら》でいった。

「内容は見たのか？」カイがたずねた。

「封はしてなかった。終末期医療事前指示書と介護の全権委任状は獣医のライク・ゲールマン宛だった。ちなみに彼は遺産相続人にも指定されている。フリチョフ・ライフェンラートは法定相続分しかもらえない」

「ライク・ゲールマン？　獣医の？」ピアはびっくりして顔を上げた。「どうして？」

「父親がライフェンラートの親友だった」オリヴァーはいった。「ヨアヒム・フォークトがさっきいっていた。おそらく里子たちよりも獣医の方を信頼していたのだろう」

「被相続人が連続殺人犯かもしれないと知ったとき、はたして遺産を相続するかどうか興味深いですね」ターリクがいった。

「妙ね！　わたしがテオ・ライフェンラートとの間柄を訊いたとき、友人とはいえないといっていたんだけど」ピアは獣医の話を思いだしながらいった。「犬は死にかけていたけど、獣医を見て喜んでいた。獣医によると、年に一度、予防接種のために来るし、爪を切ったりするから無理もないといっていた」

「それで？」カイがたずねた。「どこが妙なんだい？」

「年に一、二度しか会わない人間と会って、犬はそんなに喜ぶかしら？」ピアは声にだして考えた。みんな、ピアを見て、次の言葉を待った。「テオ・ライフェンラートは三体の女性死体を敷地に埋めた。もしかしたら死んだあと、偶然に発見されたくなくて、その秘密を知るだれかに家と土地を遺贈したのかも」

マンハイム、一九九一年五月十二日

あまりに簡単なので、こっちがびっくりするほどだった。最近の若い女は、知らない男の車には乗るな、と親から教わらないのか。俺は笑みがこぼれるのを堪えた。数ヶ月前から完璧な計画を立てた。偶然には頼らない。それでもいよいよとなって、女が考えを変える恐れがあった。だが初対面なのに、女は迷わず俺の車に乗り込んだ。その軽率さが命取りとなるというのに、女はまだそのことを知らない。女はよくしゃべり、笑う。そしてとりとめのない話をする。あと数時間の命だと知っていたら、こんなゴミみたいな話をするだろうか。たぶんしないだろう。悲鳴をあげて命乞いをするはずだ。あるいは信じようとしないか。若い連中は自分が死ぬとは思わないからな。俺はろくに話を聞かず、女がしゃべるに任せ、ときどき相づちを打ちながら考える。女の体重はどのくらいだろう。だれにも見とがめられずに車のトランクに積み込めるだろうか。女のザクセン訛《なまり》が神経を逆なでする。あと数キロなのだから、口をつぐんでいろと心の中で思う。幸いしゃべりすぎたせいか、女は喉が渇いたといいだした。俺はコーラを女に渡した。

「用意がいいのね」女はそういって目を輝かせた。

すぐにも飲みたいと思ったのか、栓が抜いてあることに気づかなかった。女は一気に半分くらい飲んだ。いい子だ！　俺は興奮して、掌に汗をかいた。はじめての女は、睡眠薬を必要としなかった。勝手に眠ってしまったので簡単だった。簡単すぎるくらいだった。しかし酔いが醒《さ》めて、自分が死ぬことに気づいたときの怯え方といったら最高だった。こっちは天にも昇る心地がした。あの女は本当に楽しませてくれた。東ドイツ出身のマンディに、はじめて人間に睡眠薬を試す。うまく効いて、どのくらいで眠るか、今のところ犬で試したことしかない。ベンスハイムの手前で女はいびきをかきだした。俺は女に視線を向けた。

「具合はどうかな？」俺はためしに声をかけてみた。

女はむにゃむにゃなにかいっただけで目を閉じ、頭をかくっと倒した。俺は女の両手からそっとコーラの瓶を取り、走りつづけた。これからが一番の難関だ。もちろん道中の駐車場はすべてチェックして、都合のいい駐車場を二個所見つけてある。ゼーハイム＝ジューゲンハイムの出口で高速道路を下りた。数百メートル走ると、森に入った。俺は有頂天になって、胸が高鳴った。女を縛ってトランクに横たえたら、元の場所に戻って、女の車に細工をしなければならない。あとは至極簡単だ。

四日目

二〇一七年四月二十一日（金曜日）

「ねえ、ゾフィアのワッツアップを見たことがある？」朝食の席でカロリーネがたずねた。

「いいや」オリヴァーはオムレツとベーコンと春タマネギをフォークですくった。カロリーネがシリアル製品と甘い食品をメニューからはずし、低糖質食に切り替えてから、オリヴァーは朝食が好きになっていた。フルーツを合わせたミュースリ（押麦にドライフルーツやナッツをまぜたもの。ミルクやヨーグルトなどをかけて食べる）とか、黒パンとカッテージチーズというメニューは昔から口に合わなかった。パルメザンチーズ入りスクランブルエッグにソーセージとか、ベーコンエッグのアボカド添えとか、そういう朝食には食欲がわく。

「この数日は忙しかった。どうしてだい？」

「あっちで相当退屈していたみたいね」カロリーネは答えた。「口パク音楽動画のMusical.lyに動画をどんどんアップして、くだらないコメントを連発している」

「コージマがまた昔と同じことをしていたのかもしれないな」オリヴァーは想像を巡らした。

「ゾフィアを仕事場に連れていって、ほったらかしにしてたんだ。戻ってきて、月曜日から学校がはじまるからよかった!」

　カロリーネの娘は思春期まっさかりで、オリヴァーの娘は思春期を目前にしている。ふたりともひどく神経に障るが、数日でもいなくなると、それはそれで物足りない。

　オリヴァーのスマートフォンが鳴った。カイだった。

「おはよう」口をもぐもぐさせながらオリヴァーはいった。「まだ六時半だぞ。もう仕事をしているのか?」

「歳を取ると眠りが浅いとか。睡眠は長ければいいってもんじゃないですよ」カイはそう答えた。「それよりボス、連邦刑事局の行方不明者/身元不明死体データベースを検索したんですが、なにがヒットしたと思いますか? ラインラント・プファルツ州ベルンカステル=ヴィトリヒ郡で起きた未解決殺人事件です。二〇一四年十月、ベルンカステル=クエス近郊のブドウ農園でリンブルク在住のヤーナ・ベッカー、二十一歳が死体で発見されています」

「なんだと?」

「ヤーナ・ベッカーは二〇一四年五月十日に行方不明になっています」カイが話をつづけた。「アネグレート・ミュンヒが行方不明になってからちょうど二十一年が経っています。そして、よく聞いてください。死体は全身ラップフィルムにくるまれていたんです!」

　オリヴァーは食欲をなくした。フォークを置いて立ちあがると、窓辺に立った。

「死因は?」

「そこが謎なんですが、司法解剖によると溺死《できし》です」

朝の八時にフランクフルト市内に車で入るものではない。しかし四体の死体の司法解剖は九時にはじまる。高速道路六四八号線の渋滞は早くもレーデルハイムではじまっていた。

「高速道路五号線で行って、ニーダーラートで下りましょうよ、ボス」ターリクが提案した。

「あっちも渋滞中でしょうが、マインツ街道までつづいているとは思えません」

「そうだな」オリヴァーはウィンカーをだして、右の車線に移動した。

＊

前の晩遅くに、オリヴァーはエンゲル署長に電話をして、捜査が難航していると報告した。州刑事局の事件分析官に協力を求めたいというと、署長の反応は芳《かんば》しくなかった。犯人が確定し、しかもすでに死んでいるのに、なぜ今さらプロファイラーが必要なのか。署長はそう疑問を呈した。だが端《はな》からいい返事を期待してはいなかった。最近はとみにそっけなく、けんもほろろだ。こういうときはなにをいっても無駄なことをオリヴァーは長年の経験からよく知っていた。だから反論はせず、早々に電話を切った。昨日まで、オリヴァーもテオ・ライフェンラートが三人の女性を殺して、自分の敷地に埋めたと思っていた。犬のケージにコンクリートを流し込んだのは一九九〇年代の後半。その事実を鑑《かんが》みれば、死体はもっと前から埋められていたことになる。ドクター・ゲールマンが共犯者ではないにせよ、事情を知っている可能性があるというピアの推理に、オリヴァーも注意を喚起された。ザーシャ・リンデマン、アンドレ・ドル、ヨアヒム・フォークトの三人も死体のことを知っていた可能性がある。初動捜査では、あらゆる可能性を考慮する必要性がある。ライフェンラートの敷地で発見された死体と二〇一四年の死体にラップフィルムという共通点がある以上、犯人は別にいるといってよさそうだ。それとも、二〇一四年の事件は同じ発想をした別人がやったのだろうか。テオ・ライフェンラートは二〇一四年にはすでに高齢だ。八十三歳で、元気な若い女性を襲うのは無理だろう。だが協力者がいたらどうだろう。連続殺人はまだ終わっていないかもしれない。想像するとぞっとする。今からでも犯人のプロファイルを作成するアドバイザーが必要だ。キム・フライタークがだめなら、州刑事局に支援してもらうほかない。

九時五分前、オリヴァーはパウル＝エーアリヒ通りに曲がった。法医学研究所の中庭に運よく駐車スペースがあった。ヘニング・キルヒホフのオフィスは左側の棟の二番目の部屋だ。その真ん前に受付がある。オリヴァーとターリクは秘書のレギーネ・キンダーがいる小さな部屋に入った。レギーネ・キンダーはクローンラーゲ教授が所長だった時代から秘書をつとめている古株だ。

「所長はすでに下です」そういうと、キンダーが笑みを浮かべた。「案内はいりませんね」

法医学研究所の地下には解剖室が二室あり、第一解剖室では助手のロニー・ベーメが井戸から回収した遺骨を並べていた。オリヴァーとターリクが解剖室に入ると、ロニー・ベーメがちょうど右手に持っていた肋骨を上げてあいさつした。

「おはようございます、みなさん」

「やあ、ベーメ」オリヴァーは答えた。三人が世間話をしていると、青い手術衣を着て、手術帽をかぶったレマー医師がマスクを顎の下に下ろしてあらわれた。ふさふさの口ひげを生やし、頭をきれいに剃《そ》っているうえ、立派な体格だ。オリヴァーは会うたびにセイウチを連想してしまう。

「リタ・ライフェンラートの骨ですね」レマー医師がいった。「彼女がかかっていた歯科医からレントゲン写真を提供してもらいました。歯型は完全に一致しました。DNA型鑑定は省いてもいいでしょう」

「すばらしい」オリヴァーはうなずいた。

隣の解剖台には、ベックスに食い散らかされた死体が置いてあった。ターリクが興味深そうに見ながらたずねた。

「この死体は部分的に白骨化しているのに、他のはそうなっていませんよね。どうしてなのでしょうか？」

「おそらく地下の環境が変わって、死体が酸素に接したのだろう」レマー医師が答えた。「だから犬は腐臭をかぎつけて、穴を掘ったのだと思う」

「骨はほぼすべてそろっています。中手骨が数本欠けているだけです。犬がのみ込んだのかもしれませんね。あるいは先生がふるいにかけそこねたか」ロニー・ベーメは自分の冗談でくすくす笑った。

「上腕骨についているそれはなんですか？」ターリクがたずねた。

「朗報だ」レマー医師の顔が明るくなった。「ロッキングプレートだよ。関節を含む骨折や骨欠損の治療によく使われる。これはおそらく後者だろう。プレート除去は早ければ術後十二ヶ月、遅くとも十八ヶ月でおこなわれる。さもないとビスが骨に癒着《ゆちゃく》してしまう」

「ということは、死ぬ一年ほど前に右の上腕を骨折していたということですか？」

「そのとおり」レマー医師はそっと上腕骨を手に取り、オリヴァーとターリクに見せた。「第二の朗報は、プレートにメーカーのシリアルナンバーが刻まれていることだ。これは手術記録にも記載される。ほら、これだよ」

「すばらしい」ターリクはスマートフォンをだした。「写真を撮って、カイに送りましょう。いいですよね、ボス？　運がよければ、データベースでヒットして、身元が特定できるかもしれません」

「そうしてくれ。可能性があることはすべてしなければな」

州刑事局では目下、九十七の身元不明死体を扱っている。対象は全身死体とはかぎらない。ヘッセン州で発見された頭蓋骨や切除された手足なども含む。九十七件のうち十七件は殺人に関係し、四十九件については比較できる行方不明者のDNAさえあれば、理論的に身元を特定できる。また二十二件は歯型で身元確認が可能だが、これもまた行方不明者届がだされていればの話で、なかなかそううまくいかない。連邦刑事局の行方不明者／身元不明死体データベースには一万六千三百人が登録され、これに国外で行方不明になったおよそ二千人が加わる。行方不明者届がだされた対象者のうち、一年以上経過しているのはおよそ三パーセント。一九九二年から運用されているこのデータベースに氏名が載る期間は三十年間で、暴力犯罪が疑われる場合はさらに延長される。

「オリヴァー！　会えてうれしいぞ！」ヘニングがふたりの法医学者を引き連れて解剖室に入ってきた。その場にいた者たちがいっせいにヘニングの方を向いた。「やあ、オ＝マリーくん」

「オマリです」ターリクは感情をださずに訂正した。

「ああ、そうだ。インド人だったな」

「シリア人です。正確にはドイツ国民です」

「シリア人、シリア人。覚えておかなくては！」ヘニングは手をもんだ。いつになく上機嫌だ。

「すぐにはじめよう。やることがたくさんある」

「でも、今日は定刻に帰宅させていただきます」ロニー・ベーメが口をひらいた。「サッカーの試合を観戦するので。頭が三つある火星人の死体が運びこまれてもだめです」

「ああ、ケルン対ホッフェンハイム戦だね」医師のひとりがいった。「わたしも、金曜と月曜の試合を観るためユーロスポーツに加入したよ」

「では今晩はサッカー観戦が楽しめるように集中して働いてもらおう」現在のポイントとか、出場予定選手、総合順位などが話題になりそうになったが、ヘニングがあっさり止めた。「そうだ、オリヴァー。犬のせいでばらばらになった死体以外の二体は頭から足までラップフィルムで完全に密封されていた」

「死蝋《しろう》になったのはそれが理由ですか？」ターリクはたずねた。

「一役買ったのは間違いない」ヘニングは手袋をはめ、マスクをつけた。

「だいぶ前、たしか一九九四年だったと思うが、スイスで線路工事の際に使われなくなった墓地を取り壊し、二百五十体を超える死蠟が発見されたことがある」おしゃべりモードに入ったヘニングがみんなを順に見た。「子どもの頃に納棺されたじいさん、ばあさんに別れを告げた人たちはショックを受けたそうだ。五十年以上経っているのに、腐っていない死体に再会したからな」

「先生の話を聞いてショックを受ける人はここにはいませんよ、所長」ロニー・ベーメがあきれたという顔をしていった。「そろそろはじめませんか？」

「分担を決めて、並行してすすめる」ヘニングはいった。「ベーメ、腐乱死体はこの第一解剖室に残す。腐臭のためだ」

「いわれなくてもわかっています、先生」そういうと、ロニー・ベーメが霊安庫に向かった。

「四体ともレントゲン撮影をし、CTにもかけました。腐乱死体はここ、状態のいい二体は第二解剖室の解剖台に運びます」

「さすがだ、ベーメ」ヘニングは調子に乗ってそういったので、ベーメからにらまれた。それからヘニングは連れてきたふたりの法医学者を手招きした。「われわれ三人は第二解剖室だ。腐乱死体と、部分的に白骨化した死体はレマーとベーメに任せる」

「まあ、そうなりますね」ベーメがぶつぶついった。「汚い仕事はいつもわたしですから。水死体に腐乱死体。こっちまで腐っちゃいますよ」

「火星人の死体が運び込まれてきたら、きみに任すさ」ヘニングはそういって、ニヤニヤしながら出ていった。

ベーメは霊安庫を開けて、ストレッチャーを引っ張りだした。死体袋に入れてあっても、テオ・ライフェンラートの遺体の異臭には鼻が曲がりそうだ。何度となく司法解剖に立ち会っているオリヴァーでさえ吐き気を催すほどだった。

ターリクは死蠟を見て、目をきらきらさせた。

「これならどうやって殺されたか特定できますね！」彼はレマー医師にいった。

「外傷に限っていえばそのとおりです」ベーメがレマー医師の代わりに答えた。「でも、体内はハンバーグと同じですよ。臓器の区別なんてつきません」

「残念ながらベーメくんのいうとおりだ」レマーが認めた。「だが組織のサンプルからいろいろなことがわかる。外貌からもう一体の死体もすぐに身元が判明するだろう」

＊

テオ・ライフェンラートの遺体は、頬骨と鼻骨と眼窩《がんか》に圧迫骨折が見られた。激しい殴打か転倒の結果だ。

「しかし殴打されたのなら、顔面だけでなく、頭蓋骨基部に影響が出る」解剖を終えたレマー医師がいった。「大脳基部動脈破裂によって、くも膜下腔《くう》に出血し、頭蓋内圧亢進《こうしん》を起こしている。死因は脳出血。おそらく転倒して、顔面を負傷したのだろう。右手首の骨折とも符合する。内出血は大量で、すぐに意識を失い、脳死に至った。その後、多臓器不全を起こして死亡」

ロニー・ベーメは死体を霊安庫に戻し、部分的に白骨化した死体の解剖の準備に入った。

「他殺ではないんだな？」オリヴァーが確かめた。

「もちろん顔面を強打することでも脳出血は起こりえます」レマー医師が答えた。「しかしそれでは、転倒して手を突いたときに生じる典型的な右手首骨折の説明がつきません。眉の上の裂傷以外に外傷は認められません。年齢が八十六歳ですから、軽い脳卒中を起こしたか、意識が飛んで、不運にも転倒したのだと思います。内臓の状態から、とくに健康体ではなかったことがわかります。数度の心筋梗塞による強度の左心拡大、脂肪肝、大腸憩室炎《けいしつえん》などが認められます。すべて解剖所見に記載してあります」

オリヴァーは礼をいって、解剖所見をピアに送った。オリヴァーは長いあいだ、メッセージアプリでのコミュニケーションに消極的だったが、家族との連絡にも支障を来すようになり、考えを変えていた。九十歳近くになる元妻の母親、元妻、成人した子どもたち、弟や姪《めい》、甥《おい》から十歳の娘ゾフィアに至るまで全員が無料のメッセージアプリを利用している。みんな、電話をしなくなり、チャットを楽しみ、写真や音声データや動画を送りあっている。オリヴァーもとうとうカロリーネからワッツアップに招待してもらって、まさかと思う人も含め知り合いのほとんど全員がワッツアップのユーザーであることに気づき、アプリが日常生活に必要不可欠になっていることを痛感した。

〝了解。もう一体もプレートのシリアルナンバーで身元は確定です〟ピアが返事をくれた。〝部分的に白骨化していた死体はマンディ・ジーモン、二十一歳、一九九一年五月十一日にマンハイムで行方不明になっています〟メッセージにつづいて、カメラに向かってにこやかに笑っている褐色の髪の女性の写真が送られてきた。ピアのメモ書きに、オリヴァーは背筋が寒くなった。さっそく無傷なままに保たれている死体の顔と写真の顔を見比べた。マンディ・ジーモンにまちがいない。死蠟化しても、頬骨の上のほくろまでしっかり残っている。

「美人だったようですね」ロニー・ベーメがいった。「生きていたら、四十代半ばか」

事件発生から二十六年が経過して、今でも遺族がいるかどうか。至急確認して連絡する必要がある。オリヴァーはその役目を管轄《かんかつ》の刑事警察署に代行させる気はなかった。遺族は被害者がどうなったかわからず苦しんだはずだ。愛する人がどういうふうに死んだか知ることは非常に重要なことだ。親というのは、何十年経とうと、自分の子が被害者になった事件が解明されることを望み、その望みだけを支えに生きているものだ。

オリヴァーは隣の解剖室に移った。外貌チェックで、三人目の、いまだに身元不明の女性死体について重要で、おそらく有効な情報が得られていた。右の上腕にタトゥーがあったのだ。自分の尾をかむ蛇。ターリクが即座にウロボロスだといった。その幾何学的に美しい形からかなり人気のある図柄だという。その個所を写真に撮ると、ターリクはカイにメールした。

「いい知らせだ、オリヴァー!」デスクで顕微鏡をじっと覗いていたヘニングがいった。「完璧な指紋を検出することができた! DNA型鑑定には申し分ない試料になるだろう」

「すばらしい」オリヴァーはうなずいた。かつてDNA型鑑定に何日も、いや、何週間も待たされていたのが嘘のようだ。今ではポータブル分析装置で一時間以内に結果をだせる。

オリヴァーとターリクは、ヘニングが次々と繰りだす専門用語をじっと聞きながら、死体をあらゆる角度から写真に撮り、体重、身長などの身体的特徴を記録し、ヘニングが顕微鏡で見ていた組織のサンプルを受けとった。

「信じられない！」ヘニングが他の法医学者にいった。「この死体も同じだ！」

「なにが？」オリヴァーがたずねた。

「とんでもないことさ！」ヘニングは顔を上げた。目が輝いていた。「死体は二体とも埋められる前に冷凍保存されていたようだ！」

「どうしてそんなことがわかるんだ？」

「顕微鏡で拡大すればわかる。冷凍された場合、細胞に氷の結晶が形成されて、細胞構造を壊す。組織が破裂するのさ。冷凍庫に入れっぱなしにしたミネラルウォーターのボトルと同じだ！　それにしても、死体の状態が良好なのには本当に驚かされる。通常、冷凍によって細胞が破壊されると、溶解の過程で腐敗菌が組織に急速に広がるため、肉体はすぐに腐敗するものなんだ」

「最初に想定したように、埋められてからまだあまり時間が経っていないのかもしれない」オリヴァーがいった。「あるいはラップフィルムが急速な腐敗を阻害したかだな」

「死蠟化には数年かかる」ヘニングは眉間《みけん》にしわを寄せた。「ひとつ説明がつくとしたら、死体が冬場に凍土に埋められたケースだ。死蠟は酸素に接触しない条件下でしか生じない。たとえば湿った粘土質の土壌や防水加工された棺《ひつぎ》など。合成繊維の衣服も死蠟化に貢献する場合がある」

「コンクリートは一九九七年か九八年の夏に流し込まれた」オリヴァーはiPhoneでピアのメ

モを確認した。「アネグレート・ミュンヒの場合、被害者が行方不明になったのは一九九三年五月。犯人は被害者を次々と埋めて、どこかの時点でコンクリートで覆うことにしたということか？」

「それまでどこか別のところに保管していたのかもしれませんね」ターリクが想像を巡らした。

「たとえば大型冷凍ストッカーの中とか」

「ベルンカステル＝クエスの死体もわれわれの犯人の被害者なら、手口を変えたことになるな」オリヴァーは考えた。「なぜだ？」

「自宅に運んでから、あそこに埋めるのが難しくなったからじゃないでしょうか」ターリクがいった。「あるいは体力的にきつくなったとか。どこかで車から投げ捨てたり、犯行現場に残したりした方が簡単でしょう」

オリヴァーがビニール袋に入っている布に目をとめた。

「これは？」

「衣服だ」ヘニングは答えた。

「服を着ていたのか？」オリヴァーはびっくりした。

「ああ、全部そろっている。下着、Tシャツ、ワンピース、ジーンズ、ソックス……。ラップフィルムのおかげで、すべて良好な状態だ」オリヴァーはビニール袋をひとつつかんで、明るい色の衣類を見つめた。ピンクのスリップだと気づいて、せつなくなった。死を迎える日、女性はこのスリップをワードローブからだして身につけた。おそらく何度も繰り返したことだろう。まさかそれが最後になると思いもせず。この中にある衣服を何度洗濯機で洗い、アイロンをかけたことだろう。どうしてこの服を選んだのだろう。選ぶときに、なにを考え、感じていたのだろう。こういうささいなものからも、生前の人間が目に浮かんでくる。

「死因は?」オリヴァーは押し殺した声でたずねた。

「わかったさ。それがまた奇妙でね」ヘニングは顕微鏡の前のスツールから腰を上げた。「二体の死体の唇に白っぽい付着物があった。これからいうことは空想の産物だ。調べようにも内臓はまったく残っていない。水中に沈められると、人はとっさに息を止める。しかし二酸化炭素が増加すると呼吸中枢を刺激して、息を止めつづけることはできなくなる。吸息《きゅうそく》につづいて咳に近い呼気が発生する。次の段階が痙攣《けいれん》だ。そして死の直前の無呼吸状態となる。心停止によって終わる溺死の最終段階でもまだ循環器は機能している。死体が水から上がると、肺容量が収縮し、空気、水、浮腫液《ふしゅえき》、気管支粘液が混合して、口と鼻に泡が形成される。この泡は髭《ひげ》剃《そ》り用の泡と同じようにきめが細かく、血を含むことはめったにない」

「つまり溺死なのか?」オリヴァーは問いただした。

「おそらくは」ヘニングが眉間にしわを寄せていった。「冷凍される前に溺死させられた可能性がある。手首、くるぶしにしばられた痕跡がある以外、外傷はない。防御創もない。爪に他人の皮膚組織はなく、暴行、拷問、虐待を示唆《しさ》する証拠もない。衣類はラボにまわして、他人のDNAが付着しているか検査する。レマー! そっちはどうだ?」

一分ほどして、レマー医師が解剖室の開け放ったドアのところに姿をあらわした。

「口に同様の付着物がありました」

溺死。冷凍保存、ラップフィルム。

オリヴァーはラモーナ・リンデマンが話していたことを思いだした。バスタブに沈める折檻《せっかん》。大型冷凍ストッカーに閉じ込めるお仕置き。偶然とは思えない。

＊

「申し訳ありません。ライフェンラートさんにはホーフハイム刑事警察署に出向いてもらわなければなりません」ピアはフリチョフ・ライフェンラートの秘書からの要望を拒絶した。ロサンゼルス発の便が一時間遅れて到着し、午後一時には重要な会議があるので、フランクフルトまで来てくれというのだ。「こちらの約束も非常に重要だと伝えてください。もし異論があるのなら、出頭を命じることになります」

ピアは通話を終えて、首を横に振った。フリチョフ・ライフェンラートのような人間は間違いなくファーストクラスを使っているはずだ。この数時間は、ピアよりもゆとりのある時間を過ごしたに違いない。ピアは自動販売機に一ユーロを入れて、コカ・コーラゼロのボタンを押し、瓶が商品取出口にゴトンと落ちてくるのを待った。それから階段を上って、自分の部屋に向かった。

ピアが部屋に入ると、カイが顔を上げた。

「三体目の死体の氏名がわかった！　ウロボロスのタトゥーが決め手になった！　連邦刑事局のデータベースはじつに優秀だ！」

カイはニヤニヤしている。思いがけなくすぐに結果をだせたので有頂天なのだ。事件は早期に解決するように思われた。「氏名はユッタ・シュミッツ。行方不明になった時点の年齢は三十四歳」カイはプリントした三枚の紙をピアに渡した。母親に自作の絵をプレゼントする子どものように自慢げだ。「一九九六年五月十一日、カールストで行方不明になった」

ピアは自分のデスクへ行くと、読書用メガネをかけて、プリントアウトにざっと目を通した。

「カールスト？　どこのこと？」すぐに結果が出たと思ったのはぬか喜びだった。行方不明者届に貼られた写真を見て、胸騒ぎがした。ユッタ・シュミッツはハーレーダビッドソンに乗ってニコニコしている。ノースリーブの白いトップスを着ていて、右上腕のタトゥーがはっきり見える。とても痩せていて上背がある。髪は五分刈りで、ホワイトブロンドに脱色している。二度見直しても、最初に発見された三人の女性と共通点が見つけられない。ユッタ・シュミッツは肉をそぎ落としたような骨張った顔立ちだった。アネグレート・ミュンヒはブロンドだが、ユッタ・シュミッツとは対照的に唇が肉厚で、鼻筋がとおり、顔が完璧なシンメトリーの古典的な美人だ。女のオーラをたっぷり発散し、自分が美しいことを自覚していた。カメラに向けた視線は色目を使っているように見える。マンディ・ジーモンは褐色の髪だ。かわいらしくて、小ざっぱりしている。つんととがった鼻と、桃色の肌に、えくぼのあるにこやかな顔、スポーツ選手のような体型。ピアの母親がよく「女の子」と呼ぶタイプだ。

「カールストはデュッセルドルフの近くの町だ」カイはピアの質問に答えた。「ユッタ・シュミッツのスバル・フォレスターは行方不明になってから三日後、ＩＫＥＡの駐車場で発見された。施錠されていた。彼女のバックパックはトランクにあって、携帯電話、財布、身分証などが入っていた。車のキーは見つかっていない」

「アネグレート・ミュンヒとリタ・ライフェンラートの場合と同じね」

「マンディ・ジーモンの場合とも同じだ」カイはうなずいた。「マンディ・ジーモンは古いパサートに乗っていた。女友だちが行方不明者届をだしてから一週間後、マンハイム＝ネッカラウ駅近くの駐車場で発見された。トランクには鍵束と身分証の入ったバッグがあったが、車のキーはなかった」

ピアは三人の女性の写真を見るうちに、胸騒ぎがひどくなり、背筋が寒くなった。どのケースでも、車は施錠されている。被害者が携行していたバッグ類は毎回トランクに入っていた。これは偶然ではない。犯人の手口だ！　もう間違いない。人知れず殺人を繰り返す連続殺人犯だ。犯人は被害者を傷つけていない。オリヴァーがさっき電話でいっていた。つまり犯人は無計画に犯行を繰り返しているのではなく、用意周到で、手がかりを残さないよう注意深く動いている。本当にテオ・ライフェンラートがやったのだろうか。

「なんだい、変な顔をして！」カイは少し気分を害したようだ。「三体の死体の身元が判明して、四日とかからず犯人がわかったんじゃないか！」

ピアは顔を上げた。カイの顔からうれしそうな笑みが消えた。

「あなたも知っているわよね。わかりやすい答えにわたしが懐疑的になることを」ピアはいった。事件が速やかに解決するのは望ましい。しかし一見そう思えても、そうは問屋が卸さないことを経験から知っていた。「とにかく、よくやってくれたわ、カイ」

「だけど？」

「だけど、犯人を特定したとにわかには信じられないのよ」

「どうして？」

「いろいろと引っかかるの」ピアは椅子の背にもたれかかると、頭の後ろで手を組んだ。「司法解剖の結果、ユッタ・シュミッツ、マンディ・ジーモン、アネグレート・ミュンヒの三人は溺死した可能性があって、埋められる前に冷凍保存されていた」

有頂天だったカイの顔が凍りつくのを見て、ピアは気の毒になった。

「冷凍？」カイが驚いて訊き返した。

「そうらしいわ。だから……」

「待ってくれ」そういうと、カイはコンピュータに向かってヤーナ・ベッカーの電子化された事件簿をモニターにだした。しばらくして司法解剖所見が見つかった。

「死因は溺死……ラップフィルム……。これだ。ちくしょう。ヤーナ・ベッカーの死体も冷凍保存されている！」

「車は？」ピアはたずねた。

「ああ。かなり新しいフォード・KAだ」カイが顔を上げた。「高速道路三号線のバート・カンベルク付近のパーキングエリアで発見されている。施錠されていた」

「そしてトランクにハンドバッグ」

「そのとおり」

「ヤーナ・ベッカーも同じ犯人にやられたわね」予感が的中した。「四人目の被害者。八十三歳の老人にできることとは思えないんだけど」

「そうだよな」カイはため息をついた。暗い顔になっていた。「俺にもそう思えない」

チューリヒ、二〇一七年四月七日

マルティーナ・シュミット捜しは期待に反してしばらく足踏み状態になった。バーゼル＝ラント準州のライナーハ不妊治療専門クリニックで、フィオーナは午前中ずっと順番待ちをした。ところが、はじめは冷淡な態度をとられた。スイス人はそもそも口が堅い民族な上、相手は病院だ。死んだ母親が遺した手紙という感動的な作り話で態度は軟化し、過去の人事記録を調べてくれた。現在勤務している職員はだれもマルティーナ・シュミットを直接知らなかった。ドクター・シュミットはどこへ行っても、長く腰を落ち着けていなかった。そこのクリニックにも四年しかいなかった。一九九九年秋にまた職場を替えている。どこへ行ったかは、だれにもわからなかった。だいぶ前の話だし、そのあいだに職員も入れ替わっているから無理もない。

フィオーナは礼をいって、念のため受付にメールアドレスを教えた。

落胆してチューリヒに戻ると、以前からの遺産処理に没頭した。もろもろの手続きをすませ、相続証明書を交付してもらい、母親の遺産を正式に相続した。クリスティーネ・フィッシャーは相当な額の遺産を遺していた。UBS銀行の隠し口座だけではない。チューリヒ州立銀行にも定期預金があり、大量の金貨と時価が大きくはねあがっている株式もあった。

お金の心配がなくなったので、家は当分維持することにしていた。廃品回収業者に頼んで、地下室から屋根裏まできれいに片付けてもらった。数個の骨董品と思い出の品や洗濯機、乾燥機、システムキッチンだけ残して、自分の部屋のものもきれいさっぱり廃棄した。

フィオーナはこれまで自分でリフォームをしたことがなかったが、あえて挑戦した。失敗したからといってなんだというんだ。自分の家なのだから、文句をいわれる筋合いはない。夕方には、あると思っていなかった筋肉が凝《こ》り固まり、体の節々が痛くなったが、その日に達成したことを見て悦に入った。壁紙をむしりとり、タイルをはがし、窓枠のはげかけたペンキを削り落とし、すべて新しくした。

フィオーナは今、二階のキッチンの壁をやさしいローズグレイに塗っていた。そのとき新しいキッチンテーブルに置いていたノートパソコンでメールの受信音が鳴った。頼んでいた配管会社の見積もりかもしれない。作業を中断すると、フィオーナはペンキで汚れた指を雑巾でふき、テーブルに向かってすわった。だがズッターリューティ社からのメールではなかった。不妊治療専門クリニックの医長ハンスヴェルナー・バウマンからだった。そこにはこう書かれていた。

フィッシャー様

当院の職員からあなたが当院を訪れ、昔勤めていた医師を捜している理由を聞きました。普通であれば、面識のない方にこうした情報は教えられないのですが、お捜しの人物は不妊治療の分野では有名な方なので、教えても差し支えないと判断しました。結婚して現在の名はマルティーナ・ジーベルト。一九九九年にドイツに戻っています。体外受精医療の権威で、今はフランクフルト大学病院の教授で……

「やった！」フィオーナはうれしくて拳を握った。「ついに見つけたわよ、ジーベルト医師！あなたを訪ねて、すべて話してくれるまで引きさがらないんだから！」

＊

デスクの固定電話が鳴った。受付からだった。フリチョフ・ライフェンラートが一階の手荷物検査所で待っているという。ピアとしては、オリヴァーにも同席してほしかったが、まだ法医学研究所から戻っていないので、ケムを捜した。

「ピア、ちょっと待ってくれ！」カイに呼ばれて、ピアは部屋を出たところで立ち止まった。

「フリチョフ・ライフェンラートについて情報をまとめておいた」カイはプリンターから紙を取ると、立ちあがってピアに渡した。「話をするとき役に立つと思う」

「たしかに」ピアは笑みを浮かべた。「ありがとう」

「どういたしまして」

一階に下りる途中、ピアは紙に目を通した。どうやったのか知らないが、フリチョフ・ライフェンラートはタウヌスの村社会から広い世界に飛びだしていた。ビジネススクールのエーストリッヒ＝ヴィンケル校で経営学を専攻したあと、アメリカ合衆国で博士号取得。ピアでも知っている複数の銀行で役員を務め、ロンドン・スクール・オブ・エコノミクスとペンシルベニア大学ウォートン校で客員教授となり、スイス最大の銀行で共同代表を務めたのち頭取兼CEOとなり、現在はドイツ証券商業銀行《DEHAG》のCEO。

　フリチョフ・ライフェンラートは手錠をかけられたやさぐれた若者や刑吏と並んで、手荷物検査所にあるオレンジ色のプラスチック椅子にすわり、窓際のトレーに差してあった防犯パンフレットをぺらぺらめくっていた。ピアがドアの開閉ボタンを押すと、防弾ガラスのドアが開いた。エゴイストのフリチョフは立派な男に脱皮していた。身長は一メートル九十センチあり、痩身で角張った顔は日焼けしていた。ブロンドの髪は完璧に短く刈りそろえている。ダークグレーのスーツはオーダーに違いない。雪のように白いシャツ、カフスボタンとネクタイは目と同じ青で合わせている。

　フリチョフはさっとピアの頭から足元まで見た。鑑定の結果に満足したのか、表情をゆるめた。ブロンドの髪を後ろで結んだ、もう若くない女刑事。スリムなストーンウォッシュのジーンズとはき古したカウボーイブーツをはき、フード付きのグレーのジャケットを着ている。危険はないと見てとったようだ。

「こんにちは、ドクター・ライフェンラート」ピアは微笑《ほほえ》みながら、彼が通れるようにドアを開けて待った。「来てくださって感謝します。ピア・ザンダー首席警部です。水曜日に電話で話した者です」

「なかなか手が離せず、申し訳なかった」フリチョフは謝罪した。握手した彼の手は固く乾いていた。視線はまっすぐで、問題を抱え、現在の地位と名声を失う瀬戸際だというのに落ち着いている。刑事警察署と関わりを持たない人間がよく見せる神経質なところも一切うかがえなかった。

「来てくださったのですから、かまいません」ピアは答えた。「おじいさんはお気の毒でした」

「ありがとう」フリチョフはうなずいた。「十日間も、自分を含めてだれも気にかけなかったことが悔やまれてならない。ケーニヒシュタインに住んでいたときはよく顔を見にいったが、一年半前に家族ともどもロンドンに移ってね、それからはあまり訪ねていなかった」

ピアは地下にある四つの取調室の中でも一番狭く、居心地の悪い部屋を使って、電話で感じた相手のおごり高ぶりをくじくつもりでいたが、相手が想像と違ったので、考えをあらためた。

「わたしの部屋でいいですか？」ピアは提案するような口調でいった。「コーヒーはいかがでしょう？　それとも他の飲みものの方がいいですか？」

「コーヒーでけっこう」フリチョフは答えた。「できればブラックで」

ピアは警備室に入ると、自分の部屋で取り調べることにしたとケムに伝えるよう頼んでから、フリチョフを長い廊下に案内した。廊下の床はリノリウムで、左右の壁は黄色い水性ペンキで塗られていた。階段を上る途中、ピアはフリチョフがまだヨアヒム・フォークトやラモーナ・

リンデマンと話していないことを知った。だから他にも死体が見つかったことを知らないはずだ。その方が都合がいい。

「先ほどあなたのおじいさんの司法解剖がおこなわれました」ピアはいった。「事故死でした」

「違うと思ったのか？」フリチョフは驚いてピアを見た。

ピアははじめになぜ殺人の可能性があると考えたか説明した。自分の部屋でも、デスクに陣取って心理的圧力をかけるのをやめ、面談用のテーブルでフリチョフと向かい合わせにすわった。ピアはテーブルの上の録音機のスイッチを入れ、日時と事件のファイル番号、同席する者の名を吹き込んでからいった。

「あなたのおじいさんの車が消え、おじいさんのECカードで複数のATMから総額二万五千ユーロが引き落とされています。邸宅で、ある男の指紋が検出されました。あなたもご存じの人物です。氏名はクラース・レーカー」

名を聞くと、フリチョフが眉を吊りあげた。

「もちろん知っている。クラースは元里子だ。車と金を盗んだのもあいつに決まってる」

フリチョフはさげすむように首を横に振って、コーヒーをひと口飲んだ。そのときドアをノックする音がした。ケム・アルトゥナイが部屋に入ってきた。その瞬間、フリチョフの態度が一変した。ケムは映画俳優のような容姿だ。そのうえ非の打ちどころがないスーツに身を包み、高級なシルクのネクタイを結んでいる。靴はピカピカにみがきあげてあり、動作はきびきびしていた。ケムはいわゆる警官のイメージとは違う。それがフリチョフを不安にさせたのだ。

「だれかがおじいさんの犬をケージに閉じ込めました」ピアがこれまで話してきたことは前振りでしかない。ここからは歯に衣着《きぬ》せずにいうことにした。「犬を見つけたとき、ケージの中で骨を発見しました。ちなみに人骨です」

一瞬、フリチョフの顔が凍りついた。両手は肘掛《ひじか》けを握りしめ、指関節が白くなった。目が光った。なんだろう。不安？

「人骨を発見したというのか？」フリチョフは愕然としてピアとケムを交互に見つめた。もしこれが短い古典的な反応だったら、フリチョフの驚きが本物だと思えただろう。だが心根のいい人間が上場企業の中でも最大手の代表取締役になれないことくらい、ピアも先刻承知だ。フリチョフは訓練を積んだ策士で、まずまちがいなく役回りをよく心得た役者でもある。

「ケージのコンクリートの下に三体の女性の遺体が埋まっていたのです。目下、あなたのおじいさんが連続殺人犯であるという前提で捜査をすすめています」ピアは婉曲な表現は使わず、わざとストレートにいった。

「連続殺人犯？　祖父が？」フリチョフが訊き返した。「そんな馬鹿な」

「あいにくです」

一瞬、部屋が静寂に包まれた。閉まっているドアを通して電話の鳴る音や人の声や廊下を歩く足音が聞こえた。フリチョフは体が麻痺《まひ》したかのように固まっていた。表情からはなにも読み取れない。どんな気持ちだろう。なにを考えているのだろう。このニュースが自分の評判にどのような影響を及ぼすか計算しているのだろうか。それとも、なにがあっても明かせないなにかを心にしまっているのだろうか。

　ピアはケムに合図した。ケムが口をひらいた。

「ライフェンラートさん、あなたの家族とおじいさんのことを話してください。わたしたちには重要なことなのです。この事件の解決が早まるかもしれません」

　フリチョフの硬直が解けた。

「なにが知りたいのだね？」

「血縁者はあなただけですね？」

「わたしの知るかぎりそうだが」フリチョフは答えた。「母は若死にした。だから祖父母に育てられた」

「ベルリンで生まれたそうですね」

「そのとおり。わたしの母は十六、七歳で家を出た。父親についてはなにも知らない。青少年局はいったんわたしを孤児院に入れたが、その後、唯一の血縁者である祖父母がわたしを捜しだしてくれた。当時二歳だった」

　略歴などで自分の出自を隠し、マンモルスハインでの子ども時代にも触れず、華々しい大学時代から語るのも無理はない。

「おじいさん、おばあさんとの関係はどうでしたか？　ふたりをそう呼んでいましたか？　それとも親に近い存在でしたか？」

「ふたりはわたしにとってあくまで祖父母だった。パパ、ママと呼ばされたが」フリチョフは答えた。「関係は良好だった。祖父母は自分の娘にできなかったことをわたしにしてくれた。不満はなかった。たくさんの自由を与えられていた」

ラモーナ・リンデマンが昨日話したことと符合する。ライフェンラート夫妻は里子とは違い、孫をさんざん甘やかしたのだ。

「里子よりも？」ピアがたずねた。

「特別扱いされた。自分用の個室と浴室をもらっていた」フリチョフは左足を上げて、足を組み、足先を貧乏ゆすりした。

ピアはあの邸宅の屋根裏部屋にあったチェリーレッドの浴室を脳裏に浮かべた。フリチョフはあそこで暮らしていたのだ。もうひとつの部屋にはだれがいたのだろう。

「里子がいるのはいやではなかったですか？」ケムがたずねた。「あなたのおじいさん、おばあさんを里子たちと分けあうことになったわけですから」

「なんとも思わなかった。それが日常だった」

「おばあさんから大型冷凍ストッカーに閉じ込められたり、水に沈められたことはありますか？」ピアはたずねた。

「それはどういう質問だね？」フリチョフは両足を床につけて、腹立たしげに舌打ちした。

「わたしの祖母がそんなことを繰り返していたような言い方じゃないか！」

「そういう話を聞きました。そういった折檻が日常的におこなわれていたそうですが」

「まったくのナンセンスだ！」フリチョフは言下に否定し、心持ち前屈《まえかが》みになっていった。

「祖父母の教育的指導を美化するつもりはない。たしかに一度や二度、行きすぎたケースはあったが、それが常習化していたわけではない。祖父母が引き取ったのがどういう子だったか忘れられては困る！　面倒を起こしたのはひとりやふたりではなかった。きわめて難しい社会環境で育ち、引き取られるまでずっと孤児院にいた子どもばかりだったんだ。みんな、なにかしら心に傷を持ち、非常に攻撃的な子もいた。とくに年長の子は柄《がら》が悪く、だれのいうことも聞かなかった。厳密には、更生施設に放り込まれてもいいような連中ばかりだった。善良だが教育学や心理学の素養がない者のところで暮らすべきではなかった。祖父母は途方に暮れ、ただただ必死だった。おかげでほとんどの里子はその後、まともな生活をしている」

　フリチョフは祖父の死を悼《いた》むそぶりをまったく見せなかった。死んだ祖父との関係がよくなかったというヨランダの話が思いだされる。しかしフリチョフは今、祖父母のいい面に光を当てて、祖父母のために弁明している。どうしたわけだろう。指定相続人がライク・ゲールマンひとりだと知ったら、どういう反応をするだろう。

「そういう難しい子には社会に訴える力がなく、だれも関心を寄せなかったから、あなたのおじいさんとおばあさんが孤児院から引き取ったということですか？」ピアはたずねた。

「みんな、そういうふうに思いたいだろうが、そんな純粋な気持ちでしたわけではなかった。祖父母は金目当てだった。祖父が引き継いだ会社が経営難で、住んでいた邸宅がかつて孤児院だったから、金銭問題を解決するには、それが手っ取り早かったんだ」

「あなたの兄弟姉妹が祖父母に折檻されていたのを、あなたはどう感じていたのですか？」ケムがたずねた。

「わたしの兄弟姉妹ではない。里子だ。しばらくいっしょに暮らしたが、あくまで他人だ。そこには明らかに線が引かれていた。だが折檻はしていない！　祖母は権威主義的ではあった。抵抗するものにはひどいしっぺ返しをした。やりすぎたこともあるが、日常的に虐待していたわけではない」

「おじいさん、おばあさんとそのことについて話したことはありますか？」

フリチョフはわずかにためらってから、里子には関心がなかったといった。その主張には無理があった。

「こういうと傲慢《ごうまん》に聞こえるかもしれないが、祖父母の家に社会適応しない子どもたちが群れていることに、わたしはいつしか耐えられなくなった。連中がなにをするかわかったものではないので、友だちを家に呼ぶこともできなかった！　だから大学に通っているあいだに祖父母とは連絡を絶った。奨学金がもらえたので、肉親の援助は必要なかった。しかし給料をもらえるようになってからは、経済的に祖父母を支援した。そうすれば孤児院から子どもを引き取るのをやめると思ったからだ。実際、引き取るのをやめた。一九八〇年代末に」

「それでも、あなたはおじいさんを最後まで支援していましたね。たとえば家政婦の賃金を負担したり。なぜですか？」

「それくらいしかできることがなかったからな」フリチョフは肩をすくめた。「祖父はわたしに会社を立て直すか、それができなくてもせめてマンモルスハインで暮らしてほしいと思っていたようだ。だがそれはできない相談だった。祖母が自殺したあと、祖父は変わってしまった。わたしも大人になって、祖父に恩義を感じた。ベルリンの孤児院から引き取ってもらわなかったら、いったいどうなっていたことか」

フリチョフは祖父母について否定的なことをいわなかったが、ピアは言葉の端々から本心を聞き取ることができた。フリチョフに事情聴取する前に、ピアはもう一度ヨランダ・シャイトハウアーに電話をかけ、数週間前にフリチョフと電話で話していたときにテオ・ライフェンラートが口にした言葉を正確に聞き直していた。ヨランダの作り話のはずはなかった。フリチョフが年寄りの「テオおじいちゃん」に古い重荷を背負わせたまま外国へ行ってしまったのは話が違うといっていたという。ピアはその点に引っかかった。これまで判明していることから、フリチョフが死体のことを知っているか、殺人となんらかの関係があるとしか思えなかった。フリチョフのさっきの反応でそのことをさらに確信した。とにかくテオ・ライフェンラートが電話口でいったことを考えると、ふたりの仲がよかったとはとうてい思えない。だがそのことはまだ胸にしまっておいた方がよさそうだ。

「女性の死体が複数発見され、なかには行方不明になってから二十五年以上経過している女性もいました」ピアはいった。「あなたのおじいさん以外に自由に敷地に入れる人はいますか？あるいはあなたのおじいさんととくに親しかった人は？」

「わたしだな」そう答えると、フリチョフは眉ひとつ動かさずにピアの目を見た。「それからヨアヒム。ラモーナ。あとはアンドレ・ドル。あいつがテオの車と乗用芝刈機の調子を見ていた」フリチョフは少し考えた。「イヴァンカもそうだ。あとは小動物飼育協会の友人が数人。そしてクラース。あいつはしばらくのあいだアンドレ・ドルとクラシックカーの整備工場をやっていた」

「ヨアヒム・フォークトさんは、あなたのおばあさんが自殺したとは思っていないようですが」ピアはいった。「他にもそういっている人がいます」

「知っている」フリチョフはしぶしぶうなずいた。「しかしナンセンスだ。祖母は躁鬱《そううつ》病だった。自殺した日に、クラースを連れて帰ってきた祖父と大喧嘩した」

「母の日ですね？」

「そのとおりだ」フリチョフはピアを見下すように見た。ピアがなにを知っていて、なにを知らないか見極めようとしているようだ。「祖母はクラースが敷地に入ることを禁じた」

「ノーラ・バルテルの件ですね」

またもや短いためらい。

「それが主《おも》な原因だが、他にもいろいろあった。クラースは祖母にとっては猛牛にとっての赤い布と同じで、祖父はそのことを承知していた」

「昨日は偶然、敷地の中で古い井戸を見つけました」ピアはフリチョフをうかがったが、反応はなかった。フリチョフはまったく動じなかった。「井戸をご存じですか？」

「もちろん。公共水道が通じるまで使われていた」

「それはずいぶん前のことですね」ケムがいった。「市の水道局に問い合わせましたが、五十年以上前のことです」

「だからなんだね？」フリチョフはちらっと腕時計を見てからまた顔を上げて、ピアたちを見た。困惑と好奇心がないまぜの表情だ。フリチョフの態度にあやしいところはなかった。どうしても本音を引きだすことができない。例外は人骨に言及したときだが、そのときも追い詰めることはできなかった。フリチョフがいうことは真実なのだろうか。それとも、演技がうまいだけだろうか。

ピアのスマートフォンが鳴った。ピアはスマートフォンに届いたオリヴァーのメッセージに目を通した。

ヘニングが井戸で見つかった遺骨を調べ、歯型を照合した。リタ・ライフェンラートに間違いなかった。それから死蠟の指紋も照合され、全員の身元が確定したという。

ピアはケムにもオリヴァーのメッセージが読めるようにスマートフォンを渡した。

「時間を割いてくださったことを感謝します、ライフェンラートさん。これでいいでしょう。お帰りいただいてけっこうです。わたしの同僚が一階まで案内します」ピアは笑みを浮かべた。

フリチョフはほっとしたのか、ピアの笑みに応えた。なぜ井戸のことを話題にしたのかわかっていないようだ。祖父の亡骸《なきがら》がどうなり、これからどんな捜査がおこなわれようと気にもしていないようだった。

「そうだ、もうひとつ」ドア口に立ったフリチョフをピアが引き留めた。署長のやり方を真似たのだ。「古井戸で遺骸を発見しまして」

親しげな笑みがすっと消えたが、フリチョフがなにを考えているのか、その目から読み取ることはできなかった。

「あなたのおばあさんの亡骸だといったら、驚きますか？」

フリチョフは頭に血が上ったのか、顔を紅潮させた。激しく動揺している。フリチョフはなにかを隠している。紅潮するのは、蒼白になるのと同じで、自分の意志が効かない身体的反応だ。鉄壁の自制心がゆらいだのだ。喉仏が小刻みに上下しているのは、焦っている証拠だ。

「わたしからなにを聞きだしたいのだね？」声の響きは、はじめて電話で話したときと同じ、高飛車で容赦がなかった。気に入らないことがあると、きっとこうやって部下に怒鳴り散らすのだろう。不愉快な質問に答えなければならない状況に追い込まれたことがないのだ。

「わたしからなにを聞きだしたいのか、はっきりいったらどうかね？」フリチョフの声がますます険しくなった。「わたしは十時間もフライトして、今日の昼にはきわめて重要な会議があるのだ！　あなたはこんなくだらないことで、まだわたしの時間を奪うつもりなのか？」

「死体が四体発見され、あなたのおじいさんも亡くなったのですよ。それがくだらないことなのですか？」ピアは眉を吊りあげ、フリチョフの大きな目を見つめた。

「もちろん、そんなことはない！」フリチョフは傲慢さゆえに、ピアのことだけでなく、状況そのものを見誤ったことに気づき、にがにがしい思いでいるようだ。「なんといったらいいか。ああ、祖母が古井戸で発見されたことには驚いている！　わたしは、祖母が自殺したと確信していた！」

ピアはなにもいわず、フリチョフを探るように見た。沈黙は人を不安にさせる一番いい方法だ。たいていの者が耐えられなくなって話しだす。フリチョフも例外ではなかった。

「帰っていいかね？」

「もちろんです」ピアは答えた。「ただその前に指紋を採取させてもらいます。ご心配なく、今はインクを使いませんので」

「なぜだ？」フリチョフは声を荒らげた。

「あなたのおばあさんの遺骸の横にシャンパンの瓶があって、今のところだれのものか照合がすんでいない指紋が検出されているのです。あなたの指紋である可能性を排除できませんので」

フランクフルト、二〇一七年四月十二日

「十七ユーロ八十セント」タクシー運転手がいった。

フランクフルト中央駅の両替所でスイスフランをユーロに両替したときフィオーナは世界を股《また》にかけている気がした。二十ユーロ紙幣をだして運転手に渡した。

「おつりはいいです」

タクシー代はチューリヒからフランクフルト中央駅までのバス料金とほぼ同額だ。それでも

自分の車でドイツに来なくてよかった。バーゼル＝ラント準州まで短いドライブをするだけでも、フィオーナには冷や汗ものだった。そのくらい運転が苦手だ。速度制限のないドイツの高速道路がどんなに恐ろしいところかよくわかっていた。だから二十スイスフランでバスのチケットを買い、朝の七時に緑色の長距離バスに乗り込んだ。

到着したのは午後二時少し前。フランクフルト中央駅のそばでホテルを探すのは用事をすませてからでもよさそうだと思った。最悪の場合、明日、長距離バスで帰ることになるからだ。だが運がよければ、もうすぐ自分の本当の出自がわかるかもしれない。きっと捜している医師が協力してくれるはずだ。

フランクフルト大学病院でタクシーを降りたあと、フィオーナは広大な敷地で道に迷い、産婦人科病棟を見つけるのに手間取ってしまった。フィオーナは自費診療の外来予約を入れていた。保険を使う場合は数週間待たなければならなかった。ただし予約したとき、年齢をいわなかったので、受付係は少し驚いていた。二十代はじめの女性が不妊に悩んで受診することはめったにないからだろう。受診票、既往歴申告書、診察代の承諾書に記入し、署名したあと、殺風景な待合コーナーにすわって、小さなテーブルに置いてあったすりきれた雑誌や病院のパンフレットをぺらぺらめくった。

そこにいたのはフィオーナを除けばひと組の男女だけだった。さっきからずっと手をつないでいて、ひそひそ話している。まるでティーンエイジャーの恋人同士みたいだ。フィオーナはジルヴァンのことを思いだして胸が痛くなり、また彼にメールを送りたくなった。ドアが開いて、白衣を着た華奢《きゃしゃ》な女性があらわれた。白髪がまじった褐色の髪をショートカットにしている。飾りっ気がなく、指輪をはめていなければ、マニキュアもつけていない。この人だ！　大学病院のウェブページに写真が載っていた。信頼できそうな人だ。フィオーナの胸が高鳴った。なにかの事情でジーベルト医師と話ができず、失意のうちに旅を終えるのではないかとずっと不安だった。

「フィッシャーさん？」ジーベルト医師はやさしく微笑んだ。フィオーナはさっと立ちあがって、脚の低いテーブルにつまずきそうになった。「どうぞこちらへ！」

医長である彼女の診察室は広くて明るかった。衝立の向こうに産婦人科検診台がある。窓からマイン川越しに息をのむほどすごい金融街の高層ビル群が見える。壁には赤ん坊の写真がたくさん貼ってある。面談用のテーブルにはワインとシャンパンと豪華なふたつの花束が載っていた。

「あら！　先生の誕生日ですか？」フィオーナがたずねた。

「いいえ、お別れにもらったんです」ジーベルト医師は笑みを浮かべた。「この病院も今週が最後でして。フランクフルトには十五年いましたが、職場を替えるんです」

「では運がよかったですね」フィオーナは答えた。

「わたしの後任でも、安心して受診できると思いますけど。どうぞすわってください」

「他の先生ではだめだと思います」フィオーナはいった。

医師はデスクに向かってすわり、フィオーナは二脚ある訪問者用の椅子の一脚に腰を下ろした。

「なぜですか?」医師は驚いてフィオーナを見つめた。

「なぜって……」フィオーナは神経質につばをのみ込んだ。この数日、医師を目の前にしたときに備えて、なにをいうか考えてきた。それなのに、用意した言葉が思いだせない。「じつは……ある事情でここに来たんです。わ……わたしは……チューリヒから来ました。クリスティーネ・フィッシャーの娘です」

「そうですか」医師は微笑んだまま次の言葉を待った。母親の名に覚えがないようだ。一瞬、人違いではないか、とフィオーナは思った。もしかしたらなにか勘違いしているのかもしれない。

「ええと……ずっと昔の話です」彼女は口ごもった。頭に血が上って、スイスドイツ語まるだしになった。「二十三年前に遡ります。母は先生から不妊治療を受けました。でも、うまくいかず、母は……養子縁組を考えました……。そのとき先生から提案があったんです」

医師の表情を見るかぎり、これでも思いだせないようだ。あいかわらずやさしげな笑みを浮かべている。

「標準ドイツ語で話してくださらないかしら」医師はいった。「スイスドイツ語はよくわからないので」

「すみません」フィオーナは唇をかんだ。「母は……不妊治療がうまくいかず……養子縁組を考えました。そのとき先生から提案があったんです。先生のお友だちが望まぬ妊娠をしたけれど、人工中絶するには遅すぎて、先生はわたしの母にその子をもらわないかと持ちかけました。それも養子縁組ではなく、母に妊娠したふりをさせて。母は承諾して、一九九五年五月四日の夜、新生児を受けとりました。わたしです」

　ジーベルト医師の顔から笑みが消えた。

「なんでそんなでたらめをいうの？」医師の声からやさしさが影をひそめた。「ここから出ていって。今すぐ！」

「本当の両親がだれか知りたいだけなんです！」フィオーナは必死に訴えた。だしぬけに用件を切りだしてしまった。こんなはじめ方をするつもりではなかったのに！「母は先月、癌《がん》で亡くなりました。そして父親だと思っていた人から事情を聞いたのです！」

「わたしにはなにもできないわ」医師は立ちあがり、手を伸ばしてドアを指差した。「帰って！」

　おしまいだ。唯一の機会を自分で台無しにしてしまった。フィオーナは泣きそうになった。ショルダーバッグを肩にかけ、キャリーケースをつかんだ。だがドアの前で振り返った。もう破れかぶれだ。

「わたしには証拠があります」フィオーナは小声でいった。体じゅうがふるえていた。「母の母子手帳がありますし、法律上の父親が証言してくれます。先生がわたしを連れてきたときに同席していたでしょう。医師会の倫理委員会に訴えて、このことをマスコミに発表します。もしかしたらそういうことを何度もしているかもしれませんしね。さもなかったら、わたしのことを覚えているはずですから。そうなったら、あなたの新しい雇用主は面白く思わないでしょう！」

こんなことをいう勇気があるとは。フィオーナの言葉が効いたのか、ジーベルト医師は真っ青になった。

「戻ってすわって」医師は冷ややかにいった。

＊

ピアはマルタ・クニックフースから聞いた話を犯罪歴検索システムにアップするため、報告書にまとめていた。そのときノックの音がして、オリヴァーが部屋に入ってきた。

「ちょうどよかったです」ピアは報告書を書くのをやめて一時保存した。「プロファイラーの件はどうなりますか？　やはり州刑事局に協力要請するのでしょうか」

「そうともかぎらない」オリヴァーは答えた。「カイ、犯人のプロファイルと事件分析をテーマにした去年のセミナーを覚えているか？」

「もちろん」カイがうなずいた。「これまで参加した中で一番有益なセミナーでした」

「講師はFBI行動分析課の元課長ドクター・デーヴィッド・ハーディングだった」オリヴァーがピアにいった。

「その人、キムがアメリカにいたときの恩師ですよ！」ピアは叫んだ。「FBIにいたときに指導を受けています」

まだキムとよく話をしていた頃、ハーディングがFBI退職後にワシントンで設立したコンサルタント会社に誘われたが、ちょうどミュンヘンの司法精神科病院で教授職についたばかりだったので誘いを断ったと聞いている。それでもハーディングとの親交はつづいていて、ときどきアドバイスを受けているはずだ。

「ハーディングは今、講演旅行でヨーロッパにいる」オリヴァーはいった。「最近開発したプロファイル・メソッドに関する本がドイツで出版されたばかりだ。名刺をもらっていたので電話をしてみた。セミナー中いろいろと話をしたので、わたしのことを覚えていて、今回の事件に興味を持ってくれた！」

「それはすごい！」カイがニヤッとした。

「忘れた方がいいです」ピアがいった。「それだけの権威なら、法外なコンサルタント料を請求されるでしょう。エンゲル署長は節約を旨《むね》としていますから、許可しないと思います」

「それに事件は解決したと思っている」オリヴァーがいった。「ついさっき廊下で立ち話したとき、そういっていた」

「なんでそうなるんですか？　詳細についてまだ知らないでしょう！」

「彼女もニーアホフ症候群にかかっているんじゃないかな」ニーアホフはニコラ・エンゲルの前任者で、事件を早期に解決して点数を稼ぐことしか頭にない目立ちたがり屋だった。「署長室でわたしたちと話したいそうだ。ハーディングが必要だと説得しようと思っている」

「どうやるのか楽しみです」ピアは話し合いに必要な書類を持った。

「フリチョフ・ライフェンラートが鍵になるだろう」オリヴァーはドアを開けてピアを待ち、

いっしょに廊下に立った。「ニコラは、公《おおやけ》の場で失態をやらかすのだけは避けたいと思っている。著名な銀行頭取の祖父がシリアルキラーかもしれないとなれば、マスコミが飛びつくだろう」

「たしかにそうですね」

ふたりはエンゲル署長の秘書室に入った。秘書はすでに帰り支度をはじめていて、署長室に入っていいと手で合図した。エンゲル署長はデスクのそばに立っていた。デスクには書類が四隅をそろえてきれいに積んであった。署長はアタッシェケースになにか入れているところだった。ピアたちが入室すると、ちらっと顔を上げただけで、また書類に目を落とした。着ているのはアイスグレーのレディーススーツ。まる一日働いていたというのに、メイクも髪型もまったく崩れていない。

「あら、ザンダー、ボーデンシュタイン！　事件はもう解決したも同然ね。さっそく報告に来たの？　十分後に重要な電話がかかってくることになっているのよ」

「事件はまだ解明されていません」ピアが答えた。「わかっているのは被害者の身元だけです。その点を考慮すると、テオ・ライフェンラートの犯行説は疑わしいと思われます」

「なぜ？」

「犬のケージと古井戸で見つかった死体は次の人たちです。一九九三年五月から行方不明のアネグレート・ミュンヒ。亡くなったテオ・ライフェンラートの妻リタは一九九五年五月、ユッタ・シュミッツは一九九六年五月、マンディ・ジーモンは一九九一年五月から行方不明」ピアはっとした。今になって、これまで意識していなかった事実に気づいたのだ。四人とも同じ五月に行方不明になっている。「行方不明者のファイルで共通しているのは、被害者の車が行方不明になってから数日して発見されていることです。しかも施錠され、貴重品が入ったままのハンドバッグがトランクに入っていました」

「そこからなにがいえるの?」署長がたずねた。

「今のところなにもいえません」最近のピアは署長に腹を立てない日がないほどだった。署長は気分屋で、頼まれてもいないのに日課のように細かいことに口をだす。そのくせ肝心なことにはめったに関心を示さない。「犯人とその手口を絞り込むにはまだ情報が足りません」

「だが二〇一四年の未解決殺人事件に突き当たった。同じ手口だった」オリヴァーが口をひらいた。

「けれども八十三歳の男が二十一歳の女性を誘拐して、連れまわしたとは考えづらいです」ピアがいった。

「同じ手口?」署長が口をゆがめた。スマートフォンが鳴った。署長はすぐさまスマートフォンをつかんで、メッセージを読みはじめた。

ピアはオリヴァーに視線を向けた。

「サイコパスによる連続殺人事件だと思われます」

「サイコパスによる連続殺人?」署長があざけるようにいった。「それはいくらなんでも的はずれじゃないかしら、ザンダー?」

「なにが的はずれなのでしょうか？」ピアは腹の虫の居どころが悪くなった。「シュヴァルバッハのゼール事件でわたしの推理が正しかったことを覚えていますよね？　テオ・ライフェンラートの敷地で三体の死体が見つかっているんです！　全員が死後、冷凍保存され、ラップフィルムにくるまれていました。そして全員、溺死と見られるんです！　カイが連邦刑事局のデータベースと暴力犯罪連携分析システム《ViCLAS》を検索して、他にも犠牲者がいる可能性が出てきました」

署長は顔色ひとつ変えずにピアを見つめた。

「つづけて」

「冷凍後に解凍された組織は通常よりも腐敗の進みが早い」オリヴァーが代わりに話をつづけた。「キルヒホフ教授は、犯人が死体を大型冷凍ストッカーからだしてすぐ埋めたとみている。ラップフィルムにくるまれていたことと土壌のせいで、腐敗せずに死蠟化した。ライフェンラート邸で三台の大型冷凍ストッカーが見つかっていて、そのうちの二台は隣の建物にあった」

「三台ともラボで調べているところです」ピアはいった。「それから納屋には家畜を解体するための道具がそろっていました。クレーガーがそこでラップフィルムのパックを七個発見しています」

　ようやく署長にもことの深刻さがわかったのか、アタッシェケースを閉じて腰を下ろし、ピアとオリヴァーにもデスクの前にある来客用の椅子にすわるよう手で合図した。

「涸れ井戸でもリタ・ライフェンラートの死体が見つかっている。一九九五年五月に行方不明となり、自殺とみなされていた人物だ」オリヴァーがまた発言した。「死体の横にはシャンパンの瓶があり、腰椎《ようつい》に二二口径の銃弾が食い込んでいた。ライフェンラート家の古くからの知人とふたりの元里子が自殺説に懐疑的で、テオ・ライフェンラートが殺したと思っていた」

「ライフェンラートが単独犯ではなかったと示唆するものがなにかあるの？」署長がたずねた。

「決定的な証拠はありません」ピアがいった。「十三歳の少女の死と関係した元里子がいます。マンモルスハインに住んでいたノーラ・バルテルは一九八一年初夏、ライフェンラート邸の近くにある池で溺死しているのが見つかり、当時十五歳のクラース・レーカーが犯人ではないかと疑われました。レーカーは二〇一四年、妻に対する監禁と暴力およびストーカー行為で法廷に立たされています。しかし刑務所には収監されず、精神障害者の専門施設に入院させられました。三年間、いくつもの精神科病院をたらいまわしにされています。診断は妄想性パーソナリティ障害。フランクフルト地方裁判所は判決文の中で〝きわめて危険〟と認定したのですが、この三月に再審理がおこなわれ、無罪となって、精神科病院から退院しています」

「その事件は知ってる」署長がいった。「どうしてそのレーカーが今回の事件に関わっているというの？」

「今のところあらゆる可能性を考慮しています」ピアは引かなかった。「とにかく彼は粗暴です」

　ピアはラモーナ・リンデマンから聞いた話をした。クラース・レーカーが里子仲間をいじめていたこと。リタ・ライフェンラートからひどい折檻を受けていたこと。「それが本当なら、三十六年前に少女を溺死させたのも彼でしょう」

「なるほど」ピアがなにをいいたいか、署長はすぐに理解した。署長の勘の鋭さは買える。

「今、彼と他の元里子を捜しているところです」ピアは話をつづけた。「レーカーは精神科病院を退院するにあたって、住所を申請しなければなりませんでした。書類上はマンモルスハインの養父の邸《やしき》で暮らしていることになっています。見つけしだい事情聴取します」

「ライフェンラート邸で暮らしていた子どもたちはいったいどこから来ていたの？」署長がたずねた。

「孤児院だ」オリヴァーが答えた。「ライフェンラート夫妻は、もらい手がなかったり、養父母から追い返されたりした問題児を引き取っていた」

「絵に描いたような慈善家ね」署長がまたうなずいた。

「といっても、ふたりには早くに亡くなった実の娘がいました。その息子がライフェンラート夫妻の元で育っています」ピアはいった。「その人物と今日、話をしました。ここからが問題含みです。その人物はフリチョフ・ライフェンラート、ドイツ証券商業銀行《DEHAG》のCEOです」

「ライフェンラートという名に聞き覚えがあったわけだわ！」署長のきっちり描かれた眉が吊りあがり、目がきらっと光った。オリヴァーのいうとおりだった。署長はフリチョフ・ライフェンラートがドイツ経済界の重鎮で、政界にも太いパイプがあることに反応した。「これからどうするつもり？」

「できるだけ早くプロファイラーの協力を仰ぎたい。どうしても犯行の動機がわからない」オリヴァーがいった。「去年受けたセミナーで、講師だったアメリカ合衆国屈指のプロファイラー、ドクター・デーヴィッド・ハーディングと知り合った。今、ヨーロッパに滞在していて、今回の事件に興味を示している」

「ハーディングはわたしの妹のFBI時代の恩師でもあります」ピアが付け加えた。エンゲル署長はすぐにオリヴァーの提案を蹴って、州刑事局事件分析課に渡りをつけると思っていた。ところが驚いたことにそうはならなかった。署長は椅子の背にもたれかかって、ため息をつくと、親指と人差し指で鼻の付け根をもみながら考え込んだ。

「外部からアドバイザーを呼ぶのは予算的に……」

ピアがそういいかけると、エンゲル署長がさえぎった。

「予算の心配はわたしの領分よ。そのプロファイラーに電話をかけてちょうだい、ボーデンシュタイン。ミスは許されない。もたもたしていると、州刑事局が専門家を連れて割り込んでくる。そうしたらおしまい。そうならないためにも、完璧な戦術を練らなくては。そっちはわたしに任せて。ライフェンラートの名前はしばらく報道陣には伏せた方がいいわね」

一九九三年五月九日

こいつはこれまでで一番の美形だ。整った顔立ち、目がくらむような美しい口元。染めたのではない本物のブロンド。少し女優のグレース・ケリーに似ている。もう一度、微笑むところを見たいが、目を覚まして、自分の状況に気づいたら、微笑ませるのは無理だろう。この女をはじめて見たときから、このときを心待ちにしてきた。うまく引っかけるまで数週間を要した。準備中のわくわく感がたまらない。床について、女が死にゆく過程でどんな反応をするか考えるのは最高だった。

次のステップにすすむ前に、俺は女をじっくり観察する。頭の中で計画リストをチェックする。いとも簡単にこの駐車場に誘い込めたので、少々拍子抜けだ。女たちは軽率でいけない！最初のふたりを誘拐するのは赤子の手を捻るようなものだった。今回も簡単な部類に入りそうだ。女を水に沈める前に、しっかり覚醒するのを待とう。麻酔が切れかかった状態では、ちゃんと死を体験できない。これまでに集めた経験からそういえる。毎回、やり方に改良を加え、完璧に近づく。究極の幸福感だ。考えただけで興奮する……。いけない！　また夢想しそうになった。

深夜までまだ五時間ある。女を見おろす位置にスツールを置いて、女の意識が戻るところを観察しよう。女は頭と腕を動かそうとして、身動きできないことに気づく！　朦朧《もうろう》としながら、まばゆい光に目をしばたたく。女の考えていることが手に取るようにわかる。すばらしい！女はしだいにパニックになる！　だが叫ぶことができない。動くことも不可能。俺は大型冷凍ストッカーの上の時計に目を向けた。その冷凍ストッカーの中で、ナンバー2が仲間の到来を待っている。

午後八時二十分。外はまだ明るい。湖まで女を車で運ぶのは早くても夜の十時だ。女は驚くほど早く目を覚ますだろう。しくしく泣いて、美しい青い目をむく。俺はカメラを手に取って、光の加減が理想的なものになるよう注意しながらその目を撮影する。そして驚く、実際にはその女をどうとも思っていないことに。名前も思いだせないほどだ。名前などなんの意味もない。

五日目

二〇一七年四月二十二日（土曜日）

「おはよう！」朝の六時十分、ピアは自分の部屋に入った。

「やあ！」カイの顔が三台あるモニターの真ん中の一台の上からのぞいて見えた。「こんなに早くどうしたんだ？」

「目が覚めちゃって。あなたは？　早朝出勤？　それとも徹夜？」

「少しだけ家に帰ったさ。コーヒーはどうだい？　ちょうどいれているところだ。マグカップもすすいでおいた」

ピアはおんぼろのコーヒーメーカーをちらっと見た。胸くらいの高さのファイル棚の上でゴロゴロ音をたてている。サーバーにしたたり落ちるどろっとした液体は、署では有名だ。ターリクにいわせると、カイのスペシャルコーヒーはレッドブル五本分の効果があるという。だからピアはいった。

「給湯室のコーヒーにする」

「あんなまずいのをよく飲めるな」そういって、カイはまたキーボードにかがみ込んだ。そのとき、ピアはデスクのひとつに椅子があることに気づいた。モニターの一台がそっちを向いている。

「ターリクも出勤しているの？」ピアはたずねた。

「イエス。行方不明者／身元不明死体データベースのファイルをコピーしている」

「ファイル？」ピアは聞き耳を立てた。「つまりお利口さんのデータベースは夜通し働いていたということ？」

「そうさ。こっちが困るほどの働き者だ。早くコーヒーをいれてきなよ」

ピアは給湯室へ行き、食器棚からマグカップをだすと、カイが「全自動」といって馬鹿にしているサエコ社のピコバリストの抽出口に置いて、カプチーノのボタンを押した。三人の被害者が発見された時点で、ピアは難事件になると予感していた。あれからずっとなにかよくないことが自分に迫っているという感じを覚えていた。嵐や地震を予知する犬のように。昨夜は寝入りばなに、どうしてこれまでのように感情を押し殺して、事実関係に集中できないのかと自問した。こんなに警鐘が鳴るなんて、どうしたわけだ。外見が完璧に保存された死体を見たせいだろうか。ライフェンラート邸二階の浴室で抱いた奇妙な感覚のせいか。それにフリチョフという名に覚えがあるのに、記憶を呼びさますことができないせいだろうか。

ピアはマグカップに息を吹きかけて、コーヒーを少し飲んだ。すぐに生気が呼びさまされた。ピアの場合、夜見た夢を朝になっても覚えていることはとても珍しい。だが今でもまざまざと目に浮かぶ。まるで実際に体験したことのようだ。小さな少年が白樺農場《ビルケンホーフ》の玄関先の外階段にすわってすすり泣いていた。目が覚めたあとも鮮明に目に浮かんだ。涙でぐしゃぐしゃの顔、赤いスヌーピーTシャツ、青い短パン、むくんだ足と腕、ぼさぼさの金髪。五、六歳のその少年は小さな手になにか持っている。はじめはなんなのかわからなかった。近づいてみてわかった。数字が書かれた紙だ。ピアは少年の前にしゃがんで、両親はどこにいるのかたずねた。すると少年は顔を上げ、ピアを見つめながらいった。〝ママが殺されちゃった。孤児がたくさんいるんだ。おばさん、知らないでしょう〟

それから少年は、ピアの後ろを指差した。ピアは振り返ってぎょっとした。庭の大きなクルミの木の下に子どもがたくさん群れていたからだ。じっとたたずんで、なにもいわず、非難するような目でピアをにらんでいた。みんな、数字が書かれた紙を手にしている。向き直ってみると、子どもの姿はなく、男がひとり外階段にすわっていた。手には四十二と書かれた紙を持っている。ライク・ゲールマンとは似ても似つかないが、ピアは彼だと思った。

〝被害者は四十二人？〟ピアは信じられなくて、彼に質問した。

〝もっといる〟男は悲しげにいった。〝みんな、コンクリートで覆った。大型冷凍ストッカーがいっぱいになったから仕方ない。外に出しておいたら解凍されて、腐ってしまうからね〟

「おはようございます、ピア」背後で声がした。

「おはよう、ターリク」ピアは若い同僚の方を向いた。「いつからここにいたの？」

「二〇一四年八月からです。どうしてですか？　なにかいけないことをしました？」ターリクが困惑気味にピアを見た。

「ちがうわ。今日の話よ」ピアはニヤッとした。ターリクは頭脳明晰で、コンピュータの扱いもカイに負けないほど手慣れているが、どうも人の言葉をそのまま受け止める傾向があって、よく誤解をする。

「ああ、そうでしたか。四時頃には来ていました」

「夜中に出勤したりしたら、奥さんになにかいわれない？」ピアはコーヒーをひと口飲んだ。去年の夏、ターリクはルッペルツハインの事件を捜査した際に出会ったパウリーネ・ライヒェンバッハと結婚した。もうすぐ子どもが産まれる。

「わたしがいかれていることはわかってますから」ターリクが微笑《ほほえ》んだ。「それに、こんなことはめったにしませんし」

「カイのところに行きましょう」ピアはいった。「最新情報を聞きたいわ」

＊

カイとターリクが連邦刑事局のデータベースで検索した結果を三人で検討した。検索結果は、見方によっていいことのようにも、まずいことのようにも思えた。プロファイル作成には大量の情報は歓迎すべきことだが、事件が広がりを見せるのは困りものだ。ピアは大きな不安を覚えていた。

「エヴァ・タマーラ・ショレ」カイはいった。「二十四歳。ダルムシュタット市ヴァイターシュタット地区で理容店を営む両親といっしょに暮らしていた。最後に目撃されたのは一九八八年五月八日。死体は一九八八年六月、レーマーベルク市のベルクホイザー・アルトライン（ライン川の旧河道）で発見された。被害者は理容師の資格を取って、両親の店で働いていた。夜はよく外出し、アメリカ兵が出入りする酒場に行っていた。アメリカ人と結婚して、合衆国に移住するのが夢だったらしい。彼女が最後に目撃されたのはアシャッフェンブルクだ。行方不明になった夜、女友だちとアイリッシュパブに入っていた。そこもアメリカ兵が出入りする店だった。ふたりは喧嘩をして、車を運転してきた女友だちは先に家に帰った。被害者は午前零時半頃、泥酔した状態でパブを出た。彼女と接触したり、一夜を共にしたりしたアメリカ兵に事情聴取しようとしたが、アメリカ軍はあまり協力的ではなかった」

カイはプリントした資料をピアに渡した。褐色の髪の若い女性で、扇情的な口をしていて、大きな目に厚化粧していた。髪型はライオンのたてがみのように見える。一九八〇年代に流行った髪型だ。大きい肩パッドが入ったジャケットとクレオールのピアスも当時の流行だ。

ピアは写真を脇に置いた。犯人がテオ・ライフェンラートなら、夜中にどうしてわざわざアシャッフェンブルクまで足を運んだのだろう。獲物を求めて車を流したのだろうか。標的はどういう女性なのだろう。エヴァ・タマーラ・ショレはユッタ・シュミッツ、ヤーナ・ベッカー、アネグレート・ミュンヒとまったく似ていない。そしてなぜ死体をベルクホイザー・アルトラインに投棄したのだろう。被害者を連れ帰り、身近に埋めるというパターンはあとになってできあがったものなのだろうか。

「他にどんな人が見つかったの？」ピアはたずねた。

「リアーネ・ヴァン・ヴーレン、三十八歳、オランダ国籍」カイは答えた。「行方不明者届を申請したのはパートナーで……日付は……」

「五月？」先にそういうと、ピアはカイがプリントしておいた写真を見た。リアーネ・ヴァン・ヴーレンは金髪で、ほっそりとした魅力的な女性だった。カメラを見つめるその目は自意識があって、生真面目そうだ。暗色系のドレスに身を包み、明るい色のボレロを着ている。

「そのとおり」カイは人差し指でメガネを押しあげた。「二〇一二年五月十三日、パートナーが行方不明者届を申請している。ブーフシュラーク在住で、日曜の早朝によくジョギングをしていた。腐乱死体は二〇一二年十月、ザウアーラント地方のヴィンターベルク付近の森でキノコ狩りをしていた者によって発見された。動物に食われた痕があった」

「車は？」

「持っていなかった」

「じゃあ、なんで検索に引っかかったの？」ピアは不思議に思った。

「ラップフィルムにくるまれて溺死《できし》していたからだ。冷凍保存についての記載は司法解剖所見になかったけどね」

「リアーネ・ヴァン・ヴーレンはフランクフルトの大手銀行のＩＴ部門で働いていました。夫と当時八歳の息子はオランダで暮らしていました」ターリクが付け加えた。「そうそう、エヴァ・タマーラ・ショレにも息子がいました。今は三十代はじめでしょう」

「他の被害者にも子どもがいたの？」そうたずねると、ピアはリアーネ・ヴァン・ヴーレンの写真を置いた。

「ちょっと待ってくれ」カイはデスク上の書類をかきまわした。「アネグレート・ミュンヒには息子がふたりいた。ユッタ・シュミッツには娘がひとり。マンディ・ジーモンの場合は今のところ不明」

「リアーネ・ヴァン・ヴーレンが働いていたという銀行はどこ？」ピアはたずねた。

「ABNアムロ銀行」カイは顔をしかめた。「残念ながらフリチョフ・ライフェンラートの銀行じゃない」

「たしかにそれを期待してた。でも、ふたりは顔見知りだったかもしれない」ピアはコーヒーを飲み干した。

「被害者が全員、同じ月に行方不明になったのは偶然ではないわね」ピアはカイがまとめた資料を見つめた。

一九八八年五月八日　エヴァ・タマーラ・ショレ、居住地ヴァイターシュタット（死体発見地レーマーベルク）
一九九一年五月十一日　マンディ・ジーモン、マンハイム（マンモルスハイン）
一九九三年五月九日　アネグレート・ミュンヒ、メルフェルデン＝ヴァルドルフ（同右）
一九九五年五月十四日　リタ・ライフェンラート、マンモルスハイン（同右）
一九九六年五月十一日　ユッタ・シュミッツ、カールスト（同右）
二〇一二年五月十三日　リアーネ・ヴァン・ヴーレン、ブーフシュラーク（ヴィンターベ

ルク）

二〇一四年五月十日　ヤーナ・ベッカー、リンブルク（ベルンカステル＝クエス）

「偶然じゃない。日付について調べた」カイがいった。「被害者は、母の日の前日か当日に行方不明になっている」

「テオ・ライフェンラートは母の日を嫌っていた」ピアは考えながらいった。「だから奥さんはこの日をクリスマスよりも盛大に祝ったんでしょうね」

「クリスマスが嫌いな人間を知っているが、だからって人を殺したりしないぞ。殺すとしたら自分自身だろう」

「それより、これってまさかでしょう！」ターリクが興奮して叫んだ。「おそらく一九八八年のエヴァ・タマーラ・ショレが最初の被害者で、二〇一四年のヤーナ・ベッカーが最後の被害者。だとしたら、毎年母の日に女性をひとり殺していたと思われます。総数は二十七人になりますよ！」

ピアは四十二と書かれた紙の夢を思いだした。なにか意味があったのだろうか。まさか。ただの夢だ、とピアは自分を戒《いまし》めた。ピアは勘がよく働くが、これまで幻視を体験したことはない。まあ、そういう力があれば、ありがたいのだが。

フランクフルト、二〇一七年四月十三日

二十二年間、マルティーナ・ジーベルト医師はこの瞬間が訪れるのをずっと恐れていた。時と共に不安は軽減し、まったく考えない日もあった。だが仕事柄、子どもが欲しいと必死になっている患者の絶望する姿を見る機会が多い。たくさんの患者を救ったが、うまくいかないこともあった。これ以上不妊治療をしても成果は上がらない、とあわれな患者とパートナーに告げなければならないときがある。できることならいいたくない。つらい宣告なのはわかっている。子どもを産めないと、多くの女性は自分に価値がないと感じる。子宝に恵まれなかったせいで、パートナーとの関係が壊れることもある。多くが鬱《うつ》になった。ジーベルト医師は養子縁組をすすめることもあり、助言に従う人も少なくなかった。

チューリヒの女性をよく覚えているのは、長いキャリアで最初の難しい症例だったからだ。病気のせいで二十代半ばに左右の卵管を摘出しなければならなかった。その後、片方の卵巣も摘出した。子どもが欲しいという思いは病的なほどになり、結婚生活は破綻《はたん》した。ふたり目の夫は彼女の願望に理解を示しており、ジーベルトも彼女が気の毒になった。そして一線を越えてしまった。親友の赤ん坊を知らない夫婦に仲介するなどという違法行為に手を染めるとは。魔が差したとしかいいようがない。

当時はいいことをしたと思っていた。さもなければ、カータは新生児をどこかに捨てただろう。ジーベルトは、カータがなぜそこまでおなかの子を拒否するのか気になったが、カータはかたくなに語らなかった。〝欲しくないの。それでいいでしょ〟といわれ、ジーベルトはそれ以上訊くのをやめた。

カータは見た目で妊娠しているとわかるようになる前にジーベルトがいるチューリヒにやってきた。小さな住まいに閉じこもり、ある夜ジーベルトのベッドで出産した。すべてうまくいった。

赤ん坊を引き取る女性もうまく妊婦を演じた。疑う者はひとりもいなかった。同居していた母親でさえ気づかなかった。赤ん坊は裕福なチューリヒの旧家で育つことになる。チューリヒ湖が一望できる瀟洒《しょうしゃ》な邸宅。両親は赤ん坊のためにどんなことでもするだろう。

カータは感謝し、出産の二日後には電車に乗ってドイツに戻った。それっきり子どものことをたずねることはなかった。ジーベルトも子どものその後を気にかけなかった。何歳になっただろうと考えることはあったが、考えるのはそれだけだった。

昨日、その過去が彼女に追いついた。しかも最悪のタイミングで。マルベーリャ（地中海に面したスペイン南部の都市）にあるクリニカ・デ・フェルティリダードの医長になりたくて何年も前から打診していた。そしてようやくその職につこうとしているときなのに。そのクリニックは中東のシャイフ（アラブ、イスラム社会における長老を意味し、宗教的・公共的な権威を持つ）一族が経営しているもので資金は潤沢だし、患者の大半はアラブ首長国連邦やロシアからやってくる。新しい雇用主は金に糸目をつけないだろう。そのうえ海が見渡せる魅力的な邸宅があてがわれる。これを断ったらどうかしている。それに夫と彼女はドイツの冬にうんざりしていた。初出勤日は五月一日。それまでに引っ越しをすまさなければならない。

それなのに、フィオーナ・フィッシャーがあらわれた！　なんてことだろう！　はじめはフィオーナに腹を立てた。医師会の倫理委員会に訴えると脅《おど》すなんて。もしその訴えが真実と認められたら、確実に医師免許を剥奪される。名声は地に墜ち、キャリアは終わりを告げる。マルベーリャでの夢も泡と消える。だがよくよく考えると、自分がその立場だったら同じことをすると思い至った。フィオーナは、自分たちの行動がどんな結果を生むか考えもしなかったふたりのエゴイストの犠牲者だ。

当時、ジーベルトは赤ん坊を正式に養子にだすよう主張した。そうすれば、その子はのちに実の母親について知ることが可能になる。ジーベルトとカータはその機会を奪ったのだ。だがまさにそれがカータの希望だった。ジーベルトは当時、友情にロマンチックな幻想を抱いていた。友が困った状況に置かれたら万難を排して助けるものだ、と。カータに利用されたと気づいたときはもう後の祭りだった。まるで不都合な過去とセットであるかのように、カータはいきなりジーベルトとの連絡を絶った。なんの罪悪感も感じずに過去を断ち切って、決して振り返らない人間がいるものだ。ジーベルトは深く傷ついた。

ジーベルトは物思いに沈んで、窓からマイン川対岸の高層ビル群を見た。早く問題を解決しなければならない。フィオーナは昨日からホテルにこもって、返事を待っている。ジーベルトはインターネットですでにカータの連絡先を突き止めていた。もちろんカータが招いた種だが、彼女に丸投げしたくはなかった。ジーベルト自身、渦中の人間だ。たった一度の過《あやま》ちであるフィオーナに未来を台無しにされたのではたまらない。

ため息をつくと、ジーベルトはノートパソコンに向かって、カータのメールアドレスを打ち込んだ。簡潔に事情を説明し、かつての親友に期限をもうけた。それが過ぎたら、フィオーナに実の母親の氏名とメールアドレスを教える。それで一件落着だ。

＊

朝の捜査会議。捜査十一課のメンバーが勢ぞろいした。カトリーン・ファヒンガーも戻ってきた。土曜日だからといって、不平を鳴らす者はひとりもいなかった。オリヴァーはみんなに最新情報を伝えた。テオ・ライフェンラートの消えたメルセデス・ベンツはヨーロッパ全域で捜索している。DNA型鑑定でマンディ・ジーモン、ユッタ・シュミッツ、アネグレート・ミュンヒの身元が確定した。鑑識班はライフェンラート邸の屋根裏で元里子に関する大量の書類を発見していた。

「すみやかに被害者の遺族と話をする必要がある」オリヴァーがいった。「ターリク、きみに任せる。それぞれの事件の捜査担当者、あるいは担当者だった者に連絡を取ってくれ。ケム、カトリーン、ピア、そしてわたしはマンモルスハインで聞き込みをする。土曜日だから、多くの住民が自宅にいるだろう。ライフェンラート家に関してもっと情報が欲しい。ノーラ・バルテルの件と元里子についてもかならず質問してくれ」

近隣住人への聞き込みほど億劫《おっくう》な仕事はない。だが捜査には不可欠だ。人は多くを見るが、忘れることも多い。たまになにかを見ていたり、自分には重要ではないと思えることを覚えていたりする人が見つかるものだ。三年前の事件で捜査十一課は州刑事局の取調専門官に協力してもらったことがある。ピアは彼の手法に感銘を受けて、その技術を習得するためにいくつも講習を受けていた。それは一連の出来事を何度も聞き直す従来のやり方ではない。事故にあったり、事件に遭遇したりしてトラウマを抱える前の日常を思いださせるものだ。そうすることで事件の本当の文脈が見えてくる。ピアがこの手法で導き出した成果には目を見張るものがあった。ふだん意識しない日常の細部が呼びさまされ、出来事を逆に辿《たど》ることで、記憶の断片が変わることもある。この手法の勘所は視点を変えることにある。もちろんこの手法が効果を発揮するのは、答える側が積極的に話そうとしているときだ。だから被疑者への取り調べよりも、近隣への聞き込みに適している。

「プロファイラーの件は?」カイがたずねた。

「ハーディングは協力してくれる」オリヴァーは答えた。「昨日の夜、電話で状況を詳しく伝えた。まだストックホルムだが、できるだけ早くフランクフルトに来るといっている。それまでにもっと情報を集め、特捜班を立ちあげる。署長は、わたしたちが必要とする数の捜査官を寄こすといっている。ライフェンラート邸で押収した元里子に関する書類をすべて分析する必要がある。被害者の事件簿も同様だ」

「そっちはわたしがやります」カイが名乗りでた。「クラース・レーカーについても調べています。なんとか住所と職場を突き止めたいと思っています」

「ザーシャ・リンデマン、アンドレ・ドル、ヨアヒム・フォークトについても調べて。それから里子ではないけど、ライク・ゲールマンについてもね」ピアがいった。「住んでいるところはどこか、仕事はなにか、既婚かどうか。いうまでもないわね」

カイがニヤリとして親指を立てた。

「よし」オリヴァーはうなずいた。「なにか質問は？　なければ、仕事にかかってくれ！」

＊

「信じられません」ピアがオリヴァーにささやいた。「あの最悪の女教師がまだ生きていたなんて！　キムに話さないと！」

ピアはカッツェンマイアー家の手入れが行き届いた庭の木戸に取りつけられたベルを鳴らし、ドアを開けた女性を見て驚いた。かつて数学を習ったあの教師だったのだ。三十年以上経つというのに、金髪が白髪になっている以外ほとんど変わっていなかった。

「なんでしょうか？」カッツェンマイアー夫人がいった。一九八二年頃と同じでがりがりに痩せていて馬面《うまづら》だ。外階段に足をかけたピアとオリヴァーをうさんくさそうに見おろした。

「おはようございます、カッツェンマイアーさん」オリヴァーがていねいにいって、身分証を呈示した。「ホーフハイム刑事警察署のオリヴァー・フォン・ボーデンシュタイン首席警部といいます。こっちは同僚のピア・ザンダーです。昨日ご主人に話を聞いたのですが、まだいくつか伺いたいことがありまして。ご在宅でしょうか？」

「いいえ、主人はジョギングをしています」

「あとでまた来ましょう」十代に戻ったような気がしていたピアが小声でオリヴァーにいった。「胃がきりきりと痛くなってきそうです！」

「馬鹿なことをいうな」そういうと、オリヴァーは年老いたカッツェンマイアー夫人にチャーミングに微笑みかけた。ピアがよく〝伯爵のまなざし〟といってからかっている微笑みだ。効果は覿面《てきめん》だった。「もしお時間があるなら、あなたにも少し伺いたいのですが。そんなに長くはかかりません」

オリヴァーの笑みに、元数学教師は抗《あらが》うことができなかった。

「もちろんです。お入りください」

オリヴァーは庭木戸を開けた。ピアはそのあとに従った。鼓動が激しくなり、胃がもやもやした。これだけ年月が経っているのだから、気にするのはおかしいが、夫人のせいで学校時代に汚点を残し、今でも数字や方程式に病的なほどの苦手意識がある。

「ライフェンラートさんが亡くなったことは夫から聞いています」夫人はいった。「犬が一日じゅう吠えていたとき、なんで見にいかなかったのか悔やまれます」

近くで見ると、夫人の顔には長い人生の跡が刻まれていた。皮膚は羊皮紙のようにしわが寄っていて薄かった。皮下脂肪が少なく、太陽に当たりすぎた弊害が出ている。

「どうぞすわってください。なにか飲みますか？」夫人はふたりを書斎に通した。二面の壁が床から天井まで本棚になっていて、本がびっしり並んでいた。オリヴァーたちは円形のテーブルに向かってすわった。あの憎き数学教師がコーヒーや紅茶やクッキーを給仕するところを思い描いて痛快な気がしたが、ピアは丁重に断った。オリヴァーがじっと耳を傾けている夫人に来訪の理由を説明しているあいだ、ピアは好奇心から本棚を眺めた。ミステリや娯楽小説がたくさんある。あのいじわるじいさんとその老いさらばえた夫人が、まさかこういう本を読むとは思わなかった。

「うちの娘が基礎学校でライフェンラート家の子どもたちと同級生でした」夫人はいった。「里子はたくさんいましたから、どうやったって同級生になりました」

「名前を覚えていますか？」

「ラモーナという娘を覚えています。それからブリッタ。高等中学校《ギムナジウム》に進学する前、うちのジルケはブリッタと仲よくしていました。クラスの集合写真があるはずです。古いアルバムをお見せしましょう」

「それはありがたいです」

オリヴァーは夫人をうまく乗せていた。それを見て、ピアは舌を巻いた。オリヴァーは歳を取るとともに魅力を増すタイプの男だ。ふさふさの髪に銀髪がまじり、子犬の目のような褐色の目と笑いじわは魅力的であると同時に品位を感じさせる。それに貴族の称号とそつのないしゃべり方。あらゆる年齢の女性を引きつける素質がある。カッツェンマイアー夫人もぞっこんのようだ。しきりにセーターをつまんだり、髪をなでたりしている。

「まだ公《おおやけ》にはしていないし、できるだけマスコミには知らせないようにしているのですが」

オリヴァーがいった。「ライフェンラート家の敷地で四体の死体が見つかっています。その一体はリタ・ライフェンラートさんでした」

「えっ？」夫人は片手で口をふさぎ、目を見ひらいた。「なんてこと！　信じられません！」

夫人がこの悪い知らせを心の中で受け入れるのに数分を要した。といっても、この衝撃で夫人の口は逆に軽くなった。オリヴァーが質問しなくても、ちょうどいいはけ口を見つけたかのようにおしゃべりは止めどがなくなった。夫人は一九八〇年代に教会や地元のスポーツ協会の役員会で活動し、堅信礼（キリスト教で教会の正会員となる儀式）を受ける子どもの世話を何年もつづけ、たくさんの催し物や祭りを計画してきた。マンモルスハインの住民は何世代にもわたってライフェンラート家のミネラルウォーター会社で生計を立てていたので、そもそも地元にライフェンラート家を知らない者はいないが、夫人はライフェンラート家とも隣人という枠を超えた付き合いをしていた。リタ・ライフェンラートとは気持ちよく協力しあってきたという。

「友人関係といってもよかったですね」夫人はいった。「リタは心やさしいすてきな女性でした。わたしは彼女が好きでした。どんな仕事でもそつなくこなし、頼り甲斐がありました。里子のために自分を犠牲にしてもいました。子どもたちへの献身は信じられないほどでした！　リタが地元の司祭の推薦で連邦功労十字勲章を受勲したとき、地元の人たちの半数近くがヴィースバーデンの州首相官邸の式典に参列しました。アルバムを取ってきます」

夫人は腰を上げて、書斎を出ていった。

「心やさしいすてきな女性！」ピアは皮肉たっぷりにささやいた。「リタの教育法についてどういうか訊いてみたいですね」

「裏表があるのはテオ・ライフェンラートだけではなかったようだ」オリヴァーが声をひそめて答えた。「それが本当なら、連邦功労十字勲章も地に墜ちたな！」

カッツェンマイアー夫人が両手にアルバムを四冊持って戻ってきた。読書用メガネをかけると、アルバムをめくりはじめた。

「これはジルケが入学したときのクラスの集合写真です。一九七六年」そういうと、夫人はアルバムをオリヴァーに見せ、骨ばった人差し指で子どもたちの顔を指した。「これがジルケ。その横の金髪の子がブリッタです。右からふたり目の少年もライフェンラート家の里子です」

ピアはアルバムに顔を寄せて、写真を見た。写真の下に名前が書き込んである。

「ザーシャ」ピアが思わず口にだしていった。

「ええ、そうです！　そういう名前です」夫人は別のアルバムをひらいて、探していた写真を見つけた。「この子は問題児でした。リタが預かる前、親はよく苦情をいわれていました。授業中に騒ぐし、他の子に喧嘩を売ってばかりいましたから。でもリタが奇跡を起こしたんです。引き取ってから数週間後、いうことをよく聞くおとなしい子に早変わりしたんです」

ピアは、リタ・ライフェンラートがどんな方法を使ったか想像したくなかった。忍耐強くやさしい対応をしたはずがない。夫人のアルバムにはリタ・ライフェンラートの写真もあった。見るからに親しみが持てた。頬に紅《べに》がさした丸顔にやさしい笑み。これまで聞いた話が嘘のようだ。

「リタ・ライフェンラートさんが自殺したときには、さぞかし驚かれたでしょうね」オリヴァーはアルバムから目を上げずにたずねた。

「驚いた？　ショックで立ち直れないほどでしたよ！　村ではリタが躁鬱病《そううつびょう》だったと噂されました。わたしは気づきませんでしたけど。でも人の頭の中は覗けませんから」

「そのことは人にいいましたか？」

「い……いいえ」

夫人は明らかにでしゃばらなかったようだ。犬が何日も昼夜関係なく吠えたとき、警察に通報しようとした夫を夫人が止めたという。二十二年前に仲のいい知り合いが自殺を遂げたとされたときも、懐疑的だったのに、黙ってそれを受け入れたのだ。見て見ぬふりをする者は犯人と大差ない。

「テオ・ライフェンラートが奥さんを殺したのではないかという意見もありましたね」オリヴァーはいった。「あなたはその可能性を考えなかったのですか？」

夫人はその質問に困ったという顔をした。痩せた首が赤くなった。

「当時、いろいろと噂が立ちました」夫人はしぶしぶ認めた。「テオとリタの夫婦仲がよくなかったのは公然の秘密でしたから。でもそこまでするとは思えません！」

いつも同じだ！　卑怯で見て見ぬふりをする隣人は殺人犯にとって最高の隠れ蓑《かくれみの》だ。ピアはリタ・ライフェンラートに関するファイルを取り寄せることにした。

「テオ・ライフェンラートはどんな方でしたか？」オリヴァーがたずねた。「おたくはあの方から土地を購入したんですよね？」

「そのとおりです。けれども、手続きはすべてマルタ・クニックフースさんがしてくれました。テオの顔を見たのはここに住んでからです。それも遠くからトラクターやワーゲンバスをいじっているところを見かけただけです。教会で見かけたことは一度もありません。祝いごとは酒が飲めるから来ていましたね」夫人はそこではっとした。「亡くなった人を悪くいうべきではありませんね。でも、テオがどんな人かと問われましたので、美化したくはないです。あの人は生涯、まともなことをしなかった怠《なま》け者です。名誉職にさえつかなかったのです。会社の切り盛りをしていたのはクニックフースさんで、家のことはすべてリタが仕切っていました。テオは日が暮れるまで寝て暮らし、夜になると〈黄金のリンゴ亭〉のカウンターにすわって、くだを巻いていました。そうそう、月に一度、クニックフースさんが店に行って、つけを払っていましたっけ」

カッツェンマイアー夫人は顔をしかめた。

「遠出はよくしていましたか？」ピアはたずねた。「旅行とか」

「さあ、どうでしょう。リタは山や海に行きたがっていましたけど、テオは出不精でした。運転免許証も持っていないという話でしたし」

「しかし車を持っていましたよね！」

「車を買うのに運転免許証はいらないでしょう。リタが連邦功労十字勲章を授与されたときも、リタのために司祭がおこなった典礼にも来ませんでした。そもそも女嫌いで、わたしの目をまともに見たことがなかったと思います。わたしの夫にいろいろしゃべりかけたかと思うと、何週間も見向きもしなかったんです。他の人に対しても同じでした。急に態度を変えたので、みんな、なにかまずいことをしたかと不安になるほどでした。本当に変な人でした。敷地の手入れはよくしていたし、飼育している動物の世話にも熱心でした。でも他のことにはまったく関心がありませんでした」

ピアはアルバムを順に見た。写真のカッツェンマイアー夫人は、ピアがかつて知っていたあの鬼教師だった。リタ・ライフェンラートと仲がよかったのも、心の友を見つけたからではないだろうか。

「リタ・ライフェンラートさんはかなり荒っぽい躾《しつけ》をしていたと耳にしていますが」そういうと、オリヴァーはラモーナ・リンデマンから聞いたことを話した。

「そんなはずはありません！」夫人は確信を持っていった。「ライフェンラート家の里子とはよく会っていましたが、虐待の痕など見たこともありません！　もし虐待していたのなら、気がついたはずです！　リタは体罰を科したりしませんでした。テオには何度も手を上げていたので、そのことについてはよく話をしました。そんなことをして青少年局に知られれば、子どもたちを取りあげられると、そのことばかり心配していました」

「水を張ったバスタブに沈めるとか、冷凍ストッカーに十分間閉じ込めるとか、体に傷を負わない工夫をしていました」ピアが口をはさんだ。「でも、心は傷だらけになったでしょう」

「まさか」夫人は首を横に振った。「リタは運命から見放された子どもたちにチャンスを与えていたんですよ。遊び半分ではできないことです！　基礎学校に入学しても、まともに話せない子が多かったんです！　行動障害があったり、精神的発達が遅れていたりしている子どもだらけでした。でもリタはそういう子どもたちを短期間に成長させることに成功したんです。わたしは里子のほとんどを知っています。みんな、普通の家庭の子よりもよく勉強し、問題を起こしませんでした！」

　無理もない、とピアは思った。へたなことをすれば、孤児院に逆戻りだからだ。

「子ども時代にひどいトラウマを抱えた人が犯罪者になることが多いのです」ピアはいった。

「まさかテオが……人を……殺したんですか？」

「いいえ。ライフェンラート家の敷地で四体の死体を発見したという事実があるだけです」

　夫人はピアを見つめた。突然気づいたようだ。

「あなたはわたしの生徒ではありませんでしたか？」夫人がたずねた。

「ええ、そうでした」ピアはゆっくりうなずいた。「当時はフライタークと名乗っていました。一九八六年に大学入学資格試験を受けました」

「ピア・フライターク！」ピアに悪い成績をだしたことを思いだしてか、かすかにニタッと笑みを浮かべた。「あなたは数学が得意ではなかったですね」

「そうでした。その代わり犯人捜しは得意です」ピアはそういい返した。子ども時代の悪魔に反撃できて胸のすく思いがした。「ノーラ・バルテルが溺死した日のことは覚えていますか？」

「もちろんです！　バルテル家は隣人でしたから。今、シャイトハウアーさんが暮らしている家に住んでいました。あれは悲惨でした」

「あなたはその日なにをしていたか覚えていますか？」

夫人は目を閉じて考えた。

「あれは五月の日曜日でした」夫人はゆっくりといった。「母の日。ジルケがこづかいでわたしに花束を買ってくれました。とても誇らしげでした」夫人がまた目を開けた。「テラスで朝食をとって、そのあと教会に行きました。そのときがノーラを見た最後です。とても暖かな日和で、夏真っ盛りという感じでした。ノーラはミニスカートとノースリーブのトップスという出で立ちで教会に来ていました。教会に来るには少し肌を露出しすぎね、とあの子に注意したことを覚えています。典礼のあと、わたしたちはマインツに住む夫の母を訪ねました。夕方に戻ったとき、なにが起きたか耳にしました。村は大騒ぎでした。いたるところに警察の方がいて、村人は全員、事情聴取されました。その晩、ライフェンラート家の里子のひとりがノーラの死に関係しているらしいという噂が流れました」

「だれから聞いたか覚えていますか？」ピアはたずねた。

「ええ！」夫人はそんな昔のことをしっかり覚えている自分に少し驚いているようだった。「ヴェーゲナーさんから電話があったんです。同じ教会に通っている人で、わたしはお嬢さんのアーニャの担任でした。二、三週間して、もうひとつの悲劇が起きました。別の里子が自殺したんです。それからは、だれも子どもをライフェンラート家の里子のところに遊びに行かせなくなりました」

＊

「ノーラ・バルテルが母の日に死んだことは知らなかった」カッツェンマイアーの家をあとにして、車に乗り込んだオリヴァーがいった。「なにか意味があるのかな？」

「さあ」ピアはシートベルトを締めた。「被害者たちが消えた日にテオ・ライフェンラートがなにをしていたか覚えている人はたぶん見つからないでしょう」

カッツェンマイアー夫人は、ノーラが死んだあと、少しして自殺したという子どもの名前を覚えていなかった。当時、ライフェンラート邸でなにが起きていたのだろう。

「リタ・ライフェンラートは、虐待していたのに、青少年局に子どもたちを取りあげられるのではないかと心配していたわけですよね」ピアは声にだして考えた。「なぜでしょうね？」

「社会福祉局が支払う養育費が生活の糧《かて》だったからだろうな」オリヴァーは答えた。「たぶん子どもたちを脅して口止めしたんだ。うまくいったわけだ」

「つま先立ちの子ども時代。不安に苛《さいな》まれた日々」ピアはいった。「信頼できる人間がひとりもいない。心が傷つくに決まってます。当時、里子になった子どもたちを担当していた青少年局の職員がだれか突き止めないといけませんね」

「里子の書類に担当者の名前が載っているんじゃないかな」オリヴァーはアーニャ・マンタイ、旧姓ヴェーゲナーが住んでいる通りに曲がった。カッツェンマイアー夫人から話を聞いていたとき、ハーディングからオリヴァーにショートメールが届いた。すでにストックホルム空港にいて、午後三時四十五分にフランクフルトに着くという。マンタイ夫人と話す時間は充分にある。夫は弁護士だ、とカッツェンマイアー夫人がいっていた。田舎の弁護士ではなく、経済法が専門のアメリカの法律事務所のパートナーだ。夫は高給取りで、マンモルスハインの高級住宅地ヴァホルダーベルクに「ガラスの御殿」を構えていた。カッツェンマイアー夫人は番地まで覚えていなかったが、うまく説明してくれたので、家はすぐに見つかった。

ピアがベルを鳴らすと、ドアの奥で犬が激しく吠えた。オリヴァーは思わず後ずさった。ドアが開くと、小さなジャックラッセルテリアがワンワン吠えながらドアの隙間から出てこようとした。

「ビーニー！　やめなさい！　こっちへ来なさい！」女性の声に、犬は吠えるのをやめ、うなりながら、ぼさぼさの被毛をこすりつけるようにピアとオリヴァーのまわりを歩きまわった。

「ごめんなさい。この子は吠えるだけで、なにもしません。無視してください」女性は四十代半ばか終わりだった。緑色のブラウスにジーンズという出で立ちで、裸足《はだし》だった。ウェーブのかかったアッシュブロンドを後ろで結んでいる。丸い顔にはそばかすがいっぱいついていた。

「なんのご用でしょうか？」

「吠え声を聞いて、ロットワイラーでもいるのかと思いました」ピアはそういうと、身分証を呈示した。

アーニャ・マンタイは復活祭のあいだモルディブでバカンスを楽しみ、昨日帰ったばかりだといったが、テオ・ライフェンラートが死んだことはすでに知っていた。

「ワッツアップのおかげで、世界じゅうどこにいても村の出来事が伝わってきます」マンタイ夫人の親しげな笑みが消えた。「息子のひとりが、消防団にいる友人からメッセージをもらったんです。わたしになにか？　テオと最後に話したのは二十年近く前なのですが」

「あなたは子どものとき、ライフェンラート家によく遊びにいっていたと聞きました」オリヴァーが答えた。「わたしたちはあの家のイメージをつかみたいのです。役に立つ話が聞けるかと思いまして」

オリヴァーは犬のケージで見つかった死体や井戸の白骨死体には言及しなかった。話せば、夫人の口が重くなると思ったからだ。

「いいですよ」夫人はいった。「サンテラスに行きましょう。うちの三人のティーンエイジャーは好奇心旺盛で、家の中だと盗み聞きされる恐れがありますので」

オリヴァーとピアは夫人に従って、光があふれている家の中を通った。はきだし窓からはすばらしい眺望が楽しめた。ジャックラッセルテリアはまだうなり声をあげていたが、近づいてはこなかった。サンテラスはその名のとおりだった。コンテナーに植えられたヤシの木や、キヨウチクトウ、それから花を咲かせているオレンジやレモンの木に囲まれて、すわり心地がよさそうなラウンジチェアがあった。三人はそこにすわった。

「タバコを吸っていいかしら？」

「どうぞ」オリヴァーは笑みを浮かべていった。

マンタイ夫人は、育苗中のポットが並ぶ戸棚の引き出しからタバコの箱をだした。タバコに火をつけると、夫人はラウンジチェアの上であぐらをかいた。里子のことはよく覚えていた。

基礎学校で、フリチョフ・ライフェンラート、ヨアヒム・フォークト、当時はコッホという名だったラモーナ・リンデマンとクラスメイトだったという。

「放課後はよくライフェンラート家で遊んでいました」夫人はふっと笑みを浮かべた。「うちの両親はいい顔をしませんでしたが、わたしはこっそり訪ねていたんです。父はヘキスト社の重役でした。わたしはひとりっ子で、箱入り娘だったんです。いつも兄弟姉妹が欲しいと思っていました。だから子どもがたくさんいる、あの家に惹かれたんです。子どもの本に『おちゃめなふたご』という寄宿学校の話があるんですけど、あそこはわたしにとって、まさにその本の世界でした」

「子どもたちが不幸だったという印象はありますか？　あるいは他の子どもと違うところとか？」

「当時は意識しませんでしたが、振り返ってみると、みんな……なにかしら……問題を抱えていましたね。大人に守られている子どもとは態度が違いました。子どもにとって当然のことがなにひとつなかったのです。みんな、リタ・ライフェンラートを〝お母さま〟と呼んでいましたが……空々しかったです」

「ノーラ・バルテルのことは覚えていますか？」オリヴァーがたずねた。

「ええ！　びっくりしました！　ノーラのことはよく知っていたんです。基礎学校ではクラスメイトでした。そのあと別々の学校に通いましたが、ケーニヒシュタインまでいっしょにバスに乗りました」夫人はタバコを思いっきり吸うと、しばらく遠い目になって中空を見つめた。

「男の子はみんな、ノーラに夢中でした。性格はよくなかったんですけどね。しばらく親友でしたが、わたしもずいぶん振りまわされました。ノーラは他の子が持ってるものをいつも欲しがりました。そしてちやほやされないと、すぐにすねたんです」

マンタイ夫人は深いため息をついた。

「間接的ですが、わたしは彼女の死に責任があります」

「どういうことですか？」

「ライフェンラート家の里子に、ノーラよりもわたしに関心を持っている子がいたんです」

「クラース・レーカーさんですか？」ピアはたずねた。

「ええ、そのとおりです！」夫人が驚いてうなずいた。「といっても、クラースはわたしが好きだったのではありません。わたしの父がだれか知っていたからでした。一度、両親がいないときに、うちに押しかけてきたことがありました。わたしが帰るようにいっても聞く耳を持たず、わたしにキスをしようとしたり、かってに家の中を見てまわったりしたんです。父のデスクに向かってすわったりもしました。家族にも許されていなかったことなのに。そのあと彼はわたしにいいました。〝大人になったら、おまえと結婚する。そうしたら、ここにあるものはすべて俺のものだ〟と。おかげで、わたしは悪夢を見ました」

「ノーラはそのことを聞いて、クラースをあなたから奪おうとしたんですね？」

「ええ、そんなところです。それにクラースは、そうすればわたしが嫉妬するとでも思ったようです。そんなわけがなかったんですけど。でも、女の子はみんな、彼に首ったけでした。ハンサムでしたから。でも……悪意の塊《かたまり》でした。他の子をいじめて、苦痛を与え、手下にすることしか考えていませんでした。良心の呵責《かしやく》などこれっぽっちも持ち合わせていなかったんです。その点ではノーラと似た者同士でした。ノーラも相当に意地悪でしたから。とにかく彼がノーラを殺したらしいと聞いたとき、驚きはしませんでした。むしろ彼がいなくなって、みんな喜んでいました」

「そのあとクラースとは再会しましたか？」オリヴァーがたずねた。「アンドレ・ドルと組んで、しばらく自動車整備工場を営んでいましたね」

「両親を訪ねるとき、いつかばったり出会うのではないかと不安でした。当時、わたしは夫とフランクフルトに住んでいたんです」夫人はそれから吐き捨てるようにいった。「実際、何度か路上ですれ違ったことがあります。彼は結婚したばかりだというのに、そのたびにくだらないことをいいました。おまえと結婚するつもりだったことは忘れていないぞっていわれたこともあります。若い奥さんを連れていたのにです！　もうありえないと思って、結婚しているでしょといってやったら、彼は手を横に振って、〝おまえと所帯が持てるなら、いつでも離婚する〟とうそぶいたんです。奥さんを虐待した罪で裁かれたと聞いたときは、いい気味だと思いました」

「フリチョフ・ライフェンラートさんはどうでしたか？」オリヴァーがたずねた。「あの人もクラースには頭が上がらなかったのですか？」

「まさか」マンタイ夫人はタバコを真鍮《しんちゆう》の灰皿に押しつけて火を消すと、灰皿の蓋《ふた》を閉じた。

「フリチョフに怖いものなんてありませんでした。クラースと違って、他の子を脅す必要なんてなかったんです。みんな、はじめから彼は違うと知っていましたから。彼がおばあさんにひと言いえば、デザートぬきになりましたからね。プールに入れるのは、彼に許された子だけでした。彼が気に入らないと思った子はかならず罰を受けました。でも彼の行動は予測がつきました。ひとたび気に入ると、ずっとその子をひいきにしました」

「たとえばヨアヒム・フォークトさんですか？」

「ええ、彼はフリチョフの親友でした」夫人はうなずいた。「フリチョフは昔……なんといいますか……ぐうたらだったんです」夫人が笑った。「学校の勉強なんてやったためしがなかったんです。でも人を操るのは得意でした。先生もいいようにされていました。かわいがられていると自覚していました。あの人のやり方はクラースよりもずっと巧妙で、効果的でした。フリチョフは生まれつきのリーダーでした。怖いものなしで、クールで、なんというか……向こう見ずなところがありました。いつでも自分がしたいことをして、みんなはそれに従ったんです。それでも、ヨッヘンがいなければ、ただのごくつぶしで終わっていたでしょう。ヨッヘンは野心家で、出世するには学校でいい成績を取らなければならないとわかっていました。そして怠け者のフリチョフをいっしょに引きあげたんです。ふたりはふたごみたいでした。あるとき、クラースがあのふたりはホモだと噂して、ノーラがそれを広めたことがあります。わたしたちは十三歳だったので、それがなにを意味するかよく知りませんでした。でもフリチョフがそのことを聞きつけて、おばあさんに注進したんです。それからなにがあったか知りませんが、クラースはそれっきり、そういう話をしなくなりました」

「リタ・ライフェンラートさんの子どもたちの扱い方はどうでしたか？」

「厳しかったですね。みんな、あの人の顔色をうかがっていました」夫人は眉をひそめた。

「たぶんそうするほかなかったのでしょう。さもないと、めちゃくちゃになっていたでしょうから。わたしにはとてもやさしかったですが、たぶん父の社会的地位が効いていたのでしょう。わたしの記憶では、ライフェンラート家はいつも楽しかったです。ブレンバル（ドイツや北欧でおこなわれるクリケットに似たボール競技。ドイツでは体育の授業に取り入れられている）をしたり、プールではしゃいだり、リンゴを捥《も》いだり。菜園の手伝いやウサギ小屋の掃除やニワトリ小屋で卵集めをすることもありました。楽しかったです！　そういうことを自宅では体験しませんでしたから。そうそう、年に一度、母の日にいつも大きなパーティがありました。両親がひらく行儀のいい退屈なパーティよりもずっとすてきでした」

「テオ・ライフェンラートさんとはどうでしたか？」

「あの人はいつも不機嫌でしたね」夫人はいった。「奥さんが近くにいないと、ひどい口の利き方をしました。うちではだれも怒鳴ったり、ののしったりしなかったので、どきどきしました。そういえば、たしか十歳か十一歳のとき、ラモーナ、フリチョフ、ヨッヘン、そして村長の息子といっしょにテオが運転するワーゲンバスで遠出をしたことがあります。目的地がどこだったかもう覚えていませんが、それほど遠くなかったと思います。あんなにすてきな日は体験したことがありませんでした。テオはわたしたちにコーラとアイスをごちそうしてくれて、ポテトチップスも食べさせてもらいました。テオは愉快な話をたくさんしてくれて、別人のようでした。男の子たちは駐車場で運転までさせてもらったんです！　テオは子どものまま大きくなったような人でした」

「あとになってみると奇妙に思える記憶とかありませんか？」ピアはさらに質問した。

「考えてみたら、なにもかも変でした。食事の時間まではいさせてくれませんでした。いっしょに食べたいと思っていました。ヨッヘンがわたしにいったことがあります。ぞっとするから、いない方がいい、と。わたしにはわけがわかりませんでした」

「ノーラが亡くなったあとも、ライフェンラート家を訪ねましたか？」

「いいえ」夫人は首を横に振った。「親に禁止されました。わたしはいうことを聞きました。突然、なにもかも恐ろしく思えたからです。ティモが三週間後、首を吊ったことを、どこかで聞かれたでしょう？　ティモはかわいそうな子でした。青少年局が両親から取りあげたのです。いつか親が迎えにくると、ずっと夢見ていました。そういうケースがたまにあったからです。本当は彼がノーラを殺し、発覚するのを恐れて怯えていたとまことしやかにささやかれました」

「あなたはどう思いますか？」

「ノーラはティモにひどいことをしました。あの子はとても繊細で、ノーラのいじめに傷ついていました。でもあの子がなにかしたとは思えません」夫人はためらった。「わたしは、アンドレが犯人じゃないかと思っていました。わたしよりも少し歳が下でしたが、クラースと同じように怖いところがありましたから」

夫人はそこで口をつぐみ、唇をとがらせて、なにか考えだした。オリヴァーとピアは夫人がまた話すのをじっと待った。

「自分に子どもができてから、ライフェンラート家の子どもたちについていろいろ考えました」夫人は少し間を置いてから話をつづけた。「無条件に愛してくれる両親がいないことを、どういうふうに感じていたのだろうかと。子どものとき、わたしには理解できませんでした。でもあの子たちがどうしてテオとリタのところで暮らしていたか考えると、今さらですがとても気の毒に感じて、たくさんのことが違った目で見えるようになりました。あの子たちは他の子どもとは違いました。どういったらいいでしょう？　あの子たちはいつも……気を張っていたんです。たえずまわりに気をつけていました。認められようと必死でした。今ならわかります。いけないことをして、孤児院に帰されるのを恐れていたんでしょうね。といっても、ライフェンラート夫妻のところでも幸せではなかったと思います。ティモがスクールバスの中でわたしに漏らしました。あそこは監獄と同じで耐えられない、と」

「大人にそう訴えたこともあるのですか？」

「いいえ、それはしませんでした」

「元里子とはその後も連絡を取りあっていますか？」

「学校の長期休暇のとき、わたしの父はヨッヘンにヘキスト社でのアルバイトを斡旋《あっせん》しました。たしか一九八〇年代の半ばだったと思います。十六歳のとき、わたしはひどい事故にあいまして、ヨッヘンが見舞いにきてくれました。そのあとリハビリセンターにフリチョフといっしょに来て、わたしをさんざん笑わせました。ヨッヘンは結婚式にも招待してくれました」マンタイ夫人は微笑んだ。「今でもクリスマスカードを送ってきます。夫はヤングタイマー（三十年程前に登場した少し古めの車を指す）愛好家です。ヤングタイマーの車を四台も持っていて、手入れをアンドレに任せています。ラモーナとザーシャのふたりとは数週間前、ラインガウ地方のレストランで偶然出会いました。他の人とは音信不通です」

「ラインガウ？」ピアは聞き耳を立てた。「正確な場所を覚えていますか？」

「ええ、もちろんです」夫人はうなずいた。「エルトヴィレにあるホテルレストランの〈クローネンシュレスヒェン〉です」

＊

クレーガーの鑑識班はライフェンラート邸の地下から屋根裏までくまなく捜索したが、テオ・ライフェンラートが被害者や自分の犯行を記録したものを保管している形跡はなかった。しだいに見えてきたのは、生活力がなく、憎んでいた妻がいなくなったあとは自分の小さな世界に安住していた男の姿だった。マンハイムやデュッセルドルフまで行って被害者を襲い、生死はわからないが、かなりの距離を運ぶようなことをするとは到底思えなかった。

「ラップフィルムのことが引っかかりますね」ピアはいった。「ライフェンラートのような人が使う手口とは思えません」

「どうして？」オリヴァーがたずねた。「実際はもっと単純な話かもしれないぞ。犯行の手口についていろいろ解釈しすぎだ。ライフェンラートはウサギやニワトリをつぶして、肉をラップにくるんで冷凍保存していたのかもしれない。実用的だ。だから被害者にも同じことをしただけかもしれない」

「でも、家畜をつぶすのに、溺死させたりしないと思いますけど」ピアは答えた。「そこが犯人には大事なところなんだと思います。犯行の手口は鍵になります。テオが自分の妻を射殺して、あの古井戸に隠した可能性はあります。でも、犬のケージで見つかった女性の死体は関係ないでしょう」

ふたりはマンモルスヘーエ団地の駐車場で、クローンタール通りの住人に聞き込みをしてきたケムとカトリーンも交えて話しあった。年配の女性が二週間前の金曜日にテオのメルセデス・ベンツを見かけたという。

「間違いないといっていました」カトリーンがいった。「ちょうど前庭でチューリップの球根を植えていて、いつも十一時頃に来る郵便配達人とおしゃべりをしていたとき、車を見たそうです。運転していたのがよく知っているイヴァンカではなかったので、不思議に思ったといっていました」

「運転していた者を知っていた？」

「いいえ。でも男性だったそうです。ちょうどクローンベルク方面に左折したところで、助手席側しか見えなかったといっています」

「わかったわ」ピアはメモを取った。

ケムとカトリーンは基礎学校の元校長エリーザベト・ベックミュラーにも聞き込みをしてい

た。

「ライフェンラート家で虐待があったことをにおわすと、すごい剣幕で怒鳴られました」ケムが報告した。「あやうく家から追いだされるところでした。通りの名前をリタ・ライフェンラートにするようケーニヒシュタイン市に働きかけているのが、このベックミュラーだったんです」

「クラース・レーカーが自分のところの生徒だったかどうかはわからないといっていました」カトリーンが話をつづけた。「ライフェンラート家に来たときには基礎学校を卒業していたでしょう。でも他の里子は教え子で、他の生徒の親から受ける偏見と闘ったといっていました」

「フリチョフは本当に小さな王様だったようだ」ケムがいった。「喧嘩をあおっても、自分は暴力をふるわなかった。手下にやらせていたんだ」

「ヨアヒム・フォークトとか？」ピアが想像を巡らした。

「いいや、違う！　ラモーナという女のボディガードさ。かなり血の気が多かったらしく、崇拝しているフリチョフを悪くいう者がいるとすぐ殴りかかったらしい」

ピアはさもありなんと思った。ラモーナ・リンデマンには、強情な女という印象があった。

「テオ・ライフェンラートのことを、ベックミュラーはひどくいっていた」ケムがいった。「人生の落伍者。根気のない怠け者、その上、怒りっぽく、大言壮語。とはいえ、娘と孫をこよなく愛したことは誉めていた。あと、あの夫婦は性格が合わなかったともいっていた」

「イメージどおりね」ピアはいった。「そういう人間は感情で行動するけど、計画を練って行動するには不向きといえる。やはり犯人は、元里子のだれかじゃないかな」

「だがまだ話を聞くべき者がいる」ケムがいった。「ベックミュラーから聞いたが、一九七〇年代末か一九八〇年代はじめにちょっとした事件が起きたらしい。長期休暇を前に、成績評価会議をしていたときに、四年生の少年の母親が、放課後、子どもが帰宅しないといってきたんだ。警察に通報することになり、会議を中断して、教員総出で捜しまわった。少年は夕方、小川の中で見つかった。幸い気温が高く、小川の水量も少なかった。さもなければ溺死する恐れがあったそうだ」

「溺死する恐れってどういうことだ？　意識不明だったのか？」オリヴァーがたずねた。

「違います。でも頭から足の先までラップフィルムにくるまれていたそうです」ケムが答えた。

「そして口と鼻のところだけラップに穴が開いていた」

「ありえない！」ピアは叫んだ。「だれがそんなことを？」

「少年はいわなかったらしい」ケムが肩をすくめた。「夏休みのあと、少年はケーニヒシュタインのギムナジウムに進学したので、その話はそれっきりになったという」

「その少年はだれだったの？」ピアは獲物をかぎつけて、追跡の合図を待つ猟犬のように緊張して体がふるえた。

「当時の村長の息子。ライク・ゲールマン」

＊

ドクター・ゲールマンは、妻が忙しく、かといって自分で料理を作る気にもなれず、昼はいつもクローンベルクにある行きつけの食堂で食事をしていた。十五分後、ピアとオリヴァーはクローンベルクの旧市街に入ってすぐの映画館の隣にあるその食堂に入った。客は図体の大きな獣医だけだった。ピアとオリヴァーは向かいにすわって、獣医と同じトマトスープ、鶏の胸肉のリゾット、サラダ、デザートという「本日のランチ」を注文した。

「とくにおいしくはないですよ」獣医が警告した。「数年前から店長が次々と替わって、そのたびに味が落ちているんです。まあ、十七ユーロでオートキュイジーヌ（フランスの伝統ある宮廷的高級料理）を期待するのが間違いですが」

獣医はやさしく微笑んだが、ピアがはじめて会ったときに感じた親しみやすさは影をひそめ、警戒していた。

「ベックスは元気ですか？」ピアはたずねた。

「だいぶよくなりました。今晩、シャイトハウアー家に連れていくことになっています」獣医は答えた。若いウェイターが硬い表情のままトマトスープを運んできて、なにかぼそっといった。「召しあがれ」とでもいったようだ。

「早いですね」オリヴァーは紙ナプキンを広げた。

「音楽が流れていなければ、厨房の電子レンジのチンという音が聞こえるでしょう」獣医はウィンクして、辛口の批評を和らげた。

「ラモーナ・リンデマンさんが、ベックスにはものすごい価値があるといって、つばをつけていましたよ」ピアは生ぬるいスープをスプーンですくった。たしかに缶詰のスープを温めたような味がする。「きっとあの犬を欲しがるでしょうね」

「今のところベックスのことで、わたしになにかいってきた人はいません」そういうと、獣医はトーストをちぎってスープに浸した。「ヨランダのところが一番いいのですが。しかしここへ来たのは、ベックスのことではないのでしょう。用件はなんですか？」

「以前ひどいいじめの被害者になったと聞きました」オリヴァーはなにげないふうを装っていった。

「いじめ？」獣医がけげんな顔をした。「覚えがないですね。だれがそんなことをいったんですか？」

「ずいぶん前のことです。あなたが基礎学校の四年生だったときです。ラップフィルムにくるまれて、小川の川床に置き去りにされたとか」

「ああ、あれのことですか！」獣医は笑って、なにかを払いのける仕草をした。「ただの子どものいたずらでしたよ！」

「ショックだったと思うのですが！」ピアが気持ちを察していった。「パニックになりませんでしたか？　身動きが取れなかったのでしょう。どのくらいの時間置き去りにされたのですか？」

「正直いってもうほとんど覚えていません」

「本当に？」正直いってと前置きするとき、人は正直でないことを、ピアはよく知っていた。

小首を傾げてさらにいった。「わたしは九歳のとき、兄とその友だちに寝袋に押し込められたことがあります。しかも外からファスナーをしめられたんです。わたしは落ち着けと自分にいい聞かせましたが、恐ろしくなって漏らしてしまいました。三十分は閉じ込められていました。あれから寝るとき毛布を頭からかぶることができなくなりました！」ピアは怖気をふるってみせた。「ラップフィルムにくるまれて小川に寝かされ、溺死する恐れもあったわけでしょう。ぞっとします！」

獣医は持ちあげたスプーンを一度宙に止めてから、あらためて口に運んだ。ピアは、獣医が嘘をついていると思った。

「すっかり忘れていました」獣医はそういって、またスープをすくった。

「当時、だれがやったかいわなかったですね。どうしてですか？」ピアはたずねた。

「告げ口をしたくなかったからです。子どもたちのあいだで解決しましたので」

「今なら教えてくれますか？」ピアはたずねた。

「重要なことなら、もちろんお教えします」ゲールマンはスープを飲み終わると、ナプキンで口をふいて、椅子の背にもたれかかった。それでも丸々した腹がテーブルに触れていた。「ふたりがかりでやられました。数週間前からいがみあいがつづいていたので、なにかされると覚悟していました。待ち伏せて、襲いかかってきたのはザーシャとアンドレとラモーナです」

「あの三人？」

「そうです」

「どこで襲われたのですか？」

「祖父が持っていた菜園です」忘れたといっておきながら、獣医はしっかり記憶していた。

「いがみあいの原因は？」

「忘れました」

「ノーラ・バルテルではないですか？」

「かもしれません。ノーラの口車に乗って、よくいがみあっていました」ゲールマンは二枚目のトーストで皿をぬぐった。「諍《いさか》いの種をまくのが好きな子でした」

「彼女を殺したのはだれだと思いますか？」

獣医が答えようとしたときに、ウェイトレスがメインディッシュを運んできたため、オリヴァーが腹立たしそうにした。ウェイトレスはスープ皿をまだ片付けていなかったことに気づいて目をくりくりさせ、隣の席にスープ皿をどかした。

鶏の胸肉のリゾットも出来合いだった。水っぽく、うまみ調味料と酢の味が勝っていた。コックは客をがっかりさせることに全身全霊をかけているようだ。ふた口食べて、ピアは皿を脇にどかした。

「あなたの質問ですが」ゲールマンは味付けがいまひとつでも気にならないらしく、話しだした。「わたしにはわかりません。おそらくクラース・レーカーでしょう。本人は否定しましたが。とはいえ、ノーラは人を傷つけることにかけては天下一品で、たぶんマンモルスハインで彼女にこきおろされなかった少年はひとりもいなかったでしょう。だれが犯人でもおかしくなかったということです」

「あなたはライフェンラート家をよく訪ねていたのですか？」

「ええ。フリチョフとヨアヒムのふたりと友だちでしたから。それに、わたしの父親はテオの親友でしたし」

ピアは、火曜日に話したことを獣医に思いださせない方がいいと判断した。テオをよく知らないといっていたが、あれは真っ赤な嘘だったのだ。

「あなたとリタの仲はどうでしたか？」

「よかったですよ。いつもやさしくしてもらっていました」

これは本当だろう、とピアは思った。ライク・ゲールマンは村長の息子。アーニャ・マンタイの父親はヘキスト社の重役。孫がこのふたりと仲よくすることを、リタは歓迎したに違いない。

「リタが子どもたちにどういう仕打ちをしていたか、テオは知っていたのでしょうか？」ピアは獣医の反応をうかがった。獣医は急に不愉快そうな目をした。

「どういう意味でしょうか？」獣医は即答を避けた。

「罰として水を張ったバスタブに沈めるとか、大型冷凍ストッカーに閉じ込めるとか、ビニール袋を頭にかぶせるとか」

「リタはそんなことはしませんでした。やったのはクラースです！」獣医は左右の眉毛がくっつきそうになるほど眉間《みけん》にしわを寄せた。

「彼はリタから学んだのでしょう」

「ありえません！」獣医は首を横に振った。「リタがそんなことをしていたのなら、耳にしたはずです！」

「孤児院に戻されることを恐れている子どもが、そのことを他言すると思いますか？」

獣医はそれには答えず、またたくまに食事をかき込み、オリヴァーとピアが残したトーストを四枚食べた。そのあいだ、だれも口を利かなかった。

「ラップフィルムのことを思いついたのはザーシャでした」獣医は口に手を当ててげっぷをした。「一種の肝試しだったんです。お互いにラップフィルムを体に巻いて、一番長く耐えていた子が勝つ」

獣医はカウンターでスマートフォンをタップしているウェイトレスを手招きした。

「つまり小川に寝かされたのは、ノーラと関係なかったんですね？」ピアが念を押した。

「ええ。ノーラとは関係ありませんでした」獣医は急にそわそわしだして、カウンターの方を振り返った。「おーい！　勘定を頼む！」

「お父さんはご健在ですか？」オリヴァーがたずねた。

「ええ」ゲールマンはまたげっぷが出そうになるのを堪《こら》えた。「父と話そうと思うなら、あきらめた方がいいです。ケーニヒシュタインの介護施設にいます。認知症ステーションです」

＊

「寝袋の話ははじめて聞くな」車に乗ってから、オリヴァーがピアにいった。

「作り話ですもの」そう答えると、ピアはスマートフォンのメールをチェックした。新しいメールはなかった。

「えっ?」オリヴァーはびっくりしてピアをちらっと見た。

「ターリクのやり方を真似たんです」ピアはニヤッとした。「だれかからうまく証言を引きだそうと思ったら、似たような体験をしているようにふるまうのがいいんですよ。共感をえられます。けっこううまくいくんです」

「やるなあ!」オリヴァーは首を横に振った。

「ゲールマンは面食《めんく》らって、自分の嘘で墓穴を掘りました」ピアはいった。「あの人の話で唯一信じられるのは、父親が認知症だということだけです。それでも訪ねてみるべきですね。認知症患者はときどき頭が明晰になることがあります。テオ・ライフェンラートがどうして獣医ひとりを指定遺産相続人にしたか知っているかもしれません」

「そうだな」オリヴァーはダッシュボードの時計を見た。「だが先に空港へ行かないと。ハーディングが乗った便があと四十五分で着く」

シャイトハウアー夫人に電話をかけるだけで、ゲールマンの妻が医師であることがわかった。夫婦には子どもがなく、マンモルスハインにある親の家に住んでいる。ピアはゲールマンが営む動物病院のウェブページをひらいてみた。診療時間、診療内容、関連するリンク、病院の写真などといっしょに獣医の略歴も載っていた。

「あら、偶然ですね!」リーダーバッハ方面に向かってリーメスシュパンゲを走っていたときにピアがいった。「ライク・ゲールマンは一九九二年から九五年まで空港の動物ステーションの獣医だったようです！」

「偶然というのは？」

「アネグレート・ミュンヒは客室乗務員だったでしょ！」

「なにを考えているんだ？」

「テオ・ライフェンラートが犯人だとまだ思っていますか？」

「今のところ、それを否定する間接証拠はない。われわれが考えたことはすべて想像の域を出ない」

「たしかに。でも老人がヤーナ・ベッカーのような若い女性を組み伏せて溺死させ、ラップフィルムにくるんでブドウ畑まで引きずっていけるでしょうか？」

「組み伏せる必要があったかどうかわからないぞ」オリヴァーがいった。ふたりはライン＝マイン温泉のそばを走っていた。「もしかしたら油断させたのかもしれない。華奢《きゃしゃ》な老人は無害に見える。アメリカの連続殺人犯テッド・バンディは標的に近づくためにけが人を装った」

「ターリクが今朝いってました。わたしたちの犯人は毎年、母の日に人をひとり殺している可能性がある、と。だとすると、最悪の場合、被害者は二十七人になります」

連続殺人犯はアメリカ合衆国やロシア、南米といった広大な国に見られる事例だと思われがちだが、ドイツにも未解決の殺人事件や虐待事件はある。シュヴァルバッハのゼール事件で、連続殺人犯が社会にうまく溶け込み、目立たない生活をしていることが明らかになった。

「マンフレート・ゼールの被害者は全員、危険度の高い人たちだった」オリヴァーはピアの考えがわかったのか、そういった。「売春婦やホームレス。いなくなっても、なかなか気づかれない」

「でも今回は違います。ただ、どういう視点で被害者を選んでいるかですね。パターンが見えません。被害者たちの外見に類似点が見られないですし、年齢もまちまちです。社会的階層も異なりますし。共通点はなんでしょう。客室乗務員、事務員、銀行員、学生、理容師。唯一共通しているのは、車を置き去りにしていること、鍵が失われていること、あとは犯行が母の日の前日か当日に起きていることくらいです」

「そのことはプロファイラーに相談しよう」オリヴァーがそういったとき、ピアのスマートフォンが鳴った。カイだった。ピアはブルートゥースで車のスピーカーに接続した。

「クラース・レーカーは空港で働いている」カイが報告した。

「どうしてわかったの?」ピアは驚いてたずねた。

「再審のときの弁護士を突き止めたんだ。電話をかけて、遺産相続に関してレーカーと話す必要があるといった。そうしたら簡単に教えてくれたよ。きっと未払いの弁護料一万ユーロをレーカーからせしめられると思ったんじゃないかな」

「面白いわね。金に困ってるってことね」ピアはECカードで金を引きだした泥棒のことを考えた。「ありがとう」

「待ってくれ。まだあるんだ。クラース・レーカーについてもう少し調べた。インターネットにいろいろと情報があがっていた。裁判記録もあった。彼の事件は、訴訟手続き中に精神障害を理由に無罪になったグストル・モラートのときと同じで、ずいぶん話題になったからね。ところでレーカーの精神鑑定をして精神科病院送致を決めたのがキムだったって知っていたかい？」

「いいえ、知らなかった」ピアは少し心配になった。妹は司法精神医療刑務所の副所長として何年も精神疾患のある凶悪犯罪者に関わってきた。

「レーカーについての精神鑑定書が欲しいが、地方裁判所は閲覧させてくれないだろう。開示の決定が必要だ。こっちから検察官に電話をかけるかい？」

「その必要はないわ。わたしがキムに頼んでみる」

ピアはブルートゥースの接続を切ってからキムに電話をかけた。キムに冷たくあしらわれたとき、それをオリヴァーに聞かれたくなかったからだ。

「ドクター・カタリーナ・フライタークの留守番電話です。ピーという音のあとでメッセージを録音してください」ピアは音がするのを待って、すぐに電話がほしいとメッセージを残した。

前方に空港の建物が見えてきた。オリヴァーは表示に従ってターミナル1に向かい、中央の車線を出発ロビーまで走った。だが立体駐車場には行かず、駐車場Zに曲がった。オリヴァーは前の妻を頻繁《ひんぱん》に空港に送っていった経験からゲートへの近道を知っていたのだ。ストックホルム発の飛行機はすでに着陸していた。オリヴァーたちはエスカレーターで到着ロビーに降りた。

「YouTubeでハーディング氏の映像を見ました」ピアがいった。「通訳が必要かと思ったけど、ドイツ語が流暢《りゅうちょう》ですね」

到着客がロビーに続々と出てきていた。出迎えの人々がすっと引いていった。数分して別の便の到着客がゲートを通って出てきた。

「彼はドイツで育ったらしい」オリヴァーは〈テイスティ・ドーナッツ〉のコーヒーバーで陳列された商品を見た。値段がばか高いので、空港で食べものを買ったことはないが、なにか甘いものが欲しいと思った。喉を通らないほどひどい昼食のせいで、原則が揺らいだのだ。シナモン入りのシュガーコーティングされたドーナッツを買おうとしたとき、ピアに腕を引っぱられた。

「あそこ！」ピアはちょうどゲートから出てきて、きょろきょろしている人物に向けて手を上げた。デーヴィッド・ハーディングは微笑みながらキャリーケースを引っぱってきた。頭の天辺はすっかり禿《は》げあがっていて、残った毛髪はサンドカラーだった。鼻が大きい。「サンフランシスコ捜査線」という大昔の警察ドラマから飛びだしてきたかのような人物だ。茶色のスーツは古典的な三つぞろいで、シャツはカナリヤイエロー。そしてこれほど醜いネクタイをオリヴァーは見たことがなかった。

「やあ」ハーディングがいった。「出迎え感謝する」

「こちらこそ、すぐに来てくださってありがたいです」そう答えると、ピアが微笑みながらプロファイラーと握手した。「ピア・ザンダーです」

「キムのお姉さんだね」ハーディングはじっとピアを見つめた。「似てないね。知り合いになれてうれしい」

「こんな形でなんですが、また会えてうれしいです」オリヴァーはいった。「飛行機はいかがでした？」

「ありがとう。飛行機ではミューズリーのチョコバーと茶色く濁《にご》った湯しかだされなかった。客室乗務員はコーヒーだといい張ったがね。先にサンドイッチとまともなコーヒーが欲しいな」

「いいですね」これは必要経費で落とせると思って、オリヴァーはニヤッとした。

数分後、三人はコーヒーバーのコーナーベンチにすわった。さっそくハーディングから、どうしてドイツ語が流暢なのか教えてもらった。父親がCIAヨーロッパ支局の高官で、ハーディングは一九五三年にフランクフルトで産声をあげ、彼とその弟はフランクフルトにあるアメリカンスクールに数年通い、ドイツ人の友人も多かったという。その後、一家は父親の異動にともなってパリとロンドンで過ごし、それからアメリカに戻った。彼自身は憲兵としてベトナムに従軍したあと、一九七〇年代初頭にドイツに戻り、ドイツ人女性と結婚した。行動分析に関心を持ったのは、フランクフルトでアメリカ人の若い女性が惨殺されたことがきっかけだった。犯人はアメリカ兵で、その後さらに数人の女性を殺害した。憲兵だったハーディングは犯人をアメリカに連行することになって、その機会に言葉を交わした。少しして心理学と犯罪学を学ぶために除隊し、そのあとクワンティコのＦＢＩアカデミーに勤務して、行動分析課を立ちあげた。

「スコット・アンドリュースは、わたしがはじめてインタビューしたシリアルキラーだ」そういうと、ハーディングは紙ナプキンで口をふいた。「彼との出会いを通して、わたしは外見で犯罪者がわかるという考えを捨てた。アンドリュースは一見して気のいい男だった。ハンサムでスポーツマンタイプ。やさしくて物腰がやわらかかった。仲間がおおぜいいて、ベトナムでたくさん受勲した優秀な兵士だった。彼が自己愛性パーソナリティ障害を持つサイコパスだとなかなか気づけなかった」

「テオ・ライフェンラートが犯人かどうかあやしんでいます」ピアがいった。「協力者がいたと思いますか?」

「その可能性はあるだろう」ハーディングが答えた。「ジャック・ウンターベガーという連続殺人犯の名前に聞き覚えがあるかな? 彼はアメリカ兵とウィーンの売春婦のあいだに生まれ、祖父に育てられた。そして祖父といっしょに盗みを働いた」

「子どものときに近所の少女を溺死させた疑いをかけられたクラース・レーカーという里子がいます。ただし証拠はありません。レーカーは成人してから、妄想性パーソナリティ障害と異常な嫉妬心が認められ、妻に暴力をふるった数日後、逮捕されました。しかし裁判所は彼を刑務所送りにはせず、措置入院させました。しかしこの三月、訴訟手続きの不備による再審理があり、無罪が確定して退院しました」

ハーディングは眉間にしわを寄せた。

「妄想性パーソナリティ障害とはどういうものですか?」オリヴァーがたずねた。

「現実を正常に認識できなくなるんだ」ハーディングが答えた。「よく見られるタイプは猜疑《さいぎ》心《しん》のある人間だ」心《しん》のある人間だ。他人の行動をつねに自分本位に解釈し、すぐに敵意をむきだしにし、排斥する。障害の典型例は独善、極端な自尊心。疑心暗鬼の結果、しばしば社会から疎外される」

「レーカーは以前、エンジニアでした。それから自動車整備工場を共同経営しました」

「サイコパスの性向がある人物がすべて犯罪に手を染めるとはかぎらない。サディズムなどを同時に嗜好する必要がある」ハーディングがいった。「成功したサイコパスも存在する。外科医、俳優、警官、弁護士、あるいは指導的立場の人間によく見られるものだ。そういう人間は、他の人間だったら気が動転してしまうような危機的状況でも、沈着冷静に問題に対処できる。その上、サイコパスは他人の弱点を即座に把握し、相手のルールを守って動ける。多くの仕事で、この性格は成功の前提だ。カナダの犯罪心理学者ロバート・ヘアーが、人事担当者は支配的で人を扇動できるサイコパスの行動を高い指導力と錯覚しがちだといっている」

「クラース・レーカーは子どもの頃、里子仲間を拷問にかけていたそうです」ピアがいった。「冷凍ストッカーに閉じ込めたり、水を張ったバスタブに沈めたり、寝込みを襲って頭からビニール袋をかぶせたり。養母からそういう折檻《せっかん》を受けて、それを真似たらしいのです」

「難しい社会環境に置かれていたようです。ライフェンラート夫妻が引き取った子はすべてそうでしたが」オリヴァーはそう付け加えた。「レーカーは異常に攻撃的だったため、孤児院やさまざまな里親家族をたらいまわしにされました。里子仲間は彼を恐れていたようです」

「危険なサイコパスの古典的な形成過程を辿ったようだな」ハーディングがいった。「感情的に放置されたり、虐待されたりするのは非常に強いトラウマになる。三歳以前の子どもの場合はとくにそうだ。そうした体験が脳の形態に変化をもたらす。たとえばパーソナリティを司り、感情の制御を担うとされる大脳皮質の前頭葉に」

三人は軽食をすますと、車に向かった。

エンゲル署長の秘書はマイン＝タウヌス・センターにあるドリント・ホテルをハーディングのために予約していた。しかしハーディングから被害者についてもっと知りたいといわれ、オリヴァーはヴィースバーデン方面に向けて高速道路六六号線を走った。マイン＝タウヌス・センターのそばを通ったあと、ピアは今までの癖《くせ》でつい右を向いた。白樺農場《ビルケンホーフ》に変わりはなかった。小さな馬場と白い柵に囲まれた放牧地を見て、少し切なくなった。

「デュッセルドルフの近くに住んでいた四十二歳の女性。マンハイムに住んでいた二十一歳の女性。メルフェルデン＝ヴァルドルフに住んでいた三十二歳の女性」オリヴァーは被害者を数えあげた。「共通点がわからないのです。母の日の前日に犯人と偶然遭遇したために被害者になったのかもしれません」

「今のところ全員が女性だという以外、共通点はないね」ハーディングがいった。「しかしなにかパターンがあるはずだ。犯人は被害者を選びだしているように思う。被害者学の基本法則によれば、期間が短く、表面的であっても、犯人と被害者はたいていの場合、顔見知りだ。被害者の遺族と話したかね？」

「まだです」ピアは白樺農場《ビルケンホーフ》への思いを振り払った。

「早く話を聞かなくては。被害者について可能なかぎり情報が欲しい」

「犬のケージで発見された被害者の事件簿は入手しています」オリヴァーはウィンカーをだして、ホーフハイム北の出口に向かった。「未解決殺人事件のデータベースで検索した同種の事件について意見を伺いたいのです。わたしたちは同一犯の手口とにらんでいますが、あなたの判断を仰ぎたい」

刑事警察署の門の前に、地元放送局の中継車が止まっていた。他の事件や記者会見でピアやオリヴァーとも顔見知りのリポーターが数人いる。なにか新しいニュースか、なんらかのコメントを期待しているようだ。オリヴァーはリポーターたちの方へゆっくりと車をすすめた。オリヴァーが首を横に振るのを見ると、リポーターたちはがっかりして脇にどいた。午後六時二十分、三人は署の手荷物検査所を通った。

「エンゲル署長が会いたがっています」玄関の防弾ガラスの向こうにいた警官がそういって、ドアの解錠ボタンを押した。

「わかった。ありがとう」ピアはうなずいた。キムはまだピアのメッセージを聞いていないようだった。エンゲル署長なら、キムがどこにいて、なぜ電話に出ないのか知っているかもしれない。二階へ上がる途中、ピアはハーディングに署長のことを話した。

「署長は人間の評価や決定をもっぱら戦術的な視点からします」そういってから、ピアはハーディングがキムとエンゲル署長の関係を知っているかどうか気になった。「署長は警官というより政治家です。親しく接していても、プレッシャーをかけてくることがあります」

「まるでＦＢＩの上層部のようだね」ハーディングは淡々といった。「ご心配なく。四十年にわたって懐疑的な声や逆風を浴びせられてきたから」

「それなら安心です」ピアは肩で防火扉を押し開けた。「とにかくこっちが引いたら負けです」

＊

署長はすでにドアを開けて待っていた。ハーディングを諸手《もろて》を挙げて歓迎したので、ピアは早くもうさんくさく感じた。

「早々に来てくださって感謝します」署長は三人が入ると、革張りのドアを閉めた。「あなたといっしょに仕事ができることは大変な名誉です。もちろん内務省には懐疑的な意見もあります。州刑事局の事件分析官に任せればいいというわけです。しかし無理を通しました。というわけで、強調しておきますが、わたしたちは厳しい目にさらされています」

「といいますと？」こういう展開を危惧《きぐ》していたピアがいった。

「事件の早期解決が求められているのよ」

「だからハーディング氏に協力を求めたんじゃないか」オリヴァーがいった。

「そのことをあまり外部に漏らしたくないのよ」署長が答えた。社交辞令は姿を消し、意志の強さが前面に出てきた。「ハーディングさんのことは内務省と警察本部のごく一部の者しか知らないことなの。事件分析課を無視したことを州刑事局が知ったら、へそを曲げるでしょう」

「わたしは気にしません」ハーディングはあいそよく微笑んだ。「わたしには功名心などありませんし、地元の専門家が加わっても一向にかまいません。わたしはいつも地元警察と緊密に連絡を取りあいます。捜査で張りあうのは意味がありません。大切なのはチームワークです。自分の役割をわきまえてベストを尽くすのみです」

署長は見下すような目でハーディングを見た。ハーディングがそういうのなら、内務省の要求を入れて、州刑事局の事件分析官も呼ぶべきか思案しているようだ。だがピアの知るかぎり、署長はそうしたくないだろう。署長は自分の手柄にしたいのだ。よくも悪くも、署長はメディアで話題を呼ぶ事件だと気づいている。

「いいでしょう」署長はいった。「ではよろしく。成功を祈ります。フォン・ボーデンシュタインとザンダー、三人だけで話があるんだけど」

ハーディングはうなずいて、署長室から出た。

「あの人は今回の事件についてどこまで知っているの？」三人だけになると、署長がたずねた。

「わたしたちが知っていることはすべて伝えた」オリヴァーは答えた。「信じられないほどすぐに状況を把握した……」

「そうでしょうとも」署長が掌《てのひら》を向けて、オリヴァーを黙らせた。「でも今さらあの人にいられても、余計なことに思えるんだけど。昨日もいったけど、事件はもう解決したも同然なんだから」

「なんですって？」ピアとオリヴァーは異口同音にいった。

「犯人はわかっているし、もう死んでるじゃない。だから訴追には至らない。被害者の身元もわかったから、遺族に報告できる」

ピアは耳を疑った。

「テオ・ライフェンラートが犯人とは思えないのですが」ピアは反論した。「昨日説明したはずよ……」

「若い女性を組み伏すには歳を取りすぎているというだけでは根拠に乏《とぼ》しいわね」署長は眉を吊りあげてピアを見た。「あなたの有名な第六感なんでしょう」

傲慢《ごうまん》な言い方に、ピアは頭に血が上った。エンゲル署長とはしばらくうまくいっていたが、この数週間、底意地の悪さが戻っている。なぜだろう。自分に咎《とが》があるとは思えない。

「今朝、一九八八年と二〇一二年の未解決殺人事件も、わたしたちの犯人と手口が一致することが判明しています」ピアは答えた。「仮に犯人がライフェンラートだったとしても、ひとりで犯行に及んだとは思えないので、協力者か共犯がいて、今も新しい獲物を探している可能性があります。この連続殺人はまだ終わっていません」

「フリチョフ・ライフェンラートがこの件にどう絡《から》んでいるか説明してもらえるかしら？」そうたずねて、エンゲル署長はピアをじろっとにらんだ。

「彼は亡くなったテオ・ライフェンラートのたったひとりの血縁者だ」オリヴァーがピアの代わりにいった。

「嫌疑がかかっているの？」

「なんともいえません」

「今日、内務大臣本人から電話があったのよ」これがエンゲル署長の本題だったのだ。「ライフェンラートは自分から出頭し、質問に答えたのに、犯罪者扱いされた、と内務大臣に訴えている。犯罪歴検索システムで事情聴取の記録を読んだけど、わたしも同意見だわ。ライフェンラートは指紋を採られてひどく困惑している。本当に必要だったの、ザンダー？」

「もちろんです」ピアは署長の鋭いまなざしにさらされた。以前は自信がぐらついたが、今はなんとも感じない。「ライフェンラートは正直に答えていませんでした。彼の話は随所で、里子の証言と食い違っていたのです。祖母の殺害に関わった可能性があります。いくつか根拠があります。できればパスポートを押収して、国外に出られないようにしたいくらいです」

「あなた、正気？」署長が声を荒らげた。「あの人は州政府や連邦政府に太いパイプがある！嫌疑が間違いだったら、上司であるわたしの首が飛ぶのよ！」

「わたしたちの読みが正しかったらどうしますか？　ライフェンラートはイギリスに住居があります。家族はそっちで暮らしています。逃亡と証拠隠滅の恐れがあります」

「あなたの意見は？」署長は救いを求めるようにオリヴァーを見つめた。

だがオリヴァーはこう答えた。

「ザンダーと同じ意見だ。わたしたちは捜査官であって、政治家じゃない。テオ・ライフェンラートが殺人に責任を負っていると判明しないかぎり、捜査をつづける」

エンゲル署長はオリヴァーからピアに視線を移し、ため息をついて手で払った。

「こっちの気も知らないで！　いいわ、したいようにしなさい。それじゃ、仕事に戻って」

オリヴァーがドアに向かって歩きだすと、ピアはいった。

「ふたりだけで少し話せますか？」

「どうしてもというなら」署長は自分のデスクに歩いていった。「でも短めにして。電話をかけるところがあるから」

ピアはオリヴァーが出ていくのを待った。

「内務大臣とですか？」ピアはたずねた。

「だれだっていいでしょう」エンゲル署長は冷ややかに答えた。「それで、なんの用かしら？」

「今日の午後からキムに連絡を取ろうとしているんですが、スマートフォンの電源を切っていて、わたしのメッセージを聞いていないようなんです」

「あら、そう」エンゲル署長はデスクに載っているファイルの山を片付けはじめた。

「クラース・レーカーの精神鑑定をしたのはキムなんです。その鑑定を元に裁判所は措置入院の決定を下しました。ハーディングはその鑑定書を読みたがると思うのですが、開示の決定がなければ地方裁判所は裁判記録を閲覧させてくれないでしょう」

「わたしにその手配をしろというの？」

「いいえ、違います。それは自分でやります。ただキムの居場所をご存じかなと思いまして」

署長と妹の関係に触れるのは、署長のプライバシーに踏み込むことになるので、ピアはこれまで口にすることがなかった。

エンゲル署長はピアを見つめた。その目つきからは、なにを考えているか推し量れなかった。デスクの電話が鳴ると、署長は受話器を取って、すぐにまた置いた。

「あなたの妹がどこにいるか、わたしは知らない。おあいにくさま」署長は押し殺した声でそういった。「わたしたちは別々の道を行くことにしたのよ」

「あら、それは……なんていったらいいか……残念です」ピアは口ごもった。「ぜんぜん知りませんでした」

「なんならわたしが裁判記録の開示申請をだしておくけど」署長はピアの言葉を無視した。

「他にもなにかあるのかしら？」

「いいえ……ありがとうございます」ピアは首を横に振った。「以上です」

エンゲル署長はよくここで呼び止めるのに、それもないまま、ピアは署長室をあとにした。自分でも驚くほど腹立たしくて仕方がなかった。どうして秘密めかしたりするのだろう。関係は長年つづいたのだから、妹に対してなにかいう言葉があるだろうに。それにニコラ・エンゲルはピアのボスで、そのせいで何度も緊張を強いられてきた。キムはこれを痛烈な敗北と捉えて話したくないのか、ピアが知ろうが知るまいが気にしていないかのどちらかだ。妹の性格をよく知るピアとしては、後者だろうとにらんだ。だがキムがどういうつもりでいようが、かまうものか。

フランクフルト、二〇一七年四月十五日（聖土曜日）

マルティーナ・ジーベルトがかつての親友に与えた期限から一時間半が過ぎた夜の八時半、スマートフォンが鳴った。ディスプレイには発信者不明と出ていた。発信者不明は、固定電話からかけてくる母親と決まっていた。ジーベルトはスーツケースに入れようとしていた服をベッドに置いて、電話に出た。

「もしもし、母さん！」

「わたしよ。カータ」

友だちの声を聞くのは二十数年ぶりだ。まったく変わっていない。一瞬うれしくなったが、メールに応答がなかったことを思いだした。

「ひさしぶり」ジーベルトは冷ややかに応えた。「電話をくれてありがとう」

「あなたが書いてきたことが信じられないんだけど」

「彼女が目の前にあらわれたときはびっくりしたわ」ジーベルトはカータがいったことがなにを指しているかわかっていないふりをした。

「わたしがあきれているのは、あなたの最後通告よ！　あのことは他言しないと約束したはずでしょ？」

怒りがふつふつとこみあげ、ジーベルトは気持ちを抑えるのにひと苦労した。ここでカータと喧嘩になってもはじまらない。スペインへ飛ぶ前に問題を解決しておかなければ。

「約束は守ってきたわ」ジーベルトは静かな声でいった。「まさか彼女が目の前にあらわれるなんて思わなかったのよ。彼女から脅されなければ、適当にごまかしたんだけど。あと半月で、わたしは新しい仕事につくの。キャリアに傷がつくのは困る」

「なによ、それ。自分のことばっかり！」きつい言い方だ。

「それはそうでしょう！　わたしだってエゴイストになるわよ！　彼女はわたしを医師会の倫理委員会に訴えて、マスコミに発表するといっている。あの子ならやると思う。はじめに思った以上に、彼女はあなたに似ている」

「会う気はないわ」カータはすげなかった。

「どうして？　いい子に育ったわよ。美人だった！　母親と思っていた女性が亡くなって、真相を明かす手記を遺していたらしい。わたしの名前も含めてね！　フィオーナは親がだれなのか知りたいだけなのよ！　あなたになにも求めていない。裕福らしいし。チューリヒの家とかなりの財産を相続したらしいわ。彼女はあなたに会いたいだけなの」

「わたしの望みはどうなるわけ」

「カータ！　妊娠した事情なんて、もうどうでもいいじゃない。二十三年も前の話なんだから！」

「知らないから、そんなことがいえるのよ！」

「知らないわ！　わたしに話す必要を感じなかったからでしょ！」

カータは答えなかった。電話を切ったのだろうか、とジーベルトが思ったとき、カータが小さな声で話をつづけた。

「あれはわたしの人生最悪の夜だった。ここまでになるのに何年もかかったのよ、マルティーナ！　どれだけ苦労したかわかる？　今会ったら……古傷がまたひらいてしまう」

以前なら、カータがこういう言い方をすれば、同情し、納得したものだ。しかし今は、カータがどんなに泣きつこうと、ジーベルトの心に築かれた鋼の壁がはねかえしてしまう。相手のやさしさにつけ込む人間から身を守るための壁。それを築くためにどれだけ努力し、自制心を働かせてきたことか。これまでカータの同類にさんざん出会い、親切心とやさしい心につけ込まれてきた。

「あなたが苦境に立っていたとき、わたしは助けてあげた」ジーベルトは淡々といった。「あなたが親友だったから、なにも訊かなかった。いつか話してくれると思っていた。それなのに、あなたは一方的にわたしとの縁《えん》を切った。まるでわたしに責任があるみたいに」

「セラピストにアドバイスされたのよ、マルティーナ！　わたしはトラウマを抱えていた！なんとかして生き延びるしかなかったの……」

「それでも連絡くらいよこすべきだった」ジーベルトはカータの言葉をさえぎった。「あなたには心底失望した。だからあなたの古傷がひらこうが、かまっていられない。フィオーナにあなたの名前とメールアドレスを教える。彼女にそう約束したから。あの子にはどういう状況で自分が誕生したかなんて関係ない！　これはあなたの問題で、あなたに責任があるのよ、カータ。逃げないで、彼女と向きあうべきね」

「ちくしょう。地獄に落ちろ！」カータが怒鳴った。そして通話は切れた。

「馬鹿な奴！」ジーベルトもかっとして怒鳴った。スマートフォンを壁に投げつけたくなるほどカータと自分に腹が立った。だが理性が思いとどまらせた。明日、スペインに飛ぶ。新しいスマートフォンを買う暇はない。

「だれが馬鹿な奴なんだい？」背後で声がして、ジーベルトは振り返った。

「大昔の話よ。それが何十年もたって蒸し返されたの。わたしの旧友のカータを覚えているでしょう？」

「ああ、もちろんだ。彼女がどうしたんだい？」

「信じられない話なの！」ジーベルトはそのことを夫に話したことがなかった。結婚前の話だったからだ。カータにああまでいわれて、黙っている理由を感じなくなっていた。胸のつかえをなくすいい機会だ！ジーベルトはスマートフォンをベッドに投げた。「どこで話す？」

「まず荷造りをすませたらどうだ」夫はいった。「そのあとワインでも飲みながら話してくれ」

「それはいい考えね！」ジーベルトは微笑んだ。

＊

帰宅の途中、ピアはどうしてフリチョフの名を知っているのか思いだした。キムはギムナジウムの終わりからフランクフルト大学で医学を学びはじめた最初の一学期まで、そういう名前の青年とくっついたり別れたりの繰り返しという不幸な体験をした。キムはその青年を家族に紹介せずに終わった。まさかあのとき付き合ったのがフリチョフ・ライフェンラートなのだろうか。ピアはフリチョフの略歴を反芻《はんすう》し、キムと出会った可能性を考えた。それから路肩に車を止めて、スマートフォンをだした。キムからの連絡はなかった。ピアはリダイアルボタンを押したが、また留守番電話になったので、メールを送信した。

ピアはまた車線に入ると、ハンズフリーで母親に電話をかけた。会話はいつものように小言を聞かされるところからはじまった。ピアがなかなか電話をかけてこないというのだ。ピアは無愛想にならないように気をつけた。

「ええ、わたしはちゃんと生きてる。母さんは元気？」

「まあまあよ。でも背中が……。それにしても、電話をかけてこないっていうのは」

「忙しいのよ。先週、引っ越しをしたし」

「ああ、そうだったわね。あのすてきな農場を手放すなんてもったいないわ。お父さんもそういってる。あそこを訪ねるのが好きだった」

ピアは目を丸くした。この十二年間で両親が白樺農場《ビルケンホーフ》に来たのはたったの三回だ。わずか十五キロしか離れていないというのに。

「何ごとにも終わりがあるものよ。それより母さん、聞きたいことがあるんだけど。キムがフリッツだかフリチョフだかいう人と付き合っていたのを覚えてる？」

「なんでそんなことが知りたいの？　本人に訊いたら？」

ピアはそう訊き返されるとわかっていた。母親はなかなか答えてくれない。質問はいつも繰り返す必要がある。

「連絡が取れないのよ。その人の父親が亡くなったの。キムがその人を知っているかもしないと思って」

「キムは恋人を紹介してくれたことなんて一度もないわ」母親がつっけんどんに答えた。

「じゃあ、学校時代の女友だちをだれか知らない？」

「なんでそんなことを訊くの？　なにかあったの？」

「なにもないわよ、母さん！」

「まあいいわ……女友だちは多くなかったわね。あんたと全然違ってた。小さい頃の友だちといえばザビーネでしょう。小さな赤毛の子。基礎学校時代ずっと友だちだった。そのあとはダニエラね。いっしょにハンドボールをやってた。キムはラースやあなたと違って、誕生日パーティもしたがらなかった。招待できる子がいなかったからよ。ちょっと待って。フィッシュバッハに住んでいた子はなんという名前だったかしら。大学に進学してから、フランクフルトでルームシェアした子。覚えてる？　小柄でかわいらしい子。髪はブルネット。その子も医学を専攻していた」

「覚えはないわ」キムが大学入学資格試験を受ける前に、ピアは家を出て、ひとり暮らしをはじめていた。一九八七年に両親がバート・ゾーデンからヴィースバーデンのイグシュタット地区に引っ越したため、そこからフランクフルト大学に通う気になれなかったのだ。ピアは家賃を払うためにいろいろなアルバイトをし、それからしばらくしてヘニングと知りあった。「その子も同じ学校？」

「そうよ。キムはケルクハイムの学校に転校して大学入学資格試験を受けたのよ」

ピアは妹が成績評価を上げるためにそれほど難関でない学校に転校したことを思いだした。

そしてキムは最優秀生として、難なく医学部生になった。

「そうだったわね」

「ちょっと待って。名前が喉元まで出かかってるの……ええと……。親はケルクハイムで家具店を経営してた……。名前が短かったことは覚えてるんだけど。キムは大学入学資格試験のあと、その子と半年間アジアを旅したのよね！　ごめんなさい。思いだせない」

キムが東南アジアをバックパック旅行したことはかすかに記憶しているが、いっしょに旅した子のことは覚えがない。当時はフランスで知りあった男にストーカー行為を受け、自分の住居で暴行されるという人生最悪のときだった。法学の勉強をやめて警察にすすんだことを親から認められず、ヘニング・キルヒホフのこともだれひとり関心を持たなかったため、ピアは家族と疎遠になっていた。表面的ではあれ、ふたたび両親と話をするようになったのは、両親が老けて、時間が傷を癒《いや》してくれたからにほかならない。ピアは母親に礼をいうと、父親によろしくといって電話を切った。

一九九六年五月十一日

計画にほぼ一年を要した。あともう少しだ！　事前に考えたとおりにことがすすめば、いい気分を味わえるだろう。四人目の標的はこれまでで一番年齢が高い。かなり用心深く、最初の三人ほど簡単には警戒を解かなかった。おかげで、わくわくするゲームになった。計略を練りに練り、起こりそうな問題を計算に入れた。女が美人でないので、甘い言葉をかけられることに慣れていないことも考慮した。俺はなんて利口なんだろう。めちゃくちゃ利口だ。すべてやり遂げたら、自分を誉めてやりたい！

女は今、俺の足下の草むらに横たわっている。後悔する時間はもうないと理解したようだ。時間に余裕があれば、もうしばらくドライブを楽しむんだが。ドライブはしびれる。女が死ぬ瞬間とはぜんぜん違う感覚を味わえることがわかった。女が怯えているのがよくわかる。怯えが車に染みわたり、俺の皮膚や髪に絡みつく。恐怖心はにおいもすれば、味もする。それを堪能できるのだ。

ドライブは三時間に及んだ。一分一秒が至福の時だった。女のために丸一日、時間を空けておいた。しておかなければならないことはすべて実行した。だから今は気持ちが落ち着いている。

日が暮れはじめた。女の目を見るには、明るくないといけない。俺は靴とズボン、次にシャツと肌着を脱いでから、女にかがみ込む。女はめそめそ泣いている。猿ぐつわをかませているので、悲鳴はくぐもってしか聞こえない。女は身をよじってもがいているが、もちろん動けるわけがない。今度の新しいラップフィルムは頑丈だ。今まで使っていたものより接着力が強い。水に浸ければ、浮力で女は軽くなるだろう。鋭い葦《あし》の茎でラップフィルムが破けないように気をつけなければ。鼓動が高鳴る。汗が噴きだす。

緊張して、筋肉が痙攣《けいれん》しだした。それでいい。足が軟らかい泥を感じる。水温ははじめて人を殺したときと同じで、思いのほか低い。期待で胸がふくらむ。もうすぐだ。あと数分、それで計画は達成する。これから味わえる安堵感と解放感が今から楽しみで、涙が出そうだ。女が死ぬところは、何度見ても見飽きない。

六日目

二〇一七年四月二十三日（日曜日）

一階の警備室の裏にあるめったに使われない待機室が一日で特捜班本部に早変わりした。デスク、電話、コンピュータ、プリンター、ファックスが次々と運び込まれ、壁にはホワイトボードが数枚かけられ、そのあいだには、どうやったのか知らないが、カイが予算をぶんどった最新式のビデオマトリックスシステムの大型モニターと関連機器が設置されている。

ピアが八時半に足を踏み入れると、すでにそこは人でごったがえしていた。カイが「母の日」と名付けた事件の特捜班にすすんで参加した他の課の捜査官たちが昨日から、手がかりを求めてライフェンラート邸から押収した証拠品を洗っている。すでにいくつかパズルのピースがつながった。本当の手がかりに辿《たど》り着くなにかがその膨大な情報の中に隠れているのだ。今日は日曜日だというのに、みんな、仕事にかかりきりだ。

ハーディングはコーヒーカップを片手にホワイトボードの前に立ち、ピントの甘いテオ・ライフェンラートの写真を見つめていた。マンモルスハイン小動物飼育協会のウェブページにあった過去ログからターリクが見つけだし、ホワイトボードに貼りつけたものだ。その横には被害者と死体発見場所が記載され、死体の写真も貼ってあった。

「怪物には見えないですね」ピアはハーディングの横に立った。

「外見なんてそんなものだ」ハーディングがピアの方を向いた。「悪は見た目ではわからない」

カイがターリクを従えて入ってくると、そのままコンピュータの前に陣取った。顔つきから見て悪い知らせがあるな、とピアは思った。

「暴力犯罪連携分析システムでまた一件ヒットした」カイはあいさつもせずにそういった。

「ニーナ・マスタレルツ、二十三歳、ポーランド国籍、バンベルクに住んでいた。最後に彼女が目撃されたのは、二〇一三年五月十一日。その数日後、行方不明者届がだされた」

「ちょっと待って」オリヴァーとケムが入ってくるのを見て、ピアは手招きした。ターリクも加わった。カイはつづきを話した。

「司法解剖所見はフランス語で書かれている。被害者は二〇一三年六月にサン＝タヴォル付近の国境線のフランス側の森で発見された。まだ凍結している状態だった」

「ということは、遺棄されてからまだ時間が経っていなかったということか」ケムがいった。

「ラップフィルムにくるまれていたのか？」オリヴァーがたずねた。

「ええ」カイはうなずいた。「衣服はすべて身につけていて、虐待や拷問の痕跡はなし。他の被害者と同じです。死因はわかりますよね？」

「溺死《できし》」

「そのとおり。彼女の車ゴルフはすでに五月二十一日、バンベルクのビジネスパークで発見されていました。鍵がかかっていて、トランクにバッグがありました。車のキーは消えていました」

「どう思いますか、ハーディング？」オリヴァーはたずねた。

「わたしたちが追っている犯人の被害者に間違いない。手口が非常に特殊だ。昨夜、目を通した他の事件と酷似している」

ピアは、ケムが懐疑的なまなざしでハーディングを見ていることに気づいた。

「これで被害者は七人になりますね」ピアはいった。「一九八八年から二〇一四年までで二十六年になる！　これ以上出てきてほしくないわ」

「おはよう！」エンゲル署長が九時ちょうどにあらわれた。警視総監と刑事警察署付保安警察隊指揮官を伴っていた。「はじめられるかしら？」

全員がすわろうとしたが、頭数が多すぎて、数人が立ったままか、机に腰かけるほかなかった。

「現状について詳しくはフォン・ボーデンシュタインとザンダーに説明してもらいます」エンゲル署長がさっそく口火を切った。「その前に犯罪心理学者でプロファイラーのデーヴィッド・ハーディング氏をみなさんに紹介しましょう。アドバイザーとして協力してもらいます。長年ＦＢＩに勤務し、かの行動分析課を立ちあげた方です」

ほとんどの捜査官がすでに昨日、ハーディングと顔を合わせていた。それでも肘《ひじ》をつく者や、好奇の目や批判的な目を向ける者がいた。

「ザンダー、フォン・ボーデンシュタイン、よろしく！」署長が主人然として合図を送ると、ふたりが前に立った。

「犯人がすでに死んでいるのなら、プロファイラーに来てもらっても今さらじゃないですか？」詐欺横領課のトルステン・ニッケル首席警部がいった。

「テオ・ライフェンラートがわたしたちの追っている連続殺人犯かどうかあやしいからです」ピアが答えた。

「なぜですか？　死体は彼が所有する敷地から出たのでしょう？」

ピアはテオ・ライフェンラートがなぜ犯人と思えないか簡潔に説明し、これまでに判明したことをまとめて報告した。

「一九八八年から二〇一四年のあいだに犠牲者が七人いることがわかりました。もちろんこれですべてだという意味ではありません。テオ・ライフェンラートが犯人でなければ、犯行はこれからもつづくと見た方がいいでしょう」

「ライフェンラート夫妻は三十年近く里子を引き取っていた」今度はオリヴァーが発言した。「子ども時代を孤児院で過ごす恐れにさらされ、例外なくトラウマを抱えた難しい児童だった。里子だった女性の証言によると、テオの妻リタ・ライフェンラートは子どもを気分で虐待していた。水を張ったバスタブに沈めたり、冷凍ストッカーや井戸に閉じ込めたりした。ちなみにその井戸からリタ・ライフェンラートの白骨死体が見つかっている」

みんな、騒然となり、ひそひそしゃべる声がした。

「今のところ犯人は元里子のだれかか、その周辺の人間だとにらんでいます」ピアはいった。

「犯行の手口から、犯人はリタによる折檻《せっかん》に苦しんでいたと考えられるからです」

「それから被害者が行方不明になった年月日が重要な手掛かりになる」オリヴァーがそのあとを引き取った。「被害者は全員、母の日かその前日に消息を絶っている。次の母の日まであと三週間。犯人はすでに次の被害者に狙いを絞っていると思われる」

その場にいる全員がこのときはじめて、それがなにを意味するか悟った。この事件は三年前のゼール事件とは違う。解明しなければならないのは過去の事件ではなく、二十九年前に始まりまだ終わっていない連続殺人事件なのだ。

「これからどうするんだね？」警視総監がたずねた。

「それはハーディング氏から説明してもらおうと思います」そういうと、ピアはプロファイラーにうなずいた。ハーディングが腰を上げて、前に出てきた。

「簡単に自己紹介しよう。デーヴィッド・ハーディングという。軍隊時代は憲兵で、その後大学で心理学を専攻し、FBIに入った。わたしが立ちあげた行動分析課は当初、過去二十五年間に逮捕された百人以上のシリアルキラーにインタビューをした。このインタビューから得た知見が行動に基づく犯人捜索の重要な基盤となった。プロファイラーが最初に追究するのは犯人本人ではない。犯人を追うのは警察の本分だが、プロファイラーは犯人の行動を探る。シリアルキラーの場合、犯行に明らかな類似点があり、それが犯人へと導く」

「どういうことですか？」ニッケル首席警部がたずねた。

「犯人は繰り返し同じ行動をとる」ハーディングは答えた。「たとえば母の日。あるいは被害者をラップフィルムにくるんで冷凍し、被害者の車を施錠して置き去りにするとか。犯人はおそらく車のキーを戦利品として持ち帰ったのだろう」

「わかりました。ありがとう」

「まず殺人犯の行動パターンから、彼が無意識に残したメッセージを読み解く。犯人の行動がどういう欲求を満たしているのか？　どのような儀式をしているのか？　いかなる動機で行動しているのか？　注目すべきなのは被害者たちだ。そこから犯人が計画的か無計画か見極めることができる。犯行の際に見せる行動は犯人の日常を反映している。だから犯人の行動パターンを見つけだせば、それが犯人の日常生活を知る手がかりになる」

大きな部屋が死んだように静まりかえった。みんな、ハーディングの話を夢中で聞いていた。すでにプロファイラーといっしょに働いた者もいるが、プロファイラーの役割をこれほど具体的に聞いたのははじめてだった。三ぞろいのスーツに口ひげを生やし、頭の禿《は》げたハーディングは最新式のコンピュータの中でいかにも時代遅れの人間に見えたが、その説明はその場にいた全員を虜《とりこ》にした。数分ごとに腕時計を確認していた警視総監やエンゲル署長、そして懐疑的だったケムまでじっと聞き入った。

「プロファイラーは犯人の過去から現在の生活における一定の行動様式や徴候を探る。しかし多くの人間が子ども時代に似たような体験をしながら、連続殺人犯になるとはかぎらないことを忘れてはいけない。たいていの人間は心の傷とうまく折りあいをつけるものなのだ。しかしながら、わたしたちが追っている人間はきわめて危険なサイコパスといえる。こういうタイプの人間は肉食獣と呼んでもいいだろう。肉食獣のパーソナリティはその反社会性にある。自分勝手で、目的のためならどんなこともいとわない。そのせいでだれかに損害が及ぼうが気にもしない。良心の呵責《かしゃく》などなく、残虐で容赦がない」

ピアは、アーニャ・マンタイが昨日フリチョフ・ライフェンラートを特徴づけた言葉を思いだした。怖いものなしで、クールで、向こう見ず。人を操るのが得意で、いつでも自分がしたいことをした。

ハーディングは右に左に歩きはじめた。まるで授業をしている教師のようだ。彼のよく通る声が静寂に包まれた部屋に響き渡った。

「今回の事件では一見すると殺人犯と被害者に接点がないように思われる。そういう場合、従来の捜査手法では歯が立たないことはよくご存じだろう。しかしながら、わたしは犯人と被害者が顔見知りだったと確信している。前からの知り合いではないし、濃密な付き合いでもなかっただろう。しかしなんらかの接触があったはずだ。被害者の身元に関心がなく、手当たり次第に殺害する大量殺人犯と違い、連続殺人犯は被害者を周到に選ぶ。したがって犯人と被害者の関係の調査、つまり被害者学はプロファイルのきわめて重要な構成要素となる。わたしたちが問わねばならないのは、被害者がなにをしていたかだ。被害者にとって重要なものはなんだったのか？　犯人との接点はどうやって生まれたのか？　被害者のなにが犯人の関心を呼んだのか？」

ハーディングは短い間を置いて、言葉がみんなに染み込むのを待ち、それからまた話しだした。

「今回の事件では被害者に共通点が見つからない。全員が女性である以外、年齢も外見も出身地も職業も異なる。だが被害者をつなぐなにかがあるはずだ。犯人の関心を呼ぶなにかが」

ハーディングは立ち止まって、みんなを見まわし、両手を後ろで組んだ。

「質問はあるかな?」

「犯人と被害者が顔見知りだったという根拠は?」性犯罪課のドニャーナ・イェンゼン上級警部が質問した。「ほとんどの連続殺人は性的なものが動機ではないですか。だとすれば、被害者を場当たり的に選んだとも考えられませんか?」

「一般的な連続殺人犯の動機ということなら、あなたのいうとおりだ。しかしわたしたちの犯人は性犯罪者ではない。性的な動機による殺人はゆがんだ快楽を満たすことにある。だが次の殺人まで特定の日付を待つというのは、性的な動機を持つ殺人犯のパターンではない。わたしたちが捜している男は、計画どおりに行動する者だ。頭のいかれた人間ではない。彼は自分の行動を周到に計画し、手がかりを残さないように注意している。被害者を事前に決めた場所へ運び、そこで殺害している。だが体を切り刻んだり、性的虐待を加えたりしていない。きわめて自制心があり、高い知性を持つ完璧主義者といえる。彼の行為の本質的な要素は力を行使することと、被害者をサディスティックに支配することにある。それはたとえば被害者をラップフィルムにくるんで、抵抗できなくするところからもわかる」

ハーディングは一瞬、口をつぐんだ。

「わたしが考えるに、おそらくわたしたちが知る最も危険な連続殺人犯が相手だろう。彼は自分に使命を課している。彼の目からすると、罰せられ、滅ぼされるべきある特定の人間たちを狙っている。わたしたちが犯人を見つけられる唯一の鍵は被害者だ。だからまず被害者を調べたい！」

フランクフルト、二〇一七年四月十六日（復活祭の日曜日）

ホテルのフロントでもらった観光客用パンフレットを見て、フィオーナは復活祭が近いことを思いだしていた。フランクフルトじゅうの教会が三十分にわたって鐘を鳴らす聖土曜日のシュタットゲロイトは聞き逃したが、もうしばらくフランクフルトに滞在するなら、次の週末にチューリヒでおこなわれる春祭り、ゼクセロイテンを逃すかもしれない。せめて大聖堂の復活祭の典礼くらいは出ておこう、とフィオーナは思った。もう長いこと教会に行っていない。愛すべき神と対話したいという欲求を覚えていた。

フィオーナは朝食のあと、町に出た。すでにフランクフルトの町に明るくなっていた。金融街の手前で右へ行き、マイン川岸に沿って鉄の橋まで散歩した。

空は曇っていたが、気温は穏やかで、多くの人がフィオーナと同じことを考えたようだ。このときフランクフルトがゲーテの生誕地であることを思いだした。フィオーナは学校で覚えさせられたゲーテの詩を思いだそうとした。

「春の日差しに川の氷は解け」フィオーナはつぶやいた。『ファウスト』を書いたときにゲーテが見たのと同じ川を眼前にしているかと思うと、心が躍った。「谷は歓喜にあふれて萌えだし、老いた冬は衰えて、枯れ山に引っこむ」

大聖堂の鐘が鳴りだした。フィオーナは歩調を速めた。見知らぬ人たちが微笑《ほほえ》んでくる。フィオーナも笑みを返した。心の重荷や不安が消えた。大聖堂に通じる狭い路地を歩いていると、過去と折り合いをつけ、前向きにならなくてはと思った。

「神様、明日の朝になってもなんの連絡もなければ、家に帰ります」フィオーナはささやいた。

復活祭の典礼が終わると、フィオーナはそぞろ歩きしながらホテルに戻った。町に抱かれているような気がして、敵意や疎外感を感じなくなっていた。

人間は挑戦することで成長する。フィオーナは生まれてからずっと未知のものに恐れをなし、冒険してこなかった。異国のよく知らない町にひとりでいるなんて、以前なら考えられないことだ。それでも臆病なウサギのように客室に閉じこもり、ホテルを出るのは隣の小さなスーパーで食べものや本やタバコや飲みものを調達するときだけだった。そして数分ごとにメールのチェックを怠らなかった。ジーベルト医師からメールが来るかもしれないからだ。医師から連絡がなかった場合のプランBなど、端から頭の中になかった。ジーベルト医師はあれが口からでまかせだと見抜いたのかもしれない。それとも、関心などないのだろうか。夜中に新生児を知らない人のところへ持っていくような人間だ。きっと本当に冷酷なのだ。

客室のドアを閉めると、フィオーナはブーツを脱いで、ワードローブに上着をかけた。そのままベッドにすわると、スマートフォンをホテルの無線LANに接続した。メールの受信を意味するシュッという音がした。フィオーナは、送信者の名を見てどきっとした。ドクター・ジーベルトからのメールだ。件名にはひとこと「連絡先」とある！　フィオーナは指がふるえ、喉がからからに渇いた。メールをひらいて、短い文面に目を通した。うれしさと安堵で目に涙があふれた。

「ありがとう、神様！　ありがとう！」フィオーナは仰向けになって、深いため息をついた。フェルディナント・フィッシャーと話してからずっとわからないことだらけで心が苦しかった。もうすぐそれも終わる。

＊

特捜班では分担が割り振られた。捜査官の半数は被害者に当たり、残りの半数は押収した文書から判明したライフェンラート家の元里子に事情聴取することになった。ターリクとカイは元里子全員を警察照会システム《POLAS》で検索し、クラース・レーカー以外にもアンドレ・ドルに前科があることを突き止めた。

「過失致死罪」ターリクはモニター上のデータを読みあげた。「二〇一二年。追い越し禁止区間での追い越し。一年間の免許停止。執行猶予二年で罰金刑を受けています」

カイは詳細情報の項目をひらいた。「おいおい、これ面白い！　事故は二〇一二年五月二十一日午後十時四十七分、バート・ベルレブルク近くの国道四八〇号線で起きている」

ピアはちょうどヨアヒム・フォークトの名をグーグルで検索していた。ヒット数は数百件。「空港運営会社フラポート」を加えて複合検索すると、重要そうなサイトは数件に絞られた。ビジネス特化型SNSのLinkedInにプロフィールが載っていた。すべてを閲覧することはできなかったが、略歴は見ることができた。フランクフルト大学で経済情報学、シュトゥットガルト工科大学で電子工学を専攻している。職歴はジーメンス社を皮切りに、ダイムラー・ベンツ社を経て一九九七年に空港運営会社フラポートに転職。現在はシステムインフラ部門の責任者。既婚、子どもはふたり。それで終わりだった。

「なにが面白いんだ？」ケムがたずねた。

「リアーネ・ヴァン・ヴーレンは二〇一二年五月十三日に行方不明者届がだされ、死体は同年十月、ザウアーラント地方のヴィンターベルク近くで発見されました」ターリクがいった。

「バート・ベルレブルクはヴィンターベルクから二十五キロしか離れていません」

たしかにそれは面白い。ターリクはすぐにジーゲン方面の車線で起きた事故を調べた。

「明日、そのことを質問しよう」オリヴァーはいった。

「ブリッタ・オガルチュニク、旧姓ヴァイス、一九六六年生まれも、警察照会システムに登録されています」カイがいった。「脱税の前科が三件。大量のタバコを密輸して、二〇一五年にその罪で八ヶ月間、刑務所暮らしをしています」

そのときピアはザーシャ・リンデマンをグーグルで検索し、カッツェンマイアー夫人のアルバムで見た金髪の少女が脳裏をよぎった。カッツェンマイアーの娘ジルケと友だちだと聞いていた。「ザーシャ・リンデマンが今住んでいるのはどこ？」

「ちょっと待った……ハッタースハイムだ」カイがいった。

ザーシャ・リンデマンもLinkedInに載っていた。プロフィールはヨアヒム・フォークトの場合と同じであまり記載がなかった。それでも略歴はなかなか華々しかった。不動産業、自動車販売業、人事コンサルタント、会社代表。現在はフェルスモルトに本社があるハッガースマン飼料有限会社のB2C担当セールスマネージャーとある。

「B2Cってなに？」ピアはみんなにたずねた。

「ビジネス・トゥー・カスタマーの略です」ターリクが説明した。「企業と一般消費者とのあいだで取り交わされる商取引のことで、B2Bという略語もあって……」

「ああ、ありがとう」すぐにそういうと、ピアはマップをひらいて、地名を入力した。フェルスモルトはミュンスター、ビーレフェルト、オスナブリュックに囲まれた三角地帯の中にある。被害者が発見されたどの土地とも離れていた。

「地名はどれも、地理的プロファイルを作成するために重要だ」ハーディングがピアにいった。「たいていの犯人は場所を無意識に選ぶ。そこが人生のどこかで重要な意味を持っていたからだ。絶対ではないが、往々にして犯人にとって土地勘のある場所だ」

「リタ・ライフェンラートの車はラインガウ地方のエルトヴィレで発見されている。そしてアネグレート・ミュンヒの車はそこからわずか数キロしか離れていないエーバーバッハ修道院」

オリヴァーがいった。

「フリチョフ・ライフェンラートはヨーロッパビジネススクールのエーストリッヒ＝ヴィンケル校で学んでいる」カイが指摘した。「エルトヴィレの近くですね」

「アーニャ・マンタイはエルトヴィレのレストランでリンデマン夫妻と会っています」ピアが付け加えた。「だけど偶然でしょう。ラインガウには多くの人が食事をしにいきますから」

「どこかにドイツ全土の地図はないかな？」ハーディングがたずねた。

「重要なデータをすべて載せた地図を作成しましょう」ターリクがいった。

「いいや、紙媒体がいい」ハーディングが答えた。「昔ながらだが、死体の発見場所、被害者が最後に目撃された場所、車の発見場所にフラグを立てたい」

「用意します」ターリクがいった。「明日までにこしらえておきます」

「それぞれの事件を担当した刑事警察署に連絡を入れておきました」カイがいった。「明日には事件簿がすべて送られてくるでしょう。それから捜査を指揮した捜査官とも連絡が取れています」

オリヴァーがうなずいた。ようやく捜査に活用できる具体的な結果が得られた。ケム、カトリーン、ターリクと被害者支援要員メルレ・グルンバッハは明日から被害者の遺族に連絡を取り、オリヴァーはピアとハーディングといっしょにクラース・レーカーとアンドレ・ドルを訪問することになった。

七日目

二〇一七年四月二十四日（月曜日）

ピアはクラース・レーカーに何度も連絡を試みたが、ライフェンラートの住所録にあった電話番号は番号違いで、電話にまったく出なかった。それでいいのかもしれない。不意をつくことができる。

オリヴァーは国道四三号線を走った。ケルスターバッハを抜け、高速道路三号線にかかった橋を越え、ルフトハンザ航空教育研究センターのところで左折して空港環状線に入った。座礁したクルーズ客船のように見えるオフィス複合ビルのザ・スクエアのそばを通り、少しして空港運営会社フラポートの本社ビルに到着した。オリヴァーは玄関に車を止め、みんなでビルに入った。

「じつに壮観だ」ハーディングがいった。

「すごいですね！」ピアも驚いて見上げた。「びっくりです！」

「うちの署と大差ないじゃないか」といっても、オリヴァーもかなり圧倒されていた。ビルには並行する二本の横桁《よこげた》が渡してあり、そこにガラス張りの屋根が載っている。八階まである各階はガラスの階段でつながっていて、ガラス張りのエレベーターが音もなく上下に動いている。

「まあ、そうですけど」

三人は光であふれた吹き抜けを横切って、受付カウンターに向かった。カウンターは数メートルの長さがあったが、この巨大な吹き抜けの中ではちっぽけに見えた。カウンターの背後の壁に何台もモニターがあり、フラポート社が運営する各地の空港の画像が映っていた。受付係の若者は丁重に応対したが、オリヴァーの刑事章にそれほど驚くことなく受話器を取って、上司に報告した。そこからさらに人事課に連絡が行き、インフラ管理課課長につながった。クラース・レーカーと面会したいというオリヴァーの要望がすべての関係部局を通過するのに四十五分を要した。九時十五分、ようやくレーカーの上司イェンス・ハッセルバッハがあらわれた。小柄で、やせぎすの男で、刑事があらわれたことが気に入らないようで、嫌悪の情を隠そうとしなかった。

「彼はなにもしでかしてはいません」オリヴァーはハッセルバッハの気持ちを静めようとした。「彼の父親が亡くなった関係で話がしたいだけです。あいにく彼の現住所がわからなかったので」

「こんにちは、イェンス」ピアはいった。「ひさしぶり」

「ピア！」ハッセルバッハの顔から不快な表情が消え、笑顔に変わった。「驚いたな！　元気かい？」

「元気よ。仕事は大変だけど」ピアはニヤッとした。

「白樺農場《ビルケンホーフ》を売ったと聞いたが、馬はどうしたんだい？」

ふたりの会話から、メンテナンスエリアマネージャーは馬好きだな、とオリヴァーは判断した。人事課とインフラ管理課課長とのあいだで、レーカーを地下から本社ビルに呼ぶか、警察を彼のところへ行かせるかでしばらくやりとりがあり、結局後者に決まった。オリヴァー、ハーディング、ピアの三人はビジターパスと黄色い安全ベストと白いヘルメットをもらって、ハッセルバッハが乗ってきたワーゲンバスに乗り込んだ。ハッセルバッハはゲート11aを通ってターミナル1の地下通路に降りた。十分ほどの短い移動時間に、レーカーが空調技術部門で働いていて、試用期間だと語った。他にも空港の技術的な維持には千二百人ほどのスタッフが関わっていることなど、信じられないほど多くの情報を教えてくれた。

「空港と同じ広さの地下施設があるんだ」ハッセルバッハがこの空港で働いていることを誇りにしているのは明らかだった。「新規採用のスタッフは、一年経ってからでないと、ひとりで地下には行かせない。道に迷いやすいからだ。通路とトンネルは三層からなる総床面積七万平方メートルの技術区画をつないでいて、全長は六十キロを超える。そこに張り巡らされた電線やパイプは数百キロになる。地下では携帯電話が機能しないので、道に迷えば、おさらばさ。俺は三十年前からここに勤務していて、地下のすみずみまで知り尽くしている。たとえばスタッフが集まる秘密バーがあることも知っている。といっても正確な位置は教えてもらっていないがな」ハッセルバッハは笑った。「とにかくその広さとたくさんの専門部局があるせいで、地下はいくつものエリアに分かれていて、それぞれのエリアに各分野のスペシャリストが勤務している」

「レーカー氏はどういう分野のスペシャリストなのですか？」オリヴァーがワーゲンバスの後部座席からたずねた。

「うちの部署にスペシャリストはいない」ハッセルバッハは肩をすくめながら答えた。「スペシャリストがいなくても、なんとかなる部署なのさ」

「では彼はなにを担当しているんですか？」

「なんでもさ」

「というと？」

「今日は防火ハッチの保守点検チームに配属されている。最初に配管用トンネル。そこが終わったら賃貸スペース。最近、複数の照明ゾーンが故障したため、ホールA、B、Cに急行させられた」

「ということは正確には臨時雇いということ？」

「そういってもいい」

車は第二手荷物検査所でトラックの後ろに止まった。

「誤解されちゃ困るからいうが」ハッセルバッハはオリヴァーとハーディングの方を振り返った。「レーカーはこういう仕事をさせるにはもったいない人材さ。あいつは本来、エンジニアだ。ここに勤めだしてから一日も欠勤していないし、遅刻もしていない。あいつの仕事ぶりには満足している。もうじきもっと大きな責任を与えられるはずだ。とはいえ……」後ろの車のドライバーがクラクションを鳴らしたので、ハッセルバッハは車を少し前進させた。「今日あんたらが来たから、あいつは問題を抱えることになる。勤務中に刑事がスタッフと話したいといってくるなんて、人事課は面白くないはずだ。レーカーのようにいわくつきのスタッフであればなおさらだ」

「いわくつき？」想像はついたが、オリヴァーは訊き返した。

「だってしばらく病院に隔離されてたんだろう」ハッセルバッハはまた車を少し前にすすめた。「かわいそうだが、駐機場の運転免許や保安エリアの通行権は得られないだろう。つまり出世は望めないということだ」

ハッセルバッハは部下思いのようだ。レーカーが精神科病院にいた本当の理由も知っているのだろうか。

手荷物検査所を通ると、地下駐車場のようなところを走った。

「これが地下トンネルだ」ハッセルバッハが説明した。「ここにはテクニカルセンターと俺たちの作業エリアがある。ここから配管用トンネルに入る。トンネルは空港じゅうに張り巡らされている。ところでこの地下トンネルからターミナル1の店舗やレストランの倉庫、それからすべてのゴミ処理施設に行ける」

「この通路はどこに通じているの？」ピアはたずねた。

「どこにも通じていない。ターミナルが改修されてから、ここは袋小路だ」

ハッセルバッハは交差する通路に曲がり、車を止めて降りた。オリヴァー、ハーディング、ピアの三人は安全ベストを着て、ヘルメットを小脇に抱えた。

ハッセルバッハに電話がかかってきた。

「ターミナル1に四万個の電球があるって話、ここに来るたび思いだしそうだ」オリヴァーがニヤッとした。

「わたしは全長六十キロのトンネルってのに圧倒されました」ピアは答えた。「ここからギーセンまであるってことでしょ」

「あの男性とはいつから知り合いなんだ？」オリヴァーはたずねた。

「ずっと昔からです。まだ若い頃、馬場で知りあったんです。彼はアマチュアの馬場競技選手で、競技コース設営者なんです」

ハッセルバッハは電話を終えると、レーカーが待機室で待っていると告げた。ハッセルバッハが歩きだすと、ハーディングがピアとオリヴァーを引きとめ、声をひそめていった。

「レーカーには、わたしが心理学者だといわず、警官だと思わせておいた方がいいだろう。それから注意した方がいい！　あなた方の話では、彼はサイコパスらしい。だとしたら、人を引きつけ、心を惑わすのに長《た》けている恐れがある」

＊

警官になると、長いあいだに人は変わる。偏見を持たずに人に会おうとしても、どうしてもその人のいい面よりも悪い面を探すようになる。ハーディングの警告もあり、なによりラモーナ・リンデマンとヨアヒム・フォークトから聞いた話が念頭にあったので、ピアはクラース・

レーカーを客観的に見るのが難しかった。レーカーは真剣な面持ちだったが、礼儀正しくピアと握手した。そのときサディストという言葉がピアの脳裏をかすめた。十五歳のときに近所の少女を溺死《できし》させた疑いがあり、里子を拷問し、自分の妻を殴っている。

一見したところ、レーカーがそんなことをするようには思えなかった。ハンサムな方だが、鼻はジャガイモのようだし、唇も薄い。それに身長はせいぜい一メートル七十五センチ。青い作業着を着ているから、実際よりも太っている印象を受ける。がっしりしている胴体に比して、脚が短いからそう見えるのかもしれない。だが特筆すべきなのは目だ。目の色は珍しい暖かな琥珀《こはく》色で、目元に笑いじわがあり、まつ毛がふさふさしている。この目を見たら女性は惹かれるだろう。

事情聴取のために窓のないオフィスをあてがうと、ハッセルバッハはその場をはずした。残った四人は小さな机に向かってすわった。

「わたしたちのせいで面倒なことになるようで申し訳ないです」オリヴァーがレーカーにいった。「他の場所で会いたかったのですが、あなたの現住所がわからなかったので」

「俺が悪いんだから仕方ない」レーカーは肩をすくめた。「引っ越したときに申請しておくべきだった。三年前に解雇されてから日常的なことを疎《おろそ》かにしていてね」

レーカーは事情聴取を録音し、同席している人間の氏名を列挙することを承諾した。

「今はどこに住んでいるのですか？」

「ケルスターバッハだ。同僚のところに居候してる。でもちゃんとした住まいを見つけるまでの一時的なものさ。といっても、見つけるのが容易じゃない。いわくつきだからね」レーカーはすらすらしゃべった。臆している様子はないが、警戒している目つきだ。

「上司にはとても買われているようですね」ピアはいった。

「そうなのかい？　うれしいな。ボスとも同僚ともうまくやってる」笑みを浮かべると、レーカーの表情ががらっと変わった。親近感を覚え、心が惹かれる。「仕事に不満はない」

「あなたの専門から考えると、こういう仕事をさせるにはもったいない人材だそうですね？」オリヴァーがたずねた。

「ハッセルバッハがそういったのか？　いい奴だ」

「どうやってこの仕事についたのですか？」

「以前、空港で働いてたから、まだコネがあったのさ」レーカーのそぶりからは、オリヴァーの質問をどう思っているのかわからなかった。「もちろん簡単じゃなかった。過去にいろいろあったんでね。でも、チャンスをくれた。それより三人も雁首《がんくび》そろえてくるからには、俺の仕事についておしゃべりするのが目的じゃないんだろう？」

「ええ、そうです。申し訳ない」オリヴァーは笑みを浮かべた。「テオ・ライフェンラートさんのことで来ました。最後に会ったのはいつですか？」

「テオ？　なんで？」突然、レーカーが警戒した。「彼がどうかしたのか？」

「先週の火曜日に死体で発見されました」ピアはいった。

その言葉に安堵したのか、レーカーの目がキラッと光った。

「テオが死んだのか？　知らなかった！　気の毒に」レーカーが神妙な顔をした。「復活祭に行くといってあったのに顔を見せられなかった。悪いことをした。俺には気にすべき家族がないから、シフトを連続で引き受けたんだ。それで死因は？」

「おそらく脳出血」ピアは机の上のグラスに立ててあるボールペンを一本つかんだ。

「そうか……気の毒に」レーカーは顔をしかめた。涙ぐんでいるのか、目が赤くなったが、すぐに気を取り直した。レーカーは目をこすって、声をふるわせた。「すまない。お……俺はあのじいさんが本当に好きだったんだ」

彼の反応は妥当に思えた。だがもしかしたらこの瞬間が来るのを待ちかまえていたのかもしれない。

「最後に話したのはいつですか？」

「三週間くらい前だ」レーカーは少し考えてから答え、二、三度咳払いした。「退院してから数日、身を寄せたんだ。他に泊まれるところがなかったんでね」

「ヨアヒム・フォークトさんのところに泊まったのはその前ですか、あとですか？」ピアはレーカーの顔を見ずに、ボールペンの芯を出し入れした。

「あとだよ」

「どうしてテオさんの邸宅を出たのですか？　あそこには住む場所が充分にあったでしょう」

「通勤が面倒だったんだ。公共交通機関を使っていたからね」

「今でも家の鍵を持っているのですか？」

「いいや。鍵を預かったことはない」レーカーはボールペンを見た。芯を出し入れする音に困惑している。ピアはわざとそうしているのだ。「どうしてそんなことを訊くんだ？」

「ライフェンラートさんの犬がケージに閉じ込められ、車がなくなっていました。口座からは死後、二万五千ユーロが引きだされています」ピアはそこで口をつぐんだ。「それに、邸宅じゅうであなたの指紋が採取されました」

レーカーはピアをじっと見た。頭の中の歯車がカチカチ音をたてているのが聞こえるようだ。オリヴァーとハーディングのことは意識していない。

「メルセデス・ベンツは俺が使ってる。テオから借りた。クリスマスの頃、軽い卒中の発作を起こしてから、乗るのをやめたといってた。買い物や金の引きだしは家政婦に任せてた。家に俺の指紋があるのは当然さ。しばらく住んでたんだからね」

レーカーはすらすらいった。納得のいく答えだ。そのときピアは、マンモルスハインの住人からケムとカトリーンが聞いてきた話を思いだした。テオ・ライフェンラートのベンツが目撃された金曜日は四月七日だ。テオ・ライフェンラートが最後に新聞を読んだのもこの日。そして彼があの世へ行った日だ。ピアはこのことに触れるべきか考え、やめることにした。追い詰めたら話さなくなるかもしれない。もう少し話を聞いておいた方がいいと判断した。

「車は今どこですか？」

「職員用立体駐車場のＰ８。どうして？」

「科学捜査研究所で調べさせたいからです」ピアはまたボールペンをカチカチ鳴らした。しかしレーカーは萎縮《いしゅく》するどころか、逆の反応をした。

「俺が気に障ったかな？　申し訳ない」レーカーが心配そうにいったので、ピアは不意をつかれた。「俺のことでよくないことを聞いたんだろう？」

　レーカーはピアが肯定するか、否定するか様子を見ている。ピアは表情を変えず、レーカーが話しつづけるのを待った。

「たいていは嘘っぱちさ」レーカーがいった。「俺は間違ったことをした。それはたしかだ。だけど無実じゃなかったら、有罪判決が撤回されることはなかった！　それでも、精神科病院で過ごしたことは無駄じゃなかったよ。目をひらかされたからね。すべての過《あやま》ちはひどい子ども時代のせいだって理解して、気が楽になった」

　レーカーはため息をついて、軽く首を横に振った。琥珀色の目とよく響く声がピアを虜《とりこ》にした。心を操られていることに気づいて、ピアははっとした。ハーディングが予言したとおりだ。ピアは会話のコントロールを失いかけた。事前の情報ではただの乱暴者のようだから、精神的に追い込めばいいと思っていた。ピアは読み違えていた。オリヴァーが助け船をだす前に、流れを変えなければならない。ピアはボールペンを置いた。

「犬のケージのコンクリート床の下で三体の死体が発見されました」レーカーがいったことには触れずに、ピアはいった。

　レーカーの反応はヨアヒム・フォークトやフリチョフ・ライフェンラートと似ていた。信じられないという顔をしてから、状況を理解してショックを受け、身構えた。フォークトと同じように、レーカーも養父の肩を持った。ただしそのやり方が違った。

「あの家は呪われてるんだ」レーカーは声をひそめた。ピアはぞっとした。体全体がびりびりして、二階にあった浴室で覚えた奇妙な感覚を思いだした。「たぶんナチが障害児を殺すために連れていったときに、修道女が呪ったんだろう。一九八一年の初夏、近所の女の子が近くの池で溺《おぼ》れた。当時は俺が疑われた。最後にいっしょにいたのが俺だったからさ」

「間接証拠もありましたからね」ピアはいった。

「ああ、たしかに。濡れた服だろ。喧嘩したことも白状した。だけど、どうして俺が殺さなくちゃならなかったんだ？　最後に見たとき、あいつはまだ生きていた。ところが警察は、俺のせいにしようとした。俺をそもそも嫌っていたリタからも人殺し呼ばわりされて。だけど真犯人は別にいる」

「だれだというんですか？」

「知るもんか。とにかく俺じゃない」

フランクフルト、二〇一七年四月十六日

会ったこともない母親にはメールでなんと書いたらいいのだろう。〝こんにちは、お母さん〟でいいのだろうか。だめだ。直接的すぎるし、相手がしたことを考えたら、なれなれしい。

〝親愛なるドクター・フライタータ様〟これは堅くるしい。

〝こんにちは、カタリーナ〟

そんな前置きは必要だろうか。形式的なあいさつなんて省いていいのではないだろうか。それに知らない女性にどんな言葉使いをしたらいいだろう。

ジーベルト医師からメールをもらってから、フィオーナは実の母親宛のメールに頭を絞った。一九九五年五月四日にジーベルト医師の家で彼女を産んだ女性の名はカタリーナ・フライタータ。インターネットでその名を探すのは難しくなかった。司法精神科医で裁判での鑑定人として成功していた。現在はバート・ホンブルクにあるアスマン精神科病院の医長。知的な女性ということだ。

フィオーナはインターネットで見つけた写真を何時間も眺めた。顔立ちがかなり似ている。額《ひたい》が広く、頬骨が張っている。専門書を何冊か著《あらわ》し、専門領域に関する気の利いた記事を何本も書いている。しかも一九九五年からFBIで働いていた。赤ん坊を手放したのはそのせいだろうか。子どもよりもキャリアを優先したということか。

フィオーナはサーチエンジンで検索した画像をあらためてクリックした。写真のカタリーナ・フライタークは努力家で、冷静で、ほんの少し傲慢《ごうまん》に見える。笑ったり、微笑《ほほえ》んだりしている写真は一枚もない。かわいいというには、少し硬い表情だ。この女性が手放さなかったら、自分はどんな人生を歩んだだろう。フィオーナはしばらく想像をふくらませた。自分の母親がだれか知っても恨みは感じなかった。だが、うれしさがこみあげるわけでもなかった。わかったことだけで満足して、家に帰った方がいいかもしれない。ジルヴァンにもメールを送った。思いの丈をすべて言葉にしたら、気が晴れた。なんとなく、肩の荷が下りたような気がする。ジルヴァンから返事があろうとなかろうと、もうどうでもよかった。

それでもジルヴァンがなんというかはっきりわかる。〝母親に会え！　縁《えん》をつなぐかどうかは、それから考えればいい〟ジルヴァンは分別があり、はじめたことは最後までやりとおす。母親捜しにこれだけ努力しておいて、撤退したりしたら、きっとあきれられるだろう。

「あとは野となれ山となれよ」フィオーナは独り言をいって、メールソフトに切り替えると、頬杖をついてカタリーナ・フライタークに送るつもりの文面を読んだ。

〝こんにちは。フィオーナ・フィッシャーと申します。一九九五年五月四日、チューリヒで生まれました。四週間前までクリスティーネとフェルディナント・フィッシャーの娘だと信じていましたが、そうでないことを知りました。わたしを産んで人手に渡した女性がだれか知りたくて、時間をかけ、努力を惜しまず捜しました。育ての母の元でいい暮らしをしました。すてきな子ども時代でした。それでも好奇心は抑えられず、あなたに会ってみたいのです。今フランクフルトにいます。声を聞かせてもらえるか、顔を合わせられたらうれしいです〟

その下にフィオーナはスマートフォンの電話番号とメールアドレスを書いた。数秒後、ノートパソコンのタッチパッドに人差し指を持っていって深呼吸し、考え直す前に「送信」ボタンを押した。

＊

「ノーラ・バルテルを殺害したのがだれか、考えてみたことはありますか？」ピアはたずねた。

「考えたさ」クラース・レーカーは答えた。「基本的にだれにでも可能性があった。あいつに心を引き裂かれた人間はうようよいたからな！　ノーラは村一番の美人で、若者はみんなぞっこんだったから、あいつの餌食《えじき》になった。あいつは俺にもいい寄ってきたが、俺はそんなに甘くなかった」レーカーは言い方が悪かったことに気づいて、すぐに話をつづけた。「ノーラと俺は立入禁止にされていたカエル池にボートを漕ぎだした。あいつは俺にひどいことをいったんだ。それで喧嘩になって、俺はボートを転覆させた。岸まで数メートルしかなかったから泳げると思って、俺はそのまま家に帰った。夕方、警察が来て、あいつが死んだ責任を俺に負わせようとしてるってわかった」

「だれかに濡れ衣を着せられたと思っているんですか？」

「そうさ！　俺は容疑者にするのにうってつけだった！　親のいない里子だったからな！」レーカーは息巻いた。「村じゅうの少年がノーラを追いかけてたってのに。里子連中は俺を嫌ってた。フリチョフは、あいつの祖父と俺が仲よくしているのを嫉妬してた。あいつが腰巾着のヨアヒムをけしかけて仕組んだのかもな。あるいはラモーナかな。あいつも、フリチョフが微笑んだだけで、裸足《はだし》で北極まで駆けていくような奴だった！　仕組んだのはリタかもしれない。

あいつは俺を追いだしたがってたからな！　あいつが自分で動かなくても、あいつには手下がいた。そいつは三週間後、浴室のシャワーコーナーで首をくくって死んだけど」

「その子の名前は？」

「ティモ。姓は忘れた。首をくくる前に遺書を書いて、浴室の床に置いてたって、あとになってテオから聞いた。リタはその遺書が警察の手に渡らないようにストーブで燃やしたらしい。リタにやましいところがあった証拠だ」レーカーが身を乗りだした。「リタ・ライフェンラートってのは他の人間の悪い面を引きだす名人だった。赤いリンゴのほっぺたに後ろでたばねた髪を見ると、やさしくて、邪気がないような印象を受けるけど、根っからの性悪女さ。テオの人生はおかげで地獄だった。リタはいつも露骨にテオを嫌悪してた。他の人間がいるところじゃ、悪口はいわなかったけど、家では口にチャックをしたりしなかった。俺たち里子のいるところでも口汚くののしった。テオはリタを憎んでた」

「殺すくらいにってことですか？」ピアはたずねた。

「ああ。テオがあの魔女を殺して、どこかに埋めた。俺はそう確信してる」昔を思いだして憤《いきどお》りを覚えたのか、レーカーの目がぎらぎら光った。唇をひとなめして、声をひそめた。「俺はテオの隠し子でね。リタが俺を忌み嫌ったのもそのせいなのさ」

「それはたしかですか？」ピアは啞然とした。

「確実かといわれると困るけど、テオはいつもそうほのめかしてた。テオがそのことをリタに隠していることはわかってた。ノーラの件で邸宅からほっぽりだされたあとも、テオは俺との連絡を絶やさなかった。

俺はテオに好かれてたのさ。他のだれよりもな」レーカーは肩をすくめた。落ち着いているふりをしているが、声は緊張していた。他のだれよりもめた。「リタがいなくなったあと、俺はよくテオを訪ねた。テオは、俺が自動車修理工場をやれるように、空いている敷地と昔の瓶詰め工場を貸してくれた。テオは俺を自慢にしてた！　フリチョフには失望させられてたからね。あいつは実の孫なのをいいことにいい気になって、リタにならってテオを見下してた」

「実の孫なのは事実でしょう」ピアはいった。「テオとリタのただひとりの孫なのだから、特権を得ていたんですよね。個室と自分専用の浴室。あなたは彼に嫉妬していたんですか？　だから彼の親友ヨアヒムを大型冷凍ストッカーに閉じ込めたのですか？」

レーカーの笑みが消えた。

「昔やったことが自慢にならないのはわかってるさ。やさしい両親に育ててもらえず、孤児院の院長や青少年局の職員や養父母にいいようにされる子ども時代がどんなものか、あんたに想像できるかい。俺は孤軍奮闘するほかないって早くから理解してた。そしてあらゆる手を尽くしてそれをやり抜いたんだ。いち目置かれるにはどうしたらいいか、リタが模範を見せてくれた」

「わたしの質問に答えていないですね」ピアはいった。「なぜヨアヒム・フォークトを大型冷凍ストッカーに閉じ込めたのですか？」

レーカーはすぐには答えなかった。ほんの一瞬、残忍さと憎悪という黒々した奈落が彼の目に見えた。心が浄化されたような顔をしていたが、とうとう化けの皮がはがれたのだ。下顎が痙攣《けいれん》していた。

「ヨアヒムは腰巾着で、ガリ勉だった」レーカーは吐きだすようにいった。「たしかに俺はあいつに嫉妬していた。ヨアヒムの代わりにフリチョフの副官に収まりたかったんだ！　フリチョフはあいつのことをいつもそう呼んでた。俺の副官！　ふざけんじゃない！　ヨアヒムは最上階にあるフリチョフの部屋の隣に部屋をもらった。しかもコンピュータまで持ってた。コモドール・アミーガだぞ。あれは絶対に忘れない。あいつは部屋を施錠することを許され、フリチョフの浴室が使えた！　リタはフリチョフをなんとしても、ケーニヒシュタインにある私立の高等中学校《ギムナジウム》に行かせたがってた。里子はみんな、公立校に通ってたんだ。だけどフリチョフは、ヨアヒムがいっしょに進学することを条件にした。当然さ。ヨアヒムがいなかったら、卒業なんておぼつかなかったからな！　そうして、あのふたりは俺たちとは違う友だちに恵まれた。金持ちが住んでるでっかいお邸《やしき》にも招待されるようになった！　冬にはいっしょにダヴォスやサンモリッツでスキーをし、夏にはズュルト島やマルベーリャで過ごした。俺たちが庭でくすぶり、教会で合唱させられていたときにな！」

ここまで事細かく覚えているのは、さげすまれ、除《の》け者にされ、敗北を味わったせいだろう。たったひとり父親らしいやさしさを見せたテオを崇《あが》め、いつか本当の息子として認知してくれる日を夢見ていたのだ。みずから屈辱にまみれ、リタに逆らえなかったテオ・ライフェンラートはそうやってレーカーを支配していたのだ。だが、ラモーナ・リンデマンと同じで、レーカーも煮え湯を飲まされた。

「あなたの養父が人を殺して、自分の敷地に埋めたと思いますか？」ピアはたずねた。

レーカーは返事に時間をかけてから、ためらいがちに答えた。

「リタを殺した可能性はあると思うね。テオはひどい女嫌いだった。そうなる要素がいっぱいあった。まず母親に頭が上がらなかった。母親はテオになんの期待もせず、死ぬまでテオの兄貴が戦死したことを嘆いてたらしい。それから兄貴の婚約者マルタ。会社はあの女に牛耳られてた。テオは黒い毒蛇って呼んでたな。毒舌家で、陰険で、いつも喪服を着てたからさ。テオは先祖代々の会社に興味がなかったのに、母親にやんやいわれて会社を継いだんだ。それからリタ。テオはあの三人を、地獄の三人組って呼んでた。だから暇さえあれば、ワーゲンバスでドイツじゅうの小動物品評会に出かけてた。そのうち、ポーランド、チェコ、オーストリア、フランスまで足を延ばすようになった」

「ワーゲンバスの型式とか色はわかりますか？」ピアは耳をそばだてた。「それから、それはいつ頃ですか？」

「薄灰色のT2だよ。一九七〇、八〇年代のことだ。だれもその車に触らせなかった。テオにとっては神聖なものだったんだ。そのうちに錆《さび》だらけになって、車検にもださなくなった。アンドレがその車に夢中で、うまいことテオから譲ってもらって修理して、再登録した。今でも乗ってると思う」

「もうずいぶん時間が経っていますが、リタが自殺したという日のことを覚えていますか？」

「ああ、覚えてる」

「その日、なにがあったんですか？」

「あれは母の日だった。リタは毎年、母の日を祝ってた。テオは反吐《へど》が出るといってた。あの日、テオから電話がかかってきて、朝から〈黄金のリンゴ亭〉でいっしょに酒を飲んだ。俺たちは数時間そこにいた」レーカーはそのときのことを思いだしてニヤッとした。「午後四時頃、酒場の主人に追いだされて、テオの友だちのヴィリのところに行って、二時間くらい酒を飲んだ。そのあと、俺がテオを車で家に送った。テオは、もうパーティはお開きになってると思ったのさ。ところが違ってた。だれかの子がかくれんぼをしていて古井戸に落ちたとかで、大騒ぎになってた。みんな、古井戸のまわりに集まってた。大人は口々に叫んで、子どもがわんわん泣いてた。じつに滑稽《こっけい》だった！」

「その場にいたのはだれですか？」

「そうだなあ」レーカーは眉間《みけん》にしわを寄せ、下唇をつきだした。「ほとんどの奴が帰ってたけど、フリチョフはいた。リタが酒瓶でテオの頭を殴ろうとしたのを、あいつが止めた。ラモーナもいた。あいつはへつらうことしか考えてない。あとはアンドレがいた。ザーシャもいたと思う。あのときは、すごい殴り合いになった。俺は車の中で様子を見ていた。リタに首をへし折られそうになったらさっさと逃げようと思ってな。俺もかなり酔ってた。そしてあの婆《ばばあ》が心底憎かった。さんざん手痛い目にあわされたからな！　数日してテオから電話がかかってきて、リタがいなくなったっていわれた。リタの車はどこかの駐車場に置き去りになっていて、警察は自殺だと見てるらしいって話だった。俺は、とうとうやったのかってテオにたずねた。ふざけるなっていわれたよ」

ピアはレーカーの話を信じたが、それならどうしてフリチョフはあのときこの古井戸での騒ぎの話をしなかったのだろう。話すと疑われると思ったか。二十二年も経てば、いろんなことを頭の片隅に追いやるだろう。だがこれだけのことがあったら、忘れるはずがない。当時なにがあったか知っているのかもしれない。それならだれを守ろうとしているのか。クラース・レーカーが列挙した者たちなど、フリチョフにはどうでもいいはずだ。彼らを守るために嘘をつくとは思えない。

〝古い重荷を背負わせたまま外国へ行ってしまったのは話が違う〟とテオは死ぬ数週間前に電話口でフリチョフにいっていたという。リタ・ライフェンラートのことをいっていたのだろうか。だが他の元里子がリタを古井戸に落とした可能性もある。全員がリタに苦しめられていた。集団心理に酔いが重なって、ひとりではできないような恐ろしい行為に至るのはよくあることだ。ときどき水をひと瓶与えただけで穴に閉じ込めることもあった、とラモーナ・リンデマンはいっていた。彼女がチャンスと見て、憎い養母に復讐して、キッチンで血痕を見たというあらぬ噂を流したのかもしれない。だがリタ・ライフェンラートの車はどうやってエルトヴィレまで移動したのだろう。ひょっとしてラモーナと夫が結託したとか！　そういう秘密は、喧嘩でもしないかぎり、絶対に口外しないだろう。

ピアは「ヘクスターの恐怖の家」という事件を思いだした。一年前に新聞を賑わせた事件だ。

ある男と別れた妻が結託して、地元の新聞の募集欄で何人もの女性を誘《おび》き寄せ、家に閉じ込めて、拷問を繰り返した。そのうちのふたりが拷問で絶命し、ひとりは冷凍保存されたあと、ばらばらにされて暖炉で燃された。被害者の遺灰は地元でまかれたという。ピアは、ザーシャ・リンデマンが先週の木曜日に変な態度を取ったことを思いだした。

「リンデマン夫妻は結婚してどのくらいになりますか？」ピアがたずねた。

「さあねえ。ずいぶんになるんじゃないかい」レーカーが答えた。「少なくとも十五年」

ピアは急にそわそわしだした。考えたことをオリヴァーとハーディングに伝えなければならない。一線を越えて人を殺しながら捕まらなかった者は、また殺人を犯す恐れがある。

「ところでリタ・ライフェンラートさんの死体を発見しました」ピアはいった。「古井戸でね」

「嘘だろう」レーカーが唖然とした。

「嘘ではないです」

「やっぱりじいさんがやったのか！」レーカーは首を横に振り、それから笑いだした。涙目になるほど笑い、膝《ひざ》を打った。

「なにがおかしいんですか？」ピアはたずねた。

「テオは役者だなって思ってね！」レーカーは笑いすぎで苦しそうにした。「あの騒ぎがあった夜のうちに井戸を鉄板でふさいで土をかぶせ、翌日、芝を植えて、四阿《あずまや》を建て、バラを植えた。またがれかがうっかり古井戸に落ちたら大変だといってたがな。サツ、あ、いや……警察は一度も井戸のことを訊かなかった。みんな、あの喧嘩のことを話さなかったんだな。テオと俺はそのあとよくその四阿でビールを飲んだもんさ！〝リタに乾杯。あいつがいなくなってすばらしい〟というのがテオの口癖《くちぐせ》だった。まさかずっとあの下にいたとはね！」

レーカーはオフィスのドアの上にかかっている時計を見た。

「そろそろ仕事に戻らないと」

「そうですね」ピアはうなずいた。「では車のところへ案内してください」

「ああ、車か」レーカーはためらった。「あとで署に届けるのじゃだめかな？　仕事が終わったら、その足で行くけど」

「どうでしょうね」ピアは自分では決められないというふりをして、わざとオリヴァーの方を見た。

「無理です」オリヴァーがきっぱりといった。レーカーはぶすっとして、オリヴァーをにらんだ。ロッカーから車のキーを取ってくるようにとオリヴァーにいわれ、かなり不服そうだった。

イェンス・ハッセルバッハはゲート3の向こうにある職員用立体駐車場にピアたちを運んだ。

「おまえを待った方がいいか？」ハッセルバッハがクラースにたずねた。

「いや、いいです。どのくらいかかるかわからないですから」レーカーが腹立たしそうにいった。

ピアたちはレーカーにつづいて立体駐車場のエレベーターへ向かった。

「ところで四月七日にマンモルスハインでなにをしてたんですか？」ピアがエレベーターの扉が閉まるのを待ってたずねた。「あなたがメルセデス・ベンツに乗って幹線道路に曲がるところを目撃した人がいるんですが」

　それは山勘だった。実際には、目撃者は運転している人の顔までは見ていなかった。

「四月七日？」レーカーは肩をすくめた。無頓着に振る舞ったが、目をそらしたのをピアは見逃さなかった。勘は当たったのだ。「さあ。それって何曜日かな？」

「三週間前の金曜日です」ピアは助け船をだした。「おそらく、テオ・ライフェンラートが死んだ日です。ちなみに脳出血は、顔を怪我したことで起きました。倒れた拍子に顔をぶつけたか、鈍器で殴られたか判明するのはこれからです」ピアは緊急停止ボタンを押して、エレベーターを止めた。

「俺がじいさんになにかしたっていうのか？」レーカーが目をぎょろっとさせた。信じられないというふりをするのは下手だった。

「あなたには借金がありますね」ピアはレーカーの抗議を無視していった。「テオ・ライフェンラートさんの財布がなくなっています。だれかがテオ・ライフェンラートさんのECカードであちこちのＡＴＭから総額二万五千ユーロを引きだしています」

　レーカーは手で髪をすいて、一瞬苦虫を嚙みつぶしたような顔をした。

「白状するよ。金をおろしたのは俺さ。テオが使えって、渡してくれたんだ。俺が立ちさったとき、テオはぴんぴんしていた」

「ノーラ・バルテルのときのように？」オリヴァーがいった。

　レーカーの顔から血の気が引いた。汗をかきだしている。

「金曜日に犬はどこにいましたか?」オリヴァーがたずねた。

「息が苦しい」レーカーが訴えた。「ここからだしてくれ。今すぐ!」

ピアはボスと顔を見合わせ、エレベーターを動かした。レーカーがこれからいうことは、信憑性がない。だから彼の権利を伝え、緊急逮捕して、あとでゆっくり取り調べることにした。

＊

オリヴァーがクラース・レーカーの手首に手錠をかけたとき、レーカーは激しく抵抗した。もし手錠のもう一方をすかさずエレベーターの手すりにかけなかったら、レーカーは逃げおおせていたかもしれない。レーカーは口から唾を飛ばし、ものすごい剣幕で怒鳴った。手首に青あざができるほど手錠を引っ張り、駆けつけた巡査を蹴飛ばし、それまで隠していた異常で粗暴な本性をあらわした。ピアはハッセルバッハに電話をかけ、レーカーがこれから数日出勤できなくなることを告げた。それからレッカー車がシルバーのメルセデス・ベンツを牽引し、いまだにわめきちらすクラース・レーカーを乗せてパトカーが走り去るのを見届けた。

「過失か、意図的だったかはわかりませんが、テオ・ライフェンラートを殺害したのは彼ですね」ピアは自分たちの車のところへ戻る途中でいった。「以前に、彼がテオを押し倒したところを、近所の女の子が目撃しています」

「レーカーは金と泊まるところと移動手段を必要としていた」オリヴァーがうなずいた。「ライフェンラートに断られて、喧嘩になったのだろう。犬をケージに閉じ込めたのがあいつなら、よくやってくれたというほかない。さもなければ、死体に遭遇できなかったからな」

「うまくやったね、ピア！」ハーディングがいった。「レーカーは、あなたが味方で、自分に関心があると思い込んで、ぺらぺらしゃべった。彼のような人間は自分がすぐれていると勘違いして、他人を見下す」

「あやうく彼に丸め込まれそうになりました」ピアは白状した。

「それはあなただけではない」ハーディングが答えた。

「彼は本当のことをいったと思いますか？」オリヴァーがたずねた。

「リタに関しては」ハーディングが答えた。「趣味の悪い冗談まで口にした。感情移入が欠如している証拠だ。彼はわたしたちに見られたいと思った人格を正確に演じて見せた。自分の過ちを認め、更生したと伝えたかったのだろう。うまくやったつもりだろうが、いろいろ馬脚をあらわしている。彼が犯罪者になる過程は古典的なケースだ。加害者になる前、彼自身が被害者で、手も足も出ないことを耐えがたく感じていた。だれからも評価されず、親から無条件の愛も得られなかった。安定したパーソナリティーには必要なことなのだが。それでもわたしたちが追っている犯人ではないだろう。レーカーは衝動的で、自制心がない」

ピアたちは車のところに着いて、乗り込んだ。

「ナルシストとサイコパス。どこに違いがあるんですか？」オリヴァーがたずねた。

「ナルシストにとってだいじなのは感心されることだ。恰好をつけたがる。だが内心は自信がなく、他人から認められたがる。ナルシストはとにかく自分を語る。それも注目してくれる聴衆の前で。レーカーはさっき、まさにそれをした。ナルシストは自分の話をするのが得意だが、他人の話を聞くのは下手だ。他人の目でものを見る能力が欠如している。また自分に関することに非常に敏感で、すぐ自分を被害者だと見る傾向がある。対してサイコパスは良識と呼べるものによるコントロールが利かない。自分の行為を感情的に自分と分離することができ、他人に被害を与えても意に介さない。だからサイコパスはすぐれた外科医になれる。患者の運命に頓着せず、手術に集中できるからだ」

「その定義によると、レーカーをナルシストといい切るのも難しいですね」ピアは、レーカーが若いとき、他の少年をよく大型冷凍ストッカーに閉じ込めて、ほったらかしにしていたことを思いだしていた。

「たしかに。それに多重人格障害者も例外より規則を重んじる」ハーディングが答えた。「だからレーカーに対するキムの鑑定を読んでみたい。なぜ隔離しなければならないと判断するほど危険視したのか気になる」

「それはわたしも知りたいです」ピアも賛同した。「あいにく返事がないんです。あなたになら反応するかもしれません」

「やってみよう」ハーディングはうなずいた。「レーカーの主たる原動力は不当に扱われ、価値を認められないことへの嫉妬のようだ。テオは実の父親であるかのように振る舞って、レーカーを思いどおりにしていた。自分の味方につけるため、他の里子にも同じことをしていたとしても、わたしは驚かない。そうやって、憎き妻に対抗するための私設軍隊を作りあげたんだ」

「そして妻を排除する手伝いをさせたんでしょうね」ピアが付け加えた。「その場にいた元里子全員でリタを殺したのかもしれないと考えていました」

「殺人の共謀か」オリヴァーは考えた。「ありうるな。みんな、リタに煮え湯を飲まされたわけだからな」

「レーカーがいったことが本当なら、テオは妻が井戸にいることを知っていたことになります」ピアはいった。「よくそんなことが耐えられましたね？」

「四十年以上、煮え湯を飲まされていたわけだ」オリヴァーが答えた。「勝ちほこっていたのだろう。復讐さ」

「だとすると、殺人の共謀はないだろう」ハーディングがいった。「共犯者がいたなら、だれかの神経が切れて、裏切るかもしれないと、四六時中戦々恐々とすることになるはずだ。とにかく、他の被害者の殺人とは別物だ」

「つまり妻は殺したが、他の女性は殺していないというんですか？」

「そうだ。レーカーが話したことが本当なら、酒の勢いで衝動的に殺害したことになる」ハーディングが答えた。「個人的な行為だ。人間関係のもつれによる犯行。一方、他の女性の殺害は周到に計画され、冷酷非情に実行されている。テオは女性の尻に敷かれ、それを打開するには軟弱すぎたようだ。子どもをほったらかしにし、すべてを支配する母親になす術《すべ》がない、存在感が薄く、弱い父親というのは、サイコパスの連続殺人犯の生涯に例外なく見いだせる。だからライフェンラート家のトラウマを抱えた元里子からサイコパスが生まれてもなんの不思議もない。テオと同じように女性への強い憎しみを抱いている者を見つけだすんだ」

「女性の里子も調べますか？　女性も精神障害を患《わずら》っている可能性がありますか」

「たしかに精神障害を患っている可能性もあるだろう。だがこれまでわかっていることを総合すると、捜すのは男の犯人だけでいい。女のサイコパスは男と違う。多くの場合、男のサイコパスよりも合理的で、腕力よりも言葉で攻撃する。むろん暴力に訴える女のサイコパスも存在する。スティーヴン・キングの『ミザリー』に登場するアニー・ウィルクスがいい例だ。しかし女のサイコパスは人の心を破壊し、操作しようとする方が多い」

オリヴァーがエンジンをかけた。

「ちょうど空港にいるのだから」ピアがいった。「ヨアヒム・フォークトに会っていきませんか。電話をして、オフィスにいるかどうか訊いてみます」

＊

ヨアヒム・フォークトはオフィスにいて、会う時間はあるといった。ターミナル1のロビーで待ち合わせをし、一階の小さな会議室に案内された。楕円形のテーブルの中央にグラスと飲みものを載せた盆があった。

「いただいてもいいですか？」ピアはたずねた。

「お好きにどうぞ」ヨアヒム・フォークトは四日前よりもはるかに元気そうだった。頰の傷が癒《い》え、抜糸されていた。養父の敷地で死体が発見されたと知って受けたショックからも立ち直っているようだ。

ピアはコカ・コーラゼロを取ると、栓を開けて、口飲みした。コーラは生温《なまぬる》く、古い味がしたが、喉の渇きは癒《いや》された。ヨアヒム・フォークトにキムのことを訊くべきだろうか。フリチョフ・ライフェンラートが例のフリチョフなら、フォークトも妹を知っているはずだ。だがそのことを訊くのは後まわしにした。

フォークトは、養父母の遺体をいつ引き取れるのかとたずねた。葬儀と埋葬の手配をフリチョフから任されているという。

「わたしたちの方は引き渡してかまいません」オリヴァーがいった。「司法解剖がおこなわれ、死因は調べがついていますので。あなたのおじいさんは脳出血で死亡しました。倒れてぶつけたか、だれかに顔を殴られた結果です。その関連で、わたしたちはあなたと同じ里子のクラース・レーカーを逮捕しました。彼も空港で働いていたことを知っていましたか？」

「そうなんですか？　知りませんでした」フォークトは驚いていた。「うちに逗留したあと、彼とは話していません」

「レーカーはあなたの養父のメルセデス・ベンツに乗り、養父の口座から多額の金を引きだしています。養父の承諾を得ていたと主張していますが、総額は二万五千ユーロになります」

「テオが承諾したはずありません！　彼は金にうるさくて、生活費が足りなくなるのではないかといつも心配していました！」フォークトの顔が曇った。「クラースがテオを殺したとしても驚きません。あいつはキレる質《たち》なんです。思いどおりにいかないと、あとさき考えず逆上します」

「ノーラ・バルテルのときもですかね？」ピアはたずねた。

「本当のことはだれも知りません。けれども、奥さんを殴ったのは事実です。クラースは関わりを持った人間を不幸にする奴です」

「あなたを好きではないといっていました」オリヴァーはいった。「フリチョフの親友で、コンピュータをもらい、ギムナジウムに進学できたあなたに嫉妬していたとも」

「まだそんなことを？　もう三十年以上も前のことですよ！」フォークトはあきれて首を横に振った。「まあ、たしかにわたしはフリチョフと友だちになって、多少の恩恵を受けました。たとえば今話題になったコモドール・アミーガもフリチョフからもらったものです。フリチョフはコンピュータに興味がなかったので、わたしにくれたんです」フォークトの顔にふっと笑みが浮かんだ。「のし上がらなければ人生おしまいだと早くに気づき、志《こころざし》を持ってたくさん勉強しました」

「あなたといっしょにいた里子たちもクラース・レーカーと同じように嫉妬していましたか？」オリヴァーがたずねた。

「みんな、なにかに嫉妬していました。とくにラモーナとアンドレは。アンドレはもともとわたしを嫌っていました。彼はわたしよりも一歳下でしたが、わたしは彼を恐れていました。一方で学校は問題ありませんでした。フリチョフとわたしには他の友人ができましたから。普通の家庭の普通の子たちでした。わたしがそのまま受け入れられたのは新鮮な経験でした。仲のよかった女生徒の父親は世界的コンツェルンの役員でした。当然、彼女の家にも出入りしました。そのことで、クラースはむかついていました」

「アーニャ・マンタイさんですね？」

「そうです」フォークトがまた笑みを浮かべた。「あれはわたしの兄弟姉妹からの解放を意味しました……せいぜい二時間くらいでしたが、自分が普通の人間になれた気がしました」

「あなたは食事のときにライフェンラート家にいない方がいい、とアーニャ・マンタイさんにいったそうですね。どういうことだったのですか？」

「恥ずかしかったんです」刑事が昔の女友だちと自分のことを話したと知っても、フォークトは落ち着きすましていた。「いろいろなものに限界値があったんですよ。だから両親のことでも作り話をしました。たとえば飛行機の墜落事故で死んだとか、ジャングルを探検中に虎に食われたとか」

　フォークトはふっと微笑んだが、すぐに真面目な顔になった。

「テオさんはあなたにも、実の父親だといったことがありますか？」ピアはたずねた。

「いいえ」フォークトは驚いたようだ。

「クラース・レーカーには、そういう話をしたそうです。奥さんに知られるとまずいから、他言するなと口止めしていたようですが」

「なんでそんなことをいったというんですか？」フォークトは困惑してたずねた。「なんの意味もないじゃないですか！」

「孤児は親を欲しがるものです。認知してもらえなくても、父親がいると知っただけでうれしいものでしょう」

「だからクラースはいつも、自分は特別な存在だと思っていたのか」フォークトは鼻息荒くいった。「本気にしていたんですね」

「あなたはお父さんを知っているのですか？」

「いいえ。それでよかったと思います。なまじっか知っていると、期待しますから。両親を知っている子はいつか迎えにきてくれるはずだと密かに期待します。そんなことはめったにないのですが。会うたびに失望するわけですから、なんの希望も持てない子よりもはるかにつらかったでしょう」

「たとえば、だれですか？」オリヴァーがたずねた。

「そうですね」フォークトは過去に思いをはせた。「ラモーナは両親を知っていました。両親ともにティーンエイジャーで、親から子どもを養子にだすよう強要されました。あまり長く滞在しなかった数人の子が彼女の理想でした。ティモも両親を知っていました」

「ティモ？　自殺した子じゃないですか？」ピアはたずねた。

「ええ、そうです」フォークトがうなずいた。「シャワーコーナーで首を吊りました」

ピアは浴室に入ったときに味わった妙な気分を思いだした。

「その数年前には、女の子がバスタブでリストカットしました。バルバラという子です。姓はもう覚えていません。両親が迎えにくるとずっと期待していた子です」

「アンドレ・ドルは？」

「彼の母親はタバコをくわえたまま眠ってしまったんです。乳児だったアンドレはひどい火傷《やけど》を負いました。そのあと祖母も死んで、ライフェンラート家に行きついたのです。テオは彼にも父親だといっていたかもしれませんね」

ピアはライク・ゲールマンがされたことを思いだして、フォークトにたずねた。

「もちろん覚えています」フォークトはいった。「でももっとひどいことも起きましたからね。あんなのかわいい方です。ライクはそれだけのことをしましたし」

「どういう意味ですか？」

「もう昔の話です」フォークトは手を横に振った。「とっくに忘れてました。ライクはテオの親友の息子であることを笠に着たんです。彼はしばらくのあいだノーラと交際していました。基礎学校時代のことですので、かわいいものでしたが、彼の思い入れは相当なものでした。その後、ノーラにふられて笑い物になったとき、ライクはかんかんになって怒りました。ラップフィルムの件は、それまで彼がしたことへの仕返しみたいなものだったんです」

フォークトは黙って前を見つめた。しばらくのあいだ、だれも口を利かなかった。

「だれも信頼できないことがどんなにつらいかわからないでしょうね」フォークトの声が変わっていた。「アンドレとクラース、あのふたりは容赦がなくて、冷酷でした。あのふたりがわたしたちにしたことはテロ以外のなにものでもありません。わたしはよく標的になりました。わたしに嫉妬したんですよ。たいして変わらない境遇だったのに。わたしはいつ襲われて、辱《はずかし》めを受けるか、いつも戦々恐々としていました」

「なぜそのことを友人のフリチョフに話さなかったのですか?」

「負け犬になりたくなかったからです」フォークトはため息をついた。「アンドレはクラースのいいなりでした。兵隊みたいな存在で、どんな馬鹿げたことでも、残酷なことでも、命令のとおりこなしたんです。クラースがいなくなってからは、少しましになりました。そしてフリチョフの知るところになったあと、アンドレはなにもしなくなりました」

フォークトは咳払いして、背筋を伸ばすと顎をなでた。

「このあいだの……恐ろしい話がどうしてもテオと結びつきません。でも今にして思えば、気になることがあります」

「といいますと?」

「古いプールハウスの地下に機械室みたいなものがあるんです。プール関係の機器が設置されているんです」フォークトは一瞬ためらった。「そんなに前ではありません。半年くらい前だったでしょうか、わたしは車でテオを公証人のところへ連れていくことになっていました。ところがテオの姿がなかったんです。邸宅のどこを見ても姿がなくて、地下室にもいませんでした。そのときプールハウスの前にベックスが寝そべっているのが見えたんです。ところがプールハウスは内側から鍵がかかっていました。テオになにかあったと思って、ドアをノックしました。数分して、テオがドアを開けました。テオはかなり汗をかいて、息を切らしていて、なにをこそこそかぎまわっているのかと小言をいわれました。公証人のところへ行くことをすっかり忘れていたんです。プールハウスでなにをしていたのか訊きましたが、答えてくれませんでした」

「あとでプールハウスを覗いてみたんですか？」ピアはまだ鑑識チームの報告書にざっと目を通しただけだが、プールハウスについての報告は記憶になかった。

「ええ、まあ。気になりましたので。見たところ、たいしたものはなにもありませんでした。あったのは古いガーデン用の家具くらいでした。そのとき機械室のことを思いだしたんです。跳ね上げ式の扉の上にガーデン用の家具を収納したコンテナーを載せてありました。どかして下りてみましたが、プール関係の機器しか見当たりませんでした」

＊

「わざわざああいうことをいうところが引っかかります」オリヴァーがいった。フランクフルトへ向かっている途中だった。「自分で放火しておいて、最初に消火にあたる消防隊員みたいじゃないですか」

「わたしもそう思う」ハーディングも同意した。「犯人が犯行現場に戻って、警察にヒントを与えたり、野次馬にまじっていたりすることは珍しくない」

「フォークトをどう思いますか？」オリヴァーはハーディングの方を向いた。

「思慮深い印象を受けた」ハーディングが答えた。

「でも被疑者に近い存在です」ピアはいった。「何年もライフェンラート家に出入りしていて、クラース・レーカー、アンドレ・ドル、ザーシャ・リンデマンと同じ里子でした」

「プールハウスの下でさらなる死体や手がかりが見つかれば」ハーディングがいった。「そのときはフォークトがわたしたちの捜す犯人だ」

高速道路五号線は、反対車線が工事渋滞していたものの、オリヴァーたちが走っている側はよく流れていた。右側にフランクフルトの街並みが見えてきた。ジャンクションのヴェストクロイツで、オリヴァーは市中心部方面に曲がった。赤信号がつづいて遅々としてすすまず、やっと見本市会場の前を通った。ピアのスマートフォンが鳴りだした。ピアはブルートゥースで車のスピーカーに接続した。

「ハンブルクから電話があった」スピーカーからカイの声が聞こえた。「向こうで一九九七年に未解決殺人事件が起きていたんだ。女性が行方不明になった日を聞いて、ぎょっとしたよ」

ピアはうなじの産毛が逆立つのを感じた。被害者がまた見つかった！

「母の日なのね？」

「ご明察。被害者はエルケ・フォン・ドナースベルク、四十八歳。一九九七年五月十一日日曜日、ハンブルクで行方不明。いつものように、朝、イェーニッシュ公園へジョギングに出かけたまま戻ってこなかった。死体は二ヶ月後、エルベ川の中州ハンスカルプザントで発見された」

ピアはオリヴァーと顔を見合わせた。

「車で出かけていたの？」

「いいや。オトマールシェン地区のエルプショセー通りに住んでいて、毎朝、家からジョギングに出かけていた」

「子どもは?」ハーディングがたずねた。

「息子がふたり。当時十九歳と二十二歳」カイは咳払いした。「問題はこれからです。死体は上半身がラップフィルムにくるまれていました。当時の捜査官は、川を流れていて、ラップフィルムに絡《から》まったと判断したんです。エルベ川にはゴミがたくさん流れていますから、ラップフィルムが重要だと思わなかったようです。でもこっちにとっては、他の事件との一致点です」

「間違いないだろう」ハーディングがいった。「行方不明の日付とラップフィルム。犯人の手口だ」

「アクアマリンの指輪がなくなっていました」カイが話をつづけた。「川に落ちたとは考えられません。というのも、結婚指輪をはめていたからです。しかも結婚指輪はアクアマリンの指輪の上にはめていました」

「そこからなにがいえる?」オリヴァーがたずねた。

「犯人は車のキーを戦利品として持ち帰った、とハーディング氏がいっていたでしょう」カイはいった。「警察照会システムのデータをもう少し詳しく見てみました。エヴァ・タマーラ・ショレ、リアーネ・ヴァン・ヴーレン、ニーナ・マスタレルツ、ヤーナ・ベッカーにこれまで気づかなかった共通点がありました。四人とも後頭部の毛髪を切りとられているのです。写真からはっきりと見てとれます。それから所持品がなにかしらなくなっていました。エヴァ・タマーラ・ショレの場合は、行方不明になった日につけていた真珠をあしらったベルト。リアーネ・ヴァン・ヴーレンの場合はネックレス。ニーナ・マスタレルツの場合はイヤホン。ヤーナ・ベッカーの場合もネックレス」

「ハンブルクの女性も毛髪を切りとられているのか?」

「損傷が激しくて確認されていません。事件簿を送ってくれることになっています。事前に写真が送られてくるので、キルヒホフ教授に詳しく見てもらうために転送しておきます」

「よくやった、カイ」オリヴァーが誉めた。「ところで、クラース・レーカーはそっちに到着しているか?」

「留置場にいます。あいつをどうするんですか?」

「ひとまずなにもしない。勾留状を手配できるか? テオ・ライフェンラート殺害の容疑だ」

「わかりました。やっておきます」カイは余計な質問をしない。

「われわれはこれからフリチョフ・ライフェンラートのところへ行く。それからアンドレ・ドルを訪ねる。ケムとターリクからなにか連絡はあったか?」

「ケムとメルレはニーナ・マスタレルツの母親を訪ねたあと、今は女友だちに会っています」カイはいった。「ターリクとカトリーンはアネグレート・ミュンヒの息子たちと当時ミュンヒと交際していた男に会っています。職業はパイロット。当時の捜査官たちはその男に嫌疑をかけましたが、アリバイがありました。ミュンヒがいなくなったとき、国内にいなかったからです。ターリクは今、ミュンヒの親友だったという女性に会っています」

「被害者は八人」カイとの話を終えると、ピアは暗い面持ちでいった。「被害者はまだ見つかるかもしれませんね。連続殺人事件だと、どうしてもっと早く気づけなかったんでしょう!

ラップフィルムや施錠された車が乗り捨てられていたことなど共通項が割りだせないようでは、暴力犯罪連携分析システムといったデータベースはなんのためにあるんですか？」

「データベースが役立つかどうかは、分析する人間にかかっている」ハーディングがいった。「今回の事件をきっかけにして、プログラムのアルゴリズムが検討し直されるだろう。それより、これから訪ねる人物について話してくれないか」

ピアはハーディングにドクター・フリチョフ・ライフェンラートのことをかいつまんで説明し、ケム・アルトゥナイもまじえて事情聴取したときの雰囲気や、祖母リタの殺害に加担していると考えられることに触れた。

「彼に祖母を殺す必要があったのか？」オリヴァーがたずねた。「いい環境だった。祖母に甘やかされていたし、残虐な折檻《せっかん》の対象にはならなかった」

「そうともいえない」ハーディングがいった。「反社会性パーソナリティ障害の人間、わたしが肉食獣と呼んだ者たちの考え方はわたしたちとはまるで違う。自分のことしか頭にない。良識やモラルや法がブレーキをかけることはない。それに虐待されたことが反社会性パーソナリティ障害の引き金になるとはかぎらない。いくら溺愛《できあい》しても、子どもの欲求には際限がない。いい例がメネンデス兄弟だ。ふたりはテレビを見ていた両親を射殺し、そのあと逮捕されるまで外出し、贅沢なパーティをひらき、買い物をした。ふたりは前々から最高のものを与えられていた。高級靴、衣服、金、車、テニススクール。だがサイコパスは最高のものでも満足しない」

「退廃してますね」

「そのとおり」

「それでも、祖母を殺害したのがフリチョフ・ライフェンラートだとしたら、その理由は？」

「その人物が本当に反社会性パーソナリティ障害なら理由は必要ない」ハーディングが答えた。

「そのときたまたま神経に障ったのかもしれない。あるいはなにか邪魔されたのかもしれない。なにを考えているかわからないからな」

オリヴァーはマインツ街道を避けるため、ヴェストエント地区を抜け、フォイエルバッハ通りをボッケンハイム街道に曲がった。市内に入る道はうまく流れていた。ドイツ証券商業銀行《DEHAG》の本社ビルはロートシルト公園をはさんで高さ百七十メートルのオペラ・タワーと並び立っている。まるでオペラ・タワーの弟分のようだ。オリヴァーは舗装されたアプローチに車を止め、表玄関からガラス張りのロビーに入った。

受付には六十代はじめの男性がいた。受付カウンターにある名札によれば、クリスティアーノ・リベイラ・ダ・シルヴァという響きのいい名前だった。受付係は、玄関の前でタバコを吸ったり、昼休みを取りにでていったりする若い行員よりもはるかに上品に見える。愁《うれ》いをたたえた褐色の瞳に銀髪。オリヴァーの身分証を見ても顔色ひとつ変えなかった。オリヴァーがフリチョフ・ライフェンラートとの面会を求めると、受付係はすぐ内線電話をかけた。

「少々お待ちください」受付係は品よくいうと、ロビーのかなり離れたところにある応接セットを指差した。「すぐに別の者が参ります」

「ありがとう」オリヴァーがうなずいて体の向きを変えようとすると、ハーディングが前に出てきて、ダ・シルヴァに流暢《りゅうちょう》なポルトガル語で話しかけた。受付係はうれしそうに顔を輝かせ、ふたりはおしゃべりに夢中になった。オリヴァーとピアには bom dia《ボン・ジア》（おはよう）と obrigado《オブリガード》（ありがとう）くらいしか聞き取れなかった。ハーディングは二、三分、ポルトガル語で話してから、丁寧に礼をいうと、オリヴァーとピアがいる応接セットの方へやってきていった。

「人間の性格はいつも些細なことでわかるものだ。ダ・シルヴァの話では、ライフェンラートはろくにあいさつもしないが、来客があるときだけ親しげに、気心が知れているように振る舞うという。受付係は三十二年働いているが、ライフェンラートは着任したとき、自己紹介すらしなかった。肉食獣の典型的な態度だ。ヒエラルキーで下の者は空気なんだ。味方が必要なとき以外は」

二基あるエレベーターの一基でチンと音がして、扉がひらいた。ピアはフリチョフ・ライフェンラートが来たと思って身構えた。ところがエレベーターから降りたのは、グレーのビジネススーツを着た黒髪の痩せた女性だった。女性はピアたちの一メートル手前で立ち止まると、オズギュル・セノグルと名乗った。フリチョフ・ライフェンラートの個人秘書だという。笑顔も見せず、握手もしようとしなかった。

「CEOは今日、出社していません。どのようなご用件ですか？」

「ライフェンラート氏はどちらにいるのでしょうか？」オリヴァーはたずねた。

「出社していません」秘書は同じことをいった。

「ここにいないのなら、どこか別のところにいるんですよね」ピアは堪《こら》えきれずに口をはさんだ。オリヴァーは物腰が柔らかすぎる。「あなたは予定を把握しているのではないですか？」

返事はなく、冷たいまなざしのままだった。ピアはかっとなった。

「適当にあしらえると思ったら大間違いですよ」ピアはいった。「わたしたちは刑事警察署の者で、殺人事件を捜査中です。あなたが居場所を知らなかろうが、知らせることができなかろうがかまいません。ドクター・ライフェンラートを召喚するだけです。なんなら指名手配してもいいのです。ラジオ、インターネット、テレビを通しての指名手配は非常に有効です」

オズギュル・セノグルは無表情のままピアを見つめた。ピアもまた無表情に見返し、スマートフォンをだすと、カイの番号にかけた。

「指名手配をしてくれる」カイが電話に出ると、ピアはいった。「大至急、ドイツ全土に。いいえ、待って、ヨーロッパ全域がいい。捜索する相手は……」

「待ってください！」秘書はピアの頑固さに音をあげた。

「ちょっと待って」ピアはカイにいった。

「ライフェンラートＣＥＯは今日ロンドンにいます。明後日フランクフルトでおこなわれる臨時株主総会の準備をされています。邪魔するわけにいきません」

「戻るのはいつですか？」

「今夜の最後の便か、明日の朝早く」

「カイ？　用事はすんだわ。ありがとう」ピアは電話を切った。「フランクフルトにいるときは、どこに滞在しているのですか？」

「ファルケンシュタインのホテル・ケンピンスキーです」

「教えてくださり感謝します」ピアは秘書を立たせたままそこを離れた。銀行のロビーを出ると、オリヴァーがニヤニヤしながらハーディングにいった。

「これが分業というやつです。わたしが丁寧すぎると、ピアがロットワイラー・モードに入るんです。そしてどんなドアでもこじ開けます」

＊

クリスティアン・クレーガーからの電話で、オリヴァーは予定を変更した。ヨアヒム・フォークトの示唆《しさ》で、クレーガーがプールハウスを仔細に調べたところ、たしかに地下にプール関連の機器を設置した部屋があり、そこでこれまで見落としていたものを見つけたというのだ。

オリヴァーは鑑識チームの青いワーゲンバスの横に車を止めた。三人は車から降りると、邸宅をまわり込んだ。クレーガーはレンガ造りの建物の前で、オリヴァーたちを待っていた。

「また死体の一部を見つけたなんていわないでね！」ピアがいった。

「それはない。自分で見てくれ」

ハーディングが外の空気を吸っていたいといったので、オリヴァーとピアはふたりでプールハウスに足を踏み入れた。ガーデン用家具や色あせたパラソルやプラスチックのコンテナーをかきわけ、正方形の開口部を見つけると、深呼吸して、鉄の梯子《はしご》を下りた。ピアは膝ががくがくし、心臓がばくばくした。オリヴァーが腰をかがめなければならないほどその部屋は天井が低かった。室内は鑑識が設置した二個の照明で明るく照らされていた。

「それはなに？」ピアはほこりをかぶった青い物体を指差した。ゼール事件で見つかったガレージの樽を思いだしていた。

「心配いらない」横に立ったクレーガーがいった。「ただのプール用ろ過装置だ。それより、ここを見てくれ！」

クレーガーは壁際に積まれたほこりだらけの箱を指差した。

「銃弾？」ピアが驚いてたずねた。

「ああ！」クレーガーがうなずいた。「部下が見落とした。だがじつにうまく隠してあった。手前にレンガを積みあげてあったんだ」

クレーガーは部屋の奥の壁にぱっくり開いたおよそ六十センチ×四十センチの大きな穴を指差した。

「あそこに銃弾の箱と大量の銃器を入れた金属ケースが三個収まっていた」

銃器と聞いて、ピアは胃のあたりがもやもやした。壁に設置した発電機の下に置かれたほこりだらけの三個の金属ケースの前でしゃがんだ。銃器はどれも気泡緩衝材でぐるぐる巻きにされている。手袋をはめると、ピアは握りが象牙製の銀色のリボルバーをつかんだ。

「これは？」

「コルト、四五口径」鑑識官のひとりがいった。「レプリカのようです。まだざっと見ただけですが、ショットガン、最新式の拳銃、クラシックな拳銃、猟銃、カラシニコフ銃、短機関銃のウジ、パンツァーファウスト、それから手榴弾《しゅりゅうだん》が少なくとも十個」

「どれも使えるの？」

「大量の銃弾があるところを見ると、使えるのだろうな。もちろん検査してからでないと、なんともいえない」

ピアはオリヴァーの方を向いていった。

「賭けてもいいけど、リタ・ライフェンラートを殺すのに使った銃もありますね。テオが電話でいっていたフリチョフの古い重荷とはこのことかもしれませんね。どう思います？」

「明日問いただそう」オリヴァーは答えた。「手榴弾、機関銃、パンツァーファウストを所有しているだけでも戦争武器管理法に抵触する」

ピアは銃器の鑑定をオリヴァーに任せ、梯子をのぼって地上に出た。州刑事局の銃火器専門家には連絡を入れ、向かっているところだ。二二口径の拳銃はすべて今日じゅうに施条痕《せんじょうこん》鑑定をおこない、リタ・ライフェンラート殺害の凶器を特定することになっている。

ハーディングは手を後ろで組んで、犬のケージ跡に立っていた。

「母屋と隣の建物を見てみたい」ピアが横に立つと、ハーディングがいった。「かまわないかな？」

「もちろんです。クレーガーが鍵を持っています。お供しましょうか？」

「よければ、ひとりで歩きたい」ハーディングは申し訳なさそうに笑みを浮かべた。「あなたに他意があるわけではない。気を散らしたくないんだ」

「わかりました」ピアは笑みを返した。「ところでキムに連絡は取れましたか?」

「いいや、だめだった」ハーディングは首を横に振った。「メールを送り、留守番電話にもメッセージを残したが、応答がない。彼女らしくないね。普通ならその日のうちになにかいってくるのだが」

ピアは妹のプライベートな問題を話すべきか考えたが、ハーディングとキムの関係をよく知らないので、やめておくことにした。

「わたしはよく何日も放っておかれます。鑑定書はうちの署長が手配してくれるでしょう」

「そうだな」

「では、鍵を持ってきます」

「急がなくていい。このあたりを少し見てまわる」プールハウスへ行く途中、ピアはプールの縁《ふち》で足を止めた。落ち葉やゴミでいっぱいだが、昔は空色のタイルと空を映す澄んだ水が清潔で魅力的だったに違いない。

ライフェンラート家は、表面的にはすてきな子ども時代の条件をそろえている。広々した芝生、小川、たくさんの樹木、テニスコート、プール、大きな菜園、いろいろな家畜たち。遊ぶ場所にも事欠かず、静かで、新鮮な空気が吸える。

孤児院からこの牧歌的な環境に子どもを送れることを、青少年局の担当者が喜んだのも無理はない。だが、ここでなにが起きていたのか、本当にだれも気づかなかったのだろうか。

ピア自身の子ども時代は不幸ではなかったが、愛情にあふれていたともいえない。十代のときは学校の方針に逆らい、両親をものわかりの悪い小賢しい人間だと感じていた。ラースとキムは学校も青春も無難にこなしたが、ピアは幸せではなかった。自分の体型と退屈な平均的家族にうんざりしていた。数回、頰を張られたくらいで、親に殴られたり、折檻されたりしたことはない。だが誉められることもなかった。その逆で小言を浴びせられ、やりたいことを我慢させられた。親はピアのやることをことごとく否定した。髪型も服装も、そして学校の成績も。友だち選びも母親のメガネにかなう必要があった。

小さい頃、ピアとキムはいつもいっしょだったが、思春期になってから変わってしまった。キムは妖精かと見紛《みまが》うような美人になり、親戚の評判がすこぶるよかった。一方、ピアはにきびだらけで、きかん気だった。キムはいつも崇拝者をはべらせていたが、ピアは男の子から一度もラブレターをもらったことがなかった。ボーイフレンドがいないことにずいぶん悩んだものだ。自尊心の欠如がろくでもない男を選ぶという過ちにつながり、ストーカー被害にあって、襲われるという結末を招いた。そしてその後、生まれながらのエゴイストであるヘニング・キルヒホフの手に落ちた。それでも心が折れることなく、なんとか自分の過去と決別した。ピアは人生に自分の居場所を見いだし、白樺農場《ビルケンホーフ》で夢の生活を営んだ。そしてそれが悪夢に変わる前に対処した。満足のいく仕事にもつき、三十九歳でようやく無条件に愛せるクリストフと巡り会えるという大きな幸運に恵まれた。

兄のラースは、心が狭く、根に持つタイプになった。だれも信用できず、いたるところで自分への陰謀をかぎつける。そういう偏執的なところがわざわいして、五十代半ばになるというのに、いまだに貯蓄銀行の顧客アドバイザーどまりだ。キムにもおかしなところがある。口が達者で、勘が鋭く、愛嬌がある一方、横柄で傷つきやすい。プライベートなことや心情を貝のように口を固く閉ざして語らない。

しかしどうしてキムはそうなってしまったのだろう。ピアと同じ環境で育った。性格を一変させるような出来事があったのだろうか。あるいは小さい頃にはあらわれていなかったキムの本性なのだろうか。人がサイコパスの人格を形成するのは、子ども時代の経験によるところが大きいというが。遺伝子はどのくらいの役割を果たすのだろう。心のありようはみんな違うのだから、同じ状況でも違う受け止め方をするのではないだろうか。

「ピア？」

だれかに肩を触られて、ピアはびくっとした。オリヴァーが横に立っていた。

「なんでこんなところに立って、プールを見ているんだ？」オリヴァーがたずねた。

「ちょっと考えごとをしていたんです。悪意の塊《かたまり》のような人間がいて、子ども時代の体験など関係がなかったとしたらどうでしょうね？」

「そういうことはわたしとではなく、ハーディングと話した方がいい」オリヴァーは答えた。

「出発できるか？」

「ええ、もちろん。でもその前に邸宅の鍵を持っていかないと。ハーディングが中を見てみたいといってるの」

＊

クラース・レーカーは協力的で、午前中に嘘をついたことをあっさり認めた。四月七日の昼近くにライフェンラート邸を訪ねたとき、テオはすでに事切れていたという。荒唐無稽な話に聞こえるが、筋は通っていた。テオが電話に出なかったので、レーカーは金曜日にマンモルスハインへ行った。前の日、養父に電話をかけ、金を貸してくれと頼んでいた。四十八時間以内に一万一千ユーロを支払わなければ、報酬未払いで訴えると弁護士から通告されていたからだ。テオは金を貸してもいいといったが、自宅にはないので、ECカードを渡すといった。邸宅に着いてみると玄関の鍵が開いていて、テオがキッチンの長椅子で死んでいた。体にはまだ温もりがあって、死後硬直ははじまっていなかったが、息をしていなかったし、脈もなかったという。レーカーは同じ里子仲間のヨアヒム・フォークトが出張から戻って翌日来ることを知っていたので、道徳的には許されないが、犯罪とはいえない決断を下した。現金がないか家捜しをして、金庫も覗いたのだ。金庫で見つけた金はわずか五百ユーロだった。このとき、犬が主人の死体に食いつかないように、ケージに閉じ込め、餌と水をやり、それから暖房を切って、養父の財布を懐《ふところ》に入れて家を出た。

「匿名《とくめい》でもいいから警察に通報すればよかったのに、なぜしなかったのですか？」ピアはたずねた。

「ヨアヒムが次の日に来て、見つけると思ったんだ」レーカーは答えた。ピアとオリヴァーが自分の話を信じていると気づいて、自信を持ったようだ。「テオが横たわっているのが少しばかり短くなったって、もう後の祭りだったろう？」

ピアはため息をついた。レーカーの話は信じることができた。金に困っていて、他のことに気をまわす余裕がなかったのだ。それに、レーカーが犬をケージに閉じ込めたことは感謝したいくらいだ。司法解剖所見によれば、ライフェンラートは倒れた拍子に顔をなにかにぶつけて死に至ったということになる。

「二十四時間以上は勾留できないよな」そういうと、レーカーはニヤッとした。「自分の権利くらい承知してる。裁判所の裁定がないかぎり、明日の朝には釈放するしかない。さもないと、今度は俺が強制的な自由の剝奪を訴えることになる」

「あなたには決まった住所がない」

「もちろんあるさ。テオの家に住む。あそこの住所で申請してるからね。それまでは同僚のところに居候する。住所はわかってるだろう。職場も知ってるわけだし」

ピアはボスに視線を向けた。

「帰ってけっこうです、レーカーさん」そういうと、オリヴァーは書類をまとめて、立ちあがった。「協力ありがとう。迷惑をかけました」

「俺の車はどうなるんだい？」

「ライフェンラート氏のメルセデス・ベンツは検査します。とくに異状がなければ、遺産相続人か遺産管財人に引き渡します」

オリヴァーは別れのあいさつをせずに取調室から出た。ピアもそのあとに従った。会議室ではターリク、ケム、メルレ・グルンバッハの三人が待機していた。ハーディングもマンモルスハインから戻っていたが、カトリーンは小さな娘の面倒を見る者がいなかったので、すでに帰宅していた。オリヴァーとピアは、今日だれに事情聴取し、なにがわかったかみんなに報告し、クラース・レーカーを釈放した理由を伝えた。次はターリクが報告する番だ。カトリーンと彼は、当時捜査を担当した捜査官が定年になり、あとを引き継いだディーツェンバッハ署の捜査官と共に、アネグレート・ミュンヒの成人した息子のひとりに会ってきた。母親の失踪は子どもたちの人生を完全に狂わせた。母親だけでなく、警察から殺人の嫌疑をかけられた父親まで失ったからだ。息子はふたりとも、母親が死んだ事情を知りたくもないという。ふたりは母親を今も許していなかったのだ。だがアネグレートの母親は娘が見つかったという知らせを気丈に受け止め、詳しいことを知りたいと望んだ。母親によれば、娘は結婚を後悔していたという。ふたりの息子の世話は夫に任せ、子どもたちの近くにいられるように隣町にアパートを借りた。この件でアネグレートがトーク番組に招かれると、夫のベルント・ミュンヒは納得せず、他の人間がいる前で、殺してやるとアネグレートにいった。アネグレートが職場の人間と交際をはじめたのはそれからだった。

「交際相手だった元パイロットは、わたしたちがオフィスに訪ねてきたことを面白く思っていませんでした」ターリクが報告した。「今ではルフトハンザの役員で、結婚して二十年になり、子どもが三人います」

「アネグレート・ミュンヒとは本気で付き合っていたの？」ピアがたずねた。

「いっしょに暮らすつもりだったそうです」ターリクが答えた。「行方不明者届をだしたのも彼です。しばらく捜査の対象にもなり、怒った夫につけまわされ、アネグレートに他にも付き合っている相手がいることを知ったそうです」

「ということは、他にも身元のわからないだれかがいたということね？」

「ええ、そうです」ターリクはうなずいた。「親友だったユーリア・ケーニッヒという女性の証言に、アネグレートがその男に夢中だったという話がありました。知り合ったのは行方不明になる直前で、相手の素性をだれにもいわなかったそうです。上海からのフライトのあと、ユーリア・ケーニッヒともうひとりの女友だちに詳しい話をするといっていましたが、そうはならなかったわけです」

「相手のことをだれにも話さなかったのか？」ハーディングがたずねた。「女性にしてはじつに珍しい」

「それでもふたつだけヒントを残していました」ターリクはいった。「ひとつはルフトハンザ研修センターで知り合ったこと。それから別居している夫とは正反対の男だといっていたことです。ベルント・ミュンヒは小太りで、頭がかなり禿《は》げあがっていました。ですから当時の捜査では、髪が暗色系の痩せた男を捜したそうです。といっても、ルフトハンザには一九九三年の時点で四千人を超える従業員がいました。捜査は暗礁に乗りあげたそうです。アネグレート・ミュンヒの携帯電話の通話記録も検証されましたが、芳《かんば》しい結果はなく、ほとんどの電話の通話相手を特定できなかったそうです」

ケムとメルレがもたらした情報の方が期待が持てた。ニーナ・マスタレルツは二〇一一年、新しい人生を切り開くためにポーランドからドイツにやってきた。バンベルクで家政婦の仕事につき、市民大学で英語とドイツ語のコースを受講し、夜はテーブルダンスバーで働いていた。未婚のまま産んだ小さな娘はポーランドの祖父母の元に残していた。

「ニーナ・マスタレルツは高望みをしていて、なにがなんでも成功しようと必死だったそうだ」ケムが報告した。「フランス人のダンサー仲間から警察に相談があり、バンベルク刑事警察署は、ニーナ・マスタレルツはそのバーで殺人犯と知り合ったとにらみ、その周辺をしらみつぶしに捜査した。ニーナには同居人がいたが、不法滞在していて、強制送還を恐れて身を隠したため、当時は事情聴取することができなかった。でもその後、ドイツ人と結婚していて、今回は会ってくれた」

「同居人というのはウクライナ女性で、保存していたニーナのノートパソコンを渡してくれました」メルレがそうつづけた。

「そっちは俺が引き受けよう」カイがいった。「なにか秘密を解き明かせるかもしれない」

「少しは成果があったな。カイ、明日までにやれるか？」カイがノートパソコンをどう処理するのか皆目見当がつかないオリヴァーがいった。

「ボス、そんなプレッシャーをかけなくてもいいでしょう。ここはテレビドラマの中じゃないんですよ」カイが文句をいった。「もう少し時間をくれないと」

「おまえならできるさ」オリヴァーはカイの能力に全幅の信頼を寄せていた。「もしかしたらなにかつかめるかもしれない。もうすぐ六時半か。長い一日だった。今日はここまでにして帰宅してくれ。明日、アンドレ・ドルとブリッタ・オガルチュニクに事情聴取する」

二〇一二年五月十三日

行き当たりばったりは嫌いだ。しかしどうしようもない。あの女はこっちの誘いにまったく乗ってこず、俺を無視した。あの女らしい。傲慢で冷淡。偶然、道ですれ違わなければ、あいつを狙ったりしなかったものを。だがあいつには報いを受けてもらわなければならない。俺は車を止めて木の陰に隠れた。二十分前に目の前を走っていった。あと数分待てば、またここに来る。あの女は毎週、日曜日の朝、同じコースをジョギングする。あいつが住んでいるブーフシュラーク地区から森を抜けてランゲン・ヴァルト湖まで走り、湖を一周してから別の道を戻ってくる。俺は一計を案じることにした。うまくいくか見物だ。来たぞ！　女は同じペースで悠々と走ってくる。俺は知っている。秋にニューヨークマラソンに出るためトレーニングしているのだ。うまくいけば、あいつはニューヨークに行くことはない。俺はしげみから出た。片手に犬のリードを持って、あいつに手を振る。あいつならそのまま走りすぎるかもしれない。そのときはついてなかったと思えばいい。ところがどうだ、あいつは走る速度を落として、イヤホンをはずした。

「おはようございます！」俺は少しあえいでいるふりをした。「白い子犬を見かけませんでしたか？」

「いいえ、おあいにくさま」女は俺をしげしげと見た。俺は人畜無害に見えるだろう。困り果てているようにも見えるはずだ。白い髭《ひげ》を生やした太った老人。白髪で、メガネをかけている。「わたしの孫娘の犬なんです」俺はいった。「ちょっとリードを外したすきに逃げてしまったんですよ！　どうしたらいいでしょう？　犬はこのあたりを知らないんです。道路もいっぱいありますし！」俺は途方に暮れているふりをした。「娘夫婦が母の日に訪ねてきまして、わたしはミルーを連れて散歩に出たんです。まいりました！　犬になにかあったら、とりかえしがつきません。孫娘の大のお気に入りで」

女はまだ戸惑っている。老人といっしょに犬捜しなどする気がないようだ。もうひと押ししなくてはならない。

「孫娘のエマは車椅子の生活をしているんですよ。半身不随でして。犬を大事にしているんです！」

「来たところに戻ったのではないですか？」女はいった。

「だといいのですが」俺は肩を落として、首を横に振った。早くしなければ。だれかがあらわれたらまずい。俺は自分が乗ってきたワンボックスカーの隣に止まっている黒いSUVを指差した。「あれはわたしの車です。でもミルーはどこにもいません。わたしは息が切れてしまって」

俺はSUVにもたれかかって、胸に手を当てた。

女はためらいつつも、肩をすくめた。

「少しだけ捜すのを手伝いましょう」女はオランダ語訛《なまり》でいった。「なんなら、湖をもう一度まわってきますけど」

「それはありがたい」俺は力なく微笑んだ。「待ってください。食べものを持っていってください。ミルーのお気に入りなんです」

俺はSUVの荷室を開けるふりをした。女はスマートフォンをだして、そっちを見ている。チャンスだ！　スタンガンに気づいていない。俺は女の方に一歩近づいて、汗で濡れた上腕にスタンガンを押しつけた。女は驚いて口を開け、目をむいたが、すぐに筋肉が弛緩してくずおれた。俺はすぐさまワンボックスカーのバックドアを開けた。急がなければ。女はそれほど重くなかったが、意識を失った人間を持ちあげるのは映画で見たほど簡単ではなかった。ぐったりしている女の体を無造作に荷室に押し込み、バックドアを閉めた。

やったぞ！　アイデアの勝利だ。シンプルで、効果的なアイデアだった。暗くなるまで十二時間ある。それだけあれば、いろいろなことができる。

八日目

二〇一七年四月二十五日（火曜日）

エッシュボルンとレーデルハイムの中間にある工業団地に黒いメッシュフェンスに囲まれた広い敷地があり、その門に看板がかかっている。

「あそこですね！」ピアはその看板を指差した。看板には「クラシックカー・ドリームズ・フランクフルト――カーマニア歓迎」と書かれている。

大きな駐車場には草一本生えていなかった。ベントレー、アストンマーティン、マセラティ、ロールス・ロイス、フェラーリ。そこに止めてある車列を見て、オリヴァーの胸が高鳴った。テールランプを見れば一九七四年製とすぐにわかるツートンカラーのダッジ・ラムチャージャーの後ろに、オリヴァーはシルバーの警察車両を隠すように止めた。

駐車場を横切りながら、オリヴァーは別の日にゆっくり見にくることにした。

「事情聴取では本人と生みの親と里親家族について質問してほしい」玄関へ向かう途中、ハーディングがいった。「仕草やボディランゲージを引きだしてくれ。きみは車好きのようだから話が合うだろう」

「どうしてわたしが車好きだと？」オリヴァーは困惑した。

「人間を観察するのがわたしの仕事だ。駐車場はこんなに広いのに、きみはなんの変哲もない警察車両を一番大きな車の陰に隠した。きみが美しいクラシックカーに魅了されている証拠だ」

「つまりわたしは本心を簡単に見抜かれてしまうということですか？」

「わたしにはね。しかし、きみには自分を隠す気がなかった」ハーディングは微笑《ほほえ》んだが、すぐにまじめな顔になった。「とにかく、アンドレ・ドルが子どものとき養父とどういう関係だったか突き止めるんだ。養父を崇拝していたか、軽蔑していたか、認められたいと思っていたか。他の子を先導していたのか、その他大勢だったのか、はじきだされていたか。うまくしゃべらせるんだ」

「わかりました」オリヴァーはうなずいて、ピアにつづいてガラスドアをくぐり、建物に入った。受付から直接、工房を見ることができた。オリヴァーはモーターファンがホビー程度にやっている薄汚れ、ごみごみした場末の工場だろうと思っていたが、そこはぴかぴかに磨きあげた大きなホールだった。赤レンガの壁、コンクリートの土間、天井のパイプ、ロフトには桟《さん》付きのはきだし窓。インダストリアルデザインの結晶のようだ。そしてそのホールで息をのむほど美しい車の整備がおこなわれている。一段高いところにはサンドカラーの車がディスプイされている。メルセデス・ベンツ280SLだ。その数メートル先ではふたりの工員が一九六〇年代のマセラティ・セブリング・シリーズⅡを分解している。

受付カウンターには若い女性が立っていて、白い歯を見せて親しげに微笑んでいた。ピンクのブラウスにつけたつや消しシルバーの名札には、受付係エミリー・ドッバースと書かれていた。

「おはようございます！」受付係がさえずるような声でいった。「どのようなご用件でしょうか？」

「おはようございます、ドッバースさん。ドルさんと話したいのですが」そういって、オリヴァーは刑事章をカウンターに置いた。

「刑事さん？」お客用の笑顔が消えたが、ドッバースはおどおどしつつも、完全に笑みを消すことはなかった。ドッバースはピア、ハーディング、オリヴァーと順に見て、またピアに視線を戻した。そのあいだストレートロングヘアをしきりにいじった。

警察があらわれると、ほとんどの人がそわそわする。オリヴァーはそれが不思議でならなかった。テレビのミステリ番組の影響だろうか。それとも、生まれつきの罪悪感といったものが遺伝子にすりこまれているのだろうか。

「ホーフハイム刑事警察署のオリヴァー・フォン・ボーデンシュタイン首席警部です」オリヴァーはエミリー・ドッバースを伯爵家仕込みのまなざしで見つめた。効果覿面《てきめん》だった。

「あら！　ケルクハイムのボーデンシュタイン家の方？」

「そうです。あそこで育ちました」

「びっくりです！　わたし、八歳のときからあそこの馬場で馬に乗っているんです！」ドッバースは目を丸くすると、かわいらしい顔を輝かせ、手をもんだ。「ではクヴェンティンはあなたの……ええと……甥《おい》？」

オリヴァーは、ピアがくすっと笑うのを目の端でとらえた。

「クヴェンティンは弟です」オリヴァーは品よく答えた。

「社長にすぐ伝えます！」ドッバースは背を向けると、ハイヒールをコッコツ響かせながら受付ルームの奥へ向かった。そこにはガラス張りのオフィスがふたつあり、彼女は左側のドアをノックして、下げてあるブラインドの奥に姿を消した。

オリヴァーは受付のガラス窓のそばに立つピアとハーディングと並んだ。

「アンドレ・ドルはかなり成功しているようですね」ピアがいった。「ライフェンラート家の子どもの多くがかなりの成功を収めていることは驚きです」

「驚くにはあたらない」ハーディングがいった。「難しい子どもには大きなポテンシャルがある。道さえそれなければな」

「それに多いともいえない」オリヴァーも訂正を加えた。「わかっているかぎりでは、仕事で本当に成功しているのはフリチョフ・ライフェンラートくらいのものだ」

「ヨアヒム・フォークトも人生に挫折しているようには見えませんが」ピアがいった。「リンデマン夫妻だって」

「三十人中四人だ」オリヴァーは車から視線をそらした。「ふたりは自殺し、多くは平均的な人生を送っている。学校のクラスで見られる割合と変わらないさ」

ドッバースが手招きした。オリヴァーたちは受付カウンターの横からオフィスに向かった。「刑事警察署の方々です！」ドッバースが社長にいった。「ええと、女性警官もいます。なにかお飲みになりますか？　コーヒーとか？」

「いいえ、けっこうです」オリヴァーはいった。

「なにか欲しいものがあったら、おっしゃってくださいね」

ドッバースはオリヴァーに微笑みかけてオフィスから出ると、ガラスドアをそっと閉めた。

オフィスの壁には星条旗がかけてあり、その横にエキゾチックな高級車の写真が額入りでずらっと飾ってあった。ホットロッド、ランボルギーニ、ポルシェ・スピードスター。書類が山と積まれたデスクに向かってすわっている男性は、この気品あふれるオフィスには似つかわしくなかった。年齢は四十代の終わり。がっしりした体つきで、フィットネススタジオでこんがり肌を焼いている。ブリーチしたジーンズにごつい作業靴と「ガス・モンキー・ガレージ、ダラス、テキサス」とプリントされた黒いTシャツという出で立ちだ。筋骨隆々の前腕にはびっしりタトゥーを施していて、指という指に指輪をはめ、右耳にいくつもピアスをつけていた。灰色のふさふさの髪は短くカットし、口ひげと顎髭をきれいに整えていて、仕事を終えた夜にはバイククラブに繰りだし、バイクを乗りまわす金持ちロッカーズという風情だ。アンドレ・ドルは丁寧にあいさつしたが、少し冷ややかだった。

オリヴァーはまず一枚の写真を見た。汗だくになったドルと数人の男がコーンイエローのデュース・クーペの横でにこやかにしている。車は典型的なホットロッドだ。オリヴァーがその写真を話題にしたので、ドルの目から警戒心が消えた。数分、ふたりはクラシックカーの話題で盛りあがり、オリヴァーはドルの仕事ぶりに感銘したといってから本題に入った。クラース・レーカーのときは、ピアが主《おも》にしゃべったが、今回はオリヴァーに事情聴取を任せた。ピアとオリヴァーのあいだに対抗心はない。事情聴取では、ふたりが化学反応を起こしたとき一番成果が上がるととっくの昔に気づいていたからだ。

ドルはガムを口に入れて、脚の低いテーブルを囲む革装のアンティークな応接セットに三人を案内した。ドルが会話の録音を拒否しなかったので、ピアはスマートフォンをテーブルに置いて、録音ボタンをタップした。

オリヴァーがテオ・ライフェンラートのことを話題にすると、ドルがいった。

「なにがあったか聞いてる。そのうち来ると思ってた。ラモーナがすぐ教えてくれた。じいさんには気の毒なことをした。そして犬のケージで発見されたっていう死体にはびっくりだ！」

「とんでもないことです」オリヴァーがうなずいた。「あなたの亡くなった養父は人を殺して、敷地に埋めたようなのです」

「驚きはしないね」ドルはそれほどショックを受けていないようだ。「あのじいさんはいかれてた。ばあさんと同じでな」

「問題はどうやったかです」オリヴァーはいった。「被害者を運んだわけですから」

ドルはガムをかみながらオリヴァーを見つめた。

「テオさんはワーゲンバスを改造し、ペットを乗せて品評会をまわっていたそうですね」

「そうだけど？」

「その車をあなたが修復したと聞きました」

「そうさ。一九七〇年製のタイプ２だ。マフラーに至るまでオリジナル。コレクターはそういうのを欲しがる。クラシックカーを見つけて整備し、それを売って儲けるのが俺の仕事だ。コツは心得ている」ドルはさりげなくいったが、警戒を怠らなかった。

「では売却したのですか？」

「ああ、日本のコレクターに」

「整備中の記録を写真で残しているでしょう？」オリヴァーもその車を見られると思っていなかった。「それだけ珍しい車なら」

「記録は取らなかったと思うな。記録するのは最初から売却を考えている車だけだ。ワーゲンバスは売るつもりがなかった」

嘘をついている、とオリヴァーは思った。その古いワーゲンバスには特別な思い入れがあったはずだ。心に残るものだったに違いない。なぜ嘘をつくのだろう。オリヴァーはピアと目が合った。ピアが質問したいようだ。オリヴァーは軽くうなずいた。

「先ほど養父母がいかれているといいましたね」ピアがドルの方を向いていった。「どういう意味でしょうか？」

「孤児院から何人も子どもを引き取って、ストレスのはけ口にしたんだ。他にいいようがないだろう。リタは『ジム・ボタンの機関車大冒険』に登場するミセス・イッポンバみたいなもんドルは笑ったが、愉快そうではなかった。

「あなたもリタ・ライフェンラートさんに虐待されたのですか?」オリヴァーは単刀直入にたずねた。

「虐待？」そう訊き返すと、ドルは驚いた顔をした。「なんでそうなるんだ？」

「他の元里子から、聞き分けが悪いと、ライフェンラート夫人がどういうことをしたか聞きました」

「いいや、それは知らない。悪さをして、孤児院に送り返すといわれたことはあるけど、……それくらいだ……本当にそれ以上はされてない」

オリヴァーはドルの主張に踏み込むことはしなかった。自分をステータスシンボルだと思い、完璧であることを演じたいアンドレ・ドルのような人間は弱みを見せることができないのだ。

「つまり養父母との関係は良好だったんですね」

「ああ、そうとも」ドルは肩をすくめた。しきりにガムをかみ、何度もオリヴァーから視線をそらした。

「自動車整備工場は元々、ライフェンラートさんが所有していた工場ではじめましたね。かつてクラース・レーカーさんもいっしょでした」

「クラース！」ドルは顔を曇らせた。「最低の奴だ！　思いだしたくもない！」

「今でも連絡を取っているのですか？」

「いいや！　もう何年も音信不通だ」

「それでもレーカーさんについて伺いたいと思います」

「お役に立てるなら」ドルは髭《ひげ》をなでた。こすれる音がした。「小さかった頃、クラースは俺のヒーローだった。あいつの後ばかり追いかけてた。クラースがじいさん、ばあさんと同じでいかれていることがあの頃、理解できなかった。クラースは自分が得をすることにしか興味がなかった。昔から大口を叩くくせに、まともに働かなかった。会社はしばらくうまくいってたが、あいつが勝手なことをやりだしたんだ。自分の妻のザンドラがいやがるのを無理矢理オフィスで働かせた。あいつは奥さんを片時も離さず見張っていたかったのさ。ザンドラはときどき泣いて俺に訴えた。そうしたらクラースの奴、俺が奥さんに色目を使ったっていいがかりをつけた！」もう何年も前のことなのに、いまだに腹に据えかねているようだ。「クラースが病院に隔離されたとき、テオのじいさんは工場の賃貸契約を破棄した。クラースが奥さんを殴ったのは、俺のせいだといわんばかりにな！　勘弁してほしいよ！」

ドルは自分のことになると口が重かったが、他人の話はよくしゃべった。

「そんなに腹を立てていたのに、なぜ養父の車と乗用芝刈機の整備を買ってでたんですか？」

「だって、あわれじゃないか。みじめな人だった。奥さんにも、おふくろさんにも、死んだ兄貴のフィアンセにも頭が上がらなかった。テオは家では肩身が狭かった。気の毒な人だった。最後には牙を抜かれた」

「最後には？」オリヴァーはその言葉に引っかかった。「その前は虎だったのですか？」

ハーディングは興味がなさそうに話を聞いていた。ピアはクラシックカー・ドリームズ社の大判のパンフレットをぱらぱらめくった。

「いつ爆発しても不思議はない手榴弾《しゅりゅうだん》といった方がいい。歯ぎしりして怒り、逆上したところが今でも目に浮かぶ」ドルは笑って、養父の表情を真似て見せた。「あの顔を何度か目にして、君子危うきに近寄らずって思った」

「それでも好きだったんですね？」

「だってもう大昔の話だぞ！」マンモルスハイン時代がはるか昔のような言い草だった。「ああ、なんとなく好きだった。テオは夜、本を読んでくれたり、ゲームをしたりするパパじゃなかったが、トラクターに乗せてくれたり、ペットの世話を手伝わせてくれたりした。俺たちが大きくなると、車やトラクターを運転させてくれたし、こっそりいっしょにビールを飲んだし、俺たちがタバコを吸ってもなにもいわなかった。リタが作ったきまりを破るのが楽しいようだった」

「あなたは実の父親を知っているのですか？」ピアはたずねた。

「いいや。なぜだい？」ドルの右のこめかみの血管が浮きあがった。

「テオさんが」ピアはかまわず話をつづけた。「外で生ませた隠し子だ、とあなたにもいっていたかなと思いまして」

「〝も〟ってなんだ？」ドルがピアをじっと見つめた。

「レーカーさんは自分がテオ・ライフェンラートの隠し子だと思っています。テオさんは認知しませんでしたが、そういうふうなことをいっていたらしいんですよ。ただし、リタさんには黙っていろといって」ピアは答えた。

アンドレ・ドルが葛藤し、肩を落としたのを見て、オリヴァーが付け加えた。

「わたしたちは、口から出任せだと思っています」

「青少年局にあった俺のファイルを閲覧するまで、俺もそう固く信じていたよ！」声がかすれ、怒りで両手に拳を作った。「いつかテオが俺を認知してくれるとずっと信じていたんだ！　他の子にもいっていたなんて知らなかった！　他の子がうらやましがるからいうなといわれて、そのとおりにした」

ドルが顔を上げた。顔が引きつっていた。ハーディングの予感は当たっていた。テオ・ライフェンラートは父親のいない里子の一番弱いところをついて、ありもしない作り話で操っていたのだ。

「くたばっていなければ、俺がこの手で殺してやりたいくらいだ」ドルが吐き捨てるようにいった。

「ノーラ・バルテルの事件は覚えています？」オリヴァーはたずねた。ドルは頭に血が上っている。冷静なときよりも口が軽いかもしれない。

「もちろん。大騒ぎになったからな。警察が一番下の子まで全員に事情聴取した」

「あなたもノーラが好きだったんでしょう？」ピアが口をはさんだ。

「どうだったかな。もう忘れた」

「とても美しかったと聞いています」

「そうだったかもな。俺はまだ女に興味がなかった」

「クラースがノーラとボートに乗るとき、自分を誘ってくれなかったことでへそを曲げたのではないですか？」

「まさか！　どうしてそうなるんだ？」ドルはオリヴァーとピアを交互に見た。ハーディングにじっと観察されているのを見て、ドルは自分の反応を見られていることに気づいた。

「その可能性はあるでしょう」ピアがその先を引き受けた。「あなたはノーラが好きだった。これを見るかぎり、そうとう好きだったのでしょう……」

ピアは上着のポケットから吸い取り紙のコピーをだし、広げてドルに差しだした。ドルはその紙に視線を向けた。

「これは？」

「吸い取り紙です。あなたの数学の教科書にはさまっているのを偶然発見しました」ピアは答えた。

「俺の数学の教科書？　どこからそんなものを？」

「〝N&A〟、ノーラ&アンドレですね」ピアはその紙に書かれている言葉を読みあげた。「〝アイ・ラブ・ノーラ。ノーラ、ノーラ、ノーラ。ぼくのハート〟あなたが美しいノーラにぞっこんだったとしか思えないのですが。クラースさんがノーラとボートに乗っていたとき、あなたはどこにいたのですか？」

「覚えてない」ドルは腕組みし、顎を胸におしつけた。「菜園で手伝いをしてたか、プールにブラシをかけてたんじゃないかな。俺たち子どもはいつもそういう作業をさせられていた」

「でもさっき、クラースの後をいつも追っていたっていいましたね。それにノーラが亡くなったのは日曜日です。しかも母の日。そんな日にプール掃除なんてさせられたんですか？　リタさんはいつも母の日を大々的に祝ったそうじゃないですか」

ドルは腰をもぞもぞさせた。話がまずい方に向かっていると気づいたのだ。

「その日のことを思いだしてください」ピアが要求した。

「無理だ」ドルは喉仏を小刻みに上下させ、目をそらした。なにかを隠している証拠だ。

オリヴァーは当てずっぽうでいってみることにした。

「フリチョフさんは親友のヨアヒムを副官と呼んで、いっしょに高等中学校《ギムナジウム》に進学しましたね。あなたはクラース・レーカーの副官だったのではないですか？　彼はリタさんや他の里子からあなたを守り、代わりにいろいろ指図していた」

「指図？」ドルが身を乗りだして、膝《ひざ》に肘《ひじ》をつき、じっとオリヴァーをうかがった。「なにがいいたいんだ？」

「たとえば、だれかを大型冷凍ストッカーに閉じ込めたとき、他言するなといわれたのでは？」オリヴァーは質問するように、答えを口にした。ドルはどう答えるべきか思案していた。顔をこわばらせた。顎の筋肉だけが小刻みに動いていた。彼の手を見れば、神経質になっているのがわかる。左手の親指の爪で中指の爪の皮をひっかいていたからだ。数秒が経った。

「それとも、手伝ったのですか？」

沈黙。

「ライク・ゲールマンさんをラップフィルムにくるんで、小川に沈めたとき、ラモーナとザーシャを手伝ったのでしょう？」

ドルがなにもいわなかったので、今度はピアがたずねた。

「なんでそんなことをしたんですか？　どうしてラップフィルムを使ったのですか？　ただ殴ればよかったじゃないですか？　ライク・ゲールマンさんは溺《おぼ》れるところだったんですよ！　そう思わなかったんですか？」

「あのときは……そんなことになると思わなかったんだ」

「ラップフィルムを使うアイデアはだれがだしたんですか？」

「覚えてない」

「ドルさん」ピアは身を乗りだし、同情心を込めていった。「リタ・ライフェンラートさんが子どもたちになにをしていたか、わたしたちは知っているのです。それがどんなに恐ろしいことで、子どもの心にどんな傷跡を残したかまではわかりません。しかしあなたはそのことを恥じる必要はないのです。あなたは被害者であって、罪はないのですから」

ドルは愕然とした表情を見せた。口元が痙攣《けいれん》していたが、ドルのような男には同情心など効かなかった。椅子から勢いよく立つと、ドルは手でうなじをこすった。

「なんか精神科医のような物言いだね！」ドルは作り笑いを浮かべた。「カウチに横になって、泣きながら告白でもすればいいのか？」

「ワーゲンバスの整備記録をいただきたい」オリヴァーがいった。「それで帰ります」

「あるかどうか、ちょっとコンピュータを見てみよう」安堵したのが、ドルの目から読み取れた。目は口よりも雄弁だ。ドルはノートパソコンに向かってすわった。「ああ、あった」この状況から早く解放されたかったのだろう。さっき整備記録などないといったことを忘れている。書類棚へ行くと、フォルダーを一冊抜いて、応接コーナーのテーブルに投げた。「すべてここにそろってる。記録を見ると、なつかしい」

「ありがとうございます」オリヴァーはフォルダーをつかんだ。オリヴァーたち三人が立って、ドアの方へ向かったとき、オリヴァーがまた質問した。「そうだ。一九九七年か九八年の夏に、ザーシャ・リンデマンさんとあなたでテオさんの敷地のシャクナゲを植え替えて、地面を掘り返したそうですね。なにが目的でしたか？」

「俺がどこでなにをしたって？」ドルは眉間《みけん》にしわを寄せた。オリヴァーが質問を繰り返した。

「ああ、たしかに。テオに頼まれたんだ。たしか……新しく犬のケージを作りたいといっていた……」その質問がなにを意味するか気づいて、ドルは途中で口をつぐんだ。

「ありがとう」オリヴァーが微笑み、ドアノブをつかんだところで、最後の質問をした。「そういえば、ザウアーラント地方のバート・ベルレブルクで重大事故を起こしましたね。ザウアーラントにはなんの用で行ったのですか？」

ほんの一瞬、ドルが身をこわばらせた。ガムをかんでいたことも忘れた。

「ザウアーラント?」ドルは考える時間を作ろうとした。声がかすれていた。「それは……車を見にいったんだ」

「車の種類は? 正確な地名は?」

「どういうことだ?」ドルがかっとしていった。「なんでそんなことを訊くんだ?」

「覚えていますか?」オリヴァーはかまわず質問した。

「いいや、もう忘れた!」ドルがオリヴァーをじろっとにらんだ。背筋を伸ばすと、ドルはけんか腰になった。「その日のことはもう覚えていない。俺は二ヶ月入院していた。これでいいか?」

「もちろんです。時間をとってくださり感謝します、ドルさん」

「そのフォルダーは返してくれよ」

「当然お返しします。受付嬢に借用書を書いて渡します」

バート・ホンブルク、二〇一七年四月二十一日

アスマン精神科病院はバート・ホンブルク市ドルンホルツハウゼン地区の郊外にあった。フィオーナは通りすぎたかと思った。だがレンタカーのナビシステムはさらに森を抜けたところで、目的地に着きました、と告げた。カタリーナ・フライタークはメールも寄こさなければ、

電話もかけてこなかった。フィオーナのショートメールにも応答しなかった。完全に無視したということは、フィオーナに関わる気がないということだ、知りあう気がないのだ。以前のフィオーナならそこであきらめただろう。だが復活祭の日曜日、フランクフルト大聖堂の前で自分を変える決心をした。もうすぐ目的が果たせるのに、あきらめてなるものか。自分の母親であるその女性と面と向かいあう。それだけで充分だ。カタリーナ・フライタークの職場はインターネットのおかげですぐ突き止められた。病院のあるバート・ホンブルクはフランクフルトからわずか二十五キロ。午前中、フィオーナはフランクフルト中央駅でレンタカーを借りた。オートマチックでナビシステムつきの小型の黒いアウディだ。カタリーナ・フライタークの略歴からわかった、彼女にとって重要な土地を経巡《へめぐ》った。生まれ育ったのはバート・ゾーデンという小さな町だ。隣町のケーニヒシュタインにある学校に通った。母親が通ったそのケーニヒシュタインの学校も見つけた。学校は復活祭の休みで閉まっていたが。旧市街の狭い路地を歩き、町の上にそびえ立つ美しい古城跡にも登ってみた。母親が子ども時代から青春時代にかけて過ごしたところを自分の目で見て、フィオーナは深く感動した。そのあとピザ屋でサラダを食べ、自分の祖父母はこのあたりで暮らしているのだろうかと考えた。二十四年前、自分が作られたのもここだろうか。カタリーナ・フライタークに兄弟姉妹はいるのだろうか？　おばやおじ、甥や姪《めい》がいるかもしれない。そう思うと、ひどく切なくなった。母親である女性に会うだけでは満足できない。質問に答えてもらわなくては。

午後三時少し過ぎ、アスマン精神科病院の敷地の外にある外来用駐車場にアウディを止めた。

おそらく外来の時間ではないのだろう。イチイの生け垣に囲まれた駐車場には白いワンボックスカーと黒いSUVしか止まっていなかった。フィオーナは車から降りると、ダウンジャケットのファスナーを上げて、タバコに火をつけた。風がやけに冷たい。重そうな雲がどんよりした空を流れていく。ドクター・フライタークにはどうやって取り次いでもらおう。メールとショートメールを送ったから警戒しているはずだ。だからチューリヒ大学病院やバーゼル＝ラント準州のクリニックで使った手は利かないだろう。待ち伏せて声をかけるという当初の計画もあきらめた。まさか何時間もクリニックの前で粘るわけにもいかない。それに他にも出入口があるだろう。カタリーナ・フライタークが今日は出勤していない可能性もある。そうだとしたら、まったくの無駄足だ！　復活祭だから、旅行に出ているかもしれない。なんでそのことを考えなかったのだろう！　フィオーナはユーゲントシュティール様式（ドイツ、オーストリアなどでのアール・ヌーボー様式）の見事な建物を眺め、タバコの吸い殻を地面に捨てた。やってみるしかない。車を施錠して、クリニックに向かった。

＊

「レーカーとドルのふたりが長いあいだ、テオの隠し子だと思い込んでいたことが信じられません」ピアは首を横に振った。

「そうともいえない」ハーディングが答えた。「子どもたちの気持ちになってみるんだ！　みんな、孤児院や崩壊家族を体験している。父親のイメージを持っていたのはテオだけだった。彼を信用してしまうだろう」

ピアたちはレーデルハイムにあるショッピングセンター、トーム・マルクトの横にあるスナックスタンドでコーヒーを飲んでいた。

オリヴァーはドルから預かったフォルダーの写真を見ながらいった。

「元妻が数年前、一九六〇、七〇年代の孤児院の状況についてドキュメント映画を製作した。一九七〇年代の終わりまで人をおとしめ、屈辱を与える暴力の温床だった。ほとんどの孤児院が教会によって運営され、青少年局の目が届かなかった。今では、孤児院での養育が孤児たちの身体だけでなく、心にまで傷を残すことがわかっている。教会は長いあいだ問題をひた隠しにし、報道されても、それは個別の事例だと主張してきた。だがコージマのドキュメンタリー映画が放映されると、ドイツ新教社会奉仕団が公《おおやけ》に謝罪した」

オリヴァーはハイテーブルのパンくずを払ってから、フォルダーを置いた。

「小さいうちからそういう状況に置かれた子どもたちは完全に自尊心を失い、人を信用しなくなる」ハーディングがいった。「ライフェンラート家の里子も、恣《し》意的な扱いと不安の中で同じように心が傷ついていたはずだ。同じように無力さに傷ついていたテオはそれを利用したんだ。権威と支配への欲求を充足させるため、卑劣な手を考えついたわけだ。自分が本当の父親だと子どもたちに思わせ、同時にそれを秘密にするよう義務づけることで、きわめて強固な絆を作ったんだ。しかも絶えず不安を持たせて、さらに効果があがるようにした。まったく狡猾《こうかつ》だ」

「しかしそうだとしたら、元里子たちは成人してから、どうしてテオ・ライフェンラートに弓を引かなかったんでしょう？」ピアはたずねた。

「おそらく自分のアイデンティティの中核となっていた希望が真実で木っ端微塵《みじん》になってしまうからだろう」ハーディングが答えた。「わたしたち人間は根無し草では生きられない。それくらいなら、嘘を受け入れ、見て見ぬ振りをするという人間もいる。テオがクラース・レーカーにも隠し子だといっていたことを知って、ドルはショックを受けていた。子どもたちは成人してからも、互いにそのことを話していなかった。テオにどれだけ強く条件付けられていたかがわかる。なにがあってもテオとの連絡を絶たなかったことの説明にもなる」

「一種のストックホルム症候群ということですか？」ピアはいった。

「まあ、そんなところだ」ハーディングはうなずいた。「わたしたちはドルの心に深く根を下ろしたテオへの忠誠心を揺さぶった。もう一度事情聴取をしたら、たぶんもっと多くのことを語るだろう」

「犯人だったら別でしょうけど」ピアはフォルダーを引き寄せた。そこには発泡スチロールで保護した棺《ひつぎ》のような木箱の写真があった。木箱は古いワーゲンバスの中に置かれていて、バスの内壁には小動物用の檻《おり》がかけてある。ドルが五年前の整備ですべて撤去してしまったのは残念でならない。「もしかしたら犯行が発覚しないように、内部を徹底的にきれいにして、日本に輸出したのでしょうね。でも、それも本当かどうか」

「ワーゲンバスの登録がいつ抹消されたか調べられるかな？」

「調べられると思います」

三人はコーヒーを飲み干すと、紙コップをゴミ箱に捨てて車に戻った。

「ザウアーラントのことを話題にしたとき、正確にどこに行ったのかいわなかったのはなぜでしょうね？」ドルがすぐ答えられそうなことを拒んだので、ピアはあやしいとにらんでいた。

「死体のひとつが発見されたところに、ドルがよく足を延ばしていたのが偶然だとしたら、驚きですね。事故にあって記憶が飛んでいるなんて信じられません」

「交通事故はトラウマを残す」ハーディングがいった。「人がひとり死んでいるし」

「むしろそれだから、その間になにをしていたか覚えているものじゃないですか」ピアはいった。「死体をトランクに隠してザウアーラントへ行き、森に遺棄して、車を売り払い、別の車で帰路についたのかもしれませんよ。死体を遺棄したところから離れたくて急いでいたように思えますけど」

「そうだな」オリヴァーが賛同した。「刑事裁判で、彼が事故前にどこにいたか言及されているはずだ。裁判記録の閲覧を申請しよう」

*

高層集合住宅八階の傷だらけになった玄関ドアを女性が開けた。女性は信じられないほど太っていた。トップスと七分丈のパンツという出で立ちで、ぱつぱつにふくれたふくらはぎが丸見えだった。赤く染めた髪が肉のついた肩にかかり、顔が異様なほどしもぶくれしていた。カッツェンマイアー夫人が見せてくれたクラスの集合写真でニコニコしていた金髪の少女とは到底思えない。三十年にわたる不摂生と酒と運動不足の結果であるその巨体はドアを完全にふさいでいた。

「ブリッタ・オガルチュニクさんですね？」オリヴァーは親しげにいって、身分証を呈示した。「同僚のオスターマンから電話があったと思います。わたしはボーデンシュタイン、ホーフハイム刑事警察署の者です」

女性はオリヴァーをじろじろ見つめてから、ピアとハーディングに視線を移した。

「どうぞ、入って」オガルチュニクはいった。だがハーディングが入ろうとしたとき、ちょっとした渋滞が起きた。「あたしの脇を通るのはむりね。ここは狭すぎるから」オガルチュニクはかすれた声で笑ったかと思うと、咳き込んだ。

オガルチュニクはのそのそと先に狭い廊下を歩いた。ピアはガラクタの巣窟にでも案内されるかと思っていたが、驚いたことに、ろくに家具がない上、よく片付いていて、きれいだった。カウチの前のテーブルには花が活けてあり、壁には家具店などで数ユーロで売っている複製画が数点かかっていて、居間の窓からは美しいタウヌスが一望できた。ピアは数年前にクレーガーといっしょに元同僚のフランク・ベーンケを訪問したときのことを思いだした。

オガルチュニクはあまり幸せな人生を送ってこなかった。幼いとき、三人の男とのあいだに子どもを四人もうけた母親が育児放棄したため、彼女は餓死《がし》寸前だったところを保護された。あちこちの孤児院をたらいまわしにされた末、六歳のときにリタ・ライフェンラートの見せかけの楽園に辿《たど》り着いた。ケーキ屋で研修中だったときに妊娠して、十七歳で仕事を辞めた。二度、夫を持ち、子どもは六人いる。だが金もなく、仕事もつづかず、男にも捨てられて、東欧からのタバコの密輸をはじめた。だが密輸でも運に見放され、三度も有罪になり、今は生活保護を受けている。

「すわらせてもらうよ。膝の関節炎がひどくて」オガルチュニクは息をついて椅子に腰を落とした。「それで、なんの用？　立ってないで、すわったらどう？」

オリヴァーとハーディングはカウチにすわった、ピアはもう一脚の椅子に腰かけた。開け放ったバルコニーの開口部から涼しい風が入ってきて、ピアは寒気を覚えた。

「あなたの養父だったテオ・ライフェンラートさんが亡くなりました」オリヴァーはいった。

「そうなの！」オガルチュニクはその知らせに大した反応を示さなかった。「まだ生きていたなんてねえ」

「マンモルスハインの敷地で、リタ・ライフェンラートさんの死体も発見しました」

「うそっ！　やっぱり自殺じゃなかったのね！　息の根を止めたのはだれ？　意気地なしのテオがついにやったってこと？」その場面を想像したのか、オガルチュニクは面白がった。「それともリタがかわいがっていた、美しきフリチョフ？　あるいは、ええと、なんて名前だっけ。火傷《やけど》跡があるチビがいたわよね？」オガルチュニクは手をひらひらさせた。「アレックス！　違う、そんな名前じゃなかった……。そうだ、アンドレ！　そういう名前だった。泥酔した母親のタバコの不始末で、揺りかごの中で火傷したのよね。あいつがやったの？」

「犯人はわかっていません。あの日になにがあったか伺えませんか？　あなたのお嬢さんが井戸に落ちて、大騒ぎになったと聞きましたが」

「そうなのよ！」オガルチュニクが腰をもぞもぞ動かした。彼女の重さで椅子がきしんだ。「はじめのうちは和気あいあいだった。毎年母の日にはリタからコーヒーに呼ばれていた。リタはいつもやさしくしてくれた。あたしたちが昔いい子だったみたいにね。あたしたちもおとなしく、芝居に付き合ってた。たいていの人はね。うんざりして来ない人もたくさんいた。それで、あたしたちは邸宅の裏の草地でコーヒーとケーキを楽しみ、子どもたちは駆けまわって遊んでいた。暖かかったから、プールに飛び込む子もいた。あたしたちが帰り支度をしたとき、娘のエロディがいなかった。あたしたち、あちこち必死で捜した。当時はまだ夫がいて、その夫が古井戸に落ちた娘を見つけたの。あたしはそれを見て、ヒューズが切れた」

「なぜですか？」ピアはそうたずねたが、答えの代わりにじろっとにらまれた。

「素晴らしき教育者リタが、盗み食いをしたとにらんだ子をよくその穴に閉じ込めていたからよ」オガルチュニクは苦々しげに笑った。「水のボトルを一本投げおとして、蓋《ふた》をバタンと穴にかぶせた。リタは虫の居どころが悪いと、他にもいろいろひどいことをした。井戸なんてかわいいものだったわ。だからエロディが古井戸に落ちているのを見て、バックフラッシュしちゃったの」

「なにをしたですって？」ハーディングが丁寧にたずねた。

「昔を思いだしたの、まざまざと！」

「フラッシュバックですか？」ピアがたずねた。

「ああ、それそれ。そういったでしょ。それで、あたしが大騒ぎしちゃったの。あたしがどうして穴を開けたままにしておくんだってリタにかみつくと、騒ぎが伝染しちゃった。ラモーナが急に怒鳴りだし、それからアンドレも。リタも怒鳴り返した。悪態をつくのはあの人の十八番《おはこ》だったから。でも、あたしたちはもうあの人にびくびくしなかった。みんなであの人に食ってかかった。そのあいだに、フリチョフとあたしの旦那がエロディを古井戸からだしてくれた。テオが帰ってきたのはそのとき。ぐでんぐでんに酔っ払ってね！　まともに立っていられないほどだった。リタはテオと、それよりなによりクラースをにらみつけた。クラースは車のところにとどまった。なにが起きているか察したのよ！」オガルチュニクは少し息をついてから、また話しはじめた。目がぎらぎら光っていた。「それからがもうすごかった！　あたしは、たまりにたまったことをリタにいった、あんたはけだものよ、地獄に落ちるがいい、もうここへ来るもんかってね。そしてあたしたち一家は車に乗って帰った！」

「あなたが帰るとき、だれがその場にとどまっていましたか？」

　オガルチュニクは目をすがめて考えた。

「フリチョフ、アンドレ、ラモーナ、ザーシャ」

「クラース・レーカーは？」

「あいつはあたしたちよりも前に消えたわ。数日後、ラモーナから電話があって、リタが自殺したらしいって聞いた。あたしはせいせいした！　リタが自殺するなんて考えられなかったけど、姿が消えて、川岸の駐車場で車が発見されて、そういう話になった」

「そのあとマンモルスハインに行きましたか？」

「行くもんか」オガルチュニクは首を横に振った。「二度とあんなところに行かない。連中のことなんて聞きたくもないし、見たくもない。今でも悪夢を見る。孤児院の方がましだったと思うこともある。孤児院では殴りあいの喧嘩をするし、食事をもらえないこともある。だけど、あたしが体験したようなことを味わった孤児院出の子には会ったことがない！」

「たとえば？」オリヴァーがたずねた。

オガルチュニクはオリヴァーを見つめた。

「いっても信じないさ」

「信じます」オリヴァーがいった。「すでにいろいろと耳にしています。水を張ったバスタブに沈められるとか、大型冷凍ストッカーに閉じ込められるとか……」

突然、オガルチュニクが涙を流しそうになって堪《こら》えた。

「実科学校に通っていたとき、そのことをクラスの担任に訴えたことがある。でも担任は頭がおかしくなったかとでもいうような目で見ただけだった。青少年局の担当にもいったことがある。年齢が上になって、リタが小さい子にしていることを見ていられなかったのよ。でも青少年局の馬鹿女がそのことをリタにちくったから、こっちはひどい目にあった！」オガルチュニクは体を横にして、前腕の痛々しい傷痕を見せた。「リタがあたしを古井戸に蹴落としたときできた傷よ。肘と橈骨《とうこつ》を骨折したまま、数日放っておかれた。傷が化膿《かのう》して、あたしは腕を切除されるところだった。病院でなにがあったか訊かれたけど、あたしはいった……」オガルチュニクはそこで口をつぐみ、気を取り直そうとした。

「……階段から落ちたといったんですね？」ピアが事情を察していった。

「そのとおり」オガルチュニクは鼻で笑って、右手の古傷をもんだ。「だれも気づかなかったことが、いまでも不思議でならないわ。あたしたちは四六時中、階段や木から落ちてたんだから。だれもまともに見ようとしなかった。あたしたちはつまはじきにされた孤児。だれも関心がなかった。あたしたちみたいなごくつぶしにも献身的な、大きな心を持つライフェンラート夫妻がそんなことをするわけがないってね！」

「リタさんが子どもをラップフィルムにくるむことが一度でもありましたか？」オリヴァーがたずねた。

「一度？　年がら年じゅうさ！」オガルチュニクは笑いとすすり泣きがまじりあったような声を発した。「リタはラップフィルムを何箱も書斎の戸棚にしまっていた。ザーシャがあたしたちのところに来たのは四歳くらいのときだった。かわいい子だったけど、落ち着きがなくて、なにかというと叫び声をあげて暴れた。ザーシャが発作を起こすたび、リタは頭から足先までラップフィルムでぐるぐる巻きにした。まるでミイラみたいな恰好で椅子にすわらされて、皿に口をつけて食事させられていた。それでも叫ぶのをやめないと、バスタブに水を張って、おとなしくなるまで沈めた。ラップフィルムに巻かれたまま夜眠らされることもあった。そして漏らしでもすると、冷たいシャワーを浴びせられた」

ピア、オリヴァー、ハーディングの三人は愕然とした。子どもたちはなす術《すべ》もなく残酷な折檻《せっかん》と卑劣な心理的テロの犠牲になっていたのだ。リタ・ライフェンラートを止める者はいなかった。彼女は体力もあったので、年上の子にも躊躇《ちゅうちょ》せず暴力をふるった。

「ひどい目にあわなかったのは彼女の大事なフリチョフだけだった」オガルチュニクは吐き捨てるようにいった。「たまにリタは子どもにどういう折檻をしたらいいかフリチョフに訊くこともあった。あの糞野郎《くそ》、新手の折檻を考えて、それを見ながらニヤニヤしていた。今でも目に浮かぶよ。あれは本当に……屈辱的だった!」

「それならどうして成人してからもあそこに顔をだしていたんですか?」ピアがたずねた。

「さあ、どうしてかねえ」オガルチュニクは自分でもわからないとでもいうように両手を上げてから、また膝に乗せた。「あたしもよくそのことを考えた。いろいろあったけど、両親といえるのはやっぱりあのふたりだけなんだ。なんとなく恩義を感じてたんだろうね」

＊

住居に侵入するのはいたって簡単だった。集合住宅のだれかのベルを鳴らして、適当な話をして、表玄関を開けてもらった。みんな、軽率だ。あの女も戸締まりがいい加減だった。こういう集合住宅を次から次へと建てまくっている不動産ディベロッパーは、見た目には金をかけるが、安全管理はお粗末この上ない。階段室には大理石を使っていながら、玄関扉の耐久度はレベル2の安物だ。スパナとハーフダイアモンドピックを使って、ものの二分で錠を壊すことなく解錠した。中に入ると、黒い目出し帽をかぶった。室内に監視カメラかアレクサ(Amazonが開発したAIによるスマートスピーカー)が設置されているのを警戒したからだ。だがそういったものは一切なかった。

彼女が帰宅するまでまだしばらく時間がある。明るいペントハウスを歩きまわるうちに、うらやましくなった。こんな住まいを構えられるとは、鑑定の仕事でたんまり稼いでいるようだ。地下駐車場から住まいまで直通のエレベーターがついていて、住まいをぐるりと取り巻くバルコニーからはタウヌスのすばらしい眺めが楽しめる。床は寄せ木細工で、浴室はふたつ、部屋は四室。調度品はアジアンテイストで、男の好みからすると、ミニマルすぎる。屋上テラスで白ワインを傾けたり、ジャグジー付きの高級バスタブに浸かったりしながら、自分が他の人間に与えた苦しみに思いでも馳せているのだろうか。デスクからタウヌス山地を遠望したり、コンピュータででたらめな報告書を書いたりしながら、男を精神科病院に送り込んだことを思いだすことがあっただろうか。男もこういうところに住んでいたことがある。だがそれももう昔の話だ。しだいに腹立たしくなり、寝室にあるワードローブの引き出しを片っ端から開けて、下着のにおいをかいだり、かけてある服を眺めたりした。アイロン台しかない小部屋には引っ越し用の段ボール箱がいっぱい積んであった。パートナーとか、家族とか、親類がいっしょに暮らしている様子はどこにもない。孤独な生活をしているようだ。書斎の本棚には本がいっぱい並んでいる。専門書だらけだ。それと英語のミステリや小説がたくさんある。固定電話はなかった。居間の方にひらいたオープンキッチンはきれいに片付いていた。冷蔵庫の中身は粗末だった。低脂肪ヨーグルト、ミネラルウォーター、栓が抜いてあるピノ・グリージョが一本に豆乳の一リットルパック。食洗機は中身が空で、新品のゴミ袋が入れてあるゴミ箱にもなにも入っていない。男はキッチンの椅子にすわった。通りがよく見える。ラテックスの手袋をはめた手が汗ばんだ。あいつは習慣どおりに動く人間だ。五時半頃、帰宅するだろう。あと三時間で、あいつは組み伏せられる。精神病者扱いしたことを後悔させてやる。

＊

「ひどい話！」ピアは高層の集合住宅から出て、駐車場へ向かうあいだ、我を忘れていった。「子どもを井戸に蹴落とすなんて！　怪我が化膿するまでだなんて、いったいどのくらいの時間ほったらかしにしていたんでしょうね。無力な子どもにそんなことをするなんて」

「青少年局はなにをやってたんだ」オリヴァーも折檻のひどさに衝撃を受けていた。数年前にマイン川で死んだ少女を発見したことがきっかけで、国際的な児童ポルノ組織を摘発したときのことを思いだしていた。あの事件とリタ・ライフェンラートの件は恐ろしいほど似通っている。どちらも、自分さえよければいいと思ったり、怖がったり、密告はいけないと思ったり、すぐ近くでそんなことが起きることなどありえないと思い込んだりして、まわりが見て見ぬふりをした。といって、あの女の罪を暴くことができなかった人たちを非難する権利があるだろうか。相手は福祉活動で連邦功労十字勲章を受勲した人間だ。自分がその立場だったらどうしていただろう。人間の行動をあとになって、安全なところから判断するのは簡単だ。

「リタ・ライフェンラートは病気だったのだろう」ハーディングはいった。「加害者になる前は被害者だったんだ」

「前にきみがペーター・レッシングにいったことを覚えてるかい？」オリヴァーがピアの方を向いた。「スイスの精神科医の言葉を引用した」

「C・G・ユングでしたね」ピアはうなずいた。「〝通常、虐待された人間がふたたび別の人間を虐待する〟。でもひどい子ども時代を過ごしたからといって、子どもを苦しめたり、人を殺したりすることの弁解にはなりません！」

「そうだ。弁解にはならない」ハーディングが車のそばで立ち止まり、オリヴァーがオートロックを解除するのを待った。「だがなぜそうしたかの説明にはなる」

＊

ニコラ・エンゲル署長は特捜班の会議を午後四時に招集していた。オリヴァー、ハーディング、ピアの三人は三時十五分、署に到着した。シュミカラ広報官がノートパソコンをひらいたデスクに新聞を数紙広げて、困ったという顔つきで目を通していた。手元にある携帯電話が鳴りっぱなしだった。

「死体発見の件が漏れてしまいました」シュミカラがいった。「インターネットで新聞各紙の見出しを見てください！」

「時間の問題だったわ」ピアは肩をすくめ、ショルダーバッグを椅子の背にかけた。「事情聴取した人は相当の数になるもの。その人たちがあちこちで噂話をしたでしょうからね」

「電話が鳴りっぱなしです」シュミカラが自分の携帯電話を指差した。「ジャーナリストにはなんて答えたらいいですか？」

「今晩、記者会見をひらくといってくれ」オリヴァーがいった。

壁にドイツ地図が貼ってあり、さまざまな色のピンが刺してあった。カイはさらに、これまでに判明したことや、タウヌスリッパー（犯人はそう命名されていた）の被害者に関する情報をホワイトボードに書きだしていた。

「ラボから報告書が届きました」カイが薄っぺらいファイルを手にして振った。「テオ・ライフェンラートのメルセデス・ベンツからは犬の毛と、テオとクラウス・レーカーの指紋しか検出されませんでした。邸宅から押収した大型冷凍ストッカーには食品しか入っていませんでした。納屋にあった家畜の解体設備から採取した血痕は動物のものでした。しかしガレージで段ボールに埋まっていた三台目の大型冷凍ストッカーからは人間のDNAが検出されています。ニーナ・マスタレルツとヤーナ・ベッカーは確実にそこに保管されていましたね」

「なんですって？」ピアはその薄いファイルをつかんだ。「ヤーナ・ベッカーの死体はラインラント・プファルツ州のブドウ畑で、ニーナ・マスタレルツはもっと遠いフランスで発見されているのよ！」

「犯人は遺棄する前に死体を持ち帰っていたようだ」カイはいった。「獲物と遊ぶ猫と同じだ」

「その大型冷凍ストッカーはどこにあったの？」

「ガレージに増築された納屋の動物の解体場所だ」

「やったのがテオでないのなら、犯人はどうしてそんな危険を冒したの？」ピアは驚いていた。

「そのことはハーディング氏に訊こう」オリヴァーは答えた。

しだいに捜査官が集まってきた。ケム・アルトゥナイとカトリーン・ファヒンガーが両手にコーヒーカップを持って入ってきた。ハーディングもトイレから戻った。みんな椅子にすわった。ターリクとメルレ・グルンバッハも加わった。捜査十一課の顔ぶれはそろった。

あいにくケム、カトリーン、ターリク、メルレの四人にはほとんど成果がなかった。エヴァ・タマーラ・ショレの息子からも、リアーネ・ヴァン・ヴーレンの同僚だった女性からも、なにひとつ新しい情報を得られなかった。

ケムが学校の生徒のようにさっと手を上げていった。

「テオ・ライフェンラートはすべて知っていたと思うね。女への憎しみ、とくに妻への憎しみは異常だ。そして歳を取りすぎたときのために自分の後継者を育てたんだろう。カイはありとあらゆるデータベースを検索しているが、あれから犯人の手口と合致する未解決殺人事件はヒットしていない。一九八八年から一九九七年にかけて五件の殺人、そして二〇一二年から三件の同様の殺人。さらなる被害者が見つかる可能性はもちろんある。だけど今のところ、十五年間、犯行をやめていたように見える。犯人がふたりいると捉えるのは本当に無理なのかな？ひとりはテオ・ライフェンラート、そして彼の里子か孫がその後継者か模倣者」

初動捜査ではどんな突拍子もない説も言下に否定はされない。そしていまだに大きな進展がないままだ。ケムはつむじ曲がりで、過去に何度か突拍子もない発想で事件を解決に導いている。

「その可能性はあるが、どうかな。わたしは単独犯の犯行だと思っている」ハーディングが答えた。「連続殺人犯がしばらく行動しないケースは珍しくない。生活環境の変化で、犯行の引き金が抑制されたりすることがある。刑務所収監。病気。引っ越し。もちろん狩りの中断をわざと演出するケースもあるし、自分から殺人をやめることもある。理由はさまざまだ。多くの犯人は衝動を抑えきれない。中には警察に自首したり、わざと捕まったりする者もいる。禁煙や禁酒と同じ場合もある」

「犯人がふたりいることを疑う根拠は？」ケムはしつこかった。

「犯人の手口は指紋と同じように個性がある。ふたりの人間が同じことをしようとしても、自然と違ってくる。なにかしら小さな差異があるものだ。昨夜、被害者全員の写真と司法解剖所見に目を通してみた。そしてラップフィルムのくるみ方が特殊なことに気づいた。被害者を適当にくるんでいるわけではなく、足から頭へと巻いている。被害者を無力化することが目的だとすると不自然だ。胴体から巻いた方が簡単なはずだ。わたしが気づいた二点目は、犯人がラップフィルムを途中で切っていないことだ。十メートルのロールを毎回使い切っている。それから三点目、被害者の腕はつねに体の前で固定され、掌《てのひら》が下半身に乗るようにしている」

「それだって、真似ようとしたらできるのでは？」ケムが反論した。

「試してみるといい。同僚にいってだれかをラップフィルムにくるんでもらってみたまえ。だれひとり同じに巻くことはできないはずだ」

ケムは首を横に振った。まだ納得していなかった。

「被害者をラップフィルムで巻くのは儀式の一環だ」ハーディングが話をつづけた。「被害者の意識がないうちに実行していると思われる。それから時間をかけて、人間を完全に無力化したことを楽しむ。それでも、被害者がだれかは問題ではない」

「でもだれかがわたしをラップフィルムにくるんで殺そうとしたら、ターゲットになったのだと思いますけど」カトリーンがいった。

「被害者は全員、服を着ていた。身体への虐待の痕跡は一度も確認されていない」ハーディングが答えた。「わたしにいわせれば、被害者本人は重要ではないということだ。被害者は代理だ。だから年齢も外見も髪の色もどうでもいい」

「だれの代理ですか?」ターリクがたずねた。

「それが問題だ」ハーディングは唇を引き結んだ。

少しのあいだ、だれもなにもいわなかった。

「カイ、ライフェンラート家を担当していた青少年局の職員の氏名はわかったか?」オリヴァーがたずねた。

「ええ、突き止めました」カイがメモをめくった。「一九六二年から一九八一年にかけて担当者はひとりだけです。名前はエルフリーデ・シュレーダー」

「まだ生きているかどうか確認してくれ」オリヴァーはカイに指示した。「生きていたら、住所が知りたい」

「ボス、何年の付き合いですか?」カイが舌打ちして、首を横に振った。「エルフリーデ・シュレーダーは健在です。現在八十四歳。バート・ナウハイムの介護付きホームで暮らしています」

「でかした」オリヴァーはニヤッとした。「大至急、事情聴取する必要がある。今日……」

オリヴァーはそこで口をつぐんだ。エンゲル署長が入ってきたからだ。クリスティアン・クレーガーがいっしょだった。署長はまっすぐオリヴァーのところへ行った。

「銃火器を発見したってどういうこと？」署長はそういってから、あわてて「お疲れ様」とみんなにいった。オリヴァーはヨアヒム・フォークトの示唆《しさ》でプールハウスの地下を調べて発見したことを報告した。

「レプリカからカラシニコフ、手榴弾、パンツァーファウストまでありとあらゆるものがあった」

「フリチョフ・ライフェンラートのものだとにらんでいます」ピアが付け加えた。「明日、本人に質問する予定です。センチュリーホールで臨時株主総会が開かれるので、そこにあらわれるはずです」

「どうするつもり？」署長が疑い深そうにたずねた。

「逮捕するつもりですが」ピアは答えた。「銃器の存在だけでも理由は充分でしょう。戦争武器管理法に抵触します。ライフェンラートは銃器ライセンスも所持許可証も取得していません」

「その銃器が彼のものだという証拠は？」

「それはまだありませんが、ほぼ確実だと判断しています」

「百パーセント確実でないのなら、逮捕は見合わせた方がよさそうね」署長はかたくなにいった。

ピアは自分がなにをして、なにをしないか、一々署長の指示を仰ぐつもりはなかった。署長の人脈を考慮するなんてもっての外だ。ピアは立ちあがって、腰に手を当てた。

「フリチョフ・ライフェンラートは重要なことを隠していました。逃亡と証拠隠滅の恐れがあります」

署長は小鼻をふくらませ、顎を前に突きだした。すかさずオリヴァーも腰を上げ、ピアの横に立った。

「とにかく集まった報道陣と公衆の面前で逮捕するのはまずいわ、ザンダー」署長は怖いほど低い声でいった。「わかった?」

その場がしんと静まりかえった。力比べがはじまったのだ。勝敗の行方はきまっている。だがホーフハイム刑事警察署の署長になってから、エンゲルが多くの人の目の前でそれをしたのははじめてだ。

「いざとなったら、正しいと思ったことをするだけです」ピアは署長の花崗岩《かこうがん》のように硬いまなざしを堂々と見返した。このまま抵抗したら、停職処分を受けるだろう。悪くすれば懲戒手続きにまわされるかもしれない。「これはわたしたちの事件です。政治的事情で捜査をねじまげられるのはごめんです」

エンゲル署長はピアを見つめた。硬い表情に一瞬、敬意のようなものが浮かぶのを感じた。強度測定器がピアの側に向いたのだろうか。だがそれは勘違いだった。

「普通ならそういう反抗的態度は看過しない」署長は笑みを浮かべた。といってもそれは親しさの欠片《かけら》もない、血のにおいをかぎつけたサメが歯をむいたような笑みだった。「あなたを追い払う好機かもしれないわね。あなたの強情さにはうんざりしているのよ。でもこのことは強調しておくけど、警視総監が今のところあなたを買っている。この賭けに負けたら、わたしの援護射撃はないものと思って」

ふたりはにらみあった。ピアは、推理が正しかったら月桂冠をかぶせてくれるかと訊こうと思ってやめた。これ以上、署長を挑発するのはよくない。

「わかりました。では思うとおりにさせてもらいます」ピアはいった。「ところでもうひとつ、署長に相談したいことがあります」

「なにかしら？」エンゲル署長はまた表情のない顔になった。

「できるだけすみやかに残っている被害者遺族に事情聴取をしたいんだ」オリヴァーがいった。「ザンダーとわたしとしては、オマリとグルンバッハに明日ユッタ・シュミッツとマンディ・ジーモンの遺族を訪問してもらおうと思っている」

「エアフルトとノイスですよ。一日でまわるのは無理です」メルレがいった。「ついさっきルートプランナーアプリにデータを入力したのですが、車だと……」

「ふたりを出張にだすというの？」エンゲル署長はメルレにそれ以上しゃべらせず、オリヴァーの方を向いた。「なぜ所轄に任せないの？」

「ハーディング氏が被害者の過去を詳しく知るのは重要だと考えていて、そのために質問リストをまとめてくれたからです」

「わかった」署長はいつものように即断した。「ヘリコプターを手配する」それからピアをしげしげと見た。「あなたがフリチョフ・ライフェンラートに手錠をかけたくてうずうずしているのはわかっているけど、あなたにはオマリといっしょに遺族への事情聴取をしてもらうわ」

「どうしてわたしではだめなんですか？」メルレがたずねた。

「アネグレート・ミュンヒの家族についてのあなたの報告書を読んだ」署長が答えた。「無駄に感情が入りすぎてる。遺族への心配りだろうけど、わたしの目には少々明晰さに欠けて見えるのよ」

メルレ・グルンバッハがむくれた。

「感情が入っていることが評価を下げているようですが、被害者の心理的ケアにはとても重要なことです。危機介入訓練ではそう学びます」

「緊急事態ならもちろん問題はないわ。しかし殺人事件の遺族への事情聴取で第一に重要なのは捜査なの。その点ではザンダーはあなたよりもはるかに経験が豊富でしょ」署長がなにを考えているのかよくわからないまなざしをピアに向けた。「もちろん決めるのはあなたとフォン・ボーデンシュタインよ。わたしはヘリコプターを手配する。では会議をつづけて」

エンゲル署長は向きを変えると、スマートフォンをだして、テーブルと椅子のあいだを抜けた。

「ときどきあの人の首をしめたくなります」署長が聞こえないところまで行くと、ピアはいった。「こういう仕打ちをするなんて！　あの人を理解できる人がいるんでしょうか！」

「もうずっと前からあきらめている」オリヴァーが答えた。「しかし彼女にも一理ある。どうする？　ターリクといっしょに飛ぶか？」

ピアは下唇をかみ、すぐに結論をだした。

「ライフェンラートの方は、ケムとボスでやるんですね？」

「ああ。わたしも逮捕するつもりだ。心配しないでくれ」オリヴァーは答えた。

「それじゃ、出張の段取りは俺がしておこう」カイがいった。「どのみち事件の元担当者と現在の担当者に連絡を取っている」

「わかった」ピアはうなずいた。「ではそうしましょう。明日、まずノイスに飛んで、そこからエアフルトに向かう」

「すごい」ターリクはうれしそうにニヤッとした。「ヘリコプターに乗るのははじめてです！」

＊

「俺たちは四体の女性死体を敷地で発見し、さらに俺たちの犯人によると思われる女性の被害者を五人特定しています」カイはいった。「ただしリタ・ライフェンラートは連続殺人事件からはずしていいでしょう。それについてはあとで説明します。二十一歳から四十八歳の女性八人の居住地はドイツ各地に散らばっています。八人全員が溺死《できし》か溺死と思われる死に方をしています。そのうち五人は死後に冷凍にされています。そして全員がラップフィルムにくるまれていました」

「なんて奴だ！」だれかがつぶやいた。

「防御創のある被害者はひとりもいません。暴行や拷問の形跡もありません」カイがノートパソコンの実行キーを押すと、被害者たちの写真が大きなモニターに映しだされた。「ここと木ワイトボードで、最新の捜査状況が一覧できます」
全員がそのおぞましい詳細を読んだ。

氏名および個人情報
エヴァ・タマーラ・ショレ
一九六四年生まれ（当時二十四歳）
ダルムシュタット市ヴァイターシュタット地区在住
未婚
職業　理容師
息子　ひとり（当時三歳）

捜査の現状
一九八八年五月八日に行方不明。
最後の目撃者はアイリッシュパブの従業員（男）、アシャッフェンブルク市ヴュルツブルク通り、一九八八年五月八日零時三十分。

死体発見現場および死体の状況

一九八八年六月三日、レーマーベルクのベルクホイザー・アルトラインで死体発見。死体は着衣の状態。上半身はラップフィルムにくるまれていた。暴行の形跡なし。防御創なし。死因は溺死。

氏名および個人情報
マンディ・ジーモン
一九七〇年生まれ（当時二十一歳）
マンハイム市在住
未婚
職業　運送会社経理係
息子　ひとり（当時四歳）

捜査の現状
一九九一年五月十一日に行方不明。
最後の目撃者は職場の同僚（女）、一九九一年五月十一日午後六時十五分、クルマン家具運送（マンハイム市ネッカラウ地区）の敷地を出るとき。
フォルクスワーゲン・パサート、マンハイム＝ネッカラウ駅の駐車場で発見。

死体発見現場および死体の状況
二〇一七年四月十八日、マンモルスハインで死体発見。
死体は着衣の状態。体はラップフィルムにくるまれていた。冷凍保存の痕跡あり。一部白骨化。動物に食われた形跡あり。暴行の形跡なし。防御創なし。死因は溺死とみられる。

氏名および個人情報
アネグレート・ミュンヒ
一九六一年生まれ（当時三十二歳）
メルフェルデン＝ヴァルドルフ在住
職業　客室乗務員
別居中
夫　ベルント・ミュンヒ（二〇〇四年に自殺）
息子　ふたり（当時七歳、当時四歳）

捜査の現状
一九九三年五月九日に行方不明。
最後の目撃者は隣人（女）、メルフェルデン＝ヴァルドルフのガソリンスタンド、一九九三年五月九日午後五時半頃。ランゲン市でマルコ・フリーゼ（当時三十八歳、職業はパイロット）と同居。
ホンダ・シビック（OF－AM112）、一九九三年五月二十三日、エーバーバッハ修道院（ラインガウ地方）の駐車場で発見。車のキーはなくなっている。

死体発見現場および死体の状況
二〇一七年四月十九日、マンモルスハインで死体発見。
死体は着衣の状態。体はラップフィルムにくるまれていた。冷凍保存の痕跡あり。暴行の形跡なし。防御創なし。死因は溺死とみられる。

氏名および個人情報
ユッタ・シュミッツ
一九六二年生まれ（当時三十四歳）
カールスト在住
未婚
職業　倉庫管理者
娘　ひとり（当時十六歳）

捜査の現状
一九九六年五月十一日に行方不明。
最後の目撃者は隣人ズザンネ・コール、一九九六年五月十一日午後四時半頃、ビュットゲン駅で男（白い髭、メガネ、およそ六十歳）と話していた。
スバル・フォレスター（NE‐XX801）、一九九六年五月十四日、IKEA駐車場で発見。車のキーはなくなっている。

死体発見現場および死体の状況
二〇一七年四月十九日、マンモルスハインで死体発見。
死体は着衣の状態。体はラップフィルムにくるまれていた。冷凍保存の痕跡あり。暴行の形跡なし。防御創なし。死因は溺死とみられる。

氏名および個人情報
エルケ・フォン・ドナースベルク
一九四九年生まれ（当時四十八歳）
ハンブルク在住
既婚
職業　無職

息子　ふたり（当時二十二歳、当時十九歳）

捜査の現状
一九九七年五月十一日に行方不明。
アクアマリンの指輪がなくなっている。
最後の目撃者はヒルコ・ヴレーデ。一九九七年五月十一日午前六時四十五分、イェーニッシュ公園の出入口。エルプショセー通りからホルツヴィーテへの曲がり角で野球帽をかぶり、サングラスをかけた男（およそ二十五歳から三十五歳）と同伴。

死体発見現場および死体の状況
一九九七年七月二十四日、エルベ川の中州ハンスカルプザントで死体発見。
死体は着衣の状態。上半身はラップフィルムにくるまれていた。暴行の形跡なし。防御創なし。死因は溺死。

氏名および個人情報
リアーネ・ヴァン・ヴーレン
一九七四年生まれ（当時三十八歳）
オランダ出身

ブーフシュラーク在住
別居中
職業　銀行員
息子　ひとり（当時八歳）

捜査の現状
二〇一二年五月十三日に行方不明。
最後の目撃者はトーマス・ヤンゼン（パートナー）、二〇一二年五月十三日午前六時四十五分。

死体発見現場および死体の状況
二〇一二年十月二十一日、ザウアーラント地方のヴィンターベルク付近で死体発見。
死体は着衣の状態。体はラップフィルムにくるまれていた。暴行の形跡なし。防御創なし。死因は溺死。

氏名および個人情報
ニーナ・マスタレルツ
一九九〇年生まれ（当時二十三歳）

ポーランド出身
バンベルク在住
未婚
職業　家政婦、テーブルダンスバー店員
娘　ひとり（当時二歳）

捜査の現状
二〇一三年五月十一日に行方不明。
最後の目撃者はバンベルクにあるバーガーキングのドライブスルー担当従業員、二〇一三年五月十一日午後四時十五分、野球帽をかぶり、サングラスをかけた金髪のポニーテールの女（およそ四十歳）同伴。
フォルクスワーゲン・ゴルフ（BA－NM331）、二〇一三年五月二十一日、バンベルクのビジネスパークの駐車場で発見。車のキーはなくなっている。

死体発見現場および死体の状況
二〇一三年六月二十七日、サン＝タヴォル（フランス）近郊で死体発見。
死体は着衣の状態。体はラップフィルムにくるまれていた。まだ凍結している状態だった。暴行の形跡なし。防御創なし。死因は溺死。

氏名および個人情報
ヤーナ・ベッカー
一九九三年生まれ（当時二十一歳）
リンブルク在住
未婚
職業　無職
娘　ひとり（二歳）

捜査の現状
二〇一四年五月十日に行方不明。
最後の目撃者は母親、二〇一四年五月十日午前十一時、自宅。
フォード・KA（LM－JB234）、二〇一四年五月十四日、高速道路三号線のパーキング・カンベルク付近のパーキングエリアで発見。車のキーはなくなっている。

死体発見現場および死体の状況
二〇一四年十月四日、ラインラント・プファルツ州ベルンカステル＝クエス近郊のブドウ農園で死体発見。

死体は着衣。状態良好。冷凍保存の痕跡あり。ラップフィルムにくるまれていた。暴行の形跡なし。死因は溺死。

「ご覧のとおり、かなりの情報が集まりました」カイが説明した。「共通点がいくつもあります。行方不明になったのは母の日の前日か当日。五人の被害者は車を所有していて、その車は施錠された状態で発見されています。そしてトランクにハンドバッグが入っていて、財布、鍵束、身分証、クレジットカード、携帯電話が残されていました。車のキーは見つかっていません」

みんなの顔から、ピアは自分と同じ気持ちを読み取った。嫌悪と戸惑い。言葉は淡々と事実を伝えているが、被害にあった女性たちがどれほど残虐な死を体験したかに気づいて、被害者との距離が取れなくなっている。

「リタ・ライフェンラートを一連の被害者から除くのはなぜですか？」ドニャーナ・イェンゼンがたずねた。「やはり母の日に死んでいるし、車は施錠された状態で駐車場に放置されていたのでしょう」

「そのとおり」ピアは相づちを打った。「個々の要素は一致する。しかし犯行手口が違うのよ。リタ・ライフェンラートは感情のもつれによる被害者で、腰椎《ようつい》に二二口径の銃弾が食い込んでいた」

「少しいいかな？」クリスティアン・クレーガーが発言した。

「どうぞ」ピアはうなずいた。

「古井戸で見つかった白骨死体の横にはシャンパンの瓶が置かれていた」クレーガーがいった。

「ガラスが指紋を残すことは知ってのとおりだ。ラボで瓶の首の部分と胴の部分に合計四つの異なる指紋が検出された。そのうちの三つはフリチョフ・ライフェンラートのものと判明した。右手の人差し指、中指、親指」

〝大当たり！〟ピアはどんなもんだとエンゲル署長の方を見たくなったが、やめておいた。

「それからライフェンラートの敷地で大量の銃火器を押収した」クレーガーが話をつづけた。

「すべてに施条痕鑑定《せんじょうこん》をおこない、リタ・ライフェンラート殺害の凶器を特定した。ワルサーTPH。グリップと銃身にフリチョフ・ライフェンラートの指紋があった」

「彼が祖母殺害に関わっていると断定することはできない」オリヴァーが口をはさんだ。「だが取り調べでは最初にそのことをたずねてみるつもりだ。彼は最初の事情聴取で、祖母は自殺したと思うといっていた」

「ひょっとしたらもっと証拠を固められるかもしれないぞ」クレーガーが咳払いした。「指紋の位置から、指紋を残した人物がシャンパンを注いだことがわかる。だがライフェンラートの指紋は瓶の首の部分にもあった。しかも上下逆さま。つまり瓶を凶器として使用している」

ピアはエンゲル署長と目が合ったが、笑いをかみ殺した。指紋は動かぬ証拠だ。言い逃れするのはきわめて難しいだろう。ワルサーTPHに付着していた指紋については、その銃をあとで使用したということもできるだろうが、シャンパンの瓶は一九九五年から井戸の中にあった。

ヴィーニョ・ヴェルデを一本とグラスを二客持って、クリストフがサンルームに通じる階段をおりてきた。

＊

「なにを読んでいるんだい？」興味津々にたずねた。

「被疑者に関する情報」ピアはテオ・ライフェンラートの書斎から押収したファイルを閉じて床に置いた。「被害者が今のところ八人いることが判明した。そしてこれまで犯人だとにらんでいた人物が、真犯人ではないようなの」

「それならアウリッヒ刑事警察署のアン・カトリーン・クラーセンに相談するといい」そういうと、クリストフがピアのグラスにワインを注いだ。「シリアルキラーの専門家だ」

「だれですって？」ピアはたずねた。

「冗談だよ！」クリストフはニヤッとすると、ピアと並んでカウチにすわった。「ちょうど読んでいるミステリ小説に登場する女刑事さ」

「それはそうと」ピアは、クリストフとふたりでポルトガルを旅行したときに出合った軽い味わいのワインをひと口飲んだ。「ヘニングがミステリ小説を書いたんですって！」

「なんだい、解剖できる死体がなくて、時間を持て余しているのか」

「でも、今はたくさん搬送《はんそう》したところだけど」ピアは彼の肩にもたれかかった。「彼なら、題材が尽きないでしょう。これまで体験したことを使って、シリーズものにするそうよ」

ピアはガラスに映るクリストフと自分の姿を見つめた。フリチョフ・ライフェンラートはキムが昔好きになったあのフリチョフと同一人物だろうか。だとしたら、彼を通じてクラース・レーカーを知っていた可能性がある。いいや、まさか。キムが仕事に私情をはさむわけがない。その恐れがあれば、鑑定を断ったはずだ。

クリストフがピアのうなじに手を置いた。

「凝《こ》ってるね」そういって、クリストフはピアのうなじをもんだ。

「無理もないわ」ピアは目をつむって答えた。「わたしがミステリを書くなら、少なくとも被害者を四人に、被疑者を三人削る。さもないと、読者は全体像をつかみきれないもの」

「ミステリの読者を甘く見ているな」クリストフが反論した。「登場人物が少ないミステリほどつまらないものはないさ」

「ひょっとしてフリチョフ・ライフェンラートを知ってる？」そうたずねると、ピアはまた目を開けた。入場料と寄付金で運営しているオペル動物園の園長だから、クリストフには知り合いが多い。それもフォルダータウヌス地方にとどまらない。事実、クリストフはうなずいた。

「象の家を建築するとき、多額の寄付をしてくれたのは彼の銀行だ。動物園の近くに住んでいて、よく来園したといっていた。なんで彼が話題になるんだ？」

「死体が見つかったのは彼のおじいさんの敷地なのよ」

「まさか！」クリストフは目を丸くした。「そして祖父の方が犯人と思えないから、今はフリチョフ・ライフェンラートに嫌疑をかけているというのか？」

「少なくとも典型的なサイコパスよ」ピアは答えた。

「そんな人間、この界隈《かいわい》には掃いて捨てるほどいる」クリストフが皮肉っぽくいった。ピアは足を抱えてクリストフを見た。

「いくつか名前をあげるから、知っていたらうなずいて」

「わかった」

ピアはこの数日、耳にした人物、直接顔を合わせた人物の名を数えあげた。クリストフは目を閉じて、じっと耳をすました。

「ゲールマンは知っている」クリストフがいった。「クリニックが近くて、希少動物が専門なので、よく相談している」

「あの人をどう思う？」

「いい人だ」クリストフは片目を開け、それからもうひとつの目も開けた。「連絡すると、すぐ駆けつけてくれる。腕もいい。それに数年前からメキシコドクトカゲとイボイノシシの里親になってくれている。まさかあの人が犯人なのか？」

「メキシコドクトカゲは重要な証拠品になりそうね」ピアはニヤッとしてから、すぐに真面目な顔になった。「彼について知っていることを教えて？」

「そんなには知らない。奥さんが医者で、父親が長年、村長を務めたマンモルスハインに住んでいる。父親は認知症になって、今はケーニヒシュタインの環状交差点のそばにある介護老人ホームにいる」

情報はたいして多くなかった。ピアはまた名前をあげた。

「アーニャ・マンタイも知っている」クリストフはいった。「彼女は夫といっしょに賛助会員になっている」

「やはりなにかの動物の里親になっているの？」

「ああ。ヒトコブラクダの里親だ」

「あやしいところはないわね。つづけましょう」

イヴァンカ・セヴィチ、クラース・レーカー、ヨアヒム・フォークト、アンドレ・ドル、ラモーナ・リンデマンの名に、クリストフの反応はなかった。

「ザーシャ・リンデマン」

「彼なら知っている」クリストフがそういったので、ピアはびっくりした。「あの髪が灰色の小柄な人よ？　男装した太った女に見える」

「男装した太った女に見えるだって！　だれかを指名手配するときに、まさかそんな表現を使わないよな」クリストフはけらけら笑ってから、まじめな顔をした。「たしかにいいえて妙だ。あの人にはどこか女っぽいところがある」

「どうして知っているの？」

「彼は複数の飼料会社の代理人だ」クリストフは答えた。

「よく動物園に来るの？」

「年に二、三回」

「彼がどのあたりをまわっているか知ってる？　代理人は担当地域が決まっているものでしょう」

「すまない。そこまでは知らない」クリストフが申し訳なさそうにいった。「でも明日、どの飼料会社の代理人か調べてみる。出入りの業者はみな、象の家を建てるときに寄付をしてくれている」

「それはすばらしいわ」ピアはワインを飲み干して、あくびをした。ザーシャ・リンデマンはアンドレ・ドルといっしょに犬のケージを作るために地面を掘り返している。それに、ライク・ゲールマンをラップフィルムにくるんで、小川に寝かす手伝いもしている。代理人ということは、車に乗っているはずだ。おそらくステーションワゴンを頻繁《ひんぱん》に乗り換えている。木曜日に会ったとき、なぜ自分もライフェンラート家の里子だったといわなかったのだろう。それに犬のケージをちらちら見て、変な顔をしていた。謎が謎を呼ぶばかりで、答えは見つからない。欲求不満になりそうだ！　犯人はライフェンラート家の周辺にいる。だから被疑者はかなり絞り込める。情報もすでに山のように集まっているが、それがなぜか論理的につながらない。被害者がいつどこで行方不明になったかはっきりしなければ、アリバイを確認することもままならない。それに犯人を突き動かす動機もいまだにわかっていない。

「もう一杯もらえる？」ピアが空のグラスを差しだすと、クリストフが注いだ。ピアはもう事件のことを考えないようにした。つづきは明日だ。

＊

十一時を少し過ぎた。女はまだ帰ってこない！　まる九時間の待ちぼうけだ。刻一刻と怒りが募る。待たされるのは大嫌いだ。昔は堪え性がなかったが、精神科病院で待つことを学んだ。

男は心の中で何度も時間を決め直したが、毎回その時間を過ぎた。あと三十分で立ち去る。もう十五分。会議が長引いているか、患者に問題でも起きたのだろう。もう十分。それでおしまいにする。外食をしているのかもしれない。あるいは恋人がいて、そいつと出かけて、いいことをしているのかもしれない。目出し帽とラテックスの手袋のせいで汗だくだ。それに尿意をもよおした。これまでトイレをがまんしていた。女がいつ帰ってくるかわからないし、痕跡を残したくなかったからだ。あいつがいなくなったとわかれば、サツはここを丹念に家宅捜索し、皮膚片を片っ端から採取して、分析するだろう。

男はもう一度、窓の外に視線を向けた。通りはひっそりしている。街灯が濡れたアスファルトにオレンジ色の輪を作っているだけだ。まわりの住居には明かりがともり、テレビがついている。みんな、夕食をとったり、テレビを見たりしているのだ。悪態をつきながら、男はトイレに入り、照明のスイッチを押しそうになってやめた。闇の中、手探りして、トイレの蓋を開け、ズボンを下ろして便座にすわった。普段なら立ったまま用を足すが、しぶきが飛ぶ危険がある。慣れない場所で手間取った。そしてついていないことに、まさにその瞬間、エレベーターが上がってくる音がした。男はあわてて立ちあがると、ズボンを上げて、ファスナーを閉めたが、手袋をはめるのに手こずった。そのあと上着のポケットからワイヤーをだし、左右の末端に取りつけた木片を握って、ぴんと引っぱった。トイレはエレベーターの扉の真横にあったので、男はその場で待ちかまえた。女はなにも知らずにエレベーターから出てくる。たぶんハンドバッグを手にしているだろう。ここで襲うのが一番いい。この瞬間のためにずっと計画を練っていた。怒りは消えていた。静かに息を整え、これからやることに意識を集中させた。エレベーターが止まった。ドアが開いた。男はさっとワイヤーを振りあげた。照明がついて、足音が聞こえた。男は構えた。人影がトイレのドアのそばを通った。一歩後ろに位置取る。ところが……その人影はあいつではなかった！　一瞬のためらいが、ミスにつながった。男が振り向いて、彼を見つめた。

「なんで……？」クラース・レーカーは叫んだ。次の瞬間、首に焼けるような激痛が走った。筋肉が弛緩して、足の力が抜けた。彼はその場にくずおれ、目の前が真っ暗になった。

二〇一三年五月十二日

以前なら人捜しはずっと難しかった！　インターネットの時代になって、人は自分をさらす傾向が強くなっている。仲間うちやフォーラムやソーシャルメディアでなら平気だと思っているのだろう。自己表現の欲求に負けて、普通なら明かさないプライバシーもさらけだしている。自分のことしか考えないエゴイストな女を見つけるには理想的な環境だ。うまく話に乗せると、みんな、易々《やすやす》と信じて、すぐに秘密を明かす。まったくあきれるばかりだ。多くの女と連絡を取り、連中の関心を呼ぶようにするコツは心得ている。子どもを捨てたという罪悪感があるから簡単だ。以前は、未婚の子を妊娠した女は密かに産んで、手放すよう家族から強要されていた。だが社会のプレッシャーは昔ほど強くなくなった。女たちの多くは避妊もしない愚《おろ》か者だ。自分がうかつだっただけなのに、子どもを育てたくないと抜かすとは。どうして中絶しなかったのかという俺の質問には九十パーセントの確率で、妊娠に気づいたときは手遅れだったとあきれるばかりの答えが返ってきた！　あいつらの愚かさで、子どもは苦しむことになる。俺と同じように。そう思っただけで耐えられない。

今回の女は最悪だ。この女は相手が結婚してくれると思って、子どもをもうけた。だが男に逃げられてはじめて気づいた。子連れでは養ってくれる相手が見つからないと。女は邪魔な家具ででもあるかのように子どもを捨てた。

だからかもしれないが、今回の女にはじっくり時間をかけた。女は懸命に抗《あらが》って、俺と交渉しようとまでした、冷淡な女だ！　だが死ぬ運命に変わりない。女は今、大型冷凍ストッカーの中でしだいに温もりを失い、体をこわばらせている。今までで一番ノーラに似ている。もちろん偶然だ。女の外見はなんの意味も持たない。問題なのは女の行為だ。今ここにいる女は、迎えにくると何度も約束しながら、決して迎えにこなかった、俺の母親と同じだ。女を数分見つめ、すべてうまくいったことに深い満足感を覚えている。これでまた次の女を見つけるのに一年の時間ができた。俺は大型冷凍ストッカーの蓋を閉めた。まずは熱いシャワーだ。湖はかなり冷たかった。

九日目

二〇一七年四月二十六日（水曜日）

アナ・フリーデックは毎日、犬を連れて同じコースをまわっていた。オーバーハインから森を抜けてヘルツベルク塔を目指し、そこからジルバーキュッペル林間駐車場を横切ってローマ時代のザールブルク砦跡まで走り、そこから自宅に戻る。なかなかすてきな散歩道だ。すれ違う人といえば、ジョギングをする人や犬と散歩をする人くらいだ。駐車場を横切ったとき、フランクフルト・ナンバーの緑色の小型車に目がとまった。はじめてその車を意識したのは四、五日前だ。砂利を敷かれた駐車場の同じ場所にずっと止まっている。はじめは車の持ち主が散歩をしているか、ジョギングをしているのだろうと思った。多くの人は自分と同じで決まった習慣を持っている。だから次の日も、車がそこに止まっていても気にしなかった。だが今回は少し妙だと思った。犬を呼んで、その小さなフィアット車に近づいて、ウィンドウガラス越しに内部を覗いてみた。とくにおかしなところはない。よく片付いていて、ガムもハンカチも見当たらない。フリーデックはそっとドアハンドルをつかんでみた。施錠されている。

「なにかあったのだとしたらどうしよう？」フリーデックは愛犬に話しかけた。犬はすわって、主人の一挙手一投足を見守っている。森ではよく事故が起きる。たとえばジョギング中の心臓発作とか……。下草に横たわる死体に遭遇するところを想像して、背筋が寒くなった。いや、そんなことがあるなら、モリーがにおいに気づいたはずだ！　違うだろうか。

「この車をはじめて見かけたのはいつだった？」フリーデックは考えた。雨が降っていた。散歩のあいだだれにも会わなかったので、よく覚えている。

フリーデックは携帯電話をだして、その車を撮影した。こういう場合、だれに連絡したらいいだろう。緊急電話だろうか。いや、やめておこう。あとでバート・ホンブルクの医者を訪ねることになっている。途中、キルドルフのザールブルク通りにある派出所に寄ってみよう。フリーデックは振り返ってもう一度車を見てから、その場を離れた。だがその車の持ち主になにかあったのではないかと気になって仕方がなかった。ローマ時代の遺跡まで来ると、携帯電話がつながった。フリーデックは派出所の電話番号をグーグルで調べて電話をかけた。

＊

警察航空隊の青と白に塗られたユーロコプター145が八時少しすぎ、刑事警察署の屋上にあるヘリポートに着陸して、回転翼をまわしながらピアとターリクを待っていた。ふたりが乗れるよう、副操縦士が胴体側面のドアをひらいた。乗客用のスペースは意外と広く、九人くらい乗れそうだったが、座席は四つしかなかった。ピアとターリクがシートベルトをつけると、ヘリコプターは離陸して、驚くべき速度で北西へ飛行した。ピアは窓から、よく知っている通りや街並みがみるみる小さくなっていくのを見た。ものの数分でフェルトベルクをあとにし、タウヌス山地を飛び越えた。ノイスまでの飛行時間はちょうど一時間だ、とパイロットがいった。ヘリコプターは矢のように飛び、ほとんど揺れを感じなかった。ピアはメガネをかけて事件簿を読みふけった。今回の出張の段取りと、面会の約束はすべてカイが手配した。ノイスでは捜査十一課課長のイェルク・ホーマースと、七年前に定年になるまでユッタ・シュミッツ事件を追っていた前任者ウルリヒ・ヴェスターホフ元首席警部に会い、いっしょに八十五歳になるユッタ・シュミッツの母親を訪ねて、娘のその後について報告することになっている。事件簿は長編小説並みの分厚さだった。ピアは取調調書、聞き込みのメモ、報告書、ラボの検査結果に目を通した。ヴェスターホフたち捜査官は行方不明者の友人、サークル仲間、隣人、知人、職場の同僚に徹底的に事情聴取をしていた。

行方不明者は三十四歳で、カールストで生まれ育ったが、なかなかひとところにとどまることがなかった。東南アジア、ニュージーランド、オーストラリアで過ごしたあと、一九九四年に故郷の町に戻ってきて、バイクの改造を専門にする会社の倉庫管理者になった。稼ぎはすべてハーレーダビッドソンに注ぎ込んでいた。友人は多くなく、夫もなく、十八歳のときに産んだ娘は父親のところに残していた。

行方不明になる六週間前、ユッタ・シュミッツはなぜかアパートの賃貸契約を解除して、バイクを売り払っている。母親には一九九五年の夏、グレーヴェンブローホの射撃祭でペーターという男と知り合い、いっしょにニュージーランドに移住するつもりだと話していた。情報はわずかだったが、所轄はすぐにペーターなる人物を特定した。ペーター・シュレーマーはユッタよりも若く、グレーヴェンブローホで自動車とバイクの整備工場を経営していたが、海外移住を計画し、一九九六年三月に共同経営者に会社の権利を売り渡した。ユッタもニュージーランドでの労働許可を取得して、職探しをしていた。シュレーマーの住居を家宅捜索したところ、ユッタ・シュミッツがバイクを売却したときの代金の入った封筒が見つかり、そのため被疑者になった。所轄はユッタ・シュミッツの死体を見つけるために手を尽くした。百人隊が何週間も周辺地域を捜索し、ダイバーにカールスト湖を捜させ、捜索犬も動員された。

結局、間接証拠だけで起訴したが、シュレーマーはユッタ・シュミッツ殺害を否認しつづけ、証拠不十分で無罪になった。しかし移住の夢は泡と消えた。貯めた金は弁護費用で使い果たしてしまったからだ。二年前、彼はバイクの事故で死亡した。他に被疑者はいなかった。今では、ユッタ・シュミッツの個人的知り合いにも、仕事上の知人にも犯人はいないという結論に達している。だが彼女はどこかで犯人に出会い、その男に興味を抱いたはずだ。

ピアはアンドレ・ドルが一九九〇年代半ばから末までデュッセルドルフのあたりにいたかどうか調べる必要があるとメモに書き記した。もしかしたらシュレーマーの自動車整備工場が接点になるかもしれない。ユッタ・シュミッツの人生最後の四十八時間は、ヴェスターホフたち捜査官による聞き込みと検証によっておおよそ再現されていたが、それでもどうしても埋められない何時間かの空白があった。

十時少し前、ヘリコプターはノイス郡警察署庁舎の横の芝生に着地した。

「ユッタ・シュミッツ事件は、俺の警官人生の中で唯一お蔵入りになった案件だ」ウルリヒ・

ヴェスターホフがいった。明晰そうな目をした白髪の痩せた男性だ。顔が黄色いのは肝臓に疾患があるせいだろう。「母親が毎年、娘が行方不明になった日に、なにかわかったかと電話をかけてきた」

ピアが見せた死体の写真に、定年になった元首席警部とその後任者が衝撃を受けた。

「シュレーマーは本当のことをいっていたんだ」ヴェスターホフは写真をピアに返した。「無罪になってよかった。といっても、世間はそう見なかったがな」

ピアたちは警察車両に乗り込んだ。ホーマースがハンドルを握って、ヴェスターホフは助手席にすわり、ピアとターリクは後部座席に乗った。十キロ離れたカールスト市フォルスト地区に住むルイーゼ・シュミッツのところへ行く途中、ピアはノイスの同業者に捜査の現状を説明した。そしてこうしめくくった。

「犯人はまちがいなく連続殺人犯です。犯人の動機はまだ不明ですが、被害者は一見したところ偶然に選ばれたように見えます。共通点は被害者が女性で、母の日の前日か当日行方不明になっていることです」

「ルイーゼ・シュミッツからなにが訊きたいんだ?」ヴェスターホフがたずねた。ピアとターリクがここにいることが自分への無言の非難のように思えるのか、少し機嫌が悪かった。

「みなさんはこの地域に殺人犯がいると考えました」ピアはいった。「しかしわたしたちはユッタ・シュミッツを殺して、死体を埋めた男がタウヌスの人間だと考えています。犯人がどこでユッタ・シュミッツの存在を知ったか知りたいのです。ですからユッタ・シュミッツのお嬢さんとも話したいと思っています」

「それは難しいだろう」ヴェスターホフがうなるようにいった。

「なぜですか？」

「母親が行方不明になって、ドルトムントの孤児院に入れられた」ホーマースがいった。「それでなくても、母娘の関係はよくなかった。ユッタ・シュミッツは、娘が赤ん坊のとき、タイに行くため置き去りにしたんだ。父親が子育てに疲れたため、父母双方の親のあいだでたらいまわしにされたあげく、娘は問題児のための施設に入れられた」

「住んでいるところはご存じですか？」ピアはたずねた。

「いいや。数年前にこの地を出ていった。祖母ともちゃんと連絡を取っていない」ホーマースは答えた。「たぶんベルリンで暮らしている。祖母に電話をかけてくるのも、金を無心するときだけだ」

＊

　ドイツ証券商業銀行《DEHAG》の臨時株主総会は十一時きっかりにセンチュリーホールではじまった。出席した株主はおよそ七百人。フリチョフ・ライフェンラートは他の執行役員たちと並んで演壇に上がっている、とケムから報告があった。オリヴァーはハーディングといっしょにバート・ナウハイムへ行き、青少年局の元職員エルフリーデ・シュレーダーと話をすることにした。ドイツ証券商業銀行《DEHAG》の株主たちが昼休みをとるまでには、シュレーダー夫人との話をすませ、ヘーヒストの総会会場に行けると考えた。それまでケムがフリチョフを見張り、オリヴァーに状況報告をすることになっていた。

シュレーダー夫人はバルコニーにすわって、雲間から射す暖かい春の日差しを楽しんでいた。雪のように白い髪の華奢《きやしや》な老女だ。肌が青白く、利発そうな褐色の目をしている。

「すわったままで失礼します」そういうと、シュレーダー夫人は車椅子の車輪を手で叩いた。「数メートルなら歩けるんですが、すぐ疲れてしまって。どうぞ、おすわりになって！」

夫人はメガネを取り、読んでいた本を膝《ひざ》に置いた。受付の若い女性の案内で四階まで上がったオリヴァーとハーディングは、すわり心地のいいラタンの椅子に腰を下ろした。夫人が暮らしている施設はいわゆる老人ホームではなく、シェアハウスだった。それぞれ六つの個室からなる住宅が数棟並んでいる。バルコニーからは手入れの行き届いた庭が見える。庭師の一団が茂みや樹木の手入れをしている。近くの遊び場からは子どもの明るい声が聞こえた。太陽が雲に隠れると、夫人はターコイズブルーのフリースのジャケットのファスナーを顎まで上げた。

「お電話をいただいてから、当時のことを少し思い返していました」シュレーダー夫人は膝にかけた毛布を両手でなでた。「これからお話しすることは、そういう時代だったとご理解ください。一九五〇、六〇年代、ドイツ各地の孤児院に七十万人の児童が暮らしていました。そうした孤児院の四分の三は、教会傘下の福祉団体や修道院によって運営されていました。そしてそれがわたしの担当部署でもありました。一九二〇年代にまず乳児ホームが作られました。本来は戦争孤児のためでしたが、一九五〇年頃から乳児ホームには本当の孤児はいなくなり、もっぱら社会的孤児を受け入れていました。望まぬ子や未婚で産んだ子を母親が預けたのです。

そうした赤ん坊の大半は養子縁組を斡旋《あっせん》されました。一九七七年より前の法制度では、青少年局の介入なしに斡旋ができたのです。赤ん坊が生後十二ヶ月以内に養子にならなかった場合、施設の子として育てられます。乳児ホームでの幼児の生活環境は最悪でした。子どもたちの衣食住は保障されましたが、まともに世話を焼く人もなく、多くの場合、愛情遮断症候群、さらには施設病にかかりました。ですから青少年局は、子どもたちが施設病にかかって、異常行動や発達不全のせいで養子にとってもらえなくなる前に斡旋しようとしました」

シュレーダー夫人はため息をついた。

「リタは当時、わたしたちにとって天の恵みでした！　あの方の邸宅には部屋がいっぱいありました。わたしたちは、子どもたちが喜ぶと思いました。予告なく訪ねても、子どもたちはいつも元気で、まともな服を着せてもらい、食事も満足いくものでした。部屋は清潔でしたし、ベッドがありましたし、衛生面の設備も、わたしが担当していたどの孤児院よりもはるかに近代的でした。孤児院では教育面も望むべくもなかったのです。わたしたちはライフェンラート家に好印象を持っていました。里親家族は孤児院よりも望ましいものです。養子縁組の斡旋が困難な子には、他に選択肢はありませんでした」

「しかしライフェンラート夫妻のようにたくさんの児童を並行して引き取るのは珍しかったのではないですか？」オリヴァーはたずねた。「一度に十人のときもあったのでしょう？」

「そのとおりです」シュレーダー夫人は認めた。「でも、そこには利点もありました。家庭的な雰囲気が醸成《じょうせい》されたからです。年上の子は年下の子を助け、子どもたちは社会的行動や他者への敬意や謙虚さを学びました。リタとわたしのあいだには友情が芽生え、わたしはよく家に招かれました。年に一度のパーティには成人した元里子も来ました」

「母の日ですね」オリヴァーが口をはさんだ。

「そうです」シュレーダー夫人は微笑《ほほえ》みながらうなずいた。「自閉ぎみの発達が遅れた小さな子が陽気で健康な子になって、楽園のような敷地でのびのびと遊びまわっているのを目《ま》の当たりにしました」夫人はティーカップを取って、ひと口飲んだ。「きわめて難しいケースでも否といわず引き受けてくれて、リタには感謝しかありません。孤児院は超満員で、養子縁組を希望する夫婦は好きな子を選ぶことができます。二歳以上の子には養子になるチャンスはなきにひとしいものでした。わたしたちが養子縁組を斡旋したのは乳児だけではありませんでした。親が子育てにストレスを抱えたり、なんらかの理由で育てられなくなったりした子どもにも対応していました。暴力や育児放棄を経験し、家族から離されて保護された子もたくさんいました。里親家族に預かってもらうのは多くの場合、一時的な教育支援でした。でも、長期にわたる場合もありました。その点、ライフェンラート家に引き取られた子は幸運だったといえます。職員はみんなそう思っていました」

オリヴァーには、本当とは思えなかった。リタ・ライフェンラートとの友情がシュレーダー夫人のものごとを客観的に見る目を曇らせているのだろうか。アーニャ・マンタイもライフェンラート家が気に入っていたふうな口ぶりだった。

「リタ・ライフェンラートさんの躾《しつけ》はかなり厳しかったそうですね」オリヴァーはいった。

「水を張ったバスタブに沈めたり、冷凍ストッカーに閉じ込めたり、穴に閉じ込めたり。そういうことが日常茶飯事だったと聞いていますが」

「ありえません！」シュレーダー夫人は大きく頭を振って否定した。「わたしたちは子どもをほっときはしませんでした。どのように成長しているかかなり丹念にチェックしていました。たまには大きくなった子を養子縁組したり、生みの親の元に帰したりしたこともあります。それに家政学や教育学を学んでいる若い女性が夫妻のところで実習していました。そんなひどいことがおこなわれていたら、わたしたちの耳に入ったはずです！」

「そういう折檻《せっかん》が待っているのに、子どもたちがあなたたちにそのことをいうと思いますか？」オリヴァーがたずねた。「リタ・ライフェンラートさんは、子どもをいじめたくておおぜい引き取っていたという人もいます」

シュレーダー夫人から笑みが消え、ひとりよがりなところも影をひそめた。

「もしかして」オリヴァーは話をつづけた。「青少年局の職員は問題児を手放せることがうれしくて、虐待の横行に目をつむっていたのではないですか？」

「ひどいいいがかりです！」シュレーダー夫人が憤然とした。話が思わぬ方に向かったからだ。

「それにライフェンラート夫妻は子どもたちの養育で多額の金を得ていましたたね」

「もちろん養育費を得ていました。でもそれが子どもたちを引き取った決定的な理由だなんて」シュレーダー夫人は反論した。「多動症の子やトラウマを抱えた子、粗暴な子を三十年近く引き取ってくれていたんです。奉仕の精神と理想主義がなかったらできることではありません。夫妻は本当に難しい子の世話をしました。五年にわたって運動能力が発達せず、言葉を発することのない子もいました。その子がそうなったのは、手に余った修道女がベッドに縛りつけていたからです！」

「ライフェンラート夫妻がそういう子どもを引き取ったのは、だれも顧みなかったからではないのですか？　気にかける縁者《えんじゃ》もいなかった」そうはいったが、オリヴァーはシュレーダー夫人が名誉を傷つけられて、へそを曲げないように気を配った。「もちろん青少年局は常時監督することはできませんから、そうした訪問時に見聞きしたことから判断するほかないのもわかります」

「わたしはリタの動機まで考えたことはありません」夫人は答えた。「あの人がいなければ、子どもたちの大半が人生を切り開くことができなかったでしょう」

「しかし、そうした里子のひとりが連続殺人犯になった可能性があるんですがね」オリヴァーがいった。

「なんですって？」夫人はびっくりしてティーカップを落としそうになった。

「ライフェンラート家の敷地で三体の死体が発見されました」オリヴァーはいった。「それにリタ・ライフェンラートさんの遺骸も」

「リタの？　でも……わたし、てっきり……自殺したという話でしたでしょ！」夫人はわけがわからず口ごもった。両手がひどくふるえ、受け皿に載った磁器のカップがカタカタと音をたてた。

「一九九五年、あなたは母の日のパーティに招待されましたか？」

「いいえ」夫人の目が落ち着きを失っていた。「その頃はもう……それほど深い付き合いをしていなかったので。わ……わたしは……その数年前にリンブルクに異動していました。死んだ夫がそっちで仕事についていたので」

オリヴァーはシュレーダー夫人がいいよどんだのを見逃さなかった。事情聴取や取り調べでさんざん嘘をつかれてきたので、嘘を見抜く勘が働くようになっていた。夫人はそれまで本当のことをいっていたが、最後の言葉は信用できない。なにを隠しているのだろう。口でいう以上のことを知っているのだろうか？　罪の意識でもあるのだろうか？

「あなたはリタ・ライフェンラートさんのことをだれよりもよく知っていましたね。自殺したと本当に思いましたか？」

シュレーダー夫人は唇を引き結んでうつむいた。

「いいえ、リタは自殺するようなタイプじゃありませんでした。すぐに思いました……ご主人がなにかしたのではないかと」

「そのことを、なぜ警察に話さなかったのですか？」ハーディングがはじめて口をはさんだ。

シュレーダー夫人はなにもいわなかった。困っているのが手に取るようにわかる。ティーカップを持つ手がふるえていた。

「わ……わたし、リタが行方不明になったと新聞で読んだ直後、マンモルスハインの知り合いに電話をかけました」シュレーダー夫人はうつむいた。「わたしは報道の内容が信じられないといったんです。その二日後の朝……うちの玄関マットの上で、飼っていた猫が死んでいました。喉を切られていたんです」声がふるえ、今にも泣きそうだ。「わたしが猫を拾いあげて、家に運び込もうとしたとき、男がいきなり目の前にあらわれて、せせら笑いながらいったんです。〝嘘っぱちをいいふらすなら、あんたとあんたの旦那もその猫のようになるぜ。言葉に気をつけるんだな〟わたしはショックで、身じろぎもできませんでした。わたしはフロッキーを森に埋めて、どこかに逃げてしまったことにしました。わたしがこれ以上ホーフハイムに住みたくないというと、夫はわたしが猫のことで悲しんでいると思い込みました。夫は真実を知らないまま亡くなりました」夫人はすすり泣きながら息を吸った。「わたしは病気を理由に青少年局を退職しました。子どもたちによかれと思ってしたんです……たぶんわたしに自分の子がいなかったからでしょう。わたしは理想主義者でした。特別に難しいケースでは心を痛めました。同僚にはよくからかわれました。そしてどうせならもっと難しいケースを担当したらいいといわれたんです。でも、それはできない相談でした。悪意に満ちた人間がいるなんて考えたくなかったからです」

「あなたを脅迫したのはだれですか？　テオ・ライフェンラートさん？」テオではないとわかっていたが、オリヴァーは穏やかな声でたずねた。

「いいえ、テオではありません」シュレーダー夫人は首を横に振った。下唇がふるえていた。そのときの記憶を忘れることができないのだ。「わたしが他の子よりもずっと気にかけた子でした。一時《いっとき》は養子にしようと考えたほどです。心が通じていると思っていたので。だから余計にショックだったのかもしれません。

あいつは悪の権化で危険だとリタがいったのは本当でした」シュレーダー夫人は深いため息をついて、目をつむった。「クラース、クラース・レーカーです」

＊

ニーダーライン地方はタウヌス地方よりも気温が数度高く、広々とした自然に囲まれていた。ルイーゼ・シュミッツが住むレンガ造りの住宅はカールスト市フォルスト地区の行き止まりにあり、庭はすでに春爛漫《はるらんまん》で、ちょっとした楽園だった。レンギョウとスイセンが咲き誇り、リンゴとサクラに蕾《つぼみ》がついていた。

しかしピアはそんな牧歌的な風景に一瞥《いちべつ》もくれなかった。むせび泣く老女、あかぎれのある手、苦悩が刻まれた顔。目の前にすわったルイーゼ・シュミッツを見て、ピアは胸が痛んだ。殺人犯の犯行が被害者の家族にどんな痛みを与えているか知ると、プロにあるまじき怒りを覚える。

ルイーゼの夫は十年前、心臓発作で死亡した。ひとり娘の失踪をめぐって悪いことばかり考え、ひどい鬱《うつ》病になっていたという。夫婦に罪はないのに、隣近所からのけ者にされ、娘がどうなったかわからないことに苦しみ、何度も希望が打ち砕かれた。その上、孫娘からもさんざん非難を浴びせられ、さげすまれた。

ユッタがどうなったか知り、母親の重たい肩の荷が下りた。ようやく娘を埋葬し、区切りがつけられる。

「わたしのユッタはどこで見つかったんですか？」シュミッツ夫人がたずねた。

「マンモルスハインという小さな集落です」むごい状況には触れずに、ピアは答えた。「フランクフルトの近くです」

「フランクフルトの近く？」シュミッツ夫人はため息をついた。「なんでそんなところに？」

「ユッタがフランクフルトにいたわけではありません」ピアは答えた。「犯人はこのあたりでユッタさんと会ったとみています」

「このあたり？　ではわたしと顔見知りかもしれないということですか？」シュミッツ夫人はすすり泣いた。ターリクがティッシュを差しだすと、夫人は感謝しながら受けとって、洟《はな》をかんだ。

「シュミッツさん、あなたのお嬢さんは連続殺人犯の被害者になったと思われます」ターリクが穏やかにいった。「お嬢さんが見つかった場所には、他にも二体の女性の死体がありました。わたしたちは、犯人がどこでどうやってお嬢さんと出会ったか突き止めたいのです。お嬢さんが行方不明になる前のことを話していただけますか？」

「なにが知りたいのですか？」シュミッツ夫人がターリクを見つめた。

「思いだせることはすべてです。タイから戻ったあと、どこに住んでいたか？　職場はどこだったか？　どういう人と会っていたか？　ニコレさんとの関係はどうなっていたか？」

「ユッタはいつも遠くを見ていました」夫人が話しはじめた。「他の娘が恋愛小説を読んでいるとき、あの子は世界地図を広げていました。タイのホテルで働けそうだと喜んでいた矢先、妊娠してしまって……」

　シュミッツ夫人が口をつぐんだ。気持ちが四十年前に戻ったのだろう。

「ニコレは生まれたその日から難しい子でした。ユッタとベルントは子育てに疲れ切ったんです。そしてお互いにいがみあうようになりました。ふたりとも若すぎたんです。十八歳になったばかりでしたから。あの子が日に日に不幸になっていくのが、夫とわたしには手に取るようにわかりました。ですから、ニコレをうちに預けて、タイに行ったらいいと提案したんです。あれが間違いの元だったのかもしれません……。ニコレはわたしたちのところでも、ベルントの両親のところでも、なに不自由なく暮らしたのに、いつも自分の母親を非難していました！　わたしたちはニコレを甘やかし放題にしました。よくしてあげようと思うあまり、厳しく当たらなくてはいけないときに、そうすることができなかったのです。罵詈《ばり》雑言《ぞうごん》を浴びせられ、ユッタはいつも罪悪感を抱いていました。あの子がここにとどまったのはニコレのためでしたが、ニコレは感謝すらしませんでした。ユッタはニコレを連れてあちこちのセラピーを受けました。そしてテレビ番組にまで出演したのです。あれはショックでした！　夫は恥じ入って何週間も家から出なかったほどです」

「なんというテレビ番組でしたか？」ターリクがたずねた。

「名前までは覚えてません」夫人はハンカチで目を覆った。「ニコレとユッタは怒鳴りあい、観客はそれを見て……笑っていました。みんながわたしたちを笑って……ショックでした」言葉が途切れた。夫人はまた泣きだした。ピアは民放が放送していたとんでもないトーク番組に覚えがあった。数百万のテレビ視聴者の前で一般人に本心を吐露《とろ》させるという番組だ。司会はゲストふたりのいがみあいをあおって、本音をいわせ、たがいの本心を露呈《ろてい》させる。娘と孫がカメラの前で骨肉の争いをし、笑われるところなど、ルイーゼ・シュミッツのような誠実な人には見るに堪《た》えないものだったに違いない。

「番組の名前を思いだせませんか？」ピアはたずねた。

犯人はユッタ・シュミッツをテレビで見て、目をつけたのだろうか？　番組の内容を突き止めなければならない！

「いいえ」シュミッツ夫人は首を横に振った。ピアはがっかりした。「でも、その番組のプロデューサーはその後、裁判にかけられたはずです。この世にもまだ正義があると思いました」夫人はため息をついた。「ユッタはテレビに出演したあと、わたしにいいました。〝母さん、あれは取り返しのつかない過《あやま》ちだった。ニコレがわたしの中で死んでしまった！〟認めるほかありませんでした。そのあとユッタは外国へ行くことしか考えませんでした。ここは、針のむしろのようでしたから」

「それって、わたしには話してくれませんでしたね」ヴェスターホフが驚いていった。

「もちろん話しましたよ」夫人はかすれた声でいった。「でも興味を持たなかったんです！あなたたちははじめからあの若者がユッタを殺したと決めつけていましたから」

「いやまあ、たしかに」定年退職した警部は返す言葉がなかった。「状況証拠で、彼が一番あやしかったですから」

「そのテレビ番組に出演したあと、ユッタさんはどんな人と知り合いになりました?」ピアはたずねた。

「大量の手紙が届きました」夫人がいった。ピアはターリクと顔を見合わせた。「たいていは開封もしませんでした」

「その手紙はまだありますか?」ピアは落ち着こうとした。

「もちろん。あの子のものは全部とってあります」夫人は答えた。「ここに住んでいました。ニコレの子ども部屋に。その前はユッタ自身の子ども部屋でした」

ヴェスターホフの愕然とした表情を見て、ピアはその手紙を見ていないなと思った。被疑者を早く絞り込んだせいで、捜査に支障を来すのはよくあることだ。といっても、ペーター・シュレーマーに嫌疑がかかったのは至極当然だ。動機、手段、機会、すべてそろっていた。

「すべて当時のままにしてあります」シュミッツ夫人が悲しげにいった。「どうしても捨てられなかったんです。ユッタはどこか遠くへ行っているだけで、いつの日かひょっこり現れるかもしれませんでしたから」

*

元青少年局職員のシュレーダー夫人は彼女にとって最悪の秘密をとうとう打ち明けた。何年にもわたって彼女の自我を守っていた自己欺瞞《ぎまん》という繭《まゆ》が破れたのだ。オリヴァーはほんの一瞬、作り話を信じそうになった。シュレーダーは罪悪感に苛《さいな》まれたような様子で、当時はまだ経験が浅かったために支配欲に取り憑《つ》かれた人間にいいように操られたといった。そして、ふたりの子の自殺の理由が公《おおやけ》になると思って、それをごまかす手伝いをしたと涙ながらに告白した。一九七七年、十五歳のバルバラ・シュナイダーがバスタブでリストカットした。四年後、十四歳のティモ・ブンテがシャワーコーナーのカーテンポールで首を吊った。ふたりともひどい仕打ちに耐えられないという内容の遺書を残していた。リタに遺書を見せられて、シュレーダーが遺書を処分しようと提案した。そうすれば、リタに嫌疑はかからず、引きつづき問題児を預けられるからだ。こうして、シュレーダーはリタと一蓮托生《いちれんたくしょう》となった。ところが、ふたりの上を行く十五歳の少年がいた。クラース・レーカーがなぜかバルバラ・シュナイダーの日記を手に入れて、ノーラ・バルテルが死んだあとふたりを脅迫したのだ。自殺したバルバラ・シュナイダーは日記の中で、リタ・ライフェンラートの所業をつづり、自分はエルフリーデ・シュレーダーに見捨てられたと書いていた。クラース・レーカーは自分を孤児院に戻すのなら、その日記を警察に渡すといった。そうなれば懲戒処分は必至だ。職務怠慢で解雇される恐れもあった。シュレーダーは少年の脅迫に負けて、自分の家に引き取った。

「あの子は根っからの悪人でした」シュレーダー夫人は声をふるわせながらいった。「あの子がうちにいた三年間は最悪でした！　わたしは病気になって、精神的なケアを受けたほどです」

彼女の自己憐憫《れんびん》には反吐《へど》が出る。

「なんでそんなことをしたんですか？」ハーディングは呆れてたずねた。「あなたはライフェンラート家で子どもたちがどんな目にあっているか知っていたんでしょう！　なんで放っておいたんですか？」

「わたし……わかりません」夫人は目にたまった涙を手の甲《こう》でぬぐった。「リタに……」

「無理強いされたなんていうのではないでしょうね！」オリヴァーはあまりの身勝手さに虫唾《むしず》が走った。被害者ぶって、すべての責任から逃れようとしても無駄だ。「あなたは自分の面子《メンツ》が大事だったのでしょう！ あなたの部署では英雄だったのでしょうね。どんな問題もたちどころに解決したから」

夫人のびくついた目。返答がなくても一目瞭然だ。

「面子をつぶしたくないがばかりに、無力な孤児を地獄に送っていたんですよ。考えてみたことがないのですか？」

シュレーダー夫人はオリヴァーの質問を無視した。長年つきつづけた嘘は、彼女の脳内でとっくの昔に真実になっていたのだ。

「だけどライフェンラート家は天国のようなところだったんですよ！ 大きな庭、プール、健康的な食事、澄んだ空気！ 小動物までいたんです！」理解を求め、赦《ゆる》しを乞うような目をしていた。「少しくらい厳しくしても、子どもたちに害はないと思ったんです。わたしの両親も厳しかったんです。それでもわたしは立派に成長しました」

「少しくらい厳しくしても？」オリヴァーは気持ちを抑えた。椅子から勢いよく立ちあがり、夫人の肩をつかんで揺すりたい衝動に駆られた。「あなたは子どもたちがどんな目にあっているかよくわかっていた！　あれはまぎれもない水責めだった！　それを知っていて、よく安眠できましたね？」

「わたしは悪人じゃありません！」シュレーダー夫人はまだ我を張った。「間違いを犯したかもしれませんが、それくらいだれだってするでしょう？　そんなことでわたしを裁こうというんですか？」

「いいえ、それはわたしの役目ではありません。そのために裁判所があるんです」オリヴァーの怒りはしぼみ、もやもやした気分だけが残った。現実から目をそむけ、自分がやったことに責任が取れない追随者はどこにでもいる。「わたしたちがここに来たのは、少なくとも八人の女性を殺害した連続殺人犯を捜すためです。被害者を溺死《できし》させ、ラップフィルムにくるんで冷凍保存し、ライフェンラート家の敷地にある犬のケージの下に埋めたのです。いや、投げ捨てたというべきでしょうか」

「どうしてそんなおぞましい話をするんですか？」シュレーダー夫人の顔が蒼白になった。

「リタ・ライフェンラートが引き取った子どものだれかが犯人だと思うからです。当時あなたがあいだを取りもった子どものだれかです」オリヴァーはシュレーダー夫人の顔に顔がくっつきそうになるほど身を乗りだした。「ささいなことで冷凍ストッカーに閉じ込められるという折檻を受けた子ども！　全身をラップフィルムにくるまれた状態で、昼食時に皿に口をつけて食べさせられた子もいるんですよ！　他にもバスタブに沈められ、溺《おぼ》れ死ぬ恐怖を味わった子もいます。そしてそれと同じことを……」

「やめて！」シュレーダー夫人が金切り声をあげ、抗《あらが》うように両手を上げた。涙がしわだらけの頬を伝った。「もうほっといて！　どうしようもなかったことなんだから！」

「あなたには止めることができた」オリヴァーは背筋を伸ばした。「あなたはリタ・ライフェンラートを止める力を持つたったひとりの人間でした！　当時、あなたはなにもしなかった。今回は罪のない女性が死ぬ前に犯人を捕まえる手伝いをしてください！」

「わたしは興奮してはいけないと医者からいわれているんです」夫人はオリヴァーを怖々見つめ、両手を胸に当てた。息づかいが速くなって、あえいでいる。「心臓が弱いんです！」

オリヴァーはやりすぎたことに気づいた。立ちあがると、あとはハーディングに任せた。ハーディングは魔法瓶から夫人のカップに茶を注ぎ、夫人の苦しい言い訳を辛抱強く聞いた。そしてその繊細さがオリヴァーの荒削りな戦術では実らせることができなかった果実を収穫した。

＊

マンディ・ジーモンは、大好きだったおじがベルリンの壁崩壊の五年前に自作の熱気球で東ドイツから亡命してからずっと西側に夢を抱いていた。一九八九年七月、党に忠誠を尽くしていた家族には計画を漏らさず、ツヴィッカウに住むおばを訪ねたまま東ドイツには戻らなかった。

ジーモンは夜中に歩いてチェコの国境を越えて西ドイツに入った。

娘（ユッタ・シュミッツと同じで、マンディもひとりっ子だった）の運命がわからないままに過ぎた歳月がヘルタ・ジーモンの顔に深い心労の跡を残していた。ヘルタ・ジーモンは七十代なかばで、虚《うつ》ろな目には隈《くま》があり、後ろで束ねた髪は灰色だった。息はタバコとペパーミントのにおいがした。そしてまだ午後も早い時間だというのに酒のにおいもした。住居はエアフルト市ローター・ベルク地区に建つ鉄筋コンクリートの高層アパートの十階だ。住居は片付いていなかった。狭い廊下には空のペットボトルと空き瓶を入れたゴミ袋と古紙が山と積まれていて、古紙の大半は冷凍ピザの箱だ。居間には毛足の長い空色の織物を巻いたキャットタワーが粗大ゴミ置き場から拾ってきたような家具にまじって立っていた。猫の尿とカビと汗のにおいがぷんぷんしている。ピア、ターリク、エアフルト刑事警察署のレア・ブリュッゲマイアー首席警部の三人をキッチンに案内すると、ジーモン夫人は椅子にすわって、タバコに火をつけた。脂《あぶら》がこびりついたコンロに食べ残しが入った鍋やフライパンを見て、ピアはコーヒーなどの飲みものをすすめられなくてよかったと思った。断ったら、ジーモン夫人が恐縮しそうだ。

娘の死体が見つかったという知らせを聞くと、ジーモン夫人は鼻から煙を吐いた。右手の人差し指と中指は、タバコの吸いすぎで黄色くなっていた。

「この二十六年間、マンディのことをいつも考えていた。はじめのうちは夫とわたしのふたりでね。でも夫はそのうち耐えられなくなって、マンディの話はしたくないっていいだした。もう死んでる。あきらめろっていわれた。娘はそうやって切り捨てられた」涙がひと粒、頰を流れてテーブルクロスに落ちたが、夫人の表情は変わらなかった。「でも、わたしにはできなかった。あの子は九ヶ月もわたしのおなかにいたのよ！　そうしたら、夫は若い女を探した。ある晩、仕事から戻ると、女ができたから、出ていくといった。夫はドルトムントへ行った。それで終わり」

べとついたビニールのテーブルクロスの上に写真が数枚載っていた。角が折れて、表面がすり切れていた。

「幸せな家族だったのよ」夫人は、コーナーベンチの斜め向かいにすわったピアに写真を差しだした。昔を思いだしたのか、目がうるんでいた。「マンディが西側に行くなんて馬鹿な考えを起こすまでは、なんの問題もなかった！　でもマンディには、ここは窮屈《きゅうくつ》で偏狭だった。わたしたちはヴァルタースレーベンに庭つきの小さな家を持っていた。でも夫が新しい人と結婚したとき、わたしは出ていくしかなかった。それでよかったんだけど。マンディの女友だちが歳を重ねて、人生を謳歌《おうか》しているところを見るのに耐えられなかったもの。マンディが生きていたら、もうすぐ四十七！　あの子がいなくなったときのわたしの年齢と同じ」ジーモン夫人は押し黙って、吸い終わったタバコをクローム製の回転式灰皿に置くと、ボタンを押した。灰皿の蓋《ふた》がまわって、吸い殻はその下に消えた。

ピアは写真を見た。マンディはかわいらしい女性だった。褐色の髪はねじれ毛で、西側での新しい人生に夢を抱いているのか、目を輝かせている。今よりずっと若いヘルタ・ジーモンも写真に写っていた。ふたりが姉妹のように見える写真もあった。娘を殺されたことで夫人がどれほど傷ついたかがわかる。ピアは深く心をゆさぶられ、このままにはしておかないと固く心に誓った。

西側に亡命するとき、マンディは若い男と知り合い、恋に落ちた。ふたりはいっしょにマンハイムで落ち着いたが、若い恋は早々に破れ、彼女はネッカラウのワンルームで暮らしはじめた。

「そのあとマンディさんに男性はあらわれなかったのですか?」ピアがたずねた。

「本気で付き合った人はいなかったわね」ジーモン夫人はじっと一枚の写真を見つめてから、もう一本タバコをふりだし、火をつけた。「でもいい感じの人と知り合ったといっていた。当時、警察にその男の名前を訊かれたけど、わたしは知らなかった。マンディは相手のことを秘密にしていたから、既婚だったかもしれないと思った。ただひとこと、美しい目をしているとだけいったことがある。バンビみたいな目で、食べたいくらいかわいい、と何度かいっていた」

「お嬢さんに最後に会ったのはいつですか?」ターリクはたずねた。

「一九九一年五月八日。マンディの二十一歳の誕生日だった」口元に悲しげな笑みを浮かべ、切なそうな声でいった。「わたしたちは庭でお祝いをした。次の日、あの子は列車で西に帰った。あの子はいい仕事につけて、すてきな住まいを構えていた。マンディは勇敢な娘だった。怖いもの知らずだった」

「マンディさんには息子さんがいましたね?」ターリクがたずねた。

「ええ。リコという名よ。うちで預かったわ」ジーモン夫人が答えた。「マンディが西側に行ったとき、二歳だった。マンディはあとで引き取るつもりだったけど、そうはならなかった」

「リコの父親は?」

「ああ、エンリコね!」ジーモン夫人は顔をしかめた。「マンディが妊娠したと知ってさっさと行方をくらましました。ハンガリー経由で亡命したのよ。一九八六年のこと。それっきり音信不通」

一時間後、ピアたちの事情聴取は終わった。レア・ブリュッゲマイアーが、マンディの死体の搬送《はんそう》と埋葬の手配をするとジーモン夫人に約束した。ピアはもう一度、居間を見まわし、がらくたを並べた棚にさらに十枚を超える写真が額入りで飾ってあることに気づいた。

「あれはマンディさんの写真ですか？」ピアはたずねた。「見てもいいですか？」

「どうぞ」

家具と箱と積み重ねた古新聞のあいだにカウチに通じる道ができていて、その道が途中で棚の方に枝分かれしていた。ピアとターリクは写真を見た。マンディ・ジーモンの短い人生の節目節目を写した写真が並んでいた。突然、ピアはどきっとした。一枚の写真を手に取った。マンディが口ひげの男と並んでカウチにすわっている。背後に「ナイトカフェ」というロゴが写り込んでいた。

「ジーモンさん？」ピアはジーモン夫人の方を向いた。「この写真はどこで撮影したものでしょうか？」

「それですか。マンディがテレビに出演したときのです！」ジーモン夫人は笑みを浮かべ、一瞬元気になったかと思うと、ピアの手から写真を取って、ガラス越しになでた。「マンディが招待されたんです！　テレビ番組に！　あの子は当時プラハのドイツ大使館に逃げ込んでいて、西ドイツ外相のゲンシャーが来て、東ドイツ市民にチェコから出国できると告げたときもテレビのインタビューを受けたんです！　ほら、これ！」

ピアは他の額入り写真を手に取った。満面に笑みのマンディ・ジーモンが当時の西ドイツ外相といっしょに写っている。ターリクはその二枚の写真をスマートフォンで撮影した。それからピアたちは別れを告げて、重苦しい空気が漂う住居をあとにした。

車に戻る途中、ピアは興奮してオリヴァーに電話をした。〝マンディ・ジーモンはユッタ・シュミッツと同じようにトーク番組にゲスト出演していた！　偶然とは思えない！〟

だがボスからは反応がなかった。

「そうだ、ピア」ターリクがいった。「他にもトーク番組に出演した被害者がいますよ。アネグレート・ミュンヒです！　母親に事情聴取したときにいっていました」

「そうだったわね！」ターリクにいわれて、ピアも思いだした。「犯人はトーク番組で被害者を見つけていたってこと？」

「なんという番組だったか突き止める必要がありますね」ターリクは答えた。

ピアはカイに電話をかけた。カイはすぐに出た。

「一九九〇年代のトーク番組の司会者で、裁判にかかった人物を知ってる？」

「アンドレアス・テュルクだな」カイが即答した。「どうして？」

ピアはすぐに事情を説明した。ターリクがマンディ・ジーモンの写真をカイに送った。

「待ってくれ。写真が届いた」カイが電話の向こうでいった。「これはヴィーラント・ベッカースだ。長年、南西ドイツ放送のナイトカフェという番組の司会者を務めていた」

「マンディ・ジーモンがゲスト出演したのがいつか突き止められる？」ピアの鼓動が速くなった。とうとう手がかりをつかんだのだ！　通話中に着信音がした。オリヴァーからの電話だ！

「やってみる」カイは答えた。「ところでニーナ・マスタレルツのノートパソコンをひらくのに成功した。きみたちが戻るまでに、なにかわかるかもしれない」

＊

「マンディ・ジーモンは西側に亡命し、ユッタ・シュミッツはニュージーランドへの移住を夢見ていた」電話でピアから聞いた情報をオリヴァーは反芻《はんすう》した。オーバーメルレンで高速道路五号線に乗り、フランクフルトへ向けて走っていた。前方は四つある車線全部が赤いテールランプの海と化していた、デジタル交通情報表示装置が渋滞を警告していた。ヘーヒストまで一気に走るというオリヴァーの目論見《もくろみ》は潰《つい》えた。「ふたりとも、自分の夢を実現するために、子どもを捨てた。エヴァ・タマーラ・ショレはアメリカ兵を引っかけて、アメリカに行こうとした。小さな息子を連れていくつもりだったかどうかは不明だ。おそらくその気はなかっただろう。アネグレート・ミュンヒも人生をやり直そうとして、子どもたちを夫の元に残した。リアーネ・ヴァン・ヴーレンは息子よりもキャリアを優先した。そこが共通していることは否定できない」

「たしかに」ハーディングはうなずいて、なにか考えながら髭《ひげ》をなでた。

「ニーナ・マスタレルツは娘を産んですぐ、ポーランドの祖父母の元に残している」オリヴァーは話をつづけた。「ヤーナ・ベッカーの娘も父親が外国人だったため、祖父母が引き取りを拒んで、孤児院に入っている。ヤーナは新しい恋人と結婚して南アフリカへ行くつもりだった」

フリートベルクの出口の直前で、車の流れが完全に止まってしまった。渋滞の原因は左車線での交通事故だった。ルームミラーに救急車の青色回転灯が見えたので、車をできるだけ右に寄せた。追い越す救急車のあとをちゃっかりついていく厚顔無恥な数人のドライバーを見て、オリヴァーは首を横に振った。

「オリヴァー、それだよ！」ハーディングがいきなりいった。いつも冷静なハーディングが興奮し、目を輝かせていた。「自分がやりたいことの邪魔になる子を捨てた女たち！　それが捜していた共通点だ！　犯人は被害者を殺害することで、小さな子どもだった自分を捨てた母親を何度も殺していたんだ。被害者たちを身代わりにして復讐していたんだ！」

その言葉を聞いて、オリヴァーの背中に鳥肌が立った。骨の折れる細かい作業を積み重ねていると、すべてがつながって、意味を持つ瞬間がある。今がそれだった！

「これで犯人の動機がわかった。しかし真犯人の特定には至らない」ハーディングがオリヴァーの高揚感に水を差した。「被疑者になっている人物はみな、母親に捨てられている」

「青少年局の資料をもう一度精査する必要がありますね」オリヴァーは答えた。「被疑者の母親全員の動機を確かめないと。被害者はみな、多かれ少なかれ自分のエゴを通しています。社会的にやむにやまれぬ状況ではなかったですね。つまり犯人は自分の母親に復讐するだけでなく、犯人から見て身勝手と思える女たちを罰しているんですよ」

「そのとおりだ！」ハーディングがうなずいた。「非常に重要な視点だ！　これで被害者の外見が異なる説明がつく。たいていのシリアルキラーは外見を重視するが、今回は全く違うケースだ！」

「犯人がいつも母の日に殺害を実行している理由にもなりますね。母の日は犯人にとって特別な意味を持っているはずです。リタ・ライフェンラートがこだわっていただけではありません。犯人が子どものとき、母の日になにかあったのでしょう。それも一度ならず」

「母の日がストレス要因ということか？　大いにありうる」ハーディングが声にだして考えた。「暴力的空想は概して思春期に形成され、年々強化される。はじめて殺人を犯す前に、犯人の頭の中でその行為は何百回も繰り返され、理論をただ実行に移すだけだったりする」

交通事故が起きた場所に辿《たど》り着いた。何台も玉突き事故を起こしていたが、人的被害はないようだ。事故に遭遇したドライバーたちは安全ベストを着用し、ガードレールの外に出て、警察とレッカー車を待っていた。

「もしかしたら空想の殺人の引き金になる出来事が、たまたま母の日に起きたのかもしれませんね。だから一連の儀式の一部になっている」渋滞が解消され、オリヴァーはアクセルを踏んだ。「たとえばノーラ・バルテル。母の日に死んだ」

「そうすると、またクラース・レーカーが射程に入るな」ハーディングはいった。

「いいえ、そうともかぎりません。彼は殺していない、といまだにいい張っているじゃないですか」オリヴァーは答えた。「ノーラ・バルテルの死と警察による事情聴取はすべての子どもにとってトラウマになったはずです。よく知っている女の子が白昼、すぐ近くで殺されたんですから！　しかも犯人は捕まっていない。そういう事件は子どもの心に暗い影を落とすでしょう。自分の経験からもいえます。十一歳のとき、親友が忽然《こつぜん》と消えたんです。そしてわたしは自分に責任があると思っていました。事件は四十年経って解決しましたが、そのときその事件がどんなにわたしのトラウマになっていたか自覚したんです」

「ふむ。もしかしたら元里子にこだわりつづけるべきではないかもしれないな」ハーディングがいった。

「獣医のライク・ゲールマンから目を離すべきではないですね」オリヴァーはアーニャ・マンタイの話を思いだしていた。子どものとき、テオの車で遠出をしたといっていた。里子以外にも、村長の息子もいっしょだったという。「ゲールマンは何年にもわたってライフェンラート家に出入りしていました」

「視野を広げなければならないな」ハーディングも同意した。「犯人に協力者がいる可能性はあると思う。あるいは犯人はふたり組かもしれない」

「しかし模倣犯はありえないといっていましたよね！」

「ああ、そのとおりだ。模倣するには犯人の手口が特殊すぎる。ありうるとしたら、ふたり組だ」

オリヴァーは、ふたりの人間が二十五年以上にわたっていっしょにこんな残虐な犯行を繰り返したとは思えなかった。たとえ、ふたりが夫婦だったとしても。

「気になるのは、エルケ・フォン・ドナースベルクですね。他の被害者との共通点がわかりません」オリヴァーは話題を変えた。「ハンブルクの裕福な実業家の妻。幸福な結婚、ふたりの息子のやさしい母親。わたしたちの知るかぎり、家族を捨てる計画を立てていたとは思えません」

「彼女は他の被害者とは違う可能性がある」ハーディングが答えた。「それより、それ以前の三人の被害者がトーク番組に出ていたという新情報が興味深い。犯人はテレビを通して被害者を知った可能性がある」

「しかしテレビに出演して、子どもを捨てたなんて告白をするでしょうか？」オリヴァーは懐疑的だった。

「したかもしれないぞ」ハーディングはいった。「それを突き止めなくては。サイコパスは自分の都合で人を判断する。犯人は積極的に獲物を探していたとはかぎらない。だが偶然イメージどおりの女性に遭遇したときは躊躇《ちゅうちょ》しない。計画的に動かない性犯罪者とちがってすぐには襲わず、母の日に決行するために計画を練っている」

ハーディングは現在形で話した。オリヴァーはそれを聞いて、時間がないことを意識した。恐れているとおり、犯人がすでに次の被害者に狙いをつけているとしたら、残された時間はもう三週間ないことになる。母の日は五月十四日だ。

＊

「あいつの年収、いくらだと思います？」センチュリーホールのロビーでオリヴァーとハーディングを待っていたケムは唖然としていた。「七百万ユーロ、それにボーナスがつく！　あきれるしかないです！　そして今回の合併劇で自分の銀行から顧問料を七千万ユーロも受けとっているんですよ！　総会ではそれが問題になってます！　株主は警察の捜査がどうなっているか問いただしていますが、ライフェンラートは知らんぷりを決め込んでいます」

ケムは身分証を呈示しても会場に入ることを拒否されたが、総会の様子はモニターで見られるようになっていたので、株主用に用意されたビュッフェでフランクフルト・ソーセージを八本も食べながら、ライフェンラートの演説だけでなく、他の役員の報告までしっかり見ていた。記録的な収益があり、配当の増額もあったのに、ドイツ証券商業銀行《DEHAG》は今年、株主にライン・マイン交通連盟のチケットを配布しなかった。そのことで、株主の不興を買っていた。

二時十五分、腹をすかした参加者が階段を下りてきた。株主が津波のごとくロビーにあふれかえる前に、ケムはボスとプロファイラーをライトグレーの絨毯《じゅうたん》が敷かれたギャラリーに連れていった。ドイツ証券商業銀行《DEHAG》の役員たちは昼休みをとるため、そこに控え室を借りていた。

「一般人と鉢合わせしないようにって配慮です」ケムが皮肉を込めていった。「わたしたちを見たら、ドクター・ライフェンラートは食欲をなくすでしょうね」

「なんだか妬んでいるように聞こえる」オリヴァーはいった。

「妬ましいのとは違います」ケムが答えた。「ジョージ・オーウェルの『動物農場』を読んだことがありますか？」

「四十年前に学校で」

「動物たちが窓から農家を覗く場面があるでしょう。動物のリーダーが快適な部屋でふんぞりかえっている。以前、人間がしていたみたいに」ケムは関係者控え室のあるフロアのドアの前で足を止めた。「七千万ユーロよりも、ライフェンラートのような人間がふんぞりかえっているのが腹立たしいんですよ」

ハーディングがニヤッとした。オリヴァーはなにもいわなかった。ケムと違って、疲れ切った役員が七百人の激高した株主と顔を合わせたくない気持ちがよくわかったからだ。ケムがドアをノックした。すぐに黒服のセキュリティスタッフがドアを開けた。身分証を見ても動じず、表情を変えずにヘッドセットマイクに向かってなにかいった。すぐにセキュリティ責任者がスーツ姿の若い男を連れてやってきた。若い男は髪をオールバックにしていて、高慢そうな顔つきだった。オリヴァーはもう一度用件を伝えた。

「ライフェンラートさんは今、話せません。総会が終わるまで待ってください」

「待っている時間はない」オリヴァーも負けてはいなかった。「三十分後に逮捕状を持って戻ってきてもいいんだ。株主の目の前で警察に連行されるのはよろしくないのではないかな」

オールバックの男は少し考えて、オリヴァーがいったシーンよりも昼食に邪魔が入る方がましだと判断した。顎をしゃくって、オリヴァー、ハーディング、ケムの三人についてくるように合図した。

ドアが開くと、興奮した男たちの声があふれ出てきた。

「……どうかしているぞ！　みんな、負け犬だ！」だれかが叫んだ。「頭が空っぽなのか？

こんな素人《しろうと》だらけとは……」

ドアが閉まった。オールバックの男が出てきて、オリヴァーたちに入るようにいうまで、数分かかった。

女性枠で加わっているらしいひとり以外全員が男の執行役員たちが比較的広い控え室でゆったり過ごしていた。冷えた白ワインやアイルランド産ミネラルウォーターを飲み、料理は紙皿に載せたソーセージではなく、子牛のヒレとタイのグリルが磁器の皿に盛ってある。といっても、ボスがわめきちらすので、味わう余裕はないようだ。フリチョフ・ライフェンラートはすぐに気を取り直して、おつにすました。執行役員の他にも行員やセキュリティスタッフ、サービス係の目があるからだろう。スーツのボタンをとめると、笑みを絶やさず、オリヴァー、ハーディング、ケムの三人を隣室に案内した。近くで見ると、フリチョフの褐色の肌が大部分作りものなのがわかる。カメラ写りをよくするために、ドイツ証券商業銀行《DEHAG》のCEOはメイクしていたのだ。

「用件は手短に頼むよ」ドアを閉めるなり、フリチョフの笑みが消え、不機嫌な顔になった。「総会は四十五分後に再開する。この臨時総会はわたしと銀行の将来のためにきわめて重要なのだ！」

「わかりました」オリヴァーはうなずいた。「ところで、あなたのおじいさんの家を家宅捜索した際、銃器庫を発見しました。連邦刑事局の専門家がすでに発見した銃器の出所を特定しています」

フリチョフはびくっとした。オリヴァーはフリチョフの目が泳ぐのを見て満足した。しかしフリチョフの顔はすぐ安堵したような表情に変わった。どうやらもっとまずいことを覚悟していたようだ。

「手榴弾《しゅりゅうだん》とパンツァーファウストの所持は戦争武器管理法に抵触します」オリヴァーは話をつづけた。「他の銃器の所持も銃器ライセンスあるいは銃器所有カードを持っていなければ罪になります」

「銃器のことなど知らない」フリチョフは涼しい顔で自信満々にいった。「祖父はミリタリーマニアで、鉄兜《てつかぶと》からカラシニコフまで集めていた」

「うまい言い分ですね。あなたのおじいさんにはもう弁明できないのですから」オリヴァーは微笑みながらいった。「ちなみに多くの銃器とそのケースからあなたの指紋が検出されています」

「そんなことで来たのか？」フリチョフはドアノブに手を置いて、さげすむように笑った。「話をする時間を秘書と決めてもらおう。だが今は時間がない」

横でケムが頭をかっかさせていたが、オリヴァーはフリチョフの傲慢《ごうまん》さにそれほど腹を立てなかった。

「あなたのおばあさんを殺害するために使われたピストルに、あなたの指紋があったのですがね」ケムが爆発しそうだったので、オリヴァーはすかさずそういった。「瓶の首に指紋が付着していたシャンパンは二十二年間、古井戸であなたのおばあさんの死体の横に置いてあった」

「どういうことだ？」フリチョフはメイクをしていたのに、顔が青くなった。ドアノブから手を離すと、手に拳を作った。だがそういう仕草をしては気持ちを読まれると意識したのか、すぐに拳をひらいた。「わたしに罪を着せようというのかね？」

「そんなつもりはありません。一九九五年五月十四日に本当はなにがあったのか知りたいだけです」オリヴァーは答えた。「あなたはおばあさんが自殺したと確信しているといいましたね」

「そのとおりだ！　古井戸で祖母の死体が発見されるまで、そう思っていた！　だがわたしに罪を着せようとしてもだめだ！　わたしは祖母の死と一切関係ない！」

「ではだれが関係しているのでしょうか？」

「知るものか！　わたしはなにも知らない！」フリチョフは汗をかきだした。この会話の行き着く先がわからず、そのためにさすがのフリチョフも焦っている。

「ではあなたの指紋がシャンパンの瓶に付着していたのはなぜでしょうか？」

「わかるわけがないだろう？　大昔のことだ！　わたしがグラスに注いだか、栓を抜いたかしたのだろう！」

「あなたはそのために瓶の首をつかむのですか？」

「その可能性はあるだろう！　これはいったいなんのまねだ！」フリチョフは攻勢に出た。腕を上げて、わざとらしい笑みを浮かべた。「それともなにかかね。二十年以上前にシャンパンの瓶をどうつかんだか、きみなら覚えているというのか？」

「もし祖母を殴っていたら覚えているでしょうね」オリヴァーはそっけなく答えた。「リタ・

ライフェンラートさんはその瓶で頭を殴られたと考えています。そして瓶の首からあなたの指紋が検出されています」

フリチョフは身をこわばらせた。こめかみの血管が浮きあがった。ほんの一瞬、彼の目に不安がよぎった。フリチョフが黒である証拠だ、とオリヴァーは思った。ピアの勘が当たったのだ。

「これは冗談だろう」フリチョフは眉を吊りあげ、顎を突きだして、目下の者を威圧するようなまなざしでオリヴァーを見つめた。だがオリヴァーはそのくらいでひるむ人間ではなかった。

「わたしはあまり冗談をいわない質《たち》でして」オリヴァーは静かにいった。プレスボードの薄いドアをノックする音がした。先日、オリヴァーたちに応対した黒髪の秘書がドアの隙間から顔を覗かせた。すぐに話し声やナイフやフォークが皿に当たる音が聞こえた。

「そろそろブリーフィングをしませんと、ライフェンラートCEO」秘書はうやうやしくいった。「それからもう一度メイクをする時間です」

「ああ、ありがとう。あと五分待ってくれ」フリチョフは秘書の方を見ずにいった。秘書はまたドアを閉めた。ふたりは息が合っている。ブリーフィングというのは、ボスを厄介な客から解放するための口実に違いない。だが今回の客はそう簡単に追い返せる相手ではなかった。

「今日はもう演壇に上がれないことはわかっていますよね?」ケムがいった。

「なぜだ?」フリチョフは人に指図されることに慣れていないようだ。そして追い詰められているとも思っていないようだ。一瞬戸惑ったが、フリチョフはすぐ居丈高《いたけだか》になった。オリヴァーはなんて厚顔無恥なんだろうと唖然とした。「わたしが姿を見せなければ、どんな騒ぎになると思うんだ？　午後五時にはこの茶番も終わる。そうしたらホーフハイムに出向いて、すべて説明する」

「あなたは自分がどういう立場かわかっていないようですね」オリヴァーはいった。「あなたには祖母殺しないしは殺しの幇助《ほうじょ》という嫌疑がかかっているのです。ドイツでは、謀殺に時効はないのですよ」

「どうするつもりだ？　まさか勾留するというのではないだろうな！」フリチョフの笑い声は少し大きすぎた。

「正確には緊急逮捕といいます」ケムが答えた。「そして、わたしたちはそれを実行するつもりです。逃亡の危険がありますので。あなたの生活の基盤は国外にあります。そしてそこへ逃げるための手段を持ち、その可能性があります。一九九五年五月十四日にリタ・ライフェンラートに銃器で致命傷を負わせた疑いで緊急逮捕します」

フリチョフもようやくにっちもさっちもいかないことに気づいた。目を神経質に動かし、きれいに髭を剃《そ》った顎をなでた。

「そんな馬鹿な！」フリチョフは唖然として首を横に振った。「わたしがだれか知らないのか？　連邦法務大臣はわたしの友人なんだぞ！」

「あなたが殺人罪で起訴されたら、すぐに距離を置くでしょう。保証します」ケムがいった。「裏口からこっそり出たいですか？　それとも派手な方がお好みなら、手錠をかけて、表玄関に止めてあるパトカーまでお連れしますが」

*

フィオーナは見本市会場の前を通り、高速道路に乗ると、ヴィースバーデンに向けて走った。チューリヒ行きの高速列車ICEは午後二時四十分に発車する。もう一度ジーベルト医師と話すのに数時間しかない。大学病院ではもちろん医師の次の就職先を教えてはくれなかった。しかしフィオーナに送ってきたメールには、名前の下に個人の住所が記されていた。車でおよそ三十分の距離だ。だからホテルをチェックアウトしてからもう一度レンタカーを借りた。

フランクフルトに来て二週間、家に帰れるのがうれしい。結局、努力は無駄に終わった。生みの母親は、フィオーナに会う気がないのだ。受け入れるしかない。名前がわかっただけでもよしとするほかない。いずれまた連絡を試みればいい。

ナビシステムが入力した住所まで案内してくれた。フィオーナは医師の家から少し離れたところに小型のルノーを駐車した。心臓がどきどきしたが、勇気をふるい起こした。ドアが開くまでしばらくかかった。といっても、目の前にあらわれたのはジーベルト医師ではなく、男性だった。男性は目を丸くし、一瞬驚いたように見えた。

「こんにちは」そういうと、フィオーナは神経質に微笑んだ。「いきなりベルを鳴らしてすみません。フィオーナ・フィッシャーといいます。ジーベルト先生に会いたいのですが」

「こんにちは」男性も笑みを浮かべた。やさしい目をしている。声も感じがいい。「妻は出かけています。でも、もうじき戻ってくるでしょう。家の中で待ちませんか?」

「わたし……お邪魔はしたくないんです。車で待ってもいいんですが」

「かまいません。でも、あなたがしたいようにしてください……」

フィオーナはためらった。帰宅して、フィオーナが家に上がっていたら、ジーベルト医師はどういう反応をするだろう。このあいだはお世辞にも心温まる出会いではなかった。フィオーナはかなりひどい脅迫をした。

「紅茶をいれたところです」そういうと、男性は誘う仕草をした。「もう一杯だせます」

熱い紅茶にはそそられる。気にしても仕方がない。どうせ追いだされるくらいだろう。だめもとで、母親についてもっと話が聞きたいといってみよう。

「ありがとうございます」そういって、フィオーナは家に入った。

＊

ヘリコプターが刑事警察署の屋上に着陸するとすぐ、ピアとターリクは会議室へ急いだ。捜査十一課の面々が捜査会議に集まっていた。帰りの飛行中、ふたりはルイーゼ・シュミッツから預かった思い出が詰まった箱を探って、ユッタ・シュミッツがトーク番組に出演したあと届いたという手紙を見つけていた。プロダクションから転送されたもので、残念ながら差出人は、ユッタ・シュミッツをとんでもない母親で、エゴイストだと罵倒《ばとう》する女性ばかりだった。ただ三人の女性が理解を示し、娘の態度を批判していた。

「犯人はトーク番組を見て、ユッタ・シュミッツに連絡を取ったと思ったんだけど」ピアは少しがっかりしていった。「でも、それを示唆《しさ》する手紙はないわね。女性は犯人から除外されているし」

「それはどうかな」カイは発言した。「ニーナ・マスタレルツのノートパソコンを開くことができた。彼女はインターネットにある女性がキャリア、病気、バカンス、子育てなどさまざまな問題で意見交換をするフォーラムに参加していた。そこのチャットにニーナがポーランドに子どもを残してきたことを書き込んだため、ずいぶん白熱した議論がおこなわれていた。彼女はかなりきつい非難の矢面に立たされたが、果敢に反論していた。電子メールの受信箱を覗いたところ、フォーラム参加者の女性とやりとりしていた。その女も同じような事情を抱えていると書いていた。望まぬ妊娠をして、相手に逃げられ、子どもを孤児院に預けた」

「名前は？」ケムがたずねた。

「ゼリーナ・ランゲ。ヴェルメルスキルヒェン出身」カイが答えた。「ニーナとその女は何週間もメールのやりとりをしていた」

「ヴェルメルスキルヒェン？」オリヴァーがたずねた。「それはどこだい？」

「ベルギッシェス・ラント地方。レムシャイトの近くです」ターリクがいった。「高速道路一号線沿いです」

「それはともかく……ふたりは会う約束をしていました」カイが話をつづけた。「ゼリーナ・ランゲはニーナをバンベルクに訪ねるといいだしたんです。それが五月十一日、母の日の前日！」

「それで？　そのゼリーナ・ランゲを調べたの？」カトリーンがたずねた。

「存在しない」カイは首を横に振った。「ヴェルメルスキルヒェンにも、その近郊にも。すべて偽情報だった！　メールがどこから送信されたか調べたが、Ｇメールサーバーまでしか突き止められなかった」

「つまり袋小路」ピアがいった。

「ヨアヒム・フォークトはＩＴのスペシャリストだ」オリヴァーが指摘した。「彼にとってはたやすいことだろう」

「偽名でフォーラムに参加するのに、ＩＴのプロである必要はないでしょう」ターリクがいった。「男か女かわかりませんが、すでに存在するメールアドレスを奪ったか、ウェブメールのアカウントを偽名で設定したかですね。よほどのとんまでなければできることです」

「ではわたしはそのとんまらしい。わたしにはできないからな」オリヴァーの言葉に、ターリクは申し訳ないという顔をし、カイは呆れたような視線を送った。

「偽かもしれないが、住所には注目すべきだ」ハーディングが発言した。「地名の選択はもちろん適当だろうが、犯人となんらかの接点があるかもしれない。名前にも意味がある可能性がある」

「ゼリーナ・ランゲはどこにでもありそうな名前だが」ケムがいった。「どんな意味があるのかな？」

「あくまで理論上のことだが、偽名を使うとき、たとえば証人保護プログラムの対象になった場合、本当の名前のイニシャルを使うケースが見られる」ハーディングが説明した。「その方が新しい名前を覚えやすい」

「S・L！」ピアは鳥肌が立った。そのイニシャルがなにを意味するか気づいたからだ。メモ用紙に丸や四角を書くのをやめて、顔を上げた。「ザーシャ・リンデマン！　ラモーナの夫よ！　しかも男に変装した太った女に見える！」

一瞬、だれも発言しなかった。

「わたしたちの犯人は女のふりをし、理解者のふりをして被害者の信頼を勝ち取っていたんだ」ハーディングがいった。「それから待ち合わせをする。被害者たちはなにも知らず、相手を待った。詐称による襲撃だ」

「しかし相手を目の当たりにすれば、騙《だま》されたことに気づくでしょう」ケムが異論を唱えた。

「簡単に襲える場所で待ち合わせをすればいい」ハーディングが答えた。「しかしそこは自分のよく知っている場所、あるいはよく下調べした場所だ。被害者の車が発見されたところを調べる必要がある。そこがそういう場所だ。被害者の車を他へ移動させることができないからだ」

「マンディ・ジーモンの車はマンハイム＝ネッカラウ駅の駐車場」ターリクが思いだしながらいった。「アネグレート・ミュンヒの車はエーバーバッハ修道院の駐車場、ユッタ・シュミッツの車はカールストにあるIKEAの駐車場、ニーナ・マスタレルツのゴルフはバンベルクのビジネスパークの駐車場、ヤーナ・ベッカーの車は高速道路三号線のバート・カンベルク近くのパーキングエリア」

「ザーシャ・リンデマンは飼料会社の代理人よ」午前中にクリストフから動物園の飼料納入業者について情報をもらっていたピアがいった。「彼はフェルスモルトの業者だけでなく、フリーランスとして他の会社の代理人もしている。そのうちの一社がルクセンブルクに本社を置いている。ドイツとルクセンブルクの国境付近。フランクフルトからだと、ヤーナ・ベッカーの死体が見つかったベルンカステル＝クエスは通り道よ。そして南に八十キロほどのところにニーナ・マスタレルツの死体が遺棄されていた森がある！　ただの偶然？」

シェンゲン協定によって国境で検査されることはほとんどなくなったとはいえ、死体をトランクに積んで国境を越えるとは。それが日常で、どこなら国境警備がないかよくわかっている人物だ。

「昨晩、ザーシャ・リンデマンについての調書と青少年局の報告書に目を通した」ピアが話をつづけた。「彼が孤児院からライフェンラート家に移ったのは四歳のとき。それまでに非常に攻撃的なため、三個所の里親家族から青少年局に突き返されている。報告書によると、養父母とその家の子どもにかみついたり、殴る蹴るの狼藉《ろうぜき》を働いたりしたようね」

「本当の父母はわかっているのか？」ハーディングがたずねた。

「母親は十七のとき臨月でホーフハイムの乳児ホームに入り、子どもを産んだ翌日姿をくらましている」

「馬鹿な質問ですが」カトリーンが発言した。「そういう場合、どうなるんですか？」

「子どもは国の庇護下に入る」オリヴァーが答えた。「里親家族、孤児院といった児童養護施設に預けられる」

「費用はだれが持つんですか？」

「国だ」

「つまり母親は欲しくもない子どもを産んで、雲隠れしたのか？」

「二〇一四年以降、出産に際して母親は守秘義務を課されたアドバイザーに身元を明かせばよくなっています」ターリクがいった。「出生証明書に氏名は残りませんが、子どもはあとで知ることが可能です。一度調べておきました。二〇〇〇年から二〇一二年までのあいだ、ドイツでは六百五十二人の子どもが人知れず生まれています。そのうちの二百七十八人が赤ちゃんポストに置かれ、四十三人がだれかに引き渡されています。つまり三百三十一人の子どもが身元不明のままになります。他のケースでは多くの母親が身元を明かしたり、赤ん坊を引き取りにきたりします」

「だけど、なんで自分の子を捨てたりするんですか？」カトリーンが首を横に振った。

「理由はさまざまだろう」ハーディングが会話にまじった。「たとえば人間関係の問題、困窮《こんきゅう》、心理的な圧迫。女性が子どもの父親に捨てられるケースもよくある。以前は女性の家族からの圧迫が大きかった。未婚で妊娠した女性は両親から、乳児ホームで出産し、赤ん坊を養子にだすよう強要される」

「ザーシャ・リンデマンのケースもそういうことだったのでしょう」ピアは話を元に戻した。

「母親はアレクサンドラ・リンデマンと名乗った。けれども、それが本当の名前でないことがあとで判明している」

「四十年以上前も里親家族は社会事務所から養育費を受けとっていた」オリヴァーはいった。「豊かになれるほどの額ではないが、ライフェンラート夫妻はそれをビジネスにした。青少年局は今、検査を厳しくしているが、以前は問題児を片付けられることを喜んでいた。エルフリーデ・シュレーダーは青少年局で面子を守るためだけに見て見ぬふりをし、虐待や二件の自殺をごまかす手伝いをした」

「信じられない！」カトリーンは叫んだ。

「ザーシャ・リンデマンがリタ・ライフェンラートからどういう躾を受けたか、ブリッタ・オガルチュニクが証言している」ピアはいった。「里子について毎月だされる報告書が、ザーシャ・リンデマンのケースではそれ以前の里親家族の報告書とまったく違う。実際にはザーシャ・リンデマンは被害者とまったく同じことを経験していたんだから無理もないわね。ラップフィルムにくるまれ、バスタブに沈められ、大型冷凍ストッカーに閉じ込められた。彼は代理人という職業柄、社用車に乗っている。ちなみにステーションワゴンで、二年ごとに買い換えている。アンドレ・ドルとザーシャ・リンデマンは一九九〇年代後半、犬のケージのコンクリート床を作るために地面を掘り返した。彼とドルは子どものとき、ライク・ゲールマンをラップフィルムにくるんで、小川に放置した。あいつは思いっきりあやしい！」

「そうだな」オリヴァーはうなずいて、時計に視線を向けた。「今からザーシャ・リンデマンのところへ行く。彼がどういう話をするか楽しみだ」

ジーベルト医師の夫とチューリヒの話をするのは楽しかった。もちろんしゃべり方が訛《なま》っていたので、ジーベルト医師の夫はフィオーナがスイス人だとすぐにわかった。彼はチューリヒにものすごく詳しかった。フィオーナは紅茶で体が温まり、少しだけ気持ちが落ち着いた。ソファーはとてもすわり心地がよく、ゆったりした気分になった。突然、ガタンと物音がした。また音がした。ジーベルト医師の夫は話を中断して、立ちあがった。

「ちょっと失礼する」

「どうぞ」

彼が居間から出ていったとき、フィオーナはスマートフォンに視線を向けた。もうすぐ十二時になる！　ぐずぐずしていたら、列車に乗り遅れる！

*

固定電話が鳴りだした。三回鳴って留守番電話に切り替わった。ジーベルト医師の声だ。

「わたしよ！　職場にも、スマートフォンにも電話をかけたんだけど、ぜんぜん出ないからここにメッセージを残すわね。こっちは最高。新しい同僚はみんなとってもやさしいし、住居も夢のよう！　今、赤ワイン片手にすわって、地中海を見ている……こっちは……二十六度！　そっちはここマルベーリャほど暖かくないでしょう。時間ができたら電話をちょうだい。わたしは家にいるから」

フィオーナは、ジーベルト医師が家に帰ってくるはずがないと理解するのに数秒を要した。それならなぜ彼女の夫は嘘をついたのだろう。フィオーナはティーカップを置いた。手がふるえていた。急に不安になって、胸が苦しくなった。なにかおかしい。急いでスマートフォンをバッグにしまい、上着をつかむと、駆けだした。玄関がどこかすぐにはわからず、パニックになった。段差に気づかずつまずいて、両膝を床につけてしまった。

「フィオーナさん？」

彼の靴先とジーンズのすそがフィオーナの目にとまった。

「え……ええと……トイレは……どこかなと思いまして」彼女は口ごもりながら立ちあがった。

「上着とバッグを持って？」ジーベルト医師の夫の口調がさっきとまるで違っていた。やさしげな表情も消え、なんだか立ち方が恐ろしい。

「奥さんは帰ってこないのでしょう」フィオーナはささやいた。冷や汗が出た。「今、留守番電話にメッセージを残してました。奥さんがいるのは……マルベーリャ」

「ああ、たしかにそうだ」彼は答えた。なにを考えているかわからない表情だ。「うっかりしていた」

フィオーナはパニックになった。ここから出なくちゃ。とにかく出なくちゃ！　必死に前へ飛びだし、ジーベルト医師の夫にぶつかった。しかし彼はその衝撃をなんなく受け止め、フィオーナを階段の手すりの方へ突き飛ばした。フィオーナはふるえながら後ずさった。廊下の奥へとさがり、玄関からは遠のくばかりだ。〝家に帰っていればよかった！　学校で護身術の講座を受けておけばよかった！　フランクフルトになんて、来るんじゃなかった！〟そんな言葉が脳裏を駆け巡った。

ジーベルト医師の夫はゆっくりと歩いてくる。怯えているフィオーナを見て楽しいのか、穏やかに微笑んでいる。フィオーナは身を翻《ひるがえ》して駆けだし、そばにあったドアを開けた。ガレージだ！　よかった！　いや、まずい。ドアに鍵がささっていない！　フィオーナは急いであたりを見まわした。ガレージのシャッターを開けるボタンを見つけた。そのボタンを押そうとしたとき、追っ手がドア口に姿をあらわした。

「指をどけるんだ」ジーベルト医師の夫は静かに、やさしげに聞こえる声でいった。

「お願い。帰らせて！」フィオーナは必死に懇願《こんがん》した。目に涙があふれた。「ここに来たことはだれにもいわない。約束する！」

そのとき、すぐそばでにぶい音がして、フィオーナはびくっとした。物音はガレージの隅にある冷凍ストッカーの中から聞こえる。また音がした。くぐもった悲鳴に聞こえる。そのときなにかが腕に触れ、全身に焼けるような痛みが走った。膝の力が抜け、フィオーナはくずおれた。体がいうことを聞かない。口からよだれがこぼれでた。殺される。あるいは乱暴される。フィオーナがどこにいるか、だれも知らない。痛みが戻って、手足が痙攣《けいれん》し、目の前が真っ暗になった。

＊

すでに日が暮れかけていた。オリヴァーは三十分後、リンデマン家のベルを鳴らした。家には明かりがともっていて、シャッターが上がったままのガレージに白いSUVが止まっていた。シュコダのステーションワゴンだ。家にだれかいるのは間違いないが、ドアを開けない。

「地下室で戦利品を眺めて楽しんでいるのかもしれませんね」ピアは右に数歩動いて、ガレージを覗き込んだ。目を疑った。一気に血圧が上がった。

「とんでもない空想をするな！」そういって、オリヴァーはまたベルを鳴らした。

「ちょっとこっちを見てください！」ピアがささやいた。「これは空想じゃないです！」

シュコダの横に大型冷凍ストッカーが四台もある！　ピアはスマートフォンをだし、カメラ機能をタップして、写真を数枚撮った。そしてさらに二台の車のナンバープレートもカメラに収めた。ピアが写真を撮り終わったとき、ドアがあいた。ラモーナ・リンデマンはオリヴァーたちをじろじろ見て、だれが訪ねてきたのか気づいた。

「すぐに出なくてごめんなさい」リンデマン夫人は灰色のフードつきセーターとジョギングパンツという出で立ちで、化粧をしていなかった。二、三歳は若く見える。「テラスにすわっていたもので」

「外にいるには寒くないですか」オリヴァーはいった。

「いえ……その……タバコは外で吸うことにしているので」リンデマン夫人は笑って、髪の毛を神経質にいじった。「なんのご用？」

オリヴァーがザーシャ・リンデマンの不在を夫人から聞いているあいだに、ピアはスマートフォンを使って二台の車の所有者を照会した。

「主人は今週はずっと出かけています」夫人がいった。「夫になんの用ですか？」

「いくつか質問があるんです。ちょうど近くに来ましたので」オリヴァーは容疑がかかっていることを気取られないようにした。犯人に協力者がいるかもしれないことと、犯人がふたりかもしれないということはまだ推理の域を出ていないからだ。「帰りはいつ頃でしょうか？」

「明日の昼頃よ。なにか伝える？」

「いえ、けっこうです。また寄ります。急ぎではないので」オリヴァーはやさしく微笑んだ。

「そういえば、ガレージに大型冷凍ストッカーがいくつもありますが、なぜですか？」

「大型冷凍ストッカー？　ああ、あれ。主人は飼料会社の代理人で、アイルランドの食品も扱っているからよ。冷凍保存の必要があるの。牛肉、ラム肉。ゴールウェイ産サーモン」リンデマン夫人がまた笑った。「気になるなら、覗いてもいいわよ」

「そうさせてもらいます」

そのとき、夫人がちらっと家の中に視線を向け、玄関のドアを少し閉めたことを、ピアは見逃さなかった。それから夫人はガレージへ歩いていった。

警察照会システムからピアのスマートフォンに応答があった。〝ナンバープレートMTK－SR443、所有者はザンドラ・レーカー。クラース・レーカーの元妻じゃないか？　たしかアンドレ・ドルがその名を口にしていた。

リンデマン夫人は迷わず大型冷凍ストッカーを次々と開けていった。包装されたスモークサーモンの半身。梱包を解かれた犬の餌。

「ザンドラ・レーカーさんが来ているんですか？」ピアがそうたずねると、リンデマン夫人はびっくりして振り返った。オリヴァーも驚いた。

「なんでそんなことを訊くのかしら？」

「ザンドラ・レーカーさんの車が止まっていますから」

「ええ、来ていますけど」リンデマン夫人は嘘をついてもだめだと観念して肩をすくめた。

「かくまっているんです」

「クラースさんから？」

「そうです。あいつがザンドラを脅《おど》したんです！」

「ザンドラ・レーカーさんと話せますか？」ピアはたずねた。

「訊いてみます」リンデマン夫人はガレージの照明を消して、シャッターを下ろした。「ちょっと待っていてください」

少ししてリンデマン夫人はピアとオリヴァーを家に招き入れ、居間を通ってテラスに案内した。パーティ用天幕の中に生ビールサーバーがあった。テーブルにはランタンの火がともっていた。そこにすわって、ピアたちの方を向いた女性は、厚手のダウンジャケットを着て、タバコを吸っていた。年齢はせいぜい三十代半ばのはずだが、四十代終わりに見える。均整のとれた顔は美しいはずだが、目元に暴力を受けた痕があり、頬がこけていて、病気にかかっているような印象を受ける。まるでみじめさの権化のようにベンチにうずくまり、タバコを持つ手がふるえていた。

「元夫から脅されているとリンデマンさんから聞きました」ボスと自分の身分を名乗ってから、ピアはいった。「そうなのですか？」

「はい」ザンドラ・レーカーはうなずいた。唇を引き結び、涙を堪《こら》えている。「あたしは娘たちといっしょにバート・ゾーデンに住む両親のところに身を寄せています。離婚したあと、行くあてがなかったからです。数日前、元夫にストーキングされました」声がふるえている。「何時間も外のベンチにすわって、うちの住居を見上げていました。警察にいっても、事件が起きないかぎり、なにもできないといわれました。どこかへ移り住めばよかったのですが、そうしたくありませんでした。ここがあたしの故郷です。娘たちもここの学校に通っています。どうせどこへ行っても、クラースは見つけだすでしょうし」

「元夫に対して保護命令手続を申し立てたらいいでしょう」オリヴァーは同情していった。

「申し立てはしました。でもクラースはそんなことを歯牙にもかけないでしょう」ザンドラ・レーカーは手を横に振った。「クラースは決まりごとや法律などまったく眼中にありません。あの人から見たら、あたしは所有物なんです。離婚したことが許せないんです。あの人の人生を破壊し、家を失った責任はあたしにあると考えています。でも、あたしは離婚に際して慰謝料などを要求していません。ただ別れたかっただけなんです。家にはローンがあって、売ってもなにも残りませんでした。そしてあの人が持っていたお金は弁護士料で消えました」

「でも今はなぜ臨時雇いの仕事をしてるんですか？」ピアはたずねた。「資格を持っているのだから、もっといい仕事につけるでしょうに」

「資格？」ザンドラ・レーカーはあざ笑った。「あの人に最後までやり遂げられたことなんてありません。はじめは知りませんでした。空港ターミナルの新設工事でエンジニア関連の責任者だといっていました。でも本当は大学で機械工学を学んだのは二、三学期だけで、学位記も成績表も偽造だったんです。そのことが発覚して、解雇されたんです。公文書偽造で訴えられなかったのは幸運でした」

　ザンドラ・レーカーは吸い殻がたまった灰皿にタバコを押しつけて火を消すと、元夫は娘たちには手をださず、自分だけを狙っているといった。

　はじめは訥々《とつとつ》と話していたザンドラ・レーカーは死ぬほどの恐怖を味わっていることを滔々《とうとう》と話しだした。そして、仕事にも行けないし、どうして元夫が退院したのか納得がいかないと訴えた。

　ピアはオリヴァーを横目でちらっと見た。オリヴァーは両手を重ねて、じっと聞いていた。オリヴァーは、自分が世界一大事な人間だと話し相手に思わせるのが得意だ。しばしばいい結果と思いがけない告白を引きだす。だがこれでは本題に入れない。ピアは、ザンドラ・レーカーが息継ぎするのを待っていった。

「どれもあなたにはショックなことだと思います。しかし連続殺人事件の捜査でここに伺ったんです。この二十六年間で八人の女性が同じ方法で殺害されました。そのうちの三人はテオ・ライフェンラートさんの敷地で発見されました。あなたの元夫がそういう殺人を計画して実行に移す人だと思いますか？」

　ザンドラ・レーカーが目を丸くしてピアを見つめた。

「あの人はなにをするかわかりません。人を憎んだときのあの人がどんなかわからないでしょう。あたしの前にあらわれたときなんて……」

「捜査中の殺人は冷酷な人間の仕業です」ピアが口をはさんだ。「誘拐して殺し、ラップフィルムにくるんで、死体を冷凍しているんです。憎しみだけではできません」

「なんてこと」ザンドラ・レーカーは、顔からさらに血の気が引き、小刻みに喉仏を動かした。

「クラースがそんなことをしたというんですか？」

「あなたの意見が聞きたいのです」オリヴァーも静かにいった。「彼のことをだれよりも知っているのはあなたです」

「彼はかつて、十三歳の近所の女の子を溺死させたと疑われたことがあります」ピアはつづけていった。「里子仲間をいじめていました。あなたのことも監禁したり、殴ったり、凶器で脅したりしましたね。裁判所は危険人物と判断して、精神科病院の隔離病棟に入れ……」

「やめてください！」突然叫ぶと、ザンドラ・レーカーは小さな子どものように耳をふさいだ。

「聞きたくありません！」

「なぜですか？」ピアは冷ややかにたずねた。「あなたを脅したのでしょう。だからここに隠れているのではありませんか。彼を措置入院させたのはあなた自身の証言です」

「証言しろといわれたからです！」ザンドラ・レーカーは拳骨でテーブルを叩いた。灰皿が飛んで、吸い殻がこぼれた。「証言なんてしたくなかったんです！　あの人の不利になることなんていうつもりはありませんでした。なのにあの憎たらしい弁護士や、家族や友だちに説得されたんです！」声が甲高《かんだか》くなり、涙が頬を伝った。「あなたのいうとおりです！　あたしはあの人のことをだれよりもよく知っています。彼なりにあたしを愛しているから、もうひどいことはしないとわかっていました！　でも今はあたしを憎んでいるんです。あたしが裏切ったから！　そして彼が退院しても、当時、彼を訴えろと説得した人たちはだれもあたしを助けてくれないじゃないですか！　あの人たちにとってはもう終わった話。でもあたしは昼も夜も不安を抱えて生きなければなりません！　警察は、あたしが殺されるまで、どうせ動かないんでしょ！」

ピアとオリヴァーは口をはさまず、ザンドラ・レーカーがしゃべるにまかせていた。ラモーナ・リンデマンはなにもせず、テラスの出入口に立っていた。

「ええ、クラースはたしかにあたしを家に閉じ込めて、ナイフを振りまわしました！　でもそこまでだったんです。あの人は気が立っていただけなんです。わかりますか？　それでも、あの人はあたしになにもしなかったでしょう！　あの人の気が静まれば、ことを荒立てずに別れることができたはずなんです。みんな、なにもわかっていません。あたしのすてきな女友だちはみんな、あたしに嫉妬していただけです！　そして馬鹿なセラピストはあたしを洗脳して、クラースと別れるようにけしかけたんです。あの人からの手紙を読まず、即刻離婚して、旧姓に戻れと！　でもそうしたら、娘たちと姓がちがっちゃうじゃないですか！　あたしは混乱して、ちゃんと考えることができなくなりました、あたしは利用されたんです！」ザンドラ・レーカーはヒステリックにすすり泣いた。

ザンドラ・レーカーはあれほど自分を貶《おとし》め、脅した元夫を弁護した。相手から日常的に精神的や肉体的な暴力を受けながら何年も我慢したり、いったん別れても縒《よ》りをもどしたりする女性がいる。以前のピアはそのことを不思議に思っていたが、今は共依存というものを知っている。精神的に病んだパートナーと関係した人間はその病気を周囲の人間から隠し、その病気を助長してしまう。クラース・レーカーのようなDV加害者のパートナーとなった者は、ひとりでは生きていけないと固く信じていて、壊れかけた関係に終止符を打つことができない場合が多い。ザンドラ・レーカーは三年経っても元夫と距離を置くことができず、逆に理想化している。

「クラースがだれかを殺したとは思えません！　そういうことができるのはフリチョフかアンドレです！　あのふたりは冷酷で、自分のことしか考えない人たちです！」ザンドラ・レーカーは洟をすすり、袖で目元をぬぐった。烈火のごとき怒りは消え、力なく肩を落とした。「悲惨なことが起きます。それはわかってるんです。その気はなかったのですけど、あたしはあの人をそこまで駆りたててしまった。でももしあの人が計画を実行したら、その責任は本来、他の人たちにあるんです」

「なにを計画しているというんですか？」ピアはたずねた。

ザンドラ・レーカーは顔を上げ、赤く泣きはらした目でピアを見てささやいた。

「俺の人生を台無しにした連中を皆殺しにするといったんです。あたし、裁判官、そしてあの人を精神科病院に送り込んだ鑑定人」

ピアはザンドラ・レーカーのいったことが一瞬理解できなかった。だがすぐに血が凍りついたような感覚に襲われた。クラース・レーカーを措置入院にするよう判断した鑑定人とは妹のキムのことだ！

「なぜ今までいわなかったんですか？」ピアは怒鳴って勢いよく立った。「あなたは自分のことしか考えず、他の人はどうでもいいのですか？」

「あたしは考えたんです……」ザンドラ・レーカーがおどおどしながらいいかけた。

「いいえ、あなたはなにも考えていない！」ピアはぴしゃっといった。「あなたは元夫の言葉を本気にして、警察に電話をし、ここに隠れた。しかし他のふたりのことは気にもかけなかったんですね！ いいですか、もしあなたの元夫がだれかになにかしたら、あなたの責任ですよ！」

「警察だって、なにもしてくれないじゃないですか！」そういいかえして、ザンドラ・レーカーは駄々をこねる子どものように胸元で腕を組んだ。「ぜんぜん話を聞いてくれなかった」

「あなたは自分のことを嘆くまえに、あなたの元夫が第三者を襲う危険があるというべきでした！」ピアはもうザンドラ・レーカーの顔を見ていたくなかった。「ちょっと失礼！」

ピアはあわてたラモーナ・リンデマンのそばを通って外に出た。夜の九時を過ぎ、外は真っ暗だった。雨が降りだしていた。ピアはふるえる指でショルダーバッグからスマートフォンをだし、キムの番号にかけた。妹に警告をしなければ。そして無事をたしかめねば！ 呼び出し音が鳴っている。少なくともスマートフォンに電源が入っている！

「出てよ！」ピアは祈るようにささやいた。「早く出て、キム！」

だが呼び出し音がつづくばかりで、キムは出なかった。ピアは電話をあきらめ、ワッツアップにメッセージを送り、ショートメールも送信した。

背後にボスがあらわれた。

「どうだ？　連絡はついたか？」オリヴァーがたずねた。

「だめでした！　電話に出ません！」ピアは途方に暮れた。「あの馬鹿な女の首をしめたいくらいです！　なんですぐに話さなかったんでしょう？」

ザンドラ・レーカーとは三十分近く話をした。それだけ時間を無駄にしたことになる。復讐心に燃えるサイコパスに妹が襲われていたらどうする。ピアは気が動転してしまった。頭のおかしな奴や殺人犯と毎日関わっていて、怖くないのか、と兄がキムとピアに質問したのは去年のクリスマスだ。兄自身は、ダモクレスの剣がぶらさがっているような環境ではゆっくり眠ることもできないといった。キムは肩をすくめただけでラースの懸念を無視した。ピアも逮捕した人間に仕返しされるなんて考えたこともなかった。捜査官がそういう危険にさらされるのは映画や小説の中だけのことで、実際にはまず起こらない。だが考えてみたら、数年前、監禁されたことがある。その最悪の時間を、ピアはきれいさっぱり忘れていた。

「レーカーが居候しているところへパトカーを向かわせる。わたしたちはキムの住居に行ってみよう」オリヴァーは車に乗って電話をかけた。ピアもキムに電話をかけつづけた。

オリヴァーが慰《なぐさ》めの言葉をかけてくれれば、少し落ち着けただろう。だが彼はしなかった。こんな心配そうにしているオリヴァーをめったに見たことがない。そのせいで、ピアも不安でならなかった。

＊

失敗だ。とんでもない失敗をやらかした。どうしてこの娘を家に入れたりしたんだ？　俺が娘を見て、ぎょっとしたことに気づかれた。すぐに気を取り直したがな。家に帰せばよかったのに、なぜそうしなかった？　娘が若い頃のあいつに瓜ふたつだったからだ。あの頃、俺はあいつが愛してくれることを期待していた。自分のグラスに水を注ぐとき、両手がふるえた。俺は自分にびっくりしている。もう何年も、その場の勢いで行動したことがない。いつでも計画どおりにことをすすめた。生け贄《にえ》も厳格に選びだした。毎回、正しいことをしたと思っていた。ところが今回は違う。娘が床に横たわり、痙攣している。それを見て感じてはいけない、そして感じるつもりのないものを感じてしまった。興奮してしまったのだ。許されないことだ。これからどうする。この娘をどうしたらいい。この娘がここへ来ることをだれか知っているだろうか。一番簡単なのは、あの薬をたっぷり飲ませて記憶喪失にし、だれにも見つからないところに置いてくることだ。いや、だめだ。俺との結びつきがばれる危険がある！　殺すしかない。もちろん他の女たちのようにするわけにはいかない。それはだめだ。この娘には罪がない。だれにも悪いことをしていない。深呼吸して、もう一杯水を飲もう。この俺がミスを犯すとは。まだ取り返せる。不測の事態だが、使命を果たしていれば、いつか起こりうることだ。今さらなかったことにはできない。こんなことで時間を無駄にすることは許されない。もっと大事なことを片付けなくては。

＊

午後九時二十四分、高速道路六六号線をフランクフルトに向けて走っていた。ピアは思いがけずショートメールを受けとった。

〝ハイ　電話出られなかった　今移動中　携帯つながりづらい　あとで連絡する〟

文末はフランス国旗の絵文字とスマイルマーク。

「キムからメッセージが来ました」ピアはいった。「元気みたいで、よかった。メッセージを見たところ、フランスにいるようです！」

ピアはほっと安堵して、力が抜けた。この三十分間、最悪の事態を覚悟して、両親にどう伝えたらいいか悩んでいた。

「それなら自宅に行くまでもないかな？」ハンドルを握っていたオリヴァーがたずねた。

「ええ、その必要はないでしょう」ピアはキムに返信した。

〝クラース・レーカーがあなたに仕返しをするといっていることがわかった。気をつけて。そして戻ったらすぐ連絡をちょうだい〟

一分とかからず、親指を立てた絵文字をつけて、キムに返信した。

「ふう！　もう家に帰りましょう。長い一日でした」ピアはヘッドレストに頭を預けた。

ピアはカイが捜査十一課のチャットを通して送ってきたメッセージを読んで、その内容をオリヴァーに伝えた。「レーカーは居候している同僚のところにいなかったそうです。カイが指名手配しました」

「今日はここまでだな」オリヴァーはあくびをして、アクセルを踏んだ。「カイにも、帰るよう伝えてくれ」

十日目

二〇一七年四月二十七日（木曜日）

　その夜、ピアは気が休まらなかった。一時間ごとに目が覚めた。なにか恐ろしい者から逃げるという変な夢に苦しめられた。おまけに腰痛に悩まされた。このところ足にまで痛みが広がり、なんとか耐えられる体勢がどうにも見つからなかった。六時少し前に起きると、ピアはクリストフを起こさないように気をつけながら浴室に入り、服を着た。ジーンズをはくのに、バスタブの縁《ふち》に腰かける必要があった。キッチンでスマートフォンを確認したが、あれっきりキムからのメッセージはない。ピアはコーヒーをいれて、イブプロフェンを二錠服用し、冷蔵庫の横のボードにクリストフへのメッセージを残した。今回の事件が解決したら、医者に行く、と夜のうちに決意していた。

　バート・ゾーデンの市内を走りながら、ピアはイェンス・ハッセルバッハに電話をかけた。クラース・レーカーがキムになにかするというのははったりだろうと期待していたが、ハッセルバッハからはよくない情報を得ることになった。レーカーが火曜日から欠勤していて、居候させていた同僚も居場所を知らないというのだ。ピアは通話を終えると、罵声《ばせい》を吐き、キムに電話をかけた。ところが妹のスマートフォンはまた電源が切れていた。リーメスシュパンゲ通りのハイデ団地のあたりで、ピアは速度計測器が設置されていることを思いだし、ぎりぎりでブレーキを踏んだ。リーダーバッハ市からまた記念写真をもらうのはごめんだ。レーカーは忽《こつ》然《ぜん》と姿を消した。同じことがキムにも当てはまる。ピアは心配になった。レーカーの脅《おど》しを軽く考えてはいけない。あいつは危険だ！　エンゲル署長の力で地方裁判所から借りだした鑑定書をハーディングが読んでいた。胸をなで下ろせる内容ではなかった。ピアは、キムがフランスで無事であることを祈り、キムが戻るまでにクラース・レーカーを見つけたいと思った。少なくともキムに警告はした。

国道五一九号線への入口にある信号は赤だった。信号待ちを利用して、キムの連絡先をスマートフォンの画面にだした。あいにくバート・ホンブルクの新しい仕事先の電話番号を登録していなかった。なんてこと！　なんで返事をくれないのよ。信号が青になった。ホーフハイムへ向かって走りながら、ピアは妹にメールを送るべきか考えた。だがキムはかなり神経質だ。ピアが心配するのを過保護で、監視していると取るかもしれない。

十分後、ピアは署長の車の横に自分のミニを止めた。刑事警察署の門の前の一般駐車場には、こんな早朝から数人の報道関係者が集まっていた。それどころか放送局の中継車も来ている。タウヌスリッパーよりも、フリチョフ・ライフェンラートが狙いだ、とピアは気づいた。少し遠回りをして横の通用口から署に入った。そこで右に曲がろうとして、ピアは考え直し、階段を上って、エンゲル署長の秘書室をノックした。反応がない。ドアは施錠されていた。署長の秘書はパートタイムで、木曜日は十時にならないと出勤しないことを思いだした。そこで直接、署長室のドアをノックした。

「どうぞ！」

ピアは署長室に足を踏み入れた。だが、ピアが「おはようございます」という前に、ニコラ・エンゲルがいった。

「ヘリコプターでの出張は成果があったかしら。法外な出費をした甲斐があったのならいいんだけど」

「そのことはあとで報告します」ピアも口から出かけたあいさつを省略した。「昨日、クラース・レーカーの元妻と話しまして、彼女だけでなく、担当裁判官とキムも狙われていることが判明しました」

「危険度はどのくらい？」エンゲル署長は、その報告をどう受け止めたかおくびにもださなかった。ただ一瞬、目に不安の色がよぎっただけだった。

「自分の人生を台無しにしたから、三人を殺すといったそうです」ピアはいった。「本気だと思います。月曜の晩に釈放してから、レーカーは姿を消しました。目下手配中です。昨晩、キムにショートメールを送ったのですが、移動中で、電波がつながりづらいという返事しかもらえませんでした。フランス国旗の絵文字があったので、キムはフランスにいるようなのですが、確信が持てません」

「返事があったのなら、大丈夫でしょう」エンゲル署長は答えた。「話はそれだけ？」

「キムに電話をかけていただけませんか？」ピアはふくれあがる怒りを懸命に抑えた。キムはどうでもいい他人ではないはずだ。五年間も交際した相手なのに、あまりに冷たい。「署長が電話をすれば、出ると思うのですが」

「それであなたが安心できるというのなら、あとで電話をかけるわ。他には？」

「すぐに試してくれませんか？　お願いです……」

「そうしないと安心できないというのね」エンゲル署長はため息をついてスマートフォンをつかむと、タップして耳に当てた。「電源が切れている」署長はスマートフォンを脇に置いた。

「これで満足？」

ピアはきつい言葉が出そうになるのをぐっと堪《こら》え、黙って三つ数えた。署長を怒らせたら、警視総監から目をかけられていても、ただではすまないだろう。だから「ええ、ありがとうございます」とだけ答えた。

「ライフェンラートの取り調べをするときは声をかけて」エンゲル署長がまたメガネをかけた。

「同席する。外にはもう報道陣が集まっている」

「見ました」署長の冷淡さに腸《はらわた》が煮えくりかえっていたが、ピアは署長室から出ることにした。この人には共感力が完全に欠けている！　ニコラ・エンゲルこそ、このあいだハーディングがいっていた「成功したサイコパス」に違いない！　ドアノブに手をかけたとき、ピアはふと思って、振り返った。「署長はキムがどうなろうとまったくかまわないのですか？　わたしがいうことではないですが、五年近く交際していたのでしょう」

「そう、あなたのいうことではないわね」エンゲル署長は冷ややかに答えた。「あなたにはまったく関係ないことよ」

「キムの住居の鍵は持っていますか？」

「なぜ？」

「仕事が終わったら、異状がないか見にいきたいので」

「鍵は持っていないわ」エンゲル署長はさっきまで読んでいた書類に視線を落とした。ほんの一瞬だが、署長にも人間らしいところがあり、少しのあいだ心を許した女性を心配したのではないかとピアは思ったが、署長の次の言葉でその当てが見事にはずれたことを思い知らされた。「妹のことで、頭がいっぱいのようね。フリチョフ・ライフェンラートの取り調べで不注意からへまをされてはかなわないわ。オリヴァーとアルトゥナイに任せた方がいいかしらね」

スマートフォンが鳴ったが、ピアは無視して、署長のデスクへ歩みよった。どうしてすぐに気づかなかったのだろう。キムの名前が出たときに見せたエンゲル署長の反応は無関心ではなく、深く傷ついた結果なのだ。ピアはやり方を変えなければならなかった。

「出ていっていいわよ、ザンダー」署長は顔を上げることなくいった。ところがピアが一歩も動かなかったので、署長は顔を上げた。

「気がつかなくて申し訳なかったです」ピアは同情するような声でいった。「キムに相当傷つけられたようですね。妹がしそうなことはわかります。容赦ないですから。本当に申し訳ないです」

大当たりだったことがわかって、ピアは少しだけほっとした。署長の心の内を隠す仮面に亀裂が走った。署長は指関節が白くなるほど万年筆をぎゅっと握りしめた。署長は唾を飲み込み、懸命に姿勢を保とうとしている。だが天井の無慈悲なハロゲンランプが、目尻と首筋のしわをくっきりと浮かびあがらせていた。ピアははじめてそのしわに気づいた。目の前にいるのは、若い愛人に去られた年配の女性なのだ。キムに若い女友達ができたのだろうか。それとも男？　エンゲル署長が気を取り直して、呼びもどさないように、ピアは外に出て、スマートフォンを耳に当てた。

*

ハーディング、カイ、ターリクの三人は署で夜を明かしたようだ。オリヴァーもすでに出勤していた。カイが金具でつないだ三つあるテーブルのひとつに向かってすわり、眉間《みけん》にしわを寄せながら新聞を読んでいた。

「おはよう！」そうあいさつして、ピアはカイの席の横にある空いている椅子にショルダーバッグを引っかけた。

「おはよう」オリヴァーが顔を上げて、新聞をたたんだ。「タウヌスリッパーに関する最新の説を読むかい？」

「やめておきます」ピアはハーディングに目をとめた。ハーディングは椅子にすわって、びっしりとメモが書かれたホワイトボードを見つめていた。

「二時間前からああしている」カイが声をひそめていった。「いざとなると、ほとんど睡眠を取らないようだ。昨夜十時半に帰るとき、ここにいた。そして今朝五時にはタクシーに乗って、膨大なファイルを持って署に来た」

「ここに引っ越したってことね」そういってから、ピアは同僚たちを見つめた。「見たところ、あなたもそうしたようね。睡眠不足は彼とどっこいどっこいのようじゃない」

「俺の睡眠時間は多くて四時間なのは知っているだろう」カイはニヤッとした。「あいだに二、三杯のコーヒーとエナジードリンク一本を飲み、短い仮眠を取った」

「裁判官には連絡した？」

「昨晩のうちに。休暇を取って、バイエルンにいる親戚のところに身を寄せた」

「わたしでもそうするでしょうね」ピアはうなずいた。「うちの天使《エンゲル》がフリチョフ・ライフェンラートの取り調べに同席するといってる。いつやる？」

「捜査会議がすんだらすぐ」

捜査官たちがしだいに集まってきた。刑事警察署付保安警察隊指揮官がシュミカラ広報官と共にあらわれ、少ししてエンゲル署長も姿を見せた。オリヴァーは母の日特捜班の捜査官全員に、いい仕事をし、残業も厭《いと》わないことに感謝してから、ハーディングにそのあとを譲った。

ハーディングはいつもの茶色の三つぞろいを着ていたが、シャツはオレンジ色のものに替え、茶色とオレンジ色のストライプ柄という悪趣味なネクタイを結んでいた。見たところ、徹夜したようには感じられない。頭は明晰で、集中しているように見える。

「事件分析には三本の柱がある」ハーディングが話しはじめた。「一本目は犯行現場で入手した手がかりだ。だがあいにく死体発見場所は犯行現場ではないため、手がかりはない。二本目は死体から入手した手がかりだ。これは多少集まったが、すべての事件で入手できたわけではない。三本目は被害者の人物像だ。これは犯人のプロファイルを作成するのに充分な情報が集まっている。被害者が狙いすまして選ばれたことはわかっている。全員、子どもを手放している。しかも困窮《こんきゅう》したからではなく、母親の目的は新しい人生をはじめるためだった。犯人は子どものときに母親に捨てられた経験がある、とわたしは見ている。被害者は代理だ。被害者たちを殺すことで、繰り返し自分の母親を殺している。同時に自分に使命を課している。自分勝手な理由から子どもを孤児院に放り込む女から世界を解放するという使命だ」

ハーディングは咳払いしてホワイトボードを指差した。要点が列記されている。

「犯人のプロファイルを作成するために次に重要なのが犯行経過の分析だ。これまで判明していることはなんだろう。犯人は被害者を誘拐するにあたって用意周到だ。つまり犯人は被害者にいきなり近づいたのではなく、おそらく事前にきっかけを作っている。ということは、犯人は信頼のおける印象を与え、身なりも整えていたはずだ。変装している可能性もある。被害者たちは油断して、犯人を近づけたのだ。サイコパスはきわめてチャーミングに振る舞うことができる。表面的にはとても社交的だ。犯人は決して異常な怪物ではない。おそらく外見は平均的だろう」

オリヴァーは頭の中でライフェンラート家の元里子を順に思い描いてみた。みんな、とくに醜いこともないし、目だってハンサムというわけでもない。アンドレ・ドルも身だしなみが整っていた。タトゥーを彫っているが、長袖の服を着ればいくらでも隠せる。

「犯人には知性があり、社会的に下層の人間ではない。いわゆる落ちこぼれではないだろう。そしておそらく家族がいる。基本的に、この手の犯人には書類送検されるほどの目立った前科はない」

「どうしてそんなことがわかるんですか？」だれかがたずねた。「それは事実ですか、推理ですか？」

「むろん推測だ。だが過去四十年にわたる無数の捜査結果に基づいている」

「落ちこぼれはどう定義されますか？」オリヴァーがたずねた。

「持てる能力を充分に発揮しない成人労働者だ。労働者というのは、自分の能力を順当に発揮して、気持ちを集中し、几帳面に働く必要がある。それはブルーワーカーだろうと、管理職だろうと変わりない。落ちこぼれの典型は、仕事が長続きせず、よく職場を替え、長いあいだ無職であっても気にしない点にある」

これは元里子には該当しない。該当するとしたらクラース・レーカーくらいだ。生きている他の元里子については情報が少ないが、ライフェンラート家の敷地に出入りできるという重要な前提を満たせないから容疑はかからない。該当するのはアンドレ・ドル、ザーシャ・リンデマン、フリチョフ・ライフェンラート、ヨアヒム・フォークト、クラース・レーカーだ。あとは獣医のドクター・ゲールマンとライフェンラートのホームドクターと飼育協会の仲間。だが飼育協会の仲間のことはテオ・ライフェンラート同様、ハーディングは被疑者からはずしていた。

「キーワードは犯行経過だ」ハーディングが話をつづけた。「犯行の特徴を分析するのは重要だ。犯人の能力について非常に多くの示唆《しさ》を与えてくれる。被害者は比較的遠方まで運ばれている。すでに死亡しているか、意識を喪失しているだけか、あるいは身動きできない状態かはどうでもいい。いずれにせよ犯人にはかなり体力があるはずだ。五人の被害者は公共の場所に遺棄された。これはいうほど簡単なことではない」

ハーディングは話を中断して、水をひと口飲んだ。

「被害者は全員ラップフィルムにくるまれていた。死亡する前か後かはさして意味を持たない。なぜなら、どちらにしても骨が折れるからだ。また犯人が被害者を溺死《できし》させたことがわかっている。拘束していようが、いまいが、死の恐怖に取り憑《つ》かれた成人を水に沈め、死ぬまで押さえつけるには大変な腕力がいる。したがって犯人は男だと断定していいだろう。三十歳から五十歳で、健康体」

ハーディングは次のホワイトボードを指差した。

「わたしにとって犯人の動機はさして重要ではない。わたしは犯人の行動パターンを仔細に検討した。この行動パターンから犯人の生活、日常の行動を読み解くことができる。犯人にとって、重要なのは儀式だ。手口からわかる。犯人は特殊な妄想と欲求を持っている。しかもそれはきまった儀式を経なければ満たされることはない。その中には戦利品のコレクションも含まれる。それを手にすることで、自分の行為は何度でも記憶に蘇《よみがえ》る。被疑者はかなり絞り込める。犯人はテオ・ライフェンラートの身辺にいるはずだ」ハーディングは元里子とライク・ゲールマンの名が書かれたホワイトボードを指差した。「この中のだれかが犯人だろう」

ハーディングは人差し指と親指で口ひげをなでてから、両手を背中で組んだ。「手口さえわかれば、サイコパスは御《ぎょ》しやすい。同じパターンを繰り返すからだ。すでにいったように、犯人の行動は欲求の結果だ。肝心の欲求さえつかめれば、犯人について相当のことがわかったことになる」

「でも、わたしにはその欲求がなにかまったくわかりません」捜査官のひとりがいった。「どういうものなのでしょうか？」

お粗末な質問だと思ったか、あちこちでぶつぶついう声があがった。

「いいや、とてもいい質問だ。そして重要でもある」ハーディングが答えた。「心理学でいう欲求は、実際の欠損あるいは欠損していると感じている状態を解消したいという希望ないしは要求だといえる。わたしたちは欲求を要求の前段階と見なしている。そして要求は人間の心が特定の目標に向けられた状態を指す。犯人が重視している欲求は他人を最大限サディスティックに支配することにある。犯人が活動しだすきっかけがなにかはまだわからない。しかし身体から生気が失われるのを見て、感じたいという欲求を持っていることはたしかだ。被害者がゆっくりと苦しみながら死に至ったのは間違いないだろう。犯人は大きなリスクを背負い、自分の立てた計画をこなした代償としてたっぷり楽しんでいる。被害者が死ぬところを見るだけでは物足りないはずだ。被害者が苦しみもがき、死の恐怖に苛《さいな》まれるのを見て喜びを感じ、その幸福感を保存したいと思っている。だから被害者を死後冷凍し、しばらくのあいだ手元に置いているのだと思う。犯人は死を支配したいというあこがれに取り憑かれているようだ」

「すみません。これ以上は耐えられません！」いきなり甲高《かんだか》い声が聞こえたかと思うと、椅子が床にひっくり返った。全員がそっちを振り返った。強盗課から応援に来ていた若い女性刑事が勢いよく立ちあがったのだ。顔面が蒼白だった。「そんなおぞましいことをどうしてそんなに淡々と話せるのですか？　被害にあった女性たちはぞっとする体験をしなければならなかったんですよ。その人たちをあなたは被害者としか呼ばない。アイデンティティがないかのように。でも、いなくなったことを悲しむ家族や子どもがいるんですよ。それはどうでもいいというんですか！　女性たちの運命にどうしてそんなに冷淡でいられるんですか？」

「逆だよ」ハーディングが穏やかに答えた。「わたしがしていることはすべて、この病的な殺人犯に襲われた被害者のためだ！　被害者とその遺族の無念を晴らすために悪事をやめさせると心に誓っている。殺人課の人たちに訊いてみたらいいだろう。暴力行為の被害者を非人格化するのは軽視したり、関心がなかったりするからではない。捜査官として客観的でありつづけ、精神がまいらないための自衛手段だ。立ち向かっている悪を耐えるにはそれしかない」

「でも、なぜそこまですべて知らなければならないんですか？」若い女性刑事がぐっと堪えて、胸元で腕組みした。「今し方、被疑者はかなり絞り込めるとおっしゃいましたよね。どうして全員を逮捕して取り調べないんですか？」

「馬鹿なことをいわないで！」エンゲル署長が鋭い声で女性刑事を叱責した。「警察学校で捜査のなんたるかを聞かなかったの？」

　頭ごなしにいわれて、女性刑事は顔を紅潮させた。数人の同僚がニヤッとした。女は感情的になりすぎるからまともな警官になれないと思っている男性警官がいまだに多い。

「あなたはすべてを正確に知る必要がある。あなたの周囲にいるサイコパスを認識するためにはね」ハーディングはエンゲル署長の言葉には反応せずにいった。「犯人は十中八九、新しい被害者を物色している。すでに的を絞ったかもしれない。不用意に追い詰めれば、いつもの手順を踏まず、トリガーである母の日まで待たないで犯行に及ぶかもしれない」

「それでも耐えられません」若い女性刑事は小声でいうと、オリヴァーやピアから目をそむけた。「ここで降りることを許してください」

　女性刑事は自分の椅子を片付けず、まわりを見ることもなく、足早に出ていった。ドアがばたんと大きな音をたてて閉まった。女性刑事についてとやかくいう者はいなかった。ハーディングが話した内容は、ほとんどの者がこれまで一度も関わったことのないことだった。ショックを受けるのは当然だ。若い同僚が人間の残虐さに距離を置いて、身を守るにはまだまだ学ぶことがあるということだ。乗りこえられない者もいれば、乗りこえられる者もいる。刑事を三十年やってきたオリヴァーですら、長期休暇《サバティカル》を取る直前に起きた事件で自分に限界を感じ、燃え尽きたと思った。

　オリヴァーは立ちあがって、捜査官の顔を見まわした。緊張した顔、絶望した顔。だがそこには決心を固め、やる気をだしている顔もあった。

「今聞いたことが耐えがたい内容なのはわかっている。自分で決めてくれ。それを尊重する。人によってはきつすぎるだろう。これ以上ついてこられないからといって、恥じることはない」

だれも身じろぎひとつしなかった。

「いいだろう」オリヴァーはうなずいてから、ハーディングの方を向いた。「つづけてください」

ハーディングは一瞬、気を引き締めた。

「犯人の欲求に話題を戻そう」ハーディングは指を一本ずつ立てながらいった。「まず犯人が己を厳しく律していることがわかっている。手がかりをまったく残さず、自衛策を講じ、偶然に頼らない。おそらく一九八八年からそうやって成功を収めてきた。己を厳しく律する人間は私生活でも柔軟性がない。長期にわたって同じ職につき、引っ越しも好まない。人間関係も長くつづく。次にわかっているのは、力の行使が今回の犯行の本質だということだ。ラップフィルムなどの道具を使っていることがその証左だ。第三に」ハーディングは三本目の指を立てた。「儀式が重要な役割を担っている。儀式をすることが犯人の動機のひとつだ。計画を立案する段階で、儀式は組み込まれている。計画するのは実際の犯行や犯行後の行動だけではない」

ハーディングは両手を下げた。

「わたしたちが捜している男は、危険なサイコパスであり、サディストだ。容赦がなく、怖いもの知らずで、良心の呵責《かしやく》もない。おそらく前思春期にトラウマを抱えたと思われる。サディストの要素を持つサイコパスは子ども時代にネグレクトされ、暴力を受け、虐待されていることが多い。子どものあいだでの性的ないたずらがそういうトラウマを誘発することもある。最後に銘記してもらいたい。シリアルキラーは精神科医をもってしても治癒《ちゆ》することのできない病人だ。サイコパスを止められるのは、より大きな力を持つサイコパスだけだ」

＊

　フリチョフ・ライフェンラートは昨日、緊急逮捕されたあと、不思議なことにほとんど抗議らしい抗議をしなかった。ケムに権利を告げられ、ベルトと靴紐とスマートフォンを取り上げられて、めったに使われない地下の留置場に入れられた。電話は許されたが、かけた相手は妻でも弁護士でもなく、ドイツ証券商業銀行《DEHAG》の執行役員たちだった。監視についた警官の報告では、フリチョフは熟睡していたという。逮捕時にいわれたことにも、彼は動揺することがなかったのだ。

「罪悪感がないということですかね」ピアはいった。オリヴァーといっしょに取り調べをおこなうのは署長に任せ、ピアはハーディングといっしょに取調室の隣室に入り、マジックミラー越しに様子を見た。

「あの男はサイコパスだ」ハーディングは答えた。「良心などない。だから落ち着きはらっているのだ。おそらく失職することはわかっているだろう。こういう連中は、失ったものに執着しない。どこかから救いの手が伸びてくると知っているんだ。どうせ口座には数百万ユーロ預金している。顔がつぶれてもしばらくはやっていける。すでに次の計画を立てているに違いない」

フリチョフは無精髭《ぶしょうひげ》を伸ばし、ワイシャツはしわくちゃだ。襟元《えりもと》はあけている。ズボンはベルトがはずされていたため、落ちないように片手で持つ必要があった。椅子の背にもたれかかると、フリチョフは足を組み、だしてもらった紙コップのコーヒーをなめるように飲んだ。

「ライフェンラートさん」日時、事件番号、同席する者の氏名を録音機に吹き込むと、オリヴァーはいった。「今日は被疑者として尋問します。あなたには一九九五年五月十四日にあなたの祖母リタ・ライフェンラートを拳銃ないしは危険な凶器によって殺害した嫌疑がかかっています。刑事訴訟法百三十六条における最初の尋問の規定に従って、あなたはこの犯罪行為への嫌疑について意見を述べることができます。また自分の不利にならないよう黙秘する権利もあります。それから弁護人の同席を求めることもできます」

「わかっているとも」そう答えると、フリチョフはまたコーヒーをなめるように飲んだ。「昨日、あなたの同僚がすべて告知してくれた。弁護士は必要ない」

「いいでしょう」オリヴァーはうなずいた。「あなたの祖父宅のプールハウスで銃器を発見しました。その中には戦争武器管理法に抵触するものが含まれます。ワルサーTPH二二口径の施条痕《せんじょうこん》を照合した結果、あなたの祖母に向けて発砲されたものであることがわかっています。またリタ・ライフェンラートの遺骸の横にあったシャンパンの瓶の首からあなたの指紋が検出されています」

ハーディングは膝《ひざ》に肘《ひじ》を乗せて、少し前屈《まえかが》みにすわり、白熱するサッカーの試合を見ているかのようにじっと耳をすましていた。フリチョフはオリヴァーの言葉にうなずいた。顔には表情がなく、退屈そうにさえ見えた。

「銃器はわたしのものだ」フリチョフはあっさり認めた。「小さい頃、銃器に夢中だった。子どもができたとき、銃器コレクションを祖父のところに持っていき、どこかに保管するように頼んだ」

「喜びはしなかったでしょうね？」オリヴァーがいった。

「そりゃあ、喜ぶわけがない」フリチョフが答えた。「持って帰れと何度もいわれた」

「あなたの祖父が数週間前電話で〝古い重荷〟といったのは、この銃器のことですか？」

「そうだ」警察が祖父との電話の内容を知っていたとわかっても、フリチョフは顔色も変えなかった。腹をくくっているのだろう。「わたしたちはいい関係ではなかった。年じゅう、相続権を剝奪するといわれてきた。祖父の口癖《くちぐせ》さ。財産なんて欲しくもない。このぼろ家や倒産した会社の敷地を相続するなんてごめんこうむるとわたしがいうたび、祖父は腹を立てた。わたしを脅迫する手立てがなかったので、悔しがっていた。実際にはその逆だ。祖父はわたしに借りがあった。一九九五年五月十四日に起きたことを知っているのはわたしだけだからな」

「なにが起きたんですか？」

「祖父がわたしの目の前で祖母を射殺した」フリチョフは天気の話でもするようにあっさりいった。「祖父は祖母が嫌いだった。祖母も祖父を軽蔑していた。もっと前にそうならなかったのが不思議なくらいだった。あの日の祖母はとくにひどかった。祖父に罵声を浴びせ、なだめようとしてもまったく聞かなかった。わたしの言葉にも耳を傾けなかった。祖父は殺してやるといい放ったあと、千鳥足《ちどりあし》で家に入り、ソファーに横になって眠り込んだ。それですませていたら、あんなことにはならなかっただろう。しかし祖母にはそれができなかった。他の連中はみな帰宅し、わたしも帰り支度をした。婚約者といっしょに暮らして結婚式の計画を練っていた矢先で、できるだけ早く家に帰りたかったんだ。車のところへ歩いていたら、祖母の悲鳴が聞こえた。わたしはきびすを返した。キッチンに入ってみると、祖父がシャンパンの瓶を振りあげて、祖母の頭に叩きつけようとしていた。祖父は酔っぱらって、頭に血が上っていた。わたしはあわててテオから瓶を奪いとった」フリチョフはそこで少し間を置いて、軽く首を横に振った。「だがわたしは状況の深刻さを見誤った。祖父はキッチンから出ていった。わたしは祖母をなだめようとしたが、できなかった。すると、祖父がいきなりピストルを手にして戻ってきたんだ。〝離れろ〟とわたしにいって、〝くたばれ、この魔女〟と叫んだ。祖母はそれを笑いとばした。それがいけなかった。祖父は祖母の腹めがけて発砲した。わたしは愕然として、身じろぎひとつできなかった。いろんな思いが脳裏を駆け巡った。救急医。警察。新聞の見出しが脳裏に浮かんだ。婚約者の父親は当時、世界的なコンツェルンの代表取締役社長だった。彼から見たら、わたしなど成り上がり者でしかなかった。祖父が殺人犯になれば、もっけの幸いと婚約を破棄しただろう」

「彼は二十年前、すでに今と同じエゴイストだったんだな」ハーディングがいった。「まわりを思いやることができない。そういう状況でも自分のことしか考えず、自分に生じる不利益に悩んでいる」

身勝手な最低の人間だ、とピアは思った。

「弾丸は腹部大動脈に命中していた」フリチョフはさらに話をつづけた。「祖母はキッチンの床に倒れ、ものの数分で失血死した。祖父はまたソファーにひっくり返ってねむってしまった。わたしは立ちすくんだまま、どうしていいかわからなかった」

「自殺したといいふらすことを考えたのはあなたですか？」オリヴァーはたずねた。

「いいや、それはヨアヒムだ」フリチョフは答えた。「彼に電話をして相談した。彼はわたしの親友で、信用できるたったひとりの人間だった。二時間後、車で駆けつけてきた。わたしはパニックに陥っていた。だれかが銃声を聞いて、警察に通報したのではないかとずっと不安だった。わたしたちは死体を古井戸の底に下ろした。いつのまにか祖父もやってきて、シャンパンの瓶を古井戸に投げ込んだ。わたしたちは鉄板で井戸をふさいで、その上に土をかけ、真夜中までかかってキッチンをふいて、きれいにした。そのあとヨアヒムが、祖母の車をどこか別のところに乗り捨てて、自殺に見せかけようといいだした。で、まあ、そうしたんだ」

「エルトヴィレへ向かったのはなぜですか？」

「エーストリッヒ＝ヴィンケル校に通っていて、よくあの駐車場の前を通っていた。ライン川に飛び込んだようにみせかけなくてはならないとヨアヒムがいったんだ。ライン川はちょうど洪水だった。わたしは祖母を古井戸からだして、本当に川に投げ込もうと思ったが、銃創があることを思いだしてやめた。もし死体が見つかれば、本当のことがばれるおそれがあった。そうなれば、わたしは犯罪を隠蔽《いんぺい》した罪を背負い込むことになる」

「正確には処罰妨害罪です」オリヴァーはいった。「裁きの対象になるのはフォークトさんだけですね。あなたは免責されます。刑法二百五十八条六項で親族のために犯行に及んだ場合は免責されると定められていますので」

「そうなのか？」フリチョフはオリヴァーを見つめ、それからため息をついて、短く刈った髪をなでた。「それはともかく。ヨアヒムはすぐに立ち去った。わたしは祖父の酔いが醒《さ》めてから、どういえばいいか教えた。祖父は実際、口をつぐみつづけた。クラースにもいわなかった。あれには驚いた。今だったら、違う行動を取ったと思うが、当時は他に選択肢がなかった。いずれにせよ、あれっきりマンモルスハインには行っていない。古井戸になにが眠っているか考えただけで耐えられなかったからだ」

「祖母を非人格化している」ハーディングがささやいた。「さっきから祖母を名前で呼んでいない……頭ではまずいことをしたとわかっているが、心は揺さぶられていないということだ」

ハーディングは椅子から腰を上げた。「わたしたちの犯人じゃないね」

「わたしもそう思います」ピアは昨日まで、フリチョフが殺人犯だとにらんでいた。しかし今は考えが変わった。フリチョフは自分の名声と将来のためにとんでもないことをしてしまったのだ。ひどいことだが、ある意味、人間らしい。自分のことしか考えていない。

「フリチョフは仕事に夢中だ」ハーディングがいった。「人の身辺を探って、計画を実行に移す時間の余裕などない。それに手足を動かすのは苦手なはずだ。彼は指図する側で、自分の手は汚さない」

ハーディングはドアへ向かった。フリチョフへの関心は消えていた。「上で会いましょう」

ドアが閉まった。そのとき、ピアのスマートフォンが鳴った。

「ピア、落ち着いて聞いてくれ」カイの声だった。「今し方、バート・ホンブルク署から連絡があった。昨日、ザールブルクのそばの林間駐車場で車が一台発見された。施錠されて、金曜日からそこにあったらしい」

「車種は？」ピアはたずねた。

「ミントグリーンのフィアット500。ナンバーはF－KF8168。所有者はカタリーナ・フライターク。フランクフルト市モントゴルフィア・アレー通り一六四番地」

＊

「ここはどこ？」フィオーナは朦朧《もうろう》とする意識の中で思った。「なにがあったんだろう？　なんでこんなに暗いの？」

うまく考えることができない。おぼろげに思いだせるのは、だれかのことを訊こうとしたことだけだ。だけど、それはだれだったのだろう。

目を開けようとしたが、できなかった。全身の感覚が麻痺《まひ》している。運動しすぎたときのように筋肉が悲鳴をあげている。腕と足を動かそうとしたが、それもだめだった。どうして口が動かないんだろう。舌が上顎に張りついている。口になにか入っている。筋肉に力を入れて、手や足や頭に動けと命令した。それでも体はびくともしない。指一本曲げることができない！

事故にでもあったんだろうか。頭から足の先まで、なにかでがんじがらめになっている。不安が炎のように吹きあがり、心臓が肋骨を激しく叩いた。死体袋の中だろうか。あるいは生きたまま埋葬されたのだろうか。フィオーナは足をつっぱり、悲鳴をあげようとした。だがうめき声しか出なかった。舌が、いや、指と足先もしびれている。呼吸がしだいに速く、浅くなり、横隔膜が痙攣《けいれん》した。このままでは窒息《ちっそく》する。過呼吸になっている。そう思って、不安がパニックに変わった。

〝落ち着くのよ！〟フィオーナは自分にいい聞かせた。〝息を止めなくちゃ！〟

赤十字社の講習を受けていたので、自分に今なにが起きているのかわかった。酸素を吸いすぎて、二酸化炭素が足りなくなっている。紙袋を数分口に当てて呼吸すれば、正常に戻ることを知っている、だが肝心の紙袋がない。フィオーナは口に入っているものを舌でたしかめた。ビニールホースが外から口に押し込まれている。

悪夢ではない、現実だ。殺人犯の手に落ちたのだろうか。でも、なんで。乱暴をしてから殺すつもりだろうか。だれもフィオーナの居場所を知らない！　いないことを心配してくれる人はいない！　いや、待て！　いないわけじゃない！　フランクフルトからジルヴァンにメールした。彼が連絡を取ろうとするかもしれない。彼なら、フィオーナになにか起きたと気づいてくれるかもしれない。彼なら助けてくれるかも。

＊

ほんの数秒、ピアは身をこわばらせた。カイの言葉の意味がゆっくりと意識に届いた。キムの車が林間駐車場で見つかった。金曜日からそこに止まっていたという！　うなじの毛が逆立った。パニックになった証拠だ。マジックミラーの向こうで交わされているオリヴァーとフリチョフの会話が頭に入ってこない。

「落ち着くのよ！」と自分にいい聞かせた。キムは昨日、メッセージに反応した！　ピアは立ちあがって、よろよろと部屋を出て、取調室のドアをノックした。制服警官が内側からドアを開けた。エンゲル署長が不機嫌そうにピアに視線を向けた。オリヴァーはけげんそうな顔をした。

「話すことがあります」ピアは全身がふるえていた。「大至急！」

「すぐ戻ります」オリヴァーがフリチョフにそういうのが聞こえた。ドアがいったん閉まった。ピアは檻《おり》の中の肉食獣のように狭い廊下を行ったり来たりした。じっと待つことができなかった。キムの車が金曜日からザールブルクの林間駐車場に止まっていたのにはなにかわけがあるにちがいない！　キムが院長をしている精神科病院はドルンホルツハウゼン地区にある。その駐車場からそれほど離れていないはずだ。フランスへ行くとき、車をそこに止めていったのだろうか。

取調室のドアが開いた。

「ピア！」オリヴァーが心配そうに声をかけた。「どうしたんだ？」後ろに署長の姿もあった。

「ザールブルクの林間駐車場でキムの車が見つかったんです」ピアは叫びださないように気をしっかり持った。「金曜日からそこに止まっていて、鍵はかかっていたそうです」

「なんてことだ！」オリヴァーが思わず口走った。ピアは自制が利かなくなった。

「昨日の夜、どうして住居に寄らなかったんでしょう？　見殺しにしたんです。わたしは自分の妹を……」

「泣き言はやめなさい！」エンゲル署長が冷たい声でいった。ピアは口をつぐんだ。「車が金曜日からその駐車場にあったのなら、昨日、住居を訪ねてもどうにもならなかったでしょう。気をしっかり持って冷静になりなさい！」

　ピアはがなりたてようとしたが、そのとき署長が顔面蒼白なことに気づいた。同じように心配なのだ。ただピアよりも自制心が働いているだけなのだ。

「ライフェンラートは取調調書に署名させて釈放しましょう」署長はオリヴァーに指示した。

「パスポートを提出させて、毎日一度はケーニヒシュタイン署に連絡を入れるように指示して。それがすんだら、すぐ二階に来て」

「わかった」オリヴァーはうなずいた。

「ザンダー、いっしょに来なさい」署長はきびすを返すと、さっさと歩きだした。

「キムのスマートフォンの移動記録を電話会社に提出させないと」ピアはすっかり焦っていた。

「精神科病院にも電話をかけてみないと！　だれかが車を見たはず！　それから妹の住まいに行ってみないと。なにか手がかりがあるかもしれませんから！　もしかしたら妹は自宅にいるかもしれません。車のエンジンがかからなかっただけかも……」

　声が出なくなった。突然、もう手遅れだという思いに駆られた。

「ひとりで運転しては駄目だ！　ライフェンラートの件をすませたらいっしょに行く」オリヴァーがきっぱりといった。取調室に戻る前に、長年の相棒なのにオリヴァーがいまだかつてしなかったことをした。ピアをきつく抱きしめて、背中をさすったのだ。

「きみは見殺しになんかしていない」オリヴァーが耳元にささやいた。「何度も連絡を取ろうとしたじゃないか」

「でももしレーカーになにかされていたら！　月曜日にどうして釈放してしまったんでしょう？」

「彼を勾留するに足る証拠がなかったからだ。キムは見つける。わたしが約束する！　わたしたちは全力を尽くす。あまり心配するな。それから自分を責めてはいけない。きみは間違ったことはしていない。わかったか？」

「わかった」ピアはオリヴァーの肩に顔を寄せ、泣くまい、不安に負けまいと懸命に堪えた。キムになにかあったのは間違いない。ピアはそう感じていた。

＊

キムの車が林間駐車場で発見されたという知らせは、署内に野火のように広まった。連続殺人犯の手口との類似は見逃しようがなかった。ピアの妹のことはみんなが知っていた。難しい捜査に何度もアドバイザーとして招聘《しょうへい》されていたからだ。それにエンゲル署長のパートナーだということも暗黙の了解だった。ピアはみんながショックを受けていることに気づいた。ピアが近づくと、みんな、押し黙ったり、じっとピアを見つめたりする。ピアと同じ恐れを抱いているのは明白だ。

会議室に特捜班の面々が集まっていた。エンゲル署長、ケム、カトリーン、ターリクがハーディングの話を聞いている。ピアは、署長が何度もうなずいていることに気づいた。

「車は今どこにあるか知ってる？」ピアは受話器を肩と耳ではさみながらモニターを見ているカイの方を向いて、声をかけた。

「ああ」カイが顔を上げた。「バート・ホンブルクのダイムラー通りにあるレッカー会社だ」

ピアは次の質問にどんな答えが返ってくるか怖かった。だが訊くほかない。ピアは刑事だ。妹の身になにがあろうと、刑事らしく振る舞わなければならない。さもなければ、エンゲル署長に捜査からはずされてしまうだろう。「トランクの中は確認してあるの？」

「不明だ」カイはプロらしく答えた。だが目にはピアへの同情と不安の色が浮かんでいた。「車を州刑事局に運ぶよう指示した。車の専門家に事情は伝えてある。すぐに検査してくれるはずだ」

「ありがとう」

「クラース・レーカーについてなにかわかったか？」オリヴァーがカイのデスクまでやってきた。

「あいにくなしのつぶてです。さっきアスマン精神科病院に電話をしました。キムは復活祭の前日に二週間の休暇を取っていました。州刑事局がキムのスマートフォンの移動記録を入手できるよう手配してくれています」

エンゲル署長、ハーディング、ケム、ターリク、カトリーンがピアたちのところにやってきた。カトリーンはピアの腕を黙って握った。

「これからドクター・フライタークの住居に行くわよ」エンゲル署長がいった。「彼女を最後に見たのがいつか、同じ集合住宅の住人に聞き込みをする」

「最近電話で話しました」ピアはいった。

「最近というのはいつ?」署長はたずねた。

「ええと……よく覚えていません」ピアは口ごもった。「リタ・ライフェンラートの遺骸が見つかった直後です」

「先週の木曜日です」ターリクが助け船をだした。

「そのあとは?」ハーディングがたずねた。「そのあと連絡はあったのか?」

「一昨日。いいえ、昨日。昨日の晩、メッセージをもらいました。移動中で、電波がつながりづらいというメッセージといっしょにフランス国旗の絵文字が付け加えてありました」

「キムはメールでよく絵文字を使うのか?」ハーディングが真剣なまなざしでピアを見た。

「言葉使いはいつものキムと同じだったか、それともどこか違っていたか?」

「なにを……いいたいんですか?」ピアは混乱した。

「単刀直入にいう」ハーディングは答えた。「キムが昨晩、きみに連絡をしたのなら、おそらく無事だ。たぶん邪魔されたくなくて、どこかにこもっているだけだろう」

ピアにも、ハーディングがいわんとしていることがわかった。スマートフォンをだして、ワッツアップのチャットをひらいた。キムの最後の書き込みはどこだろう。いくらスクロールしても見つからない！　キムは昨晩メッセージを寄こしたはずだ！　勘違いのはずがない！　急にまわりが静かになった。みんながピアを見ている。

「わたし、たしかに……」そういいかけて、ピアは声を詰まらせた。両手がふるえた。メニューに戻って、思いだした。「ショートメールでした。ワッツアップじゃありませんでした！

水曜日の午後九時二十四分」急いでアプリをタップして、すぐにキムのメールを見つけ、その短いテキストを読んでほっと胸をなでおろした。〝ハイ　電話出られなかった　今移動中　携帯つながりづらい　あとで連絡する〟

「キムはそういう書き方をするのか？」ハーディングがたずねた。

「ええ、まあ、そうですけど」ピアはうなずいた。

「ちょっと見せて」エンゲル署長が手を伸ばしたので、ピアはスマートフォンを渡した。

「これはキムが書いたものではないわ」署長がいった。「かならず句読点をつける。それに、助詞もちゃんとつける。ハイなんてあいさつもしたことがない」

「運転中に書いたのかもしれません」そういったが、ピアも署長のいうとおりだと思った。キムはいつも、ショートメールで手間を惜しんだ中途半端な文章が送られてくると怒っていた。それにキムからショートメールを受けとったのは、ワッツアップが登場する前だ。もう何年も前のことになる。

「ということは、つまり」ピアは自分の声がふるえていることに気づいた。

「キムは水曜日の晩にはもうメッセージを書き込むことも、電話をかけることもできない状態だったということだ」ハーディングは答えた。「すまない、ピア、しかし現実から目をそむけるわけにはいかない」

＊

きっと水のせいだ。少し口にするたび、すぐ眠りに落ちる。手足がだるくなり、頭が働かなくなって、夢も見ない深い眠りに沈み込む。そして目が覚めるたび、えぐるような頭痛と焼けるような喉の渇きに襲われる。フィオーナは時間の感覚を失っていた。どこにいるのかも、だれに監禁されているかも、なぜ誘拐されたのかもわからずにいた。朦朧とした意識の中で、暴行されていないことだけはわかった。最後に着ていた服をいまでも身につけている。不思議なのは不安を覚えていないことだ。意識が混濁《こんだく》しているせいだろう。今いる部屋は正方形で、がらんとしている。床と壁はなめらかなコンクリートでできている。高さが四メートルはある天井には蛍光灯が一本あり、向かいの壁には天井へと延びる黒いパイプがあった。自分がいる側の壁、といっても手は届かないが、その壁に半球形の監視カメラが設置されていて、六十秒ごとに赤いパイロットランプが点滅している。あとは頑丈な鉄扉があるだけだ。なんだか暖房装置用の地下室のようだ。実際、かなり暖かく、むき出しの床は清潔だった。

はじめて意識が戻ったとき、部屋の隅に蓋《ふた》のついたバケツを見つけた。トイレ代わりにしろということらしい。そしてその横に五百ミリリットルの水のペットボトルが二十本置いてあった。水は少ししょっぱかった。それからバタークッキーも数箱あった。これですぐには喉の渇きや飢餓《きが》に襲われずにすむだろう。これはいい徴候だろうか、それとも悪い徴候だろうか。誘拐犯はすぐに殺さず、しばらく監禁する気らしい。

尿意を催していたが、フィオーナは横たわったまま動かなかった。プラスチックのバケツにしゃがんで用を足す気にはなれなかった。何者かが監視カメラで見張っているはずだ。それに力が出ず、体を起こして三歩歩くのもむりだった。尿意をまぎらわすため、記憶の欠落部分を埋める努力をした。はっきり覚えているのは、ホテルをチェックアウトしたことだけだ。列車でチューリヒに戻るつもりだった。あれからどのくらい時間がたっただろう。ここにはいつからいるのだろう。そしてなぜ。

やっとの思いで考えた。だがまともに考えつづけることができない。フィオーナは舌でひびわれた唇をなめた。ぎんぎんに冷えたコーラに氷とレモンの輪切りを入れて飲みたかった。それからタバコ、レシュティ（粗くおろしたジャガイモをパンケーキ風にローストしたスイス料理）を添えたカツレツが欲しい。ベッドに寝そべって本が読みたい。チューリヒ湖の眺めと自宅の庭が懐かしかった。不安が血液にまざった遅効性の毒のようにじわじわと効いてきた。このままここから出られなかったらどうしよう。誘拐する相手を間違えたと気づいたら、誘拐犯はどうするだろう。死ぬ前にせめて一度だけでもジルヴァンと話したい！　青い空が見たい！　涼しい風に吹かれたい！

泣きたかったが、涙は出なかった。喉がひりひりする。フィオーナはペットボトルに手を伸ばし、キャップを取って、ボトルが空になるまで生温《なまぬる》い水をぐびぐび飲んだ。それから目を閉じ、甘い倦怠感《けんたいかん》に身を委《ゆだ》ねた。やがて脳裏に浮かんでいた数々の疑問が消え去り、不安が取り除かれた。

＊

キムの住居は、クーヴァルト団地とレープシュトックバート室内プールとヨーロッパ地区に囲まれた新市街に、数年前に建てられた八階建ての集合住宅の最上階にあった。キムはその住居を三年前に購入した、とピアはホーフハイムからフランクフルトへ移動中にエンゲル署長から聞いた。

「買ったことはわたしも知らなかった」署長はいった。「少しのあいだ借りたのかと思っていた！」

キムはエンゲルにも内緒にしていることがあるのだ。

「いつから住んでるんだ？」ハンドルを握っていたオリヴァーがたずねた。

「一年くらい前」後部座席から署長が答えた。

「いっしょに暮らしているのかと思ってた」オリヴァーはびっくりした。

「同居はうまくいかなかった」署長がいった。「それに数週間前に別れた」

「えっ？　なぜだ？」

「知るもんですか」

「通常ならそれでもいい」オリヴァーがいった。「しかしキムが事件に巻き込まれた可能性がある。だから別れた理由は捜査上重要だ」

「これ以上付き合うのは無理という結論に達したのよ」署長はいった。「合意の上で別れた」

「このあいだ駐車場で口論していましたよね。合意の上で別れたとは思えないんですけど」ピアは助手席から振り返って、署長を見た。

「盗み聞きしていたの？」署長がピアをじろっと見た。

「盗み聞きなんてしてません」ピアは答えた。「キムが怒鳴っているのが聞こえただけで、話していたことまでは聞き取れませんでした」

「ニコラ、頼む」オリヴァーがまた口をだした。「キムがなにかしたのか？　あるいは、男か女か知らないが、キムに新しいパートナーができたのか？」

「プライバシーには立ち入ってほしくない」そういって、署長は返事を拒絶した。

ピアは腹立たしくなった。実際ははじめに思ったのと違うかもしれない。捨てたのは署長の方で、妹ではなかったのだろうか。署長が弱点を的確に攻めることはいやというほど思いしらされてる。今までキムの方がなにかされたとは考えもしなかった。妹がそんな目にあうとは思えなかったからだ。しかし、キムのことをよく知っているかと自分に問えば、知らないといわざるをえない。胸がちくっと痛くなった。

「署長がキムを追い詰めたに決まってます！」ピアはいきなり口走った。「署長がいやなことをいったんでしょう。いうことを聞かない人間にはいつもそうしますものね！」

「そんなことはないわ」署長がいいかえした。

「あなたは冷淡な人です！　他人がどう感じようがなんとも思わない！」オリヴァーが目で警告していることにピアは気づかなかった。すっかり頭に血が上って、灼熱のマグマのように心の奥からあふれだす怒りの言葉を押さえることができなかった。

「ピア！」オリヴァーが黙らせようとしたが、だめだった。

「署長はキムをわたしから遠ざけるためにあらゆる手を尽くした！」ピアは署長を非難した。「キムがわたしと疎遠になったのは、署長のせいです！　キムはぜんぜんわたしを訪ねなくなり、わたしたちを招待してくれませんでした！　パートナーの姉が自分の部下というのがやりづらいのはわかります。あなたのように人を疑って、思いどおりに動かさないといられない人は私生活を覗かれて、同僚にいいふらされるのではないかと不安でならないんでしょうね！」

ピアはそこで口をつぐんだ。いたたまれないほどの沈黙が車内に広がった。

「感情的になるのはわかるわ」署長はこれだけ強烈な批判を浴びたのに平然としていた。「こんな状況でなければ、あなたの暴言には相応の責任をとってもらうところよ。あなたの批判には根拠がない」

ピアは鼻を鳴らして、手で払った。なにをいっても意味がない。署長は自分の非を決して認めないだろう。だが署長の協力がなくても、キムになにが起きたか絶対に突き止めてやる。もし署長に非があれば、目にもの見せてやる！

しばらくのあいだだれも発言しなかった。高速道路六六号線はマイン＝タウヌス・センターの近くで工事渋滞していた。ピアは母親と兄のラースに電話をかけて、キムと最後にいつ話をしたかたずねた。

「兄が最後にキムと話したのはクリスマスでした」ピアは暗い表情でいった。「両親のところには復活祭の数日前に連絡を寄こしたそうです」

「他にキムの動向を尋ねられる人間はいないのか？」オリヴァーが署長の方を向いた。「キムが信頼している女友だちや同僚はいないのか？」

「知らないわ」署長は答えた。「少なくともわたしはだれも知らない」

＊

鍵開け業者と巡査がすでにモントゴルフィア・アレー通りの集合住宅の前で待っていた。オリヴァーは車を駐車スペースに止めた。フランクフルト市はホーフハイム刑事警察署の管轄ではないので、念のためフランクフルト刑事警察署にも事情を伝えておいた。その集合住宅には十二世帯が住んでいた。オリヴァーは住人が出て、中に入れてくれるまでインターホンを次から次へと鳴らした。フローリアン・ファウストと名乗った四十代半ばでスキンヘッドの小太りな男性が七階に住んでいた。男性は週末前からインフルエンザにかかって、月曜日から自宅で休んでいた。

「ドクター・フライタークを最後に見かけたのは先週の木曜日ですね」フローリアン・ファウストはすすんで話した。「地下駐車場の駐車スペースが隣同士なんです。あの人は急いでいました。そもそも立ち話なんてまったくしませんが、あの晩は、こんばんはとだけいって、あの人専用のエレベーターに向かったんです」

「専用エレベーター？」ピアは訊き返した。

「ええ。ペントハウスには専用エレベーターがあるんです」ファウストが答えた。「ですから、地下駐車場か郵便受けのところでしか会うことはありません」

「その後なにか気になることはありませんでしたか？　だれかにドクター・フライタークのことをたずねられたとか？」オリヴァーはたずねた。

「あの人のお兄さんが来ました」ファウストがいった。ピアは聞き耳を立てた。「気のいい人でしたよ。インターホンで表玄関のキーを住居に忘れて開かないからというので、開けてあげました。みなさんと同じように」

「いつのことですか？」

「ええ、いつでしたかね」ファウストは眉間にしわを寄せた。「月曜日か火曜日でした。熱があって寒気がして、だいぶ具合が悪かったんです。そうだ、あれは火曜日でした。午後です。火曜日。出張でケルンから来たので、妹に会いにきたといっていました」

「どんな人でしたか？」ピアはたずねた。

「背丈はあなたくらいでしたね」ファウストは答えた。「もう少し肩幅があって、琥珀《こはく》色の目でした」

ピアはクラース・レーカーの手配写真の画像をスマートフォンに表示させて、ファウストに見せた。

「ええ、この人です」ファウストはうなずいた。それからまんまと騙《だま》されたのだと気づいた。

「ドクター・フライタークのお兄さんではなかったのですか？」

「違います」ピアはいった。

ピアたちは礼をいって階段を上ってペントハウスに向かった。キムの住居に一歩一歩近づくにつれて、ピアは不安が募った。

「キムの車は先週の金曜日からザールブルクの林間駐車場に止めてあったのよね」エンゲル署長はプロらしい冷静さを保とうと必死だった。「レーカーが自由の身になったのは月曜日の晩。そして火曜日にここに来ている。その意味するところは？」

「緊急逮捕される前に誘拐していたのかもしれない。なにか取りにきたか、手がかりを消そうとしたのだろう」オリヴァーが答えた。

ピアたちは住居のドアの前に立った。鍵開け業者はわずか三分でドアを解錠した。ピアは業者を押しのけて住居に踏みこみたいのをぐっと堪えた。

「まずわたしが中を見てみる」オリヴァーはホルスターから拳銃を抜いた。「大丈夫だと声をかけるまで、ここで待っていてくれ。いいな？」

ピアはいっしょにいくといいたかったが、肩をすくめてうなずいた。エンゲル署長とピアは外廊下にとどまって、お互いに顔を見ないようにした。

「別れ話をいいだしたのはキムよ。わたしではないわ」いきなりエンゲル署長が押し殺した声でいった。「数ヶ月前、わたしとの関係がわずらわしくなったとキムがいいだしたのよ。それでも、だれかといっしょにいたくなったり、心置きなく泣きたくなったりしたときに、わたしのところに立ち寄った。でも、わたしはもうそんなことに付き合いたくなかった。何度も家の鍵を返すようにいったけど、キムは返そうとしなかった。そこで鍵を替えて、彼女の私物を箱に入れて、玄関ドアの前に置いた。それであの朝、キムはかんかんに怒っていたのよ」

思いがけない告白に、ピアはどういったらいいかわからなかった。

「キムがあなたのところへ行かなくなったのは、あなたのせいではないわ」エンゲル署長は壁をじっと見ながら話をつづけた。「問題はあなたの夫よ」

「わたしの夫?」ピアは一瞬、言葉を失った。

「キムの癇《かん》に障ることをなにかいったらしいの」エンゲル署長は答えた。「何年も前のことだけど。でも、あなたの夫が正しかったというほかない」

ピアは署長を見つめた。胃のあたりがもやもやした。クリストフはキムになにをいったのだろう。クリストフもキムと口論になったことを一度も話してくれなかった。なぜだろう。キムが来なくなったことや、家に招いてくれないことを不思議に思ってクリストフと何度も話したことがある。クリストフはいつも、わけがわからないという顔をした! 突然、ピアはみじめな気持ちになった。だれよりも信頼しているクリストフが嘘をついたのか。

「夫がいったいなにを……」ピアがそういいかけたとき、オリヴァーが戻ってきた。深刻な顔をしていた。

「キムは影も形もなかった」オリヴァーはいった。「しかし浴室にクラース・レーカーがいた。死んでいる」

＊

今までにこんなひどい頭痛は体験したことがない! フィオーナは目を開けてみる勇気がな

かった。まぶしい光を見て、網膜を数千本の針で刺されたような痛みを覚えそうで怖かったのだ。寝ているのは固いコンクリート床で、体の節々が痛い。尾骨、腰、肩。だけど一番痛いのは頭だ。頭の中で考えたことが押しつぶされ、絶えず脳みその隅に押しやられる。狭い廊下に押し込まれる邪魔な家具のようだ。フィオーナは頭の中で百数えた。それからもう一度。目を開けるほかない。激しい尿意を覚える。なにも思いだせないのはなぜだろう。意識の混濁が薄れるにつれ、不安が増した。目を覚ましたばかりのときは朦朧として、記憶は薄ぼんやりとした夢の断片のようだった。だが夢の断片とは違って、不安は消えず、逆にひどくなる一方で、とうとうパニックになって悲鳴をあげ、コンクリート壁を蹴った。そのうち足が痛くなって、ヒステリックなすすり泣きに変わった。このコンクリートの檻で死を迎えるのかと思うと、冷静でいられない。なぜだろう。どうして自分なのだろう。なにをしたというんだ。誘拐して監禁したのはだれだ。答えが見つからないだけでもつらいことなのに、だれもフィオーナがいないことに気づかないなんて。もしかしたらフィオーナが家に帰らないことに、近所の人がそのうち気づいて、警察に通報するかもしれない。ジルヴァンはどうだろう。メールを見て、心配するだろうか。

フィオーナはなにか楽しいことを考えて、気をそらそうとした。たとえば温まった夏のアスファルトに雨が降ったときのにおい。あれが大好きだ。あるいは雪をいただくグラールスアルプスが朝日を浴びてピンクに染まったときの眺め。

物音がして、フィオーナははっとした。また聞こえた！　フィオーナは身をこわばらせた。

かすかにすすり泣く声に、腕の産毛が逆立った。体は動かさずに、そっと目を開けた。そのとたんどきっとした。ひとりじゃない！　部屋の反対側、五メートルと離れていないところに、だれかが背を向けて横たわっている！　女性だ。しかも首から腰にかけてラップフィルムにくるまれて繭《まゆ》のようだ。かすかな記憶だが、フィオーナは自分もラップフィルムにくるまれていた覚えがある。だけど、なんで自分ははずされて、そこの女性はそのままなのだろう。女性の頭には銀色のガムテープが巻かれ、鼻だけが見える。フィオーナはその女性のところに這っていった。フィオーナが触れると、女性はびくっとして、また泣きだした。

「心配しないで」フィオーナはささやいた。「なにもしないから」

ガムテープをはがすのは容易ではなかった。ぴったりくっついているので、きっと痛いだろう。それにいつドアが開いて、監視しているはずのだれかが入ってくるかわからない。もしかしたらそいつに暴力をふるわれて、またラップフィルムでくるまれてしまうかもしれない！　不安で汗が噴きだし、指がふるえた。フィオーナは女性をなだめるために声をかけた。なぜか女性はまったく反応しない。ガムテープをはがしてみて、女性の耳に耳栓がしてあることがわかった。ガムテープを全部はがし終わると、思ったほど毛髪と眉毛は抜けなかった！　女性は咳き込み、必死に息を吸ってから目を開けた。その瞬間、フィオーナはびっくりした。金髪。頬骨が張っていて、目が青い。この人に会いたくてドイツまでやってきたのだ。コンクリート床に横たわっているのはカタリーナ・フライターク。カータ。母親だ。

「喉がからからなの！」カタリーナ・フライタークがかすれた声でいった。「お願い、水をちょうだい！」

フィオーナは自分がいたところに戻って、水のペットボトルの栓を開けた。だが未開栓のときにする音がしなかった。薬が混入されているのは間違いない。なんてひどいことを！　選択肢は喉の渇きで死ぬか、水を飲んで意識を失うかのふたつしかないなんて。フィオーナはためらったが、自分の母親である女性に飲ませることにした。

「水になにか入ってる。前後不覚になるけど」フィオーナはいった。

「かまわない」カタリーナはささやいた。

フィオーナはカタリーナの乾ききった唇にペットボトルの口を当てた。カタリーナはむさぼるように一気に半分くらい飲んだ。フィオーナは自分も喉が渇いていることに気づいて、残りを飲み干した。ここで気が変になるくらいなら、意識を失った方がましだ。

＊

クラース・レーカーは目を開けたまま、水を張ったバスタブの底に沈んでいた。服を着たままで、両手にラテックスの手袋をはめていた。

ピアは浴室から出て、廊下の壁にもたれかかった。はじめはショックだったが、その次に安堵感を覚え、レーカーの死がなにを意味するかわかってあらためて愕然とした。誘拐したのがレーカーなら、キムをどうしたのか永遠に聞きだせなくなったのだ。どうして火曜日にここへ来たのだろう。キムになにをするつもりだったのだろう？　それよりなにより、レーカーを殺したのはだれだ？

死因とおおよその死亡時刻を知るため、オリヴァーはヘニングを呼んだ。ヘニングはすぐに行くと約束した。それからオリヴァーはフランクフルト刑事警察署捜査十一課に連絡した。三十分後、ふたりの捜査官があらわれた。オリヴァーとエンゲル署長は込み入った事情をふたりに説明した。ふたりの捜査官は上司に電話をかけ、上司とエンゲル署長が話し合って、オリヴァーがこの事件を担当することになった。この数日、新聞の見出しを賑わせているタウヌスリッパー事件と関係していると見られたからだ。

だれが担当するか決まると、オリヴァーはクレーガーに出動を要請した。ピアは妹の住居を見てまわった。キムの私生活を覗くのは本意ではなかったが、仕方がない。住居自体は夢のようだった。四室ある部屋はどれも窓が床まであり、光であふれていた。浴室が二室にトイレが一室。周囲をバルコニーが巡り、居間から広々した屋上テラスに出られる。ワードローブの横のエレベーターは、一九八〇年代のテレビドラマ『ダイナスティ』のアレクシス・コルビーの住居を思いださせる。調度品はアジアンテイストで飾り気がなく、どこかホテルの没個性的な客室のようだ。居間の方にひらいたキッチンはきれいに片付いていた。冷蔵庫には豆乳一リットルパックと賞味期限が過ぎたヨーグルトしか入っていなかった。食洗機の中も空だった。ごみ箱には空っぽのヨーグルトのパックが二箱入っていた。すべてが病院のような清潔さだ。キムの人物像がうかがえるものは皆無だ。居間や寝室の壁には一枚も絵がかかっていない。キムは旅行好きだが、そのときの写真も記念品も飾られていない。一室などなにもしつらえられておらず、アイロン台の横に段ボール箱がいくつか積み重ねてあるだけだった。人の気配が感じられるのは書斎だけだった。本棚には本がぎっしり並んでいて、デスクには書類が積んであった。

「マックブックがないわね」エンゲル署長がいった。部屋を見てまわることにしてから、はじめて口にした言葉だ。

「持ちだして、車に置いてあるのかもしれません」そう答えると、ピアはキムの手書きのメモを見つめた。鑑定書を作成していたらしい。ピアはしだいに遠慮しなくなり、死体が見つかったり、住人が行方不明になったりした住居を調べるときと同じように振る舞った。

「段ボール箱の中身を調べる手伝いをしてくれますか？」ピアは署長にたずねた。

「もちろん」

クレーガーと三人の部下が到着した。ターリクとケムもいっしょに来た。少ししてヘニングもあらわれた。ここがキムの住居で、誘拐されたらしいとピアがいうと、ヘニングは黙ってピアを腕に抱いた。

オリヴァーとケムは集合住宅のすべての家をまわり、ちょうど仕事から帰ってきた住民に聞き込みをした。鑑識官のひとりが管理人を捜しだして、地下駐車場の防犯カメラの映像を提出してもらった。

段ボール箱の中身をたしかめたピア、ターリク、エンゲル署長の三人は本やフォルダーや書類を見つけた。その中にかつて患者だった者からの手紙をファイルしたフォルダーがあった。箱のひとつでようやく私物をいくつか見つけた。黄色い毛糸で編んだ、あまり出来のよくない手作りのテディベアやアルバムなど子ども時代の思い出の品だ。ピアはアルバムをぺらぺらめくった。写真を見て、ピアは自分の子ども時代や、家族旅行を思いだした。

「とんでもないですね！」患者からの手紙に目を通していたターリクがささやいた。「ものによってはめちゃくちゃ危険な内容です！　人の腹を切り裂いて、内臓にかぶりつくのが夢だと書いている者もいます！　どうしてこんな手紙を保管してたんでしょう？」

「それはわたしにも謎だった」エンゲル署長は答えた。「本を出版するときに必要だといっていた」

「どうかしている」ターリクは首を横に振った。手紙の差出人のことを指しているのか、はたまたキムのことなのか判然としなかった。

ピアは最後のアルバムをひらいた。卒業旅行パリ（一九八六年五月三日から十日）。ザンクト・ペーター・オルディング観光（一九八六年夏）。ダンススクール・クラッツの講習修了舞踏会（一九八六年十月）。お定まりの集合写真の横に舞踏会の入場券が貼ってあった。キムのダンス相手の名前を読んで、ピアは息をのんだ。そしてページをめくると、キムの写真があった。紺色のロングドレスを着ている。ピアもその服に覚えがあった。その隣には、ダークスーツを着て、当時はやっていた細いネクタイを結んだダンスパートナーが立っていた。今より体重が二十五キロは少ないだろうが、見間違いようがない。ライク・ゲールマンだ。

＊

夜の十時を少し過ぎた頃、捜査十一課の面々が特捜班本部に集まった。ピアの発見を元に、エンゲル署長はゲールマンの監視を命じた。カイは特捜班のためにピザを注文していた。ピアとエンゲル以外のみんなが腹をすかしていた。

科学捜査研究所からはキムが乗っていたミントグリーンのフィアット500のトランクで見つかったものが届いていた。キムのハンドバッグ、ジャケット、ジョギングシューズ、雨傘。だがマックブックとスマートフォンはなかった。鍵束と車のキーもなくなっていた。

集合住宅の住人はこの数日キムを見かけておらず、フローリアン・ファウスト以外、最後に会った日を正確に思いだせる者はいなかった。キムの郵便受けに入っていた郵便物もチェックしたが、電話料金の通知書以外すべて投げ込み広告だった。明日、アスマン精神科病院に人をやって、キム宛の郵便物を回収することになった。

地下駐車場の防犯カメラを確認して、火曜日の午後十一時七分に男がひとり、ペントハウスへ行く専用エレベーターに乗ったことがわかった。男は午前一時四十三分にエレベーターで降りてきた。クラース・レーカーを殺した犯人に間違いない。キムを誘拐した男である可能性が高い。というのも、男はエレベーターのキーを持っていたからだ。映像の画質が粗いうえ、男はカメラの方に顔を向けなかったが、被疑者になっているだれにも似ていなかった。男は六十代終わりから七十代はじめで、太っていて、白髪に白髭だった。

「キムのスマートフォンがモバイルネットワークに接続したのは四月二十六日水曜日の午後九時十七分が最後でした」カイが報告した。「フランクフルトの地区までは絞れましたが、正確な位置まではわかりませんでした。それからスマートフォンのGPSと移動記録は解除されていました」

「それって、わたしにメッセージが届いた日時です！」ピアは興奮していった。

「すまない、ピア。メッセージは別のだれかがスマートフォンから送信したようだ」カイがいった。「知ってのとおり、移動記録を解除しても、ドイツテレコムはすべてのスマートフォンの所在地を記録している。ただし記録できるのはスマートフォンに電源が入っているときだけだ。キムのスマートフォンの場合、過去七日間で四回記録されている。ドイツテレコムは非常に協力的で、すべてのデータを開示してくれた。スマートフォンはハッタースハイムで二度、クローンベルクで一度ネットワークにつながっていた。どれも数分間だけだった」

うちのめされたピアはピザに手を伸ばした。ツナとアンチョビ。ピアの好物だ。ピアはピザをかじった。胃が鳴っていたが、おいしいとは思えなかった。さっきから署長がいった言葉が脳裏に蘇っていた。キムはクリストフのせいでピアのところに来なくなったといわれた！

「ライク・ゲールマンはクローンベルクにクリニックをひらいている」ケムがいった。

「ザーシャ・リンデマンはハッタースハイム在住です」ターリクが口をもぐもぐさせながらいった。

「あまり期待できないだろう」ハーディングが口をひらいた。「犯人は思った以上に狡猾《こうかつ》だ。シリアルキラーがよく犯すミスをよく知っていて、それを意識的に避けている」

「ミスというと？」ケムがたずねた。

「たとえば自宅で被害者のスマートフォンの電源を入れるとか」ハーディングが答えた。「犯人は手がかりを一切残さない。おそらく変装もしているだろう。地下駐車場の老人だが……エレベーターを下りたときの身のこなしをよく見てみたまえ！」

カイは大きなモニターで映像を再生した。白い髭の男は画面の右端に止まっている車のあいだから姿をあらわし、顔を上げることなく、重そうな足どりでエレベーターへと移動した。ところが二時間半後に戻ってきたときは足どりも軽くすたすた歩いていた。

「エレベーターに乗るときに持っていなかったバッグを肩にかけています！」ターリクが叫んだ。

「マックブックが入っているようだ」ハーディングがうなずいた。「こいつが捜している犯人。母の日連続殺人事件の犯人だ！」

「もしも……」ピアはそういいかけて、咳払いした。いおうとしたことは、どうせみんな考えていることだからだ。「真犯人がキムを誘拐したのなら、生きている可能性はどのくらいですか？」

ハーディングは少しして答えた。

「わたしたちが追っている男は決まった儀式に従って行動している。この儀式は犯人にとってきわめて重要で、厳密に実行している。詳細な計画、被害者選び、被害者への接触。別人格を周到に練りあげるという念の入れようだ。まず被害者に接近し、襲ってラップフィルムでくるむ。これでもう被害者は身動きが取れない。それから犯人は被害者を溺死させて冷凍する。動機はまだわかっていないが、冷凍は保存が目的ではないだろう。理想的なタイミングを待っためだ」

ピアは、立ちあがって外に出たくなったが、歯を食いしばった。ハーディングの淡々とした話し方に耐えられなかった若い女性刑事の気持ちが今になってよくわかった。これまで内的な距離を取ることに成功していた。仕事柄必須ともいえる。もちろん被害者に同情するし、遺族の苦悩にも心を揺さぶられる。しかし今回は違う。被害者はキムだ。妹なのだ。キムが溺死させられると思うだけで、ピアは気が変になりそうだった。

「儀式は母の日におこなわれる」ハーディングが話をつづけた。「だからキムの誘拐はこれまでと異なり、狂いが生じている。犯人は不快な思いをし、大きなストレスを感じているだろう。キムに危害が及ぶ可能性が高まっている。しかしなぜキムを選んだのかがわからない。犯人にとってもっとも重要な条件に合致しない」

「重要な条件というのは？」エンゲル署長がたずねた。

「彼女は子どもを捨てていない」ハーディングは答えた。「母の日が犯人にストレスを引き起こすのは、トラウマとなった経験と結びついているからだ。犯人のトリガーは母の日それ自体ではない。母の日がトリガーなら、通り魔的な大量殺人に及ぶはずだ。殺人を妄想するきっかけはつねに子どもを捨てた女性との出会いだ。それが自分を捨てた母親を想起させるからだ。被害者はみな、新しい人生のために、ひとりないし複数の子どもを捨てている」

ピアはどきっとした。キムは殺人犯の獲物のパターンに合致しない！

「しかしエルケ・フォン・ドナースベルクは子どもを捨てていませんね」ケムが異論を唱えた。

「そうともかぎらない」ハーディングが答えた。「子どもを捨てている可能性がある。早急に当時の夫に話を聞く必要がある。犯人は被害者を通してしか見つからないという点は今もかわらない。遺族で話していないのはだれだ？」

「リアーネ・ヴァン・ヴーレンとエルケ・フォン・ドナースベルクの遺族です」ターリクがいった。

「では絶対に会わなくては」ハーディングは椅子の背にもたれかかると、両手で顔をこすった。さすがの彼も、徹夜同然の日々がつづいて疲労が溜まっているようだ。だがそれでも集中力を切らしはしなかった。「犯人の年齢は四十歳から五十歳のあいだだ。知性があり、周到に計画を立てられる人物だ。体力もある。自営業か、就業時間を自由に決められる立場にいる。被害者を監禁していた可能性があるから、住んでいるのは一戸建てだろう」

「リンデマン、フォークト、ドル、ドクター・ゲールマン、四人とも該当します」オリヴァーはがっかりしていった。「これでは絞りきれませんね」

「ライク・ゲールマンの母親はどうなっている？」ハーディングがたずねた。

「まだ事情聴取していません」オリヴァーが答えた。「母親は話題にのぼったことがなく、父親がマンモルスハインの村長でテオ・ライフェンラートの親友だったこと以外、なにも知りません」

「突き止めてくれ」ハーディングがいった。

エンゲル署長のスマートフォンが鳴った。署長は立ちあがって廊下に出た。会議室は静かになった。廊下から小声で話す署長の声が聞こえた。二分後、署長は戻ってくると、テーブルの前に立っていった。

「四人の被疑者全員の携帯電話の追跡と盗聴が裁判所から許可された」

許可を待っていたカイは、遅い時間なのもかまわず州刑事局の盗聴担当に電話をかけた。これで国際モバイル加入者識別番号キャッチャーとショートメールの傍受によって、対象者の居場所が割りだせる。

署長がさらにいった。

「それからリンデマン、ドル、フォークト、ゲールマンの四人を監視して。ボーデンシュタイン、四人の住所をケルクハイム、ケーニヒシュタイン、ニーダーヘーヒシュタットの各警察署に伝えて」

オリヴァーはうなずいた。ピアは署長に感謝した。普通なら盗聴の許可はなかなか認められないか、却下されるものだ。

十一日目

二〇一七年四月二十八日（金曜日）

カトリーンは帰宅し、ケムとターリクは待機室で仮眠している。ピアは両足を椅子に乗せて悶々《もんもん》とした。クリストフには、帰りが遅くなるとメールした。ハーディングはみんなに背を向けて、ホワイトボードを見つめていた。オリヴァーとエンゲル署長は声をひそめて話をしていたが、それも途絶えた。聞こえるのはカイが打つキーボードの音と天井の蛍光灯の点滅する音だけだった。

深夜を少しまわったとき、クレーガーが会議室に入ってきた。

「どうだ？」オリヴァーがたずねた。「なにか見つかったか？」

「だめだ」クレーガーは椅子にどんと腰を落とし、ピザをひと切れ手に取った。「まったくだめだった！　毛髪も指紋も見つからなかった。住人のものならいやというほどあったんだがな。くそっ！」

「その住人は、わたしの妹なんだけど」ピアがいった。

「わかってるとも、ピア」クレーガーは非難がましい口調に反応せず、同情するようなまなざしでピアを見つめた。「だからいつもよりがんばっている」

「ごめんなさい」ピアはささやいた。「少し神経がまいってるみたい」

「いいってことさ」クレーガーはピザをかじった。

しばらくしてピアのスマートフォンが静寂を破った。ヘニングだった。

「起こしてしまったか？」

「いいえ」ピアは答えた。「まだ署にいる。全員ここにいる」

「わかった。よく聞くんだ」ヘニングはいった。「急を要することがわかっていたので、助手のベーメとわたしでバスタブの死体を解剖した。死因は明らかに溺死《できし》。血中に少量のアルコールが検出された。それから死ぬおよそ二時間前にヨーグルトを摂取している」

ピアはゴミ箱にあったヨーグルトの空のパックを思いだした。レーカーはかなりのあいだそこで待ち伏せしていたようだ。

「だがもっと興味深いことがある。被害者の右頸部に電撃傷をふたつ確認した。電気パルス装置によるものだ」

「つまりスタンガンで気絶したということ？」ピアは上体を起こした。オリヴァーとエンゲル署長も聞き耳を立て、カイはキーボードを打つ手を止めた。クレーガーは耳をそばだて、ハーディングも椅子にすわったまま振り返った。

「そういっていいだろう」ヘニングがいった。「覚えていると思うが、被害者はラテックスの手袋をはめ、黒い木綿の目出し帽を首にかけていた。右手には両端に木材がついたワイヤーを持っていた。これから写真を送る。ベーメによれば、マフィアがだれかを密かに粛清するときに使うガロットらしい」

「ありがとう、ヘニング」ピアはいった。

「どういたしまして。そうだ、ピア」

「なに？」

「キムとわたしの仲がよくないことは知っていると思うが、無事に見つかることを祈っている」

「ありがとう」ピアは通話を終えた。突然、目に涙があふれ、堪《こら》えるのが難しかった。キムの住居で見つけたアルバムの写真が目に浮かんだ。金髪のかわいい少女だったキム。みんなが彼女を愛した。彼女の性格が変わったのはいつだろう。キムを好いている人がほとんどいないなんて、どういうことだろう。ふたりの男に命を狙われるなんて、キムはなにをしたのだろう。

ピアはヘニングから聞いたことをみんなに伝えた。ハーディングが勢いよく立った。

「スタンガンか。これでどうやって誘拐したか謎が解ける！」ハーディングが叫んだ。「もう一度、被害者の司法解剖所見を見直そう！」

オリヴァーとエンゲル署長がさっそく書類を手に取った。ハーディングもふたりと同じテーブルに向かって、残ったファイルを引き寄せた。

「少し外の空気を吸ってくる」ピアは椅子を引いた。「オリヴァー、タバコはある？」

オリヴァーは上着のポケットに手を入れ、黙ってタバコとライターを渡した。ピアはいっしょに来るかとオリヴァーに訊かず、オリヴァーもそうたずねなかった。ピアがひとりになりたがっていると察したのだ。

＊

雨が降りだしていた。雨滴《うてき》がガラスのひさしに当たり、雨樋を流れ落ちる水の音がした。外灯が署の裏手を照らしている。柵の向こうのアパート群は真っ暗だ。ピアは外階段の一番上にすわると、外壁にもたれかかって数ヶ月ぶりにタバコを吸った。ニコチンがすぐ効き目をあらわした。手のふるえが止まり、思考の空回りもゆっくりになった。壁に頭を預けると、ピアは目を閉じた。

そのときドアが開いた。ピアは目を疑った。エンゲル署長が外階段に腰を下ろしたからだ。

「タバコ、わたしにももらえる？」署長にそうたずねられて、ピアはタバコの箱を渡した。署長はタバコに火をつけて、二回深く吸った。署長は着替えていた。いつもレディーススーツにピンヒールの靴をはいているのに、ジーンズに白いスニーカーという出で立ちだ。ピアははじめて署長のそんな姿を見た。

「さっきはひどいことをいってすみません」ピアはいった。「傷つけるつもりはなかったんです」

「わかってる。もういいわ」署長は深いため息をついた。「多くの点であなたのいうとおりだし」

ふたりはしばらく黙ってタバコを吸った。

「あなたはたいてい正しい」署長は暗闇に向かっていった。「いい勘してる。ひとたび確信したら脇目をふらない。わたしになにをいわれてもね」

ピアは息をのんだ。急にいったいどうしたんだろう。

「あなたはキムになくて、今後も手に入れられないものを体現している」署長がピアを見ずに話をつづけた。「あなたはどんな問題でも果敢に挑んで解決する。闘志があって、決断力も備えている。頑固で、これと決めたら、だれがなんといおうが気にもとめない。キムはその逆で逃げてばかりいた。みんなから愛され、感心されたいと願っている。少しでも確執が生じると、それを避けて、遠ざけようとする。キムは自分の子ども時代や若い頃の話をあまりしなかった。でも少し聞いたことから察するに、キムは戦う必要に迫られなかったようね。みんなから大事にされていた」

「ええ、そうですね」ピアはうなずいた。「キムは末っ子で、かわいらしかったですから。わたしよりもずっと愛らしくて、親戚はみんな、べた褒めでした。小さい頃、太っていて、にきびだらけだったわたしとは違いました。キムにはいつも取り巻きがいましたが、本当の意味での友だちはいませんでした。わたしの友だちは、キムが知ったかぶりをするので煙たがっていました」

「キムらしい」署長はふっと微笑《ほほえ》んだが、すぐに真剣な顔になった。「キムはよくわたしに泣き言をいったわ。充分な評価が得られない、注目されないといって。ねたみそねみばかり。四六時中わたしを振りまわした。彼女はいつも中心にいたがった。そして中心にいられないとすぐ不安になって、あらゆる者や人を呪った。あれだけ魅力があって、成功しているのに、どうしてあんなに自分を評価できないのか、今もって理解できない。キムは勘が鋭くて、弁が立ち、よく本を読んでいて、経済的にも自立している。しかも仕事ではその道の権威。なのに、感情面は十四歳のまま」

「夫は妹になにをいったんでしょう？」ピアはたずねた。「聞いてますか？」

「ええ。なんとなくは」署長は外階段でタバコをもみ消し、吸い殻をそばのスタンド灰皿に捨てた。「キムがなにか訴えたとき、ご主人は空騒ぎをやめて、自分に自信を持てといったらしい。そうすれば、たぶん本当の友人を見つけ、いい関係が築ける。レスビアンのふりをする必要もなくなる、とね」

もっと深刻なことかと思っていたピアはほっとした。その会話は妹が白樺農場《ビルケンホーフ》に居候をしていたときに交わされたものだ。クリストフから聞いていた。

「あなたの夫のいうとおりだった。キムは本性を見抜かれたことが耐えられなかったのよ。彼女は自分のイメージを持っていて、それに合わせようとする。自分が特別な存在で、だれからも束縛されたくないと思っているのに、あなたの夫や家や生き方をうらやましく思っていた」

「キムがわたしをうらやましがっていたというんですか？」ピアは困惑した。「だけどそれならなぜ縁《えん》を切ったんですか？　それなら、わたしの服装が問題になったとき、どうして頭ごなしにわたしを貶《けな》したんでしょう？」

「わからない」署長は肩をすくめた。「彼女は難しい人間なのよ。不満があるのに、自分を変えることができない。だれかがよかれと思って忠告しても、聞く耳を持たない。キムはなにも変わらない。もう付き合いきれないと思った理由がそれよ。わたしは子どもなんて欲しくない。なのに、キムはだんだんと思春期の子どもみたいに振る舞うようになった。それが耐えられなくなったの。わたしたちのあいだが険悪になったのはそのせいね」

署長の歯に衣《きぬ》を着せない言葉に、ピアはショックを受けつつ、うれしかった。署長にはよく腹立たしい思いをするが、判断力と勇気と分析力はすばらしい。その署長からこんな言葉を聞くとは。信頼されている証拠だ、とピアは思った。

「オクセンツォル司法精神医療刑務所に長く勤務していたのは、だれもキムに異論を唱えず、本気で疑問を呈しなかったからよ」署長は話をつづけた。「患者はキムの思いのままだった。凶悪犯罪者や精神を病んだ犯罪者の生殺与奪の権を握っていた。ところがあるとき、二十五年間隔離していた強姦魔《ごうかんま》に、キムが外出を許可した。わずか二十四時間だけ。そいつは見張りを振り切って逃走し、八歳の少女を暴行して殺害した。キムは批判された。その危機に立ち向かい、そこから学んで、成長すればよかったのに、さっさと退職してしまった」

「まったく知りませんでした」ピアはいった。「ひと言もいいませんでしたから」

「わたしにもいわなかった」署長が暗い面持ちで答えた。「偶然知ったのよ。でもわたしがそのことに触れると、キムはただ口をつぐんだ。結局失敗を受け入れず、そこから目をそむけたのよ。彼女はたくさんの秘密を抱えている。そういう秘密のひとつにしっぺ返しされたのではないかしら」

雨足が強くなった。空気が張りつめていた。ニコチンと疲労に署長の思いがけない告白まで加わって、ピアは朦朧《もうろう》とした。エンゲル署長から優れた刑事だと評価されていることは知っていた。オリヴァーが長期休暇《サバティカル》を取ったとき、ピアは課長代行に選ばれた。しかし具体的にどう評価しているか一度もいわれたことがない。

「寒くなった」そういうと、署長は立ちあがった。「中に入るわね」

「わたしも入ります」ピアも腰を上げた。

「さっきの話は他言無用よ」署長はピアを鋭い目で見つめた。

「もちろんです」ピアは答えた。「だれにも話しません。夫以外には」

エンゲルの顔にふっと笑みが浮かんだ。

「よろしくね、ザンダー」そういうと、署長はドアを開けて、ピアを待った。「あなたはいつも正直だものね」

＊

ドアが閉まったとき、オリヴァーが走るような勢いで角を曲がってきた。張りつめた表情を見ただけで、ピアはなにか悪い知らせだと直感した。

「どうしたんですか？」ピアは不安になってたずねた。

「カイがキムのGメールアカウントをクラックした」オリヴァーは答えた。「来てくれ」

ふたりは廊下を急いで歩き、階段室から出てきたケムとターリクとぶつかりそうになった。

「キムのメールボックスをひらくことに成功しました」数分後、カイがいった。「四月二十二日以前のメールはすべて削除されています。しかし四月二十四日の未読のメールを見つけました。送信者はフィオーナ・フィッシャー」

ピアとエンゲル署長は顔を見合わせた。エンゲル署長は肩をすくめた。名前に覚えがないらしい。メールがカイのモニターに表示された。みんな、カイの肩越しにメールを読んだ。

〝こんにちは、もう一度メールします。返事がもらえなかったのは残念です。いつか返事をくれるかもしれませんね。わたしの連絡先はわかっているわけですから。ごきげんよう、フィオーナ・フィッシャー〟

「それで？」ピアはたずねた。「これがなにを意味するの？」

「フィオーナは先にメールを書いている。四月十六日」カイは答えた。「そのメールに、キムは返事をしなかった。フィオーナは前のメールをもう一度添付していた」

カイはマウスを動かし、いくつかキーを叩いてから、ピアとエンゲル署長にメールが読めるように椅子を少し引いた。


〝こんにちは。フィオーナ・フィッシャーと申します。一九九五年五月四日、チューリヒで生まれました。数週間前までクリスティーネとフェルディナント・フィッシャーの娘だと信じていましたが、そうでないことを知りました。わたしを産んで人手に渡した女性がだれか知りたくて、時間をかけ、努力を惜しまず捜しました。育ての母の元でいい暮らしをしました。すてきな子ども時代でした。それでも好奇心は尽きず、あなたに会ってみたいのです。今フランクフルトにいます。声を聞かせてもらえるか、顔を合わせられたらうれしいです〟


ピアは麻痺《まひ》したかのようにモニターを見つめた。うるんだ目に文字がかすんで見えた。

「キムに子どもが？」ピアは信じられず、ささやいた。

「わたしも知らなかった」エンゲル署長もピアと同じようにショックを受けていた。

「キムは一九九五年六月にクワンティコに来た」ハーディングが発言した。「ひと月前に出産したことになる」

三人は顔を見合わせた。茫然自失だった。みんな、キム・フライタークを知っていると思っていたが、だれも彼女を知らなかったのだ。キムはこの秘密をずっと隠しとおしたのだ。

「これがなにを意味するかわかるか？」オリヴァーがいった。

＊

キムはどうしてそんなことをしたのだろう。なぜ赤ん坊を産んですぐ人手に渡し、そのことをだれにもいわなかったのだろう。どうやって妊娠を隠しとおしたのだろう。ピアは頬杖をついて、一九九五年五月のことを思いだそうとした。当時は二十七歳だった。その頃はキムと連絡を取りあっていただろうか。よく覚えていない。ヘニングの三十歳の誕生日にあたる一九九五年三月二十四日、ピアは病院に入院していた。卵管摘出の緊急手術を受けたためだ。あたりまえのことだが、妊娠することができなくなると医者に宣告され、衝撃を受けたことをよく覚えている。赤ん坊が欲しかったのに！　当時はヘニングの希望で仕事に就かず、乗馬をしているとき以外はほとんど家にいた。外に出られない環境に、ピアは犬と同じように苦しみ、あやうく鬱《うつ》病になりかけた。どこに目を向けても、妊婦とベビーカーを押す母親ばかり目にとまった！

ピアは自分が価値のない、不完全な落伍者だと思った。子どもを望まなかったヘニングはたいして支えにならず、ピアが産めない体になったことを密かに喜んでいる節があった。そうだ、ピアは当時、ベルリンのシャリテ大学病院で専門医の研修を終えたばかりのキムとかなり頻繁《ひんぱん》に連絡を取りあった。

ピアは悲しみと失望に心が押しつぶされ、泣かずにたまった涙の塊《かたまり》が喉に詰まった。キムはピアがどんなに子どもを欲しがっていたかわかっていたはずだ。ピアがそのことで苦しんでいることも知っていた。どうしてその赤ん坊を預けてくれなかったのだろう。なぜ知らない人間に渡す方を選んだのだろう！　なぜだろう。ピアを喜ばせたくなかったのだろうか。やはり当時からピアをうらやましがっていたということだろうか。突然、ピアは怒りを覚えた。馬鹿を見た！　十年間も音信不通だったのに、諸手《もろて》を挙げて歓迎し、自分の生活に招き入れた。ピアは妹を非難しなかったし、自分のことを話したくないのだろうとキムの気持ちを尊重した！　子ども時代から青春時代にかけて、ピアはキムをかばいつづけた。妹に傷つけられ、裏切られ、姉さんが恥ずかしいと面と向かっていわれても、ピアは妹を愛しつづけた。運命はキムに微笑み、惜しみなく幸福と知性と美貌を授けた。ところがキムの心の中には闇があった。キムのねたむ心と不誠実にヘニングもクリストフも気づいたというのに、ピアはそれを決して見ようとしなかった。

「大丈夫か、ピア？」オリヴァーがピアの横にすわって、心配そうに見つめた。ピアは自分の気持ちを打ち明ける気がなかった。これまでにもたくさん失望し、それを乗りこえてきた。今度も大丈夫だろう。キムが奇跡的に助かったら、話すことがいっぱいある。いや、今さら話しても仕方がないか。

「ええ」ピアはうなずいて、肩に力を入れた。「大丈夫」

＊

朝の四時頃、リンデマン家を監視している巡査から連絡があった。ザーシャとラモーナ・リンデマンが帰宅したという。

「すぐに出る」オリヴァーはいった。「ハーディングとピア、いっしょに来てくれ！　被害者たちの写真を持ってくるんだ、それをあの夫婦に突きつけてみる。クリスティアン、きみたちにも来てもらうぞ」

「家宅捜索令状は？」クリスティアン・クレーガーがたずねた。

「手配する」エンゲル署長がいった。「それまでは、緊急措置で押し通して」

オリヴァーたちが署を出ると、雨は上がり、雲が流れ去り、真っ黒な夜空に星がまたたいていた。ピアは後部座席にすわって、冷たいウィンドウガラスに頭をつけながら思った。

〝フィオーナ、あなたは今どこにいるの？〟

カイはすでにチューリヒ市役所にメールで問い合わせていた。キム宛のメールにスマートフォンの電話番号が記されていたので、カイはスイスの携帯電話事業者スイスコムにスマートフォンの移動記録を提供するようかけあうといっている。もちろん最初にその番号に電話をかけてみた。あいにく電源が切れていたので、すぐに連絡をくれるようにとメールに書いて送った。

問題は他にもある。キムが子どもを捨てたことを犯人はどうやって知ったのだろう。ピアの知るかぎり、妹はたくさんのトーク番組に出演しているが、あくまで専門家としてだ。それともキムはインターネットのなんらかのフォーラムで活動しているのだろうか。あるいはフィオーナ・フィッシャーが母親を捜している過程で意図せず犯人の注意を引いたのだろうか。急いでフィオーナを捜さなければならない。ターリクがさっそく緊急手配をかけた。問題はフィオーナの写真がないことだったが、ターリクがインターネットとソーシャルメディアで彼女に関する情報を捜している。どんな容姿だろう。キムに似ているだろうか。それより父親はだれだろう。

＊

ラモーナ・リンデマンは寝間着のままドアを開けた。刑事を見て、眠気が吹き飛んだようだ。

「ご主人はどこですか？」オリヴァーがあいさつもせずたずねた。

「ベッドで寝ていますけど」そう答えると、ラモーナは後ずさった。白いつなぎを着たクレーガーと四人の部下が家に入ろうとしたからだ。「ちょっと、これはなに？　夜中に来るなんて非常識ね。家宅捜索令状だったかしら。それを持ってるの？」

「もうすぐ持ってきます」オリヴァーは答えた。「寝室はどこですか?」

「これだもの!」ラモーナがわめいた。「旧東独の国家保安省と同じじゃない! 訴えるわよ!」

巡査がふたり、ラモーナのそばにいて、彼女がオリヴァーとピアについて二階に上がらないようにした。ハーディングも下にとどまった。階段を上がると、ピアが照明のスイッチを押し、オリヴァーは次々とドアを開けた。寝室は廊下の一番奥だった。ザーシャ・リンデマンは寝込みを襲われ、目を白黒させた。一階からラモーナの甲高《かんだか》い声が聞こえた。

「起きて、服を着てください」オリヴァーはいった。「いくつか質問があります」

「だけど……なんで……質問てなんだ?」寝間着姿のせいでいままで以上に女っぽく見えるザーシャが口ごもった。おずおずと毛布を払いのけてベッドから出た。

五分後、ザーシャ・リンデマンは一階に下りて食卓に向かってすわった。ラモーナは腕組みして、夫の後ろに立った。クレーガーとその部下はさっそく家じゅうで証拠捜しをはじめた。

ピアが差しだしたエヴァ・タマーラ・ショレの写真を見て、ザーシャは首を横に振った。

「いいや、知らないな。申し訳ない」

マンディ・ジーモン、アネグレート・ミュンヒ、ユッタ・シュミッツ、エルケ・フォン・ドナースベルク、リアーネ・ヴァン・ヴーレン、ニーナ・マスタレルツ、ヤーナ・ベッカー。リンデマンはだれも知らなかった。

「これはいったいどういうことなの?」ラモーナは腰に手を当てて、気が荒いボクサー犬のように顎を前に突きだした。「その女たちはなんなの? 夫をどうするつもり?」

「亡くなったあなたの養親の邸《やしき》にあった犬のケージの下から三人の女性の死体が発見されました」オリヴァーはリンデマン夫妻にその写真を見せた。「溺死させられ、ラップフィルムにくるんだ状態で冷凍してから埋められたようです」

ザーシャ・リンデマンの顔から血の気が引き、体がふるえだした。

「他の女性も同じ運命を辿《たど》りました。死体はドイツ各地で見つかっていました」オリヴァーはザーシャの真向かいにすわった。ハーディングは肘掛《ひじか》けに肘をついて、じっと彼を観察した。

「モーゼル川沿いのベルンカステル＝クエス。フランスのサン＝タヴォル。ザウアーラント地方のヴィンターベルク。ハンブルクを流れるエルベ川」

「調べたら、あなたは出張でこのすべての場所を通っていますね」ピアがそう付け加えた。

「勘弁してくれ！」ザーシャは小さな声でいった。恐怖で目を大きく見ひらいて、祈るように両手を上げた。「なんの話だ！　この女たちをひとりも知らない。信じてくれ！」

「リタ・ライフェンラートのところで里子だったときラップフィルムにくるまれて水に沈められ、大型冷凍ストッカーに閉じ込められた。そうですね？」オリヴァーがたずねた。

ザーシャの下唇がふるえだし、目に涙があふれた。それからうなだれて、うなずいた。

「なんてひどい……」

ラモーナが怒りだしたが、オリヴァーはそのまま話しつづけた。

「あなたと奥さんとアンドレ・ドルさんで他の子に同じことをしたそうですね。間違いないですか？　たとえば級友のライク・ゲールマンさんに」

「ああ！」ザーシャはすすり泣いた。「そうだよ、わたしたちでやった！　わたしがリタからそういう仕打ちを受けていると知って、ライクが学校でいいふらしたんだ！　みんなでわたしのことを笑った！」

「あいつを懲《こ》らしめようといったのはわたしよ！」ラモーナが目をぎらぎらさせながら口をはさんだ。「何度もやめるようにいったのに、あいつは聞かなかった。いつまでも夫を笑いものにした！　わたしたちに懲らしめられてから、あいつはなにもいわなくなった。おかげで静かになった。わたしたちはライフェンラート家でひどい目にあった。本当よ！　地獄だった。そしてその悪夢が今でもついてまわってる！　そのせいで夫はもう何年も精神科で治療を受けている。なのにいきなりやってきて、夫を女性を殺した犯人扱いするわけ？　最低！」

　ラモーナは泣いている夫の肩に片手を置き、もう一方の手で夫の頭をなでた。そのやさしい仕草を見て、ピアはザーシャ・リンデマンに厳しく当たったことを反省した。だが疑いが晴れたわけではない。嫌疑をかけられれば、だれだって無実を訴える。証拠をつきつけられていてもだ。しかしザーシャ・リンデマンの場合は証拠すらない。ただの推測だ。

「昨夜はどこにいましたか？」オリヴァーは言い方を和らげた。「それから火曜日の午後十一時から翌日の深夜二時までどこにいました？」

「関係ないでしょう」ラモーナがいった。

「あいにくです」オリヴァーは容赦なく答えた。「ご主人にはある女性を誘拐し、その女性宅に不法侵入し、そこで同じ里子のクラース・レーカーを殺害した嫌疑がかかっています」

「クラースが死んだ？　本当に？」リンデマン夫妻がそろって目を丸くした。こんな反応は演技ではできない、とピアは思った。緊張が解け、失望に変わった。当てがはずれた。第一被疑者は無実だ。

「すばらしい！」ラモーナがうれしそうにいった。「あのいけすかないサド男！　苦しんで死んだのならいいんだけど！」

「どこにいましたか？」オリヴァーがあらためてたずねた。

「火曜日はルクセンブルクに出張していた」ザーシャ・リンデマンが答えた。「宿泊したホテルを教えるよ」

「昨夜はどこにいましたか？」

ザーシャはためらった。後ろに立っている妻を振り返ってから声をひそめた。

「わたしたちはハンブルクに行っていた。ミュージカルの『ライオン・キング』を観にいっていた。妻がわたしの誕生日プレゼントにチケットを買ったんだ」

「なぜ声をひそめるんですか？」ピアはたずねた。

「ザンドラ・レーカーに聞かれたくないんだ。誕生日に同僚の家に招かれているといった。さもないと、いっしょに観たいといいだすから」

＊

ザンドラ・レーカーは睡眠薬を服用して熟睡していて、警察が来ていることに気づかずじまいになるところだった。オリヴァー、ピア、ハーディングの三人が帰り支度をしていたとき、ザンドラが起きてきた。ラモーナはすぐ、ザンドラの元夫が死んだから、もう心配はいらないといった。安堵するかと思いきや、ザンドラはすすり泣いてしゃがみ込んだ。

オリヴァーたちはラモーナから重要な情報を得た。獣医のライク・ゲールマンは、母親が早くに家を出ていったため、男手ひとつで育てられたという。そしてゲールマンには子どもがなく、フランクフルトの病院に勤務する医師である妻とふたりで父親の家に住んでいる。

ザーシャ・リンデマンが犯人とは思えなくなったが、鑑識は二台ある車のトランクを調べ、大型冷凍ストッカーに入っていた食肉のサンプルを持ち帰った。このあとアリバイを確認し、遅ればせながら家宅捜索令状を手渡すことになる。ピアはいったん帰宅し、シャワーを浴びて着替えた。キムのことをクリストフに話したくて仕方がなかったが、夫はすでに動物園に出勤していたため、我慢するほかなかった。キムが行方不明になったことを親に伝えるべきか悩んだが、今はまだ黙っていることにした。いたずらに騒がせることはない。どうせなにもできない。オリヴァーかエンゲル署長が公開捜索を指示するまで、末娘が危険にさらされていることは知らない方がいいだろう。

オリヴァーも家に帰って急いで着替え、髭《ひげ》を剃《そ》り、ピアとほぼ同時に会議室に足を踏み入れた。

携帯電話の位置情報から、ライク・ゲールマン、ヨアヒム・フォークト、アンドレ・ドルの三人、あるいは彼らの携帯電話が昨夜自宅から出ていないことがわかっていた。日中の移動記録は、該当する携帯電話事業者から提出されることになっている。

ケムはすでにリアーネ・ヴァン・ヴーレンの夫と元担当捜査官に電話をかけていた。だが役に立つ情報はなかった。リアーネはいろいろな謎を墓に持っていってしまった。殺人犯とどこで出会ったのか、犯人はどうやってリアーネに子どもがいることを知ったのか。

八時半にエンゲル署長があらわれた。今日の服装はフォーマルなレディーススーツと色を合わせたパンプスではなく、ジーンズにグレーのカシミアセーターとブラウンの編み上げハーフブーツだった。赤い髪はジェルでオールバックにしている。メイクはいつものように完璧で、寝不足で目のまわりにできた隈《くま》もうまく隠していた。しかし化粧でごまかせないものがあった。はれぼったいまぶただ。署長は十歳は若く見えるが、いままで見たこともないほど神経をすりへらしているようだ。

「ゲーロ・フォン・ドナースベルクと電話で話した」オリヴァーがいった。「奥さんに隠し子がいるかもしれないと伝えると、ひどく驚き、信じようとしなかった。エルケが二十二歳のとき、ドナースベルク家のコーヒー焙煎《ばいせん》会社でバイヤーの研修を受けていて知り合ったという。興味深いのはエルケがバート・カンベルクの出身だということだ。一九八〇年に母親が死ぬまで毎年母の日に母親を訪ねていた。一九八〇年代のはじめ、エルケは重度の鬱病にかかって入院した。行方不明になった当初、ドナースベルクは妻が自殺したと思ったが、考えてみたらありえないことだった。イギリスにいた息子たちがちょうど母の日に合わせて帰省していたからだ。自殺するにしても、その日を選ぶはずがない」

「ということは、隠し子がいたかどうか知る人はいないということですか」ピアがいった。

ていた。

「袋小路ですね」

「そうともいえない」オリヴァーがいった。「死んだ奥さんの私物を箱に入れてあるそうで、調べにきてもいいといわれた。二〇〇六年に再婚した際に片付けて、息子たちのために保管しているという話だ」

「ハンブルクに行くのね？」エンゲル署長がたずねた。

カイが署長をちらっと見て、眉を吊りあげた。今回の事件は相当に堪《こた》えているようだ。

「ああ」オリヴァーは答えた。「今日行くつもりだ」

「わかった」エンゲル署長はうなずいた。「では航空チケットを二枚取るように秘書にいっておく。わたしも行く」

＊

フィオーナ・フィッシャーがキム宛にメールを送ったサーバーのＩＰアドレスから、ターリクはどこから送信したか割りだした。そこにフィオーナ・フィッシャーがいることを期待して、ピアとターリクは朝の捜査会議のあとすぐフランクフルト駅近くにあるホリデー・イン・エクスプレスというホテルへ向かった。チューリヒ市役所もスイスコムも、こんなに早い時間では電話対応していなかった。フィオーナ・フィッシャーはソーシャルメディアではあまり活動していなかった。ターリクはインスタグラムで同姓同名の人物を五十人以上見つけた。そのうちスイス在住は四人。だが四人のアカウントはすべて、写真しか閲覧できないようにガードされていた。

ピアは車の運転をターリクに任せた。今の精神状態では、朝のラッシュアワーに運転するのはむりだと判断したからだ。キムを公開捜索することについては、ハーディングが否定的だった。犯人に圧力をかければ、発作的に行動する恐れがあるからだ。

ヨアヒム・フォークトとアンドレ・ドルはいつものように出勤した。フリチョフ・ライフェンラートはファルケンシュタインのホテル・ケンピンスキーのスイートに滞在し、ライク・ゲールマンは午前七時少し過ぎにクローンベルクにある自分の動物病院へまっすぐ向かった。

キムはどこだろう。まだ生きているのだろうか。

エルベ通りにあるホリデー・イン・エクスプレスのフロント係は幸いフィオーナ・フィッシャーのことを覚えていた。水曜日十一時にチェックアウトし、中央駅でレンタカーを借りたことがわかった。

「フィッシャーさんはどのくらい宿泊していたのですか？」ターリクがたずねた。

「個人情報保護の関連でお答えできません」

「警察ですよ」ターリクがいった。

「わかりました」フロント係のベディア・カラブルートはチェックアウトの客に対応している同僚に気づかれないようにして、コンピュータを調べた。「四月十二日にチェックインして二週間滞在されました」

「フィッシャーさんと話をしましたか？」ピアはたずねた。

「ええ。わたしの仕事が終わったあと、いっしょに飲みにもいきました」フロント係は声をひそめていった。刑事警察署がなぜフィオーナ・フィッシャーに関心を持つのか気になったのか、目を大きく見ひらいた。「あの方になにかあったんですか?」

「それはまだわかりません」ターリクはフロント係の気が静まるように笑みを浮かべた。「とにかく訊きたいことがあるんです。フィッシャーさんの写真はありますか?」

「ええ、たぶん」フロント係はスマートフォンをだし、フィオーナ・フィッシャーの写真を探した。写真を見て、ピアは愕然とした。カメラに笑いかけているその金髪女性は二十代はじめのキムとそっくりだ!

ターリクはエアドロップを介してその写真を自分のスマートフォンに受信すると、フィオーナ・フィッシャーが意図せずなんらかの事件に巻き込まれたらしく、公開捜索するときはその写真を使いたいといった。

ピアとターリクは中央駅にあるレンタカー会社を片端から訪ね、シクストで目的を果たした。フィオーナ・フィッシャーは四月二十六日十二時七分、白いルノー・クリオを一日の予定で借りていた。だがコンピュータによれば、いまだに車は返却されていなかった。

「クレジットカードの控えがありますからいいのですが」受付担当がいった。「もし車に乗ってスイスに帰ったのなら、高くつくでしょうね」

受付担当は契約書に記入されたフィオーナ・フィッシャーの住所を教えた。

「レンタカーにはGPSトラッカーが装着されていますか?」ターリクがたずねた。

「装着されるのはミドルクラスの車両からです」受付担当は申し訳なさそうに答えた。「小型車には装着されていません」

＊

ピアとターリクが車に戻ったちょうどそのとき、ピアのスマートフォンが鳴った。カイだった。

「フィオーナ・フィッシャーの写真は……」ピアがそういいかけると、カイがすかさずいった。

「ゲールマンを監視している巡査から今、連絡が入った。奴は動物病院の裏にある離れから大きな袋をだして車の荷室に入れ、車を発進させた。どうする？」

「追跡して。でも、目立たないように！」ピアは興奮して叫んだ。「状況を逐一報告して。どこへ向かうのか知りたい！」

「わかった」

「行くわよ！ アクセルを踏んで！」ピアはターリクに指示し、ふるえる手で助手席の裏側にある着脱式青色回転灯を取って、車のルーフに装着した。「もっと速く！」

「行き先は？ なにがあったんですか？」

「ゲールマンが動物病院を出た」ピアがターリクにいった。「荷室に大きな袋を入れて。クローンベルクに向かってちょうだい」

ターリクは市外へ向けてアクセルを踏み、車を次々と追い越し、見本市会場の交差点では赤信号を無視した。ピアは黙って横にすわり、スマートフォンをしっかり握りしめた。キムは死んでしまったのだろうか。獣医は死体を袋に入れて、どこかに遺棄するつもりだろうか。考えただけで鳥肌が立った。キムになにかあったら、どうやって両親に……。いいや！　そんなことを考えてはいけない。妹が生きている可能性はまだある。

エッシュボルンの近くでカイからまた連絡があった。ゲールマンはシャーフホーフ乗馬クラブのそばでマンモルスハイン方面に曲がった。帰宅するようだ。

ターリクが最初の出口で高速道路を下りようとしたので、ピアはマイン＝タウヌス・センターの出口で国道八号線に出て、さらに国道五一九号線でケーニヒシュタインへ向かうよう指示した。遠回りになるが、ケーニヒシュタイン環状交差点以外に信号がないので、はるかに早く走れる。

十五分後、ピアたちはマンモルスハインの標識の前を通過した。ピアは村を抜けて、基礎学校の前を通るようにターリクにいった。尾行している巡査とは無線で連絡を取りあった。巡査はゲールマンが帰宅したといった。

「待ってください！」ゲールマンの家の前で車が止まりきるのも待たずピアがドアを開けたので、ターリクが鋭い声でいった。「先に防弾チョッキをつけた方がいいです！　それから、わたしが先に立ちます！」

尾行した巡査たちは少し先の通りの反対側に駐車していた。ピアはトランクを開けると、急いで防弾チョッキを身につけた。不安と期待で心臓が口から飛びだしそうだ。ピアたちは四つん這いになってゲールマンの敷地に入った。シルバーのステーションワゴンがちらっと見えた。少し奥まったところにある二台用のガレージの前に止まっていて、荷室のバックドアがはねあげてある。

「行くぞ！」ターリクが小声で号令を発した。ピアたちは拳銃を抜いて、車の陰に隠れた。人影は見えず、ガレージの中でガタゴト音がしている。少しして獣医の大きな体がガレージから出てきた。獣医は鼻歌をうたいながら荷室にかがみ込んだ。ターリクはピアに向かってうなずいた。

「こんにちは、ドクター・ゲールマン」ピアがいきなり立って、拳銃を獣医に向けた。

「う、うわっ、どうして……！」獣医が驚いて後ずさり、はねあげてあったバックドアに後頭部をぶつけた。獣医は怯えて目を丸くし、ピアの手にある拳銃を見つめた。ターリクとふたりの巡査も体を起こし、獣医を挟むようにして近づいた。

「な……な……なんなんですか？」獣医は口ごもった。顔から血の気が引いて、ふるえている。

「手を後頭部にまわしなさい！」ピアはふるえる声で命じた。獣医はいうことを聞いた。「車から離れなさい！　早く！」

ピアはいやいやステーションワゴンの荷室に載っている黒いゴミ袋を見た。かすかな腐敗臭をかぐなり、胃がひっくりかえって、胃液が口の中に広がり喉がしめつけられた。

＊

ルフトハンザ一二便は正午ちょうどハンブルク空港に着陸した。荷物を預けていなかったので、オリヴァーとニコラ・エンゲルはそのまま空港をあとにした。ハンブルクの空は青く、春らしいすがすがしい風が吹いていた。

「いっしょにハンブルクに来るのは三十五年ぶりね」そういって、エンゲル署長はタクシーを手招きした。「あれは一九八二年だった。時間が経つのは早いわね！」

「あれからいろいろあった」オリヴァーはうなるようにいった。

ふたりはメルセデス・ベンツ・ヴィトーの後部座席にすわって、運転手にゲーロ・フォン・ドナースベルクの住所を伝えた。オトマールシェン地区への移動中、ふたりはあまり話さなかった。オリヴァーは一九八〇年十一月にパーティでニコラ・エンゲルと知り合ったときのことを思いだした。当時の彼はすっかり落ち込んでいた。ひどい落馬事故で、乗馬選手の夢が潰《つい》え、初恋のインカ・ハンゼンがライバルのイングヴァール・ルーラントと付き合っていることを知るはめとなる。オリヴァーは失意のうちにハンブルク大学法学部に進学した。いやな思い出だらけのタウヌスから遠く離れたかったのだ。パーティでエンゲルに声をかけられ、付き合うようになった。心の傷の痛みを忘れられるという理由だけで、オリヴァーはなすがままになった。数週間後、彼女はシャンツェン地区にあるオリヴァーの下宿先に転がり込んで、オリヴァーを自分のものにした。エンゲルはオリヴァーの妻になることを夢に見、オリヴァーも彼女の支配欲にほとんど抵抗を感じなかった。だがエンゲルと婚約した矢先に、オリヴァーはコージマと出会い、ひと目惚れした。オリヴァーは大学を中退してヘッセン州に戻り、警察学校にすすんだ。コージマとオリヴァーは三ヶ月後に結婚し、ローレンツが生まれた。

「あなたがコージマに出会わなかったら、わたしたちはどうなっていたかしらね？」ニコラ・エンゲルがしばらくして沈黙を破った。オリヴァーと同じことを考えていたのだ。

「どっちもどっちだな」オリヴァーはいった。「わたしたちもうまくいかなかっただろう」

「そのようね」エンゲルがうなずいた。その言葉には憂《うれ》いがこもっていたが、オリヴァーを見たときは笑みを浮かべていた。「それでもハンブルクであなたと過ごした二年間は、わたしにとってもっとも幸せな時期だった。わたしたち、ふたりとも若かった！」

「たしかに」オリヴァーは微笑んだ。「わたしは二十で、きみは二十一歳になったばかりだった」

「ズュルト島までヒッチハイクしたときのことを覚えてる？」ニコラは笑った。「島へ渡るには列車に乗らなければならないって知らなくて、ヴェスターラントに着いたとき文無しだった！」

「ビーチチェアで一夜を明かしたっけ」オリヴァーはにやっとした。「そのあとは砂丘で野宿。とうとう浮浪者として逮捕されてしまった！」

ふたりはしばらく思い出に耽《ふけ》った。週末にデンマークやバルト海を旅したこと、フレンスブルク・フィヨルドで学生仲間とヨットに乗ったこと、シュライ湾でハウスボートに乗ったこと。

「いつもパーティをしていたわね」エンゲルはくすくす笑った。「あの二年間で一生分のお酒を飲んだんじゃないかしら」

「不摂生だったが、最高に楽しかった」オリヴァーはいった。

「まさに学生時代って感じだった」

だがニコラ・エンゲルと別れたあと、夫となり父親となったオリヴァーは、気ままにバカンスを楽しむことも、深酒することも、名前も聞いたことがないバンドのコンサートに行くこともなくなった。

タクシーはノイエ・フローラ劇場のそばを通って、ホルステン通りに入った。次の十字路でエルベ川へと下るマックス＝ブラウアー＝アレー通りに曲がった。「わたしって疑り深くて、人に指図してばかりいる？」エンゲルが突然たずねた。「部下をいじめている？」

さっきからそのことを気にしていたのだ！

「そうだな」オリヴァーはどう答えたらいいか悩んだが、正直にいうことにした。「なんでもコントロールしているというのは本当だろう。信頼されていないと感じる部下がいても不思議はない」

「人を信頼しすぎるのは禁物だという教訓を得ているからよ。さんざん失望させられてきた。あなたと付き合う前の彼氏もそうだったし、あなたのあとに出会った相手もそうだった。キムに至るまで」

「原因はきみかもしれないぞ。きみには怖いところがある」

「だけど冷酷じゃないわ！」エンゲルが声を張りあげた。「ザンダーに批判されたときは、本当にまいったわ！」

「わたしにはアドバイスできない。わたしも人に心を開くのが苦手だった。だけど、人を信頼しないかぎり、孤独をかこち、幸せになれない」

ニコラは唇をかんだ。

「キムとの関係ははじめから自己欺瞞《ぎまん》だった」アルトナの市役所前を通ったとき、エンゲルはいった。葉を落とした木立の向こうにハンブルク港の林立するクレーンが見えた。

「そのわりに長くつづいたじゃないか」オリヴァーはそっけなく答えた。

「名を成した女にもひるまない男が見つからないふたりが、いっしょに暮らすというのが刺激的に思えたのよ。それにキムと同じで、わたしもひとりでいることに飽き飽きしていた。でも結局、キムのことを本当に知ることはなかった。彼女はわたしを信頼しなかった。さもなかったら、隠し子がいることをいったはずでしょ？」

「じゃあ、きみはキムをどのくらい信頼していたんだ？　なにか秘密を彼女に話したかい？」

エンゲルは深いため息をついた。

「そうね。どっちもどっち。お互いに正直ではなかった。正直だったら、いっしょに暮らさなかったでしょう」

タクシーはエルプショセー通りの陸側にある大きな鉄の門の前で止まった。オリヴァーが料金を支払い、ふたりは降り立った。

＊

「これはモモです」ドクター・ゲールマンは後頭部に両手を当てたままいった。「数日前に安楽死させました」

ピアは、巡査が口をひらいた黒いゴミ袋から覗いている骸《むくろ》をじっと見つめた。ピアは数秒、あっけにとられた。袋に入っていたのは人間の死体ではなく、レオンベルガーの死骸だったのだ。

「クリニックの霊安室が壊れたんです」獣医が話をつづけた。「うちの助手が死んだ猫を霊安室に安置しようとして、故障に気づきまして。故障したのは数日前だったらしく、モモは悪臭を放ちはじめていました。仕方がないので、埋葬業者が引き取りにくるまで、うちのガレージにある大型冷凍ストッカーで保管することにしたんです」

「すみませんでした」ピアは拳銃をホルスターに戻した。「わたしたち、すっかり……」

「手を下ろしてもいいですか？」

「もちろんです」ピアは膝《ひざ》の力が抜けて、車のフェンダーに寄りかかった。

ターリクは、死んだ犬をガレージの大型冷凍ストッカーに運ぶ手伝いをした。冷凍ストッカーにはすでに猫の死骸二体と雑種犬の死骸一体が入っていた。

「今日の午後、業者が引き取りにくるんです」ゲールマンはいった。「犬と猫を火葬場に運んでくれることになっています」

「驚かせてしまって申し訳ありません」ピアは獣医をシリアルキラーだと思ったことは黙っていた。そのあいだにターリクは被害者たちの写真を車から取ってきて、順にゲールマンに見せた。

ゲールマンはひとりも知らなかった。

彼はまだ体をぶるぶるふるわせ、警官が敷地にいることに神経質になっていた。ピアは彼のいうことを信じた。ゲールマンはこういう瞬間に嘘がつけるような沈着冷静な人間ではない。被害者たちの写真にキムの写真がまじっていた。ゲールマンはその写真を見るなり目を大きく見ひらいて、ピアを見つめた。

「この人を知っているような気がします！　昔の知り合いに似ているのですが、名前が思いだせません」

「カタリーナ・ブライタークです」ピアが助け船をだした。

「そうだ！　カータです！」ゲールマンの丸顔がぱっと明るくなった。「すてきな人だと思っていました！」

「ダンススクールの舞踏会であなたはダンスのパートナーだったでしょう」ピアがそういうと、ゲールマンはびっくりしてピアを見た。

「そうです！」ゲールマンは首を横に振った。「思いがけないことでした」

「どうしてそうなったんですか？」ピアはたずねた。「講習は普通、年齢別のはずですが」

「男の子が足りなかったんです」獣医は答えた。「わたしは十四歳のときからダンスをしていて、男の子の数が足りないときに飛び入りしていたんです。でも、なんで彼女の写真がここに？　なにかあったんですか？」

「よくわかっていないんです。火曜日の午後十一時から翌日の深夜二時までのあいだどこにいましたか？」

「えっ？」獣医が愕然とした。「なぜそんなことを訊くんですか？」

ピアは本当のことを少し明かすことにした。

「クラース・レーカーを死体で発見したのです。そこであの人の知り合いに片端から訊いているんです」

「クラースが死んだ？」ゲールマンが声を張りあげた。「なんということだ！　好きではありませんでした。もう何年も会っていません」

「それなら火曜日の夜どこにいたかいえますね」

「自宅です。ベッドに入っていました。証人はわたしの妻だけです」ゲールマンは眉間《みけん》にしわを寄せた。「ケーニヒシュタインの〈マイタイ〉で料理をテイクアウトして、ドラマシリーズ『ハウス・オブ・カード　野望の階段』をNetflixで観ました」

「奥さんは今どこですか？」

「働いているはずですが」ゲールマンは口元をゆがめて笑った。「フランクフルトにあるマルクス病院の医者です」

「専門は？」

「放射線学」

ピアは奥さん宛にすぐ連絡をくれるよう名刺にメモして、ゲールマンに渡した。

「そういえば、ドクター・ゲールマン」ピアはふと思いだしていった。「テオ・ライフェンラートさんはあなたひとりを遺産相続人に指定しているんですが、ご存じでした？」

「なんですって？　わたしが？　ありえません！」

「わたしもそう思いました」ピアはゲールマンをじっと見た。「たしかはじめて会ったとき、テオ・ライフェンラートさんをよく知らないようにいっていましたね」

獣医はまずいという顔をした。

「本当はライフェンラート家で育ったといえそうなほどよく出入りしていたそうじゃないですか。それからザーシャ、ラモーナ、アンドレの三人があなたをラップフィルムにくるんで、川底に置き去りにした理由もわかっています」

ゲールマンは恥ずかしそうにうなだれた。

「つまらない嘘をつくから」ピアはいった。「殺人の容疑をかけられてしまうんですよ」

＊

長い進入路の先に十九世紀末に建てられた白亜の豪邸が見えてきた。柱廊玄関と円柱があしらってあって、豪華絢爛《けんらん》だった。

「すごい！」エンゲルは感心してそういうと、横目であざけるようにオリヴァーを見た。「あなたはこういう豪邸をよく知っているんでしょうね？」

「ひどい勘違いだ」オリヴァーは首を横に振りながらベルを鳴らした。インターホンで自分の名を告げた。ジーと音がして、徒歩で来た人用の門が開いた。

「ゲーロ・フォン・ドナースベルク」エンゲルはいった。「あなたよりも階級は上？」

「いいや、彼はただの男爵だ」オリヴァーはそういうなり、「ただの」という言葉をつけてしまった自分に腹を立てた。オリヴァー自身は貴族出身であることをひけらかしたりしない。

「フォン・ボーデンシュタイン家は支配権のない名ばかりの伯爵で、地位は低い。だが男爵はその伯爵よりも下になる」

「ということは、理論的にはこの家の主は腰を低くしなくてはならないわけね」エンゲルはきれいにならしてある砂利道を歩きながら、面白そうにいった。

「今日のドイツではだれも他人の前で腰を低くする必要はない」オリヴァーはいった。「王族に対しては別だが」

後妻のリュディアが、玄関でオリヴァーたちを出迎えた。中年のふくよかで魅力的な女性で、栗色の髪はよく手入れしてあり、暖かな褐色の瞳をしていた。

「今朝いただいたお電話に、夫はひどくショックを受けました」夫人は声をひそめていった。「夫はエルケさんの死をまだ乗り越えていないのです。エルケさんの話は決してしませんが、殺された理由も、犯人もわからずじまいで、心の整理がつけられなかったのです。夫はあの方をこよなく愛していました。なにか隠していたと思うだけでつらいのです」

夫人の言葉には思いやりがこもっていた。不愉快そうな様子は一切なかったが、死んだ前妻の影が残る中で生きるのは簡単なことではないはずだ。

「エルケさんの私物を入れた箱は納戸からだしてあります。夫がそれを目にするのは数年ぶりのことです。そしてある発見をしました。それが……その……エルケさんに隠し子がいたと思われるのです」

オリヴァーはその言葉に鳥肌が立った。信じがたいが、可能性が事実に変わる瞬間に出くわすことがある。

「どうぞこちらへ」夫人がいった。「夫は青のサロンでみなさまのおいでを待っています」

オリヴァーは選《よ》り抜きの調度品に目がとまった。窓からはエルベ川とドックが見える。青のサロンという呼び名は壁布の色ではなく、大理石で組んだ暖炉の上にかかっている表現主義絵画から来ているようだった。青い馬の絵。おそらくフランツ・マルクの作だ。ゲーロ・フォン・ドナースベルクは鏡のように磨きあげたマホガニーのデスクに向かってすわっていた。机の上には大量の書類が広げてあり、十冊以上のファイルが並んでいた。

「あなた」夫人がいった。「刑事さんがいらっしゃったわ」

高齢の主人は顔を上げると、メガネをかけて腰を上げた。背が高く痩せていた。色白で、薄くなった白髪を通して老人斑のある頭皮が透けて見えた。昔は巨漢だったに違いない。オリヴァーはインターネットで彼の写真を何枚も見ていた。だが年齢と病気、そして妻を殺されたために受けた苦悩がドナースベルクを骨の髄《ずい》まで蝕《むしば》んでいた。彼はボルドーレッドのカーディガンを着て、シルクのネッカチーフを首に巻いている。動きは緩慢だが、空色の目には生気が宿っていた。七十八歳だというのに、いまだに伝統あるコーヒー焙煎会社の社長を務め、ハンブルク社交界の重鎮で、文化行事や競馬の有数の支援者であり、シュレスヴィヒ＝ホルシュタイン州に馬の飼育場を持つ競走馬のブリーダーとしても成功を収めていた。

「エルケが行方不明になってからあと数日で二十年になります」ドナースベルクはていねいにあいさつしてからそういった。「なにもわからぬまま経過した二十年でした。警察は真相を突き止めることができず、当初は身代金目当ての誘拐だと見ていました。わたしもそうあってほしいと願ったものです。いくらでも身代金を払う覚悟をしていました。しかし死体で見つかったのです」ドナースベルクはそこで声を途切れさせた。咳払いをすると、気を取りなおした。「わたしどもは全力を尽くしました。手がかりを求めて懸賞金をかけもしましたが、おかしな連中しかあらわれませんでした。わたしは寝ても覚めても、エルケのことが頭から離れませんでした。でももう知ることはないとあきらめていたのです。ところが今朝あなたから電話をいただき、もう一度エルケが遺した書類や手記を読んでみることにしたのです」

ドナースベルクは机を指差した。オリヴァーは書類の山を見て、気力が萎《な》えた。

「あらかじめいっておきますが、死んだ妻はたくさんの福祉活動を支援していました。フォルダーには数百通に及ぶ礼状がファイルされています。行方不明になり、事件に巻き込まれたことがはっきりしたとき、刑事さんがすべての手紙に目を通しましたが、手がかりはひとつも見つかりませんでした。しかしボーデンシュタインさん、あなたから聞いたことを念頭に置くと、それまで注目していなかった手紙の一部が別の意味を持ったのです。どうぞおすわりになって、その手紙を読んでみてください」

オリヴァーは読書用メガネをジャケットの内ポケットからだすと、椅子にすわって、ドナースベルクがきれいに束ねておいた便箋《びんせん》を引きよせた。黄ばんだ便箋にタイプライターで打たれた文面の最初の数行を見るなり、アドレナリンが全身を駆け巡った。

拝啓

わたしどもへの多大な寄付に心より感謝します！　ヨアヒム坊やはテディベアをとても

喜び、片時も離そうとしません。当方での暮らしにも慣れ、すくすくと育っています。中耳炎も無事に治りました。奥様が送ってくださったビタミンドリンクを肝油よりもおいしいといって、せっせと飲んでいます。ヨアヒム坊やは健康だと小児科医は太鼓判を押しました。わたしどもは坊やと毎日熱心に言葉の勉強をしています。今度おいでになるときには、きっとちょっとした詩を書いて奥様を驚かせることでしょう。

敬具

リタ・ライフェンラート

マンモルスハイン、一九七三年十一月十七日

フォン・ドナースベルク夫人

＊

ピアとターリクがケーニヒシュタインへ向けて森を抜ける道を走っていたとき、カイから電話があった。

「暴力犯罪連携分析システムが一九八七年八月の未解決殺人事件を検出した」カイがいった。「ギリシアで起きた事件だ」

「ちょっと待って。ターリクも聞けるようにブルートゥースにつなぐから」ピアはカイが話すのを止めた。すぐにカイの声がスピーカーから聞こえた。

「一九八七年八月十二日にクレタ島で、フランスのリヨンから来た二十一歳の女性バックパッカー、マガリー・ボーシャンが行方不明になった。彼女の死体は十日後、漁網にかかって発見

された。死因は溺死。首に絞めた痕があり、腕に防御創も確認されている。目撃者によると、マガリー・ボーシャンはフォティアのプチホテルに滞在していて、同じホテルに宿泊していたドイツ人の若者グループとよくいっしょにいたらしい。ドイツ人たちは八月十三日に突然旅立っている」

「なるほど」カイがどうしてこの事件が母の日殺人事件の犯人と絡《から》んでいると思うのか、ピアにはいまひとつわからなかった。

「被害者の毛髪の一部が切り取られていたんだ」カイがいった。「それから死体で見つかったとき、腕時計をしていなかった」

ピアは、手口が似ているとまではいえないと思いながら、ラモーナ・リンデマンに電話でたずねてみるべきか考えた。彼女はすばらしい記憶力の持ち主だ。なにか覚えている可能性がある。だがピアは電話をかけるのを思いとどまった。ラモーナ・リンデマンはおしゃべり好きだ。情報を与えるのは取り返しのつかないミスになるかもしれない。もし警察がなにに注目しているか犯人の耳に入ったら、キムの命に関わる恐れがある。

「どうしたんですか?」ターリクはたずねた。

「被疑者のだれかが一九八七年夏、クレタにいたかどうか確かめたいけど、それでほこりが立たない方法はないかしらね?」ピアは下唇をかんだ。「質問するならだれがいいかしら?」

「ドクター・ゲールマンですかね?」ターリクがいった。

「どうしてあの人が知っているというの?」ピアは考えた。

「彼はライフェンラート家に入り浸っていたわけでしょう」ターリクは答えた。「試してみる価値はあります」

ピアも納得した。

ターリクはケーニヒシュタイン環状交差点をぐるっとまわって、来た道をとって返した。

＊

「ライフェンラートさんからの手紙は他にもありますか？」ニコラ・エンゲルがたずねた。

「ファイルは一九七七年まで見ました」ドナースベルクは答えた。「一九七三年四月から一九七七年十二月まで毎月手紙を寄こしています」

ドナースベルクは首を横に振って、ため息をついた。

「手紙からエルケが毎年、母の日にヨアヒムという名の少年を訪ねていたことがわかりました」

「亡くなった夫人の旧姓はフォークトでしたか？」オリヴァーはたずねた。案の定ドナースベルクはうなずいた。ニコラ・エンゲルはオリヴァーにいわれて一九八〇年のファイルに目を通した。エルケ・フォン・ドナースベルクの母親は一九八〇年一月に亡くなり、エルケはその後、母の日にヘッセンへ里帰りするのをやめ、ヨアヒムのことも訪ねなくなったようだ。もちろん息子を資金面で支援しつづけた。リタ・ライフェンラートははじめのうちこそ少年のことを話題にしていたが、そのうち触れなくなり、毎月手紙を寄こすこともなくなった。一九八四年九月の手紙では、ヨアヒムが養育費の出どころも母親の新しい姓も知らないと書いていた。

これで、テオ・ライフェンラートがなぜヨアヒム・フォークトに自分が実の父親だといわなかったかわかった。母親を知らない子どもにしかそういう話をしなかったのだ。

「なんでこんなことをしたんだ？」オリヴァーが事情を説明すると、ドナースベルクは衝撃を受け、顔から完全に血の気が引いた。二十四年間連れ添った最愛の妻が嘘をついていた！一度ではなく、何年間もずっと！

「なぜ隠していた？　どうしてわたしを信頼してくれなかったんだ？」

オリヴァーには答えようがなかった。彼には、人間の行動の多くが謎だった。自分が信頼されていなかったという事実に茫然としているドナースベルクを見て、心が痛んだ。今になって隠し子がいることがわかり、それですべてに合点がいった。エルケはいつも悲しい目をしていて、よく憂鬱《ゆううつ》になり、それが嵩《こう》じて鬱病にかかった。その一方で、孤児や孤児院育ちの子を支援する慈善活動に憑《つ》かれたように没頭していた。嘘をついていたとわかれば思い当たるふしがあるという。エルケがずっと不幸せで、最大の秘密を夫に明かせずにいたとわかった今、ドナースベルクには苦い思いしか残らないだろう。

「理解できない」ドナースベルクはかすれた声でささやき、涙がひと粒、しわだらけの頬を伝い落ちた。「ここで育ててもよかったのに！　養子にしてもかまわなかった。ヤスパーとゼーレンに兄ができたわけだし！」

ドナースベルクはすすり泣きながら息を吸った。それまで後ろに控えていた妻がそばにやってきた。ドナースベルクは妻の手を取って背中を丸め、痩せた体全体をふるわせてむせび泣いた。

オリヴァーは一瞬ためらったが、本当のことを告げることにした。

「申しあげにくいのですが、奥さんはそのせいで亡くなった可能性が高いです。わたしたちが捜査している連続殺人事件の被害者は全員、子どもを手放しているんです」

そういいながら、オリヴァーの脳裏をよぎったことがある。エルケがヨアヒム・フォークトの実の母親だったという事実がわかっても、それを理由に彼が犯人だと断定するわけにはいかない。フリチョフは祖父母の家がつねに里子を中心にまわっていたことを嫌っていた。それに彼の場合も、母親に捨てられたといえないだろうか。親友の母親がどこに住んでいるのか突き止めたのがフリチョフだったとしたらどうだろう。それをヨアヒムに教えたかもしれない。ふたりで計画を立てた可能性だって……。

オリヴァーのスマートフォンが鳴った。ピアからの電話だ！　失礼と断ってから、オリヴァーは勢いよく立って青いサロンの外に出てから電話に出た。

＊

「もうひとり被害者が見つかったようです！」ピアが電話に出たボスにいった。「一九八七年八月、クレタで二十一歳のフランス人女性マガリー・ボーシャンが行方不明になり、十日後、水死体で見つかりました。一九八七年八月、クレタでバカンスをし、マガリーと同じホテルに宿泊していたのがだれだと思います？　フリチョフ・ライフェンラートとヨアヒム・フォークトが数人の友人といっしょでした！」

「どうしてわかったんだ？」オリヴァーがたずねた。

「ドクター・ゲールマンから聞きました」ピアは興奮して報告した。「カイがライフェンラート邸の屋根裏で見つけたものをもう一度見直したところ、フリチョフの私物を入れた箱から一九八七年八月十三日の日付が入ったホテル・アギア・フォティアの領収書が出てきたんです！　それに当時の写真が束になってありました。分類されていなくて、いろんな人が写っていました。わたしとしては今すぐ……」

「よく聞くんだ、ピア！」オリヴァーが話をさえぎった。「エルケ・フォン・ドナースベルクの遺品からリタ・ライフェンラートの手紙が出てきた！　エルケはヨアヒム・フォークトの母親だ！　一九七九年まで毎年母の日にヨアヒム・フォークトを訪ねていた！」

ピアの脳裏にいろいろな考えが吹き荒れた。

「じゃあ、彼が犯人ですね！」ピアは叫んだ。

「その可能性がある」オリヴァーは答えた。「しかしフリチョフかもしれない。あるいはふたりは組んでいる！　軽率な行動はするな。わかったか、ピア。わたしたちが追いせまっていることをふたりに勘づかれてはいけない。さもないとキムが危険だ！」

「そうですね！」ピアは目を閉じた。「それからフィオーナ・フィッシャーにも危険が及びます！　水曜日に一週間滞在していたホテルをチェックアウトして、中央駅でレンタカーを借りていました。ところがまだ返却してません。シクストの職員から契約書に記入された住所を教えてもらい、カイがチューリヒ警察署に連絡して、家を見にいってもらってます。それから、

ないかっ

フィオーナ・フィッシャーの写真も手に入りました！

「オリヴァー、彼女は若い頃のキムとそっくりなんです！」

不安で息が詰まった。ゆっくり呼吸することも、冷静に考えることもできない。母親を見つけるために、フィオーナはなにをしていたのだろう。だれと話したんだろう。手がかりをどうやって見つけたのだろう。母親探しの際、不用意に蜂の巣をつついてしまい、キムだけでなく、自分の命も危険にさらしてしまったということだろうか。突然、まだ会ったことのない姪《めい》と知りあいたいという願望が芽生えた。無事に救出しなくては！

「午後四時の飛行機に乗るようにする」オリヴァーがいった。「わたしたちが戻るまでなにもするな。わかったか？」

「わかりました。なにもしません。乗る飛行機がわかったら教えてください。空港に迎えを行かせます」

＊

ピアは疲労の極みに達し、集中することができなかった。血縁者の死体を見つけるというのは、警官にとって悪夢だ。キムとフィオーナの安否がわからず、無事に助けられないのではないかという不安が募るばかりだった。ピアは少し横になって仮眠することにしたが、じっとしていられなかった。目を閉じると、ラップフィルムにくるまれて水面を漂うキムとフィオーナが脳裏に浮かんだ。仕方なく、もう一度、押収した段ボール箱を調べることにした。ピアが特捜班本部に行くと、カイが新しい情報を入手して待っていた。チューリヒの警察がフィオーナ・フィッシャーの家を訪ねたが、だれにも会えず、近所の女性がフィオーナを見かけたのは二週間前だと証言したという。母親が死んでから大きな邸にひとりで暮らしていたらしい。

「まだあるんだ」背を向けようとしたピアを、カイが引き止め、メモ用紙に視線を向けた。「フィオーナ・フィッシャーを公開捜索したところ、通報が一件あった！　ベアトリーチェ・トーマという女性からの電話だ。フランクフルト大学病院の産婦人科医長の秘書だという」

「そう」

「復活祭直前まで医長だったのがマルティーナ・ジーベルトという人物で、フィオーナ・フィッシャーが四月十二日午後二時半に面会し、予定の時間を超過したというんだ。そのあと医長はひどく狼狽《ろうばい》していたらしい。ジーベルト医師の最後の出勤日だったので、送別会が予定されていたけど、医師はそれを中止した」

「マルティーナ・ジーベルト」ピアはつぶやいた。フィオーナはなんの用でその医師を訪ねたのだろう。産婦人科医の診察を受けるためにわざわざチューリヒから来るはずがない！

「秘書のトーマが元医長の携帯の番号を教えてくれた」カイがピアにメモを差しだした。「今はマルベーリャの不妊治療専門クリニックにいるそうだ」

「すばらしい。ありがとう、カイ」ピアはなんとか笑みを作った。「その医者に電話をして、フィオーナがなんのために訪ねたのか訊いてみる」ピアは邪魔されずに電話をするために、特別捜査本部から出て、自分の部屋に向かった。そして階段室の防火扉を開けた瞬間、脳内のシナプスがつながって、キムがいっしょに東南アジアを旅した友だちの名を思いだした。愛称はティーナ。フィッシュバッハに住んでいた！　ティーナ……マルティーナ。

ジーベルト医師があのマルティーナだろうか。

ピアは階段を二段飛ばしで駆けのぼった。突然、忘れたと思っていた記憶が蘇《よみがえ》った。マルティーナとキムは大学時代、フランクフルトで部屋をシェアしていた！　ふたりは医学を専攻していた！　古くからの親友同士だ。親友なら、困ったことが起きたときは助けあうものだ！

ピアはデスクチェアに向かってすわると、固定電話を引き寄せて、カイがメモした番号にかけた。呼び出し音を聞くあいだ、受話器を持つ手がふるえた。

「もしもし？」心地よい声だった。

「こんにちは、ジーベルト先生ですね。ホーフハイム刑事警察署のザンダーといいます。先生の前の職場のトーマさんからあなたの電話番号を教えてもらいました」

「どんなご用件ですか？」

ピアは少し考えた。自分がキムの姉であることを明かした方がいいだろうか。いや、今は中立の立場の警官として話した方がいい。

「フィオーナ・フィッシャーという女性の件です」

「ああ、そのことですか」医師の声が一気にトーンダウンした。

「犯罪の被害者になった恐れがあるんです」

「少しいいですか？　ドアを閉めてきますので」

ピアは拳をにぎり、深呼吸した。

「それで、なにが知りたいのですか?」医師がたずねた。

「フィッシャーさんがフランクフルトに来た理由が知りたいのです。本当はカタリーナ・フライタークという女性のことを調べています」キムのことを赤の他人のようにいうのに、ピアはエネルギーをものすごく消費した。「数日前から行方不明なのです。そちらを捜査していて、フィッシャーさんのメールを見つけました。フライタークさんのお嬢さんのようですね。ところがフィッシャーさんも行方がわからず、ふたりになにかあったのではないかと危惧《きぐ》しているのです」

電話の向こうが一瞬、静かになった。

「これはとてもデリケートな話です」ジーベルト医師はいった。「あなたが本当に警官であるか確認させてください。あなたの電話番号を教えてください。こちらからかけ直します」

ピアはいわれたとおりにして、受話器を置いた。三十秒後、電話が鳴った。

「ピア・ザンダー、ホーフハイム刑事警察署」

「名前はピアとおっしゃるんですか?」医師がたずねた。「なんて偶然でしょう! カタリーナ・フライタークにそういう名前の姉がいます」

今度はピアがためらう番だった。そして本当のことをいうことにした。

「カタリーナはわたしの妹です。そしてあなたは大学入学資格試験のあといっしょに東南アジアを旅したティーナさんですよね?」

「ええ、そのとおりです。カータ、彼女は昔そう呼ばれていましたが、そのカータとは大学に入る前から知り合いでした」ジーベルト医師は答えた。「わたしたちは友だちでした。親友でした」

「フィオーナさんはなんの用で先生を訪ねたのですか？」

「長い話になりますが」

「時間はあります」ピアはいった。

「そうですか……ええと……カータとわたしは十一学年からの知り合いです。わたしたちは学校ではガリ勉だったので、なんというか……浮いた存在でした。わたしたちは医学部への入学許可をもらって、一九八七年の冬学期にフランクフルト大学に入学しました。わたしは家から出たかったので、ルームシェアしている知り合いのところに住み込んだんです。カータは一年後に加わりました。カータは当時、ある若者に恋をしていました。別れたりくっついたりした末、恋人がアメリカ合衆国に行くことになって、完全に縁が切れると、カータもフランクフルトを離れて、ベルリンで学業をつづけました」

「その恋人というのはフリチョフ・ライフェンラートですか？」ピアはたずねた。もちろん妹がベルリンに移ったことは覚えている。だがその動機までは聞いていなかった。

「そのとおりです」ジーベルト医師に驚いた様子はなかった。「カータは恋に破れたんです。フリチョフのいないフランクフルトは耐えられないといっていました。わたしはその後、チューリヒで学業に勤《いそ》しみました。わたしたちはだんだん疎遠になったんですが、ある日カータがわたしのところにいきなりあらわれたんです。絶望していました。妊娠してしまったからです」

「いつのことですか？」

「一九九四年十一月。人工中絶には遅すぎましたが、カータは子どもを欲しくないといいました。五ヶ月ほどうちに住んで、ほとんど家の外に出ませんでした。そのかわり憑かれたように勉学に励んでいました。六月にアメリカに渡り、クワンティコのＦＢＩで研修することになっていたんです。彼女にとっては大変なチャンスでしたから、赤ん坊のせいで棒に振りたくなかったんです。わたしは子どものことでカータと話しあうことができませんでした。少しでも話題にすると、カータはすぐ拒絶したのです。それで、だれかに関係を無理強いされたなと思いました。チューリヒの病院では、子宝に恵まれない女性の治療に当たっていて、難しい症例の女性がいました。万策尽きていました」ジーベルト医師はため息をついた。「このとき、やってはいけないことをしました。でも当時は、友だちは助けあうものだと思っていたのです。カータは自分が母親であるという記録を一切残したくないといって、養子縁組も拒んでいました。それがその子にとってどんな意味を持つか、そのときはよく考えませんでした。不妊症に悩んでいたスイス人女性に声をかけると、妊娠を偽装するといいました。わたしはその手伝いをしました。赤ん坊が生まれると、わたしはその夫婦のところに連れていき、自宅出産の証明書を発行しました。すべてうまくいって、カータは二日後に去りました。カータは赤ん坊を引き取った夫婦と一度も顔を合わせようとしませんでした。そのあと何度か手紙のやりとりをしましたが、そのうちカータは返事をしなくなりました。二十年以上音信不通だったのです。そこへ突然フィオーナ・フィッシャーさんがあらわれたのです。罪がわたしに追いついたのです」

話を聞いて、ピアは啞然とした。

「赤ん坊のことはよく思いだしていました。数ヶ月後、わたし自身が妊娠したからです」医師が話をつづけた。「一年のうちに娘がふたりでき、夫は急に、本当は子どもなんて欲しくなかったということに思い至ったのです。わたしは三十代はじめにシングルマザーになって、両親の元に戻り、ヴィースバーデンで職につきました。そのとき偶然、昔ルームシェアをした知り合いと出会ったのです。結婚してもう十八年になります。娘たちは本当の父親のようになついています」

「フィオーナ・フィッシャーとはその後どうなりましたか？」医師の話がどんどんそれていくので、ピアはたずねた。

「フィオーナ・フィッシャーさんの母親は先月亡くなり、それがきっかけで、実の娘でないことを知ったそうなのです。そしてわたしの名を突き止めたのです。あの人が突然、目の前にあらわれたときはショックでした。カータに瓜ふたつだったのです。それと同時にあのときの赤ん坊が知的で美しい娘さんになっていたので、うれしくもありました。その瞬間、当時のわたしの行動がどういう結果を招いたか意識しました。養子縁組をしなかったことで、彼女は自分の出生について知る機会を奪われていたのです。助けられるのはわたしだけでした。そこで彼女の母親に連絡を取ったのです。ところがカータはけんもほろろでした。電話口で、約束を破ったと非難されました。二十二年も経っていたのにですよ！　わたしも堪忍袋の緒が切れて、フィオーナさんにカータの連絡先を教えました」

きっとこのとき、犯人がキムに目をつけるなにかが起きたのだ！　ジーベルト医師とフィオーナはこのことをだれかに話したのだろうか。

「わたしはだれにも話していません」ジーベルト医師はきっぱりといった。「わたしがしたことが公《おおやけ》になれば、医師としておしまいですから」

「しかしだれかがこのことを耳にしたはずです」ピアはしつこく迫った。「わたしたちは、子どもを手放した女性を狙うシリアルキラーを追っています。この二十六年間で八人の被害者が確認されています」

「シリアルキラー？」ジーベルト医師が息をのんだ。

「十日前、マンモルスハインにある敷地で三体の女性死体が発見されました」ピアは話をつづけた。「はじめは死体で見つかったその邸の主《ぬし》が犯人だと思ったのですが、その後さらに五件の未解決殺人事件とつながりがあることがわかったんです。最後の三件の殺人は二〇一二年から二〇一四年までのあいだに起きています」

「マンモルスハインといいましたか？」ジーベルト医師が訊き返した。

「ええ。邸の所有者はテオ・ライフェンラート。あなたがご存じのフリチョフ・ライフェンラートの祖父です」

「なんてこと！」ジーベルト医師が愕然としてささやいた。「夫もテオ・ライフェンラートさんのところの里子でした！　わたしもテオをよく知っています！」

「ご主人がライフェンラート家の里子？」受話器を持つピアの手に汗がにじんだ。

「ええ。学校に通っていた頃の仲間で、学生時代にルームシェアしたのも彼です」

耳の中で血がどくどくいって、ピアは医師がいった言葉がよく聞き取れなかった。

「……子どもを連れて両親のところにもどったときに偶然出会って、半年後に結婚しました」

「名前は？」ピアは声がかすれた。

「ヨアヒム」ジーベルト医師は答えた。「ヨアヒム・フォークトです」

＊

どのくらい意識を失っていたのか、フィオーナにはわからなかった。徐々に元気を取り戻していた。頭痛も少し収まっていた。フィオーナはしばらく前から床に横たわって、眠っている母親を複雑な気持ちで見つめていた。

カタリーナ・フライタークも意識を取り戻したが、目を開けているのがつらいようだ。母親から答えが欲しいなら、薬物が入った水を飲ませるのは控えなければならない。さもないと、母親はまた眠ってしまう。知らない女性を母親と呼ぶのは奇妙な感じがするが、フィオーナよりもひどい状態であっても、母親がそばにいるというだけで慰《なぐさ》めになる。状況もわからぬままひとりで監禁されているよりもましだ。といっても、頭の中の空白、意識喪失から目覚めるたびに感じる記憶喪失があいかわらずフィオーナを苦しめていた。意識喪失はかなり長い時間にわたっているようだ。

カタリーナ・フライタークは目をつむって壁にもたれかかり、力なく腕をもみはじめた。フィオーナはゆがんだ鏡で、二十歳は老けた自分の顔を見ているような気がしていた。インターネットで見つけた写真よりも、ふたりははるかに似ている。

カタリーナ・フライタークが顔を上げて、フィオーナを見た。ふたりはこのコンクリートの牢獄で、しばらくのあいだ向かいあってすわった。

「あなたがフィオーナね？」カタリーナ・フライタークはささやいた。唇が乾いてひび割れている。

「ええ」

「奇妙ね。わたしが想像していたあなたのしゃべり方はスイス訛《なまり》じゃなかった」

「あなたが……想像していた？」フィオーナはびっくりしてたずねた。

「ええ。あなたのことをよく思い描いていた」口元に笑みがこぼれた。「どこで暮らしているか。元気にやっているかどうか。どんな顔立ちか。どんな名前か」

「本当に？」フィオーナは小声でいった。

心の奥底に灯がともった。体のすみずみに突然、温かい幸福感が広がり、目に涙があふれた。母親が見つかるとは思っていなかった。切羽詰まった状況に頭がおかしくなりそうだというのに、今までの人生でこんな幸福感を味わったことがない。自分を捨てた母親への怒りが消えた。喜びと安堵感で心がいっぱいだ。母親とちゃんと知りあうためになんとしても生き延びたいと思った。

「どのくらい時間が残されているかわからない」カタリーナ・フライタークがいった。「だから訊きたいことをいいなさい」

「なんて呼んだらいいですか？」

「好きに呼んだらいい。家族や友だちはキムと呼んでる」

「わかった、キム」フィオーナは微笑んだ。「わたしに、いとこはいる？」

「ええ、ふたり。兄のラースに子どもがふたりいる。それから、わたしには姉もいる。名前はピア」

「どうしてわたしに会おうとしなかったの？」

「怖かったからよ」キムは白状した。「あなたに非難されるのがね。本当はあなたのメールに返信するつもりだったの。でもそのとき……」キムは顔をしかめた。「……よく思いだせない。記憶があいまいで」

「わたしもよ。水になにか混ぜてあるんだと思う。デートレイプドラッグじゃないかしら」フィオーナは答えた。「わたしもさっき気を失った。わたしはチューリヒに戻るつもりだった。でもその前にもう一度だけジーベルト先生と話してみようと思ったの。ナビにジーベルト先生の住所を打ち込んだことまでは覚えているんだけど」

「マルティーナ！」キムが顔をしかめて、両手でこめかみをもんだ。「新しい職場に移るって電話でいっていた」

「マルベーリャ！」フィオーナはふいに思いだし、興奮して体を起こした。「そうだ！　わたし、先生の家を訪ねたのよ。でも先生はいなかった！　ご主人に招き入れられて……」

「マルティーナの夫？」キムがフィオーナを見つめた。「ヨアヒム？」

「名前は知らない」フィオーナは肩をすくめた。「最後の記憶は……紅茶。いいえ、他にもなにかあった……」

フィオーナは頭を振り絞った。紅茶。マルティーナ・ジーベルトの声。マルベーリャ！　ガレージ！　突然、心が凍りついた。

「ご主人がわたしになにかしたのよ！」フィオーナはささやいた。「わたしたちを誘拐したのはあの人？」

「ヨアヒムが？　でも、どうして？」キムが困惑してささやいた。「昔は友だちだったのよ。ルームシェアをしていっしょに暮らした仲なんだけど……なんてこと！」キムは口をつぐんで、口と鼻を両手で覆って目をつむった。

「どうしたの？　大丈夫？」フィオーナはキムの横に這っていって、キムの腕にそっと触れた。

「キム？　キム！　お願い！　そいつはどういう奴なの？」

「わたしにもわからない」キムは話しつづけた。はじめは訥々《とつとつ》とだったが、しだいに淀みなくしゃべった。「昔はいい奴だった。彼は……少しだけわたしに気があった。でも……わたしは愛していなかった。わたしには、フリチョフという恋人がいたの。彼に首ったけだった。でもなぜか……うまくいかなかった。別れたとき、わたしはベルリンの大学に移った。フランクフルトにあるものすべてが耐えがたかったのよ。そして……ある日、フリチョフがわたしをパーティに誘った。友人の家で夏のパーティがひらかれたの。行くべきじゃなかった」

キムは黙って、首を横に振った。

「どうして？」フィオーナがたずねた。やさしい表情を見せると、手を伸ばしてフィオーナの頬をなでた。キムはフィオーナを見た。

「その夜、あなたができたのよ」キムはかすれた声でささやいた。

「父親がだれかわかっているのね？」フィオーナはキムを見つめた。

「それがはっきりしないの」キムは暗い面持ちで答えた。「フリチョフはわたしをガレージに連れ込んだ。わたしは少し酔っぱらっていた。〝昔付き合った仲じゃないか〟と彼はいった。彼に付き合ってる人がいることを知っていたのに、わたしは身を任せてしまった」キムは深いため息をついた。「一時間後、彼は恋人と腕を組んで婚約を発表した。最悪だった。わたしはそこにいたくなかった」

「ひどい！」フィオーナは同情した。「かわいそうに！」

「でも、そのあとがあるの」キムはしばらく葛藤してから話をつづけた。「ヨアヒムがそこにいたの。彼はわたしを自分の家に連れていった。わたしは腹の虫が治まらず、ぐでんぐでんに酔っぱらって、前後不覚になっていた。彼はそれをいいことに……」

「襲ったのね！」フィオーナはかっとなって叫んだ。「なんて奴！」

「というわけで」キムは彼女を見て、ふたたびため息をついた。「ふたりのうちどちらかがあなたの父親よ」

＊

夫のことを話しつづけるジーベルト医師が数年ぶりに再会したときのことを話題にした。それを聞きながら、ピアは指一本で捜査十一課のチャットに打ち込んだ。

〝全員、わたしの部屋に集合。犯人はヨアヒム・フォークト！〟

一分後には、ケムとターリクが部屋に飛び込んできて、ピアを見た。ピアはふたりに静かにするように合図して、電話のスピーカーをオンにした。

「キムの娘のことをご主人に話しました？」ピアはジーベルト医師にたずねた。

「え、ええ」医師は答えた。「そうです。話しました。夫も昔からカータのことを知っていますので」

カイがドア口にあらわれた。ハーディングといっしょだった。ふたりもそばに立った。

「どんな反応をしましたか？」ピアはたずねた。体のふるえが止まっていた。頭がまた働くようになった。待ちに待った突破口だ！

「そうですね。首を横に振っただけでした。たしかにあのことは秘密にするとカータに約束しました。でもあの晩は腹に据えかねたのです！」ジーベルト医師は弁解した。「カータは歯牙にもかけなかったのです。あの娘がどんなに切ない思いをしていようが興味がなかったのです！　わたしは翌朝、スペインへ飛ぶことになっていて、荷物をまとめているところでした。そんなときにカータはわたしを侮辱したのです。わたしはずっと約束を守ったというのに！」

「ジーベルトさん、結婚生活はうまくいっていますか？」ピアはたずねた。

「どうしてそんなことを訊くのですか？」ジーベルト医師は驚いた声をだした。「良好です。

信頼しあっています。離れて暮らしていけるのはそういうパートナーだからです。老後は南国で暮らそうと話していて、わたしは今スペインで新しい基盤を作っているところで……」

「二〇一二年頃、なにかありませんでしたか?」ピアはジーベルト医師が滔々《とうとう》としゃべるのをさえぎった。「結婚が危機に瀕していませんでしたか?」

ケム、ターリク、カイ、ハーディングがじっと耳をすましました。

「それはいったい、どういう……」ジーベルト医師がいいだしたが、ピアは自由にしゃべらせなかった。

「カータとその娘を監禁していると思われる殺人犯は一九九八年から二〇一一年まで犯行をやめていました。連続殺人は二〇一二年五月に再開したのです」

一瞬、ジーベルト医師が黙った。

「わたしの夫がシリアルキラーだというんですか?」ジーベルト医師は冗談としか思えないというように甲高い笑い声をあげた。

どう答えたらいいか難しい。ジーベルト医師が深刻な状況なのを理解せず、キムやフィオーナの運命をどうでもいいと思っているなら、本当のことを伝えるのはきわめて危険だ。夫に電話をかけて警告するかもしれない。そうなれば犯人はキムを殺すか自決するだろう。犯人に死なれたら、キムたちがどこに監禁されているかわからずじまいになる。

犯人が油断して、証拠を隠滅しないようにするには、ジーベルト医師の協力が不可欠だ。

「被疑者に名が挙がっているんです」ピアはいった。「ライフェンラート家の里子でしたので」

カイが携帯電話をだして廊下に出た。ハーディングはピアのデスクからメモ用紙を取り、ボールペンをだして、なにかメモした。

「そ、そんな、馬鹿な」ジーベルト医師が口ごもった。「ど、どうしてヨアヒムがそんなことをするというんですか？　だって……か……彼はいい人なんですよ！　頼りになるし……太っ腹です。わたしには自由にさせてくれますし、娘たちのことも自分の子のように愛してくれています！　そんな人が……人をさらって……殺すなんて！」

ハーディングはピアにメモを渡した。

夫への信頼が揺らぐように！

ピアはうなずいて、親指を立てた。

「二〇一二年になにがあったんですか？」ピアは質問を繰り返した。

「わ……わたしが職場の同僚と浮気をしてしまったんです。もののはずみでした。でもヨアヒムはどうしてか気づいてしまって、自暴自棄になってしまいました」

「あなたの浮気を知ったのはいつですか？」

「よく覚えていませんが、復活祭の頃です」

二〇一二年五月にリアーネ・ヴァン・ヴーレンは殺された。

「でも浮気に気づいていることをいったのは夏になってからです。バカンスに行く直前でした。浮気はすでに終わっていました。ヨアヒムとわたしはいろんなことを話しあいました。結婚カウンセラーにも相談しました。そしてさんざん議論した末に、南国で暮らすという共通の夢を実現させることで意見が一致したんです」ジーベルト医師は少し間を置いた。「なにかの間違いです！　ヨアヒムは繊細で心やさしい人です！　ハエ一匹殺せません。信じてください！」

「ご主人がはじめてトスカーナを訪ねたのはいつかご存じですか？」ピアはたずねた。

「ずいぶん前です。一九九七年夏。サン・ジミニャーノ。そのバカンスの一週間後、ヨアヒムはヴィルトザクセン地区に引っ越しました」

「その前はどこに住んでいましたか？」

「ヨアヒムはディーデンベルゲンに小さな家を借りていました。でもそこは手狭だったんです」

ヨアヒム・フォークトは犬のケージにコンクリートを流し込んだ。トスカーナのバカンスから帰った直後、つまり一九九七年。新居への引っ越しを前に、それまでどこかに保管していたマンディ・ジーモン、アネグレート・ミュンヒ、ユッタ・シュミッツの死体を人知れず処分したということか。

「もしもし」ジーベルト医師がいった。「夫のことはよく知っています。そんなことをするはずがありません！　わたしたちはなにも隠しごとをしません。信頼しあっているんです」

「ご主人は実の母親を知っていたようですが、その話はしていますか？」ピアはたずねた。

「い……いいえ」戸惑いが見られた。隠しごとはしていたのだ。「彼を産んだときに死んだために里親家族に育てられたと聞いています」

「残念ながらそれは違います。ご主人のお母さんはエルケ・フォークトという名で、バート・

カンベルク出身でした。エルケ・フォークトはヨアヒムさんを産んですぐ養子にだそうとしました。しかしなにか事情があって実現せず、孤児院で育ちました。五歳のときにライフェンラート家に引き取られたのです。その後、エルケ・フォークトはハンブルクのコーヒー焙煎会社の社長と結婚して、エルケ・フォン・ドナースベルクと名乗っていました。そして一九九七年五月の母の日に殺害されました。他のすべての被害者と同じ手口で。ご主人は母親を知っていました。ご主人が小さい頃、毎年母の日にライフェンラート家を訪ねていたからです」

「母の日……」ジーベルト医師はささやいた。

「一九九五年の母の日にテオ・ライフェンラートは妻のリタを射殺しました」ピアはいった。

「フリチョフさんとヨアヒムさんは自殺に見せかけて、殺人を隠蔽《いんぺい》する手伝いをしています。先週マンモルスハインの敷地でリタ・ライフェンラートの死体を発見しました」

沈黙。

「ご主人はクレタ島に行ったことがありますね？」

「ええ。大学入学資格試験が終わったあと。同じ学年だったフリチョフともうふたりの友人といっしょに」

「フォティアという小さな町のプチホテルに宿泊していましたね？」ピアはいった。

「たぶん」

「そのホテルにフランス人の女性バックパッカーが滞在していました。何度かドイツ人の若者たちといっしょにいるところを目撃されています。八月十二日、彼女は行方不明になりました。

ドイツ人の若者たちは翌日にチェックアウトしています。しばらくしてその女性の死体が発見されました」

「嘘」ジーベルト医師がささやいた。「ありえないです！　フリチョフならやるでしょう。彼は昔から冷淡で、目的のためなら手段を選ばない人です。あの人がカータにどういう仕打ちをしたかご存じですか？　カータを自分の婚約を発表するパーティに誘ったんです。最低の奴です！」

「そのパーティがあったのはいつですか？」ピアはすかさずたずねた。

「ちゃんとは知りません。わたしが夫と再会する数年前だったと思います。でも、夫から話を聞いています。夫もそのパーティに出ていて、カータを送りとどけたといっていました」

ピアの頭の中でパズルのピースがはまった。イメージがしだいに鮮明になった。フリチョフとヨアヒムはキムをよく知っていた。キムはフリチョフを愛していたが、フリチョフは別の女性と結婚することにした。ふたりのうちどちらかがフィオーナの父親なのだろう。だからキムは、妊娠して子どもを産んだことをだれにも知られまいとしたのだ。

「ジーベルトさん、こちらへ来てくれませんか？」ピアは穏やかな声で気持ちを込めていった。

「マラガ発フランクフルト行きの便をこちらで取ります」

「ええと……わ……わかりました」ジーベルト医師はすすり泣いた。相当のショックを受けているようだ。

「今聞いた話をくれぐれもご主人に話さないでください。お嬢さんたちにも話してはいけません。他言無用に願います」ピアは念を押した。「今日か明日の朝、ご主人と話すことがあったら、いつものように振る舞ってください。できますか？」

「は……はい。やってみます」

「ご主人がわたしたちが追っている犯人なら、誘拐したふたりの女性を即座に殺害して、証拠隠滅を図るはずです」

「わかりました」ジーベルト医師はしっかりした声でいった。「今日の午後八時にマラガ発ミュンヘン行きの便があります。急げば乗れるでしょう」

「乗れたら連絡をください」ピアはいった。「ミュンヘン空港に迎えをやります。その足でフランクフルトまで送ってもらいます」

＊

無茶苦茶だ！　はじめて解決方法がわからない。計画にないことをしたためだ。とっさに行動するほかなかった。他の選択肢を考える余裕がなかった。こんなのちっとも面白くないぞ。警察に目を付けられるくらい、なんとも思わない。いずれそうなることは見えていた。その方が刺激的なくらいだ。俺の人生に惜しいものなどない。いざというときに姿をくらます準備は万全だ。腹立たしいのは、偶然に左右されたことだ。こんなことははじめてだ！　サンクト・ペテルブルクでの事故で歯車がおかしくなった！　俺が家にいれば、テオの死体が何日も放置されることはなかった。そうすれば、クラースの馬鹿が犬をケージに閉じ込めることもなかった。万事順調だったんだ。三人の女が発見されることはなかった。だがいったんほどけだしたロープは止められない。最悪なのは今回だけは正しいと感じられないことだ。俺は快楽のために人殺しをしているわけじゃない。あれは必要なことだった。俺の内面の均衡を元どおりにするために。すべてがそのためにあった。二週間前から俺はカータのことばかり考えている。なぜあんなことをしたんだ。どんな裏切りよりもひどいことだ。俺はもうカータをなんとも思っていない。あんなに愛した女だがな。カータはもはや存在しない。地下に閉じ込めているのは知らない女だ。老けて見える。加齢臭と偽りのにおいをぷんぷんさせている。問題は若い方のカータだ。罰せられるようなことはなにもしていない。無実の女は殺せない。クラースは例外だ。あいつは殺されて当然の奴だ。監視カメラを作動させて、あのふたりを数分観察しよう。あのふたりにこのまま水を与えないで死なせるのが最善の方法かもしれない。死体が見つかる頃、俺はもうスペインにいる。うまくやれば、クラースが閉じ込めたように見せかけられるだろう。

＊

特捜班本部は大騒ぎになっていた。カイはヨアヒム・フォークトの家の家宅捜索令状と固定電話の通信傍受の許可を申請した。フィオーナ・フィッシャーの行方はいまだに不明で、すでに死亡しているか、フォークトによって監禁されていることを前提とするほかなかった。

ピアはフリチョフ・ライフェンラートをあらためて取り調べるため、彼が宿泊しているファルケンシュタインのホテルにケムとターリクを向かわせた。今回の取り調べはピアの部屋でも、取調室でもなく、特捜班本部でおこなうつもりだ。ハーディング、カトリーン、カイに手伝ってもらってホワイトボードをいじり、被害者と死体の写真がライフェンラートの目にたえず入るようにした。そうすれば事態の深刻さを理解するだろう。カイはマガリーの写真も暴力犯罪連携分析システムのデータからプリントアウトして、ホワイトボードに貼り、その横にフォティアのホテルの領収書も拡大して貼りつけた。

ジーベルトが電話でピアに話したことはすべて、ハーディングが作成したプロファイルに合致した。ヨアヒム・フォークトには友人がなく、仕事以外に社会的な接点がない。出張が多く、いつどこに行こうと釈明の必要がない。そして自宅勤務も可能な職種だ。またこの数年、養父の世話をよくしていたのも、マンモルスハインの敷地を見張り、いざというとき即座に行動できるようにするためだったのだ。ライフェンラートが死んだときに事故にあっていたのが運の尽きだった!

一方、カイの調査によると、フリチョフ・ライフェンラートは典型的なイギリス上流階級のライフスタイルを実践しているという。妻と犬二匹といっしょにロンドン郊外のマナーハウスで暮らし、大きくなった子どもたちはイートン校に通っている。妻と彼は頻繁にさまざまな家に招待され、年に数回、家族でバカンスを楽しんでいる。彼がシリアルキラーである可能性はかなり低い。

ピアはフリチョフにすぐ見せるため、キムのアルバムとフリチョフの私物を入れた箱から何枚か写真を抜いておいた。一方、ヨアヒム・フォークトの箱には彼の人物や過去が推し量れるものが一切見つからなかった。ハーディングはフォークトが中身を調べ、証拠になりそうなものを取り除いたのだろうといった。またヨアヒム・フォークトは犯行を企てるにあたって、警察の捜査の目が元里子に向けられるようにその生活環境や行動範囲を考慮していたようだ。

「じつに巧妙だ」ハーディングはあきれたとでもいうような声を発した。「たとえばケージのコンクリート床の話がそうだ。偶然立ち寄ったときにテオに頼まれたような口ぶりだったが、むしろ引っ越しが迫っていて、大型冷凍ストッカーに保管していた三体の死体の処分に困っていたときに、ドルとリンデマンの作業を見て処分の方法を思いついたと見るべきだろう」

「いい場所ですよね」カイが同意した。「犬のケージならしばらくだれも手をつけないと思ったんでしょう」

「もしかしたら彼か仲間のフリチョフが敷地を遺産相続すると思っていたのかもしれないわね。そうすれば、問題は永遠に解決する」カトリーンがいった。

「自分がそばにいないときにテオが死んだのは痛恨の極みだったろう」ハーディングがうなずいた。「そのうえクラース・レーカーが犬をケージに閉じ込めた」

「その点はレーカーに感謝しなければいけませんね」ピアは写真を束にした。「あの骨が見つからなければ、これほど捜査しなかったでしょうから」

オリヴァーとエンゲルが会議室に入ってきた。ピアはジーベルトから聞いた話を急いでふたりに伝えた。

「彼にしか話していないのなら、フォークトが犯人に間違いないな」オリヴァーはいった。

「ライフェンラートからはなにを聞きだそうというんだ？」

「一九八七年にクレタ島でなにがあったかです」ピアは答えた。「それからフォークトが母親の真実をどうやって知ったか。今のところフォークトが殺人を犯したという明確な証拠がありません。せめてその信憑性を高めなくては。今のままだと弁護士にうまく立ちまわられて、最悪の場合、フォークトは無罪放免になります。ジーベルト医師は今晩、飛行機でミュンヘンに着きます。明日の早朝にこちらに着くでしょう。家宅捜索に立ち会ってもらいます」

そのときピアは、エンゲル署長がぼんやりと窓の外を見ていることに気づいた。よく知っていると思い、信頼していた人間にこれほど多くの秘密があったことに、ショックを受けているに違いない。

「なんという無意味な悲劇だろう！　ヨアヒム・フォークトはゲーロ・フォン・ドナースベルクのところで養子として育つことができたかもしれないのに」オリヴァーはいった。「子どもがいることを夫に打ち明ける勇気が母親にありさえすれば」

「現代なら簡単だろう」ハーディングが口をはさんだ。「しかし一九六〇年代では非嫡出子は死刑宣告に等しかったからね。夫に捨てられるのが怖かったのではないかな」

「贅沢三昧《ざんまい》できなくなるのがいやだったのでしょう」オリヴァーは首を横に振った。「その結果、二十四年間も隠しとおし、鬱病にもかかって、残酷な死を迎えた。なんと愚《おろ》かで、不必要なことか！」

「彼女がそうしなければ、八人の女性は今も生きていたでしょう」ピアはかっとしていった。「そして今、ひとりの女が臆病でエゴイストだったばかりに、わたしの妹まで危険にさらされている！」

「すべてその人のせいにするわけにはいかないでしょう」エンゲル署長が我に返った。「それではフォークトに責任がないことになってしまうわ。責任があるのはあの男よ。親に捨てられた子は他にもいるけれど、人殺しにはなっていない」

「リタ・ライフェンラートがエルケ・フォン・ドナースベルク宛にだした手紙はすべて預かっている」オリヴァーはいった。「一九七九年の母の日を最後に、息子を訪ねていないことは明白だ。一九八一年、ノーラ・バルテルが殺害された。あれがフォークトの初めての殺人なのは間違いないだろう。あいつは少女を溺死させ、それが気に入ったんだ」

ピアのスマートフォンが鳴った。ケムとターリクがフリチョフ・ライフェンラートを連れて署に到着した。ローゼンタール上級検事も取り調べの様子を見るために来ていた。

「取り調べはこの会議室でおこないます」ピアはいった。「被害者と死体の写真を彼に見せたいんです。なにが起きているか、彼にわからせないと」

「そうして」エンゲルはうなずいて、苦笑いした。「わたしたち全員で圧力をかけるのよ」

＊

フリチョフ・ライフェンラートははじめ尊大な態度を取っていたが、特捜班本部に連れてこられると、急にそわそわしだした。

ピアは十一課の仲間と他の捜査官にどういう態度を取るか事前に指示していた。用意周到な演出は効果覿面《てきめん》だった。フリチョフにはコーヒーもなにも飲みものをださなかった。みんな、なにもいわなかったが、探るような目や好奇心に満ちた目を彼に向けた。オリヴァー、ピア、エンゲル、ハーディング、ケム、ターリクの六人がカイのデスクを囲んで、ひそひそ話し、窓を背にしてすわらされたフリチョフの方をときおりうかがった。フリチョフから五メートルと離れていない目の前に、ぞっとする写真が貼られたホワイトボードがあった。フリチョフは一分もしないで落ち着きを失った。何度も写真に視線を向け、腰をもぞもぞさせて、すわる位置を変えては、鼻に手をやり、髪をすき、汗をかいた。居づらそうにしているのは明らかだ。ピアの狙いどおりだった。

「なぜここにいないといけないのかね？」そばにやってきたピアとオリヴァーに、フリチョフが文句をいった。「あんな写真を見させるのはなぜだ？」

わざと怒ってみせている。不安なのだ。

ピアは必要な情報を録音してから、ビデオに録画することと、被疑者としてではなく、証人として事情聴取するとフリチョフに伝えた。弁護士の同席を望むかという質問に、フリチョフは必要ないといった。

「写真の人の中に知っている人はいますか？」オリヴァーが彼にたずねた。

「いいや」フリチョフは首を横に振った。

「よく見てください」

フリチョフはオリヴァーの要求にしぶしぶ従った。

マガリーの写真を目にして、フリチョフがぎょっとしたのを、ピアは見逃さなかった。

「その子を覚えていますね?」ピアはたずねた。「一九八七年、クレタ島でバカンス中に知りあったはずです」

フリチョフは顔を紅潮させ、ごくりと唾をのみ込んだ。

「あのバカンスではいろんな女の子と知りあった。その子がどうかしたのかな?」

「マガリーさんは一九八七年八月十二日に行方不明になりました。死体は十日後、漁師の網にかかりました」オリヴァーはいった。

フリチョフが目を丸くした。

「喉を絞められ、溺死させられていました。激しく抵抗したことが確認されています」オリヴァーはホワイトボードの方を指差した。「そこに写真が貼ってある女性たちはみな溺死しました。ノーラ・バルテルのときと同じです」

「それがわたしとどういう関係があるのだ?」フリチョフが声を荒らげた。

「一九八七年八月にクレタ島でなにがあったか話してください」ピアはいった。「あなたがマガリーさんの首を絞めて、犯行をごまかすために死体を海に投げ捨てたのではないですか?」

「まさか!」フリチョフは椅子から勢いよく立った。「わたしはあの子になにもしていない!」

「すわってください」オリヴァーは身を乗りだすと膝に肘をついて、フリチョフがまた腰を下ろすのを待った。「あなたが彼女のことを覚えていてよかったです。覚えていることを話していただきましょう」

フリチョフはうっかり口をすべらせてしまったことに気づいた。だが失言をものともせず話しはじめた。大学入学資格試験が終わった夏、十月から始まる大学生活までのひととき、三人の友人と連れだってクレタ島でバカンスを楽しんだ。若者が集まる小さな海岸の町フォティアに逗留し、フリチョフは浜辺でマガリーと知りあった。マガリーはひとりで旅をしていて、フリチョフはひと目で気に入ったという。ふたりは一日じゅういっしょに過ごし、夜はパーティに顔をだし、酒をあおるように飲んだ。

「あの晩、わたしはかなり酔っぱらってしまった」フリチョフは話した。「気づいたら部屋に戻って眠っていた。翌日、わたしたちは急に旅立つことになった。理由は覚えていない。マガリーとはそれっきり会っていないし、その後なにも耳にしていない」フリチョフは苦笑いした。

「どうりで音信不通になったわけだ」

「信じられませんね」ピアはいった。「マガリーさんになにがあったか知っていたはずです」

「わたしはなにもしていない」

「では、だれがやったんですか?」

沈黙。

「マガリーさんには小さな子がいました。世の中を見てまわるために両親に預けていました。マガリーさんは子どもの話をしましたか?」

「いいや!」フリチョフは首を横に振った。「知らなかった!」

「誰かがそのことを知ったはずです。ここであなたが目にしている写真の女性たちはみな、小さな子を手放していました。ちょうど母親に捨てられ、あなたといっしょに育った里子たちと同じように」

フリチョフは表情を見せずにピアを見つめた。歯をかみしめていることから、緊張していることがわかる。

「マガリーさんが殺害された理由はそれだとにらんでいます」ピアはいった。「彼女を殺した犯人はその後、手口を洗練させました。スタンガンで被害者の意識を奪い、頭から足までラップフィルムにくるんで抵抗できないようにしています。それから溺死させ、大型冷凍ストッカーで冷凍保存し、その後、土に埋めたり、遺棄したりしています」

フリチョフは顔面蒼白になった。

「幼いときに捨てられたことがトラウマになり、あなたのおばあさんや子どもたちから折檻《せっかん》されて、連続殺人犯になったと考えています」ピアは話をつづけた。「これは快楽殺人でも、復讐や性的欲求による殺人でもありません。犯人は十字軍を気取っているんです。自分勝手な理由で子どもを見捨てた母親を殺すのが自分の使命だと思っているんです」

「犯人は自分の母親も殺したと思われます」オリヴァーが付け加えた。「そしてあなたがその男を知っている、とわたしたちは確信しています」

特捜班本部で交わされていた会話がいっせいに静まった。死んだような静けさだった。その場にいる全員が、フリチョフの反応を見守っていた。

フリチョフは背筋をまっすぐ伸ばして、椅子にすわったまま固まっていた。ただ喉仏だけが小刻みに上下していた。フリチョフの額《ひたい》に汗がにじみ、こめかみを伝い落ちた。それまでかたくなだった顔から突然、なにもかも読み取れるようになった。まるでひらかれた本のようだ。数十年のあいだ隠しとおしてきた恐ろしい真相を明かすべきか迷っている。ピアはもうひと押しした。

「犯人は今も女性をひとり誘拐しています。あなたも知っている女性です」ピアはいった。「名前はカタリーナ・フライタータ。昔、カータとかキムという愛称で呼ばれていました」

フリチョフの眉がさっと吊りあがった。ため息とも、うめき声ともつかない声を漏らした。

「犯人は火曜日の晩、カタリーナ・フライタークの住居でクラース・レーカーさんを殺しています」

フリチョフは口元を引きつらせたが、なにもいわなかった。まったく口が堅い。

四十年以上にわたる友情を崩すのは容易ではない、とピアは思った。それでもじれったくなった。ピアの計画どおりにはいかなかった。カードは全部見せたが、それでも口を割らせることはできなかった。残る手はひとつだけだ。フリチョフが他人のために、それがたとえ旧友のためでも、自分を犠牲にしたりしない人間であることに賭けるほかない。

「いいでしょう」ピアはそういって腰を上げると、ファイルやメモをまとめ、フリチョフを見ずにいった。「ここまでにしましょう。少なくとも八件で殺人幇助《ほうじょ》をした疑いで逮捕し、身柄をヴァイターシュタット拘置所に移します。顧問弁護士に電話することをすすめます。明日の早朝には捜査判事の前に出ることになりますから。不利になることはいう必要がありません。そして……」

「待ってくれ！」フリチョフはわずかにあわてた。「わたしは関係ない！　連続殺人なんてなにも知らないんだ。知っているのは……」

そこで口をつぐむと、フリチョフは首を横に振って考え込み、それからあらためて話しはじめた。

「マガリーを殺したのはヨアヒムだ」フリチョフの声が急にかすれた。「翌日、酔いがさめてから、あいつにいわれた。わたしのまったく与《あずか》り知らないことだった。マガリーは強姦されたことを警察に訴えようとした。殺さなければ、警察にいっていただろう、とヨアヒムがいった。ヨアヒムは……わたしを守るために……やったんだ」

＊

フィオーナは叫びすぎて声がかすれてしまった。

キムから衝撃的な話を聞いたあと、フィオーナは喉の渇きに耐えられず、ペットボトルの水を飲み干した。それから数分して眠りに落ちた。気がつくと、かすかに車のクラクションや金属のこすれる音が聞こえた。上に人がいる！　フィオーナは必死に大声をだし、足が痛くなるほど金属扉を蹴った。だがすべて無駄だった！　喉が痛くなった。もう一本ペットボトルを飲み干したくなったが、自制して、掌《てのひら》に数滴落としてなめた。眠ることはなかった。

今は精根尽きて、母親の横のコンクリート床に横たわり、さっき聞いた話を反芻《はんすう》していた。キムはパーティのあと、すっかり落ち込んでベルリンに戻った。そしてどこでもいいから外国で職を得るために活動した。その結果、ＦＢＩから期限付きで採用されることになった。妊娠に気づかず、気づいたときにはもう人工中絶ができない時期に入っていた。途方に暮れたキムは親友のマルティーナを頼った。あのおぞましい夜を思いださせる子どもを育てることは考えられなかった。赤ん坊が元気に育てばそれでいいと自分を慰め、それからアメリカに行ったが、数年後、ヨアヒムが親友のマルティーナと結婚したことを知って一切の連絡を絶った。

キムが赤の他人に赤ん坊を託す決断をしたとき、なにを感じ、どんな苦しみを味わったか想像して、フィオーナは胸が張り裂けそうになった。キムの人生はあのとき破壊されてしまったのだ。

母親を非難することはできない！　フィオーナは時間が欲しいと思った。キムをよりよく知るための時間、そしておばやおじや、祖父母やいとこと会う時間が。死にたくない。こんな牢獄のようなところでは死ねない！　やっと家族と母親が見つかったというのに！

＊

「それは嘘ですね」オリヴァーはいった。「あなたはまんまと嘘に騙《だま》されたのです」

「ヨアヒム・フォークトはあなたを利用したんですよ」ピアはオリヴァーと調子を合わせた。「あなたたちの友情でリードしているのがあなただと思ったら、とんだ間違いです。実際にはその逆です。ヨアヒムはあなたにとってなくてはならない存在だったんです。学校に通っていたときから、あなたの勉強を助け、問題を取り除き、あなたのために道を切りひらいた。しかしそれはあなたのためではなかった。すべて自分のため、自分が得をするためだったのです。だれもが気づいていました。気づいていなかったのはあなただけです！　フォークトに操られていたことを、あなたはまったく気づいていなかった」ピアはフリチョフを見た。フリチョフもそのとおりだと思ったようだ。そして愕然となった。ライフェンラートほど自己中心的な人間でなければ、友情の原動力がなにか、どこかで気づけたはずだ。しかしヨアヒム・フォークトは巧妙に立ちまわり、ものごとを決めているのは自分だとフリチョフに思い込ませたのだ。フリチョフにはひとつのこと、つまり自分のことしか考えられなかったからだ。だがここまでのし上がったのは、負けん気が強かったからだ。フリチョフはすぐに気を取り直した。

「好意を持って、だれかを信頼すると、そういうことが起きるものだ」フリチョフがいった。これが深刻な状況でなければ、ピアはその言い草を笑っただろう。

「カタリーナ・フライタークに最後に会ったのはいつですか？」オリヴァーがたずねた。

「ずいぶん昔だ」フリチョフは答えた。「婚約披露パーティのときだと思う。一九九四年夏」

「交際していたことがあったんですね？」

「ああ、まあ。しかし本気ではなかった。くっついたり、離れたりを繰り返した」フリチョフは肩をすくめた。「彼女にぞっこんだったのはヨアヒムだ。わたしには女よりも親友の方が大事だった。そもそもカータはわたしに合わなかったし」

「なぜ合わなかったのですか？」フリチョフのさげすむような声の調子にピアは我慢できず、歯ぎしりした。「かわいい子だったじゃないですか」

「ああ、たしかにかわいかったし、頭もよかった。彼女が違う家の出だったら、うまくいったかもしれない。わたしはマンモルスハインから出たかったんだ。あのせせこましい祖父母から遠く離れたかった。上流階級の女と結婚しなければ、それは叶わなかった」

世間体を気にする者ほど、取り調べではあけすけに話すものだ。警官のことを秘密を他言しない聴罪司祭とでも思っているようだ。だがフリチョフは罪の赦《ゆる》しなど求めていない。本心を語りたいという欲求など持ちあわせていない。自分がのし上がれれば、だれが傷つき、屈辱を味わい、破滅しようがかまったことではないのだ。彼のひと言ひと言に、ピアの怒りが増した。

「そのパーティでなにがあったんですか？」

「なにも。なにがあったというのかね？」

「カタリーナ・フライタークは一九九五年五月に娘を産んでいます」ピアはいった。「彼女は子どもを望まなかったので人に与えたのです。そのために犯人の標的になったんです」

フリチョフはそれを理解して蒼白になった。その反応がピアには充分証拠になった。

「その晩、彼女と寝ましたね？　自分の婚約披露パーティをひらいているときに」

「ああ、そうだとも！」フリチョフは肩をすくめた。「わたしは酒が入っていた！　わたしが冷蔵庫にシャンパンを取りにいったとき、カータはガレージまでついてきて誘惑したんだ！　昔のようにというわけだ。それで、そういうことになった」

「カタリーナ・フライタークは、あなたが婚約を発表すると知っていたのですか？」

「いいや」フリチョフは悪びれる様子もなかった。「真夜中になってから発表したからね。カータが歩けないほど酔い潰れていたことを、あとでヨアヒムから聞いた。そんな状態で両親のところには送れないから、自分の家に連れて帰ったといっていた。彼女は当時ベルリンで暮らしていて、フランクフルトにはパーティに出るためだけに来たんだ。ヨアヒムはそのおこぼれをもらったはずだ。あいつは十年近く、カータと仲よくしていた。いつか……まあ、その……自分の恋人にしたいという下心があった」

フリチョフの言葉の意味を理解したとき、ピアは骨の髄まで凍りついた。キムはそのときフリチョフだけでなく、ヨアヒムとも関係を結んだのだ。そして九ヶ月後、赤ん坊を産んだ。子どもの父親はキムを深く傷つけたフリチョフか、泥酔したキムを強姦した可能性があるヨアヒムということになる。どちらにせよ最悪だ。だからなんとしても赤ん坊を手放そうとしたのだろう。しかものちにヨアヒムの妻となる友人に助けてもらったなんて運命の皮肉としかいえない！　しかも計算高いヨアヒムのことだ、大好きな女と接点ができることを狙ってマルティーナ・シュミットと結婚したに違いない。

そのキムが今、犯人に監禁されている。犯人は自分がフィオーナの父親である可能性があることを知っているのだろうか。あるいはもっと悪いことに、親友も父親の可能性があることまで気づいているかもしれない。かつてキムを愛していたのなら、手にかけるのを躊躇《ため》うだろうか。それともその逆でキムまで子どもを捨てたと憎悪の度合いを増しているだろうか。

長い友情の絆は完全に切れて、フリチョフは容赦なくすべてを明かした。

「ノーラ・バルテルを殺したのはヨアヒムだ」フリチョフは騙されていたことへの復讐心に駆られていた。「クラースとノーラがボートを漕いでいたとき、たまたま池にいたらしい。クラースはわざとボートを転覆させて立ち去ったが、ノーラは足が水草に絡まってしまったんだ」

フリチョフは笑った。「ノーラがひどいことをいったので、かっとして水中に沈めてしまったとヨアヒムはいったが、たぶんそれも嘘だろう！　クラースに罪を着せて、意趣返ししたというのが本当だろうな」

「クラースがヨアヒムになにをしたか知っていますか？」オリヴァーがたずねた。

「ああ、なんとなくは。といっても、ヨアヒムはわたしの前ではいつもたいしたことはないといっていた。クラースは、ヨアヒムが特権に浴しているのが気に入らなかったんだ」

「ヨアヒムのこともラップフィルムにくるんで水に沈めていましたか？」

「ああ、やってた」フリチョフは肩をすくめた。

「守ってあげなかったんですか」

「何度か祖母に話した。祖母がクラースを罰した。だがそのあとクラースはヨアヒムにもっとひどいことをした。わたしが見つけなかったら、大型冷凍ストッカーの中で窒息死《ちっそく》するところだったこともある！」

フリチョフはある日、ヨアヒムの実の母親の新しい姓と住所をつかんで教えたことがあるという。ヨアヒムは母親を訪ねるためにハンブルクに向かった。

「母親と話したんですか？」オリヴァーがたずねた。

「それはなかっただろう。住んでいる邸を見て、父親の違う兄弟がいることを知った。それで充分だったと思う。それっきり、あいつはそのことを話題にしなかった」

「しかし数年後、ハンブルクへ行って、自分の母親を殺したんですよ」オリヴァーはいった。

「考えなしだ」フリチョフは同情の欠片《かけら》もなく肩をすくめた。「エルプショセー通りに邸を構え、旦那は大金持ちだ。わたしだったら、母親を殺したりせず、養子になれるよう画策した」

＊

ピアはもうこの男にがまんならなかった。オリヴァーに休憩を取りたいというサインをだした。ひとりでもライフェンラートに対処できるはずだ。あるいはニコラ・エンゲルに加わってもらってもいい。ピアは会議室を出て飲みものの自動販売機に向かった。頭ががんがんして、背中が死ぬほど痛い。この四十八時間、緊張のしどうしだ。キムとフィオーナの運命がわからないことも手伝って体力が限界に達していた。鉛《なまり》のように重い疲労感が全身に広がっていて、コーラを飲んだくらいではどうにもならなかった。

「ピア？」カイが背後にあらわれた。

「なに？」できることなら、カイを追い払いたかったが、それは不当なことだ。

「スマートフォンを俺のところに置き忘れていたぞ」カイはピアにスマートフォンを渡し、心配そうに見つめた。「家に帰って、少し寝たほうがいい」

「上でカウチに横になるからいいわ」ピアは答えた。

「ローゼンタールが裁判所からすべての許可を得た。フォークトの自宅と職場の家宅捜索令状。携帯電話と固定電話の盗聴、監視、移動記録の閲覧。州刑事局に協力してもらって赤外線カメラと壁裏センサーも使用する。キムとフィオーナ・フィッシャーが隠し部屋に監禁されているかもしれないからな」

「ふたりがフォークトの自宅にいなかったら？」ピアは壁にもたれかかった。

「そのこともローゼンタールと話した。フォークトはこの三日間、自宅と職場を往復しているだけだ。他のところに立ち寄っていない」

「あいつのスマートフォンがってことでしょ」ピアは混ぜっ返してあくびをし、目をこすった。

「尾行している。午後七時四十分に空港の立体駐車場を出て、午後八時三十五分に帰宅した」

「赤外線カメラの配備はいつ？」

「今、担当者がこちらへ向かっている。到着したら行動開始だ。だが指揮はボスがやる。きみは休め」

九時半近かった。あと一時間半でマルティーナ・ジーベルトがミュンヘンに着く。運転手を手配して、空港に迎えにいってホーフハイムまで連れてくることになっている。

「わかった」ピアは答えた。「なにかあったら教えて」

「もちろん」カイは彼女の肩を叩いた。

ピアはジャケットとバッグを取ってきて、二階まで階段を上り、会議室にある傷だらけの革のカウチに身を投げた。〝クリストフにメールしておかなくちゃ〟と思ったが、疲れに負けて、そのまま眠ってしまった。

十二日目

二〇一七年四月二十九日（土曜日）

「ピア？　ピア、起きろ！」

だれかが肩に触れ、夢も見ない深い眠りから覚ました。ピアは明るい光に目をしばたたき、クリスティアン・クレーガーの顔に気づいた。どこかから人の声がして、コーヒーのにおいがする。

「何時？」ピアは目をこすった。

「もうすぐ三時半だ。フィオーナ・フィッシャーのレンタカーが見つかった！」

ピアはすぐに起きあがった。

「どこ？」

「ブレッケンハイムにあるスーパーマーケットの駐車場だ！　内部のドアハンドル、ウィンカーレバー、それからトランクの中にあったフィオーナ・フィッシャーのリュックサック、旅行カバンに血液が付着していた。これでＤＮＡが手に入った。それがフォークトのなら証拠になる！」

「旅行カバンが車のトランクに？　じゃあ、やっぱり妹だけでなく、フィオーナも捕まっているのね」ピアはヘアバンドをはずし、十本の指でぼさぼさになった髪をかきあげてからヘアバンドで結び直した。「赤外線カメラはどうだった？」

「残念ながら人間がひとりと小さなもの、おそらくペットが確認できただけだ。何度もドローンを飛ばしてみたが、キムとその娘を見つけることはできなかった。少なくとも一階と二階にはな。地下に閉じ込められている場合、見ることはできない。分厚いコンクリートは赤外線カメラでも透視することはできない」

オリヴァーが会議室に入ってきて、小声でいった。

「ピアは眠らせておけといっただろう！」

「大丈夫です」ピアはそっと立ちあがって、痛みが残る腰を伸ばした。「もう復活しました。ライフェンラートは？」

「地下の留置場だ」オリヴァーは答えた。「その方が安心できる。フォークトに警告することはできないからな。ジーベルト医師が下で待っている。十分前に到着した。用意したホテルには行かないといっている」

「それじゃ、さっそく話してみましょう。急いで身支度を整えてくる」ピアは地下の更衣室に向かった。ロッカーには歯ブラシや歯磨き粉などの洗面用具と着替えを常備していた。

十分後、ピアはすっかり気分がよくなった。鏡に映った顔も疲れを感じさせない。階段を上がりながら、昨日届いたクリストフのメールに返信した。キムに娘がいて、シリアルキラーに捕まっている模様だということをすでに伝えただろうか。この七十二時間がまるで一日のように思える。最後に夫と話をしたのがいつか思いだせなかった。

ハーディングとケムも仮眠していたが、まだ疲れているようだ。カイとターリクはこの数日少し仮眠しただけでほとんど徹夜同然だ。コーヒーとエナジードリンクを大量に飲んで、なんとか目を開けていた。エンゲル署長とオリヴァーも疲れている。いつものように目を覚まし、元気いっぱいなのはクリスティアン・クレーガーくらいのものだった。

「もう一度、古い事件簿を読み直して、エヴァ・タマーラ・ショレの衣服から他人のＤＮＡが検出されていることがわかった」クレーガーはうれしそうにいった。「当時は技術的に解析できなかったが、保存してくれていた。おかげで鑑定することができる！　すごいだろう？　あと一年で三十年の保存期間が経過するところだった。もし経過していたら、処分されていたかもしれない」

マルティーナ・ジーベルトは特捜班本部の前の方の席にすわっていた。白髪まじりの褐色の髪をショートカットにした華奢《きゃしゃ》な女性だ。キムのアルバムの写真にあったにこやかな娘を思いださせる。だが前に会った記憶はなかった。

「ジーベルトさん」ピアは机のそばで立ち止まった。「こんなに早く来てくださって感謝します」

ジーベルトが顔を上げた。赤く泣きはらした目元の下に紫色の隈《くま》ができていた。

「どうも」そういっただけで、ジーベルトはふたたびハンドバッグをつかんだ。それくらいしか寄る辺がないかのように。

「そこにすわってもいいですか？」

こよなく愛し、信頼していた家族がなにをしでかしたか知ったとき、殺人犯の家族がどれだけショックを受けるか、ピアにはよくわかっていた。感情のままに犯行に及んだ場合でも、罪悪感はすさまじいものだ。自分の夫が何十年にもわたって複数の女性を殺害してきたと知らされたら、どんな気持ちを味わうだろう。これまでの人間関係がどこまで本当かわからなくなる。それに、なにか気づいていれば、事件を未然に防げたかもしれないと一生悩むことになるだろう。

「もちろんです」ジーベルトはいった。

オリヴァーとハーディングも席についた。ジーベルトは空になったカップを指でまわしながら机を見つめた。

「それで、間違いないのですか？」心の片隅ではまだ、すべてが勘違いであればと願っているようだった。顔を上げると、ジーベルトは懇願《こんがん》するようにオリヴァーを見た。

「ほぼ確実です」オリヴァーはそう答えた。「あなたのご主人は子どものときすでに近所の女の子を溺死《できし》させています。若い頃にクレタ島でもフランス人女性を殺しています」

「なんてこと」ジーベルトの目に涙があふれた。「信じられません。夫のことを知っているつもりでした！　わたしはだめですね」

「ご主人は何十年も完璧な二重生活をしてきたと考えています」ハーディングが穏やかにいっ

た。

「わたしが自分勝手でさえいなければ、気づいていたはずです」ジーベルトは自責の念に駆られた。「でも、わたしは自分のキャリアと娘たちとペットのことしか考えていませんでした。夫はそのことで不平を漏らすことはありませんでした。なんでもわたしの判断に任せてくれたんです……。彼の世話を焼くことはほとんどありませんでした。被害者の女の人たちが亡くなったのはわたしの責任です。カータとその娘が亡くなったら、その責任も……」ジーベルトはすすり泣いた。「夫は家にいるとき、たいていコンピュータに向かっていました。出張も多かったです。わたしはそのことをなんとも思っていませんでした。夫が……夫が……女の人たちを殺していたなんて夢にも思いませんでした！」

「あなたはご主人を信頼していた」ハーディングがいった。「ご主人はそれを利用したのです。あなたに責任はありません」

「そんなことはありません！」ジーベルトの顔は涙でぐしゃぐしゃになった。「カータのことを夫に話してしまいました！　だから赤ん坊のことを知ったんです！　だれにも話さないと約束したのに、あの夜はかっとしてその約束を破りました。カータは親友で、医師にあるまじきことだとはわかっていましたが、迷わず助けました。それなのにすぐにいなくなって、わたしの手紙にもメールにも反応しなかったんです！　わけがわかりませんでした。腹が立ちました……会えなくてさびしかったんです！」

ジーベルトの絶望がピアの胸に刺さった。

「ご主人がそんなひどいことをするなんて、あなたにわかるはずがありません」ピアは口をはさんだ。「それにキム、いやカータがどうして距離を置いたかわかるような気がします。あなたがヨアヒム・フォークトと結婚したことを知ったからじゃないでしょうか」

「ええ、たしかに結婚報告を送りました」ジーベルトは上着のポケットからティッシュをだして、洟《はな》をかんだ。

ピアはフリチョフ・ライフェンラートから聞いた話をかいつまんで伝えた。ジーベルトはあらためて愕然とした。

「つまり、フィオーナ・フィッシャーは夫の子かもしれないんですか？」ジーベルトは声をふるわせながらたずねた。

「理論的には」ピアはうなずいた。

ジーベルトはもうこれ以上の悪い知らせを受け止められそうになかった。だがまだ序の口だった。ハーディングが被害者たちの写真を見せた。もちろん死体の写真ははずした。

「この人は知っています！」そう叫ぶと、ジーベルトはエヴァ・タマーラ・ショレの写真を指差した。「わたしたちとルームシェアをした人の……いとこです。ルームシェアをしたのはトーマス、トーマス・ショレです。エヴァはフランクフルトに出てきたとき、よく彼の部屋に泊まりました」

これでヨアヒム・フォークトが三人目の被害者とどうやって知り合ったのかわかった。

「なんてこと」ジーベルトはささやいた。「わたしたち葬儀に参列したんですよ！　家族全員。

わたしの夫も！　夫は平気な顔で」

ジーベルトのすすり泣きは際限がなかった。ジーベルトが少し落ち着くのを待って、オリヴァーがいった。

「女性はすべて母の日かその直前に行方不明になりました。二〇一二年、二〇一三年、二〇一四年。この年の母の日に、ご主人は自宅にいましたか？」

ジーベルト医師は喉に手を当てた。

「夫は……母の日に家にいたためしがありません」ジーベルトはかすれた声でささやいた。「くだらないといっていました。消費喚起が狙い。バレンタインデーと同じだ、と。わたしもそれほど気にしていませんでした。夫はその日……いつも……仕事に出ていました」ジーベルトは両手で顔を覆った。

＊

ヨアヒム・フォークトは若い頃からコンピュータに魅せられていた。だからIT専門家になったのは自然な流れだったといえる。それでも大学の二学期目に専攻を変えて、電子工学と物理学を学んだ。一九九〇年、フォークトはシュトゥットガルト工科大学在学中、南西放送局でアルバイトをして、ライブ放送で四人目の被害者となるマンディ・ジーモンと知り合った。彼の表向きの顔は完璧だった。信頼が置け、やさしくて親切だとみんなから思われていた。

もうひとつの謎はマルティーナ・ジーベルトのおかげで解けた。ニーナ・マスタレルッとヤーナ・ベッカーのDNA痕跡がライフェンラート家にあった大型冷凍ストッカーから検出された件だ。フォークトはもともと自分の家のガレージに置いていた大型冷凍ストッカーを数年前、養父に贈ることにして、馬用トレーラーで運び、代わりに新しい大型冷凍ストッカーを買ったというのだ。夫が被害者の死体をしばらく自宅のガレージに保管していたという事実に、ジーベルトはあらためてショックを受けた。そのとき引出式の冷凍庫の方が便利だといっても、フォークトは耳を貸さなかったという。

ジーベルトが女性警官に伴われて特捜班本部を出たあと、エンゲル署長がハーディングにたずねた。

「フォークトが犯人だというのはどのくらい確実なの?」

「百パーセント確実だ」ハーディングは即答した。「プロファイルと完全に一致する。ノーラ・バルテルとマガリーを殺したことがわかっている。被害者と接触する方法もわかった。死体の保管場所を確保しており、インターネットのさまざまなフォーラムに偽名で参加し、疑いの目が他の元里子に向くような標的を探した。そのために元里子たちの活動について絶えず情報を集めていた。すべて計画的だ」

「わかった」エンゲル署長はうなずいた。「では行動開始する」

七時頃、カトリーンが買い物袋を提げて出勤してきた。袋にはプチパンのサンドとヨーグルトとミュースリ、フルーツサラダが入っていた。作戦会議がはじまる前に、カトリーンはみんなに朝食を配った。ピアはジーベルトとライフェンラートにも朝食を届けるようにカトリーンに頼んだ。ふたりは一階の面会室にいた。メルレ・グルンバッハと臨床心理士とふたりの巡査がふたりの世話をし、同時に見張っていた。もしヨアヒム・フォークトが妻に連絡をよこしても、これならジーベルトはそのことを隠せない。

捜査官がしだいに集まってきた。州刑事局の専門家と機動出動コマンド《MEK》の現場指揮官もいた。オリヴァーは念のため機動出動コマンド《MEK》を空港に待機させることにしたのだ。それからローゼンタール上級検事、少し遅れて警視総監も到着した。

シュミカラ広報官は報道関係者から質問攻めにあって、大忙しだった。署の玄関に集まった中継車の数は増える一方だ。徹夜で待機したリポーターもかなりの数に上っていた。もちろんフリチョフ・ライフェンラートがふたたび警察署で一夜を過ごしたという事実がさまざまな憶測を生んでいた。大衆紙やオンラインのニュースサイトには、「警察、タウヌスリッパー事件の関連でライフェンラートを尋問」という大きな見出しが躍った。

「ライフェンラートは訴えるでしょうね」シュミカラ広報官は危惧《きぐ》した。「へまはしないようにしないと」

「なにをいっているの」エンゲル署長が口をはさんだ。「これは偽装工作よ。情報をそれとなくメディアに流したのはわたしよ。ライフェンラートも納得している」

「えっ？　納得しているんですか？」ミュースリにフルーツを加えていたシュミカラ広報官はびっくりして手を止めた。

「それなりにね」署長は涼しい顔でいった。「フォークトを油断させるためよ。疑われたら大変でしょ」

「では、わたしはいつ詳しいことを知ることができるのでしょう?」シュミカラ広報官がびっくりしてたずねた。

「今知ったでしょ」署長がいった。

「昨夜ベッドに入らず、ここにいたら、全部わかっていたさ」クレーガーがからかった。

ヨアヒム・フォークトはまだ自宅にいた。昼頃、出勤するらしい。ジーベルトによれば、フォークトはよくそうするという。システムの保守点検や更新はたいてい航空業務が休みに入り、店舗やラウンジが閉まっている時間帯に実施される。たとえば手荷物受取所の制御システムをアップデートするのは、フォークトたちスタッフが何ヶ月もかけて作業したあと、土曜日から日曜日にかけての夜におこなわれる。

フォークトがヴィルトザクセンの自宅を出たら尾行して、パンを買いにでたのではなく、本当に空港へ向かうかどうか確認する。捜査官が自宅に踏み込み、屋根裏から地下まで捜索するのは、フォークトが職員用立体駐車場に車を止めてからだ。

朝食のあと、ピアは知り合いのイェンス・ハッセルバッハに電話をかけ、他言無用と念を押して、ふたりの女性が空港の敷地内に監禁されている恐れがあることを伝えた。ふたりの人間を長期に監禁するとしたらどこが可能かハッセルバッハならわかると期待したからだが、彼の返答にはがっかりさせられた。広大な敷地をすみずみまで知っているわけではないというのだ。あいにくなことに、ヨアヒム・フォークトは敷地を知り尽くしているうえ、無条件のセキュリティ管理権限を持っているので、空港内ならどこでも自由に動けるという。フラポート社の黄色い安全ベストとヘルメットを着けて黄色い身分証を提げていれば、だれも不審に思わない。警視総監は作戦指揮と空港運営会社フラポートとの調整役にエンゲル署長を任命し、フラポート社の社長に直接電話をかけた。事情を知る者は最小限にとどめなければならない。

「フォークトに死なれでもしたら目も当てられない」オリヴァーはいった。「最優先事項は、監禁されているふたりの女性の身柄の保護だ」

＊

作戦会議を終えると、待機の時間がはじまった。時間が過ぎていくばかりで、ヨアヒム・フォークトは一向に家を出ようとしなかった。警察の一般車両が二台、交替で見張りについていた。捜査十一課の面々はすることもなく特捜班本部に詰めていた。神経が張りつめて今にも切れそうだった。みんな、誘拐されたふたりがまだ生きているか気がかりだった。九時にエヴァ・タマーラ・ショレ殺人事件の物証が州刑事局から科学捜査研究所に届けられ、間髪を容れずDNA型鑑定が実施された。

十二時少し前、クレーガーの電話が鳴った。彼は数秒耳をすまし、それから礼をいった。その場にいた全員が緊張の面持ちで彼を見た。

「やったぞ！」そう叫ぶと、クレーガーは拳を振りあげて勝ちどきをあげた。「エヴァ・タマーラ・ショレの衣服に付着していたDNAはレンタカーから採取したものと一致した！」

ピアとオリヴァーは顔を見合わせた。フォークトの家を捜査するとき、毛髪か歯ブラシから彼のDNAを採取し、簡易鑑定することになった。それも一致すれば、動かぬ証拠となる。

カイはヴィルトザクセンの監視チームに連絡を入れた。家の中に動きはなかった。十二時半になろうとしているのに、フォークトの車はいまだに家の前に止まったままだ。

「行こう」オリヴァーは決断した。「時間がかかりすぎる。嫌な予感がする」

空港でも警戒態勢に入った。安全検査が強化され、フォークトの職場があるビルを包囲していた機《M》動出動《E》コマン《K》ドが目につかない位置に移動した。

オリヴァー、ピア、警視総監、エンゲル署長の四人は電話会議で機《M》動出動《E》コマン《K》ドの現場指揮官とフラポート社の空港警備担当役員を交えて議論した。家から出たところでフォークトを確保すべきではないか、あるいは立体駐車場で、と。空港警備担当役員と機《M》動出動《E》コマン《K》ドの現場指揮官はこのふたつの選択肢に賛成した。航空業務とターミナル内にいる人の安全が最優先事項だったからだ。フォークトが空港施設内で姿をくらましたら大変なことになる。追い詰められたらなにをするかわからないからだ。

「しかしあいつが監禁したふたりの様子を見にいく可能性があります」ピアが発言した。「犯人が場所を明かさないかぎり、ふたりが見つかるチャンスはありません！」

「人間として気持ちはよくわかります」空港警備担当役員が答えた。「しかし優先事項があるのです。空港には大勢の人がいて、つねに二桁の旅客機が離着陸しています。こちらはその安全に責任を負っているのです。危険は冒せません」

警視総監がフラポート社側の主張をのみそうだったので、ピアはフラストレーションがたまった。フラポート社側が正しいことはわかっている。監禁されているふたりが妹と姪《めい》でなかったら、ピアはどういう決断をするだろう。

オリヴァーは、マルティーナ・ジーベルトを伴ってヴィルトザクセン地区へ向かうようターリクに指示した。クレーガーと三人の鑑識官もいつでも出発できるよう準備した。

「家を出ます！」その瞬間、カイが叫んだ。「作戦開始です！」

「どうしますか？」エンゲル署長が警視総監を見た。警視総監は眉間《みけん》にしわを寄せ、少し考えてから決断した。

「逮捕しろ！　今すぐだ」

午後一時二十二分、カイはヴィルトザクセン地区で監視に当たっていた捜査官に指示を伝えた。ピアは目をつむると、肩を落とし、ため息をついた。これでキムとフィオーナを無事に解放する機会は失われた。

＊

「フォークトではありませんでした！」カイの席に置いてある電話のスピーカーから声が聞こえた。「女性です！」

「ジーベルトさんはどこ？」そうたずねると、エンゲル署長は受話器に手を伸ばした。すかさずカイが受話器を差しだした。「どういうことなの？　フォークトはどこ？」

「わかりません……待ってください……」

会議室から出ようとしていたピアはきびすを返した。スピーカーから混乱した人の声がして、すぐ女の金切り声が響いた。

「……標的の車はアプローチに止まっています……」

「家にいるのはひとりだけだと赤外線カメラで確認したのではないのか?」警視総監が身の凍るような声でいった。

「そのとおりです」夜間の監視を指揮した州刑事局の担当官がいった。「しかし午前五時少し前に、わたしたちは撤収しました」

「どうしてだれにも見られずに家政婦が家に入れたの?」エンゲル署長がけわしい声でいったが、返事はなかった。

「家政婦です」フォークトの家を見張っていた捜査官が電話を通していった。

「……八時半に来たそうです……そのとき、フォークトはいたといっています。キッチンでいっしょにコーヒーを飲んだそうです。フォークトがいつ家を出たかは知らないそうです」

「どうしてそうなったの?」エンゲル署長が怒鳴った。「常時監視していたはずよね?」

「家の真ん前に車を止めるわけにはいきませんでしたので」捜査官が弁解した。「それならベルを鳴らして声をかけても同じでしょう」

「ありえない! あなたはどこにいたわけ? まさか仮眠したり、のんびり朝食をとったりしたわけではないわよね?」

「そんなことはしません! しかし目立たないように、何度か位置を変えました。ここは住人しか使わない袋小路ですので。明るくなってからは、森の縁《ふち》の方へ移動しました。そこから門がよく見えたので。これからどうしますか? 家政婦は帰していいですか?」

ターリクはジーベルトを連れて会議室に入ってきた。

「くそっ、くそっ、くそっ！」エンゲル署長の罵声《ばせい》に、部下がみな面食《めんく》らった。署長が平静さを失うところを見るのははじめてのことだ。エンゲルはフォークトの妻に視線を向けた。

「あなた、ご主人に教えたりしていませんよね？」

「まさか、していません！」ジーベルトはそう答えて、まわりの人の顔をおずおず見た。なにか段取りがうまくいかなかったのだと気づいた。

「家政婦は二週間に一度、八時半頃来ることになっています」ジーベルトはいった。「家の鍵を渡しています。夫は自転車で出勤したのかもしれません。天気のよい日にはよくそうするんです」

「ありがとう。今さらですけど！」エンゲル署長がにがにがしげにいった。「でも、だれにも見られずにどうやって家を出られるんですか？」

「敷地の裏手に庭木戸があります」ジーベルトはおどおどしながらいった。「自転車の場合、森を抜けてランゲンハインに向かった方が近道なんです」

署長はジーベルトを見つめ、それから深呼吸して、また息を吐いた。

「どうやら作戦は失敗したようね。空港職員と機動出動コマンド《MEK》に連絡して。新しい作戦を立てなくては」

＊

スタッフの半数がオフィスビルの玄関前でタバコを吸いながら、サイクリング用のコスチュームを着ている俺を見て、面白がって笑った。タバコの煙は苦手だし、三人が吸っている最新式の電子タバコも嫌いだったが、少しそこにとどまった。

「五分したら仕事をはじめます」ひとりがいった。俺は微笑《ほほえ》みながらうなずいた。自然な笑顔は昔からうまい。俺は人柄がいいと思われている。スタッフは俺を好いている。だが上っ面ばかりで、底の浅い連中だ。こいつらの敬意の欠片もないところが嫌でならないが、そう思っていることは気取られないようにしている。いつのまにか職場では俺が最年長になった。そして一番の高給取りだ。会社はこの数年、経費削減の観点から俺を追いだして、システムをアウトソーシングしている下請けに出向させたがっている。恩知らずもいいところだ。だが文句はいわずにいる。

エレベーターで四階に上がり、自分のオフィスで着替える。自転車は一時間三十分かかった。最速記録を更新した。絶好調だ。帰りは上り道が多いからもっと時間がかかる。だがそのくらいどうということはない。自転車を漕いでいると、いいアイデアが浮かぶ。それでもフィオーナのことはいまだに悩んでいる。

十分後、七階のコントロールルームに顔をだした。システムをアップデートする前にまだいくつか準備することがある。今日の最終便が到着して、手荷物の受け渡しが終わったらいよいよシステムの更新だ。ゆっくり準備しても時間はある。自分の仕事に集中しよう。完璧を期さねば。俺のすることはいつも完璧でなくては。

＊

オリヴァーは車のハンドルを握った。ピアは助手席にすべり込み、ハーディングとジーベルトは後部座席にすわった。クレーガーたち鑑識は二台のワーゲンバスに分乗してそのあとについてきた。待機している報道陣を刺激しないように裏口から抜けだした。

「カータとフィオーナの居場所を明かすよう、わたしが説得します」ジーベルトはいった。

「今は電話をかけないでください！」オリヴァーはいった。「今どこにいて、なにをしようとしているかわかっていないのですから」

「ご主人を説得できるなんて思わない方がいい」高速道路に向けてイチゴ畑の中を走っていたとき、ハーディングがジーベルトにいった。「耳など貸さないでしょう。ご主人は最悪のサイコパスだ。彼のような人間は他人の気持ちなどなんとも思わない」

「そんなはずはありません」反論はしたものの、強い調子ではなかった。ジーベルトは自分にいい聞かせたいだけなのだ。「夫はわたしと娘たちを愛しています！　わたしたちのためならなんでもします！　夫は気が利くし、思いやりがあるんです！」

「信じられないのはよくわかる」ハーディングが答えた。「しかしご主人のようなサイコパスは、社会の規範に自分をうまく合わせ、目立たない生活を営むことができる。敬意や愛情や同情をうまく演じる。しかし彼らが見せる感情は作りものだ。演技でしかない」

「でも十八年もあったら気づくはずでしょう！」ジーベルトはいった。

「ご主人といっしょにホラー映画を観たことがあるかな？　あるいはあなたが涙を流したり、残虐すぎて目をそらしたりした映画でもいい」

「ええ……まあ」

「ご主人も泣いたかな？　あるいは、うわっと声を漏らして顔をしかめ、テレビから目をそらしたかな？」

ジーベルトは考えてから、おずおずと首を横に振った。

「いいえ」ジーベルトはしょげかえった。

「こういうことを訊くのは失礼だが、今でもよくセックスをしているかな？」

「いいえ」ジーベルトはうつむいて、下唇をかんだ。「夫はそういうことに価値を求めていません。だから……だからわたし……浮気をしてしまったんです」

ピアはふたりの会話を黙って聞いていた。ジーベルトはそれでも納得せず、夫が本当にそんなひどいサイコパスなら、自分や娘にもなにかしたはずだといった。ピアはいい加減にうんざりした。

「なんてナイーブなんですか？　ご主人はあなたとあなたの娘さんを隠《かく》れ蓑《みの》にしただけなんですよ！　あなたたちのことなどなんとも思っていないはずです。あなただって、ご主人のことをどうもいいと思っているはずです。そうでなかったら、あなたたちの関係が普通じゃないと気づいたはずです！」

「なんでそんなことをいうんですか？」ジーベルトは涙声でささやいた。「責任は感じています」

ピアは突然、みじめな気分に襲われた。怒りの炎が下火になり、残ったのは痛いほどの空虚感だった。なんの罪もないのに危険にさらされている姪のことが脳裏をよぎった。母親の過《あやま》ちを命で贖《あがな》うことになるかもしれないのだ。心臓がしめつけられた。

「ごめんなさい」ピアは振り返って、ジーベルトを見た。「ひどいことをいってしまいました。神経がまいっていて」

「もういいです」ジーベルトは手を伸ばして、黙ってピアの肩に置いた。「わたしもまいってます」

＊

鑑識チームが少し遅れてフォークトの家に到着した。鑑識官十人が家じゅうを捜査した。なだれこんできた人間の多さに驚いた黒猫が玄関から外に逃げだした。ピアはなにも触れないように両手をポケットに突っ込んで部屋を次々と見ていった。そのうちに背筋が寒くなった。地中海風ののどかな雰囲気が突然、グロテスクな書き割りにしか見えなくなったのだ。

ジーベルトはキッチンの真ん中に立って壁を見つめた。

「なにか飲みますか？」ピアはこのあいだ訪ねたときのことを思いだした。ヨアヒム・フォークトはそのとき目に涙を浮かべた。ショックを受けていると思って、ピアはグラスにコニャックを注いでやった。真に迫っていたので、演技だとは夢にも思わなかった。

「夫は誘拐した女性たちをここに運んだんですね」ピアの質問には答えず、ジーベルトはささやいた。「この家に。その女性たちをここで……殺したんですか？」

ジーベルトの世界は灰燼《かいじん》に帰した。もう以前の暮らしには戻れないだろう。信頼し、愛して、結婚した相手が連続殺人犯だったという事実を背負って生きていくほかない。冷酷非情の怪物は彼女の人生、家、すべての思い出を悪で染め、永遠に破壊したのだ。

フォークトがここに運んできたとき、被害者はすでに死んでいたはずだ、とピアはいえず、代わりにこういった。

「そんなことはないと思います」

ピアは湯沸かしポットに水を注いでスイッチを入れてから、食器戸棚からマグカップとティーバッグとハチミツをだした。湯が沸くのを待つあいだピアはジーベルトをキッチンテーブルまで連れていき、そっと椅子にすわらせた。

「なにも知りませんでした」ジーベルトはささやいた。「そんなことがありうると思いますか？　まったく気づかなかったなんて」

「本性を隠すのがとてもうまかったのです」湯が沸いたので、ピアはティーバッグを入れたマグカップに注ぎ、ハチミツをひと匙《さじ》足した。「みんなを騙《だま》していたんです。わたしも騙されました」

クレーガーとオリヴァーがキッチンに入ってきた。ふたりの顔つきを見て、なにか見つけたなとピアは直感した。ガレージに冷凍ストッカーがあった。ジーベルトによると、ペットの餌を保管するのに使っていて、夏場には洗濯したホースブランケットを入れているという。今は空っぽだったが、クレーガーの部下がその中で金色の毛髪を見つけた。またガレージの棚にはガラス洗浄剤、芝刈り機用のガソリンなどといっしょに大量の大判のラップフィルムがあった。

「これは何に使うのですか?」クレーガーがジーベルトにたずねた。

「まったくわかりません」ジーベルトはすべての質問にけなげに答えた。夫が殺人と拷問に使う道具を隠しもしていなかったことを知って茫然自失していた。

地下にあるフォークトの書斎はとくに何の変哲もなかった。金属製の書類棚、専門書でいっぱいの本棚。きれいに片付いたデスクとコンピュータ、プリンター、ファックス、スキャナー、コピー機。書類棚には事務用品が保管されていた。クレーガーたちはデスクの引き出しや戸棚を開け、ファイルや銀行通帳をめくった。すべて整理整頓され、どんな細かい書類も取ってあった。だがフォークトが二重生活をしていた手がかりはなにひとつ見つからなかった。

「コンピュータは忘れていいだろう」オリヴァーはデスクに向かってすわった。「開かないようにがっちりガードしているはずだ」

デスクの上をざっと見まわすと、オリヴァーは肩をすくめて、また立ちあがった。だが書斎を出たとき、急に足を止めた。

「どうしたんですか?」ピアはたずねた。

オリヴァーは廊下を見てから、またフォークトの書斎を覗いた。「そういうことか!」オリヴァーは興奮して書斎に戻ると、本棚の本を床に落としていった。ピアはわけがわからず、ボスを見ていた。

「こっちに来るんだ、ピア!」オリヴァーは叫んだ。「本棚を動かす。手伝ってくれ!」

ピアはいっしょに本棚をつかんで、横にずらした。裏に灰色の金属扉があった。

「どうしてわかったんですか？」ピアはびっくりしてたずねた。

「部屋が廊下の長さに比して狭い気がしたんだ。パーティションで分けられている」

＊

ルフトハンザ七一七便ボーイング747－8は日本標準時午後三時十五分に羽田を離陸した。飛行距離は九千四百八十二キロ、飛行時間は十一時間四十分。だが一時間遅れで離陸した。ベルント・メッツナー機長は遅れを取りもどすことにした。妻の誕生パーティには遅れず帰ると約束したからだ。妻の四十歳の誕生日だった。東京で特別なプレゼントを用意した。集まったゲストの前でプレゼントを開けたときの妻の顔を見るのが今から楽しみだった。

「ちょっとトイレに行ってきます」そういって、副操縦士はシートベルトをはずした。「コーヒーをいれてきましょうか？」

「わたしはいい、ありがとう」メッツナー機長は答えた。

フランクフルトまであと三時間。シベリア上空では燃料が凍結しないよう高度を下げる。これでまた時間を無駄にすることになる。メッツナー機長は副操縦士に速度を上げるよう指示した。飛行は順調だった。乗客三百六十四人はこのあともエアポケットに遭遇する恐れはない。サンクト・ペテルブルク上空を通過し、タリンに近づいていた。機長は計器を点検し、窓の外に視線を向けた。眼下にバルト海が見える。満足して微笑んだ。遅れを取りもどした。予定どおり午後六時四十五分にフランクフルトに着陸できるだろう。

＊

「ドアにはおそらく警報装置がついている」クレーガーがいった。「へたすると、ドアをあけたときに警報が発信される」

「しかしやるしかない」そう答えると、オリヴァーはiPhoneをだした。「空港の方がどうなっているかエンゲル署長に確認する。すでに身柄を確保しているかもしれない」

オリヴァーはいったん廊下に出た。話す声が小さく聞こえた。

ジーベルトはティーカップを両手に包んで、ドア枠にもたれかかっていた。目を丸くしている。およそ二十年前から住んでいたというのに、そのドアと隠し部屋の存在をまったく知らなかったのだ。

「これはパーティションだ」クレーガーは拳で壁を叩いていった。「あとからリフォームしたな。この部屋は元々もっと広かったに違いない」

オリヴァーが戻ってきていった。

「フォークトは職場にいる。機動出動コマンド《MEK》がすでに配置につき、空港の警備員がビルの出口を固めている。ドアを開けてくれ」

「わかった」クレーガーがうなずいた。クレーガーとその部下がひとり、作業に取りかかった。だが金属扉は頑丈で、なかなか開かなかった。

「パーティションを壊しましょう」クレーガーの部下がいった。「ただの石膏《せっこう》ボードです。斧を使えばすぐ粉々になります」

「やってくれ」オリヴァーがうなずいた。

鑑識官たちが書類棚を脇にどかした。ピアは爪を掌《てのひら》に食い込ませ、歯ぎしりしている自分に気づいた。手をひらき、顎の力を抜いた。キムとフィオーナはこの奥に監禁されているだろうか。生きていればいいが、もし死体だったらどうしよう。

ジーベルトも肘《ひじ》が触れそうなくらいすぐそばにたたずんでいた。同じ思いらしい。ティーカップをどこかに置いて、両腕で上半身を包んでいた。

斧を数回振り下ろしただけで、石膏ボードとアルミの支柱がほこりをたててばらばらになった。クレーガーが咳き込みながら、瓦礫《がれき》の中を分け入り、壁の奥に姿を消した。明かりがともった。

「なんだこれは！」クレーガーが叫んだ。

「ふたりはいた？」止めにはいったオリヴァーを振り切って、ピアは石膏ボードの破片を乗りこえ、壊れた壁から突きでたアルミの支柱を押し曲げた。隠し部屋にはほこりが舞っていたので、照明がついていてもよく見えなかった。

「いいや、だれもいない」クレーガーは答えた。「だが犯人の戦利品を見つけた！」

簡素な木製の棚に半透明のプラスチックボックスが十一個並んでいた。そのうちの十個には被害者の氏名と死亡日時を丁寧に書き込んだラベルが貼ってあった。

「戦利品」オリヴァーはざらついた声でいった。「毛髪。車のキー。ネックレス。これはベルトだ。それから……写真」

「全部取ってある」クレーガーがいった。「ぞっとする！　これを見ろ！」

検察はもう間接証拠や目撃情報だけに頼らずにすむ。フォークトの犯行を証明するのに、これ以上の証拠はない。

十一個目のボックスを見て、ピアは息をのんだ。奈落の中を無重力状態に近い感じでたゆたっているような気がした。カタリーナ・フライタークの名がきれいな手書きでラベルに記入されていた。半透明のプラスチックを通して車のキーと鍵束が見える。使い古しのライオンのマスコットがついたキーホルダー。キムが手にしているところを見たことがある。

「これを見ろ」クレーガーが段ボール箱を開けて、白いかつらと白いつけ髭《ひげ》をつまみあげた。

「これで変装していたんだ。他にもかつらが入っている。メガネ、マスク、ハイヒールブーツ」

「女にも変装していたようだな」オリヴァーは眉間にしわを寄せた。「そうやって標的に近づいたんだ」

「放して！　中に入れて」ジーベルトの声が響いた。

「やめた方がいい、ジーベルト先生」ハーディングがいった。「上に行こう。あとは鑑識チームに任せるんだ」

「でも、あのろくでなしがわたしの家で隠れてなにをしていたのかこの目で確かめたいのよ！　見せて！」ジーベルトはクレーガーの部下が広げた壁の穴から覗いて絶句した。プラスチックボックスをなめるように見て、がくっと後ずさり、それから口をひらいて悲鳴をあげた。

＊

血圧が一気に上昇した。小休止したとき、マナーモードにしてあったスマートフォンを見て愕然とした。スマートホームアプリが七回も警告を発していた。それがなにを意味するかすぐにわかった。この時が来ることを数年前から覚悟していたが、あまりのショックにしばらく体が麻痺《まひ》したように動かなかった。アプリをタップする手がふるえていた。ドアが見つかった！　聖所が暴かれた！　一時間前に！　なんてことだ。ここから無事に出られるだろうか。

俺は何度か深呼吸して、気持ちを落ち着けた。恐れていたとおり、どこかでミスをしたに違いない。だがとっくに逃げる準備はしてある。捕まるものか。あのふたりは見つからないだろう。見つけたときには死体になっている。これからは用心が必要だ。

「すぐに戻る」左側でガムをかみながらモニターを見ている若い部下にいった。部下はうなずいた。

俺は腰を上げてコントロールルームから出ると、ゆっくりエレベーターのところへ行ってボタンを押した。待っているあいだに、ガラス張りの正面壁からビルの前の広場を見おろした。黒装束の人影が見える。奴らはもうここに来ている。計画を変えなくては。俺は階段を下りた。邪魔する者はいなかった。六階の女性用トイレに駆け込むと、掃除用具を入れる小部屋のドアを開け、地下に通じる裏階段に出た。空港には千二百六十台の防犯カメラがある。だが何年も前から計画しておいた逃走経路には一台もないことを確認ずみだ。運がよければ、うまく逃走できるだろう。

気持ちは落ち着いている。地下の鉄扉を開けたとき、指のふるえはなかった。バリエーションを変えてこの状況を何千回となくシミュレーションしてきた。それでもこんなあぶない橋を渡るとは思っていなかった。それは認めるほかない。本当はもっと余裕があって、悠々とおさらばできるはずだった。それなのにこんな形で逃げるほかなくなるとは。残された逃げ道は「地下墓所《カタコンベ》」だけだ。だがお別れに用意したショーで、追っ手を四苦八苦させてやる。俺を過小評価したつけを払わせてやる。大騒ぎになるだろう。

スマートフォンからHarmageddon.binを起動させて、バックドアからメインクラスターシステムにインストールする。所要時間はきっかり一分十七秒。俺よりこのシステムを知っている者はいない。バックアップ用コンピュータの百四十六テラバイトが使いものにならなくなり、およそ四十五分で地下のコンピュータセンターは完全に機能停止する。空港じゅう、それこそターミナル、オフィス、ラウンジ、ショッピングモール、駐機場、手荷物受取所、貨物ゾーン、消防設備まで。前代未聞のカオスになるだろう。十年前、コンピュータセンター、サービスデスクをはじめすべてのネットワークをアウトソーシングするから、俺を必要としなくなると社が判断したとき、俺は遊び半分でHarmageddon.binを作成した。

手に負えず、連中が周章狼狽《しゅうしょうろうばい》するところを見られないのは残念だ！　連中は第二コンピュータセンターを起動してバックアップを復元し、緊急時対応をして、もう安全だと思うだろう。そのときすべてのシステムがHarmageddon.binに汚染されていることを知って本当のパニックになる。俺は十年もかけて細部を検討し、磨きをかけてきた。すべてがうまく機能しなくてもいい。「カタコンベ」を通って空港から立ち去るのに三十七分あればいい。充分に予行演習もしてある。もちろん変装の道具がないし、新しいスマートフォンや偽造の身分証がないので、少し厄介だ。それに戦利品が警察の手に落ちたのも悔しい。だがまたはじめからやり直せばいい。スマートフォンは床に残して、もうしばらく働いてもらおう。俺がいなくても、スマートフォンはしっかり働いてくれる。

＊

ヨアヒム・フォークトが行方をくらました。オリヴァー、ハーディング、ピアは午後五時少し前にフラポート本社に到着した。受付カウンターの後ろにある会議室が危機管理本部になっていた。エンゲル署長と警視総監がすでに来ていて、フラポート社の役員が雁首《がんくび》をそろえ、保安部門の人間も十人以上集まっていた。

フォークトはコンピュータセンターのコントロールルームにいたが、二十分ほど前、化粧室に行くといって出たまま帰ってこなかった。機動出動コマンド《MEK》と空港の警備員は九階建てのビルを取り囲んでいた。追跡犬も複数動員された。

「どうしてこうなったの?」またしても作戦が失敗したことに、ピアは啞然とした。「どうしてすぐに逮捕しなかったの？　その時間はあったでしょう！」

「奴は隠し部屋をカメラで監視していた」オリヴァーはいった。「警報が届いて、即座に逃走したのだろう」

「騒ぎを大きくしたくないという判断があったのよ」そう答えると、エンゲル署長はじろっと警視総監に視線を向けた。「それにコンピュータセンターのコントロールルームは空港の中枢だから、逮捕時にフォークトが抵抗して、なにか問題が起きる可能性もあった」

「はっきりいいますが」オリヴァーはエンゲル署長と警視総監に迫った。「フォークトに誘拐されたふたりを無事に保護するために、あらゆる支援を必要としているんです」

「そのふたりがこの空港にいるとどうしてわかるんだ？」一般市民に対しては情報公開を控えるべきだと日ごろ主張している警視総監がたずねた。

「奴にとって自分の庭のようなものだからだ」ハーディングがオリヴァーの代わりに答えた。「フォークトのような犯人は、偶然発見されたり、自分の制御がきかなかったりする場所に被害者を監禁することはない。空港構内は犯人にとって勝手知った場所だ。詳しいし、安心感を得られる。ふたりはここのどこかにいる。百パーセント確実だ」

全員、会議用テーブルを囲んだ。空港構内の複数の地図が会議机に広げられた。危機管理プランの第一ステージが発動した。しだいに人が集まってきた。各部署の責任者だ。フォークトの直接の上司や、ニッケルメガネをかけ、肩にかかるくらい長いドレッドヘアのフォークトの同僚もやってきた。貴重な時間が過ぎていく。

「ここでぐずぐずしている暇はないでしょう！」ピアはじっとしていられなくなった。「なんで行動しないんですか？」

「そのとおりだ」ハーディングが会議テーブルの上座にいる四人の執行役員に詰め寄り、両手でテーブルを叩いて、四人の会話をやめさせた。四人はぴたっとしゃべるのをやめ、ふさふさに口ひげをはやし、形がくずれた茶色のスーツを着た男性を見た。

「わたしはデーヴィッド・ハーディングという」彼は部屋じゅうに響けとばかりに野太い声で

いった。「二十五年間FBI行動分析課の課長を務めたシリアルキラーの専門家だ。今はホーフハイム刑事警察署で連続殺人事件捜査のアドバイザーをしている」

ようやくハーディングがみんなの注目を浴びた。

「わたしたちが捜している男は連続殺人犯だ」ハーディングは話をつづけた。会議室は針が落ちても聞こえそうなほど静まりかえった。全員が愕然としてハーディングの言葉に耳をすました。

「奴の自宅で少なくとも十人の女性を残虐に殺害した証拠が確保された。そして現在、ふたりの女性を誘拐している。わたしたちはこの空港構内に監禁されていると見ている。ヨアヒム・フォークトは家に設置した監視システムで警告を受けた。つまり正体を暴かれたことを知って逃げたのだ。ふたりの被害者を殺害して、逃亡するつもりだ。そのためならどんなことでもするだろう。しばらく前から逃げるときの計画を立て、逃走経路を下見していると思われる。最後に目撃されたビルからはとっくに去っているはずだ」

「あいつはなにをやろうとしていると思いますか？」ショックから最初に立ち直ったインフラ管理課の課長がたずねた。

「できるだけ早くここから抜けだすつもりでしょう」ハーディングは答えた。

課長は眉間にしわを寄せた。

「フォークトは空港構内に詳しい。システムインフラの導入をコーディネートしたのは彼だ。それに無条件のセキュリティ管理権限を持っている。つまりどこへでも行ける」

「撤回することはできるはずでしょう」エンゲル署長が口をだした。「権限を剝奪してください！　そしてあいつを捜すよう、全従業員に指示してください！」

「ただし危害は加えないでください」ピアはいった。「ふたりの女性を誘拐しているのですから。見つけださなくてはならないのです」

「捜索犬に地下を捜索させたらどうだ」だれかがいった。

またみんなが思い思いにしゃべりだした。そのときフラポート社の社長がフォークトの直接の上司であるコンピュータセンター長の方を向いていった。

「フォークトはコンピュータセンターの責任者だ。どんな被害が生じると思うかね？」

「被害が生じる恐れはまずないでしょう」頭が禿《は》げたコンピュータセンター長が傲慢《ごうまん》ともいえそうなほど自信満々にいった。「簡単にハッキングできる一般家庭用ネットワークとは違います。わが社のプログラムは自作された特別なものです。すべての制御はコントロールルームに一元化されて……」

社長は最後までいわせなかった。

「しかし、システム全体を構築したのはフォークトのはずだ」

「すべてのアプリは彼が作成したプログラムに準じています」ドレッドヘアの若者が心配そうにいった。

社長は他の役員たちとちらっと顔を見合わせてからたずねた。

「ハッキングをする必要もないということか。そもそもシステムへのアクセス権限を持っている。そうだな？」

「そのとおりです」コンピュータセンター長がしぶしぶうなずいた。「しかし簡単なことではありません。すべてのシステムはミラーリングされています。空港の最も重要な制御プログラムは第一コンピュータセンターと並行して、第二コンピュータセンターでも稼働しています。すべてのデータを常時保全しているのです。うちのシステムは絶対に安全です」

「奴に失うものはない」ハーディングが懸念を表明した。「コントロールフリークのサイコパスで、逃走のために複数のシナリオを用意しているはずだ」

コンピュータセンター長は基礎学校の生徒がだした質問に答える宇宙物理学者のような心境らしく、無駄と思いつつも、忍耐を失わずにいった。「システムへのいかなる攻撃にも万全の体制で臨んでいます。だれひとりここのシステムに侵入することはできません。二十四時間年中無休の監視です。サーバーの数は千を超えます」

ドレッドヘアのスマートフォンが鳴った。彼はすぐ電話に出て、数秒耳をすました。そして表情が一変した。

「くそっ！」そう怒鳴ると、彼はコンピュータセンター長を手招きした。「問題が生じてます！　サーバーが次々とこちらのアクセスを拒絶しているとのことです！」

「被害が生じる恐れはまずないんですよね？」ピアはいった。「どうやらヨアヒム・フォークトはとんでもない置き土産をしたようですね」

コンピュータセンター長が部屋から飛びだした。

「待ちたまえ！」オリヴァーは、上司の後を追おうとしたドレッドヘアの男性を呼び止めた。

「時間がありません！」ドレッドヘアの男性がいった。

「あなたたちを助けられるかもしれない人間を知っているんだが」オリヴァーがそういったので、ピアはびっくりした。

「警察のIT専門家ですか？　忘れていいです。彼らの手に負える代物じゃありません」

「ルーカス・ファン・デン・ベルクの名は知らないか？」オリヴァーはかまわずいった。

「知ってますとも。伝説の人物ですから！　彼の携帯の番号でも知ってるんですか？」ドアに向かって歩きだしたドレッドヘアの男性に、オリヴァーが冷ややかに答えた。「知っているもなにも、昔、ある事件（既刊『死体は笑みを招く』）で関わった」

＊

ハーディングが正しかったことがすぐ明らかになった。フォークトはフランクフルト空港のネットワークにウイルスをばらまいたのだ。システムを次々と汚染し、あっというまに広がった。最初にダウンしたのは保安システムだ。ドアが開かなくなり、エスカレーターやエレベーターが停止した。出発ロビーと到着ロビーおよびふたつあるターミナルのゲートで、電光掲示板がダウンし、スプリンクラーが作動し、手荷物受取所のベルトコンベアが誤作動した。緊急事態への対応がはじまり、管制塔に情報が伝わった。

オリヴァーはルーカスに連絡が取れた。ルーカスは家にいた。ものの数分で、バート・ゾーデン病院の屋上にヘリコプターで迎えにいき、空港へ飛ぶよう段取りした。早くもコンピュータセンターのコントロールルームに入り、ドイツ最高のハッカーという名に恥ずかしくない仕事ぶりを見せている。

　空港関係者は緊急事態に直面して、キムとフィオーナの運命を慮《おもんぱか》るどころではなくなった。警備員を「カタコンベ」に送って、ヨアヒム・フォークトを捜させることもできなかった。ターミナルからの避難誘導に猫の手も借りたい状況だった、放っておけばパニックが起きる。

　エンゲル署長、ハーディング、ピアの三人だけが会議室に残った。オリヴァーはコンピュータセンターのコントロールルームで待機し、機動出動コマンド《MEK》の現場指揮官は構内のどこかで部下や百人隊と共に次の指示を待っていた。

「奴のこだわりを甘く見てしまった」肩を落としてそういうと、ハーディングは空港の構内地図の前に立って、眉間にしわを寄せた。「この騒ぎは、奴が逃げるための陽動というだけではないようだ」

　ピアは椅子にすわって、足をテーブルに乗せていた。背中が痛くて立っていられなかったのだ。

「他になにをするというの？」さっきから部屋の中を行ったり来たりしていたエンゲル署長が立ち止まった。

「自分ではじめたことを終わらせるつもりだ」ハーディングは構内地図から目をそらすことなく答えた。「そのために、奴は水を必要とするはずだ」

「水？」

「奴は自分の計画に従っている。内面の欲求だ。ことを終わらすには、儀式が必要だ」

ピアのスマートフォンの着信音が静寂を破った。危機管理チームに入っていないイェンス・ハッセルバッハからだった。

「なにかあったら、そっちに電話をかけるようにいわれた」ハッセルバッハは声をひそめていった。「三分前、フォークトが地下のドアをくぐって姿を消した」

「フォークトに間違いないのね？」ピアは感電したかのように椅子から勢いよく立った。

「もちろん！　あいつを知っている！」

「あいつは今どこ？」

「はっきりとはいえない」

「あいつを追わなくては！」ピアの心臓がばくばくいった。「あなたは今どこにいるの？」

「地下のテクニカルセンターだ。大騒ぎになっている！　コンピュータシステムがダウンして、スプリンクラーが作動したんだ……」

「どうやったらそっちへ行ける？」

「ゲート3を通って、それからゲート11aを抜ける」ハッセルバッハはいった。「このあいだレーカーに会ったときと同じだ」

「わかった。すぐに行く」通話を終えると、ピアは今わかったことをエンゲル署長とハーディングに伝えた。

「あいつはまだここにいると思っていた」ハーディングは苦笑した。「儀式を終えるまでは逃げられない。わたしたちにもまだチャンスがある！」

＊

東京発のルフトハンザ七一七便はタウヌス山地の北東五十キロのところで上空待機していた。旅客機は次々に代替着陸を指示された。フランクフルト空港でなにかが起きたようだが、情報がない。副操縦士は航空管制とルフトハンザのオペレーションルームに燃料が残り少ないことを伝えた。ハーン空港、デュッセルドルフ空港、ケルン／ボン空港まで届かない。ようやく着陸許可が発出された。

「さらなる降下を求む」メッツナー機長がいった。「シートベルトサイン・オン！」

「天候良好、予定滑走路は０７Ｒ」副操縦士がいった。「ミニマムフューエル（燃料が少ない場合の着陸時に必要な宣言）。ですが滑走路は空いています」

メッツナー機長は着陸灯を点灯した。ジャンボ機は自動操縦でフランクフルトとタウヌス山地のあいだをヴィースバーデンに向かって飛んだ。フランクフルトの高層ビル群と空港が左に見えた。右にはタウヌス山地があった。ヴィースバーデンを越えると、左旋回して南に進路をとった。

〝あとは降りるだけだ〟メッツナー機長は考えた。

「ルフトハンザ七一七」航空管制から通信が入った。「左旋回して磁針路一〇〇度で飛行してください。計器着陸にて滑走路は０７Ｒクリア。管制塔チェンジ〇〇九・九！」

副操縦士が指示を復唱した。メッツナー機長は飛行速度を落とし、「フラップ角度一〇」と指示した。

「フラップ角度一〇」そう復唱すると、副操縦士はフラップを一〇度に設定した。自動運転装置が最終進入に移行した。あと数分で長い飛行を終えて、家路につける。

＊

コントロールルームのモニターが黒くなるか、意味不明のシンボルを映した。コンピュータシステムを制御しようとする試みはことごとく失敗に終わった。

オリヴァーは最高情報責任者と禿げ頭のコンピュータセンター長のあいだに立って、ハリウッドの航空パニック映画のキャストのような気がしていた。コンピュータセンター長の顔には滝のような汗が流れている。さっきからずっと電話で話していて、今にも心臓発作を起こしそうだ。コンピュータ担当たちとルーカスはルートアカウントの助けを借りて再設定するためにサーバーをセーフモードで起動しようと試みている。そうすることで、本来あるはずのないウイルスが仕込まれたソフトウェアをサーバーが認識すればいいのだが。

「ガンマレイにスクリプトデータをかけてみよう」ルーカスが提案した。「運が良ければ、ガンマレイがデルタを見つけ、バックアップデータ上のデータと比較検証してくれる」

「ガンマレイは速いです」ドレッドヘアの男がいった。「一分あたり数百万行のソースコードを検証します。しかしうちのデータ量は巨大なので、サーバー五十台でも一日がかりになりますよ！　もっとも重要なサーバーに限定したとしても、システム全体がふたたび稼働するまでに時間がかかりすぎます。仮想マシンシステムを使って、隔離された新しいサーバーにインストールするのはどうでしょう」

「ウイルスはメインクラスターにインストールされている」別のだれかがいった。「だからディザスタリカバリサイトも汚染されている。クリーンなバックアップデータはない」

「いや、そんなことはない！」別のだれかがいった。

みんな、言葉を交わし、意見や提案をしながら、キーボードを打ちつづけた。モニターには、ソースコードが猛スピードで映しだされていく。オリヴァーの素人目《しろうとめ》にも恐ろしく思えた。

「よし、入ったぞ！」ルーカスが叫んだ。「項目をマニュアルでチェックし、本来あるはずのないものをすべて削除する」

だれもルーカスに異論を唱えなかった。明らかに彼よりもましな案を持たないのだ。コンピュータセンター長が心配そうにいった。

「ああ、どうしよう、どうしよう。ちゃんとわかってやっているんだろうな！」

＊

何時だろう。上の連中は俺を追いかけるどころではないだろう。harmageddon.bin に肝《きも》をつぶしているはずだ。システム内のウイルスを探して絶望的な格闘をしているところだろう。いい気味だ。だが笑えないこともある。計画したルートが使えないことがわかった。地下トンネルにはまだ昔ながらの鍵で開くドアが二個所ある。鍵を持っていないわけじゃないが、持ちだしそこねた非常用バッグの中だ。まいった！　空調用トンネルを通って迂回したら十五分はロスする！　電源が落ちるのはいつ頃だろう。やはりギリギリだ。懐中電灯がなければ、すすむのは難しい。曲がり角を間違えるかもしれない。困った。もっと速く歩かなくては。だれともすれ違わなければいいが。不必要にエネルギーと時間を無駄にしたくない。やった。空調用トンネルの入口を見つけたぞ。あと一・五キロ。それで古いゲート33の防火扉に辿《たど》り着く。そこからゲート105と第三消防隊詰所までは数百メートル。急がなくては。さもないとにっちもさっちもいかなくなる。

*

イェンス・ハッセルバッハは人をかき集めた。地下のテクニカルセンターの従業員だけではなく、オブジェクトおよびファシリティマネジメントの人間や消防隊にも声をかけた。全員が自分の持ち場をわきまえていた。ポンプ施設のメインバルブを手動で閉めないかぎり、地下トンネルもテクニカルセンターも水没する。

空港構内地図の前に全員が集まり、ハッセルバッハが現在地を説明した。

「奴はここからどこへ行けるんだ？」機動出動コマンド《MEK》の現場指揮官がたずねた。

「どこへでも行ける」ハッセルバッハが答えた。「空港地下のトンネルは各ターミナル、駐機場、滑走路の下に張り巡らされ、カーゴシティ・サウスを抜けてさらに東ゲート33までつづいている。ただし以前そこからよく不法侵入者が入ってきたので、数百メートルごとに警報付きのドアが取りつけられている。ドアは暗号コードがないと開かない。必要な権限を持たないかぎり、外から侵入することもできない。そのドアのどれかが三分以上開いたままになると、空港セキュリティで警報が鳴る」

「システムダウンしたときは？」ハーディングがたずねた。

「完全なシステムダウンはありえませんよ」ハッセルバッハは自信満々にいった。

「甘いわね」ピアはいった。「フォークトは逃走するときのために、システムにウイルスを埋め込んだのよ。でも逃げる前に、あいつはここのどこかに監禁したふたりの女性を殺そうとするでしょう。その前に、ふたりを見つけなくては！」

発見されずに人を監禁するならどこがいいか、みんな、意見をだしあった。

「何度もこっそり様子を見にいったはずだ」ピアたちに合流したオリヴァーがいった。「地下トンネルを通らなくても行けるところだ」

「そんなところいくらでもある」ハッセルバッハが答えた。「だけどふたりを運ぶ必要があったはず……」

「水が大量にあるところはどこ？」エンゲル署長がたずねた。

「水？」ハッセルバッハは頭をかいた。

「ええ、水よ！」署長がじれったそうに繰り返した。

「雨水貯留施設があります」それまでなにもいわなかった職員のひとりが口をひらいた。「空港施設の反対側と滑走路の下にあります」

「そうだ」ハッセルバッハがうなずいた。「滑走路表面と駐機場の水を溜める雨水貯留施設がある。だがあそこには入れない」

またみんなが口々にしゃべりだした。

「順番にいってもらいたい！」ハーディングが両腕を上げると、みんな、押し黙った。

「カーゴシティ・サウス用の雨水貯留施設30／31が旧ゲート30の付近にありますよ」職員のひとりがいった。「セクター間の扉が設置される前、地下トンネルで施設を一周することができました。たしかトンネルの入口が残っているはずです。鉄の柵がはめられて、その前は雑草がはびこっています」

「それはどこだ？」オリヴァーはたずねた。

「ここです！」消防隊員が構内地図の一点を指差した。広大な敷地のちょうど反対側だ。「ゲート105aのそば。第三消防隊の駐車場脇です」

「その雨水貯留施設というのはどういうものなの？」ピアがあわててたずねた。

「入口はルフトハンザ整備工場の手前にある変電所のそばです。階段を下りると、地下通路が延びています。ありとあらゆる制御装置があるテクニカルルーム。それからセーフルームが……」

「セーフルーム？」オリヴァーが訊き返した。

「ええ。防火扉付きです。まずありえないことですが、雨水貯留施設が満杯になって水があふれだしたときに備えたものです。その部屋には排水管があって、二本の着陸滑走路のあいだから直接排水されることになっています」

「ファシリティマネジメントの担当エンジニアに連絡してみる」ハッセルバッハがいった。

「そこの可能性がある」

ハッセルバッハは構内地図の横の棚にあった無線機をつかんだ。その瞬間、照明が消えた。

＊

フィオーナは六十数えた。監視カメラのケースで一分ごとにコンクリート壁に傷をつけた。その監視カメラは水の入ったペットボトルで壁からたたき落とした。これであいつは監視することができなくなった。フィオーナは部屋の中をぐるぐるまわりながら走り、上体起こしや腕立て伏せや屈伸運動を繰り返して、筋肉をほぐした。もしあいつが殺しにきたら、目にもの見せてやる！　自分と母の命を守るために戦う覚悟を決めていた。そのとき背後の壁に視線を向けた。ざあざあという音がして、天井のパイプから水が流れだした。流れだすどころではない、あふれだしたといった方がいい！　フィオーナは勢いよく立って両手を壁に当ててにおいをかいだ。本当に水だ！　きれいな水！　フィオーナは壁をなめた。ただの水がこんなにおいしいとは！

「キム！」フィオーナは興奮して叫んだ。「キム、起きて！」

ところが母親は目を覚まそうとしなかった。息が荒く、胸が不規則に上下している。

フィオーナは空になったペットボトルで流れ落ちる水を受けた。まずペットボトルをすすいでから満タンにして、キムの横に膝《ひざ》をついた。鼻や口に入らないように注意しながら水をキムの顔にかけた。ようやくキムが身じろぎした！　乾いた唇が動き、まぶたがふるえた。けれども目を覚まさなかった。

「母さん、母さん！」フィオーナはすすり泣いて、キムを抱きしめた。キムの体が熱を発している。「起きて。お願いだから目を開けて！　頑張らないと。聞こえる？　そのうち、あいつがここにあらわれる……」

　突然、照明が消えた。フィオーナは闇の中、身をこわばらせ、動くことができなかった。水の音と母親の息遣いしか聞こえない。そのときフィオーナは恐ろしいことに気づいた。最後まで考える気になれない。この水はどこから来るのだろう。床が水浸しだ。あいつがこの牢獄からだしてくれなかったら、どうなるだろう。あいつはわたしたちをここで溺死させる気かも。

「いやよ！」フィオーナは声帯が痛くなるほど大きな声で叫んだ。「いやよ！　死ぬものか！　あきらめない。こんちくしょう！」

＊

　ルフトハンザ七一七便は着陸態勢に入った。

「フランクフルト管制塔」副操縦士がいった。「こちらルフトハンザ七一七便、計器着陸にて滑走路は07R」

「ルフトハンザ七一七便、これより……」航空管制官の声が聞こえたと思ったら、ぷつっと切れた。

「フランクフルト管制塔、こちらルフトハンザ七一七便」副操縦士が繰り返した。「聞こえますか？」

　返事がない。ジャンボ機は着陸滑走路の進入コースへと高度を下げはじめた。

「四千フィート、高度チェック！」副操縦士がいった。着陸までもう二分しかない。

「高度三千フィートにセット、ギヤダウン」メッツナー機長がいった。

「ギヤダウン」副操縦士が復唱した。

車輪が出て、機体が少し揺れた。そのときいきなり赤い主警告灯がともり、コックピットに大きな警告音が鳴り響くと同時にオートパイロットが中断した。

「どうしたんだ?」メッツナー機長は操縦桿《かん》をしっかりつかんだ。機長は通常、モニタリングをするだけでよかったが、この時点から手動で操縦した。

「オートパイロットが落ちました! 計器着陸装置の応答がありません!」副操縦士がいった。

「二千フィート」電波高度計のコンピュータ音声が聞こえた。「地上が真っ暗です」副操縦士がいった。「着陸滑走路が見えません! 停電のようです!」

「嘘だろう。すぐに点灯するはずだ」機長は落ち着いていた。もっとあぶない状況を経験している。

「ハロー、管制塔?」副操縦士があらためて通信を試みた。「フランクフルト管制塔、こちらルフトハンザ七一七便!」

応答がない。フランクフルト管制塔は沈黙している。

「どうします?」副操縦士がたずねた。「ゴーアラウンドですか?」

「燃料が足りない」機長は首を横に振った。「着陸するほかない。他はどうなってる? だれかと連絡を取れないのか?」

「試してみます」副操縦士はランゲンの航空管制に連絡した。だが、フランクフルトで異常事態が発生したことしかわからず、それがなんなのかはっきりしなかった。航空管制官は進入の継続を断念してデュッセルドルフへ向かうよう指示したが、メッツナー機長は拒否した。

「デュッセルドルフまで燃料が保たない」

「高度五百フィート」電波高度計からコンピュータ音声が聞こえた。

機長と副操縦士はちらっと顔を見合わせた。

「もう選択肢はない」機長はいった。「着陸する。今すぐに」

＊

ピア、ニコラ・エンゲル、オリヴァーはヘッドランプをつけて、イェンス・ハッセルバッハのあとから地下トンネルの通行可能な空調用トンネルを進んだ。フォークトを挟み撃ちにするためトンネルの反対側から機動出動コマンド《MEK》を突入させたかったが、その時間がなかった。奴がドアを抜けて外に出て、姿をくらますまでに保安システムが復旧することを祈るばかりだ。空気がむっとしている。空調設備も止まってしまったからだ。フォークトが雨水貯留施設のバルブ制御を解除したらなにが起こるか、ピアは考えないようにした。背中が痛く、怪我をした手がどくどくいったが、ひたすら歩きつづけた。なんとしても犯人を捕まえなくては！

＊

「あいつ、Harmageddon.binなんてファイル名にしやがって！」ルーカス・ファン・デン・ベルクがコンピュータセンターのコントロールルームでいった。「いけすかない奴だ」

ルーカスはモニターをじっと見つめたままキーボードを叩いた。フォークトがなにをしたかようやくわかってきたのだ。Harmageddon.bin はすべてのシステムを麻痺させたが、破壊まではしていない。

「奴はジョブ管理システムを組み込んだ！」ルーカスがいった。「すべてを汚染したとき、システムは再起動するようだ」

「それはいつになる？」コンピュータセンター長がルーカスの方を見てたずねた。「外は大混乱だ！」

「わからない」ルーカスは顔を上げることなく、うなるようにいった。「はじめて見るソフトウェアだからね。黙っていてくれれば、止める方法を見つけられるかもしれない」

*

イェンス・ハッセルバッハの無線機から音がした。空港南西の雨水貯留施設を調べにいったファシリティマネジメントのエンジニアから連絡が入ったが、うまく聞き取れなかった。

「……中に進入するのは無理です……。ドアが閉まっています……。制御盤が死んでいて……停電しています！」

デジタル化の弊害だ。以前は鍵で開閉していたが、今は電子制御されている。

「ちくしょう！」ハッセルバッハが罵声を吐いた。

地下トンネルの分岐点に着いた。

「どっちだ？」前を歩いていたスタッフが立ち止まった。

「左！」だれかが叫んだ。「右はカーゴシティ・ノースに出る」

ピアは汗が目にしみた。背中が今にも真っぷたつに割れそうだ。それに脇腹も痛くなった。あえぎながら片手で脇腹を押さえ、息を吸った。この数ヶ月スポーツをしてこなかったツケだ！　体の節々が悲鳴をあげている。このまま倒れ込んでむせび泣きたくなったが、あきらめるわけにいかない。

「歩きなさい！」エンゲル署長にいわれて、ピアはまた足を前に出した。

第三消防隊は空港構内に出動している。使われなくなったトンネルの近くにフォークトの道をふさぐ者はひとりもいない。

オリヴァーが心配そうに見たが、ピアは無視して前にすすんだ。フォークトを逃してはならない！　殺された犠牲者のためにも、そしてキムとフィオーナのためにも。フィオーナ！　ぜひ娃と親しくなりたい！　別の暗い穴蔵が脳裏に浮かんだ。クリストフの孫娘リリーを誘拐したサイコパスを追いかけたことがある。あのときは犯人を取り逃してしまった。ピアにはなす術《すべ》がなかった。今回は絶対に逃しはしない！　ピアの不安な気持ちは怒りに変わった。冷たく透明な怒りに苦痛も疲労も感じなくなった。

「前方にいるぞ！」前を歩いていたスタッフが興奮して叫んだ。

トンネルの闇を切り裂いたマグライトの光に、黄色い安全ベストが反射した。ピアはだれかに押し止められるまで、男たちを押しのけて前に出た。走りながらホルスターのボタンをはずし、シグ・ザウエルを抜いた。

「フォークト！　止まりなさい！　あなたはもうおしまいよ！」

＊

ゲレオン・リヒターは十六年間、フランクフルト空港の航空管制官として働いてきたが、こんな非常事態ははじめてだった。わずか数分ですべてのコンピュータシステムがダウンし、同時に停電が起きた。離陸滑走路と着陸滑走路の誘導路灯だけではない、すべての照明が消えた。駐機場のコントロールも麻痺した。管制塔は恐ろしい静寂に包まれた。宵闇が迫る中、旅客機のライトだけが見える。誘導路からゲートへすすむ機影、離陸滑走路へ向かう機影。

「他の空港に向かわせろ！　急げ！」スーパーバイザーはそう命令すると、携帯でランゲンの航空管制に状況報告して、すべての航空機を最寄りの空港へ行かせるよう要請した。ゲレオン・リヒターたち航空管制官は大きな窓ガラスから射し込む薄明かりを頼りに仕事道具をまとめた。三年ほど前に一度だけ、緊急時対応をテストするため予行演習をしたことがある。午後十時から十一時のあいだ、ターミナル1の新しい管制塔から、空港の南にある緊急時対応用にドイツ航空管制が管理している古い管制塔に移動した。システムの状態を確認するため、古い管制塔のコンピュータは週に一度起動している。

「あっちに電気が来ているといいのですが」リヒターの同僚がいった。「明かりが見えません」

「どうなってるんだ？」別のだれかがたずねた。

「そんなことはいいから、みんな、急げ！」スーパーバイザーがみんなをせっついた。「早く航空管制を再開しなければ」リヒターは窓の外をちらっと見るなり、衝撃を受けた。

「ちくしょう！　なんで降りてくるんだ？」

航空管制官たちが足を止め、ひとりが双眼鏡をつかんだ。

「東京発ルフトハンザ七一七便です」

「747－8か！」

「着陸は無理だ！　計器着陸装置も誘導路灯もないんだぞ！」

「大変だ！」双眼鏡を覗いていた航空管制官が叫んだ。「右の滑走路に人がいるぞ！」

「なんだって？」スーパーバイザーがデスクから信号拳銃をつかんで、外に飛びだした。

＊

ピアたちが追いつく前に、ヨアヒム・フォークトは固定梯子《はしご》を上って、マンホールの蓋《ふた》を押しあげた。

「上はなに？」ピアはたずねた。

「着陸滑走路だ！」ハッセルバッハが叫んだ。左手の怪我をものともせず、ピアは梯子に手をかけた。とたんに激しい痛みが腕に走って、ピアは悲鳴とともに手を離した。ピアを受け止める心の用意がなかった機動出動コマンド《MEK》隊員にぶつかった。ピアはそのまま床に落ちて頭をコンクリート壁に強打した。なにかがばきっと砕ける音がして、一瞬目の前が暗くなった。あえぎながら横たわっていたピアの顔をなにか熱いものが伝った。だれかがピアの手から拳銃をもぎとろうとした。

「さっさと離しなさい！」エンゲル署長の声だ。ピアは手を広げてから目を開けた。丸く切り取られた夜空が見え、それからまばゆい光に目がくらんだ。

「追いかけないと」ピアは朦朧《もうろう》としながらつぶやき、また目をつむった。

「逃がしはしない」署長が答えた。「だけど今はコマンド隊員を先に行かせなくては。かなり出血しているわよ。なにかの破片が刺さってる」

ピアは上げようとした頭を押さえつけられた。

「まったく強情なんだから！」署長が叱責した。「まず破片を取らないと」

ピアの動悸が激しくなった。署長はセーターをピアの手に押しつけた。

「これで傷口を押さえなさい！」そういってから、署長はピアを助け起こした。ピアは足に力が入らなかった。体じゅうがずきずきする。少しのあいだ壁にもたれかかるほかなかった。

突然、蛍光灯が明滅して、照明がともった。停電が復旧したのだ！　それはなにを意味するだろう。コンピュータシステムも元どおりになったのだろうか。

「キム！」ピアは叫んだ。「妹を見つけなくては！」

署長はヘッドランプをはずした。ピアは、署長の白いTシャツが真っ赤になっていることに気づいた。

「怪我をしたんですか！」ピアはびっくりしていった。

「わたしじゃないわ」署長は首を横に振った。「あなたの頭からかなり出血しているのよ。梯子を上れる？」

「もちろんです」ピアは気を引き締めて、エンゲルに手伝ってもらいながら、梯子を一段一段上った。署長がなにか叫んだが、頭の中で耳をつんざく轟音《ごうおん》が鳴り響き、なにも聞こえない。

怪我は思ったよりひどいようだ。ピアはマンホールから頭をだした。もう一段上れば、外に出られる。轟音が大きくなった。力を振りしぼってマンホールから出ると、うつ伏せになって空気を吸った。頰にコンクリートを感じる。

〝立つのよ！〟自分にそういい聞かせたが、ピアの筋肉はいうことを聞かなかった。まわりは光の海だった。口の中で血の味がした。ピアは目を開けるなり、ぎょっとして身をこわばらせた。巨大な旅客機が自分に向かって近づいている。

＊

高度六十メートル、時速三百キロ。いまだ着陸許可なし！　メッツナー機長は、汗が噴きだすのを感じた。着陸をやりなおすならぎりぎりだ。左側に見える管制塔に視線を向けた。赤い光信号が目にとまって、全身がこわばった。

「着陸やりなおしです！」副操縦士が叫んだ。

「遅すぎだ！」メッツナー機長は答えた。「神よ！」

滑走路進入端標識を越えたとき、高度は五十メートルだった。

単調なコンピュータ音声がいった。「四十、三十、二十、十……」

タッチダウンまで距離百メートル。

突然、誘導路灯がともった。そのとき、管制塔から着陸中止の光信号が送られてきた理由が、メッツナー機長にもわかった。千フィート地点で滑走路を走る複数の人影があったのだ！　空港消防署の消防車が何台も十一時方向に向かって誘導路を疾走してくる。

「大変です！」その瞬間、副操縦士が叫んだ。「前方になにか横たわっています！」

＊

ジャンボ機がピアの方にみるみる近づいてくる。四機のジェットエンジンがものすごい轟音をたてていた。巨体の先端にともっているナビゲーションライトがまぶしくて、ピアは目がくらみ、恐怖のあまり体を丸め、両方の耳を手で塞いだ。次の瞬間、ジャンボ機が頭上を越え、わずか数メートル先に着地した。自分が滑走路にいると意識したのはそれからだった。エンゲル署長がマンホールから頭をだしてたずねた。

「大丈夫？」

ピアは朦朧としながらうなずき、体を起こした。大丈夫なわけがない！　あやうく着陸する旅客機のタイヤでつぶされるところだった！　頭が割れそうに痛い。血が顔を伝い落ち、左手がほとんど動かなかった。

「来なさい！　滑走路から出ないと！」署長はピアの右腕をつかんで、助け起こした。消防車が数台、近づいてくる。サーチライトに照らされて、真昼のように明るくなった。それからサーチライトが向きを変え、消防車は北の方へ走り去った。

ピアはエンゲル署長に右手首をつかまれて、よろよろと歩いた。もう自分がどこにいるのかまったくわからない。前方に巨大な建物がある。オリヴァーはどこだろう。ハッセルバッハとコマンド隊員はどっちへ行ったのだろう。フォークトを捕まえたのだろうか。

「方向が違います！」ピアは息も絶え絶えに叫んだ。

署長がピアを放し、ふたりは立ち止まった。

「前方に見えるのがカーゴシティ・サウスのはずよ」署長はいった。「構内地図によれば、雨水貯留施設の入口はどこかこのあたりだと思うんだけど」

そうだ！　雨水貯留施設！　ピアは一瞬キムとフィオーナのことを忘れていた！　ジーンズの尻ポケットからスマートフォンをだして、連絡先リストに登録してあるオリヴァーの番号をタップした。彼はすぐに出た。

「奴を見失った！」オリヴァーはいった。「今どこにいるんだ？」

「滑走路の横のどこかです」ピアはぐるっとあたりを見まわした。「うちの天使《エンゲル》が、雨水貯留施設の入口はどこかこのあたりだといっています」

「わかった。そこを動くな」オリヴァーは答えた。「そっちへ行く。消防隊と空港セキュリティがいっしょだ。コンピュータシステムが復旧した」

闇の中から人影があらわれ、カーゴシティ・サウスに向けて一直線に走った。ピアの心臓が止まりそうになった。ピアは電話を切った。ヨアヒム・フォークトだ！　黄色の安全ベストを脱いでいる。おそらく闇の中で目立つからだろう。

「うちの天使《エンゲル》ねえ」エンゲル署長がピアをじろっと見た。「わたしの目の前でそう呼ぶなんて、失礼し……」

「あそこにフォークトが！」ピアはそういって、照明に照らされた男を指差した。男はどんどん前へすすんでいるが、走ってはいない。

「ボーデンシュタインはどこ？」署長がたずねた。

「近くにはいません。来てください！　あいつが建物に入るのを止めないと！」ピアは駆けだし、走りながら安全ベストを脱いだ。ヨアヒム・フォークトは足を引きずっている。怪我をしているに違いない、チャンスだ！　ピアは背後に署長の足音を聞いた。ヨアヒム・フォークトは追っ手を気にしてしきりに後ろを振り返っているが、ピアたちの方は見ていない。フォークトとの距離はおよそ三十メートル。キムとフィオーナの居場所を知るただひとりの人間だ！

「待ちなさい。射線からどいて！」署長がいった。ピアはいわれたとおりにした。署長の手に拳銃があった。ピア自身は狙い撃ちができる状態になかった。

「ヨアヒム・フォークト！」署長はそう叫んで、シグ・ザウエルの引き金に指をかけた。「止まりなさい！」

　フォークトはすぐ駆けださず、声のした方を向いた。

「止まりなさい！」エンゲル署長が警告射撃をした。フォークトが駆けだした。署長が狙いをつけて発砲した。フォークトが悲鳴をあげた。左足だけで数メートルぴょんぴょんはねてから、ぐらっとよろめき、膝からくずおれて動かなくなった。

「射殺するなんて！」ピアは署長に食ってかかった。

「射殺なんてしてないわ」署長は冷静に答えて、ピアの手に拳銃をにぎらせた。「狙いどおりに命中させた。右足のふくらはぎよ」

　ふたりは道を横切った。フォークトは両手で右足のすねを抱えてうずくまっていた。

「よくも撃ったな！」フォークトはすすり泣いた。「足が！　血が出ている！　負傷した！」

「止まれば、撃たなかったでしょう」ピアは拳銃をしまうと、結束バンドを二本ベルトから抜いた。「エヴァ・タマーラ・ショレ、ニーナ・マスタレルツ他少なくとも八人の女性殺害の疑いで逮捕する。あなたには黙秘権が認められている。弁護士を同席させる権利がある。あなたが発言したことはあなたを起訴するために使われる」

「逮捕した」署長の声が背後で聞こえた。「急いで！　大至急、救急車をよこして」

ヨアヒム・フォークトはめそめそするのをやめた。ピアはかがんでフォークトの両腕を背中にまわし、手首をしばった。それから腰を上げ、フォークトを見おろした。少なくとも十人を拷問して殺害し、被害者が恐怖におののく様を見て愉悦に浸り、多くの人に想像を絶する苦しみを与えた男だ。

「カタリーナ・フライタークとフィオーナ・フィッシャーはどこ？」ピアはたずねた。フォークトは頭を上げて、ピアを見た。その顔にふっと笑みが浮かんだ。親しげで、相手を慮るような笑み。被害者を信用させるために使った微笑みだ。

「あんたも負傷している」フォークトはあわれむような声でいった。「頭から出血している！　わたしのせいだ。申し訳ない」

「へつらうのはやめなさい」ピアは冷ややかに答えた。「ふたりはどこ？」

「知りたいのか？」残虐な笑みに変わった。フォークトは肉食獣のように歯をむいて、あざけった。「いうわけがないだろう！　だれにも見つけられないさ。汚らしいあのふたりは食べるものも飲むものもなくひからびて死ぬんだ！」

フォークトの豹変ぶりはすさまじかった。ピアは人の姿をしたこの怪物を懲《こ》らしめたいという衝動に駆られた。

「あなたがカータ・フライタークに憎しみを覚えるのはわかる。だけど、フィオーナ・フィッシャーはどうなの？　どうして自分の娘を殺そうとするわけ？」ピアがそういうと、フォークトの笑みがさっと消えた。

「俺の娘？」フォークトがけげんそうにささやいた。

「彼女はフリチョフの婚約披露パーティの夜にできたのよ。フリチョフから聞いたけど、あなたはカータに片思いしていたそうね。そしてカータが泥酔したのをいいことに、ただ一度だけ自分のものにした。その状態ではカータはだれのことも拒否できなかったでしょう」

「黙れ！」フォークトが怒鳴った。

「あなたはカータを妊娠させた」ピアは話をつづけた。自分の妹のことだったので、気が高ぶらざるをえなかった。「たったの一度でって、大当たりじゃない！」

「うるさい！　でたらめをいうな」

「カータはあなたを反吐《へど》が出るほど嫌った。そして妊娠したことを知って、あなたの子を手放したのよ。いやなことを思いださせられるのなんて耐えられるわけがないもの」

「その汚い口をつぐめ！」フォークトは我を忘れるほど怒って、結束バンドを引きちぎろうとした。「さもないと……」

「どうするの？」ピアはたずねた。「わたしをラップフィルムにくるんで溺死させる？　あなたが他の女性たちにしてきたように。あわれな病人ね！」

フォークトは頬を張られたかのようにびくっとした。

「急いで」エンゲル署長がいった。「消防隊がすぐ来る」

ピアはしゃがんでフォークトの髪をわしづかみにすると、上を向かせた。フォークトはピアを見つめた。その目には激しい憎しみの炎が燃えていた。

「あなたの母親の夫がいっていた。あなたのことを知っていたら、養子に迎えていた、と」ピアはささやいた。「ライフェンラートのところではなく、ハンブルクの豪邸でヨアヒム・フォン・ドナースベルクとして育っていたかもしれないのよ！　けれどもあなたの母親には打ち明ける勇気がなくて、隠し子がいることを夫に黙っていた！」

ようやく心にひびいたのか、フォークトの目に涙が浮かんだ。

「嘘だ！」フォークトは甲高《かんだか》い声でいった。

「嘘なものですか」ピアはフォークトを放さなかった。「そうそう、あなたの母親が訪ねてこなくなった理由を知っている？　知らないでしょう？　一九八〇年に自分の母親が死んだのよ。そのあと毎年、母の日にヘッセン州に足を運ぶ気が失せたのね。出かけるには夫に理由を話す必要がある。あなたにはそこまでして会う価値がなかったということ」

フォークトはなにもいわず、目をそらした。

「ターミナル1の地下にある部屋だ」フォークトがぼそっといった。「地下トンネルのゴミコンテナーの裏に水路がある。そこを抜けると部屋に辿り着ける」

「ありがとう」ピアは心底ほっとして腰を上げた。キムとフィオーナがいるのは雨水貯留施設ではなかったのだ！　これで身柄を保護できる！

　二台の消防車がピアたちの左右で急停車した。空港セキュリティの車が数台と、救急車もその横に止まった。あっというまに人であふれかえった。機動出動コマンド《MEK》がそのまわりを取り囲んだ。オリヴァーはエンゲル署長に声をかけた。ピアはもう一度フォークトの方を向いた。

「ところで、フォークトさん」ピアはいった。「カータがパーティの夜、ガレージでフリチョフと情交を結んだことを知ってた？　フィオーナ・フィッシャーの父親はあなたではなく、フリチョフの可能性もあるのよ」

　ピアはフォークトの反応を待たず、一度も振り返ることなくオリヴァーとエンゲル署長の方へ歩いていった。

*

　ヨアヒム・フォークトは本当のことをいっていた。三十分後、ピアとオリヴァーはエンゲル署長とハーディングのふたりといっしょに地下トンネルに立ち、救急医と消防隊員らの手でキムとフィオーナが解放されるのを見届けた。地下トンネルの奥へすすむのは困難で、キムとフィオーナは救命ロープで吊りあげなくてはならなかった。

「これは見つけられなかったな」ハッセルバッハがいった。「年に一度くらいしかこの部屋は点検しない。ここにはターミナル1を建てたときに使った梯子や古いほうきがあるくらいだからな」

二台の救急車がこの袋小路に入ってきて、停車した。すぐに後部ドアがあいて、救急隊員がストレッチャーをだした。

「読みを間違えた」ハーディングは首を横に振った。「監禁したのは水の近くだと踏んだんだが。しかし読みを間違えてこんなにうれしく感じるのは今回がはじめてだ」

「水は近くにあったでしょう」オリヴァーはいった。「スプリンクラーがそのまま作動していたら、部屋は水でいっぱいになっていたでしょうからね」

最初に引きあげられて、ストレッチャーに横たえられたのはキムだった。

「声をかけますか？」ピアは署長の方を向いた。

「いや、いい。先に行って」署長が答えた。

「わかりました」ピアは膝をがくがくさせながら足を前にだした。キムを見て、愕然とした。金髪がぼさぼさで、青白い顔が落ちくぼみ、薄汚れていた。衣服はびしょ濡れだ。目を閉じていて、死んだように見える！　だが肘の内側に皮下注射針が刺され、点滴袋につながっていた。

「キム！」そうささやくと、ピアは妹の手をにぎった。手が燃えるように熱い。「キム、わたしよ、ピアよ！」

キムが目を開けた。目が虚《うつ》ろで、ピアを認識するまで少しかかった。キムの指がそっとピアの手首をつかんだ。

「ごめんなさい」乾いた唇を動かして、キムはささやいた。「わ……わたし……あなたに……

すべて打ち明けておくべきだった」

「あなたが無事でよかったわ、キム！」ピアは涙を押しとどめることができなかった。「まずはゆっくり休んで。話はそれからにしましょう」

「わかった」キムの口元にかすかな笑みが浮かんだ。それから顔を横に向け、目をつむった。ピアはストレッチャーから離れて、妹を救急隊員に任せた。

そのあいだに消防隊員はフィオーナも引きあげていた。キムとそっくりの若い娘はキムよりも元気だったが、自力で立つ力はなかった。

「はじめまして、フィオーナ」ピアは微笑みかけた。「わたしはキムの姉のピアよ。信じられないかもしれないけれど、あなたと知り合いになれてとてもうれしいわ」

「わたしもうれしいです」フィオーナは力なくその笑みに応えた。「キムから聞いています」

彼女の顔に影がさした。「あの男はどうなったんですか？」

「逮捕したわ」ピアは姪を安心させた。「もうなんの心配もいらない」

「よかった」フィオーナはほっと息をついた。

「あなたが元気なことを伝えたい人はいる？」ピアはたずねた。フィオーナは少しためらってからうなずいた。

「ええ、います。名前はジルヴァン」

ピアは電話番号をメモしてから、フィオーナが二台目の救急車に乗せられるところを見守った。

「どうしたんですか？」救急医がピアの前で立ち止まった。「頭からずいぶん血が出ていますよ」

「自分でなんとかします」

「どうぞご勝手に」救急医は肩をすくめた。

ピアは自分を待っているオリヴァー、ハーディング、エンゲル署長の三人のところへ行った。

「よし、みんな」オリヴァーはもたれていた壁からはずみをつけて離れた。「引きあげるぞ」

「いいですね」ピアは笑みを浮かべた。「ところで、おなかがぺこぺこです」

「わたしもだ！」ハーディングはいった。「まともなステーキにかぶりつきたい気分だ」

ピアたちは地下トンネルを辿って出口に向かった。そのときワーゲンバスが横に止まって、ハッセルバッハが窓から顔をだした。

「タクシーはいるかい？」

「助かるわ」ピアはニヤッとして、助手席に乗った。「ありがとう。あなたたちがいなかったら逮捕できなかったでしょう」

「いいってことさ」ハッセルバッハがつましく答えた。「あの部屋を思いつかなかったことだけは悔しいけどな」

十三日目

二〇一七年四月三十日（日曜日）

特捜班本部に全員が集まったのは深夜だった。カイ・オスターマン、ケム・アルトゥナイ、ターリク・オマリ、クリスティアン・クレーガー、ローゼンタール上級検事が待機していて、みんな、途中で買ったハンバーガーにむしゃぶりついた。エンゲル署長だけは遅い時間のファストフードを断って、自分のオフィスに上がった。

ピアは両手をよく洗い、鎮痛剤を二錠服用した。明日、医者に診《み》てもらわなくては。

ヨアヒム・フォークトは病院に搬送《はんそう》され、厳重な監視を受けている、と上級検事が報告した。銃創の治療がすんだら、身柄はフランクフルト第一拘置所に移され、あすの朝、捜査判事の前に引きだされるという。

ルーカスと電話で話をしていたカイによると、フランクフルト空港のコンピュータシステムはすべて復旧し、明日の朝から航空業務は再開されるという。

「フォークトはすべてに一貫していたが」カイはいった。「コンピュータウイルスだけは例外だった。自分のライフワークを破壊することに躊躇《ちゅうちょ》したのだろう」

「わたしたちには幸運だった」ファストフードのファンではなかったオリヴァーは自分が手にしたハンバーガーをうさんくさそうに見つめた。「停電がもっと長くつづいていたら、逃げられていただろう」

「さっさと食べたらどうだ。なんならナイフとフォークを取ってこようか？」クレーガーが口をもぐもぐさせながらいった。「ところで奴の戦利品はすべて持ち主がわかった。フォークトは変装に使った服、死体の保管場所などすべて正確に記録していた。最初の被害者から届いた手紙まで保存していた。冷蔵庫からガンマヒドロキシ酪酸の小瓶が複数見つかった」

「デートレイプドラッグ？」ターリクがたずねた。「そういうことか！　それで被害者を前後不覚にしたんだ。最初はスタンガン、それからガンマヒドロキシ酪酸を水に混入させた。これで被害者は無抵抗になる」

ピアはナプキンで口をふいて、コカ・コーラゼロを飲み干した。

「ひどい話よね」ピアは考え込みながらいった。「女性が十人も死ぬことになった。それに遺族も何年も行方がわからないまま、痛みと悲しみを味わわされた。ヨアヒム・フォークトの母親が夫に本当のことをいわなかったのをきっかけに」

「どうして隠し子がいることを夫にいえなかったんだろうな？」ケムが自問した。

「人間は生きていると間違った決断をたくさんするからだ」ハーディングが答えた。「もちろんこんなとんでもない結末を迎えることはめったにないがな」

みんな、押し黙った。この数日はしんどかった。ドイツの刑事事件史上最悪の連続殺人犯を逮捕し、十件の未解決事件を解明したが、だれもそれを祝う気になれなかった。

「さてと、外で一服してから、わたしは家に帰る」ピアは立ちあがって伸びをした。薬のおかげで、頭痛は耐えられるくらいに和らいだ。「報告書は明日書く」

「待った。わたしも行く」オリヴァーも腰を上げた。「わたしがいなければタバコを吸えないだろう。自前のタバコを持っているなら別だが」

＊

ふたりは並んで裏口の外階段にすわり、黙ってタバコを吸った。空気は暖かく、近くの庭で花を満開に咲かせているサクラのにおいに包まれていた。春が来て、先週つづいた雨のおかげで自然が一気に芽吹いていた。

「フォークトはキムとフィオーナを母の日まで監禁するつもりだったと思います？」ピアはたずねた。

「たぶんそのつもりだったろう」オリヴァーは答えた。「といっても、あの健康状態では二週間は耐えられなかっただろう」

「ふたりとも脱水症状を起こしている、と救急医はいってました」ピアはうなずいた。

「フォークトは水のペットボトルを置いていたが、ラボで中身を分析した結果を見るのが楽しみだ。デートレイプドラッグが混入してあっても驚かない」

「十件の殺人は確定ですね」ピアは外階段でタバコをもみ消した。

「十一件だ」オリヴァーが修正した。「クラース・レーカーもあいつの手にかかった」

「とんでもない怪物」ピアは身の毛がよだつ思いをした。「他の人間に嫌疑がかかるようにした手口はじつに巧妙でしたね！」

「他の里子について詳しく知っていたからな。リンデマンが仕事でまわる地域を知っていた。ドルがどこでクラシックカーを探しているかも知っていた。ふたりが立ちまわるあたりに死体を遺棄した」

「犬のケージの話もそうです！」ピアは首を横に振った。「一杯食わされました」

「ハーディングの話では、奴は殺人そのものだけでなく、計画を立てることにも夢中だった。ハーディングのアドバイスが得られたのはよかった」

「それにエンゲル署長の射撃の腕前がよくてよかったです」ピアは頭のたんこぶにそっと触れた。

「なんだって？」オリヴァーはびっくりした顔でピアを見た。「わたしにはきみが発砲したといっていたぞ！」

「いいえ、署長がわたしの拳銃を使ったんです。少なくとも三十メートル離れたところからあいつを撃ちました。なんでわたしが撃ったといったんでしょう？」ピアは困惑した。

「さあな」オリヴァーはあくびをした。「彼女は警察学校時代、射撃が学年で一番だった。狙撃手養成課程も受けている」

「あの人に苦手なことってあるんですか？」ピアもあくびをした。「きっと書類の書き損じすらしないで……」

ピアは口をつぐんだ。背後のドアが開いたからだ。

「あなたはここだってオスターマンから聞いたの」署長は上着を着込んでいた。「あなたたちは本当にいい仕事をした。警視総監と内務大臣にも伝えておく」

「ありがとう」女性が立っているとき、すわったままではいけないと教え込まれているのか、オリヴァーは腰を上げた。ピアは動かなかった。〝この賭けに負けたら、わたしの援護射撃はないものと思って〟というエンゲル署長の言葉がまだ脳裏に残っていたのだ。

「少しのあいだザンダーとわたしだけにして」署長がオリヴァーにいった。

「いいとも」

「タバコをもう一本もらえる？」ピアはオリヴァーにいった。

「箱ごと渡しておこう」オリヴァーはタバコをピアに渡した。「じゃあ、明日の朝また。おやすみ！」

「おやすみ」ピアは答えた。

エンゲル署長はガラスドアが閉まるのを待って、ピアの横にすわると、タバコを振りだして火をつけた。

「あなたに謝りたいの」署長はピアを見ずにいった。「あなたにひどい仕打ちをした」

ピアは耳を疑った。

「不機嫌な気持ちをそのままあなたにぶつけてしまった。あれはよくなかった」

「もういいです」ピアは答えた。「夢中になっていると、そういうつもりのないことをいってしまうものです」

「そうかもしれないけれど、あれは違った」署長はピアの方を向いた。「あなたのいうとおり、わたしはキムの態度に傷ついていた。わたしが神経過敏だったのはそのせい。あなたに責任はない」

「ふうむ」ピアはいうべき言葉が見つからなかった。

「あなたのことは高く買ってる、ザンダー」署長が話をつづけた。「とてもいい警官よ。なにが良くて、なにがいけないか嗅ぎわける冷静な判断力があるし、感性もある。キムは……」署長はそこで言葉を濁《にご》し、ため息をついた。「わたしたちがあなたたち夫婦の招待を受けるのを望まなかったのはキムよ。少なくともいっしょに行くのをいやがった。今になってみると理由がわかる。心のうちを見透かされるのが怖かったのよ。キムはわたしたちに隠しごとをしすぎた」

「許せますか？」ピアはたずねた。

署長は一瞬考えた。

「いいえ、許せないと思う。もう彼女を信じられない。あなたはどうなの？　娘がいることすらいわなかった妹を許せる？」

「わかりません」ピアは正直に答えた。「この数日、キムのことが心配で、頭がおかしくなりそうでした。昔からいつも小さな妹を守っていたものですから。でも、再会したとき、わたしの中でなにかが変わったことに気づきました。わたしが許せるかどうかはキムにかかっているでしょう。それでも、新しく姪《めい》と知り合えるのはうれしいです。フィオーナには好感が持てます」

「フォークトが父親でないといいわね！」署長がいった。「そうなったら最悪！」

「それはないでしょう」ピアは答えた。「フリチョフ・ライフェンラートに似ていますから。口元がそっくりです。同じ青い目ですし」

ふたりはしばらくそのますますわっていた。ピアはあくびをした。

「そろそろ帰らないと」そういうと、ピアは立ちあがった。「もうくたくた」

「わたしもよ。しばらく寝不足がつづいた」署長がタバコをもみ消した。「明日、医者に診てもらいなさい。壁に頭を強打したから、脳震盪《のうしんとう》を起こしているはずよ」

ふたりは立って顔を見合わせた。突然、署長がピアに右手を差しだした。

「もう家族の縁《えん》はなくなったけど……これからはニコラと呼んで」

ピアはびっくりして署長を見つめた。

「本気ですか？　それとも、これはわたしが脳震盪を起こしているせいでしょうか？」

「どうなの？」署長は微笑《ほほえ》んだ。「わたしの腕がしびれるのを待つつもり？」

「とんでもない」ピアはニヤッとして握手した。「わたしのことはピアと呼んでください」

「わかった」署長はドアノブに手を置いたが、ふと動きを止めた。公《おおやけ》の場や同僚の前では「署長」と呼べといわれるかな、とピアは思った。

「そういえば、わたしのカシミアのセーターはどうなった？」署長がたずねた。

「カシミアのセーター？」ピアはきょとんとした。

「トンネルで渡したセーターよ」

「あ、あれは……ええと……ニコラのセーターだったの？」ピアはどうしたか思いだそうとした。「あそこに置いてきてしまったと思う。ごめんなさい」

「まあ、いいわ」署長は肩をすくめた。「では、おやすみ。明日、出勤する前に医者を訪ねなさい」

「そうする」ピアは微笑んだ。「では、おやすみなさい」

廊下をすすみ、階段室に姿を消すニコラを見送ると、ピアはオリヴァーに電話をかけて、今の話をしたくなったが、ぐっと堪《こら》え、人気のない廊下を通って特捜班本部へ行き、ショルダーバッグとジャケットを手に取った。

特捜班本部にはだれもいなかった。カイも帰宅していた。ピアはジャケットを着ると、ショルダーバッグを肩にかけた。ちらっとホワイトボードに目を向けた。事件は解決した。ヨアヒム・フォークトの罪を証明する証拠は山ほどそろっている。明日の朝、ノーラ・バルテルの両親に電話をかけるつもりだ。死んだ理由がわからず過ごした三十六年。そこに終止符が打たれるのだ。マガリー・ボーシャンの家族も、娘になにがあったか知ることになるだろう。ピアがやりがいを感じる瞬間だ。

深いため息をつくと、ピアはスイッチを押して照明を消した。

「おやすみ、ピア！」手荷物検査所を通ったとき、夜勤の警官が声をかけた。

「おやすみ、トミー」

ピアはドアを開けて、夜の闇の中に出ていった。

謝辞

最初の思いつきが小説として完成するまで一年半ちかくの時間を要した。その間、調査に多くの人の協力を得ました。わたしの木を見て森を見ない状態に刺激を与えてくれた人も多くいました。そのすべての方々に感謝の気持ちをあらわしたいと思います。今回はとくにわたしの出版エージェント、アンドレア・ヴィルトグルーバーへの感謝の気持ちから、本書を献じました。忍耐強く、わたしにやる気を起こさせるのに長《た》けた担当編集者マリオン・ヴァスケスにも感謝します。

わたしの妹カミラ・アルトファーターにはさまざまな段階でテキストを校閲してもらい、原稿作成に貢献してもらい、わたしの姉クラウディア・レーヴェンベルク＝コーエンと友人のジモーネ・ヤコービにも原稿の下読みをしてもらいました。

刑事警察の仕事については、首席警部ラース・エルゼンバッハから有益で詳しい情報をもらいました。

法医学関連の疑問に関しては、フランクフルト大学法医学研究所所長のドクター・フェアホフに教えてもらいました。

フランクフルト空港を詳細に知ることができたのはフラポート社のシュテファン・シュルテ

氏とそのスタッフのおかげです。おかげで空港の地下を含むバックヤードを見学する機会を得ました。地下通路を案内してくれたウルリヒ・キッパー、アンドレア・シュナイダー、ジルケ・ランゲ、マリータ・ロート、ミハエル・チェップ、ファルコ・クライン、空港を描写するにあたって協力してくれたミヒャエル・ペッツ、ホルスト・ミュラー、ラルフ・ガスマンなどフラポート社のスタッフに感謝します。

スイスドイツ語についてはデニーゼ・シュトラウマン氏のアドバイスを得ました。着陸時のコックピットでのやりとりについては、マルクス・ゴンスカ氏の助けを借りました。ＩＴ関連の用語について正しい言葉使いを教えてくれたユルゲン・ポール氏にも感謝します。それから長時間座り続けたために痛めたわたしの背中の治療をしてくれたクリスティーネ・ヘンリチ、ムラート・エズベクにもお礼をいいたいと思います。

もちろんフェイスブックで見つけた名前をこの小説で使うことを了解してくれた方々にも感謝します。

そしていつものことですが、わたしが心置きなく執筆できるよう守ってくれた夫のマティアスに最大の感謝を捧げます。わたしのために料理を作り、支援してくれる、忍耐強い、すばらしいスパーリングパートナーです。

ネレ・ノイハウス

二〇一八年九月　バート・ゾーデン

参考文献

Die Psychopathen unter uns, von Joe Navarro, 2014, mvg-Verlag, ISBN 978-3-86882-493-3

Rechtsmedizin, von Dettmeyer, Schütz, 2014, Verhoff, 2. Auflage, Springer-Verlag, ISBN 978-3-642-55021-8

Killerinstinkt, von Stephan Harbort, 2012, Ullstein-Verlag, ISBN978-3-548-37477-2

Kindheit ohne Gewissen, von Frank Thadeusz, シュピーゲル・オンライン、二〇一二年四十八号

Thomas Müller, ベルリン新聞（一九九九年十二月二十九日）

Gestörter Kreislauf, シュピーゲル誌一九九八年三十四号（一九九八年八月十七日付）

Die Logik der Tat, von Alexander Horn, 2016, Knaur-Verlag, ISBN978-3-426-78660-4

本書は小説です。存命の人物や故人、出来事に類似していても、それはただの偶然であり、わたしの意図するところではありません。

訳者あとがき

ネレ・ノイハウスの警察小説シリーズ〈刑事オリヴァー&ピア〉の九作目『母の日に死んだ』をお届けします。

オリヴァーとピアは「母の日」を巡るいやな事件を捜査することになります。ドイツではクリスマスによく殺人事件が起きるといわれています。フェルディナント・フォン・シーラッハの短編「カールの降誕祭《クリスマス》」(同タイトルの短編集所収)はその典型的な話です。普段会わない家族と再会して、いろいろとスイッチが入ってしまうのでしょう。その意味では「母の日」も問題含みといえるかもしれません。しかしここまでドロドロの人間模様を見せられるとは。

ドロドロの人間模様といえば、前作の『森の中に埋めた』では、オリヴァーの知られざる過去が明らかになりました。元恋人や旧友たちが隠してきた残酷な真実の前にオリヴァーは憔悴《しようすい》し、長期休暇《サバティカル》に入りました。本作はそのオリヴァーの復帰後最初の物語です。

オリヴァーは新しい家族を得て、プライベートはようやく安定期に入ったように見えます。その一方で今回大変な目にあうのはピアです。ピアの親しい人の秘密が暴かれることになります。後半では犯人を追い詰めて、手に汗握る活劇が待っています。場所は伏せますが、フランクフルト周辺を事件現場にするなら、いつかきっと「あそこ」を舞台にするはずだと思っていました。ドイツを訪ねるときよく利用する場所で、ぼく自身かなり詳しいつもりでしたが、さすがはノイハウス、関係者以外が目にする機会のないバックヤードを物語の中で見事に使い切っています。

それから今回の新しい設定としては、オリヴァーたちの捜査課が古い未解決事件も扱うようになったことがあげられます。これによって州刑事局や連邦刑事局のデータにアクセスできるようになりました。これはきっとシリーズの今後への伏線だろうと思います。リアルタイムに起きた事件を追うだけでなく、眠っている過去の事件を掘り起こせる立場になったわけで、このシリーズの可能性を大きくひろげることになるでしょう。『森の中に埋めた』でも四十二年前の未解決事件が掘り起こされましたが、それはあくまで結果であって、過去の事件にこだわるオリヴァーはまわりになかなか理解されませんでした。しかし今回は積極的に過去の事件が洗いだされ、とんでもない連続殺人事件が明るみにでることになります。

さて、シリーズの今後への伏線という点では次作が気になります。本作は二〇一八年に出版され、しばらく新作が発表されていませんでした。しかし朗報です！　十作目が今年十一月にドイツで出版されることになりました。タイトルは *In ewiger Freundschaft*（永遠の友情）。どんな内容かはまだわかりませんが、大いに期待して出版されるのを待ちたいと思います。そして日本の読者のみなさんにも届けられたらいいなと思っています。どうぞお楽しみに。

検 印
廃 止

訳者紹介 ドイツ文学翻訳家。主な訳書にイーザウ〈ネシャン・サーガ〉シリーズ、フォン・シーラッハ「犯罪」「罪悪」「刑罰」、ノイハウス「深い疵《きず》」「白雪姫には死んでもらう」「穢《けが》れた風」「悪しき狼」「生者と死者に告ぐ」「森の中に埋めた」他多数。

母の日に死んだ

2021年10月29日 初版

著 者 ネレ・ノイハウス

訳 者 酒《さか》 寄《より》 進《しん》 一《いち》

発行所 （株） 東京創元社
代表者 渋谷健太郎

162-0814/東京都新宿区新小川町1-5
電 話 03・3268・8231-営業部
03・3268・8204-編集部
URL http://www.tsogen.co.jp
旭印刷・暁印刷・本間製本

乱丁・落丁本は、ご面倒ですが小社までご送付ください。送料小社負担にてお取替えいたします。

©酒寄進一 2021 Printed in Japan

ISBN978-4-488-27613-3 C0197

ドイツミステリの女王が贈る、
大人気警察小説シリーズ!

〈刑事オリヴァー&ピア〉シリーズ

ネレ・ノイハウス◎酒寄進一 訳

創元推理文庫

深い疵《きず》

白雪姫には死んでもらう

悪女は自殺しない

死体は笑みを招く

穢《けが》れた風

悪しき狼

生者と死者に告ぐ

森の中に埋めた

主人公が1ページ目から絶体絶命!

DEAD LEMONS◆Finn Bell

死んだレモン

フィン・ベル
安達眞弓 訳 創元推理文庫

◆

酒に溺れた末に事故で車いす生活となったフィンは、
今まさにニュージーランドの南の果てで
崖に宙吊りになっていた。
隣家の不気味な三兄弟の長男に殺されかけたのだ。
フィンは自分が引っ越してきたコテージに住んでいた少女
が失踪した、26年前の未解決事件を調べており、
三兄弟の関与を疑っていたのだが……。
彼らの関わりは明らかなのに証拠がない場合、
どうすればいいのか？
冒頭からの圧倒的サスペンスは怒濤の結末へ——。
ニュージーランド発、意外性抜群のミステリ！
最後の最後まで読者を翻弄する、
ナイオ・マーシュ賞新人賞受賞作登場。

スウェーデン推理小説作家アカデミー最優秀賞受賞！

EN HELT ANNAN HISTORIA◆Håkan Nesser

殺人者の手記 上 下

ホーカン・ネッセル

久山葉子 訳　創元推理文庫

◆

「エリック・ベリマンの命を奪うつもりだ。お前に止められるかな？」シムリンゲ署のバルバロッティ捜査官が休暇に出発する直前に届いた手紙に書かれていたのは、殺人予告ともとれる内容だった。

悪戯かとも思ったが、無視することもできず、休暇先から署に連絡して調べてもらう。だが同名の人物が複数いたため手間取っているうちに、本当にエリック・ベリマンの遺体が発見されてしまう。予告は本物だったのだ。

急ぎ休暇を切り上げたバルバロッティの元に新たな予告状が……。

二転三転する事実が読者を翻弄する、
スウェーデンミステリの名手の代表作。